Das Buch

Robin hat sich als Mann verkleidet unter die Templer gemischt und auf die Seite des jungen Königs Balduin geschlagen. Um sich gegen die Intrigen ihrer gemeinsamen Feinde durchzusetzen, hat sie alle Hände voll zu tun. Robin übernimmt den Befehl über die Leibwache des geachteten, wegen seiner schweren Lepraerkrankung aber auch geschwächten Königs Balduin. Ihr ist sehr wohl bewusst, dass Balduin nicht mehr lange leben wird, wenn es ihr nicht gelingt, das in antiken Schriften erwähnte sagenhafte „Wasser des Lebens" rechtzeitig aufzuspüren. Die Feinde Balduins setzen alles daran, um zu verhindern, dass Robin die Spur des lebensrettenden Heilwassers aufnehmen kann. Ihr zur Seite stehen lediglich der alte Templer Abbé, der von Anfang an schützend seine Hand über die junge Frau gehalten hat, und Salim der Sarazenenherrscher, der Robin in treuer Liebe ergeben ist. Ob die beiden die temperamentvolle Robin wirklich aus der Gefahr retten können, in die sie bei ihrer gefährlichen Mission gerät, steht in den Sternen …

»Die Hohlbeins sind Bestseller.« *Die Zeit*

Die Autoren

Wolfgang Hohlbein wurde 1953 in Weimar geboren. Seit er 1982 gemeinsam mit seiner Frau Heike den Roman *Märchenmond* veröffentlichte, schreibt er einen Bestseller nach dem anderen. Mit seinen in insgesamt 37 Sprachen übersetzten Romanen aus den verschiedensten Genres – Thriller, Horror, Science-Fiction und historischer Roman – hat er eine große Fangemeinde erobert und ist einer der erfolgreichsten deutschen Autoren überhaupt. Er lebt in der Nähe von Düsseldorf. Bei Heyne erscheint demnächst der Roman zum großen Mystery-Kinofilm *Wir sind die Nacht*.

Rebecca Hohlbein, geboren 1977, veröffentlichte ihre ersten Romane unter Pseudonym. Nach den ersten Erfolgen setzt sie ihre Karriere als Autorin fantastischer und historischer Stoffe nun unter eigenem Namen fort. In Zusammenarbeit mit ihrem Vater Wolfgang Hohlbein entstanden bereits mehrere Bestseller, u.a. *Blut der Templer* und *Fluch der Karibik*. Bei Heyne erscheint demnächst ihr großer Mystery-Roman *Himmelwärts*.

Wolfgang & Rebecca Hohlbein

# Die Templerin

## Das Wasser des Lebens

Roman

WILHELM HEYNE VERLAG
MÜNCHEN

FSC
Mix
Produktgruppe aus vorbildlich bewirtschafteten Wäldern und anderen kontrollierten Herkünften
Zert.-Nr. SGS-COC-001940
www.fsc.org


Verlagsgruppe Random House FSC-DEU-0100
Das für dieses Buch verwendete
FSC-zertifiziertePapier *Holmen Book Cream*
liefert Holmen Paper, Hallstavik, Schweden.

Vollständige Taschenbuchausgabe 05/2010

Printed in Germany 2010
Umschlagillustration und Umschlaggestaltung:
© Nele Schütz Design, München
Druck und Bindung: GGP Media GmbH, Pößneck
ISBN: 978-3-453-53332-5

www.heyne.de

# 1. KAPITEL

Robins Welt war abermals kleiner geworden, aber zumindest war sie behaglich und warm, und wenigstens in diesem Augenblick trachtete ihr niemand nach dem Leben. Keiner spann eine Intrige gegen sie, und niemand versuchte, sie als Figur in einem Ränkespiel zu missbrauchen, von dessen Regeln sie so wenig verstand, wie sie die Spieler kannte. Sie war allein und in Sicherheit. Vor der Tür ihres Gemachs im zweiten Stockwerk des Assassinen-Hauses am östlichen Stadtrand von Jerusalem stand der zuverlässigste Mann Wache, den Salim in seiner persönlichen Leibgarde gefunden hatte. Auch jene Krieger, die das Haus von außen beobachteten und misstrauisch darauf achteten, dass ihm niemand auch nur nahe kam, der ihnen suspekt erschien, entstammten Salims persönlicher Leibgarde. Ja, sie war wirklich in vollkommener Sicherheit.

Anders gesagt: Das Leben war furchtbar *langweilig* geworden.

Dennoch genoss sie den ungewohnten Luxus, der sie umgab. Wohlig rekelte sie sich in dem fünf Fuß durchmessenden Badezuber, dessen heißes Wasser ihren Körper mit tausend unsichtbaren Händen umschmeichelte. Während sie beobachtete, wie der Wasserdampf sich in Form unzähliger Tröpfchen an Wänden und Decke, den orientalischen Lämpchen und farbenfrohen Möbeln der Kammer niederschlug, fiel ihr Blick auf den schmalen Dolch, der auf dem Rand des Badezubers lag. Salim bestand darauf, dass sie diese Waffe stets mit sich führte. Robin lächelte. Die Tür der kleinen Kammer ließ sich zwar nicht verschließen, aber wer lebend an Salims Männern vorbeikam, dem würde es auch gelingen, ihr den Dolch zu entwenden und in die Kehle zu stoßen.

Sie drehte sich, angelte nach der cremig-fettigen Seife und verzog das Gesicht, als der Schmerz zurückkehrte. Die Wochen, in denen sie ohne Nahrung und fast ohne Wasser durch die Wüste geritten war, mitten hinein in eine apokalyptische Schlacht und verstrickt in eine Intrige, bei der es um nichts anderes als die Macht über den gesamten Orient ging, hatten ihre Spuren hinterlassen. Ihre Schulter war noch immer nicht ganz verheilt, und obschon ihr Körper langsam wieder mehr dem einer Frau als dem eines ausgezehrten Gerippes glich, war das Gefühl, sich hier in diesem kleinen Paradies in absoluter Sicherheit zu wissen, ungewohnt und fremd.

Während die Wärme die Verspannung ihrer Muskeln löste und sie die Gedanken treiben ließ, atmete sie den schweren Duft der wohlriechenden Öle und Essenzen ein und zog dann, als das Wasser kälter zu werden begann, die Knie leicht an den Leib und drehte sich so weit auf die Seite, dass das Wasser ihren Körper bis zum Kinn hinauf bedeckte. Wehmütig dachte sie an das prächtige Bad auf der Assassinen-Festung Masyaf, in dem sie mit Salim so viele Stunden verbracht hatte. Doch heute kam ihr auch dieser unbequeme, an unzähligen Stellen leckende Holzzuber wie der pure Luxus vor. Immerhin waren etliche Wochen vergangen, seit sie zum letzten Mal in den Genuss eines Bades gekommen war, denn Saila hatte darauf bestanden, dass sie so lange darauf verzichtete, bis die Wunden, die sie davongetragen hatte, vollständig verheilt waren. Wie schnell man doch Bescheidenheit lernte.

Kurz spielte sie mit dem Gedanken, Saila zu rufen und die

Dienerin zu bitten, ihr frisches Wasser bringen zu lassen. Dann aber dachte sie daran, welche Mühe und Schweiß es die Dienerschaft kosten würde, noch mehr heißes Wasser zu bereiten und hier heraufzuschleppen. Es reichte ja, sich Sailas Tiraden darüber auszumalen, dass sie das ganze Wasser bald wieder mühsam Eimer für Eimer die beiden Treppen nach unten würde tragen müssen.

Während Robin sich das Haar einschäumte, wanderten ihre Gedanken zurück in das ewig kalte, windige Friesland. In ihrer Heimat war ihr mehr als einmal unversehens kaltes Wasser oder anderes auf den Kopf geleert worden, doch hier, in dieser schmutzigen, lauten und viel zu heißen Stadt, trug man den Inhalt des Zubers Eimer für Eimer die Treppen hinunter, um ihn dann im Hof auszuschütten. Wasser war für die Menschen in diesem Teil der Welt etwas überaus Kostbares, mit dem man einfach nicht so respektlos umging; nicht einmal in einer Stadt wie Jerusalem, in der es in so verschwenderischer Fülle vorhanden war. Und mit einem Mal plagte Robin das schlechte Gewissen bei der Vorstellung, durch einen zweiten Badegang so viel Wasser zu verschwenden. Gut zwei Jahre befand sie sich nun schon im Orient, und die heiße Sonne hatte nicht nur ihre Haut dunkler werden lassen und ihr Haar gebleicht, sondern ihr auch die Augen geöffnet für die Reichtümer, aber auch den Mangel dieser Länder. Mit einem Mal erschien ihr der Luxus des Bades, den sie genießen durfte, umso süßer.

Genüsslich tauchte sie unter, um sich die Lauge aus dem Haar zu spülen, doch keinen Herzschlag später bereute sie es. Ihre Sinne streiften das wohlige Nichtstun der letzten Stunden ab, sie öffnete die Augen, spähte durch das laugige Weiß nach oben und fand ihre Furcht bestätigt: eine schattenhafte Bewegung in der Kammer, direkt neben ihr.

In einer schnellen, gleitenden Bewegung fuhr sie hoch, griff nach dem Dolch – und ins Leere. Die Waffe war fort!

»Muss ich jetzt enttäuscht sein?« Die Männerstimme in ihrem Rücken klang belustigt. »Ich schreibe es deiner Erschöpfung und deinem momentanen Zustand zu. Denn wenn ich annehmen müsste, dass das alles wäre, was du in all der Zeit von mir gelernt hast, dann hätte ich jämmerlich versagt.«

Abbé! Wie konnte er es wagen …! Robin fuhr herum, dass das Wasser nur so spritzte, doch ihr ehemaliger Mentor ließ sich nicht beirren: »Mir ist es noch nie passiert, dass sich jemand unbemerkt an mich herangeschlichen hat, während ich im Bad saß.« Genüsslich drehte er ihren Dolch in seinen Händen. »Geschweige denn mir meine Waffe abgenommen.«

»Das mag vielleicht daran liegen, dass Ihr nur alle drei Jahre badet«, antwortete Robin finster. »Und das wahrscheinlich komplett in Stiefeln und Rüstung. Und *mit* Eurem Schwert.«

Falls Abbé den Seitenhieb verstanden hatte, ignorierte er ihn. »Hat man dir nie gesagt, wie ungesund zu häufiges Baden ist?«

Robin grunzte. Auch Saila wurde nicht müde, sie darauf hinzuweisen, und Robin wusste, dass die Dienerin ebenso von der Richtigkeit dieser Warnung überzeugt war wie Abbé selbst. Robin teilte die Meinung der beiden dennoch nicht. Finster gab sie zurück: »Und Euch hat nie jemand gesagt, dass es sich nicht gehört, ins Badezimmer einer Dame zu platzen, ohne um Erlaubnis zu fragen, scheint mir.«

Abbé grinste. »Wäre es dir lieber gewesen, ich hätte Rother geschickt?« Sein Blick tastete nun ungeniert über ihre Gestalt. Robin bedeckte hastig ihre Brüste mit den Armen und ließ sich ein wenig tiefer in den Zuber zurücksinken. Abbé kommentierte diese Geste nicht, aber seine Blicke sprachen Bände.

»Was wollt Ihr?«, fragte Robin unwirsch.

Abbé seufzte. »Ist das eine Art, einen alten Freund zu begrüßen?«

»Eins von beidem seid Ihr sicher.«

Abbé legte fragend den Kopf auf die Seite. »Alt oder ein Freund?«

»Diese Frage wird Salim vielleicht für Euch beantworten, wenn er Euch hier überrascht«, knurrte Robin.

»Salim?« Abbé machte eine wegwerfende Geste mit dem Dolch. »Dein heißblütiger junger Ehemann hat mich selbst hierhergeschickt – sonst wäre ich wohl auch schwerlich an diesem groben Kerl vor deiner Tür vorbeigekommen. Mir scheint, Prinz Salim vertraut mir grenzenlos.« Er seufzte. »Oder er sieht in mir keine Gefahr mehr, je nachdem.« Er sah an sich hinab und seufzte noch einmal, und noch tiefer. »Na ja.«

Gegen ihren Willen musste Robin lächeln. »Also gut«, setzte sie erneut an, »was wollt Ihr, Bruder Abbé?«

»Ein gemeinsamer Freund hat mich geschickt, um dich abzuholen.« Er spielte weiter mit dem Dolch, aber plötzlich hatte sie den Eindruck, als wüsste er nicht mehr, wohin mit seinen Händen. War er verlegen?

»Ein gemeinsamer Freund?«, wiederholte Robin und war sich jetzt sicher, dass die Nervosität des alten Ordensritters zunahm.

»Mhm«, nickte er, »sein Name ist Balduin, glaube ich.«

»Der König?!« Was sollte der König von ihr wollen? Und das ausgerechnet heute? Robin fuhr so überrascht auf, dass Abbé sich ihr instinktiv wieder zuwandte und sich dabei an der rasiermesserscharfen Klinge schnitt. Mit einem Knurren legte er das Messer auf den Rand des Bottichs zurück, steckte den blutenden Daumen in den Mund und funkelte sie an: »Kemmschuhierschonschnojemandieschesschnmensch?«, nuschelte er.

»Wie bitte?«, fragte Robin.

Abbé nahm den Daumen aus dem Mund – der Schnitt war nicht einmal besonders lang, aber er blutete heftig – und wiederholte: »Kennst du hier sonst noch jemanden dieses Namens?«

Robin schüttelte unwirsch den Kopf. Genau genommen kannte sie hier so gut wie niemanden außerhalb dieses Hauses; zumindest niemanden, auf dessen Bekanntschaft sie irgendeinen Wert legte. Auch Balduin war sie bisher nur zweimal begegnet – beide Male unter Umständen, an die sie sich lieber nicht erinnern wollte.

»Wann?«, fragte sie. »Warum?«

Abbé betrachtete mürrisch seinen blutenden Daumen. »In einer Stunde, und ich weiß es nicht.« Kurz schien er versucht, das Blut an seinem blütenweißen Templergewand abzuwischen, überlegte es sich dann aber anders und trat dichter an den Badezuber heran, wo er den Daumen knapp über ihrer Schulter im heißen Wasser hin- und herschwenkte: »Wen der König der Christenheit auffordert, zu ihm zu kommen, der fragt nicht nach dem Grund.«

Robin rang noch immer um ihre Fassung: »Er hat … gar nichts gesagt?«, vergewisserte sie sich.

Abbé nahm kurz den Finger aus dem Wasser, stellte fest, dass er noch immer blutete, und tauchte ihn übellaunig wieder ein: »Ich habe nicht selbst mit ihm gesprochen. Ich bin nur ein unbedeutender kleiner Tempelritter, der kaum auf eine Audienz beim König hoffen darf.«

»In einer Stunde schon«, murmelte Robin.

Abbé nickte: »Es ist nur ein kurzer Marsch zum Königspalast hinauf. Du hast also noch genug Zeit, dich um deine Schönheit zu kümmern.« Abermals zog er prüfend die Hand aus dem Wasser. »Nicht, dass es viel Sinn ergeben würde, wenn du dir allzu viel Mühe damit gäbest«, murmelte er dann.

»Danke schön«, sagte Robin spitz.

Einen Moment lang starrte Abbé sie vollkommen verwirrt an. Dann schüttelte er hastig den Kopf. »O nein, das meinte ich nicht. Es ist nur so, dass niemand dein Gesicht sehen wird. König Balduin wünscht, dass du das Ehrengewand anlegst, das er dir vor zwei Wochen übergeben hat. Samt Helm und Handschuhen. Er möchte wohl nicht, dass jemand sieht, dass ihn eine Frau besucht.« Abbé trat einen Schritt zurück, wischte sich nun doch den Daumen am Gewand ab und sah sie auffordernd an. »Also los – worauf wartest du?«

»Dass Ihr hinausgeht?«, schlug Robin vor.

Abbé sah sie fragend an, dann aber verstand er: »Sicher«, sagte er hastig. »Ich … muss sowieso nach einem Arzt suchen. Ich bin schwer verwundet, wie du ja siehst.« Und damit fuhr er auf dem Absatz herum und war ebenso schnell wieder verschwunden, wie er gekommen war, wenn auch nicht annähernd so lautlos.

Robin sah ihm mit leisem Ärger, aber auch einem Gefühl tiefer Zuneigung nach. Auch wenn sie Bruder Abbé kaum zwei Jahre kannte, schien ihr ihr früheres Leben ohne ihn manchmal Jahrhunderte entfernt zu sein. Doch trotz der vielen gemeisterten Gefahren, die sie und Abbé verbanden, war es ihr noch immer nicht möglich, ihn richtig einzuschätzen. Er spielte gern den Dummkopf und manchmal so überzeugend, dass sich selbst Robin fragte, was davon Scharade war und was nicht. Sie aber hatte ihn auch als einen Mann von großer Klugheit und mindestens ebenso großer Härte erlebt und wusste, dass ihn eine Menge Geheimnisse umgaben. Robin war nicht sicher, ob sie alle davon kennen wollte. Oder auch nur einige. Denn manche Geheimnisse, das wusste sie aus eigener, bitterer Erfahrung, hatten die unangenehme Eigenheit, zu einer tödlichen Krankheit zu werden, sobald man damit in Berührung kam – zu einer Krankheit, die unter Umständen binnen kürzester Zeit ganze Dörfer auslöschen konnte …

Robin schauderte und dachte zurück an jenen Sommer, an dem ihr Abbé zum ersten Mal begegnet war, erinnerte sich an Helle, den Knappen Jan, ihre geliebte Mutter und all die anderen Menschen, die Teil ihres ersten, so wunderbar *einfachen*

Lebens gewesen waren. Doch dann hatte sie auch noch den wenigen Überlebenden ihres kleinen ostfriesischen Heimatdorfes für immer den Rücken kehren müssen.

In den Monaten, die seit diesem Tag vergangen waren, war aus jenem Kind mit dem Weltbild eines neugeborenen Lämmleins auf einer Weide eine junge Frau geworden, die mit ihren siebzehn Lenzen weit mehr von der Welt gesehen hatte, als ein Großteil ihres Volkes bis zu seinem Tode zu Gesicht bekam. Und doch waren die Bilder von jenem schrecklichen Tag, an dem Gernot von Elmstatt und seine blutrünstigen Kumpanen über ihr Dorf hergefallen waren, noch immer so präsent, dass sie noch heute die Schreie der Sterbenden zu hören glaubte, in die sich auch ihr eigener um ein Haar eingereiht hätte.

Unwillkürlich tastete sie nach der kaum noch sichtbaren Narbe an ihrem Hals, zog die Hand wieder zurück, als hätte sie sich verbrannt, und schüttelte sich, um die Bilder, die da so plötzlich vor ihrem inneren Auge aufgeflammt waren, wieder zu vertreiben. Dann stand sie auf, um Abbés Bitte und der Einladung des Königs nachzukommen. Mochte er noch so gern den Tölpel spielen, Robin wusste, dass er Gehorsam von ihr erwartete. Er war ein hoch angesehener Ritter des Templerordens, dem sie mit Respekt zu begegnen hatte und der ihr, wenn sie ihn verärgerte, eine Menge Unannehmlichkeiten bereiten konnte, deren Ausmaß Robin sich lieber erst gar nicht auszumalen versuchte.

Als sie nun nach dem Damasttuch tastete, das Saila auf einem Schemel neben dem Zuber abgelegt hatte, wurde ihr für einen kurzen Moment schwarz vor Augen, und sie musste sich am Rand des Badezubers festhalten, um nicht auf das vierfarbige Mosaik zu fallen, das den Bodenbereich zwischen Tür und Bad schmückte. Ihr wurde übel, und sie schalt sich selbst, als sie an ihr Morgenmahl zurückdachte, das in seiner

Maßlosigkeit einem Ritter sicherlich nicht geziemt hatte. Im Licht der aufgehenden Sonne waren ihr die unbekannten Früchte auf dem Frühstückstisch mit einem Mal so unwiderstehlich erschienen, dass sie Berge davon mit einem guten halben Liter handwarmer Kamelmilch heruntergespült hatte. Sie hätte nie gedacht, dass sie sich irgendwann einmal an Kamelmilch gewöhnen könnte. Aber sie hätte auch vor ein paar Jahren niemals geglaubt, dass es möglich war, ein Doppelleben als Ehefrau eines abendländischen Prinzen und als Ordensbruder des Templerordens und Erster Ritter des Königs führen zu können.

Während sie nach dem Badetuch griff und weiter stumm gegen den Brechreiz ankämpfte, betrachtete sie ihren Körper im Spiegel gegenüber. Sie hatte sich von den Entbehrungen der fürchterlichen Schlacht bei Mardsch Ayun erstaunlich schnell erholt – und zwar so gut, dass sie bereits wieder rundlich um die Hüften wurde und sich ein kleines, aber nicht zu verleugnendes Röllchen aus Speck um ihre Taille gelegt hatte. Wenn sie sich weiterhin so von Salim und Saila verwöhnen ließ, würde ihr Bauchumfang dem Bruder Abbés bald in nichts mehr nachstehen. Vielleicht wurde es wirklich allerhöchste Zeit, dass der Templer sie in das nächste unfreiwillige Abenteuer trieb, ehe sie noch aufging wie ein Klumpen Hefeteig.

Sie seufzte, setzte den ersten Fuß auf den Schemel und wunderte sich kein bisschen, dass die Tür in diesem Moment erneut aufschwang und Saila, dicht gefolgt von ihrer Tochter Nemeth, im Eilschritt durch den Baderaum auf sie zustürmte. Die Dienerin riss ihr das fein gewebte Tuch förmlich aus den Händen und begann, kaum dass Robin auch den zweiten Fuß aus dem lauwarmen Nass gehoben hatte, ihren Schützling mit einer Leidenschaft trocken zu rubbeln, die zweifelsohne jeden noch so hartnäckigen Fleck aus einem Laken entfernt hätte. Dennoch war Robin dankbar, dass Saila und Nemeth bei ihr waren und ihr leises Würgen nicht etwa Kaya, den monumentalen Leibwächter vor ihrer Tür, auf den Plan gerufen hatte. Robin mochte ihn nicht, und sein Gesicht wirkte auf sie, als wäre es in einer besonders peinlichen Situation plötzlich in einem Schneesturm vereist und nie wieder aufgetaut. Aber auch wenn er der charmanteste Mensch unter der Sonne gewesen wäre, hätte sie nicht gewünscht, dass er sie unbekleidet sah. Sie mochte sich in letzter Zeit nicht einmal jenen wenigen Menschen nackt zeigen, denen sie noch vertraute und die sie nicht für einen Mann hielten.

Saila versuchte unbeirrt weiter, ihr die aufgeweichte Haut von den Knochen zu reiben: »Euer ehrwürdiger Freund erwartet Euch vor dem Ausgang«, schnarrte sie, und der Unmut in ihrer Stimme war kaum zu überhören. Robin nickte und verstand. Saila war eine Muselmanin – eine Heidin, die einen christlichen Ritter vor ihrer Tür ebenso wenig begrüßte, wie ein Templer einen bewaffneten Muselmanen vor seinen Toren gutgeheißen hätte. Dass Bruder Abbé in Frieden kam und auf eine Frau seines Volkes wartete, die sich zeitweise als Mann und gar christlicher Ritter ausgab und sich just in diesem Moment von Dienerinnen aus dem Heidenvolk in ihre Kleider helfen ließ, machte es Saila nicht eben einfacher.

»Er ist sehr ungeduldig, Ihr solltet Euch eilen«, fügte sie hinzu, wobei sie es geschickt vermied, Robin direkt anzusehen. »Das da hat er für Euch zurückgelassen.« Sie deutete mit einer knappen Kopfbewegung auf ein Bündel Kleider, das ihre Tochter Nemeth in Händen hielt. Das Mädchen musterte Robins vom energischen Rubbeln gerötete Haut mit einem unübersehbar schadenfrohen Funkeln in ihren schwarzen Augen, und Robin zog mit gespielter Strenge die Brauen zusammen. Insgeheim aber dankte sie Salim dafür, dass er ihr hier im fremden Israel nicht irgendwelche Hausangestellten zugeteilt hatte. Ihr Alltag in der weitläufigen, über zwei Etagen reichenden Wohnung war zwar praktisch sorglos, aber auch schrecklich eintönig. Saila und ihre Tochter stammten aus dem Dorf, das Robin zuletzt ihr Zuhause gewesen war, und Saila begegnete ihr mit der liebevollen Fürsorge einer Mutter. Nemeth aber brachte Robin mit ihrer frechen, teils fast unverschämten Sorglosigkeit immer wieder zum Lächeln. Robin mochte das mittlerweile etwa zwölfjährige Mädchen mit dem nachtschwarzen Haar und den riesigen, dunklen Augen ausgesprochen gern – vielleicht weil es sie ein wenig an sich selbst erinnerte – oder besser: an das, was sie unter anderen Umständen vielleicht geblieben wäre; ein aufgewecktes, abenteuerlustiges Mädchen mit einem ausgeprägten Gerechtigkeitssinn und einem unerschütterlichen Glauben an den Sieg des Gescheiten über das Dumme, des Schönen über das Hässliche und vor allem des Guten über das Böse. Selbst angesichts der fremden, aus christlicher Sicht oft brutal anmutenden Kultur, der sie angehörte, hatte Nemeth sich ein wunderbar *faires* Bild von der Welt und den Menschen bewahrt. Manchmal beneidete Robin sie ein klein wenig um diesen kindlichen Blick auf die Welt und fühlte sich dem Mädchen in fast schon schwesterlicher Zuneigung verbunden.

Genau deshalb wusste Nemeth in diesem Moment auch nur zu gut, dass die Strenge in Robins Blick bloß aufgesetzt war. Ein breites, vollkommen unverhohlenes Grinsen gesellte sich zu dem belustigten Funkeln in ihren Augen, doch als Robin sie gerade wegen ihrer ganz und gar unschicklichen, überhaupt nicht damenhaften Schadenfreude tadeln wollte, fiel ihr Blick auf das weinrote Gewand in Nemeths Händen: einen Waffenrock aus grobmaschigem Baumwollstoff, verziert mit fünf goldenen Kreuzen aus einem Garn, das so dick war, dass man es in diesem Teil der Welt wahrscheinlich eher zum Häkeln, wenn nicht gleich zum Teppichklöppeln verwendet hätte: das Wappen König Balduins.

Robin seufzte. Der Anblick des Waffenrocks erinnerte sie an jene komplizierten politischen Ränkespiele, in denen die

Ritter des Templerordens ab einem bestimmten Rang nachgerade aufzugehen schienen. Entschlossen nahm sie Saila das Damasttuch aus der Hand und bedeckte damit ihre Blöße, während sie auf Nemeth zuschritt und die Fingerspitzen zögernd über den rauen Stoff gleiten ließ. »Ist das …«

»Der Rest Eurer Maskerade liegt auf der großen Truhe vor Eurem Schlafgemach«, knurrte Saila. »Natürlich werde ich Euch nicht daran hindern können, der Bitte Eures gottesfürchtigen Freundes nachzukommen.« *Aber wenn du erwartest, dass ich dir deine lästerliche Rüstung hinterhertrage und dir aus freien Stücken beim Ankleiden helfe, kannst du warten, bis der Prophet und Jesus Christus sich zum Sabbat einen Schweinebraten teilen*, fügte ihr Blick stumm hinzu, und der *gottesfürchtige Freund* klang aus Sailas Mund wie eine Beleidigung.

Robin ging nicht weiter darauf ein. Alles, was sie hätte sagen können, hätte Saila nur zusätzlich verärgert. Alles – außer vielleicht: *Du hast ganz recht. Ich werde mich ihm verweigern.*

Aber das ging natürlich nicht. Zwar hatte der König sie paradoxerweise vor weniger als drei Monaten wie ein kleines Mädchen heimgeschickt, nachdem er ihr den Titel *Schwert des Königs* verliehen hatte, und so war ihre ehrenhafte Position bislang rein formeller Natur gewesen. Doch das änderte nichts daran, dass sie unter Eid stand und ihren Pflichten als Erster Ritter unverzüglich nachkommen musste, sobald Balduin nach ihr verlangte.

Doch wenn Robin ehrlich zu sich war, flüsterte eine leise Stimme in ihrem Inneren, dass sie sich auch gar nicht verweigern wollte. Sie hatte den weinroten Waffenrock bloß ein einziges Mal getragen, und leicht fiel es ihr nicht, ihn gegen das weiße Templergewand einzutauschen. Es hatte sie in unzähligen Kämpfen begleitet, viel Blut gesehen, aber ihr Leben bewahrt. Doch die vielen Wochen zwischen Speisezimmer und Schlafgemach hatten Robin unruhig werden lassen. Hinzu kam die Neugierde. Was mochte der Grund sein, aus dem

Balduin sie rief? Und so zögerte sie nicht länger und griff nach den Gewändern. Es fiel ihr auch dieses Mal schwer, das Wappen des Königs nicht ungerechterweise mit eitrigen Pusteln und fauliger Haut in Verbindung zu bringen. Balduin war ein herzensguter Mensch und ein guter König, und die Entstellungen, unter denen er angeblich litt, hatte sie nie mit eigenen Augen gesehen, denn er pflegte sich zu vermummen wie ein Muselman. Es war nicht nur ihre Pflicht, seiner persönlichen Einladung zu folgen, sondern auch eine gewaltige Ehre, die den wenigsten seiner Ritter in ihrem ganzen Leben zuteilwurde.

Schweigend ertrug sie die demonstrativ ruppigen Bewegungen, mit denen Saila ihr nun doch beim Einkleiden half, und warf schließlich Kaya, während sie an ihm vorüberschritt, einen fast schon traditionell mordlüsternen Blick zum Abschied zu. Der Leibwächter begegnete ihr mit der gewohnten starren Grimasse und folgte ihr dann wie ein fleischgewordener Schatten. Robin ignorierte ihn würdevoll. Sie hatte nicht die geringste Ahnung, wohin ihr Weg, den sie heute an Abbés Seite beschreiten würde, sie letztendlich führte, aber dafür das sichere Gefühl, dass er keineswegs im Palast am Davidsturm enden würde. Sie würde Saila, Nemeth, ihr wohliges Heim und vor allem ihren Ehemann gewiss längst vermissen, bevor der Himmel den Tag verabschiedete. Aber wenigstens, dachte Robin mit dem Hauch eines Lächelns bei sich, schaute ihr Kaya dann nicht mehr dabei zu.

»*Und sein Kreuz tragend, ging er hinaus nach der Stätte … wo sie ihn kreuzigten, und zwei andere mit ihm, auf dieser und auf jener Seite, Jesum aber in der Mitte*«, zitierte Bruder Abbé aus dem Johannesevangelium. Sie ritten vorsichtig und langsam durch die schmalen Gassen der Stadt, die zu dieser Tageszeit einem prall gefüllten Fischernetz glichen, und abermals zügelte Abbé unvermittelt sein Pferd. Er bekreuzigte sich und ließ seinen

Blick auf einem sandfarbenen Torbogen ruhen, in den ein winziges, rechteckiges Fenster eingelassen war. Nur mühsam riss er sich schließlich los und trieb sein Reittier erneut an. Was es war, das ihn an diesem speziellen Ort faszinierte, wusste Robin nicht und fragte auch nicht danach – wohl wissend, dass sie einer Antwort dennoch nur mit Glück würde entgehen können. Seit sie das Haus am östlichen Stadtrand verlassen hatten, hatte sie sich an seiner Seite eher wie auf einer Pilgerreise durch die Heilige Stadt gefühlt als auf dem Weg zum Palast des Königs. Wann immer Abbés Rappe auch nur versehentlich aus dem Schritt geriet, erwartete sie eine weitere detaillierte Ausführung aller Heiligen inklusive der durch sie oder in ihrem Namen vollbrachten Heldentaten – und zwar samt den dazugehörigen Bibelversen. Immerhin übersetzte er Letztere ihr zuliebe mittlerweile ins Deutsche. »*Ecce homo*«, fuhr er auch dieses Mal unaufgefordert fort und deutete mit einem Nicken auf den steinernen Bogen, den sie soeben passiert hatten, »*Seht den Menschen*. Das hat Pontius Pilatus gesagt, als er dem Mob den Heiland mit dem Kreuz auf den Schultern präsentierte. Genau unter diesem Bogen.«

Ob der Stolz in seiner Stimme seinem umfassenden Wissen geschuldet war? Oder dem Umstand, dass er sich dort befand, wo Jesus Christus vor vielen Jahrhunderten gelebt und gepredigt hatte und – auch für ihn, was zu erwähnen Abbé nie müde wurde – gestorben war?

Aber Jerusalem war mehr als nur die Stadt des Leidens, Sterbens und der Auferstehung des Heilands. Hier würde sich, wenn dereinst die Posaunen des Jüngsten Gerichts erschallten, das irdische mit dem himmlischen Jerusalem vermischen. Und spätestens seit Papst Urban II. dazu aufgerufen hatte, das Heilige Land mit dem Schwert aus der Knechtschaft der Heiden zu befreien, war es den Christen nicht mehr genug, auf den Spuren des Heilands zu wandeln. Sie wollten sie *besitzen* – auch wenn dies kaum jemand so unverblümt aussprach. Robin missfiel der Gedanke. Schließlich war sie der lebende Beweis dafür, dass man das Heilige Land nicht erobern musste, um darin zu leben – und das auch noch sehr gut und außerordentlich *glücklich*. Sie hatte jedenfalls nicht den Eindruck, dass Jerusalem von irgendetwas befreit werden musste. Die Heiden zollten den christlichen Heiligtümern schließlich ausreichenden Respekt – wenngleich aus gelegentlich fragwürdigen Gründen.

Aber was verstand Robin schon von Gott und seinen Wegen? Sie verstand ja noch nicht einmal, warum der König sie sehen wollte.

Seufzend dachte sie an ihren Aufbruch aus Salims Haus zurück: Salim war wütend darüber, dass Robin Bruder Abbé in dieser Sekunde begleitete, das wusste sie genau. Er hatte sich nicht von ihr verabschiedet, schien selbst nicht einmal mehr im Haus gewesen zu sein, und das war ein wirklich schlechtes Zeichen. Fast wäre es Robin lieber gewesen, er hätte gezürnt oder ihr seinen Schutz aufgedrängt wie einem kleinen Kind, als welches er sie so gern behandelte und sie damit immer wieder in Rage versetzte. Es würde Zeit und eine Menge diplomatisches Geschick erfordern, den Schaden wieder zu beheben, den der Templer unbeabsichtigt angerichtet hatte, als er sie aufgefordert hatte, mit ihm zu gehen. Nur warum Abbé sie nun in der prallen Hitze und zur geschäftigsten Tageszeit überhaupt durch die staubige, überfüllte Stadt Richtung Königspalast trieb, das wusste Robin noch immer nicht.

»Ich frage noch einmal, Bruder Abbé: Warum habt Ihr mich aus meinem so wunderbar geregelten Leben entführt? Warum wünscht mich der König zu sehen?«

»Wunderbar geregeltes Leben«, wiederholte Bruder Abbé, zuckte die Achseln, und in seiner Stimme schwangen Spott, Zweifel und eine Spur von Bedauern mit. Dann seufzte er tief: »Du bist in Gefahr, Robin. In großer Gefahr sogar, wie wir fürchten.«

»Ihr?«, hakte Robin nach.

»In erster Linie ich.« Bruder Abbé zuckte abermals die Achseln. »Aber natürlich auch der König. Und auch der junge Rother hat sich verdächtig bekümmert gezeigt. Wenn ich es nicht besser wüsste, würde ich glatt vermuten, dass er ein Auge auf dich geworfen hätte.«

»Abbé!«, schnappte Robin, aber es klang nicht sehr empört, denn sie selbst wusste es besser. Ja, Rother wusste, dass sich eine Frau unter der Rüstung Ritter Robins verbarg. Aber Rother fühlte sich den Idealen des Templerordens zu eng verbunden, um sich ein Interesse an einem Weib zuzugestehen, und das Wissen um ihre Maskerade hatte ihn tief erschüttert. Er *konnte* sie nicht als Frau mögen. Zumindest hielt er sich dies selbst erfolgreich vor, und Robin hoffte, es bliebe dabei.

»Schon gut ...« Abbé machte eine beschwichtigende Geste mit dem kleinen Finger der rechten Hand, und Robin wechselte das Thema: »Also gut. Wem bin ich heute ein Dorn im Auge? Wer sähe mich in diesen Tagen lieber tot? Wenn es unser ehrenwerter Bruder Andrew ist, der sich am vergangenen Sonntag hinter dem Badehaus entleerte, als er sich unbeobachtet wähnte, so richtet ihm aus, dass wirklich niemand je aus meinem Munde etwas ...«

»Robin!«

»Verzeiht.«

»Deine lose Zunge wird dich eines Tages noch den Hals kosten«, prophezeite Abbé düster. »Es muss der Umgang mit dem Heiden sein, der dir schlecht bekommt. Das ist es jedenfalls nicht, was man dich in meiner gesegneten Komturei gelehrt hat.«

Robin ersparte sich einen Hinweis auf eine Menge viel schlimmerer Dinge, die sie sich während ihrer Zeit in Abbés Komturei hätte aneignen können: »Lenkt nicht vom Thema ab, Bruder Abbé. Ihr sagtet, ich sei in Gefahr. Ich wäre Euch sehr verbunden, wenn Ihr ein wenig näher darauf eingehen könntet, damit ich weiß, welche Landstriche ich dieses Mal aus meiner Welt streichen sollte, ehe sie je gesehen zu haben.«

»Gerhard von Ridefort.« Abbé wich ihrem Blick aus. Er nannte nicht gern konkrete Namen, kannte Robin aber gut genug und wusste, dass sie nicht ruhen würde, ehe er ihre Fragen beantwortet hatte. »Unser Großmeister Odo von Saint-Amand hat aus der Gefangenschaft verlauten lassen, dass es keinen muslimischen Gefangenen gäbe, der nur annähernd so bedeutend ist wie er«, erklärte der Templer düster. »Unabhängig von meiner persönlichen Meinung über Saint-Amand: Ich wäre einer der Letzten, die ihm da nicht beipflichten würden. Dennoch hätte er in seiner Situation besser daran getan, seine Meinung für sich zu behalten.«

»Odo?« Robin schüttelte verwirrt den Kopf. »Odo von Saint-Amand ist tot, Abbé. Ihr selbst habt mir gesagt, dass er in der Schlacht bei Mardsch Ayun gefallen ist.«

»Ein Gerücht«, winkte Abbé ab. »Eine Verwechslung möglicherweise. Oder eine bewusst in Umlauf gebrachte Lüge, um den Orden der Templer zu schwächen. Aber es macht keinen großen Unterschied, ob der Großmeister tot ist oder in Gefangenschaft Sultan Saladins tönt, seine Bedeutsamkeit könne von keinem Muselmanen auch nur annähernd erreicht werden.«

»Weil ein Austausch von Gefangenen damit unter Umständen unmöglich wird?«

Abbé nickte. »Der ehrwürdige Sultan fühlt sich durch Odos Verhalten persönlich beleidigt, was unseren bisherigen diplomatischen Bemühungen natürlich wenig zuträglich ist. Der Orden versucht im Augenblick, eine große Summe Goldes aufzubieten, aber …« Er schüttelte den Kopf und zog eine finstere Grimasse. »Es müsste eine gewaltige Summe sein, um Saladin zu beeindrucken.«

Robin nickte und schüttelte fast in der gleichen Bewegung den Kopf: »Wenn der Sultan von irgendetwas zu viel hat – von

Frauen in seinem berüchtigten Harem einmal abgesehen –, dann ist das wahrscheinlich Gold. Aber wenn Ihr erwartet, ich könnte in dieser Sache in irgendeiner Form nützlich sein, dann täuscht Ihr Euch.«

Der Tempelritter machte eine wegwerfende Handbewegung: »Niemand erwartet, dass eine Frau einen mächtigen Herrscher in einer solch wichtigen und komplizierten politischen Angelegenheit beeinflusst. Nicht in unserer Kultur, und schon gar nicht in diesem primitiven Volk von Sündern. Es gibt nichts, was du in Bezug auf Odo ausrichten könntest; im Grunde betrifft dich die ganze Angelegenheit überhaupt nicht.«

»Aber?«

»Aber es gibt bereits eine Reihe von Anwärtern, die um die Nachfolge Saint-Amands in seiner Funktion als Großmeister des Templerordens buhlen. Und der lauteste von allen ist eben Gerhard von Ridefort. Er wirft all seine Beziehungen in die Waagschale, um Saint-Amand im Falle einer Hinrichtung oder langjährigen Gefangenschaft zu beerben. Man flüstert sogar, er hintertreibe die Verhandlungen um den Gefangenenaustausch, damit der Großmeister nicht freikommt und eine Neuwahl sichergestellt ist.«

Es war womöglich noch voller geworden in den Straßen, und Abbé hatte sich so sehr in Rage geredet, dass er unachtsam geworden war. Aus den Augenwinkeln gewahrte Robin eine Bewegung schräg vor dem Templer. Blitzschnell griff sie nach seiner rechten Schulter, riss ihn hart zurück und bewahrte ihn so vor einer schmerzhaften und unappetitlichen Kollision mit einer blutigen Lammhälfte, die ein muskelbepackter Muselman, ohne nach rechts oder links zu sehen, auf einen hohen hölzernen Karren beförderte. Abbé überwand seinen Schrecken schnell, schob die Scham über die eigene Unachtsamkeit mit einem schiefen Lächeln beiseite und hieß Robin, abzusitzen und sich an seiner Seite durch die in der

Nähe des Marktes stetig dichter werdende Masse zu schieben. Sie tat ihm den Gefallen und beglückwünschte sich dabei im Geiste für die Entscheidung, das schwere Kettenhemd und die eisernen Rüstungsteile, die sie vor ihren Gemächern vorgefunden hatte, nicht anzulegen. Stattdessen hatte sie Letztere unter Abbés unwilligen Blicken kurzerhand am Sattelzeug ihres Pferdes festgeschnürt. Schließlich begab sie sich in den Palast des Königs, nicht in eine Schlacht. Obschon Robin sich an die sengende Hitze dieses Landes gewöhnt hatte, trug sie doch lieber nur so viel am Leib wie unbedingt nötig – was im Falle eines Ritters des Königs schon eine ganze Menge war. Mit den Rüstungsteilen jedenfalls wäre ihr ein Absitzen in den engen, menschenvollen Gassen kaum möglich gewesen.

»Und was habe ich nun damit zu tun?«, hakte Robin, die nun ihr Pferd am Zügel führte, schließlich nach. »Welche Gefahr stelle ich für Gerhard von Ridefort dar?« Sie konnte von Ridefort nicht ausstehen – spätestens seit er sie im Hauptquartier im wahrsten Sinne des Wortes vor dem König selbst *bloß*gestellt hatte, war alles, was sie beim Gedanken an den Templer empfand, Verachtung und Wut. Aber Konkurrenz war sie für Gerhard von Ridefort ganz gewiss nicht. Sie lebte als Frau eines Prinzen in Jerusalem und gedachte nicht, daran in absehbarer Zeit irgendetwas zu ändern; zumindest nicht aus freien Stücken. Im Grunde war es ihr egal, wer im Orden der Templer welchen Posten belegte und wie viel zu sagen hatte, denn im Endeffekt verfolgten sie ohnehin alle das gleiche Ziel – die Eroberung des Morgenlandes. Auch wenn sie noch so nachdrücklich betonten, dass sie Jerusalem selbstloserweise im Auftrag des Herrn aus den Händen der Heiden befreien wollten und alles, was sie taten, von großer Heiligkeit war.

Abbé hielt kurz inne und sah sie aufmerksam an: »Ich will dich nicht kränken, mein Kind, aber ich habe schon Hunderte Male den Tag verflucht, an dem ich dir gestattet habe, das Gewand eines Templers anzulegen. Dein Unglück resultiert aus deiner Tapferkeit.«

*Nein. Mein Unglück resultiert aus deinen Gelüsten und deiner Schwäche für das Weib eines anderen Mannes. Und nicht nur meines …*

Sie schob den Gedanken beiseite und behielt ihn für sich. Letzten Endes waren Abbés Sünden zwar tatsächlich die Klinge gewesen, die ihr Leben zweigeteilt hatte, aber es war nicht seine brutale Hand gewesen, die sie hindurchgetrieben hatte. Und sie wusste, dass der Templer selbst noch immer am allermeisten unter den Verfehlungen litt, die er sich damals in Ostfriesland hatte zuschulden kommen lassen.

Abbé hatte sich bereits abgewandt und setze nun an ihrer Seite den Weg durch das geschäftige Treiben zwischen den zahllosen, von farbenfrohen Tüchern überdachten Marktständen fort. »Für Gerhard mag es zwei Gründe geben, dich zu töten«, kam er auf ihre Frage zurück. Er musste fast schreien, damit sie seine Worte über all die anderen Stimmen, das Klappern und Scheppern verschiedener Behälter, das Getrampel der Füße, das Blöken der Ziegen, das Protestieren der Maultiere und nicht zuletzt über das Gebrüll der Händler hinweg verstehen konnte. »Zum einen muss er dich einfach für die Pein des Augenblicks hassen, in dem er in das offene Messer des Königs rannte, während er dich, das Bauernmädchen, eigentlich verraten, erniedrigen und von deinen vermeintlichen Vergehen profitieren wollte. Er hat nicht verkraftet, dass der König seine schützende Hand nicht nur über dich gehalten, sondern dich sogar zu seinem Ersten Ritter ernannt hat. Für Gerhard ist das der blanke Hohn. Und eine Ungeheuerlichkeit noch dazu. Und zum anderen könnte er anhand deines toten Körpers beweisen, was jetzt nur eine haltlose Behauptung wäre: dass du eine Frau bist.«

Robin zuckte die Achseln: »Er bekleidet auch jetzt schon

einen hohen Posten. Warum sollte man ihm nicht glauben? Wenn er sich an mir rächen will, indem er mich seinen Brüdern vorführt – warum tut er es nicht einfach?«

Abbé ignorierte ihre Frage. Vielleicht hatte er sie zwischen dem Lärmen des Basars auch nicht gehört. Robin mochte in ihrem weiten Waffenrock und mit dem kurzen, ungekämmten Haar einen ganz passablen Jüngling abgeben, aber ihre Stimme hatte nicht die Gewalt eines jungen Mannes; vielleicht nicht einmal die eines kräftigen Knaben.

»Odo war bereits früh darüber aufgeklärt, was du bist«, fuhr er fort, »denn ich musste ihn als Großmeister des Ordens unterrichten. Deine Maskerade hat natürlich sein Missfallen erregt.« Er machte eine kurze Pause, und Robin hatte den Eindruck, dass ihn Schuldgefühle plagten. Dann aber gab er sich einen Ruck: »Deshalb konnte ich auch nicht offen für deine Befreiung eintreten, als du als Sklavin verkauft werden solltest.«

Obwohl ihr keineswegs gefiel, was sie hörte, zuckte Robin die Achseln, was Abbé mit einem dankbaren Nicken quittierte, als käme ihre Geste einem Ablassschreiben gleich. Robin seufzte. Was sie nun mit Abbés Ordenspolitik zu tun hatte, wusste sie noch immer nicht, aber Abbé schien ein Einsehen zu haben und kehrte zum Thema zurück: »Odo war mit Gerhard von Ridefort sehr vertraut. Darum war möglicherweise auch der Ordensmarschall eingeweiht. Robin, bist du dir eigentlich darüber im Klaren, wie sehr es dem Orden schaden würde, wenn bekannt wird, dass wir ein Weib in Männerkleidern in unserer Mitte versteckt hielten?«

Robin antwortete nicht. Streng genommen musste sie Abbés Frage verneinen. Trotzdem verstand sie nicht, warum von Ridefort nicht andere Sorgen haben sollte, als sich mit Rachefeldzügen gegen ein Bauernmädchen aufzuhalten. Sie sah Abbé fragend an, und dieser gab sich selbst Antwort: »Möglicherweise würde der Papst den Orden der Templer auflösen, wenn er davon erführe.«

Robin schnappte nach Luft. Bislang hatte sie in der Überzeugung gelebt, dass lediglich einige wenige Menschen große Probleme bekämen, wenn ihre Maskerade aufflog – allen voran Bruder Abbé und natürlich sie selbst. Offenbar hatte sie sich getäuscht.

Abbé nickte, als hätte er Robins Reaktion vorausgesehen: »Genau so ist es. Und das allein könnte für Gerhard ein Grund sein, dich töten zu lassen. Außerdem hast du dir einen Namen gemacht. Bruder Robin, der den Alten vom Berg kennt und aus der Sklaverei der Heiden entkommen ist, ist schon fast eine Legende unter den jungen Rittern. Auch haben viele Ritter gesehen, dass keineswegs du die Niederlage bei Mardsch Ayun verschuldet hast. Und nicht zuletzt gibt es Augenzeugen dafür, wie du König Balduin das Leben gerettet hast. All das steigert deinen Ruhm. Und man weiß, dass du von mir ausgebildet und in den Orden geholt wurdest. Nun aber stehe *ich* an der Spitze jener Ritter, die um jeden Preis verhindern wollen, dass Gerhard zum Großmeister des Ordens wird.« Abbé hatte sich in Rage geredet und sprach mittlerweile im Duktus der Prediger, die, auf einer Holzkiste stehend und die Faust geballt, ihre Botschaften in der heißen und trockenen Luft Jerusalems verkündeten. Jetzt sah ihr Lehrmeister sie aufmerksam an: »Verstehst du, Robin? Es ist schlimm genug, dass er der Ordensmarschall ist. Er darf nicht noch mehr Macht gewinnen!«

Robin sah auf den etwas kleineren Abbé herab und nickte, ein Staunen in den graugrünen Augen. Der Templer war wirklich wütend. Das verwunderte Robin, denn schließlich handelte es sich bei einem Großteil von allem, was Abbé den Ordensmarschall betreffend gesagt hatte, doch um reine Spekulation. »Warum darf er nicht mehr Macht gewinnen?«, hakte sie deshalb nach. Schließlich ging es um eine wichtige Entscheidung, und weder Bruder Abbés noch Robins Meinung über Gerhard spielte hierbei eine Rolle.

»Warum fragst du?«, stieß Abbé entrüstet aus, als hätte sie ihn gefragt, warum man den Petersdom im Bedarfsfall nicht als Markthaus nutzen konnte. »Er ist der Untergang des Königreichs! Von Hass verblendet, ein Intrigant, ein boshafter Mensch, der jede Fähigkeit zum Denken verliert, wenn er erzürnt ist oder sein Stolz ihn blind macht. Es ist nur sechs Jahre her, dass er nach Outremer kam. Er war damals ein Nichts! Ein unbedeutender flämischer Ritter, den niemand kannte. Nicht seine Frömmigkeit hat ihn hierhergeführt, sondern das Wissen, dass er es in seiner Heimat niemals zu etwas bringen würde. Er hat sich als einfacher Ritter dem Grafen Raimund von Tripolis angeschlossen, dem damaligen Vormund unseres Königs Balduin. Die Bedingung für seinen Dienst war, dass er um die Hand der ersten geeigneten Erbin aus der Grafschaft anhalten dürfte, um selbst zu Grund und Boden und einer kleinen Burg zu gelangen. Er …«

Robin hörte nur noch mit halbem Ohr zu, während er vom Tod eines reichen Ritters aus dem Gefolge des Grafen von Tripolis erzählte, dessen Witwe Raimund von Tripolis entgegen alle Absprachen an einen Pisaner Kaufmann namens Plivano verheiratete, der dem Grafen nämlich versprochen hatte, Genannte in diesem Falle in Gold aufzuwiegen. Von Ridefort, so Abbé, habe die Dienste des Grafen darum im Zorn verlassen und sich dem Orden der Tempelritter angeschlossen. Dann aber erhöhte Abbé abermals die Intensität seiner Worte und schien zum Finale anzusetzen: »Zorn und Ehrgeiz sind die einzigen Beweggründe für Gerhards Taten! Und weil Graf Raimund nach wie vor ein enger Vertrauter des Königs ist, hasst Gerhard auch König Balduin und lässt keine Gelegenheit aus, um den Namen des Königs zu beschmutzen und zu fordern, dass das Zepter Jerusalems aus den Händen des Leprakranken genommen wird. Er hat inzwischen erreicht, dass der König die Johanniter bevorzugt. Der König hat stets das letzte Wort, wenn entschieden wird, ob einer der Orden im

Heiligen Land weiten Grundbesitz oder sogar eine Burg erwerben kann. Verstehst du nun, warum Gerhard dich schon allein dafür hassen muss, dass du König Balduin das Leben gerettet hast?«

Wieder einmal hätte Robin mit Nein antworten müssen. Sie verstand den tumben Hass Gerhard von Rideforts auf König Balduin nicht. Sicherlich war er nach wie vor verärgert über den Umstand, dass man sie, Robin, die Schwiegertochter Raschid Sinans, in den Kleidern eines Ordensbruders ins Morgenland geschmuggelt hatte – und das ganz ohne sein Wissen. Doch das, auch nicht in Verbindung mit der Geschichte um den Pisaner Kaufmann, die Abbé gerade erzählt hatte, konnte nie und nimmer Grund genug sein für von Rideforts Haltung. Nun – immerhin verstand Robin jetzt, warum von Ridefort Bruder Abbé derart in Rage brachte: Mit seinem nachgerade kindischen Verhalten schadete von Ridefort nicht nur seinem eigenen Ansehen, sondern auch dem des Ordens selbst, der einen Mann wie ihn schließlich in den eigenen Reihen tolerierte. Und nicht nur das: Sein Ansehen war groß genug, um den Posten des Ordensmarschalls zu bekleiden, und seine Anhänger waren so zahlreich, dass er sich eine reelle Chance auf den Posten des Großmeisters ausrechnen konnte. Da nahm es nicht wunder, wenn König Balduin mittlerweile die den Templern seit jeher verhassten Johanniter bevorzugte. Nachdenklich glitt ihr Blick über die mit grellbunten Tüchern überdachten Verkaufsstände, an denen zahllose bunt gewandete Menschen lauthals um Speisen, Gewürze, Geschmeide, Lampen, Gefäße und Werkzeuge aus Gold, Silber und gefärbtem Glas feilschten. Der Lärm war ohrenbetäubend, aber Robin nahm ihn kaum wahr. Sie schätzte Balduin als einen verantwortungsbewussten, guten König ein, der absolut nichts tat, ohne vorher gründlich darüber nachgedacht zu haben. Und so mochte Ärger den Anstoß zu seiner Bevorzugung der Johanniter gegeben haben, aber den Entschluss hatte Balduin sicherlich wohl durchdacht – und letzten Endes gegen von Ridefort gefällt. Dennoch war Robin sich nicht sicher, was mit Bruder Abbé oder ihr geschah, wenn Gerhard dafür sorgte, dass der König nicht mehr bestreiten konnte, dass er um ihre wahre Identität wusste. Dabei war sie fest davon überzeugt, dass König Balduin niemanden für ihrer beider Vergehen zur Verantwortung ziehen würde, der nicht auch tatsächlich Verantwortung dafür *trug*. Aber Abbé hatte sich mittlerweile in Rage geredet: »Verstehst du jetzt, wie groß die Gefahr ist, in der du …«

»Nein«, unterbrach Robin ihn und registrierte mit Erstaunen, dass er diesen kleinen Ungehorsam nur mit einem Nicken quittierte. »Nein, das verstehe ich nicht, Bruder Abbé. Bis vor wenigen Stunden bestand die einzige Gefahr, der ich ausgesetzt war, darin, an einem saftigen Stück Hammelfleisch zu ersticken oder in einem Badezuber einzuschlafen und zu ertrinken. Ich bin das Weib des Prinzen Salim. Die Schwiegertochter des Alten vom Berge. Kann man hierzulande in größerer Sicherheit sein?«

»Ja, mein Kind. Das kann man durchaus«, antwortete Bruder Abbé düster. »Zum Beispiel dann, wenn man nicht in der Verkleidung eines Tempelritters an der Seite des Mannes hierhergekommen ist, den von Ridefort neben König Balduin vielleicht am allermeisten hasst. An meiner nämlich.«

Robin öffnete den Mund, um etwas zu erwidern, aber Abbé brachte sie mit einer unwilligen Geste zum Verstummen. »Deine Assassinen-Freunde sind zweifellos einflussreich und gefährlich, Robin, aber auch sie sind nicht allmächtig. Niemand kann dich noch beschützen, wenn von Ridefort eine Version deiner Geschichte ausplaudert, in der einzig du, ich und vielleicht Balduin von deinem Geheimnis gewusst haben und verantwortlich für deine Maskerade waren. Er wird nichts unversucht lassen, um mir zu schaden, und riskiert in seinem Größenwahn damit womöglich den Fortbestand des ganzen

Ordens. Neben all denen, die dir in diesem Land schon darum nicht gerade wohlgesinnt sind, weil du eine Christin bist, wirst du dich vor deinen eigenen Brüdern fürchten müssen – ganz gleich, ob sie den Templern, Johannitern oder einem beliebigen anderen Orden angehören. Die Wahrheit um deine Identität würde sie aufs Ärgste erschüttern, und selbst jene, die den jungen Bruder Robin um all seine Heldentaten bewundert haben, würden ihre bodenlose Enttäuschung in Hass umwandeln. Sie würden dich suchen und finden, Robin, glaub mir. Sie würden dich vor ein Gericht stellen, das nur den Tod über dich verhängen kann – wenn sie dich nicht gleich zerfleischen wie abgerichtete Bluthunde.«

Anstelle einer Erwiderung stahl sich ein trotziges Funkeln in Robins Augen. Tatsächlich fühlte sie sich an Salims Seite, an der sie den persönlichen Schutz keines Geringeren als den Sheik Sinans, des Alten vom Berge selbst, genoss, so sicher wie zuletzt als kleines Mädchen in den Armen ihrer Mutter. Was Abbé ihr für den Fall eines Verrats durch von Ridefort prophezeite, mochte der Wahrheit entsprechen. Und doch war Robin überzeugt, dass nichts und niemand ihr gefährlich werden konnte, solange die Hashashin über sie wachten. Sicherlich taten sie es auch jetzt, während sie und Abbé den Basar endlich hinter sich ließen und erneut aufsaßen, um das letzte Stück zum Palast des Königs im Herzen von Jerusalem möglichst zügig zu bewältigen. Robin musste die schattenhaften Krieger Sheik Sinans nicht sehen – sie wusste, dass sie da waren. Sie waren *immer überall,* und in besonders großer Zahl dort, wo jemand dem Assassinen-König am Herzen lag. Und Robin zählte zu diesen Menschen, auch wenn ihr die Gewissheit, unter ständiger Beobachtung zu stehen, nicht immer angenehm war.

Auf der anderen Seite, so überlegte sie, konnte sie sich nicht sicher sein, ob ihr nicht doch im nächsten Augenblick ein beliebiger scharfkantiger Gegenstand von hinten durch die Rippen getrieben oder sie sonst wie mit Gewalt zu Fall gebracht werden würde. Wollte sie es wirklich darauf ankommen lassen? Ihre Sicherheit nicht länger in den eigenen Händen wissen, sondern in die Hände Dritter legen?

Vielleicht.

Natürlich war ihr neues Leben nicht gerade ein abenteuerliches, und gewiss vermisste noch immer ein Teil von ihr jene Abenteuer ungewissen Ausgangs, die seit Verlassen ihres Dorfes ihr Leben geprägt hatten. Aber sie konnte auch nicht leugnen, dass sie erwachsener geworden war, sich sogar zunehmend mit ihren ehemals so unbestechlichen moralischen Werten anlegte. Rückblickend war Robin längst nicht mehr überzeugt, ob sie alles, was sie in den vergangenen Jahren getan hatte, noch einmal genau so auf sich nehmen würde – ganz gleich, wie rein ihr Gewissen währenddessen gewesen war. Vielleicht hatte sie zu viel – und vor allem zu viel unschuldiges – Blut fließen sehen, um den gewissenhaften, mutigen Weg immerfort dem einfachen, sicheren vorzuziehen. Vernunft und Bequemlichkeit ließen sich unter Salims Dach so einfach miteinander verbinden, und nach langer Zeit voller Entbehrungen und Qualen war sie in den vergangenen Monaten an der Seite des Assassinen-Prinzen endlich wieder gewesen, als was Gott sie erschaffen hatte: eine Frau. Eine junge Frau aus einfachen Verhältnissen, die die Vorzüge samtweicher Stoffe, Sauberkeit, wohlriechender Bäder und Tinkturen und abwechslungsreicher Speisen mehr und mehr zu schätzen lernte und auch die starken Hände eines Mannes nicht mehr mit Füßen trat, wenn sie sich ihr an der richtigen Stelle anboten. Sie lächelte und fügte in Gedanken hinzu: zumindest, solange dieser Mann keinen Dank dafür erwartete, dass er ihr abnahm, was sie durchaus allein zu bewältigen in der Lage gewesen wäre.

Ja, die Bequemlichkeit hatte sich in ihr Leben eingeschlichen. Und doch lebte sie den Luxus der Müßigkeit guten Gewissens und trug nebenbei Sorge dafür, dass selbst ihre Dienerinnen besser lebten als die Frauen mittelständischer Bauern und Handwerker in ihrem Heimatland. Und gewiss, so frohlockte nun eine leise Stimme in ihrem Inneren, fand sich irgendwann auch noch ein Wässerchen gegen den Schwelbrand der Langeweile, welcher an den Zipfeln der seidenen Kissen nagte, in die Salim sie zu betten pflegte wie einen besonders empfindsamen Schatz. Irgendeine sinnvolle, abwechslungsreiche Beschäftigung, die niemandem schadete und niemandem wehtat und für die sie sich vor niemandem verkleiden und vor nichts davonlaufen musste. Irgendetwas *Normales* und … Robin schüttelte unwirsch den Kopf. Wenn sie ehrlich zu sich selbst war, glaubte sie der Stimme kein Wort.

Abbé hatte seinen Monolog wieder aufgenommen: »Weißt du, Robin, ich bin einer der letzten Templer, denen Balduin überhaupt noch zuhört.« Sein Gesicht leuchtete noch immer in prächtigem Granatapfelrot, aber offenbar hatte er sich den schlimmsten Ärger von der Seele geredet, denn er sprach nicht mehr ganz so laut wie bisher, und in seiner Stimme schwang mehr Traurigkeit als Wut mit. »Aber ich werde dafür sorgen, dass der König sein Bild über unseren ehrenwerten Orden revidiert. Viele von uns stehen auf meiner Seite – Männer, die nicht nur Moral, sondern auch Macht und Einfluss besitzen. In den kommenden Wochen werden wir gemeinsam versuchen, Gerhards Wahl zum Großmeister zu hintertreiben – auch wenn von Ridefort versuchen wird, sein Wissen um unser Geheimnis für einen Skandal zu nutzen, den eine Menge Leute nicht überleben würden. Allen voran du und ich.«

In genau dieser Reihenfolge, vervollständigte Robin bitter. Und zwar *nur* in dieser Reihenfolge … Sie stutzte und versäumte einen halben Atemzug, als sie verstand, was der logische Schluss aus Abbés Ausführungen war: Wenn nur sie, Robin, verschwand, verschwand auch der Beweis für den Skandal, vor dem Bruder Abbé sich so sehr – und gewiss nicht in erster Linie um ihretwillen – fürchtete. Wenn Abbé sie eigenhändig erschlug und ihren Leichnam in der Wüste verscharrte, war er auf der sicheren Seite. Gerhard von Rideforts Behauptungen wären dann nicht mehr beweisbar, nur üble Nachrede, mit der er sich bloß selbst schadete.

Vielleicht, so schalt Robin sich im Stillen, gehörte zum Erwachsensein auch ein leichter Befall von Verfolgungswahn. Energisch drosch sie die ebenso logischen wie unfairen Gedanken nieder. Bruder Abbé konnte in der Not zweifelsohne einen kühlen Kopf bewahren und mit äußerster Härte vorgehen. Aber er war auch ein Mann von Ehre, und darüber hinaus ein Freund – ein väterlicher Freund sogar. Niemals könnte er einen hinterhältigen Mord begehen oder auch nur von zweiter Hand ausführen lassen; an ihrer Person zuallerletzt. Robin schämte sich für ihre bloße Idee und kam erneut auf ihre Ursprungsfrage zurück, um zu verhindern, dass sie sich im Stillen noch mehr verrannte: »Ich verstehe noch immer nicht, warum Ihr mich zum König bringt. Wenn es nur darum geht, mich zu verbergen und zu beschützen, und wenn es doch so ist, dass ich an Eurer Seite eine solche Gefahr für Euch bin – warum steckt Ihr mich nicht einfach in den Laderaum des nächstbesten Schiffes Richtung Abendland und verbergt mich in einem befreundeten Kloster, bis Ihr mit von Ridefort fertig seid?«

Abbé lächelte müde. »Weil du mit den Zähnen ein Leck in den Rumpf nagen würdest, um zu entkommen und zu deinem geliebten Heidenprinzen zurückzuschwimmen – was dir wahrscheinlich sogar gelingen würde.«

Robin zuckte die Achseln. Vielleicht hatte Abbé nicht ganz unrecht. Aber es war trotzdem nicht die Antwort, die sie hören wollte.

Als er ihren verärgerten Blick auffing, wurde Abbés Stimme sanfter: »König Balduin hat um einen besonders guten und treuen Ritter gebeten. Er plant eine besondere Unternehmung, der nur ein Ritter gewachsen ist, der auf sich allein gestellt unter den Sarazenen bestehen kann. Das ist leider alles, was ich darüber weiß. Aber trotzdem habe ich dich empfohlen.«

»Weil Ihr mich damit auf gewisse Zeit los seid?«, riet Robin, der ihr Zynismus sofort wieder leidtat. Sie hatte weder das Recht dazu noch einen Grund dafür, schlecht über Abbé zu denken und ihn anzufeinden. In all den Jahren, in denen sie den Templer nun kannte, hatte er niemals etwas getan, um ihr zu schaden, sondern sie ganz im Gegenteil behandelt und beschützt wie ein eigenes Kind. Abbé wandte kurz den Blick ab und verbarg so sein Gesicht, aber Robin wusste dennoch, dass sie ihn mit ihren Worten verletzt hatte.

»Nein«, antwortete er schließlich, ohne sie anzusehen, »weil es die Wahrheit ist. Niemand von uns beherrscht die Sprache dieses Landes so gut wie du. Niemand findet sich so mühelos zwischen all ihren heidnischen Sitten und Gebräuchen zurecht – und vermag darüber hinaus sogar zu kämpfen wie ein Schattenkrieger.« Er schüttelte den Kopf und bedachte Robin mit bedauernder, aber auch sorgenvoller Miene. »Aber es stimmt natürlich: Solange du nicht in Jerusalem weilst und niemand außer dem König selbst weiß, wohin deine Mission dich führt, bist du sicher vor Gerhard von Ridefort und all denen, die dir mit ein wenig Unglück schon jetzt nach dem Leben trachten. Und vor mir im Übrigen auch, falls das das Nächste ist, was du mir vorhalten möchtest.«

Robin fuhr zusammen, als hätte der alte Templer sie geschlagen. »Wie könnte ich …«, begann sie eine Spur zu schnell und zu aufgebracht, um nicht ertappt, sondern glaubhaft zu klingen, aber Abbé schnitt ihr mit einer traurigen Geste das Wort ab: »Ich kann dir dein Misstrauen nicht verübeln, mein Kind.«

Robin senkte beschämt das Haupt, aber Abbé beachtete es nicht: »Nach allem, was du in deinen jungen Jahren bereits durchgemacht hast, ist es nur zu verständlich, dass du gut achtgibst und einem jeden zunächst mit Skepsis begegnest – sogar mir. Und nicht zuletzt war auch ich derjenige, der …«

»Der mir das Leben gerettet hat, indem er mich in seine Komturei geholt hat?« Dieses Mal war es Robin, die Abbé nicht ausreden ließ. »Der weit mehr als nur sein Amt riskiert hat, als er seinem muslimischen Sklaven die Liebe zu einem Christenmädchen in seinen gesegneten Mauern durchgehen ließ? Der eine Frau in seinen Mauern nicht nur duldete, sondern auch tat, als merkte er nicht, wie sein Sklave sie das Kämpfen lehrte? Der sein Leben riskierte, indem er log, um ein unbedeutendes Bauernmädchen zu schützen und es in dieses wunderbare, gelobte Land zu bringen, das zu verlassen ich längst nicht mehr bereit bin?« Es war das reine Schuldbewusstsein, das sich ihrer Zunge bediente, und Robin ließ es gern geschehen. In Gedanken hatte sie Abbé großes Unrecht getan, und nun lastete der Alte es sich auch noch freiwillig auf. Das konnte sie nicht zulassen. »Wart Ihr das, Bruder Abbé?«

Er zuckte nur die Achseln und blickte starr geradeaus ins Leere, wo sich der Davidsturm am Ende der langen, geraden Straße abzeichnete. Schließlich seufzte er und lächelte matt: »Das auch. Doch das Meiste, was ich für dich getan habe, habe ich getan, weil ich keine andere Wahl hatte, Robin, und das weißt du auch.« Es klang fast wie eine Rechtfertigung. »Und dennoch muss ich dich darum bitten, dich in den Dienst des Königs zu stellen und jedem seiner Wünsche zu folgen, ganz gleich, was er auch verlangt, hörst du? Wenn er meiner Empfehlung folgt und dich in seinen Diensten fortschickt, betrachte es als Geschenk Gottes. Denn wenn von Ridefort handelt, wie ich es an seiner Stelle täte, ist dein Leben in Jerusalem bereits jetzt keinen Pfifferling mehr wert. Zudem stünde Balduin moralisch in unserer Schuld, wenn einer der Unseren ihm erfolgreich zu Diensten wäre … was in der Zukunft noch von entscheidender Bedeutung sein kann.«

Robin winkte ab: »Das würdet Ihr nicht.«

»Was würde ich nicht?« Abbé runzelte verwirrt die Stirn.

»An von Rideforts Stelle so handeln. Ihr seid ein guter Mann, Abbé, und außerdem kein Dummkopf. Ihr versucht nicht, Profit aus den Schwächen anderer zu ziehen.«

Abbé ging nicht darauf ein. Stattdessen drängte er: »Wirst du dem König dienen und ihm folgen, wohin auch immer sein Weg dich führen mag?«

Robin zögerte. Bruder Abbé verlangte von ihr, ihren Pflichten als Erster Ritter des Königs von Jerusalem nachzukommen, was ohnehin unumgänglich und außerdem eine große Ehre war, die sie sich nie im Leben zu erträumen erhofft hätte. Sie hätte nicht einmal ablehnen können, wenn sie gewollt hätte. Aber Abbés Bitte barg noch etwas anderes, das Robin erstaunte: die Hoffnung auf ein Nicken, eine Bestätigung für seine bisher getroffenen Entscheidungen, die Bitte um ihr Amen für sein Vorhaben. Und in diesem Augenblick begriff Robin erstmals wirklich, dass der Rang, den sie inzwischen bekleidete, der Titel *Schwert des Königs* nämlich, sie tatsächlich über den alten Tempelritter erhob. Sie hätte stolz sein sollen – unendlich stolz. Doch stattdessen empfand sie Scham.

Abbés Stimme war sanft geworden, wie um sie auf den festen Boden zurückzuholen: »Was auch immer du tun musst, und sei es noch so lästerlich und gottlos – was sich nicht ausschließen lässt in dem Umfeld, in das Balduin dich zu senden plant … Gott wird dir vergeben, Robin. Weil du es für den tust, der von Gottes Gnaden über dieses Königreich herrscht. Auch deine Zugehörigkeit zum Orden der Templer wird nicht darunter leiden, wenn du vorübergehend unter dem Königswappen kämpfst.«

Robin antwortete noch immer nicht, sondern saß schweigend ab, weil sie die breite Treppe erreichten, die zum Osttor der äußeren Palastmauer hinaufführte. Hier waren, ebenso wie am oberen Ende der Stufen, zwei voll gerüstete Wachtposten positioniert, und einer von ihnen griff wortlos nach den Zügeln ihres Braunen. Sie ließ es geschehen und beobachtete, wie der Wachtposten ihr Tier auf die Stallungen zuführte, wo er es einem Burschen übergab, ehe er steifen Schrittes auf seinen Posten zurückkehrte. Beiläufig registrierte Robin hinter den Schießscharten der äußeren Palastmauer mindestens sechs weitere Wächter in den weinroten Waffenröcken Balduins. Sie patrouillierten, als rechnete der König jederzeit mit einem Einfall aufständischer Heiden oder feindlicher Krieger. Dann kehrte ihr Blick zu Bruder Abbé zurück, doch dieser saß nicht ab. Wie festgewachsen verharrte er im Sattel seines Tieres und lenkte es schließlich einen halben Schritt vom unteren Treppenabsatz fort. »Von hier aus musst du allein weitergehen«, entschuldigte er sich und deutete mit einem Lächeln und einer Geste, die weniger aufmunternd wirkte als wahrscheinlich beabsichtigt, zum Osttor hinauf. »Der König erwartet dich in seiner Kammer, Bruder Robin von Tronthoff.« Sein Blick suchte den des zweiten Wächters, der mit einem knappen Nicken andeutete, dass er verstanden hatte, und sogleich einen Schritt beiseitetrat, um den Weg für Robin freizugeben.

»Aber …«

»Ich selbst muss Jerusalem noch in der heutigen Nacht verlassen, und dafür gibt es noch einige Vorbereitungen zu treffen«, unterbrach Abbé sie, und obgleich seine folgenden Worte in Robins Ohren doch sehr nach einer Ausflucht klangen, wirkte das Bedauern in seiner Stimme und seiner Miene aufrichtig. »Gemeinsam mit Bruder Horace werde ich versuchen, genug Würdenträger des Ordens davon zu überzeugen, Gerhard nicht zum Großmeister zu wählen, und außerdem …«, er senkte verlegen den Blick, »hat der König nach dir verlangt, Robin, und zwar *nur* nach dir.«

»Aber …«, versuchte Robin einen neuerlichen Einwand, doch der Templer ließ sie auch dieses Mal nicht ausreden: »Niemals hätte ich mir träumen lassen, dass eines Tages ein als Tempelritter verkleidetes Bauernmädchen das Zünglein an der Waage im Intrigenspiel um das Amt des Großmeisters sein würde. Und nun … lebe wohl, Robin.« Er bedachte Robin mit einer letzten, wehleidigen Grimasse und riss sein Pferd dann mit unnötiger Härte herum, um den Augenblick des Abschieds nicht einen Wimpernschlag länger hinauszuzögern als unbedingt nötig.

Robins Blick huschte, erschrocken über Abbés offene Worte, zu den Wächtern, doch deren unveränderte Mienen verrieten ihr, dass sie über Namen und Titel hinaus der deutschen Sprache nicht mächtig waren. Als sie wieder zu Bruder Abbé sah, war der Templer bereits zu einem verschwommenen, hellen Fleck im geschäftigen Treiben des Jerusalemer Nachmittages zusammengeschrumpft.

# 2. KAPITEL

Ein Knecht mit Leinenkutte und geschnürten Sandalen führte Robin am sagenumwobenen Davidsturm vorbei und durch die verwinkelte Festung, die König Balduin seinen Palast nannte – was in Robins Ohren fast beleidigend klang. Ein Palast, das war in ihren Augen insbesondere in diesem Teil der Welt eine große, gut bewachte, aber dennoch *wohnliche* Residenz – ein Ort, an dem man sich nicht bloß sicher, sondern auch zu Hause fühlen sollte. Hier aber drängten sich Gebäude unterschiedlicher Größe aus sandfarbenen Buckelquadern in scheinbar willkürlicher Anordnung um den Turm des Herodes. Und selbst bei dem gigantischen, aus mindestens zweierlei Baustilen zusammengewürfelten Turm samt Zitadelle konnte von heimeliger Ausstrahlung keine Rede sein. Statt an einen Ort, an dem Prinzessinnen sich wohlfühlten, gemahnte Balduins sogenannter Palast an ein oberirdisches Verlies, in dem man Prinzessinnen gefangen hielt. Bewachte Zellen jedenfalls bot er zu diesem Zweck genug.

Ein labyrinthartiges Gewirr von Wehrgängen, überdachten und offenen Treppen sowie steinernen Balkonen verband die vier- bis achteckigen, tristen Bauten miteinander. Robin erspähte lediglich Schießscharten, durch die sich die Festungsanlage zu allen Seiten hin verteidigen ließ – aber nicht ein einziges Fenster.

Obwohl sie sich am helllichten Tag zunächst überwiegend im Freien durch die Anlage bewegten, war es hinter den Wehrmauern der Festung schattig, beinahe dunkel und dennoch so warm, dass Robin bald bereute, neben ihrem Pferd und den schweren Rüstungsteilen auch ihren Wasserschlauch am Tor zurückgelassen zu haben. Auch der Anblick der zahlreichen Zweierpatrouillen mit dem Wappen des Königs auf blutroten Waffenröcken sowie das beunruhigende Gefühl, aus finsteren Winkeln und Nischen des Gebäudes heraus beobachtet zu werden, trugen nicht zu Robins Wohlbefinden bei. Schließlich jedoch winkte der junge Knecht Robin in eines der kleineren Gebäude hinein – und kaum dass Robin die Türschwelle überschritten hatte, wäre sie am liebsten wieder umgekehrt.

Im Inneren des Gebäudes war es weniger heiß als außerhalb, was vermutlich daran lag, dass sich selbst die trockene Hitze vor dem abscheulichen Gestank nach Verwesung grämte, der Robin fast den Atem nahm. In dem engen, eher niedrigen Raum war es dämmrig – bis auf ein wie ausgeschnitten wirkendes Rechteck auf dem Fußboden unmittelbar vor dem Eingang, in dem sich nun Robins Schatten abzeichnete. *Wie die Gestalt eines Dämons, der gekommen ist, um die Überreste der gefangenen Prinzessinnen zu holen, die irgendwo in der Finsternis ganz in der Nähe verwesen,* ging es Robin durch den Kopf. Sie schüttelte sich vor Abscheu, überwand sich aber und folgte dem Knecht durch eine unauffällige, erbärmlich quietschende Tür aus armdicken Holzbohlen in einen von Fackeln beleuchteten Gang hinein. Die verwinkelten Gänge waren in flackerndes, orangefarbenes Licht getaucht. Knapp ein halbes Dutzend sperriger Holztüren führten aus dem Gang in einen anderen Teil des unheimlichen steinernen Irrgartens. Balduins Soldaten standen hier in so akribischen Abständen, als wären sie lebendige Gitterstäbe eines riesigen Käfigs. Obwohl kein Einziger von ihnen ihre Ankunft zu registrieren schien, spürte Robin ihre aufmerksamen Blicke bei jedem Schritt im Nacken brennen.

Je tiefer sie in den Palast des Königs eindrangen, desto penetranter wurde der Gestank, wurde zu einer unsichtbaren Wand aus Fäulnis. Dabei war es nicht einmal der süßliche, an Verwesung erinnernde Geruch selbst, der mit jedem Schritt an Intensität gewann, sondern dessen Kombination mit etwas anderem, an und für sich sogar Wohlriechendem, das in unsichtbaren Schwaden durch die Korridore waberte und sich mit dem Geruch von Krankheit, Sterben und Tod zu etwas schier Unerträglichem vermengte. Robin widerstand nur noch mit Mühe dem Impuls, sich die Nase zuzuhalten, als der Knecht schließlich vor einer weiteren hölzernen Tür innehielt, die nicht von einem königlichen Ritter, sondern von einem ganz in Schwarz gekleideten Lazariter beaufsichtigt wurde. Robin wusste, dass sie ihr Ziel erreicht hatten, noch bevor der Bruder des Lazarusordens mit einer Geste beiseitetrat, die einladend sein sollte, durch die eitrigen Pusteln auf seinem bleichen Handrücken aber wie eine stumme Verwünschung wirkte. Der Knecht schob die Tür auf, setzte selbst allerdings keinen einzigen Schritt über die Schwelle. Mit einer tiefen Verbeugung nannte er Robins Namen und trat dann fast fluchtartig den Rückzug an, noch ehe die warme Stimme Balduins, die den jungen Ritter von Tronthoff freundlich einzutreten bat, gänzlich verklungen war. Robin tat wie ihr geheißen und wünschte sich zugleich kaum etwas sehnlicher, als mit dem dunkelhaarigen Knecht tauschen und im Eilschritt von diesem Ort verschwinden zu können.

Robin war dem König bereits zwei Mal zuvor begegnet. Beide Male hatte er ein dunkles Tuch um sein Haupt geschlungen, wie es die Sarazenen in der Wüste taten, und so sein Gesicht verborgen. Hier in seinem Privatgemach jedoch verzichtete der König darauf, die schrecklichen Folgen des Aussatzes zu bedecken. Robins Blicke glitten schutzlos über die nässenden, eiternden Pusteln, die den Körper Balduins bedeckten und im gelben Licht der großzügig verteilten Kerzen glänzten. Einige der offenen Stellen nässten längst nicht mehr, sondern waren schwarz und so trocken, dass abgestorbene Hautpartikel davon abblätterten wie totes Herbstlaub. Robin war sich nicht sicher, ob das linke Ohr des Königs, das sich schwarz unter seinen aschblonden, glanz- und kraftlosen Locken abzeichnete, noch vollständig war oder ob ihm von Natur aus auffällig kleine Ohren beschert waren. Unter Balduins Augen lagen tiefe grauschwarze Ringe, seine Lippen waren dunkel und rissig, und Robin mochte die Unannehmlichkeit, die ihm das Sprechen inzwischen bereiten musste, nicht einmal erahnen.

Sie verneigte sich tief und einen Moment länger als nötig, als der hinfällige König sie mit erstaunlich beschwingter Stimme begrüßte. Aus den Augenwinkeln registrierte sie mit mehr als nur einem Anflug von Unbehagen, dass der Lazariter die Tür hinter ihr geschlossen hatte, sobald sie gänzlich eingetreten war. Balduin und sie blieben allein im Raum zurück.

Als sie wieder zum König aufsah, vermied sie den direkten Blick in sein Gesicht. Stattdessen schaute sie sich in dem Raum um, der ihrem eigenen Schlafgemach unter Salims Dach weder in Größe noch in Pracht auch nur ansatzweise das Wasser reichen konnte. Fast war sie enttäuscht von dem, was der König von Jerusalem sein Privatgemach nannte. Die winzige Kammer gereichte kaum dem Abt einer kleinen Komturei zur Ehre, geschweige denn einem leibhaftigen König von Gottes Gnaden. Es gab nur wenige Möbelstücke: ein großes, aber einfaches Bett, einen klobigen Schrank, einen kleinen Tisch, ein Regal und einen einzigen Stuhl mit ledernem Sitz und Rückenteil, auf dem Balduin – der sich sichtlich um Haltung bemühte – eher kauerte, als dass er saß. Das flackernde Licht trieb gespenstische Schatten über die Wände, während die Kerzen in einem lieblos angefertigten eisernen

Leuchter Tränen aus Wachs auf den nackten Boden weinten. Auf dem Tisch glomm Weihrauch in einer flachen Kupferschale, der dem Gestank von Krankheit und Verwesung jene unangenehm würzige Note hinzufügte, die Robin bereits auf dem Hinweg registriert hatte. Neben dem Weihrauchbehälter leuchtete matt eine sarazenische Handlaterne aus Messing mit kunstvoll durchbrochenen Gittertürchen und verlieh dem Raum zumindest einen Hauch von Eleganz. Robin hätte ein sprichwörtliches Königreich für ein Fenster gegeben, aber es gab keines.

Als sie sich Balduin nun erneut zuwandte, war ihr bewusst, dass der richtige Moment, seinen Willkommensgruß zu erwidern, schon lange verstrichen war. Sie versuchte unauffällig, durch den Mund zu atmen, konzentrierte sich auf die smaragdgrünen Augen des Königs und hoffte, dass man ihr den Abscheu nicht mehr allzu deutlich ansehen konnte. Dabei entging ihr nicht, dass Balduins Augen, die für gewöhnlich allem Elend zum Trotz voller Lebenslust waren, sich für einen Wimpernschlag trübten. Sie las Bestürzung in seinem Blick, vielleicht auch Scham, und schämte sich selbst zum zweiten Mal an diesem Tag, anderen mit ihren Empfindungen unrecht getan zu haben. Hoffnungsvoll versuchte sie sich an einem offenen Lächeln, das ihr misslang.

Balduin überspielte ihre verunglückte Grimasse mit einem traurigen und zugleich herzlichen Nicken und winkte sie mit den teils dunkel verfärbten Fingern seiner linken Hand näher zu sich heran. »Robin von Tronthoff«, wiederholte er seinen Gruß. Doch als er sich erheben wollte, um ihr die Hand zu reichen, verließ ihn die Kraft. Mit leiderfülltem Stöhnen sackte er in sich zusammen, obschon sein ausgemergelter Leib kaum mehr wiegen konnte als Robin selbst. Erst jetzt erahnte Robin das Ausmaß der Schmerzen, die er erlitt, und es brach ihr fast das Herz. Der Aussatz ließ seinen jungen Körper bei lebendigem Leib verrotten. Wie konnte

Gott das bloß zulassen? Wieso zwang er dem König über das Heilige Land eine solch grausame Prüfung auf?

Balduin überspielte seinen missglückten Versuch, sich zu erheben, mit einem tapferen Lächeln: »Euch frisch und bei guter Gesundheit wiederzusehen wärmt mein geschundenes Herz. Tretet näher, damit ich Euch bestaunen kann. Immerhin ist es das erste Mal, dass ich Euer Gesicht im Wachzustand frei von Blut, Dreck oder Tränen zu sehen bekomme. Und ich muss sagen, es gefällt mir ausgesprochen gut.«

»Danke.« Allem schlechten Gewissen zum Trotz nutzte Robin das Kompliment, um dem Anblick des hinfälligen Königs mit einem nur zur Hälfte gespielten verlegenen Kopfsenken für die Dauer eines halben Atemzugs zu entfliehen. »Ihr ... habt mich rufen lassen, Euer Hoheit«, brachte sie stockend hervor. »Was kann ich für Euch tun?«

»So ist's recht – die Hand auf dem Schwert und keine Zeit für den Austausch von höflichen Floskeln. Das ist es, was ich von meinem Ersten Ritter erwarte. Ich wusste, dass ich mit Euch die richtige Wahl getroffen habe, Robin.« Er legte den Kopf schräg und formte seine leuchtenden Augen zu skeptischen Halbmonden. »Oder drängt es Euch bloß, schnellstmöglich aus diesem stinkenden Rattenloch zu entfliehen? Fürchtet Ihr Euch am Ende vor einem hinfälligen, alten Mann, mit dem seit Jahren kein Weib mehr ohne Not den Tisch zu teilen bereit ist; geschweige denn das Bett?«

Robin schüttelte ein wenig zu energisch den Kopf.

Balduin grinste. »Nun, vielleicht fürchtet Ihr Euch zu Recht.« Sein freches Lausbubenlachen wollte nicht zu dem geschundenen, zerfransten Mund passen, aus dem es erklang, und doch zählte es zu den vielen angenehmen Erinnerungen, die Robin an den König von Jerusalem hatte. Haben sollte, verbesserte sie sich traurig. Denn Balduins Name war für sie vor allen Dingen untrennbar verbunden mit Krankheit, Leid und Tod. Dass sie nun sein Gesicht gesehen hatte, machte es nicht besser. Wieder einmal schalt sie sich selbst mangelnder Dankbarkeit. Sicherlich hatten nicht viele Menschen Balduin seit Ausbruch der Krankheit ohne Vermummung gesehen, vielleicht nicht einmal mehr seine Mutter. Dass er sie hier in seinem Allerheiligsten und in all seinem Elend empfing, war Zeugnis von großem Vertrauen.

»Unsinn«, erwiderte Robin kopfschüttelnd. »Ich glaube nicht, dass ich einen Grund habe, mich vor Euch zu fürchten. Es ist nur die Neugierde – die Ihr mir kaum verübeln könnt. Aus Bruder Abbé war beim besten Willen nicht mehr herauszubekommen, als dass Ihr nach mir verlangt.«

Balduin lachte: »Wahrscheinlich, weil er den ganzen Ritt darauf vergeudet hat, zu jedem Lehmklumpen unter den Hufen seines Pferdes einen passenden Bibelvers herunterzubeten. Und Euch mit verworrenen Geschichten aus seinem einst so respektablen Orden zu belästigen.« Dann schüttelte er vorsichtig den eiterbedeckten Kopf. »Aber nichts von alledem hängt mit dem zusammen, was Euch heute in diesem Gemäuer erwartet, Robin. Was ich Euch am heutigen Tag anvertraue, ist ein Geheimnis, das so streng gehütet wird, dass neben meiner eigenen Wenigkeit kaum so viele Menschen davon wissen, wie die meisten Lazarusbrüder an ihren Fingern abzählen könnten. Und wie Ihr vielleicht bemerkt habt, neigen meine treuesten und furchtlosesten Untertanen dazu, nicht mehr sonderlich gut mit den Fingern rechnen zu können.«

Er grinste erneut, doch angesichts seiner blutigen Mundwinkel vermochte Robin nicht einmal aus Höflichkeit über den makaberen Scherz des Königs zu lächeln. Vielleicht half ihm sein Sarkasmus, sich mit seinem eigenen Leid zu arrangieren – Robin hingegen fühlte sich peinlich berührt. Diese Krankheit war viel zu grausam, als dass man darüber scherzen durfte; nicht einmal, wenn man selbst unter ihr litt, nicht einmal, wenn man der König von Jerusalem war.

Balduin seufzte, als Robin nicht in sein Lachen mit einstimmte, schüttelte müde den Kopf und deutete dann auf die kleine Handlaterne, die auf dem Tisch neben ihm flackerte. »Bitte, Robin von Tronthoff, nehmt dies an Euch«, bat er und beobachtete Robin lächelnd dabei, wie sie seinem Befehl zügig nachkam, um dann schnell wieder vor ihm zurückzuweichen. »Und nun«, er reckte ihr den linken Ellbogen entgegen, damit sie ihren eigenen Arm unterhaken konnte, »helft mir beim Aufstehen. Nur keine Scheu, junger Krieger. Muss ich Euch daran erinnern, dass mein Arzt auf das Leben seiner Mutter geschworen hat, dass mein Aussatz nicht ansteckend ist?«

Insgeheim fragte Robin sich, ob die Mutter jenes Arztes tatsächlich noch am Leben war. Aber sie riss sich zusammen, griff nach Balduins Arm und stellte beim Emporziehen fest, dass der König noch leichter war, als sie vermutet hatte. So knochig war sein Unterarm, dass sie ihn mit den Fingern ihrer rechten Hand fast vollständig umschließen konnte, und die Kraft, mit der sie ihn in die Höhe zog, hätte ihn glatt an ihr vorübergeschleudert. In letzter Sekunde schlang sie den linken Arm um seine schmalen Hüften und verwandelte den drohenden Sturz in ein kurzes Straucheln. Die Laterne segelte scheppernd zu Boden, erlosch aber nicht. Balduin stöhnte auf, und Robin entschuldigte sich betreten. Einem Akrobaten gleich gelang es ihr, sich nach der einen guten Schritt weit entfernt liegenden Laterne zu bücken, ohne den König, der andernfalls sicherlich gestürzt wäre, dabei loszulassen.

Balduin verübelte ihr das Ungeschick nicht, sondern deutete mit einem Nicken auf die hölzerne Tür: »Hätte man mir vor einem Jahr gesagt, dass mich bald ein Weib in Männerkleidern über die Schwelle tragen würde«, presste er unter Schmerzen lächelnd hervor, »und das auch noch *aus meinem Gemach heraus* … Ich hätte ihn in das dunkelste aller Verliese werfen lassen, das könnt Ihr mir glauben. Aber nun muss ich Euch bitten, genau das zu tun, Robin.«

»Ich soll Euch … tragen?«

Balduin schüttelte den Kopf und zuckte in der gleichen Bewegung die Achseln. »Nur wenn mich die Kraft verlässt. Bis dahin wäre ich schon damit zufrieden, wenn Ihr mich stützt.«

Robin nickte ergeben und hielt einen Moment die Luft an, als der Geruch von Eiter und faulender Haut durch seine frisch gewaschenen Kleider drang und sich mit der Intensität frischen Schweinedungs in ihrer Nase verbiss. Wieder einmal wies sie den Ekel mit aller Willenskraft in seine Schranken, schloss den Arm etwas fester um die Hüften des Königs und schob die schwere Holztür auf.

Ihre heimliche Hoffnung, ihn dahinter an den Lazariter übergeben zu können, wurde enttäuscht. Der Mann in der bodenlangen, schwarzen Kutte hatte seinen Posten ebenso verlassen wie die Wächter in den weinroten Waffenröcken, die bei ihrem Eintreten noch an ihren Plätzen gestanden hatten.

Balduin deutete in den schlecht beleuchteten Gang, der sich nach rechts hin erstreckte und nach wenigen Schritten mangels weiterer Fackeln in der Dunkelheit verschwand: »Dort entlang.«

Kurz kam Robin der Gedanke, Balduin könne seinen Wachen vielleicht aufgetragen haben, das Licht auf ihrem Weg der Dramatik halber zu löschen. Sie lächelte. Zuzutrauen war es ihm. Er liebte das Theatralische. Im Grunde nahm dies nicht wunder, denn sein Leben selbst glich in gewisser Weise einer Posse. Wäre Balduin nicht der König gewesen, hätte er sich bereits von Weitem mit dem Lärmen von Holzklappern und einem *Unrein!* zu erkennen geben müssen, um vor sich selbst und seinem Aussatz zu warnen. Und Robin hätte ihm allen Beteuerungen zum Trotz nicht geglaubt, dass sein Leid sich durch die Berührung nicht auf sie übertrug. Um sich von seinem Geruch und dem Gefühl, eine lebendige Leiche im Arm zu halten, abzulenken, griff sie die Handlaterne fester und fragte: »Wollt Ihr mir jetzt verraten, was Ihr mir zeigen wollt?«

Balduin verneinte. »Ihr würdet es nicht glauben, Robin. Niemand, der es nicht mit eigenen Augen gesehen hat, würde es jemals glauben ... Was ich Euch zeigen werde, wird entscheiden über Leben und Tod. Über mein Leben, wenn Ihr es genau wissen wollt.« Kurz vermeinte sie ein Zittern zu spüren, das ihn durchlief, dann aber hatte er sich wieder im Griff: »Dort entlang.«

Sie bogen in einen stockfinsteren Korridor ein, und Balduin deutete auf den ersten und einzigen Wandschmuck, den Robin in diesem unwohnlichen wie unheimlichen Gemäuer zu Gesicht bekam: Ein schweres, fast bis zum Boden reichendes Banner zierte die Sandsteinwand, nur schwach beleuchtet von dem bescheidenen Kreis an Helligkeit, den die kunstvoll gestaltete Laterne in Robins Hand der Finsternis abzutrotzen vermochte. Ebenso wie die Laterne musste auch das Banner ein Beutestück sein, das Balduins Gotteskrieger den Sarazenen entrissen hatten. Weil sie die Schrift dieses Landes noch lange nicht so gut beherrschte wie die arabische Sprache, konnte Robin die Bedeutung der Schriftzeichen auf dem Banner im schlechten Licht kaum erkennen. Verschlungen und in leuchtendem Rot auf schwerem nachtschwarzem Samt aber wirkten sie ungemein beeindruckend, ja fast bedrohlich – sogar auf sie, die Gemahlin eines Prinzen, der Assassine und Sarazene zugleich war, und der von sarazenischen Schriftzeichen, so befand sie, keine Gefahr drohen sollte.

»Dort entlang? Durch die Wand?«, erkundigte Robin sich zweifelnd.

»Gern«, antwortete Balduin vergnügt. Er atmete inzwischen hörbar schwer, und Robin fühlte, wie seine Gewänder an der zunehmend heißen, feuchten Haut zu kleben begannen. »Aber schlagt doch bitte zuvor dieses Banner für mich zurück, damit ich die Tür dahinter benutzen kann. In meinem Alter wird man allmählich ein bisschen bequem.«

Robin zog eine Grimasse und tat, wie ihr geheißen. Hinter dem Banner klaffte tatsächlich ein mehr als mannshohes Loch in der Wand. Mit einem halbwegs gerade gemauerten Rahmen oder dergleichen wäre es fast als Tür durchgegangen. So aber wirkte es, als wäre hier einst ein ungestümer Ritter mit dem Kopf voran durch die Wand gerannt, und sie musste achtgeben, sich nicht an den hervorstehenden Mauersteinen des länglichen Durchgangs zu verletzen.

Unmittelbar hinter dem, was Balduin eine Tür nannte, führten zahlreiche schmale steinerne Stufen steil in die Dunkelheit hinab. Es bestand kein Zweifel: Dies war ein Geheimgang. An und für sich war das nichts Ungewöhnliches – selbst in Bruder Abbés bescheidener Komturei in Friesland gab es mindestens eine verborgene Kammer und einen geheimen Ausgang, der von außen nicht einmal dann sichtbar war, wenn man ganz genau wusste, wo er sich befand. Dieser hier jedoch schien ungemein alt zu sein – vielleicht älter als der gesamte Rest der Anlage. Er war mindestens einmal zugemauert und schließlich wieder aufgebrochen worden, und die Stufen zu Robins Füßen waren so abgenutzt und glatt, dass sie im unheimlichen, matten Licht der Laterne zur Mitte hin glänzten.

Sie half Balduin über die mehr als knöchelhohe Schwelle und stützte ihn, während sie langsam in die Tiefe stiegen. Die unheimliche Stille, die Robin bereits im oberen Teil des Palastes umfangen hatte, steigerte sich mit jedem Schritt. Irgendetwas in der Dunkelheit um sie herum schien selbst das Geräusch ihrer Schritte gierig aufzusaugen, sodass Robin zwar ihren eigenen Pulsschlag hören konnte, nicht aber Balduins rasselnde Atemgeräusche, die sie bislang fortweg begleitet hatten. Sie war erleichtert, als sie einen weitläufigen Kellerraum erreichten, der zum Teil direkt aus dem Fels geschlagen zu sein schien – und erschrocken wie enttäuscht, als sie feststellte, dass das einzige Geheimnis dieses Raumes in einem weiteren schmalen Durchgang bestand, hinter dem eine neuerliche Unzahl steinerner Stufen noch tiefer in den Untergrund führte.

Die Abstände zwischen den Stufen verloren zusehends an Regelmäßigkeit, sodass es auch ohne einen schwer kranken Mann im Arm schwierig gewesen wäre, sie ohne Stolpern zu bewältigen. Schließlich wirkten sie kaum noch wie eine Treppe, sondern eher wie ein natürlicher, zufällig treppenähnlicher Teil des graugelben Felsens, der sie inzwischen umschloss. Die Decke über ihnen wurde so niedrig, dass sie sich gebückt voranbewegen mussten, um sich nicht die Stirn anzuschlagen. Und als Robin sich endlich fragte, ob Balduins Geheimnis vielleicht darin bestand, dass er einen direkten Durchgang zum Vorhof der Hölle entdeckt hatte, erreichten sie endlich einen zweiten Raum, den der Schein der kleinen Handlaterne erst auf den zweiten Blick als riesige, aber natürliche Höhle enttarnte.

Balduins Kleider klebten inzwischen nass auf seiner von Pusteln übersäten Haut, und seine Knie zitterten so sehr, dass er ohne Robins Stütze in sich zusammengesackt wäre. Trotzdem ließ er es sich nicht nehmen, eine Spur theatralischer als nötig in die Hände zu klatschen. Ein hochgewachsener Schatten löste sich aus der Dunkelheit, und vier Fackeln erwachten an der gegenüberliegenden Höhlenseite nacheinander knisternd zum Leben. Ihr flackernder, orangeroter Schein schälte als einziges Inventar des riesigen Raumes einen rechteckigen, länglichen Stein aus der Dunkelheit, der genau in der Mitte der Höhle platziert war. Den König nach wie vor mit einem Arm stützend, machte Robin zwei, drei zögerliche Schritte auf den fein behauenen Stein zu. Er erinnerte sie an einen Altar, und sie stockte kurz, als sie etwas Längliches darauf aufgebahrt sah, das mit einem feinen, weißen Tuch bedeckt war. Eine Leiche?

Robin zog die Brauen zusammen und schüttelte sich unwillkürlich. König Balduins größtes Geheimnis war eine *Leiche?* Sie schenkte Balduin einen fragenden Blick, aber der König erwiderte ihn nicht, sondern wandte sich an den Schattenmann, einen hageren, hochgewachsenen Geistlichen in bodenlanger schwarzer Kutte, gehalten von einem schmucklosen Lederband. Sein Gesicht lag fast vollständig unter einer weiten Kapuze verborgen und wurde von Robins Seite aus lediglich von der Sarazenenlaterne erleuchtet, die in der Weite des Raumes praktisch nutzlos war. Robin vermochte nicht einmal das Kinn des Fremden eindeutig zu erkennen.

»Bruder Lucio, das ist Robin von Tronthoff. Robin – das ist Bruder Lucio, ein langjähriger Freund und Vertrauter und ein Geistlicher aus dem Orden des heiligen Lazarus. Er hat sich nicht dem Dienst am Schwert, sondern der Pflege der Kranken und dem Wissen verschrieben.« Balduin machte sich von Robin los und trat schwankend einen Schritt beiseite, wobei er dem Schattenmann ein Zeichen gab. »Bitte, Lucio – zeigt meinem jungen Freund hier die Beweise, mit denen Ihr mich bereits in der vergangenen Nacht überzeugt habt.«

Der Mönch trat vor und seitlich neben den steinernen Quader, sodass Robin nun doch einen Teil seines Gesichts erkennen konnte. Sie war auf das Schlimmste vorbereitet – schließlich hatte sie einen Lazariter vor sich, und der Schreck über die fürchterlichen Entstellungen Balduins war noch längst nicht verwunden. Doch zu ihrer Überraschung starrte sie nicht geradewegs in eine von faulendem Fleisch und totem Gewebe entstellte Grimasse, als der bemerkenswert große Mann seine Kapuze zurückschlug. Das blühende Leben spiegelte sich zwar nicht in seinen Zügen wider – er wirkte blass und ausgetrocknet, und die dunklen Ringe, die unter seinen vom Fieber geröteten Augen lagen, standen denen Balduins in nichts nach. Aber immerhin entdeckte Robin kein einziges Wundmal an ihm; wenigstens nicht auf den ersten Blick. Sein Gesicht war lang und schmal wie der Rest seines Erscheinungsbildes, und die großen – und zum Glück noch vollständigen – Ohren an seinem kahlen Schädel verrieten, dass die tiefen Furchen auf der hohen Stirn in seinem Alter noch tiefer und zahlreicher hätten sein können.

»Seid gegrüßt, Robin von Tronthoff. Ich habe bereits viel von Euch gehört.« Seine Stimme klang, als drängte sie mühsam an einer Handvoll trockenem Papier durch seinen Hals ins Freie. Dann schien er Robins Erleichterung zu bemerken: »Es hat Gott gefallen, mein Gesicht von jedem Makel zu verschonen, damit ich meinem König besser dienen kann.« Während Balduin vor Eiter und Selbstironie nur so zu triefen pflegte, wirkte Bruder Lucio verhältnismäßig unversehrt und trocken wie Wüstenstaub. Er meinte jede Silbe ernst. Er lächelte nicht – vermutlich, so kam es Robin in den Sinn, lächelten Lazarusmönche nie. Nun aber wandte er sich halb ab und tastete nach einem Zipfel des weißen Tuches auf dem Altar, und Robin revidierte ihren ersten Eindruck. An seinem Hinterkopf zeigten sich ein mehr als münzgroßes, offenes Geschwür und mehrere dunkelrote Flecken, die teils im Begriff waren, sich ins Schwarze zu verfärben. Und als Robins Blick der Bewegung seiner rechten Hand folgte, bemerkte sie, dass die Kuppen von Zeige- und Ringfinger fehlten.

Lucio, dem nicht die geringste Regung in Robins Miene verborgen zu bleiben schien, hielt inne, wandte sich noch einmal ganz zu ihr und streckte ihr beide Hände entgegen. Robin wich intuitiv einen halben Schritt zurück, als sie die fürchterlichen Entstellungen seiner rechten Hand aus der Nähe sah, die dem Lazariter sicherlich unerträgliche Schmerzen bereiten mussten und zudem fürchterlich rochen. Robin verspürte einen bitteren Geschmack im Mund und fragte sich erneut, was sie tun würde, wenn Balduins Arzt gelogen hatte und sie vielleicht schon morgen die ersten Zeichen des Aussatzes an ihrem eigenen Leib entdeckte. Wahrscheinlich würde sie sich in ihr Schwert stürzen. Es war eine Todsünde, und sie würde dafür im Fegefeuer enden. Doch konnte irgendetwas schrecklicher sein, als bei lebendigem Leib dahinzufaulen?

Derweil erklärte Lucio mit kehliger Stimme: »Seit Jahren schon suche ich nach einem Mittel, das dem Aussatz Einhalt gebietet. Bislang ohne Erfolg. Aber das wird sich ändern, Bruder Robin. Bald. Sehr bald …« Mit Erstaunen bemerkte Robin, dass Lucios Worte in der weitläufigen Höhle nicht nachhallten – ganz so, als würde der Lazariter selbst von seiner eigenen Stimme gemieden. Der Mönch wandte sich wieder dem Kopfende des Altars zu und griff erneut nach dem Laken, um es dieses Mal in einer schwungvollen Bewegung zurückzuschlagen. Robins Verdacht bestätigte sich: Darunter lag ein Leichnam: eine Frau, die vielleicht zwanzig, auf keinen Fall älter als dreißig Jahre geworden war. Strähniges schwarzes Haar rahmte ihr auch im Tod noch hübsches Antlitz und gemahnte an ein sorglos schlafendes Mädchen. Die leicht zurückgezogenen Lippen gaben den Blick auf ihre geraden, strahlend weißen Zähne frei, und fast schien es, als ob sie lächelte. Ihre Haut war ungewöhnlich dunkel – dunkler sogar als die der meisten Frauen in diesem Teil der Welt.

Robin fröstelte. Sie hatte längst mehr Tote gesehen als die meisten Menschen in ihrem ganzen Leben. Kranke und Verwundete, die schrecklichen Schicksalen erlegen waren und deren Gesichter im Todeskampf zu hässlichen Grimassen erstarrt waren – aber nicht einen einzigen, der auf sie den Eindruck machte, in Frieden mit Gott und sich selbst gestorben zu sein. Und so erfüllte diese junge Frau Robin mit unbekannter Ehrfurcht für das, was sie *war* – und nicht für das, als was sie geboren war, was sie geleistet oder erreicht hatte oder dereinst erreichen konnte. Obschon sie die Frau nicht gekannt hatte, sprach ihr friedvolles Lächeln von einem von Herzen guten Menschen, der reinsten Gewissens den Weg ins Paradies gegangen war.

Auch Bruder Lucios Ton klang gleichsam ehrfürchtig wie feierlich: »Diese Frau ist bereits seit vielen Jahrhunderten tot.«

Robin schüttelte den Kopf, und hinter ihrer Stirn schlugen ihre Gedanken verrückte Kapriolen. Aber dann salutierten sie, wie vom Donner gerührt, vor einer Erkenntnis. »Sie ist …«, flüsterte sie ehrfürchtig und wich einen weiteren Schritt vor dem Altar zurück. Auf einmal fühlte sie sich ungemein klein und unbedeutend. Sie hatte hier nichts verloren. Was auch immer in den vergangenen Jahren mit ihr geschehen sein mochte – im Grunde ihres Herzens war sie doch immer noch ein einfaches Bauernmädchen, das viel zu unbedeutend war, als dass man ihr eine solche Ehre zuteilwerden lassen – oder besser: zumuten – sollte.

»Eine Heilige?«, vollendete Bruder Lucio ihren begonnenen Satz und nickte dabei wie ein Lehrmeister, der mit seinem Schüler für den Augenblick ganz zufrieden war. »Ihr habt recht, Robin von Tronthoff. Diese Frau weist tatsächlich die Merkmale einer toten Heiligen auf.« Langsam fuhr er mit dem verkürzten Zeigefinger der linken Hand über das schöne Gesicht der Toten. »Nichts als Staub sollte geblieben sein. Doch ihr Körper verfällt einfach nicht. Seit Hunderten von Jahren liegt sie da und schläft. Kommt näher, Robin. Tretet heran.« Er winkte ungeduldig mit der Linken, die kaum mehr als ein verformter Stumpf war, und Robin gehorchte widerwillig. »Riecht!«, forderte er.

Robin zögerte. Die Mischung aus Aufregung und Ehrfurcht, aber auch Angst vor dem hochgewachsenen Lazariter und der Krankheit, die die beiden Männer im Raum umwehte, ließen sie schwindeln. Aber sie versuchte nicht, sich zu widersetzen, sondern beugte sich langsam vor und tat, wie ihr geheißen. Kurz darauf zog sie überrascht die Brauen zusammen und roch erneut am Leib der Unbekannten. Das Ergebnis war das gleiche: Der Verwesungsgestank, der ihre Nase erreichte, entströmte den fauligen Fingerstümpfen des Lazariters, während die Haut der Frau sanft nach Badezusätzen und wohlriechenden Harzen duftete.

»Auch das ist ein Merkmal eines toten Heiligen.« Bruder Lucio nickte zufrieden. »Des Weiteren bleibt seine Haut im Tod von rosiger Farbe. Vorausgesetzt, er hatte sie im Leben.« Er zuckte die Achseln. »Diese Frau jedoch war schon immer dunkelhäutig.«

»Diese Frau«, wiederholte Robin in beinahe andächtigem Flüsterton. »Wer … wer ist diese Heilige, Bruder Lucio? Wer ist sie, und warum …«

Mit einer unvermittelten Bewegung griff der Lazariter erneut nach dem Laken, das den Leib der Verstorbenen bis zum Dekolleté bedeckte, riss es vollständig vom Altar und ließ es achtlos auf den Höhlenboden hinabfallen. Sie war nicht nackt, sondern fast vollständig eingewickelt in schmale, einst gewiss weiße, von der Zeit jedoch bräunlich gelb verfärbte Leinenbänder. Einige von ihnen waren auf Höhe der Brust zerschnitten worden. Die Hände der Toten lagen nicht auf ihrem Bauch gefaltet – stattdessen waren ihre Arme über ihrer Brust verschränkt. Darüber schimmerte etwas Goldenes im Schein der Fackeln. Robin beugte sich vor – wohl darauf bedacht, die Heilige nicht versehentlich mit ihren unwürdigen Fingern zu berühren, wie es Bruder Lucio in respektloser Weise tat – und hob die kleine Laterne, um genauer erkennen zu können, was es war. Und was sie erblickte, verwirrte sie zutiefst.

Es war nicht etwa ein goldenes Kreuz, das der Toten als Halsschmuck mit ins Grab gegeben worden war; nicht einmal ein Heiligenbild. Stattdessen zierte ein Götzenbild das

Dekolleté der Toten: das handgroße Abbild einer knienden Frau aus Goldblech, die anstelle von Armen über riesige gefiederte Schwingen wie von einem Raubvogel verfügte. Robin schreckte zurück.

»Sie ist keine Heilige«, bestätigte Bruder Lucio, und nun schwang in seiner Stimme eine unüberhörbare Spur von Verachtung mit. »Ganz im Gegenteil, Robin von Tronthoff. Dieses Weib ist eine Heidin. Und obwohl einzig die Körper von Heiligen vom Verfall verschont bleiben, wie wir alle wissen, liegt sie da vor uns, als wäre sie gerade erst entschlafen. Dies ist der Beweis. Der Beweis dafür, dass es das, was ich suche, tatsächlich gibt!«

»Das, was Ihr sucht?« Robin verstand nicht, was der Geistliche ihr sagen wollte. Streng genommen verstand sie im Augenblick so gut wie gar nichts mehr. Keine Heilige? Aber wenn diese Frau keine Heilige war und dennoch seit vielen Jahrhunderten hier ruhte, wie Bruder Lucio behauptete – konnte dies dann etwas anderes bedeuten, als dass auch ein Heide Gott so sehr gefallen konnte, als dass er seinen leblosen Körper nicht der Verwesung aussetzte? Hieß das am Ende … dass sie alle ihren einzig wahren, christlichen Glauben überdenken mussten?

Robin schalt sich im Stillen eine Närrin. Allein diese Gedanken waren lästerlich genug, um ihr eine kleine Ewigkeit im Fegefeuer zu garantieren. Natürlich konnte und musste es etwas anderes bedeuten, und sie war sich sicher, dass Lucio bereits eine Erklärung parat hatte. Er war kein Mann, der über Rätsel sprach, deren Lösung er nicht kannte.

Und tatsächlich täuschte Robin sich nicht: »Es gab einen Heiden, der ein Geheimnis ergründet hat, das unseren König retten kann«, begann der Mönch. »Vor elfhundert Jahren war er hier in dieser Stadt und befehligte als Soldat die Heere des heidnischen Roms hier in Judaea. Er war besessen von Geheimnissen – und Plinius Gaius Publius Secundus kannte das

Geheimnis dieser Frau.« Erneut strich Lucio mit den Fingerstümpfen über die Wange der Heidin, nicht zärtlich oder ehrfurchtsvoll, sondern fast ein wenig angewidert, als fegte er ein totes Insekt aus ihrem Gesicht. »Er kannte das Geheimnis, wie man einen Körper für immer vor dem Verfall bewahrt. Nicht vor dem Tod ...« Er hob spöttisch eine Braue und warf dann stolz den Kopf in den Nacken. »Aber wenn wir seinem Geheimnis auf die Spur kommen, dann kann der Verfall aufgehalten werden. Wir können die Leprakranken heilen. Er hat ein großes Werk über die Natur geschrieben, die *maior naturalis historia*. Im 31. Buch dieses Werkes schreibt er über die wunderbare Wirkung der Heilquellen. Ein ganzes Buch über Heilquellen. Doch man hat es verstümmelt. Das Wissen war so kostbar, dass jemand es in den überlieferten Büchern vernichtet hat. Doch wer immer dies getan hat, war nicht gründlich genug. In seinem 28. Buch schreibt Plinius über die Lebenskraft und über das *aqua vitae*: das Wasser des Lebens. Er verweist auf das 31. Buch. Doch in allen Abschriften, die ich finden konnte, steht nichts darüber. Jemand hat dieses Wissen getilgt.«

Robins Blick heftete sich erneut an das Antlitz der schönen Heidin, und sie erschrak ein wenig darüber, dass das Wissen um ihren heidnischen Ursprung ihre Ehrfurcht nicht zur Gänze vertreiben konnte.

»Auch die alten Könige Ägyptens kannten das Wasser des Lebens«, fuhr Lucio fort, und Robin wurde zunehmend unruhig. Was erwartete man von ihr? Sie wusste nicht viel über Bücher und noch weniger über alte Ägypter. Sie erinnerte sich lediglich an eine Handvoll lateinischer Bibelverse über das alte Ägypten, die beispielsweise von Fröschen handelten, die wie Regen vom Himmel fielen.

Der Lazarusmönch jedoch wusste eine Menge mehr und fuhr in unheilvollem Tonfall fort: »Einer von ihnen wurde über hundert Jahre alt und zeugte mehr als hundert Nachkommen. Sein Name war Ramses. Diese Frau«, und dabei deutete er geradezu anklagend auf die tote Schönheit, »kommt aus Ägypten. Als Heidin sollte ihr Leib längst zu Staub zerfallen sein. Doch noch immer wirkt die Kraft des *aqua vitae* in ihr.«

Zu Robins Linker trat Balduin schwankend vor, um sich am Fußende der Bahre abzustützen. Robin schauderte. Wie fürchterlich musste man sich fühlen, um zu Füßen einer heidnischen Leiche Halt zu suchen, damit man nicht stürzte?

»Auf dem Sinai, am Fuß des Berges, auf dem Moses von Gott dem Herrn die Zehn Gebote empfing«, fügte Balduin den Ausführungen des Mönchs schwer atmend hinzu, »gibt es ein uraltes Kloster. Nicht einmal der Kaiser von Byzanz besitzt so viele alte Schriften wie diese Mönche.«

Ein Fieberkrampf schüttelte ihn, und Robin bewegte sich einen Schritt weit in Balduins Richtung, aber der König bedeutete ihr mit einer müden Geste zurückzubleiben und ließ sich stattdessen auf den schmalen, fast kniehohen Sockel sinken, auf dem der Altar ruhte. »Dieses Kloster ist der einzige Ort, an dem es vielleicht noch eine vollständige Abschrift der Werke des Plinius gibt.« Für einen kurzen Moment schloss er erschöpft die Augen. »Die Spur muss nach Ägypten weisen. Du hast mir schon einmal das Leben gerettet, Robin. Ich sitze hier in Jerusalem inmitten einer Schlangengrube. Selbst meine Mutter wünscht meinen Tod, denn ich bin nicht mehr der gefügige kleine Junge von einst, der ihren Worten gehorsam Folge leistet. Sie möchte meine Schwester auf dem Thron sehen, deren Dummheit ihrer Schönheit in nichts nachsteht. Man wartet auf meinen Tod.« Seine Erschöpfung hinderte ihn nicht daran, seine Finger in nachgerade melodramatischer Bewegung über sein Gesicht gleiten zu lassen. »Jeder kann mir beim Sterben zusehen. Zusehen, wie ich bei lebendigem Leib verrotte. Das Wasser des Lebens jedoch wird dem Einhalt gebieten. Nicht einmal mein Leichnam wird dann noch verwesen.« Balduins Lachen klang eher verzweifelt als amüsiert. »Ich kann niemandem mehr trauen, Robin. Nicht meiner Familie, nicht den Baronen, die mir den Lehnseid geschworen haben. Nicht den Templern oder den Johannitern. Sie alle haben teil am versteckten Kampf um die Krone. Du selbst bist Zeuge geworden, wie man versucht hat, mich zu ermorden. Du hast mit deinem Leib den Pfeil abgefangen, der mir das Leben nehmen sollte. Dir vertraue ich.«

Robins Blick wanderte von Balduin zu dem Gesicht der schönen Toten und wieder zurück. Langsam setzte sich wenigstens ein Teil dessen, was ihr am heutigen Tag zu Ohren gekommen war, zu einem zwar unscharfen, im Großen und Ganzen aber erkennbaren Bild zusammen. Allerdings glaubte sie nach Balduins Ausführungen nicht mehr, dass sie tatsächlich auf Empfehlung Bruder Abbés hierherbestellt worden war. »Selbst wenn Ihr dieses sagenhafte Wasser findet«, wandte sie nachdenklich ein, »werden die Thronräuber Euch weiterhin nach dem Leben trachten. Sie könnten jederzeit ein neues Attentat auf Euch verüben.«

Dass ihr Einwand unsinnig war, erkannte sie, kaum dass sie ihn ausgesprochen hatte. Einen Säugling, der nicht auf Anhieb zu atmen begann, ließ man schließlich auch nicht tatenlos ersticken, weil er in fünfzig oder sechzig Jahren sowieso sterben würde.

Balduin reagierte entsprechend gereizt: »Gegen Thronräuber kann ich kämpfen!« Er erhob sich mit einem Ruck, der von Entschlossenheit künden sollte, ihn jedoch straucheln ließ und um ein Haar zu Fall brachte. Wieder packte Robin geistesgegenwärtig zu und stützte ihn. Balduin nutzte die unmittelbare Nähe, um ihr aus geringster Entfernung direkt in die Augen zu sehen: »Aber gegen meine Krankheit hilft nur ein Wunder. Du bist das Schwert des Königs, Robin«, beschwor er sie. »Du bist mein bester Ritter. Ziehe aus und vollbringe das Wunder für mich! Finde das *aqua vitae*, das Wasser des Lebens! Du bist der einzige meiner Ritter, dem ich zutraue, in Ägypten, mitten im Land unserer Feinde, zu überleben.« Das Lächeln aus seinem zerstörten Gesicht kam von Herzen, versuchte ihr Mut zuzusprechen und war voller Hoffnung. »Wer es geschafft hat, in der Festung des Alten vom Berge zu überleben, der kann alles überstehen.«

Das sah Robin ein wenig anders. Streng genommen war es eher ein Kunststück, auf Masyaf ums Leben zu kommen, wenn man mit Sheik Raschid Sinans Sohn liiert war. Aber sie verkniff sich diesen Hinweis, denn Balduin würde ihn nicht hören wollen. Es war nicht zu übersehen, dass all seine Hoffnung auf ihren Schultern ruhte. Sie versuchte es mit einem anderen Einwand: »Da ich mich Schwert des Königs nennen darf, wird es schwierig werden, Jerusalem unauffällig zu verlassen. Gewiss gibt es etliche Intriganten, die jeden meiner Schritte in den Straßen Jerusalems aufmerksam verfolgen.« Und vielleicht auch anderswo, setzte sie in Gedanken hinzu und fühlte sich ganz und gar nicht wohl dabei. Immerhin, so beruhigte sie sich im Stillen, blieben auch ihre möglichen Beobachter nicht unbeobachtet, denn sie stand noch immer unter dem Schutz der Assassinen.

Balduin wartete ihr Einverständnis nicht ab: »Für deine Abreise ist alles vorbereitet«, verkündete er feierlich – und wer war sie auch, dass sie ihr Einverständnis zu einem Auftrag des Königs von Jerusalem für relevant hielt? »Niemand wird Verdacht schöpfen, denn ich werde vor versammeltem Hofstaat erklären, dass ich dich an den Hof Kaiser Friedrichs schicke. Dort sollst du in meinem Namen um Ritter und Gold bitten, um das Königreich Jerusalem gegen Saladin zu verteidigen.«

Der begeistert sein wird, wenn er davon erfährt, fügte Robin stumm hinzu und schluckte hart. Denn dass man ihn unverzüglich davon in Kenntnis setzen würde, stand fest wie das Amen in der Kirche. Hatte sie nicht noch vor ein paar Stunden geglaubt, dass es zwar außergewöhnlich, aber *einfach* war, als Christin an der Seite eines Muselmanen zu leben? Wie naiv sie nur gewesen war!

Dennoch nickte sie ergeben. Balduin war König von Gottes Gnaden, und Gottes Wort war ihr Befehl. Darüber hinaus war es ja nur eine Notlüge – tatsächlich dachte sie natürlich nicht im Traum daran, Salims Familie zu hintergehen, und hoffte, dass weder Gott noch Balduin dergleichen irgendwann wirklich von ihr verlangten. Morgen schon würde sie aufbrechen und nach diesen geheimnisvollen Schriften des Gelehrten suchen, an dessen Erfahrung und Weisheit Balduin und der Lazariter so fest glaubten. Und danach, entschied Robin mit einem mitleidigen, aber entschlossenen Blick in das entstellte Gesicht des Königs, würde sie ihm das Wasser bringen, das seinem Leiden ein Ende bereitete: das *aqua vitae*, das Wasser des Lebens.

Vorausgesetzt, er überlebte die Zeit bis zu ihrer Rückkehr nach Jerusalem.

## 3. KAPITEL

Robin hatte nicht ernsthaft gehofft, wenigstens für diese eine letzte Nacht vor Beginn ihrer großen Reise noch einmal nach Hause zurückkehren zu dürfen. Aber gewünscht hätte sie es sich von ganzem Herzen. Zu gern hätte sie noch einmal in Salims Armen gelegen und Mut und Kraft gesammelt, indem sie seine samtweichen Lippen und seine bronzefarbene, perlmuttglatte Haut liebkoste. Aber das war natürlich unmöglich. Die Gefahr, dass irgendeine neugierige Seele ihr folgte und von ihrer doppelten Identität erfuhr, war zu groß. Auch würde ein letztes Treffen mit Salim gewiss nicht annähernd so friedfertig und romantisch verlaufen, wie Robin es sich in ihrer Fantasie erträumte. Sicherlich hätte sie mit ellenlangen Ausführungen und einer aufgezwungenen Notlüge Salims Zorn erregt. Und so verbrachte Robin eine unruhige Nacht in einer kleinen, spärlich eingerichteten Kammer im Königspalast, die über ein Bett, einen Stuhl, eine Schüssel voller Wasser und – sie hatte nichts anderes erwartet – kein Fenster verfügte. Auf dem wackeligen Stuhl fand sie eine grobmaschige Leinenkutte sowie einen Pilgerhut mit breiter Krempe und einige Streifen weißen Leinens. Am frühen Morgen des nächsten Tages wusch sie sich und umwickelte dann ihre Brüste mit den Stoffstreifen, bis sie so platt am Körper klebten wie Kayas Nase in dessen Gesicht.

Robin biss die Zähne zusammen, als sie dabei ein Brennen verspürte, das bis unter ihre Achseln hinaufschoss, und auch der pulsierende Druckschmerz, an den sie sich längst gewöhnt zu haben glaubte, erschien ihr stärker als sonst. Das mochte, so überlegte sie, daran liegen, dass sie die Leinentücher deutlich fester zurren musste als noch vor einigen Monaten. Nicht nur Bauch und Hüften hatten ein wenig Speck angesetzt, auch die Brüste waren sichtbar angeschwollen – mehr, als sich durch die Bequemlichkeit der vergangenen Wochen erklären ließ, vielleicht. Robin wunderte sich ein wenig darüber, denn eigentlich war sie im Glauben gewesen, mit siebzehn Jahren gewissermaßen ... nun ja, *fertig* zu sein. Wie sahen eigentlich die anderen Frauen in ihrem Alter unter ihren Kleidern aus? Entwickelten sie sich körperlich auch noch weiter? Drückten und brannten ihre Brüste, und verspürten sie auch ab und an dieses nicht schmerzhafte, aber doch unangenehme Ziehen im Unterleib? In Momenten wie diesem vermisste Robin ihre Mutter noch mehr als sonst. Wem sonst stellte man solche Fragen?

Die Antwort lautete: Saila. Robin beschloss, ihre Dienerin in einem ruhigen Moment danach zu fragen, sobald sie wieder daheim war. Wenn sie noch einmal heimkäme.

Robin fegte den finsteren Gedanken beiseite und bemühte sich darum, auch über den Schmerz in ihren Brüsten nicht mehr nachzudenken. Das gelang ihr ganz gut, denn als sie das knöchellange Pilgergewand überstreifte, das Balduin für sie hatte bereitlegen lassen, pochte ein anderer, ebenso unangenehmer Schmerz durch ihre Schulter. Dort hatte vor nicht allzu langer Zeit der Pfeil gesteckt, der für den König von Jerusalem bestimmt gewesen war. Sie seufzte. Im Grunde fühlte sie sich nicht bereit für jene lange Reise ins Ungewisse, die Balduin von ihr verlangte. Seit mehr als einem Monat hatte sie kein Schwert mehr geführt – nicht einmal, um damit zu üben, geschweige denn in einem wirklichen Kampf. Zu ihrem eigenen Erstaunen vermisste Robin die Trainingsstunden mit Salim, die der Alltag einfach so geschluckt hatte, nicht einmal, und ihr Ausdauertraining beschränkte sich inzwischen auf die leidigen Versuche, ihren ungeliebten Leibwächter zwischen zwei Etagen abzuhängen. Aber es half ja nichts. Sie war Balduins Erster Ritter und ihm und Gott gegenüber verpflichtet, alles zu tun, um den König zu schützen. Und wenn dazu gehörte, dass sie baren Fußes nach Ägypten liefe und dieses sagenhafte *aqua vitae* im Magen eines lebenden Bären auf den Schultern nach Jerusalem trüge, musste sie es zumindest versuchen. Selbst wenn es sie ihr eigenes Leben kostete. Und so setzte sie sich den braunen Hut mit der Muschelschnur auf den Kopf, der ihr geheimes Erkennungszeichen sein sollte, und tauchte ihre Finger kurz in das abgestandene Wasser und dann in den fast knöcheltiefen Staub unter dem Bett. Dann beschmutzte sie das, was der riesige Hut von ihrem Gesicht zu sehen übrig ließ, sorgsam mit feuchtem Dreck. Als sie damit fertig war, nahm man ihr nicht nur ab, den Weg nach Ägypten bereits bewältigt zu haben – auch Salim hätte ihr nun vermutlich die Hostie auf die Zunge legen können, ohne sie unter dem Hut und der Schmutzkruste wiederzuerkennen.

Niemand schenkte ihr Beachtung, als sie den Palast verließ und die silberne Jakobsmuschel ansteckte, die ihrem Kostüm beigelegen hatte und ihre Maskerade als argloser Pilger abrundete. Balduin wollte, dass sie die Grabeskirche besuchte, und Robin bemühte sich, den kurzen Fußmarsch zügig, aber ohne Hektik zurückzulegen. Obgleich es noch recht früh am Morgen war, summte die Stadt bereits in reger Betriebsamkeit, sodass sie auf dem Weg durch die engen Gassen zwangsläufig ins Schlendern verfiel. Die Sonne brannte so heiß vom wolkenlosen Himmel, und die Luft war schon jetzt so dick von Menschenschweiß, Tierfäkalien und anderen Gerüchen einer großen Stadt, dass Robin sich nicht ohne Sarkasmus fragte, ob sich nicht eine Scheibe davon mit dem Messer heraustrennen, abrichten und auf den wesentlich übleren Geruch in der Zitadelle ansetzen ließe.

*Herrje,* schalt sie sich, *was bist du empfindsam geworden! Du hast viel zu viele Stunden in Salims nach Sandelholz, Honig, ätherischen Ölen oder frischen Kräutern duftendem Heim zugebracht!* Jedenfalls konnte sie sich nicht entsinnen, bei ihrer Ankunft in Jerusalem vor einigen Monaten derart geruchsempfindlich gewesen zu sein. Hinzu kam ein steter leichter Schwindel, den sie an sich gleichfalls nicht kannte. Aber das Pilgergewand war viel zu warm, der vergangene Abend sehr lang geworden, vermutlich war sie das frühe Aufstehen schlicht nicht mehr gewohnt, und gefrühstückt hatte sie auch nicht. Dennoch gönnte sie sich keine Rast und erreichte schließlich die Kirche mit den beiden mächtigen Rotunden, deren größere unmittelbar über dem Grab Christi errichtet war. Um diese herum scharten sich unzählige kleinere Kapellen mit ihren Flach- und Spitzdächern, wie die Jakobs- und die Johanneskapelle oder die Kapelle der Vierzig Märtyrer. Als Robin den steinernen Torbogen zur Grabeskirche erreichte, hielt sie andächtig inne, legte den Kopf in den Nacken und bestaunte das detaillierte Relief über dem Doppeltor. In kunstvoller Feinarbeit waren dort Bilder aus den letzten Wochen im Leben des Messias in den Stein gemeißelt, dessen sterbliche Überreste hier – nur wenige Schritte von Robins Füßen entfernt – beigesetzt worden waren. Robin erkannte nicht alle dargestellten Momente, aber sie identifizierte die Aufweckung des Lazarus, dessen Schwester den Herrn mit Salböl gesalbt und seine Füße mit ihrem Haar getrocknet hatte. Dort waren die Vorbereitungen des Paschamahls dargestellt und daneben der Einzug in Jerusalem, das Abendmahl und schließlich die Kreuzigung.

Mit jedem Lidschlag, den Robin staunend innehielt, wurde sie sich der unvergleichlichen Heiligkeit dieses Ortes mehr bewusst, und mit jedem Atemzug, den sie tat, schämte sie sich des unchristlichen Grundes, der sie hierherverschlug, ein wenig mehr. Im stummen Gebet schlug sie die Augen nieder und bat Gott um Vergebung für alles, was sie gleich tun würde; und obwohl sie im Auftrag des Königs selbst handelte, war sie sich auf einmal nicht mehr sicher, ob der Herr ihr ihre Vergehen wirklich nachsehen würde. Zur Sicherheit schob sie ein rasches Vaterunser hinterher, bekreuzigte sich und bedachte den in den grauen Stein gemeißelten Gottessohn am Kreuz mit einer letzten, beschämten Grimasse. »Für den König!«, flüsterte sie schließlich, ehe sie flinken Schrittes die schmale Treppe emporeilte, an der Kirchenmauer hinauf zur Frankenkapelle, dort durch eine schmale Pforte in den Anbau, den sie mit wenigen Schritten durchquerte, und dann in die angrenzende Golgothakapelle, in der das Zusammentreffen stattfinden sollte. Diese war menschenleer.

Wieder verharrte Robin, von einer eigentümlichen Unsicherheit erfüllt, und zögerte zwei, drei Atemzüge, ehe sie sich in die Kapelle hineinwagte. Hunderte von Kerzen bildeten Seen aus Licht und tauchten die Säulen und unendlich prachtvoll bemalten Bogen, die den Raum in zwei Teile teilten, in warmen, goldgelben Schein. Der Boden zu ihren Füßen dagegen war grob und nahezu unbehauen – dies war der Grund, auf dem das schreckliche Urteil des Herodes an Jesus von Nazareth vollstreckt worden war, der Felsen, auf dem der Gottessohn ans Kreuz genagelt und mit einer Dornenkrone auf dem Haupt dem Tod anheimgegeben worden war. Hier hatte eine Lanze Sein Herz durchbohrt, war Sein Blut hinabgetropft und durch die Spalten des Felsens gesickert, um Adam, der darunter begraben lag, durch die Berührung seiner Gebeine von der Erbsünde zu befreien. Hier hatte man Seinen Leichnam in den Schoß Seiner Mutter gebettet …

Ein großes hölzernes Kreuz ragte an der Stelle empor, an der das Christentum vor mehr als einem Jahrtausend Wurzeln geschlagen hatte; zwei kleine schwarze Marmorplatten im Felsen rechts und links der Replik erinnerten auch an jene armen Seelen, die gemeinsam mit dem Heiland hingerichtet worden waren. Robin kniete nieder und blickte ehrfürchtig an dem Kreuz des Gottessohnes empor, während ihre Finger vorsichtig über den rauen Felsboden tasteten. Ihr Herzschlag beschleunigte sich. Vielleicht begriff sie erst in diesen Sekunden wirklich, wovon all die Menschen sprachen, die die Heiligkeit dieser Stadt erwähnten. Vielleicht verstand sie sogar ein kleines bisschen, wieso es Menschen gab, die glaubten, dass man Jerusalem aus den Händen der Ungläubigen befreien musste. Diese wussten den unglaublichen Schatz, den sie ihr Eigen nannten, sicherlich nicht in angemessener Weise zu würdigen, weil sie Jesus nur als einen Propheten unter vielen anderen verehrten. Ein Gefühl, das sie nicht in Worte zu fassen vermochte, ergriff sie, durchströmte sie und ließ sie in bis dahin ungekannter Demut zurück. Wie gern wäre Robin hierhergekommen, als sie noch ein Bauernmädchen gewesen war, dessen größtes Vergehen darin bestand, gelegentlich zu spät nach Hause zu kommen! Nun jedoch fühlte sie sich, als haftete das Blut aller Schlachten und Kämpfe, die sie als Ritter oder aus der Not heraus bestanden hatte, als harte Kruste an ihren Fingern. So gern hätte sie diese dem Herrn reinen Gewissens entgegengestreckt, auf dass er sie daran ergriff und ihr den unzweifelhaft *richtigen* Weg wiese. Und was noch viel schlimmer war: Selbst jetzt, da sie im Herzen des Christentums kniete, kam sie keineswegs als der Heil suchende Pilger, als der sie sich gab. Robin senkte die Stirn auf die vor dem Gesicht gefalteten Hände und bat ein weiteres Mal inständig um Vergebung für die gemeine Intrige, in die sie im Grunde ohne ihr Zutun verwickelt war.

Sie hätte nicht sagen können, wie lange sie so in ihr Bittgebet vertieft niederkniete. Dann und wann gesellten sich andere Pilger zu ihr, beteten und verließen die Kapelle wieder, doch Robin schenkte ihnen kaum Beachtung. Erst als sie eine Berührung an der Schulter spürte, schrak sie auf. Rasch bekreuzigte und erhob sie sich und wandte sich dann um zu jener hochgewachsenen Gestalt in knöchellangem, dunklem Gewand, die nun die Kapuze ihrer Kutte zurückschlug und sich fraglos als derjenige entpuppte, dem Robin hier begegnen sollte: *ein Mann, zu schön, um Wirklichkeit zu sein*. Das waren die Worte, mit denen Balduin nicht ohne Spott den Erzbischof von Caesarea beschrieben hatte. Obgleich blumige Worte eigentlich nicht Robins Art waren, hätte sie kaum passendere für die große, schlanke Erscheinung des Geistlichen gefunden. Heraklios war ein Bild von einem Mann, so frei von jedwedem Makel, dass es fast schon befremdlich war. In der keuschen Bischofskluft wirkte sein goldbraun gebrannter, muskulöser Leib vollkommen fehl am Platz, und mit seinem rundum ästhetischen Gesicht, den sinnlich vollen Lippen, der geraden, männlichen Nase und den fast schwarzen, durchdringenden Augen hätte er besser auf ein blütenweißes Pferd mit goldenem Zaumzeug gepasst – oder an die Seite einer nicht minder schönen Prinzessin.

Aber ein kleines bisschen lebte der ehrenwerte Erzbischof in aller Heimlichkeit ja wirklich wie ein Märchenprinz, und das Wissen darum ließ Robins Bewunderung für die makellose Schönheit Seiner Eminenz in einer Wolke aus Verachtung verpuffen: Vor ihr stand der heimliche Geliebte Agnes von Courtenays, der Gräfin von Jaffa und Mutter des Königs von Jerusalem. Und als hätte der Bischof selbst dafür Sorge getragen, registrierte Robin erstaunt, dass sie nunmehr allein in der Kirche waren. Die anderen Pilger waren verschwunden – und vermutlich hielt ein Diener Seiner Eminenz gerade weitere Pilger ab, hineinzugehen.

»Verdammt seid Ihr dafür, einen solch heiligen Ort für Euren schändlichen Handel zu wählen«, fauchte der Geistliche Robin anstelle eines Grußes zornig an und setzte dann verächtlich hinzu: »Wer auch immer Ihr seid.«

»Eure Eminenz.« Robin verneigte sich knapp, ohne auf die indirekte Frage nach ihrer Identität einzugehen. Sie würde den Teufel tun, ihm auch nur den Hauch einer Idee zu geben, wer hinter dem kleinen, aber hässlichen Komplott steckte, das dem Erzbischof von Caesarea seit dem gestrigen Abend sicherlich den Schlaf raubte. In keinem Fall durfte die Gräfin von Jaffa herausfinden, dass es ihr eigener Sohn war, der sein Spiel mit dem Wissen um ihre verbotene Liebschaft spielte. Und weil Balduin zufolge Heraklios' Schönheit ebenso maßlos war wie seine Arroganz, hielt er den König für einen Schwächling und Trottel ohnegleichen und würde daher auch niemals erraten, wer seine zweite, fast noch heimlichere Geliebte in diesen Stunden in seiner Gewalt hatte.

Zumindest nicht, wenn Robin sich keinen Fehler erlaubte.

Sie streckte dem Erzbischof fordernd die Rechte entgegen. »Euer Siegel«, verlangte sie knapp. »Gebt es mir.«

»Ein Judas seid Ihr, der seinen Herrn wegen dreißig Silberlingen verrät«, sagte Heraklios. Noch vor zwei Jahren war er – so hieß es – nichts als ein armer, des Lesens und Schreibens kaum mächtiger Priester aus der Auvergne gewesen, und seinen blitzartigen Aufstieg in das hohe Amt des Erzbischofs hatte er angeblich allein dem Einfluss der Gräfin von Jaffa zu verdanken. Nun schnaubte er, als dächte er im Traum nicht daran, Robin sein Stempelsiegel auszuhändigen. Aber er spielte seine Rolle nicht besonders gut. Dass er zwar hier war, sich aber trotzdem zu verweigern suchte, zeigte, dass er die Aussichtslosigkeit seiner Lage noch nicht vollkommen verstanden hatte. Es war Robins Aufgabe, dem Erkenntnisprozess nachzuhelfen: »Gewiss habt Ihr den Verlust Eures liebsten Dieners bemerkt«, stellte sie betont kühl fest. »Sonst wäret Ihr nicht hier. Wie war doch gleich der Name des Knaben?« Sie tat, als müsste sie kurz nachdenken. »Mathilda, Martina …? Bitte helft meinem Gedächtnis ein wenig auf die Sprünge, Euer Eminenz.«

»Sein Name ist Martinus«, log der Erzbischof barsch. »*Bruder* Martin. Und wenn Ihr ihm auch nur ein Haar gekrümmt habt, werde ich dafür sorgen, dass man Euch jeden Knochen in Eurem jämmerlichen Leib bricht. Und zwar einzeln und sehr langsam.«

Robin lächelte müde, obwohl ihr nach wie vor nicht nach Lächeln zumute war. Zwar war sie dem armen, vermeintlichen Knaben, den Balduins vermummte Soldaten am vergangenen Abend aus der Kammer des Erzbischofs entführt hatten, noch nicht begegnet, aber sie fühlte trotzdem unendlich mit diesem armen Mädchen, das noch jünger war als Robin selbst. Womöglich folgte sie dem hoch angesehenen Geistlichen nur aus großer Not heraus seit einem runden Jahr auf Schritt und Tritt, um ihm dabei jederzeit als Gespielin gefügig zu sein.

Aber Robin überspielte ihr schlechtes Gewissen gut – jedenfalls konnte sie regelrecht hören, wie etwas in Heraklios zusammenbrach, als sie antwortete: »Eurer jungen Geliebten ist nichts geschehen. Und solange Ihr tut, was ich von Euch verlange, wird sich daran auch nichts ändern. Solltet Ihr Euch jedoch widersetzen, Euer Eminenz, sehe ich mich bedauerlicherweise gezwungen, Euren jungen *Diener* an die Gräfin von Courtenay auszuliefern. Und zwar nackt.«

Heraklios erbleichte, als er begriff, dass seine unbekannten Feinde nicht nur im Besitz seiner jungen Geliebten, sondern auch seiner beiden größten Geheimnisse waren. Aber sein Schrecken verwandelte sich schnell in schäumende Wut. Aus seinen schwarzen Augen zuckten Blitze voller Hass, und Robin befürchtete für einen Moment, der Erzbischof werde sie gleich hier, am allerheiligsten Ort der Christenheit, mit bloßen Händen erwürgen.

Natürlich tat er nichts dergleichen. Er mochte nicht der Klügste sein – nicht zuletzt, weil mit Ausnahme seiner Geliebten fast jedermann in der Grafschaft von Courtenay längst um das gefügige Mädchen in der Mönchskutte an seiner Seite zu wissen schien –, aber er war auch nicht vollkommen dumm. Und so beherrschte er sich mit sichtbarer Mühe und löste schließlich widerwillig ein scharlachrotes Samtbeutelchen von seinem Gürtel, das er Robin voll unterdrücktem Zorn entgegenstreckte. Robin nahm es an sich, löste den Knoten und fand darin tatsächlich das goldene Stempelsiegel des Erzbischofs von Caesarea vor. Es war mit einem Elfenbeingriff versehen und zeigte die Gravur einer Mitra über einer ummauerten Stadt.

»Ich danke Euch, Euer Eminenz.« Robin verneigte sich höflich und ließ den Beutel in derselben Bewegung in ihrem Pilgergewand verschwinden. »Noch vor der Mittagsstunde«, versprach sie, »kehrt Euer junger Bruder Martinus zu Euch zurück. Gehabt Euch wohl.«

Und damit verschwand sie fast fluchtartig aus der Grabeskirche.

Nun war sie dankbar für das Gedränge auf den Straßen der Stadt, das sie bald schluckte wie Treibsand einen Kiesel. Erst als sie sich völlig sicher war, dass ihr niemand folgte, kehrte sie auf Umwegen zum königlichen Palast am Davidsturm zurück.

»Was für eine Ausgeburt an Scheinheiligkeit!« Salim ließ sich schwer auf das Bett in Robins Kammer fallen. Er landete nicht sonderlich weich und verzog das Gesicht, ging aber nicht weiter auf ihre unangemessen bescheidene Unterkunft ein, sondern hob in einer gleichsam hilflosen wie vorwurfsvollen Geste beide Hände. »Ich verstehe nicht, warum ihr euch so schwer macht, was ihr so einfach haben könntet!« Er schüttelte den Kopf. »Warum habt ihr dieses Siegel nicht gleich stehlen lassen, anstatt mühsam dieses verkommene Christenweib in den Kleidern eines Vorbeters zu verschleppen? Es wäre deutlich weniger mühsam gewesen. Und ich hätte meine kostbare Zeit nicht darauf vergeuden müssen, das Siegel zu diesem Sohn eines blinden Kameltreibers und einer verwirrten Ziege zurückzubringen.«

»Weil Balduin nicht über die Dienste der Assassinen gebietet und Diebstahl uns Christen eben nicht liegt«, gab Robin spitz zurück. Tatsächlich pflegte der Erzbischof sein Siegel tagaus, tagein am Gürtel seines Gewandes zu tragen, sodass sich wahrscheinlich selbst Salim schwer getan hätte, es ihm unbemerkt zu entwenden.

Sie seufzte. Heute am späten Vormittag hatte sie sich im Kampf mit Pferd und Lanze geübt, und auf dem Rückweg in den Stall hatte der Sarazene plötzlich und unerwartet hinter ihr gestanden. Sein Privileg, nahezu unbehelligt in der Zitadelle ein und aus zu gehen, beruhte auf dem Umstand, dass sein Vater, der Alte vom Berge, und König Balduin sich vor Jahren miteinander verbündet hatten. Dennoch war es so ungewöhnlich, dass es sogar Robin falsch vorkam, als sie sich ihm auf einmal gegenübergesehen hatte. Natürlich hatte sie sich gefreut – tatsächlich hatte sie sich wirklich beherrschen müssen, um ihm nicht jubelnd um den Hals zu fallen. Aber sie hatte sich auch überrumpelt gefühlt, und um ein wenig Zeit zu schinden, hatte sie ihn unter einem Vorwand gebeten, das Siegel an ihrer statt zurückzubringen. Inzwischen war es Abend geworden, aber sie war noch keinen nennenswerten Gedankensprung weitergekommen.

Auch ihr war nicht nach ernsthafter Konversation zumute, denn diese hätte über kurz oder lang Antworten von ihr gefordert, die sie nicht geben konnte, geben durfte. Seit Salims Auftauchen überlegte sie, wie sie sich am besten aus dem Zwiespalt zwischen ihrer Solidarität zu Balduin und dem Eid, Salim bis ans Ende ihrer Tage zu lieben und zu ehren, winden konnte, ohne dem einen oder anderen ungerecht zu werden – jemanden zu ehren bedeutete schließlich auch, ihn nicht zu belügen. Weil Robin im Falle allzu direkter Fragen noch immer keine Ahnung hatte, was sie ihm erzählen sollte, fügte sie nun frech hinzu: »Und außerdem: Hättest du das Siegel nicht zurückgebracht, hättest du noch immer keine Ahnung, dass es tatsächlich einen Mann unter dieser Sonne gibt, der *noch schöner* ist als du.«

Salim rümpfte stolz die Nase und würdigte ihre Anspielung auf Heraklios' Schönheit keiner einzigen Silbe: »Auch ein Weib gebietet nicht über mich. Ich habe das Siegel bloß zurückgebracht, weil es mir gefiel, dir einen Gefallen zu erweisen.« Er zupfte an dem weinroten Waffenrock, den Robin nach ihrer Rückkehr in den Davidsturm gegen das raue Pilgergewand eingetauscht hatte, und grinste anzüglich. »Und glaub ja nicht, dass ich es umsonst getan hätte.«

»Natürlich nicht.« Robin trat einen Schritt beiseite, lud ihr Schwert auf dem Boden ab und bedachte ihren Mann über die Schulter hinweg mit einem unschuldigen Lächeln. »Mein aufrechter Dank ist dir gewiss. Und natürlich meine Anerkennung. Darin sollst du dich suhlen, bis ich zurückkehre und neue Aufgaben für dich mitbringe, Sklave.«

»Aufgaben aus dem nasskalten Europa? Dem Land der schlechten Manieren und des miserablen Essens?« Salim bemühte sich um einen spöttischen Tonfall, aus dem eindeutig auch Enttäuschung klang. Robin spürte seinen Blick an ihrem Hinterteil haften, während sie einen Fuß auf den kleinen Hocker hob, um umständlicher als nötig die ledernen Riemen des ersten Stiefels zu lösen. Sie genoss es, ein wenig mit ihren Reizen zu kokettieren – was nicht nur daran lag, dass auch Salim nur ein Mann war, dem es angesichts solcher Spielchen zunehmend schwerfiel, sich mit Dingen wie Politik und religiösen Fragen zu beschäftigen. »Welche Aufgaben mögen da wohl auf mich zukommen?«, riet Salim. »Die Flöhe aus deinem Haar zu zupfen? Die Hornhäute von deinen Fersen zu schaben?«

»Ich kehre nicht nach Europa zurück.« Robin ließ den ersten Stiefel neben den Hocker purzeln und mühte sich ebenso umständlich aus dem zweiten.

»Nicht?« Salim schien wirklich überrascht zu sein. Anscheinend hatte Bruder Abbé ihn völlig falsch informiert – vielleicht sogar absichtlich belogen. Robin war glücklich und dankbar, dass Salim über seinen Schatten gesprungen und hierhergekommen war, was ihnen einen Abschied ermöglichte – und bekümmert, dass sie mit einer Lüge würde gehen müssen. Sie brauchte dringend eine passable Ausflucht.

»Nein.« Sie schüttelte den Kopf. »Ich werde eine Karawane begleiten, die Balduin zum Hof Kaiser Friedrichs schickt.« Das war nicht die ganze Wahrheit. Aber es war auch nicht ganz gelogen. Wenigstens den ersten Teil ihres Weges würde Robin tatsächlich mit besagter Karawane reisen. Dass dies nur die erste Etappe einer wahrscheinlich langen und beschwerlichen Reise an der Seite eines leprakranken Lazariters war, musste Salim nun wirklich nicht wissen, und es würde ihm auch sicherlich großen Kummer bereiten.

Zwar hatte er weder das Recht noch die Mittel, sich zwischen sie und den Wunsch des Königs zu stellen, doch die Ritter und Mönche der Lazariter verabscheute er von allen Christen, die da in seine Heimat eingefallen waren, am allermeisten. Denn er wusste, dass selbst die Assassinen nicht vor dem schrecklichen Aussatz, den sie verbreiteten, flüchten konnten. Da half es wenig, dass man seinesgleichen nachsagte, dass sie hin und wieder mit Wüstenstürmen um die Wette liefen, um nicht aus der Form zu geraten. Und gewannen.

»Eine Karawane an den Hof des Kaisers begleiten?«, hakte Salim misstrauisch nach. »Warum schickt Balduin eine Karawane zu Friedrich? Sollte nicht eher der Kaiser eine Karawane nach Jerusalem aussenden? Eurem hinfälligen König ein wenig unter die Arme greifen, ehe mein Volk das siechende Elend in seiner Mitte nicht mehr erträgt und ihm endlich den Gnadenstoß versetzt?« Robin zog die Luft zwischen den Zähnen hindurch ein und funkelte ihn über die Schulter hinweg an, aber Salim tat eine beschwichtigende Geste und schüttelte den Kopf. »Das habe ich so nicht gesagt.«

»Hast du doch.«

»Aber nicht gemeint.«

Sie wusste, dass er log.

»Lass uns nicht streiten.« Robin seufzte. Zwar lebte sie in der Heiligen Stadt an der Seite eines Sarazenenprinzen, aber die Einwohner dieser Stadt und allen voran den eigenen Gemahl zum Christentum zu bekehren, wie es Aufgabe eines Templers gewesen wäre, davon war sie weit entfernt.

Sie ließ auch den zweiten Stiefel fallen, wandte sich zu Salim um und suchte seinen Blick eben deshalb, weil sie ihm in diesem Moment so gern ausgewichen wäre. Es gelang ihr recht gut. Manches ließ sich eben doch am besten von einem Assassinen lernen.

Sie würde ihm von allem berichten: von der toten Heidin unter dem Davidsturm, von den Abschriften des Plinius und dem Wasser des Lebens. Sie würde ihm erzählen, dass Balduin das Siegel des Bischofs nur benötigt hatte, um es unter das Schreiben an den Abt des Klosters der heiligen Katharina zu setzen. In diesem veranlasste Balduin unter Heraklios' Namen, dem Überbringer des Schreibens – Robin – alle erdenkliche Hilfe zukommen zu lassen. Das Kloster lag außerhalb von Balduins Herrschaftsbereich; er selbst wäre zu einer solchen Weisung nicht befugt gewesen. Ja, dachte Robin, nicht nur Balduin, sondern auch Salim hatte sie einen Eid vor Gott geschworen. Salim sollte alles wissen – aber noch nicht jetzt.

»Balduin will in der Tat die Hilfe des Kaisers erbitten.« Dass ein anderer Vertrauter des Königs, der die Karawane ebenfalls begleiten sollte, sich mit Geschenken und besagter Bitte an Friedrich wenden würde, verschwieg sie. »Ich tue nur meine Pflicht und nutze die Gelegenheit, auf der Reise mindestens fünfhundert Rosenkränze zu beten und vor dem Herrn Buße dafür zu tun, dass ich einen muselmanischen Heiden zum Mann genommen habe, der seine neugierige Nase ständig in Dinge steckt, die ihn nichts angehen.« Sie hauchte Salim einen Kuss auf die Nase, lächelte ihr schönstes Lächeln und hoffte, dass er sich damit zufriedengeben würde. Aber so einfach war es nicht.

Salim stand auf und schob sie gereizt auf eine Armeslänge Abstand. »Ich verstehe nicht, wie ich mich in den Leib eines Weibes verlieben konnte, in dem die Seele eine Kriegers steckt«, fluchte er, schritt ihr genauso weit nach, wie er sie gerade von sich fortgeschoben hatte, und hob ihr Kinn mit zwei Fingern an, um aus unmittelbarer Nähe ihren Blick zu suchen. »Eines *verrückten* Kriegers«, fügte er betont hinzu, griff mit beiden Händen nach ihrem Waffenrock und zog ihn ihr in einer geschickten Bewegung über den Kopf, um ihn achtlos zu ihren Stiefeln und ihrem Schwert in den Schmutz zu werfen. »Du siehst fürchterlich aus in diesen Lumpen«, behauptete er und machte sich an den Leinentüchern zu schaffen, mit denen Robins Brustkorb umwickelt war. Sie ließ es gern geschehen. Vielleicht lenkte der Anblick ihrer nackten Haut Salim ja endlich von all den Fragen ab, die sie ihm ohnehin nicht beantworten durfte. Außerdem sehnte sie sich schon nach einer einzigen Nacht, die sie ohne ihn zugebracht hatte, so sehr nach ihm, als ob sie wochenlang fort gewesen wäre. Und nicht zuletzt war es ungemein erleichternd, die drückenden Binden endlich loszuwerden – obgleich es im ersten Moment, als das Blut, dessen Strom sie schlicht abgebunden hatte, ohne Umwege durch ihren Brustkorb schoss, sogar ein wenig mehr schmerzte als zuvor. Robin stöhnte leise auf.

»Bei Allah – das ist in der Tat der Körper eines Weibes. Gar kein Zweifel.« Salim tastete sanft nach ihrer Brust und betrachtete sie mit offenem Staunen. Es war keine drei Tage her, seit er Robin zum letzten Mal entkleidet hatte. Aber Robin hatte es sich zur Angewohnheit gemacht, das Licht zu löschen, ehe sie sich zu ihm legte, während ihre kleine Kammer im Palast des Königs von gleich zwei Fackeln erhellt wurde, die die graue Staubschicht am Boden rechts und links des Ausgangs mit schwarzem Ruß versetzten.

Robin zuckte verlegen die Achseln, griff nach Salims Händen und begann seine Finger mit ihren eigenen zu umspielen, um sie von ihren plötzlich brennenden Brustwarzen fernzuhalten. Salim ließ ihr seine Rechte, entzog ihr aber seine Linke, um damit über das Bäuchlein zu streicheln, das sie sich unter seinem Dach binnen kürzester Zeit angefressen hatte.

»Und mir scheint, als hätte eben dieses Weib in jüngster Zeit ein paar Becher honigsüßer Buttermilch zu viel genossen«, fügte er mit gespieltem Tadel hinzu, der Robin verärgerte, obgleich sie sich bewusst war, dass Salim es nicht ernst meinte. Sie schämte sich der Veränderungen ihres Körpers auch genug, ohne dass er sie noch damit aufzog, und hatte den Tag darüber hinaus überwiegend damit zugebracht, sich fast bis zum Umfallen mit Schwert, Bogen und Lanze zu üben, um in ihre alte Form zurückzufinden. »Oder liegt dein schier unstillbarer Hunger nach *khouzi* auf einem Reisbett mit einer Creme aus Limetten, Koriander und eigenartigen Dingen, von denen nicht einmal Saila weiß, ob sie Pflanze oder Tier sind, doch in etwas ganz anderem begründet?« Sein Tonfall war untypisch sanftmütig. »Und das, obwohl sie sie selbst zubereitet hat …«

Robin ließ davon ab, mit den Fingern seiner rechten Hand zu spielen, wandte sich von ihm ab und bückte sich nach dem Waffenrock, den Salim ihr abgenommen hatte. Aber bevor sie ihn zu fassen bekam, trat der Sarazene von hinten an sie heran, zog sie mit sanfter Gewalt wieder in die Höhe und hielt sie nun mit einer Geste umklammert, die Robin nicht einordnen konnte, während er über ihren Nabel strich.

Robin wand sich gegen seinen Griff – aber nur halbherzig.

Sie wollte nicht mit Salim streiten, sondern noch einmal in seinen Armen liegen, so viel Wärme und Nähe schöpfen wie nur irgend möglich. Aber sie wollte sich auch nicht so respektlos behandeln und vor allem beleidigen lassen. »Wenn du sagen willst, dass ich dir nicht mehr gefalle, dann tu das doch einfach und sing mir nicht ins Ohr wie dein Vater«, schnappte sie deshalb und blickte über die Schulter hinweg verärgert zu ihm auf.

Salim blinzelte. Sein Lächeln verschwand und machte einem Ausdruck von Verwirrung Platz, der sich sodann in eine seltsame Mischung aus Ärger und Sorge wandelte. »Ich will damit sagen: Ich glaube, dass du ein Kind unter deinem Herzen trägst«, erwiderte er ernst und drehte Robin wieder zu sich herum. »*Mein* Kind, wie ich doch zu hoffen wage.«

»Du bist verrückt.« Robin schüttelte erschrocken den Kopf. Ein Kind? Sie?! Was redete er denn da?

Aber Salims Miene blieb ernst. »Du willst mir nicht weismachen, dass du nicht bemerkt hast, wie sich dein Körper verändert hat, du dummes Mädchen«, schalt er sie und blickte wieder auf ihren Bauch hinab. »Du willst nicht bestreiten, dass das ganze Haus inzwischen deine Launen fürchtet – der arme Kaya allen voran. Und die Küche deinen Besuch.«

»Kaya ist ein Dummkopf«, schnaubte Robin. »Ein Dummkopf, den du großzügig dafür bezahlst, mir immerfort im Weg zu stehen.«

»Bitte lenk nicht ab.« Salim schüttelte den Kopf und machte eine hilflose Geste, als Robin seinem forschenden Blick standhielt. Sie war *nicht* schwanger. Sie wurde endlich erwachsen – ein wenig später als die anderen Mädchen vielleicht, aber selbst das war nicht sicher, denn sie konnte doch selbst nicht mit Gewissheit sagen, wie alt sie wirklich war. Sie war ungefähr siebzehn. Oder sechzehn. Oder achtzehn. Und wenn sie auch nicht viel über die anderen Frauen wusste, stand zudem dennoch außer Frage, dass eine jede sich anders entwickelte.

»Sag mir die Wahrheit, Robin«, drängte Salim weiter. »Wenn du ein Kind unter deinem Herzen trägst, ist es mein Recht, davon zu wissen, und meine Pflicht, auf euch beide achtzugeben und für euch zu sorgen. Ach, Liebste, ich freue mich doch, wenn …«

»Herrgott! Nemeth wachsen jetzt schon Brüste!«, fiel Robin ihm barsch ins Wort. »Und bei mir hat der ganze Prozess eben eine kleine Pause eingelegt. Das ist doch kein Grund, gleich ein Gros Windeltuch zu ordern!«

Als sie registrierte, dass die Heftigkeit ihrer Reaktion Salim in seinem Irrglauben eher noch bekräftigte, fügte sie in etwas ruhigerem, aber umso eindringlicherem Ton hinzu: »Salim, wenn es denn so wäre, wie du glaubst, würde ich das doch merken! Ich kenne meinen Körper doch wohl besser als du, meinst du nicht?«

»Nein, das meine ich nicht«, antwortete Salim trocken. »Und ich würde zu gern von dir wissen, wann dein monatlicher Blutfluss zuletzt eingetreten ist. Ich für meinen Teil kann mich keiner Unpässlichkeit entsinnen.«

»Ich …« Robin brach ab, als sie sich eingestehen musste, dass Salim in diesem Punkt im Recht war, winkte aber dennoch ab. »Vielleicht spiele ich einfach schon so lange den Mann, dass mein Körper es allmählich verlernt, sich wie der einer Frau zu verhalten«, schlug sie schulterzuckend vor. Sie war gewillt, sich selbst zu glauben, aber für einen kurzen Augenblick gelang es ihr nicht ganz. Robin verbot sich, weiter darüber nachzudenken. Salim aber betrachtete sie, als zweifelte er an ihrem Verstand, schüttelte aber schließlich den Kopf und umklammerte ihre Hüften mit seinen warmen, weichen Händen.

»Hat er das?«, seufzte er und hauchte ihr einen samtweichen Kuss auf die Stirn. Robin nickte, obwohl sie sich selbst nicht mehr sicher war, was sie glauben sollte. »Dann sollte ich es ihm vielleicht wieder beibringen«, entschied Salim, drückte sie sanft auf das schmale Bett hinab und begann ihre nackte Haut bis weit unter ihren Nabel hinab zu liebkosen. Robin war, als fielen alle Sorgen – ja sämtliche Gedanken sogar – wie Herbstlaub im Sturm seiner Küsse von ihr ab. Alles war richtig. *Vollkommen*. Was auch immer gewesen war oder kommen mochte, war bedeutungslos.

»Ihm beibringen, eine Frau zu sein?«, murmelte sie und schloss die Augen.

»*Meine* Frau zu sein.« Salim streifte sein Hemd ab, und sie tauchte ein in den Duft und sanften Schimmer seiner bronzenen Haut, küsste seine Schultern und zog ihn ganz zu sich hinab.

»Und Gefallen daran zu finden«, fügte er fast flüsternd hinzu.

Robin lächelte. »Das tue ich«, flüsterte sie zurück. »Sehr sogar.«

Ihr erstes Ziel würde Jaffa sein. Robin wusste nicht, wie es Salim gelungen war, Balduin dazu zu überreden, sie begleiten zu dürfen. Aber vielleicht hatte der Sarazene sich auch einfach ohne Balduins Wissen unter die Handvoll Bediensteter gemischt, die sie selbst, Bruder Lucio, den in die Jahre gekommenen Ritter Anno von Knipprode und eine Schar weiterer Soldaten auf ihrem mühseligen Weg begleitete. Zuzutrauen war es ihm. Andererseits …

Ihr Weg die steilen Berghänge hinauf führte sie über einen Serpentinenweg, und Robin nutzte eine der zahlreichen Gelegenheiten, von oben herab einen Blick auf Salims Gesicht zu erhaschen. Es war fast vollständig vom Stoff seines weißen Tagelmusts bedeckt – jenem rund fünf Armeslängen messenden Baumwolltuch, das sich die Völker der Wüste in einer Weise, die für Robin nach wie vor an hohe Kunst grenzte, zum Schutz vor Sand und Sonne um das Haupt wickelten. Dennoch wusste sie, dass er gekränkt war, sah es an seiner

Körperhaltung, der Art, wie seine großen Augen blitzten. Sicherlich hatte ihr Wüstenprinz sich nicht freiwillig ausgerechnet unter die Maultiertreiber gemischt. Als er nun kurz zu ihr aufsah, meinte sie, nur mühsam unterdrückte Verachtung den Maultieren und anderen Treibern gegenüber in seinem Antlitz zu lesen. Er wandte sich ab und trieb das schwer bepackte Tier deutlich gröber als nötig mit seiner Rute an. Nein, dachte Robin, der das Tier leidtat, Salim hätte sich gewiss lieber als ein Schatten an ihre Fersen geheftet, statt sich zwischen mehr als einem Dutzend stinkender Lasttiere durch die sengende Hitze zu schleppen.

Vermutlich also wusste Balduin, dass Salim sie begleitete, und hatte ihm seinen Platz zwischen den Maultieren zugeteilt. Das mochte von wenig Feingefühl zeugen, aber es gab kaum eine andere Wahl: Mit seiner dunklen Haut und den tiefschwarzen Augen unter den wie gemalt wirkenden, geschwungenen Brauen könnte Salim niemals als christlicher Ritter durchgehen.

Sie hatten nicht einmal eine halbe Tagesreise hinter sich gebracht, und das unwegsame Gelände machte das Vorankommen mühsam. Auch Robin setzte die Hitze zu und der Staub, den die Pferde mit jedem Schritt aufwirbelten. Dabei ging es ihr selbst hoch zu Pferde vergleichsweise gut, um nicht zu sagen: königlich. Der einzige Ballast, den sie selbst trug, war ihr Wasserschlauch. Ihre Waffen hingen an dem prachtvollen Sattel, an die samtene Schabracke gebunden, der Proviant war auf den Maultieren verteilt. Und das nachtschwarze Schwert, das ihr König Balduin vor einigen Wochen zu Ehren ihrer Ernennung zu seinem Ersten Ritter geschenkt hatte, schleppte ein Träger aus der kleinen Eskorte von schwarz gewandeten Fußsoldaten, die vor ihr marschierten. Robin schätzte den jungen Träger auf kaum älter als sich selbst und bemerkte mit einem Lächeln, dass er sich auch nach so vielen Stunden noch nicht sattgesehen hatte an dem Anblick der perfekt ausbalancierten Waffe in der mit zahllosen Perlen besetzten silbernen Scheide. Beinahe leichtfüßig schritt er voran, warf dann und wann einen heimlichen Blick aus staunenden Augen zu ihr zurück, während er das prächtige Schwert mit der Breitseite auf seinen Handinnenflächen ruhen ließ wie ein Diadem auf einem seidenen Kissen. Die trockene Augusthitze hatte längst alles Grün von den knorrigen Gewächsen gebrannt, die sich nun wie im Todeskrampf erstarrt mit langen Knochenfingern in den Fels krallten. Auch die Lippen des jungen Schwertträgers waren bereits spröde und rissig, aber er bemerkte es nicht und glühte noch immer vor Ehrfurcht über die ihm zuteilgewordene Ehre.

Robin hingegen schwitzte erbärmlich unter ihrem schweren Kettenhemd und dem schwarzen Gambeson darunter. Der dunkle Stoff ihres Waffenrocks zog die sengenden Strahlen der Mittagssonne an wie verdorbenes Obst die Fliegen. Sie musste sich beherrschen, um nicht allzu häufig nach ihrem Wasserschlauch zu greifen und in hastigen Schlucken daraus zu trinken. Nicht nur weil es vermutlich Übelkeit hervorgerufen hätte, sondern auch aus Rücksicht auf die Maultiertreiber. Diese würden ihren eigenen Durst frühestens bei der nächsten Rast stillen können und schleppten zudem noch selbst das eine oder andere Gepäckstück, das zu kostbar war, um es den Maultieren anzuvertrauen: das große, blattgoldverzierte Kreuz aus dem Holz von Ölbäumen des Ölbergs zum Beispiel. Oder das prunkvoll verzierte Reliquiar, das, was Robin mit Ehrfurcht erfüllte, einen Fingerknöchel Johannes' des Täufers selbst enthielt – eines Fingers jener Hand, mit der er seinerzeit den Heiland im Jordan getauft hatte. Von den zahlreichen, wertvollen Gaben, die dem Kaiser bestimmt waren, ruhten nur wenige auf dem Rücken der Tiere: die Seide aus Damaskus, der vom christlichen Priesterkönig aus dem fernen Aethiopia geschickte Weihrauch sowie eine Handvoll kleiner Fässer mit Wasser aus dem Jordan, gesegnet vom Patriarchen Jerusalems selbst und für die Taufe besonders bedeutender Kinder bestimmt. Die vielen, vielen anderen Gaben aber ruhten auf den Schultern von Menschen und waren oft groß, entsprechend schwer und sperrig und ebenso beeindruckend. Balduin ließ keinen Zweifel daran aufkommen, dass er die Hilfe, die er von Friedrich zu erbitten im Begriff war, bitter nötig hatte.

Immer wieder lockte der Schweiß auf Robins Stirn blutsaugendes Ungeziefer an, und der größtenteils kahle Fels der hügeligen Landschaft reflektierte das Licht der hoch stehenden Sonne stellenweise so stark, dass es Robin die Tränen in die Augen trieb. Meist verengte sie diese der Helligkeit wegen zu schmalen Schlitzen, wovon sie leichte Kopfschmerzen bekam. Wie sehr sie sich manchmal zurücksehnte in Salims schattiges Heim, wo es ihr niemals an irgendetwas mangelte und in das sich selbst die tapferste Mücke nicht wagte. Doch Stolz, Ehre und Mitgefühl mit dem jungen König ließen sie weiterreiten und den Traum vom Luxus immer wieder brüsk beiseiteschieben.

»Wenn Ihr Eure Stirn noch lange runzelt, bleiben die Falten. Ihr werdet zehn Jahre älter erscheinen, wenn wir den Hafen erreichen.« Anno von Knipprode ritt zu ihrer Linken und war ihr dabei auf dem schmalen Pfad so nahe, dass ihre Oberschenkel und Ellbogen einander fast berührten. Er war es, der die Mission zum Hof des Kaisers an ihrer Stelle übernehmen würde.

Von Knipprode hatte das sogenannte beste Mannesalter bereits hinter sich gelassen, und statt kräftigen Locken zierte ein gewiss schmerzhafter Sonnenbrand seine Schädeldecke. Robin hatte ihm mehrfach nahegelegt, sein Haupt mit einem hellen Tuch zu schützen, wie auch sie es tat; aber von Knipprode hatte unter dem Vorwand abgelehnt, als gläubiger Christ nicht wie ein Muselman daherreiten zu wollen. Insgeheim vermutete Robin, dass der nahezu kahlköpfige, aber nicht unattraktive Alte einfach zu eitel war.

Sie hob die Schultern. »Wenn meine Falten zunehmen, entschärft dies den Kontrast zwischen uns«, erwiderte sie frech.

Von Knipprode schob beleidigt die Unterlippe vor, und Robin nahm der kleinen Stichelei mit einem freundlichen Zwinkern ein wenig Wind aus den Segeln. Sie mochte den freundlichen Alten, dessen Lippen immerfort – sogar jetzt – von einem weise scheinenden Lächeln umspielt wurden. Im Grunde kannte sie ihn nicht, aber Balduin vertraute ihm ebenso wie dem greisen Lazariter, der kurz hinter ihnen ritt – und wie Robin selbst. Ihr Bauchgefühl sagte ihr, dass von Knipprode des Königs Vertrauen zu Recht genoss. In seinen Augen glänzte fortwährend ein wissendes und zugleich jugendliches Funkeln, und selbst in diesem unwegsamen Gelände saß er mit einer unerschütterlichen Ruhe im Sattel, als entspannte er in einem hervorragend gepolsterten Sessel. Selbst Anspielungen auf sein fortgeschrittenes Alter machten den Ärger nur zum vorläufig geduldeten Gast in den Zügen des Ritters.

Von Knipprode seufzte und hob die Schultern. »Ihr habt ja recht. Im Vergleich zu Euch wirke ich wahrscheinlich wie eine schrumplige Kröte neben einem Klumpen Froschlaich.« Er grinste. »Aber dafür hat die Kröte längst eine erkennbare Form.«

Robin zuckte unwillkürlich zusammen und bedachte ihren Begleiter mit einem knappen Seitenblick, von dem sie hoffte, dass er eher vorwurfsvoll als prüfend wirkte. Waren die Worte des Alten jene doppeldeutige Anspielung, als welche Robin sie begriff? Ahnte von Knipprode, dass der ehrwürdige Ritter an seiner Seite in Wirklichkeit eine junge Frau war? Angesichts der zunehmenden Rundungen, die ihren einst so knabenhaften Körper formten, hatte sie ihre Brust an diesem Morgen so fest bandagiert, dass ihr das Atmen noch immer ein wenig schwerfiel. Aber auch der Rest ihres Körpers hatte sich verändert, seit sie zum letzten Mal als Mann geritten war – ihr zunehmend weibliches Becken beispielsweise ließ sich nur mit Not unter ihrem Waffenrock verbergen, und Salims Bemerkungen über eine mögliche Schwangerschaft ängstigte sie.

Doch von Knipprodes Lächeln blieb unbeirrt frech, und Robin beschied sich leichten Verfolgungswahn, der auf Reisen als Mann ihr steter Begleiter war. In gespielter Drohung gab sie zurück: »Da irrt Ihr Euch, Anno. Ich bin durchaus in Form. In recht *guter* Form sogar, wie ich meine.« Als sie aber im Scherz nach dem Schwert ihres Vaters greifen wollte, stellte sie mit einer Mischung aus Scham und Entsetzen fest, dass sie es der Bequemlichkeit halber nicht an ihrem Waffengurt befestigt hatte. Was nutzte ihr im Falle eines Hinterhalts in dieser unübersichtlichen Umgebung ein Schwert, das sie erst mühsam von seinen ledernen Riemen befreien musste? Während sie das Schwert nun umständlich löste und an ihre Seite schob, registrierte sie beschämt, dass sie viel mehr aus der Form geraten war, als sie zugeben wollte – und das nicht nur körperlich. Sie war dankbar, dass lediglich Anno ihr Ungeschick bemerkt hatte; von Salim einmal abgesehen, dem nichts entging und dessen spöttischen Blick sie in diesen Sekunden im Nacken zu spüren glaubte.

Von Knipprode überging generös ihr Missgeschick und deutete mit einer Kopfbewegung auf einen Punkt in der Ferne. »Seht Ihr das? Dort unten, am Ende dieses fürchterlichen Steinhaufens …«

Robin folgte seinem Blick und beschattete die Augen zum Schutz vor der grellen Sonne mit der Linken. Ein, zwei Ewigkeiten entfernt, am Fuße des letzten Hügels der Kette, dessen Spitze sie inzwischen erreicht hatten, leuchtete es grün. Schatten!, dachte Robin, laut aber sagte sie: »Ein … Wald? Hier?«

»Nicht ganz«, widersprach von Knipprode in fast nachsichtigem Tonfall. »Ein kleiner Olivenhain. Ich habe schon Gärten gesehen, die weitläufiger waren. Aber es ist ein guter Platz, um eine kurze Rast einzulegen. Dieser Weg führt sowieso hindurch. Es gibt eine Quelle, an der wir unsere Wasservorräte auffüllen können, und …« Er brach ab und fuhr gleichzeitig mit Robin im Sattel herum, als am Ende der kleinen Karawane Stimmen laut wurden. »Was ist da los?«

Robin zügelte ihr Tier und zwang damit auch den alten Lazariter sowie nach und nach den Rest des Zuges zum Anhalten. Die Unruhe breitete sich schnell über die gesamte Karawane aus, bis sie zuletzt auch die Fußsoldaten ganz vorn erfasste, die alarmiert nach Messern und Armbrüsten griffen, obschon diese bei einem Angriff von hinten nutzlos waren. Auch Robin konnte ihr Pferd ob der Enge des Pfades nicht wenden, und so sprang sie kurzerhand aus dem Sattel, drängte sich schnellen Schrittes an den Maultieren und ihren Führern vorbei, bis sie freie Sicht hatte. Gemeinsam mit Salim, der es ihr gleichgetan hatte, starrte sie hinab auf einen Reiter in weniger als hundert Mannslängen Entfernung, der sein Ross unbarmherzig in geradezu halsbrecherischem Tempo den steinigen Pfad hinauftrieb. Obgleich er dabei so viel Staub aufwirbelte, dass er eine Lunge aus Sandsäcken haben oder mit angehaltenem Atem reiten musste, identifizierte Robin ihn anhand des weißen Waffenrocks mit dem blutroten Kreuz schon aus der Ferne als Tempelritter. Ihre Hand ruhte dennoch weiterhin einsatzbereit auf dem Schwertknauf. Es war alles andere als einfach, einem Tempelritter den Waffenrock zu stehlen. Aber eben nicht unmöglich. Salim schien das ähnlich zu sehen. Zwar verfügte er in seiner Verkleidung über keinerlei Waffen – jedenfalls keine sichtbaren –, aber Robin sah, wie er einen festen Stand einnahm und die Schultern straffte. Anno von Knipprode schloss zu ihnen auf und stellte sich an ihre Seite. Salims Haltung schien ihn nicht im Geringsten zu irritieren, registrierte Robin. Zumindest er musste also um die wahre Identität des Sarazenen wissen.

Als Robin den Neuankömmling schließlich erkannte, atmete sie nicht nur erleichtert auf, ihr Herz tat sogar einen verhaltenen Freudensprung. Sie kannte nicht viele Menschen, die um ihre wahre Identität wussten und trotzdem nicht eindeutig *gegen sie* waren. Rother war einer von ihnen. »Seid gegrüßt, Rother«, ergriff sie darum das Wort, kaum dass der junge Ritter sie erreichte und sein Pferd so abrupt zum Stillstand brachte, dass es erschrocken aufwieherte. Das Fell des Tieres war schweißdurchtränkt, und aus seinem Maul triefte schaumiger Speichel. Rother musste es erbarmungslos angetrieben haben, um sie einzuholen. »Wolltet Ihr zu uns, oder stehen wir nur ungünstigerweise im Weg?«, erkundigte Robin sich.

Rother schwang sich aus dem Sattel und erwiderte Robins Gruß mit atemlosem Nicken und verwandelte mit dem Handrücken den feuchten Schmutz in seinem Gesicht in gleichmäßige Schlieren. »Wenn Ihr diesen Trampelpfad hier unbedingt einen Weg nennen wollt …« Er schüttelte den Kopf, als Robin verwirrt die Stirn runzelte. »Nein, ich wollte mich nicht an Euch vorbeidrängeln. Bruder Abbé schickt mich, Bruder Robin. Er macht sich Sorgen wegen Eures überstürzten Aufbruchs.«

Robin spähte demonstrativ an dem jungen Templer vorbei in die Ferne. »Tut er das? Nun – wenn unser Aufbruch schon ein überstürzter war, dann will ich nicht wissen, in welche Sorgen Bruder Abbé *Euer* Aufbruch versetzt. Und wen er Euch nun nachschickt.« Sie winkte ab, als Rother stammelnd zu einer Antwort ansetzte. »Ihr müsst hierher geflogen sein. Was kann ich vergessen haben, das so wichtig war, dass Abbé Euch schickt?«

»Mich«, antwortete Rother knapp. »Ich soll Euch begleiten und Euch im Auge behalten. Mehr nicht.«

Salim schnaubte kurz. »Tretet näher, damit ich es nehmen kann«, erwiderte er mit unverhohlener Verachtung, und Rother sah ihn verwundert an.

»Das Auge«, erläuterte Salim düster. »Ich befestige es an Robins Wasserschlauch. Das sollte nah genug sein. Der Rest von Euch ist unerwünscht.«

Rother zog scharf die Luft zwischen den Zähnen hindurch ein und griff nach seinem Schwert, ohne es jedoch zu ziehen. »Wer bist du, Bursche, dass du dich solcher Anmaßungen erdreistest?«, schnappte er. Der Templer kannte Salim und wusste auch in vollem Umfang um seine Abstammung. Jedoch, fiel Robin ein, konnte er ihn unter seinem Tagelmust überhaupt nicht erkennen und musste schlussfolgern, dass er gerade von einem einfachen Kameltreiber beleidigt worden war. Sie trat zwischen die beiden Streithähne, ehe die Situation eskalieren konnte, bedachte Rother mit einem bittend-warnenden Blick und antwortete anstelle des Wüstenprinzen: »Sein Name ist Salim. Ein fleißiger Junge, wie Ihr mir glauben könnt. Kräftig, geschickt und überaus ehrgeizig – wenngleich dann und wann etwas übereifrig. Bitte verzeiht ihm sein aufbrausendes Temperament. Menschen werden von ihren Erfahrungen geprägt. Auch Stallburschen und Kameltreiber.« Innerlich duckte sie sich, Salims brennenden Blick im Nacken, doch ihr blieb keine andere Wahl: Ob Salim nun mit oder ohne Balduins Zustimmung hier war, zumindest Bruder Lucio, der sich inzwischen zu ihnen gesellt hatte, wusste bestimmt nicht über den Tuareg in der Reihe der Kameltreiber Bescheid. Hinter Rothers Stirn arbeitete es sichtbar, als Salims Name fiel. Dann entspannte er sich ein wenig.

Salim jedoch lag offenbar nicht das Geringste an einer raschen Auflösung der Situation: »Und manche dieser Stallburschen und Kameltreiber tragen sogar denkfähige Köpfe auf den Schultern. Damit können sie sich in diesem Moment zum Beispiel ausrechnen, dass die einzige Sorge des ehrenwerten Bruder Abbé darin besteht, Robin von Tronthoff könne sich eine Zeit lang seinem Einfluss entziehen.«

Bruder Lucio taxierte ihn mit finsterer Miene: »Der Bursche scheint mir die Wahrheit zu sprechen, obgleich ich gestehen muss, dass auch mich die Vorstellung reizt, ihm seine gar zu flinke Zunge aus dem Rachen zu trennen. Sie redet von Dingen, von denen zu wissen ihm nicht zusteht.«

O Salim!

»Mich beeinflusst niemand außer Gott, der König und mein Gewissen«, seufzte Robin und wandte sich wieder Rother zu. Zum ersten Mal machte sie Gebrauch von ihrem Recht als Erster Ritter des Königs, der niemandem in dieser Karawane lange Rede und Antwort stehen musste, und sie hoffte, es würde auch das letzte Mal sein. Während sie Salim über die Schulter hinweg einen vernichtenden Blick zuwarf, wandte sie sich erneut an Rother: »Ich würde mich sehr freuen, wenn Ihr uns begleitet. Ein zusätzlicher fähiger Kämpfer mag im Notfall noch nützlich sein. Und ich freue mich immer, Euch zu sehen.« Sie wusste, dass Salim innerlich kochte, und doch entsprach jede ihrer Silben der Wahrheit. Es gab keinen Grund, Rother zu misstrauen – nicht einmal dann, wenn Salim mit seiner Vermutung recht hatte. Abbé war nicht hier und Rother eine gewissenhafte, gute Seele und keiner, der Druck auf einen anderen ausübte. Und was Salim anbelangte, war es im Grunde gleichgültig, welcher Mann an ihrer Seite ritt. Wie die meisten seiner männlichen Landsleute war ihr Ehemann ungemein *eifersüchtig*. Selbst Anno von Knipprode hatte er im Laufe ihrer Reise für jedes freundliche, an Robin gerichtete Wort mit einem vernichtenden Blick bedacht. Sie würden darüber reden müssen, dachte Robin. Aber nicht jetzt.

»Kommt.« Sie bedeutete Rother mit einem Wink, ihr an der Reihe der Maultiertreiber vorbei zu folgen. Dann hielt sie noch einmal inne und bohrte ihren Blick in Salims schwarze Augen: »Aber übergebt Euer Gepäck zuvor an unseren eifrigen Diener. Euer Schlachtross ist schließlich kein Packesel.«

# 4. KAPITEL

Während der Rest der Karawane sich inmitten des Olivenhains an dem kleinen, ergiebigen Brunnen nieder- und den lieben Gott für ein paar Minuten einen guten Mann sein ließ, badete Robin die Konsequenzen ihres Verhaltens Salim gegenüber aus. Sie hatte ihn mit einer Kleinigkeit von geschätzten achtzig Pfund zusätzlichem Gepäck beladen, und der Sarazene hatte Rothers Gepäck im Schweiße seines Angesichts auf dem eigenen Rücken den Hang hinuntergeschleppt. Es war nicht nötig gewesen, ihn zusätzlich zu kränken und – im wahrsten Sinne des Wortes – zu belasten, das wusste Robin, und es tat ihr auch ein bisschen leid. Rothers Hengst war gesund und jung und hätte neben seinem Herrn problemlos auch weiterhin dessen Proviant tragen können. Trotzdem hatte sie Salim demonstrieren müssen, dass *sie* es war, die auf dieser Reise die Entscheidungen fällte. Wenn er sich weiterhin derart respektlos verhielte, wäre es den anderen über kurz oder lang nicht glaubhaft zu machen, dass sie diesen aufmüpfigen Sklaven nicht fortschickte. Insbesondere Bruder Lucios finstere Miene hatte sich seit dem Vorfall zusätzlich verdüstert. Der Stein, aus dem sein hageres Gesicht zumeist zu bestehen schien, wirkte nun wie Granit, und er war nicht nur still, sondern schien jedes Geräusch, das sich in seine Nähe wagte, regelrecht aufzusaugen und zu neutralisieren. Und Robin dankte Gott dafür, dass die Ankunft des Templers Lucio derzeit scheinbar mehr beschäftigte als der ungestüme Sklave in ihren Reihen.

Auch jetzt saß Lucio etwas abseits der anderen und las in einem dicken, ledergebundenen Folianten; einer Bibel vielleicht oder einem medizinischen Buch. Rother hingegen schien mit Anno von Knipprode in ein freundliches, fast schon fröhliches Gespräch verwickelt zu sein; möglicherweise kannten sie einander aus der Zitadelle.

»Ich rede mit dir!«, begehrte Salim in diesem Moment auf, löste Rothers Gepäck von seinem Rücken und schleuderte es ihr in einer an Respektlosigkeit kaum zu überbietenden Geste vor die Füße. »Aber bitte – du musst dich natürlich nicht dazu herablassen, einem einfachen Sklaven Rede und Antwort zu stehen. Geh nur schnell zurück zu deinem Christenfreund, wenn du dich schon jetzt nach ihm verzehrst.«

Robin seufzte. Sie war durstig und erschöpft, und obwohl sie wusste, dass ein Gespräch mit Salim bitter nötig und auf Dauer unausweichlich war, hatte sie im Moment einfach weder Kraft noch Lust, sich mit ihm zu streiten. »Salim, du …«

»Ich?«, fiel er ihr wütend ins Wort. »Was ist mit mir? Mit mir ist alles in bester Ordnung, Robin. *Du* bist doch das Problem. Seit du deinen hübschen Hintern auf deinen Gaul geschwungen und dein Pferd an die Spitze dieser Karawane getrieben hast, benimmst du dich wie der König von Jerusalem, der …«

»Ein liebenswerter, durch und durch guter Mann ist«, ergriff Robin intuitiv Partei.

»Ich meine den *richtigen* König«, schnaubte Salim. »Aber vergiss das. Wer bin ich, dass ich mich von einem Weib so herumkommandieren lassen muss? Von meinem eigenen Weib zudem? Ihr plaudert da vorn herum wie alte Waschweiber! Worüber redet ihr? Habt ihr über mich gesprochen?«

Robin ermahnte ihn zur Ruhe. Sie waren weit genug von

den anderen entfernt, aber Robin registrierte dennoch, dass Lucio missbilligend von seiner Lektüre aufblickte und zu ihnen hinübersah.

»Welche Frage soll ich zuerst falsch beantworten?«, knurrte sie schließlich gleichsam genervt wie hilflos. »Und was soll ich den anderen erzählen, worüber ich mich mit einem Maultiertreiber gestritten habe? Du musst dich beherrschen, wenn du weiter mit uns reiten willst, Salim! Ich muss dich ausschließen, wenn du dir noch einmal anmaßt, dich in Dinge einzumischen, die dich nichts angehen.«

»Tun sie das nicht?«

Sie seufzte. »Nicht in der Rolle, die du angenommen hast.«

»Also willst du, dass ich gehe.«

»Ich habe dich nicht gebeten, mitzukommen.« Das war wahr. Natürlich war sie froh, ihn in ihrer Nähe zu wissen, und die Kraft und Energie, die aus jeder seiner Poren strömte, weckte bereits jetzt, einen halben Tag nach ihrem letzten Zusammensein als Mann und Frau, die Sehnsucht, in seinen Armen zu liegen und sich ihm hinzugeben. Dennoch hätte sie nicht gewollt, dass er sie begleitete – nicht unter diesen Umständen. Salim hatte nie wirklich in ein Sklavenhemd gepasst, und je enger ihrer beider Beziehung wurde, umso weiter rissen die Nähte seiner Verkleidung.

Für einen Augenblick spannten sich die Muskeln unter Salims Gewand, und es schien fast, als wollte er sie gleich packen und schütteln. Doch dann straffte er nur die Schultern und betrachtete sie von oben herab mit beinahe eisigem Blick. »Das habt ihr genau so geplant.«

»Was?«

Salim nickte knapp in Rothers Richtung. »Der Templer und du. Du hast von Anfang an geplant, ihn mitzunehmen. Er ist nur später nachgekommen, weil er sich schnell eine entsprechende Erlaubnis abholen musste.«

»Du bist verrückt.« Robin schüttelte den Kopf.

»Bin ich das?« Salim lachte freudlos auf. »Nenn mir einen Grund, warum er hier ist. Nur einen einzigen. Außerdem weißt du ganz genau, dass ich recht hatte mit meinen Worten über deinen ehrenwerten Bruder Abbé.«

»Rother ist nützlich.« Robin zuckte die Achseln. Was hätte sie sagen sollen? Dass es gut war, einen Freund an ihrer Seite zu wissen? Das würde Salims Wut nur neue Nahrung geben.

»Er ist *Ballast*.« Salim trat andeutungsweise nach Rothers Gepäck.

»Er ist ein Ritter«, verbesserte Robin ihn streng. »Der einzige neben Anno und mir. Wir haben Geschenke von einem Wert bei uns, der mehreren Familien ein sorgloses Leben ermöglichen könnte. Was ist, wenn wir überfallen werden? Hast du gesehen, womit die Fußsoldaten bewaffnet sind? Mit Armbrüsten, Salim! In diesem Gelände! Sie könnten sie kaum spannen, ohne mit den Ellbogen gegen irgendwelche Felsen zu stoßen!«

»Ein guter Kämpfer braucht keinen Ritterschlag«, gab Salim kühl zurück.

»Du bist …«

*Eifersüchtig*, hatte Robin sagen wollen. Doch in diesem Moment zog etwas anderes ihre Aufmerksamkeit auf sich – ein Geräusch näherte sich ihnen von der steil hinter einem Hügel abfallenden Passstraße her. Dumpf, grollend und einem fernen Gewitter gleich, gewann es zunehmend an Lautstärke, bis sich schließlich rhythmische Klänge herauskristallisierten.

Sie schob Salim beiseite, beschattete die Augen mit einer Hand und blinzelte angespannt in den blendenden Sonnenschein außerhalb des Olivenhains. »Reiter«, wisperte sie, noch ehe diese eine trockene Staubwolke vor sich her über die Hügelkuppe trieben.

In Salims Augen funkelte noch immer der Zorn, dann aber stieß er einen schrillen Pfiff aus, um die anderen zu warnen.

Als sich die Konturen der ersten Reiter an der Spitze des Hügels gegen das Licht abzeichneten, stand selbst der letzte Maultiertreiber bereits auf den Beinen.

Robin verharrte noch einen weiteren Augenblick, und es gelang ihr, einen roten Punkt auf dem ersten Pferd des herannahenden Reitertrupps auszumachen. Dann wandte sie sich ab und eilte zu Anno von Knipprode und Rother, die ihr bereits entgegenkamen.

»Was ist passiert?«, erkundigte sich Anno.

»Noch nichts.« Robin nickte in die Richtung, aus der sie gekommen waren. »Aber wir bekommen Besuch.«

»Von wem?« Rother spähte in Richtung der Passstraße. Zwar konnte er von dieser Stelle aus noch niemanden sehen, aber die Hufschläge der Pferde waren nun wirklich nicht mehr zu überhören. Die Fußsoldaten, die sie begleiteten, reihten sich vor den Kameltreibern auf. Auch der Lazarusmönch schloss nun zu den Rittern auf.

»Ich weiß es nicht.« Robin zuckte die Achseln und überlegte kurz, ob es noch sinnvoll war, in Deckung zu gehen. Aber auch wenn der Olivenhain in diesen Breiten als beinahe himmlische Oase durchgehen konnte, war er von den Mischwäldern ihrer Heimat mit ihren schattigen Verstecken Welten entfernt. Auch wenn Salims Pfiff sicherlich im Poltern der Hufe auf dem harten Untergrund und dem Wiehern und Schnauben der Pferde untergegangen war – die dürren, sich unter den sengenden Strahlen der Sonne duckenden Gewächse würden niemals eine ganze Karawane verbergen. Und der Pfad zwischen den steil abfallenden Hügeln, auf dem die fremden Reiter nahten, führte schnurgerade durch den Hain hindurch. Es gab keine Abzweigung und somit keine Möglichkeit, den Fremden auszuweichen. Bei einer Flucht wäre ihnen wahrscheinlich nicht einmal genug Zeit geblieben, die kostbarsten Reliquien einzusammeln und mitzunehmen. Sie mussten warten und hoffen, dass die Fremden nicht in böser Absicht kamen.

Leider irrten sie sich. Als die ersten Reiter nun auch von hier aus sichtbar wurden und Robin an ihrer Spitze den Erzbischof von Caesarea erkannte, konnte sie den Impuls, sich einem Igel gleich zusammenzurollen oder schleunigst die Flucht zu ergreifen, nur mit viel Willenskraft unterdrücken. Auch nach ihrem Schwert griff sie nicht, versuchte vielmehr, sich gar nicht zu bewegen, während sie Heraklios äußerlich starr und innerlich bebend entgegenblickte. Der Geistliche führte einen beeindruckenden Trupp aus Gelehrten, Rittern und Geistlichen an, den Gewändern nach zu schließen bekleidete ein jeder von ihnen ein recht hohes kirchliches Amt. Selbst wenn Heraklios nicht an der Spitze, sondern inmitten der rund dreißigköpfigen Gruppe geritten wäre, hätte sein Ornat keinen Zweifel daran gelassen, dass er das höchste aller Ämter bekleidete und die Übrigen ihm Gehorsam und Respekt zollten. Mit blütenweißem, langärmeligem Gewand, breitkrempigem dunkelrotem Bischofshut und kurzem rotem Mantel wirkte er unter seinen Begleitern wie eine Erscheinung, fast zu vollkommen, um menschlich zu sein. Je näher er kam, desto mehr verstärkte sich dieses Bild: Kein Fleck und kein Riss verunstalteten sein kostspieliges Gewand; die weiß glänzende Lammwolle des mit roten Kreuzen bestickten Paliums auf seinen Schultern zog nicht einen einzigen Faden. Die Satteldecke seines weißen Hengstes war goldbestickt, und das Tier mit purpurfarbenem, silberbeschlagenem Zaumzeug ausgestattet. Fast schien es, als ritte eine ganze Armada unsichtbarer Knechte unablässig an des Erzbischofs Seite, striegelte sein Pferd in vollem Galopp und blies jedes Staubkorn, jeden Tropfen Schweiß bis weit hinter die Landesgrenzen fort. Mindestens.

Robin starrte die prachtvolle Ausstattung des Bischofs und seine bemerkenswerte Schönheit an und durch beides hindurch. Mit jeder Elle, die der Geistliche sich ihr näherte, trommelte ein Gedanke im Takt des immer lauter dröhnenden Hufschlags in ihrem Kopf: Was, wenn Heraklios sie erkannte? Seit ihrer letzten Begegnung mit dem Erzbischof waren kaum zwei Tage vergangen, und trotz knöchellangem Pilgergewand und verschmutztem Gesicht hatte der große Hut, den sie getragen hatte, in der unerwartet hell erleuchteten Grabeskirche ihr Gesicht nur teilweise vor seinen Blicken verbergen können. Und sie hatte mit ihm *gesprochen* …!

Schließlich waren sie heran; Heraklios zügelte seinen Schimmel und wandte sich an Robin, als wäre sie der einzige Mensch auf der Lichtung – zumindest der einzige, der eines Grußes würdig war. Er machte sich nicht die Mühe, abzusitzen: »Seid gegrüßt, Robin von Tronthoff. Das seid Ihr doch, oder irre ich mich? Ich habe von Eurer Mission gehört.«

Unmittelbar hinter dem Erzbischof ritt ein auffallend junger Priester mit einem leuchtend roten Schirm an einer langen, silberbeschlagenen Stange. Goldene Fransen schmückten den Saum, die zahlreichen goldenen Kreuzen waren in liebevoller Kleinarbeit auf das Banner gestickt. Bruder Martinus, vermutete Robin und empfand beinahe ein wenig Mitleid beim Anblick des blassen, schmalen Gesichts des vermeintlichen Priesters. Er wirkte, als wäre er am liebsten ganz weit weg und könne doch nicht von der Nähe des Erzbischofs lassen. Wie ein verängstigtes Hündchen, das seinem Herrn auf Schritt und Tritt folgte, notfalls bis in die Hölle, dachte Robin. Vermutlich saß dem Kind – und in Robins Augen war sie eben dies – der Schreck über die eigene Entführung noch tief in den Knochen, obschon Balduins Männer das Mädchen gewiss den Umständen entsprechend gut behandelt hatten. Als Martinus ihren Blick erwiderte, verstand Robin, warum die wahre Identität des knabenhaft wirkenden Priesters längst weniger als ein offenes Geheimnis war. Ob sie selbst Robin gleichfalls als Frau erkannte? Oder gar Heraklios?

Mit aller Macht rief Robin ihre davongaloppierenden Gedanken zurück. Sie durfte jetzt nicht die Nerven verlieren – sonst drohte ihr womöglich der Tod.

Sie rang sich eine knappe Verbeugung ab und nutzte die Gelegenheit, sich das weiße Tuch, das sie zum Schutz vor der Sonne um ihr Haupt gewickelt hatte, in einer möglichst beiläufigen Geste ein wenig tiefer in die Stirn zu ziehen: »Ihr irrt nicht, ehrwürdiger Bischof. Ich bin Robin von Tronthoff, und dies«, sie deutete der Reihe nach auf die Betreffenden, »sind meine treuen Weggefährten Anno von Knipprode, Rother vom Orden der Tempelritter und Bruder Lucio.« Robin registrierte nicht ohne Stolz, dass ihre Stimme fest und selbstsicher klang und sie dem Blick des Geistlichen tapfer, und fast ohne zu blinzeln, standhielt, obgleich sie innerlich vor Furcht bebte. Dennoch verriet ihr ein Flackern in Heraklios' Blick, dass irgendetwas an ihr – vielleicht ihre Statur, vielleicht ihre Stimme selbst – den Erzbischof irritierte. *Selbstverständlich* alarmierte ihn irgendetwas. Er mochte nicht unbedingt der hellste Stern am Himmel der Klugheit sein, aber er hätte ein kompletter Volltrottel sein müssen, um *überhaupt nichts* zu bemerken.

Seine Rechte umklammerte den Krummstab, den er zum Zeichen seiner zweifelhaften Würde bei sich trug und wie eine Lanze auf einem Steigbügel abstützte. Die Finger seiner Linken spielten unruhig mit den Zügeln und ließen den Rubin seines großen goldenen Bischofsrings im fleckig einfallenden Sonnenlicht nervös aufblitzen. Seine misstrauisch funkelnden Augen maßen Robin mit zunehmender Schärfe: »Ich könnte schwören, Euch niemals zuvor gesehen zu haben«, schnarrte er, und Robin verfluchte den Umstand, dass Heraklios sein Herz (sofern er denn eines besaß) recht locker auf der Zunge trug. »Wenngleich ich natürlich schon viel von Euch gehört habe, Robin von Tronthoff, tapferer Ritter und Schwert des Königs von Jerusalem … kommt Ihr mir irgendwie bekannt vor. Sind wir uns vielleicht schon einmal begegnet?«

Robin zuckte die Achseln und schenkte ihm ihr unverbindlichstes Lächeln: »Euer Ruf eilt auch Euch um Meilen voraus. Aber bedauerlicherweise … Nein, ich kann mich nicht entsinnen. Vielleicht haben wir einander schon einmal aus der Ferne gesehen. Im Palast des Königs möglicherweise.«

Heraklios seufzte. Es klang gekünstelt, aber er schien sich mit Robins Ausflüchten vorerst zufriedenzugeben: »Ein wahrlich königlicher Platz, ein Palast im Herzen Jerusalems, der Heiligen Stadt … Einst hätte ich mein Leben gegeben, um nur eine einzige Nacht gleich neben dem Davidsturm zu nächtigen, wie der glücklose König es tut … Und erst diese Kirche! Diese wundervolle, an Heiligkeit nicht zu überbietende Grabeskirche! Sagt, Robin von Tronthoff: Habt Ihr die Grabeskirche schon besucht, oder beanspruchen Euch Eure Pflichten am Hof so sehr, dass Ihr die Zeit noch nicht gefunden habt?«

Da war es wieder, das Blitzen in seinen Augen. Zu früh gefreut. Sie verkniff sich die Bemerkung, dass Balduin den Bischof gewiss sogar *im* Davidsturm würde übernachten lassen, wenn er dafür wirklich sein Leben gab, und schüttelte in gespieltem Kummer den Kopf: »Leider nicht. In der Tat verweile ich noch nicht sonderlich lange in dieser großartigen Stadt und habe nicht allzu viel von ihr zu sehen bekommen. Aber wenn ich aus Jaffa zurückkehre, wird mich mein erster Weg in die Grabeskirche führen. So etwas erledigt man nicht zwischen Tür und Angel.«

»Wie wahr, wie wahr …« Heraklios lächelte sein ehrfürchtigstes Lächeln. »Ein unbeschreibliches Gefühl, dem Herrn so nah zu sein – gleich über den Gebeinen Adams, so frei aller Schuld, so nah der Stelle, an dem Gottes Sohn sich einst für die Sünden der Menschheit opferte … Ich könnte mein Leben an diesem wundervollen Ort verbringen.«

Eine gute Idee, wie Robin fand. Nur zu gern wäre sie diejenige, die den Schlüssel hinter dem Erzbischof herumdrehte und ihn dann eigenhändig zum Schmied trug, damit er ihn wieder einschmolz und ihn in etwas Hübsches, rundum Harmloses verwandelte. Stattdessen lächelte sie zustimmend: »Davon bin ich überzeugt. Aber wir wollen Euch nicht lange im Wege stehen. Wir …«

»Eure Reise führt Euch also zunächst nach Jaffa.« Heraklios schien ihr überhaupt nicht zuzuhören. Mit seinen Worten war es wohl so wie mit fast allem anderen, was ihn betraf: Es gab immer ein bisschen zu viel. Ein bisschen zu viel Schönheit, ein bisschen zu viel Prunk, ein bisschen zu viel Selbstbewusstsein, ein bisschen zu viel Gerede. Aber dafür ein bisschen zu wenig Verstand. Immerhin schien Heraklios auch das letzte bisschen Misstrauen Robin gegenüber abgeschüttelt zu haben. Was blieb, war zu viel Arroganz.

»Ihr werdet staunen, welch gar zu hübsches Anwesen Euch am Hafen erwartet. Ganz zu schweigen von der nicht weniger hübschen Gräfin von Jaffa … Sie wird Euch gefallen.« Ein leichter Unterton von Gehässigkeit schlich sich in seine säuselnde Stimme: »Euer Aufenthalt wird Euch geradezu paradiesisch erscheinen nach all dem Elend, dem Ihr im königlichen Palast ausgesetzt seid.«

Irgendwo hinter ihr sog jemand scharf die Luft ein; Robin nahm an, dass es Bruder Lucio war. Sie konnte beinahe hören, wie ihre Begleiter angesichts der Dreistigkeit, die der Erzbischof an den wolkenlosen Tag legte, die Muskeln spannten.

Heraklios entgingen die Reaktionen auf seine Bemerkung ebenfalls nicht, und er fügte schnell hinzu: »Ihr müsst wissen, dass ich jeden Abend für den bedauernswerten König bete.« Er log erbärmlich, wie Robin fand. »Er ist ein guter Mann, kein Zweifel. Und ein tapferer noch dazu. Nur …« Bedauernd schüttelte Heraklios den Kopf. »Wisst Ihr, angesichts seiner wahrlich bedenklichen Verfassung frage ich mich insgeheim doch, ob König Balduin nicht besser daran täte, seine verbleibende Kraft allein für den Kampf gegen den schrecklichen Aussatz aufzubringen.«

Aus den Augenwinkeln konnte Robin sehen, wie Rother einen Schritt vor und an ihre Seite trat: »Was wollt Ihr damit sagen?«, fragte er, jedes Wort so scharf wie eine Klinge. Robin griff nach seinem Unterarm und bedeutete ihm mit sanftem Druck, sich zu mäßigen. Ihr war weiß Gott nicht nach einem offenen, möglicherweise bewaffneten Konflikt mit dem Erzbischof und seinen Begleitern zumute, der zweifelsohne fürchterliche politische Konsequenzen nach sich ziehen würde.

Zumindest in diesem Punkt schien Heraklios zunächst ihrer Meinung zu sein: »Nichts Böses«, entgegnete er ruhig. »Ich meine nur, dass der König sehr krank ist und viel Ruhe und beste medizinische Versorgung verdient nach allem, was er in den Jahren seiner Regierung geleistet hat.«

»König Balduin ist König von Gottes Gnaden.« Das war die gereizte Stimme Bruder Lucios. »Er herrscht über Jerusalem, weil Gott wollte, dass er den Thron besteigt. Und er wird so lange über die Heilige Stadt herrschen, bis es Gott gefällt, ihn zu sich zu rufen.«

Heraklios lachte ein kurzes, hässliches Lachen, das seinem fein geschnittenen, makellosen Gesicht für einen Moment einiges an Schönheit nahm. »Nun, ehrbarer Bruder, auch Ihr seid ein Mann Gottes – ein über viele Jahre gereifter und erfahrener noch dazu. Ist Euch schon einmal in den Sinn gekommen, dass die Krankheit, unter der der König leidet, ein Zeichen des Herrn sein könnte? Eine Warnung vielleicht, dass Gott seine Meinung geändert hat und möchte, dass Balduin den Thron wieder freigibt, auf dass ein anderer ihn besteigt? Ein kräftigerer Mann vielleicht, dem es endlich gelingt, Saladin und die Heiden in ihre Schranken zu verweisen? Ein wahrer Ritter, wie Ihr es seid, Robin von Tronthoff …«

Heraklios' Schmeichelei berührte Robin nicht im Geringsten. Langsam begann sie sich zu fragen, ob der Erzbischof wirklich zu dumm war, das ganze Ausmaß seiner eigenen Dreistigkeit dem Schwert des Königs gegenüber zu begreifen, oder ob ihm entgegen seinen beschwichtigenden Gesten und dem fast unbeirrbaren Lächeln in seinem Gesicht tatsächlich daran gelegen war, einen folgenschweren Streit zu provozieren. Für einen klitzekleinen Moment war sie versucht, seine Provokationen in Bezug auf Gottgefälligkeit im Allgemeinen mit einer Anspielung auf »Bruder« Martinus zu kontern, der wie ein Häufchen Elend hinter Heraklios in seinem Sattel hing. Aber sie gemahnte sich zur Ruhe. Möglicherweise erinnerte sich Heraklios ja doch noch, wo sie einander bereits begegnet waren, wenn sie ihm mit einem entsprechenden Fähnlein winkte. Das war es nicht wert.

»Bruder Lucio spricht die Wahrheit«, ergriff sie daher lediglich die Partei des Lazariters, aus dessen Miene nun der blanke Hass sprach. »Balduin ist König von Gottes Gnaden. Und er wird jede Prüfung annehmen, die Gott ihm auferlegt – auch diese. Ich bin mir sicher, dass er sie bestehen wird.«

»Und wir werden ihn dabei unterstützen«, bestätigte Anno von Knipprode.

»So wahr uns Gott helfe«, fügte Lucio düster hinzu.

»Wenn er Euch denn hilft …« Robin seufzte innerlich. Offenbar war Heraklios wirklich so dumm, denn er fuhr unbeirrt fort: »So wie der König siecht, so siecht auch das Königreich – bedrängt an allen Grenzen von den Heiden. Sagt mir, Robin von Tronthoff: Statt den Kaiser bloß um Waffen, Geld und eine Handvoll starker Männer zu bitten – warum erkundigt Ihr Euch nicht bei der Gelegenheit, ob nicht einer seiner Fürsten den Königsthron von Jerusalem anstrebt? Ein Mann von Macht, der viele Ritter mit ins Heilige Land bringen kann …«

»Ihr …«, schnappte Rother, während sich ein missbilligendes wie beunruhigtes Raunen durch die Reihen der Fußsoldaten und sogar der Maultiertreiber hinter ihnen zog. Aber wieder unterbrach der Erzbischof den Tempelritter mit einer besänftigenden Geste; allerdings nur um gleich noch einen weiteren Schuss Öl ins Feuer zu gießen: »Es war nur ein gut gemeinter Vorschlag. Ich weiß, Ihr müsst dem König dienen. Aber mindestens ebenso sehr seid Ihr dem König*reich* verpflichtet. Ihr solltet wenigstens darüber nachdenken, denn so tragisch es auch ist, die Tage Balduins sind wohl gezählt. Vermutlich ist er schon tot, wenn Ihr nach Jerusalem zurückkehrt.« Er bemühte sich um ein ganz und gar unpassendes, aufmunterndes Lächeln. »Wenn Ihr meine Meinung wissen wollt … Es bedarf eines mächtigen Fürsten, der sich kurzerhand mit der Witwe Prinzessin Sibylle verheiraten ließe. Immerhin war sie einst das Eheweib eines Vetters des Kaisers. Wilhelm von Montferrat, vielleicht erinnert Ihr Euch … Dieser Mann hätte seinerzeit auf dem Thron sitzen sollen!«

»Wie könnt Ihr es wagen!« Wäre der Lazariter ein paar Jahrzehnte jünger und vor allem gesünder und ausgebildet im Kampf mit Schwert und Schild gewesen, hätte Heraklios in diesen Sekunden möglicherweise mehrere Gliedmaßen eingebüßt. Zum Glück war Lucio ein alter, beinahe gebrechlicher Mann, der seine dahinfaulenden Fingerstümpfe unter schmalen Streifen von gelblichem Leinen verbarg. Aber Robin konnte ihm seinen Zorn nicht verübeln. Auch ihr Schwertarm kribbelte bereits. Nein – mit Dummheit und Dreistigkeit war das Verhalten des Erzbischofs nun endgültig nicht mehr zu erklären. Bruder Heraklios bedrohte den König, und damit auch sie. Und das in aller Offenheit.

»Es klingt herzloser, als es tatsächlich ist«, fuhr er mit süffisantem Timbre fort. »Prinzessin Sibylle ist eine wunderschöne Frau. Und eine kluge noch dazu. Kein Mann, der sich nicht dem Herrn versprochen hat, könnte ihr dauerhaft widerstehen.«

»Ihr …«, begann Rother erneut, aber dieses Mal war es Robin, die ihm das Wort abschnitt: »Ich denke, wir haben Euch nun lange genug aufgehalten«, bemerkte sie kühl und trat demonstrativ einen Schritt beiseite, um den Erzbischof und seine Begleiter passieren zu lassen. »Vermutlich habt Ihr wichtige Dinge zu erledigen.«

»In der Tat, in der Tat …« Heraklios seufzte. »Man erwartet mich in Jaffa – und zwar so schnell wie möglich. Ja, ich bedaure wirklich, nicht auf Euch warten zu können. Zumal Eure Männer aussehen, als hätten sie sich ihre Rast redlich verdient. Kein Wunder bei all dem Krempel, den Ihr da mit Euch herumschleppt …«

Seide aus Damaskus. Weihrauch aus Aethiopia. Wasser aus dem Jordan und ein Fingerknöchel des Täufers. *Krempel* …! Als was hatte Salim den Erzbischof doch gleich tituliert? *Ausgeburt an Scheinheiligkeit*. Wie recht er nur hatte!

Aber Robin riss sich abermals zusammen, nickte dem Erzbischof nur knapp zu und bedeutete ihm damit, dass ihr Gespräch beendet war. Tatsächlich wandte dieser nun endlich sein Pferd und ritt mit einem kurzen Gruß davon.

Robin blickte ihm und seinen Reitern lange nach, bis der Hain ihn, seine verkleidete Gespielin und seine übrigen Gefolgsleute auf der gegenüberliegenden Seite ausspie und das unwegsame Gelände dahinter sie alle wieder schluckte. Die Anspannung aber war noch immer nicht aus ihren Gliedern gewichen. Was, wenn er sie doch erkannt hatte? Wenn Heraklios den Vorsprung nutzte, um seine Geschichte der Gräfin von Jaffa zu erzählen – auf der Bettkante sitzend und mit einem Kelch süßen Weines in der Hand? Robin konnte es sich bildlich vorstellen, obgleich sie weder Jaffa noch die Gräfin je zuvor gesehen hatte. Und nun, da sie begriff, dass Balduin zu Recht behauptet hatte, seine eigene Mutter sähe ihn am liebsten tot, wünschte sie sich, diese Gräfin auch niemals kennenzulernen.

Vielleicht ritt Heraklios auch nur voran, um bereits ein paar Knechte mit dem Aufschichten eines Scheiterhaufens zu beauftragen, den die Gräfin entzünden lassen würde, sobald sie die Wahrheit über Robins Maskerade erfuhr. Energisch schob sie den Gedanken fort. Sie war das Schwert des Königs. Balduin hatte ihr einen Auftrag gegeben. Und sie würde ihn erfüllen, dem jungen König helfen und sein Leben retten – so wie er sie vor wenigen Wochen gerettet hatte, als ihre Verurteilung zum Tode unausweichlich zu sein schien. Sie würde ihm helfen – ganz gleich, wer sich ihr in den Weg zu stellen versuchte. Hatte ihre Motivation für ihre Mission bislang eher auf einer Mischung aus Ehre, Mitgefühl und Sympathie für Balduin basiert, so wurde ihr nun mit aller Macht bewusst: Niemand, der wie dieser Heraklios war oder auch nur im Entferntesten mit dem Erzbischof sympathisierte, durfte jemals über das Königreich Jerusalem herrschen. Und sollte das doch irgendwann der Fall sein, würde sie den Schrein mit dem Fingerknöchel des Täufers eigenhändig zurückstehlen, um jeden Abend davor in die Knie zu gehen und um Verzeihung zu beten. Denn dann würde sie sich lieber Saladin und den Heiden anschließen, als unter dem Wappen eines Königs zu kämpfen, der sich mit Männern wie Heraklios und Frauen wie der Gräfin von Jaffa umgab.

Die Sonne brannte auch weiterhin so unbarmherzig vom Himmel, dass Robin noch in der Nacht das Gefühl hatte, in einem engen Kreis von Riesen zu ruhen, die ihr die Luft vor der Nase wegatmeten. Trotzdem – oder gerade deshalb – kamen sie unverhofft schnell voran. Bereits am späten Nachmittag des zweiten Tages zeichneten sich die Konturen Jaffas gegen den strahlend blauen Himmel und die unendlichen Weiten des friedlich glitzernden Ozeans ab.

Jaffa musste einst eine mächtige und prunkvolle Stadt gewesen sein. Auf einer Erhebung zwischen der üppigen Talebene im Süden und dem Karmelberg im Osten lag die Stadt an einem wie gemalt wirkenden weißen Sandstrand. Auf die

Entfernung wirkte sie geradezu edel und friedlich, und von der geschäftigen Hektik, die Robin erwartet hatte, war nichts zu spüren. Landeinwärts erstreckten sich sorgsam bewässerte, ertragreiche Felder und Obsthaine bis an das Ende der Ebene. Bis an die längst nicht mehr so steilen Hänge heran reichte sie und war lediglich mit einer Handvoll schlichter, aber wohnlich wirkender Höfe und Farmen gespickt. Vor den kleinen Siedlungen, die außerhalb der Stadtmauern zum Meer hin ragten, wiegten sich kleine Fischerboote im seichten Gewässer. Robin konnte sich bildlich vorstellen, wie Noah an diesem Ort einst die legendäre Arche zusammengezimmert hatte und von allen Tieren der Welt je ein Paar über die Ebene stakste, trampelte, hüpfte, flog oder kroch, ehe der Herr alles Schlechte mit der Sintflut von dieser Welt zu tilgen versucht hatte.

Aber es war bei einem Versuch geblieben. Bereits als sie die letzte Anhöhe hinter sich gelassen und den ersten der Orangenhaine durchquert hatten, revidierte Robin ihren ersten Eindruck vermeintlicher Friedfertigkeit. Das lag nicht an den zahlreichen Wehrtürmen und Schießscharten Jaffas, die sich im Näherkommen immer deutlicher aus dem stufigen Panorama der Stadt schälten, sondern an der Eskorte hervorragend bewaffneter Ritter und Fußsoldaten, die Robin und ihre Männer in Empfang nahm, kaum dass sie aus den Schatten getreten waren.

Es mochten an die vierzig Männer sein, die sich wie ein Wall aus stahlharten Muskeln, widerstandsfähigen Kettenhemden und Brustharnischen hinter dem Olivenhain erhoben. Als Robin die ersten Klingen von Beilen, Schwertern, Speeren und Bogen zwischen den letzten Reihen der Bäume hindurch aufblitzen sah, überfiel sie die nackte Furcht. Sie fühlte sich an das Treffen mit Heraklios im Olivenhain erinnert, und wieder einmal wünschte sie sich nichts sehnlicher, als ihr Pferd herumzureißen und sich kopflos in die Flucht zu stürzen. Doch wo sie sich der Schar Ritter und Geistlicher im Gefolge des Erzbischofs gegenüber eine winzige Chance zur Flucht eingeräumt hätte, war in Anbetracht ihrer jetzigen Lage an Flucht oder Kampf im Traum nicht mehr zu denken. Sogar Morgensterne, Armbrüste und Krummsäbel erkannte sie im Näherkommen, teils an den Gürteln der Männer befestigt, teils bereits in Händen gehalten, die Gesichter ihrer Gegner ausdruckslos. Als hätte die Herzogin ihr gesamtes Waffenarsenal auf diesen schlagkräftigen Trupp verteilt. Für einen kurzen Augenblick war Robin felsenfest überzeugt, man werde sie nun verhaften, ihr gleich an Ort und Stelle den Kopf vom Hals trennen und ihn der Mutter des Königs auf einem silbernen Tablett servieren.

Sie raffte all ihren Mut zusammen und trieb ihr Pferd gemäßigten Schrittes durch die Menge ihrer eigenen Fußsoldaten. Stumm teilte diese sich vor ihr, ohne dass sie eine entsprechende Anweisung gab. Wieder einmal wunderte sie sich, welch schlecht ausgestattete und gedankenlose Trottel sie zu ihrem Schutz begleiteten. Vermutlich würden ihre sogenannten Beschützer noch mit offenem Mund herumstehen und auf klare Anweisungen warten, wenn man sie geknebelt an ein Kamel band und auf den Serpentinen zu Tode schleifte. Wie gut, dass Anno, Rother und nicht zuletzt Salim ihr auf Schritt und Tritt und stets kampfbereit folgten oder als eifrige Schatten aus dem Hintergrund über sie wachten.

Einer der Fremden – ein besonders großer und außerordentlich breitschultriger Mann – löste sich aus dem furchterregenden Empfangskomitee und näherte sich ihr und den dichtauf folgenden Rittern. Als sie einander gegenüberstanden, tat er eine ruppige Bewegung mit der Rechten -- doch statt sein Schwert zu ziehen und sie zu enthaupten, deutete er eine knappe Verbeugung mit auf Höhe des Herzens liegender Hand an. Kurz kam ihr der Gedanke, der Mann sei nur höflich und wolle ihr erst erklären, *warum* er sie gleich umbrachte – und alle ihre Begleiter noch dazu, aber sie irrte sich. Stattdessen verneigte er sich auf die gleiche knappe Art vor den anderen Rittern und wandte sich dann erneut ihr zu: »Robin von Tronthoff?«

Sie nickte.

»Und Ihr müsst Anno von Knipprode und Rother vom Orden der Tempelritter sein.« Er wartete eine Bestätigung nicht ab, sondern fuhr übergangslos fort: »Mein Name ist François de Ville. Gräfin Agnes von Courtenay hat meine Männer und mich ausgesandt, um Euch zu empfangen und in die Stadt zu eskortieren.« Er klang nicht unfreundlich, fand Robin. Nur so, als gurgelte er täglich mit feinem Sand, um seiner Stimme einen möglichst rauen Klang zu verleihen.

Robin nickte und rang sich ein dankbares Lächeln ab. Es missglückte kläglich, und so ging sie zum Gegenangriff über und ließ ihren Blick zweifelnd über die Gesichter der Männer unter dem Wappen des Fürstentums streifen: »Eskortieren? Das ist sehr zuvorkommend von der Gräfin. Aber um ehrlich zu sein … Wenn das eine Eskorte ist – wie mag es wohl aussehen, wenn Ihr zu einem Kampf ausrückt?«

François lachte auf. Es klang ein wenig, als wirbelte Wüstenstaub durch einen blechernen Trichter. »Das wollt Ihr nicht wirklich nicht wissen, Robin von Tronthoff. Und ich bin mir sicher, es gibt keinen Grund, es Euch zu demonstrieren. Aber nun folgt mir bitte. Die Gräfin ist besorgt, seit sie erfahren hat, welch wertvolle Waren Ihr mit Euch führt – insbesondere, seit diese schrecklichen Unruhen in der Stadt ausgebrochen sind …«

Er wartete einen Augenblick, bis Robin zu ihm aufgeschlossen hatte. Als die beiden Truppen sich nun Seite an Seite in Bewegung setzten, fuhr er unaufgefordert und in einem Plauderton, der ihm überhaupt nicht stand, fort: »Es ist immer dasselbe mit diesen Handelsleuten. Ständig liegen sie im Streit miteinander; am meisten die Genueser und die Venezianer. Am Anfang steht ein halber Silbertaler, den der eine dem anderen angeblich unterschlagen hat. Oder auch nur eine ausgehungerte Henne, die unter einen Karren geraten ist – und am Ende schlagen sie sich die Köpfe ein und versenken sich gegenseitig die Schiffe. Aber sie sind keine Krieger, wisst Ihr? Sie morden und metzeln aus dem Hinterhalt. Mit allem, was sie gerade in die Finger bekommen. Das macht sie so unberechenbar. Und gefährlich.«

»Gefährlich«, wiederholte Robin leise. Sie bedachte Anno, der inzwischen an ihrer Seite ritt, mit einem zweifelnden Blick und fühlte sich bestätigt: Ihm erschien die Angelegenheit ebenso suspekt wie ihr selbst. Aber er schwieg und strahlte dabei eine katapultfeste Gelassenheit aus, die Robin Kraft gab.

»Man sollte sie nicht unterschätzen«, bestätigte François. »Ihr wäret nicht der Erste, dessen unschuldiges Blut die Straßen der Stadt tränkt ... Und Ihr müsst wissen, dass Agnes sehr an Eurer Unversehrtheit und an Eurem Wohlbefinden gelegen ist. Immerhin reist Ihr im Auftrag ihres einzigen Sohnes. Sie hat schon alles für Eure Ankunft vorbereitet.«

Robin schluckte. *Womit nun wahrscheinlich wirklich der Scheiterhaufen gemeint ist*, dachte sie, versuchte es aber, statt das zu sagen, wiederum mit einem Lächeln, das ihr erneut misslang: »Das ist wirklich zu aufmerksam von ihr.«

»So ist sie nun einmal.« François de Ville zuckte mit einem Lächeln, das kleinen Kindern den Schlaf rauben konnte, die Achseln. »Ihr kennt einander noch nicht, habe ich recht? Die Gräfin ist ein wunderbarer Mensch. Eine kompetente und dennoch herzensgute Frau. Und eine wunderschöne noch dazu.«

Er seufzte, und einer der nächsten Reiter, ein drahtiger Kerl mit einer Unzahl alter Narben im Gesicht und einer Nase, mit der er vermutlich Körner picken konnte, nickte: »Beneidenswert ist der Mann, der unserer guten Königin einst zur Seite stand … Wenngleich sein Glück von viel zu kurzer Dauer war.«

Er klang nicht ernsthaft, als ob er wirklich jemanden bedauerte; außer vielleicht sich selbst, weil er nicht die Hand der Gräfin hielt, die er noch immer seine Königin nannte. Dabei stand ihr dieser Titel schon seit Jahren nicht mehr zu. Offenbar genoss Gräfin Agnes von Courtenay nicht nur die Bewunderung des Erzbischofs.

Robin zwang sich, diese und alle daran hängenden, teils äußerst unzüchtigen Ideen nicht weiterzuverfolgen, und dachte auch nicht weiter darüber nach, dass ihre Empfangseskorte es sicherlich nicht nur mit aufgebrachten Handelsleuten aufnehmen konnte. Selbstverständlich musste sie wachsam bleiben.

Doch wenn ihre schlimmsten Befürchtungen zutrafen, würde ihr Wachsamkeit allein nichts nutzen. Sie warf einen kurzen Blick zurück, und auch wenn sie Salim unter den Maultiertreibern nicht gleich auszumachen vermochte, wusste sie ihn in ihrer Nähe – und das allein tat ungemein gut. Schließlich hatte er sie schon aus weit aussichtsloseren Situationen befreit. Und wenngleich Robin niemals laut zugegeben hätte, dass sie auf ihn angewiesen war, gab ihr doch der Gedanke an den Sarazenen die Kraft, weiterhin ruhig im Sattel zu sitzen – auch jetzt, da sie sich eher wie eine Gefangene als wie ein Gast in die Stadt geleitet fühlte. Sie wusste sich in seiner Nähe sicher, und ihr Fluchtimpuls schwand auf ein kaum noch spürbares Maß, während sie sich Jaffa näherten.

Das idyllische Bild der Hafenstadt, die aus der Ferne so hübsch und wohlhabend gewirkt hatte, bekam bereits auf halbem Weg Risse. Die Befestigungsanlage erschien Robin in umso vernachlässigterem Zustand, je mehr sie sich ihr näherten. In unregelmäßigen Abständen waren Zinnen aus der meterdicken Stadtmauer gebrochen, und die Ranken und das

Gewächs, das sich im Laufe der Jahre daran emporgearbeitet hatte, erlaubten jedem geschickten Kletterer, der sich nicht vor herausbrechenden Ziegeln fürchtete, einen beinahe bequemen Aufstieg. Einer der einst gewiss stattlichen Wehrtürme war längst so stark verfallen, dass er kaum noch eine Fledermaus vor der Sonne zu schützen vermochte.

Noch schlimmer allerdings war der Gestank, der Robin entgegenschlug, noch bevor sie das Haupttor passierten und ihre Pferde durch die ungemein engen Gassen der vollkommen überbevölkerten Stadt trieben. Fäkalien, faulende Lebensmittelreste und verdorbener Fisch vereinten sich in der stehenden Hitze zu einer Note, die Robin regelrecht zu erdrücken drohte und ihr bittere Galle auf die Zunge trieb. Dort, wo Exkremente und Abfälle nicht von den zahllosen Füßen der Einwohner und deren Tieren platt getrampelt worden waren, versank ihr Pferd stellenweise bis zu den Fesseln in schlammigem, stinkendem Sud. Robin empfand aufrichtiges Mitleid mit den zahlreichen Kindern in Lumpen, die baren Fußes durch den Dreck tapsten, Schweine und Ziegen vor sich hertrieben oder kleinere Karren durch die Gassen zerrten. Zwei Jungen versuchten, mit abgebrochenen Ästen oder der bloßen Hand Zeichen in den Schmutz zu kratzen, ein anderer bettelte unumwunden um Nahrung oder Geld. Robin tastete ihre Taschen nach etwas ab, was sie dem Knaben geben konnte, doch François wies sie kopfschüttelnd zurecht: »Das werdet Ihr nicht tun«, bestimmte er. »Gebt Ihr einem, kommen sie alle. Und zwar schneller, als Ihr reiten könnt. Abgesehen davon, ist es wirklich nicht nötig. Die Gräfin sorgt für ihre Untertanen. Auch für deren Kinder. In dieser Stadt muss niemand Hunger leiden.«

Robin betrachtete mitfühlend ein kaum vierjähriges Mädchen, das auf den Stufen einer heruntergekommenen Wirtschaft an einem Hühnerknochen nagte, der Sekunden zuvor aus einem unverglasten Fenster geflogen war. Dass ihr Blick den Zweifel an seinem Verstand offenbarte, konnte sie vor François nicht verheimlichen, aber sie verkniff sich dennoch jeglichen Kommentar und hielt sich zurück, obgleich es ihr wirklich schwerfiel. Denn zumindest in einem Punkt hatte der herzlose Ritter sicherlich recht: Wenn sie einem der ausgehungerten Kinder etwas gab, würden ihnen binnen kürzester Zeit mehr dieser armen Seelen folgen, als sie in einem ganzen Leben satt bekommen würde. Es war ihr vollkommen schleierhaft, wie der Erzbischof zu der Annahme gelangt war, dass sie sich in Jaffa *wohlfühlen* würde. Selbst wenn in der Zitadelle in Jerusalem nicht nur Balduin und Lucio, sondern jeder Einzelne – sie selbst eingeschlossen – unter dem schrecklichen Aussatz litte, würde sie sich dort wohler fühlen als in dieser stinkenden Kloake. Lediglich die hier und dort patrouillierenden Soldaten und die vielen Händler und Handelsreisenden schienen wohlgenährt, halbwegs sauber und zum Teil recht gut betucht zu sein.

Obschon Robin die Gräfin noch immer nicht kannte, wuchs ihre Abneigung gegen diese Frau mit jedem Schritt durch das Elend um sie herum. Als sie einer Schar trüben Blickes dahintrottender Kinder nachblickte, nutzte sie die Möglichkeit, über die Schulter hinweg erneut nach Salim Ausschau zu halten, konnte ihn aber auch dieses Mal nicht unter ihren Gefolgsleuten ausmachen. Vermutlich, so dachte sie in einer Mischung aus Enttäuschung und Erleichterung, hatte er sich schon im Obsthain heimlich zurückgezogen, um nicht wie sie und die anderen zwar wie ein Gast behandelt, aber doch wie ein Gefangener bewacht zu werden. Vielleicht war es nicht unbedingt das Schlechteste, wenn er sich außerhalb der Stadtmauern versteckte und sie aus dem Verborgenen heraus im Auge behielt. Gott allein wusste, was diese Frau, die ihrem eigenen Sohn nach dem Leben trachtete, *wirklich* plante, und obgleich Robins Pulsschlag inzwischen wieder in einen halbwegs gemäßigten

Rhythmus gefunden hatte, war sie fernab davon, sich tatsächlich erleichtert zu fühlen.

Die Soldaten eskortierten sie zu einer kleinen, aber hübschen und gepflegten Festung unmittelbar über dem steil abfallenden Hang, an dessen Fuß der Hafen lag. François führte Robin, den Geistlichen, die beiden anderen Ritter sowie ihre Fußsoldaten in den Hof der Festung, wo Agnes von Courtenay sie bereits erwartete. Und die erste Antwort, die Robin erhielt, war die auf eine ungestellte Frage: diejenige nämlich, woher der König von Jerusalem wohl sein ausgeprägtes Faible für theatralische Auftritte hatte.

Die Gräfin blickte von den oberen Stufen vor dem prächtigen Portal des Haupteingangs der kleinen Burg auf die Neuankömmlinge hinab – neben ihr Heraklios, der Erzbischof von Caesarea. Sein Lächeln, fand Robin, hätte ebenso gut das Gesicht eines Taschendiebes in einer Schatzkammer zieren können, und kurz fragte sie sich, ob er sie nicht doch im Olivenhain erkannt hatte und mit hämischer Freude vorausgeritten war, um ihr nun hier, an der Seite seiner Geliebten, ihr Todesurteil zu überbringen. Aber Heraklios schwieg und verharrte in fast unverschämt vertrauter Haltung neben der Gräfin, die Robin, Rother und Anno von Knipprode im Näherkommen freundlich zulächelte.

Robin hatte sich ausgerechnet, dass Agnes annähernd vierzig Jahre alt sein musste, vielleicht sogar älter. Aber die Frau, die da neben Heraklios unter einem pompösen Sonnenschirm stand, den zu halten eigens eine Magd herbeibestellt worden war, wirkte deutlich jünger. In ihrem außerordentlich hellhäutigen Gesicht deutete keine einsame Kummerfalte darauf hin, dass das Schicksal ihr schon in jungen Jahren den Ehemann genommen hatte. Ihre Augen waren von demselben stechenden Grün wie die des jungen Königs, und der Ausdruck darin wirkte wider Erwarten auch nicht minder aufgeweckt und unbefangen – ja regelrecht fröhlich. Wo Robin einen verhärmten Mund erwartet hatte, zierten sinnliche, volle Lippen das Antlitz der Witwe, die eher wie ein Mädchen wirkte, das nicht erwachsen werden wollte. Und während Robin sich ihr näherte, registrierte sie, dass die Gräfin ihre Lippen mit dem Saft von Beeren gerötet und ihre Augen mit feinen schwarzen Lidstrichen versehen hatte, was ausreichte, um Robin – und gewiss jedem anderen anständigen Ritter – die Schamesröte in die Wangen zu treiben. Sie trug ihr langes, goldblondes Haar zu ordentlichen Zöpfen geflochten und wie eine Krone um ihr Haupt geschlungen, und Robin erinnerte sich voller Unbehagen, dass die Soldaten Agnes ihre Königin genannt hatten. Auch die Kleidung der Gräfin demonstrierte eine nahezu anstößige Freizügigkeit: Das Gewand aus feinster fliederfarbener Seide schmiegte sich wie eine zweite Haut an ihren makellosen Körper, dem die zwei Geburten nichts von seiner Anmut genommen hatten. Am Hals war das Kleid so tief ausgeschnitten, dass eine unbedachte Bewegung den Ansatz ihrer Brust offenbart hätte. Auch ihre Fußknöchel waren unbedeckt, was sich für eine Frau mit Anstand und Moral – insbesondere in ihrer Position – ganz und gar nicht schickte.

Sobald sie sich auf Reichweite genähert hatten, erwachte Agnes von Courtenay aus ihrer künstlichen Starre und begrüßte ihre Gäste knapp, aber überaus freundlich. Sie war kein Mensch der langen Floskeln, und Robin registrierte schnell, dass sich die Gräfin allgemein schwer damit tat, lange an einem Thema festzuhalten. Ihre Worte hüpften wie Heuschrecken von Halm zu Halm, schlugen Haken, deuteten mal dieses und mal jenes an und kehrten unter Umständen zufällig wieder dorthin zurück, wo ihre fröhliche Reise begonnen hatte. Und so fühlte sich Robin binnen weniger Atemzüge mit einer Unzahl von Teilinformationen versorgt, deren wichtigste wohl waren, dass sie wirklich ganz herzlich willkommen waren in der Festung am Hafen von Jaffa, dass man ihren Proviant und vor allem die Geschenke, die sie für den Kaiser mit sich führten, zunächst in ein Lagerhaus nahe der Anlegestelle ihres Schiffes bringen ließ und dass Agnes über eine Handvoll unschlagbarer Köche verfügte, die angeblich bereits seit den frühen Morgenstunden damit beschäftigt waren, ein unvergleichliches Festessen für die ehrwürdigen Gäste zuzubereiten, das Robin sich auf gar keinen Fall entgehen lassen durfte. Während all ihrer Ausführung eilte die Gräfin mit trippelnden Schritten zwischen Robin, Rother, Heraklios und von Knipprode umher, immerzu dicht gefolgt von der Magd mit dem Schirm, die sorgsam darauf achtete, dass kein einziger Sonnenstrahl am feinporigen Antlitz ihrer Herrin schabte, und präsentierte sich auf diese Weise als ungemein anstrengende Persönlichkeit.

In einem kurzen Moment, den die Gräfin zum Einatmen nutzte, riss Robin das Wort an sich und schlug die Bitte ihrer Gastgeberin, zum Essen zu bleiben, höflich aus. Das lag nicht zuletzt an Heraklios, der während der atemlosen Erläuterungen seiner heimlichen Geliebten augenscheinlich gelassen, aber praktisch regungslos auf der obersten Stufe vor der Pforte verharrt war und Robin mit durchdringendem Blick beobachtete. Zwar glaubte Robin angesichts der herzlichen Unbefangenheit der Gräfin kaum, dass ihr von ihrer Seite her irgendetwas Böses blühte – zumindest nicht im Moment. Aber das konnte sich schnell ändern, wenn sich bestätigte, was sie in den Augen des Erzbischofs zu lesen glaubte. Heraklios lächelte durchgehend. Aber irgendetwas … stimmte nicht mit ihm. Vielleicht schaute er meistens so nichtssagend dumm aus. Doch vielleicht – und Robins Menschenkenntnis formte dieses *vielleicht* in ihrem Hinterkopf zu einem nachdrücklichen, fast hysterischen *bestimmt* – plante er auch irgendetwas. Und zwar etwas, was ihr ganz und gar nicht gut bekommen würde. Heraklios' Lächeln erschien Robin wie das stumpfe Grinsen einer Moräne, die gleich zwischen ein paar Korallen hervorschnellen und ihr Opfer erlegen würde. Es machte ihn *hässlich*.

Agnes hatte eine unwiderstehliche Art, jemandem eine Bitte auszuschlagen. Sie tat einfach so, als hätte sie nichts gehört. Als Robin erklärte, sie wolle die Stadt noch heute wieder verlassen, wies Agnes einige Soldaten an, Robin und die anderen in die ihnen zugedachten Kammern zu führen, damit sie sich ausruhen konnten. Dann verschwand sie, nach wie vor in einem fort schnatternd, wie ein Windhauch im Inneren der Festung. Mit wem sie eigentlich weiterredete, blieb offen: wahrscheinlich mit dem Erzbischof, der sich ihr stumm anschloss, möglicherweise aber auch mit der Magd, die ihr folgte, als wäre sie mit ihrem Rockzipfel verwachsen. Agnes schien es schlicht egal zu sein, wer ihr zuhörte und ob es überhaupt jemand tat. Im Zweifelsfall lauschte sie sich wohl selbst.

Robin blickte ihr einen Moment sprach- wie hilflos nach. Dann ergab sie sich, zumindest nach außen hin, in ihr Schicksal und folgte den Soldaten, die sie durch einen Nebeneingang in die Festung geleiteten, ihr den Weg durch die weiß getünchten Korridore der Anlage wiesen und Rother, von Knipprode, Lucio und ihr je eine Kammer im obersten Geschoss zuteilten.

# 5. KAPITEL

Robin hatte nicht vor, auch nur eine Sekunde länger als nötig in Jaffa zu bleiben. Kaum dass die Tür hinter ihr geschlossen worden war, wandte sie sich instinktiv dem großzügigen Fenster auf der gegenüberliegenden Seite zu, verharrte dann aber und blickte sich staunend in der weitläufigen Kammer um, die fraglos einer Prinzessin, vielleicht sogar einer Königin gerecht geworden wäre. Reich bestickte, edle Stoffe, mit hoher Kunstfertigkeit bearbeitetes Mobiliar und glitzerndes gefärbtes Glas glänzten um die Wette mit Gegenständen aus Kupfer oder Messing, deren einziger Sinn häufig darin bestand, einfach nur schön zu sein. Ein Duft nach Zitronensäure und etwas Süßlichem, Unbekanntem durchwehte den Raum, und auf einer schweren Tischplatte, die von ungemein zierlichen, nach innen geschwungenen Beinen getragen wurde, standen ein Krug Wein, etwas Brot und eine Schale mit klarem, ebenfalls fremdartig duftendem Wasser bereit.

Doch dann dachte Robin an die vielen Kinder und einfachen Leute, die vielleicht gerade jetzt Hunger litten, während sie, Robin, sich gegen ihren Willen an dem Luxus um sich herum ergötzen konnte. Das Staunen wich aus ihren Zügen und machte Platz für eine Mischung aus Wut und Scham. Strammen Schrittes durchquerte sie den Raum. Ein Blick aus dem Fenster genügte: Sie würde die Festung auf diesem Weg nicht verlassen können. Hier fiel die Mauer der Burg geschätzte zwanzig Mannshöhen tief ab, und anders als die Stadtmauer boten die Fugen wahrscheinlich nicht einmal den Krallen einer Ratte ausreichend Platz, um sich dazwischenzuschieben und an der Wand empor- oder hinabzuarbeiten.

Die Festung grenzte fast unmittelbar an die Anlegestellen der Schiffe, doch Robin sah nur ein knappes Dutzend von ihnen, die ruhig in den friedlichen Wellen lagen und nur hin und wieder von Schiffsjungen oder Kaufleuten betreten oder verlassen wurden. Ein großer Kauffahrer, dessen rotes Banner mit goldenem Löwen ihn als venezianisches Schiff auswies, wurde ohne Eile zum Auslaufen klargemacht – möglicherweise war das das Schiff, von dem Balduin gesprochen hatte; *ihr* Schiff. Daneben lagen zwei Küstengaleeren – jene zumeist für Kaperfahrten und Patrouillendienste verwendete Seegefährte –, die auf ähnlich behäbige Weise seeklar gemacht wurden. Die Augustsonne tünchte die Szenerie mit sanftem Orangerot und ließ sie geradezu malerisch, fast schon unwirklich erscheinen. Von irgendwelchen Streitigkeiten zwischen Kaufleuten aus Genua und Venedig keine Spur.

Dennoch hatte Robin das Gefühl, dass eine fast greifbare Spannung in der Luft lag. Das letzte Gebet vor dem Befehl zum Angriff, die Ruhe vor dem Sturm … Aber vielleicht waren es nur ihre überstrapazierten Nerven, die beständige Furcht, die sie mit den Kleidern des Ritters stets anzulegen pflegte, die leise, aber permanente Angst, enttarnt zu werden – und nicht zuletzt ihr Misstrauen dem Erzbischof gegenüber.

Robin wusste, dass sie sich in erster Linie vor der Gräfin von Courtenay hätte fürchten sollen, dass sie eine Frau war, die ihr Volk hungern ließ und ihren eigenen Sohn am liebsten tot gesehen hätte. Die Geliebte eines hochrangigen Geistlichen und der Intrige an sich. Aber ihre Menschenkenntnis sagte ihr, dass sie der Gräfin damit unrecht getan hätte. Sie hatte einen Drachen erwartet, und ganz nüchtern betrachtet, war Agnes das auch. Die Frau jedoch, die sie soeben kennengelernt hatte, verhielt sich nicht wie ein Monster. Offenbar bestand ihre größte Stärke neben ihrem ausgesprochenen Sinn für Schönes darin, die falschen politischen Entscheidungen zu fällen; vielleicht auf die falschen Ratgeber zu hören. Und erstaunlicherweise machte sie das, zumindest subjektiv gefühlt, nicht zu einem schlechten Menschen. In den Augen der Frau, die Robin vorhin gesehen hatte, glänzte die Lust am Leben, und das reine Gewissen glättete ihre Züge. Agnes mochte unglaublich gedankenlos sein. Aber nicht *böse*.

Es war Heraklios, der Robin Sorgen bereitete, und außerdem ertrug sie das Elend der Stadt, dessen Geruch sich in ihren Kleidern verfangen hatte und ihr in dieses wohlriechende Gemach gefolgt war, einfach nicht. Sie wollte fort von hier – und zwar so schnell wie möglich.

Robin wandte sich mit einem Ruck vom Fenster ab, kehrte zum Eingang zurück und riss die Tür auf. Nach ihrem eigenwilligen Empfang vor der Stadt war sie davon ausgegangen, dass man ein paar Wachen vor ihrer Tür postiert hatte – und damit lag sie vollkommen richtig. Nicht nur vor ihrer, sondern auch vor der Kammer von Lucio, Anno und Rother waren Soldaten postiert und standen sich in fränkischer Kleidung die Beine in den Bauch. Robin scherte sich nicht darum. Schließlich war sie hochoffiziell zu Gast in Jaffa, keine Gefangene. Auch dann nicht, wenn Agnes sie noch so sehr wie eine solche behandeln ließ.

Sie würdigte die Wächter keines Blickes, sondern marschierte entschlossenen Schrittes den Gang hinab. Aber die Soldaten folgten ihr, sobald sie ihre erste Überraschung überwunden hatten, überholten sie zu beiden Seiten und vertraten ihr den Weg. Sie zogen ihre Waffen nicht, doch ihre Körpersprache ließ keinen Zweifel daran, dass sie es tun würden, wenn Robin auch nur einen Schritt weiterzugehen versuchte.

»Geht aus dem Weg«, bestimmte Robin ungehalten. Zum Teufel noch mal – was glaubte Agnes von Courtenay eigentlich, wer sie war, dass sie es sich erlauben konnte, den Ersten Ritter des Königs von Jerusalem gegen dessen Willen in ihrer Festung festzuhalten? Sie hatte einen wichtigen Auftrag zu erfüllen – zwei sogar, wenn man Robins geheime Mission mit einschloss. Wenn ihr Verfolgungswahn auch nicht als Argument genügte, um schnellstmöglich aus Jaffa zu verschwinden – ihr offizielles Anliegen tat es allemal.

Der linke der beiden Männer, ein untersetzter, schweinsgesichtiger Alter, schüttelte in einer Geste vielfach geübten, unechten Bedauerns den Kopf. »Die Gräfin hat …«

»Es ist mir egal, was die Gräfin hat. Ich habe einen wichtigen Auftrag und bin weder willens noch befugt, kostbare Zeit zu vergeuden«, fiel Robin ihm energisch ins Wort. Sie wollte sich gerade zwischen den beiden Soldaten hindurchzwängen, als eine ihr bereits flüchtig bekannte Stimme aus dem Hintergrund sagte: »Ich verstehe Eure Ruhelosigkeit, Robin von Tronthoff«, mischte sich der Hakennasige ein, der auf dem letzten Stück des Rittes nach Jaffa an de Villes Seite geritten war und Agnes von Courtenay seine Königin genannt hatte. Robin wusste inzwischen, dass sein Name Roland von Byrdeck war. Er hielt nicht nur auf Agnes, sondern auch und insbesondere auf den Erzbischof große Stücke, was ihn in ihren Augen ein zusätzliches bisschen unsympathischer erscheinen ließ. Von seinem Platz vor Bruder Lucios Tür schloss er eilig zu ihr auf, straffte jeden Muskel seiner kratzbürstig wirkenden Gestalt und bemühte sich vergebens darum, dabei trotzdem entspannt und freundlich dreinzuschauen: »Aber auch wir haben Pflichten, die wir erfüllen müssen. Pflichten, die nur zu Eurem Besten sind, wenn ich das noch einmal betonen darf. Die Gräfin würde es uns – und sich selbst – niemals verzeihen, wenn Ihr die Festung in dieser angespannten Situation verließet und dabei zu Schaden kämet. Ganz zu schweigen von dem König. Wie Ihr wisst, sind die Genueser und Venezianer in den Straßen …«

»Ich habe die Kaufleute gesehen«, unterbrach Robin den Mann, den sie in Gedanken inzwischen schlicht *die Krähe* nannte, ungehalten. »Sie zogen Karren durch die Gassen und boten ihre Waren feil. Einige entluden Schiffe oder machten sie wieder seeklar. Die meisten allerdings dösten auf den Decks oder den Anlegestellen vor sich hin.«

»Das täuscht.« Von Byrdeck seufzte. »Am Tag lecken sie ihre Wunden. Oder sie beschränken sich darauf, einander in den finstersten Gassen und engsten Winkeln Säcke über den Kopf zu stülpen, einander dann in die Lagerhallen oder auf die Schiffe zu verschleppen und später, bei Mondschein, gefesselt über Bord zu werfen. Doch wenn gleich die Sonne untergeht …« Er holte zu einer Geste aus, die alles Schlechte der Welt zu umfassen versuchte. »Sie sind wie Werwölfe, die des Nachts zu grausamen Bestien mutieren und über alles herfallen, was lebt und anders gekleidet ist als sie selbst.«

Robin glaubte ihm kein Wort, beließ es aber dabei und entgegnete: »Umso wichtiger ist es, dass wir noch heute Nachmittag aufbrechen.«

Die Krähe verneinte. »Bis Euer Schiff klar zum Ablegen ist, ist die Nacht längst hereingebrochen. Glaubt mir, es ist wirklich das Beste, wenn Ihr bleibt. Bitte zwingt uns nicht, die uns gegebenen Befehle mit Gewalt auszuüben.«

Robin zog scharf die lauwarme Luft zwischen den Zähnen hindurch ein. »Das wagt Ihr nicht!«

Roland von Byrdeck zuckte die Achseln, aber die Entschlossenheit in seinem Blick ließ keine Zweifel offen: Er würde sie sehr wohl mit Gewalt zurückzuhalten versuchen, wenn sie die Festung verlassen wollte.

Einen winzig kleinen Moment war sie drauf und dran, es

genau darauf ankommen zu lassen. Zwar war sie noch immer fernab von dem Zustand, den sie ihre alte Form nannte, doch dieser drahtige Schwächling mit den storchengleichen Beinen würde selbst ihr kaum Probleme bereiten. Obgleich sie Gewalt verabscheute und als ultimative Notlösung betrachtete, gefiel ihr in diesem Moment der Gedanke, dieser arrogante Kerl könne sich künftig mit der eigenen Nase im Nacken kratzen. Aber Robin beherrschte sich. Warum auch immer Agnes von Courtenay sie nicht ziehen lassen wollte – mit Gewalt würde sie sich ihrem Willen nicht widersetzen können. Selbst wenn sie irgendeine Möglichkeit fand, all ihre Fußsoldaten herbeizukommandieren, hatten ihre Männer gegen das Soldatenaufgebot der Gräfin nicht den Hauch einer Chance. Robin musste einen anderen Weg finden – und in Erfahrung bringen, was hier wirklich gespielt wurde!

Wütend stampfte sie an von Byrdeck vorbei, stieß ihm dabei wie aus Versehen derb mit dem Ellbogen in die Rippen und riss die Tür zur Kammer des Lazariters auf, ohne anzuklopfen. Selbige warf sie so heftig hinter sich ins Schloss, dass die Scharniere schepperten und das Holz knirschte. Dann ließ sie sich in einen der beiden Sessel fallen, die an einem wuchtigen Tisch am Fußende des vergleichsweise schmalen Bettes standen, das Bruder Lucio zur Verfügung gestellt worden war: »Wir sind Gefangene«, stellte sie zornig fest, ehe sie sich auch nur vergewissert hatte, dass sich der Lazarusmönch tatsächlich noch im Raum befand. »Sie nennen uns willkommene Gäste. Und trotzdem sind wir eingesperrt.« Beiläufig registrierte sie, dass sowohl sein Bett als auch alle anderen Einrichtungsgegenstände seiner Kammer deutlich schlichter geraten waren als jene, mit denen ihr prachtvolles Gemach ausgestattet war.

Der Lazariter lag auf dem Bett und sah nur kurz von seiner Lektüre auf, die so umfangreich war, dass Robin sich nicht sicher war, ob ein einziges Menschenleben ausreichte, um sie komplett durchzulesen Er schien eher verärgert als interessiert oder gar erschrocken zu sein, zuckte nur knapp die Achseln und fuhr mit einem noch verhältnismäßig gut erhaltenen Finger unter den Worten entlang, die er gerade las. In seiner Stimme schwang Resignation mit, als er schließlich antwortete: »Ihr solltet die Zeit nutzen, um Euch auszuruhen, Robin von Tronthoff. Auch Ihr habt eine anstrengende Reise hinter Euch. Und das war nur die erste Etappe von vielen.«

»Habt Ihr mir überhaupt zugehört?«, ereiferte sich Robin, während sie sich wieder erhob und anklagend auf die Tür deutete, hinter der nicht weniger als ein halbes Dutzend Soldaten Wache stand. »Wir sind eingesperrt, Bruder Lucio! Die Gräfin hat veranlasst, dass man uns davon abhält, diese Festung zu verlassen – notfalls mit Gewalt! Sie hat kein Recht …«

»Sie hat sogar die *Pflicht*, dafür zu sorgen, dass Ihr wohlbehalten bleibt. Ihr und alle, die mit Euch gekommen sind. Zumindest, solange Ihr in ihrer Stadt verweilt«, fiel der Geistliche ihr unwillig ins Wort. Zwar sagte er es ihr nicht offen ins Gesicht, aber seine ganze Körpersprache bat Robin darum, den Raum schnell wieder zu verlassen und ihn in Frieden zu lassen. Robin hätte sich selbst dafür ohrfeigen können, dass sie in ihrer Wut ausgerechnet in Bruder Lucios Kammer gestampft war, anstatt eine oder zwei Türen weiter zu gehen, um sich mit ihrem Ärger und vor allem ihren Sorgen an Rother oder von Knipprode zu wenden, mit denen sie deutlich besser auskam als mit dem greisen, immerfort finster dreinblickenden Lazariter. Andererseits war Bruder Lucio der Einzige, der um den wahren Grund ihrer Reise wusste, und damit eigentlich auch der Erste, der mit wichtigen neuen Informationen versorgt werden sollte. Und was sie ihm gerade mitgeteilt hatte, *war* eine wichtige Information! Wie konnte er nur so tun, als ginge ihn das alles nichts an?

»Aber es ist gelogen!«, entfuhr es Robin aufgebracht. »Sie reden von Kämpfen zwischen Kaufleuten, von Unruhen, die es nicht gibt! Seht doch aus dem Fenster, Bruder Lucio! Alles, was in diesen Straßen in Aufruhr ist, sind die Ratten und das Ungeziefer!«

»Was glaubt Ihr, Robin?«, stöhnte der Mönch und ließ sich nun doch dazu herab, seine Lektüre beiseitezulegen, um seinen ungeliebten Besucher missbilligend zu taxieren. »Dass Genueser und Venezianer Fahnen schwingend durch die Stadt ziehen und Katapulte herbeirollen, um sich vor den wachsamen Augen bestens ausgebildeter Soldaten die Köpfe von den Schultern zu schießen?«

»Nein, aber …«

»Aber die Lage ist angespannt und kann jeden Augenblick ganz unverhofft in einem Winkel eskalieren, in dem niemand damit rechnet. Vielleicht gerade in der Gasse, durch die Euch Euer unbegründetes Misstrauen und Eure jugendliche Unruhe gerade treibt. Und was Eure Behauptung angeht, dass man uns gefangen hält, Robin: Agnes von Courtenay mag eine ausgesprochen dumme Frau mit verachtenswerten Zielen sein. Aber sie ist nicht lebensmüde. Sie weiß, dass es sie den Hals kosten würde, wenn der Erste Ritter des Königs in ihrer Festung oder auch nur ihrer Stadt zu Schaden käme. Darum möchte sie, dass wir auf der Burg bleiben, bis das Schiff beladen und seeklar und die Mannschaft bereit ist. Und darum wird sie weder Euch noch irgendjemandem sonst, der mit Euch gekommen ist, etwas antun. Nur falls das die nächste Befürchtung ist, die Ihr loswerden wolltet. Und jetzt …« Er schob das Buch auf seinem Schoß wieder zurecht und tat eine verzeihende Geste, die Robin ihm nicht zu verzeihen gewillt war. »Bitte entschuldigt mich, Robin. Ich bin ein alter Mann, und ein von Krankheit geschwächter noch dazu. Wir haben eine anstrengende Mission vor uns, für die wir zu jeder sich bietenden Gelegenheit Kraft sammeln sollten. Und ich finde, dies ist eine sehr gute Gelegenheit. Ihr solltet es mir gleichtun. Wenn euch der Tatendrang plagt …« Er nickte knapp in Richtung eines verschlissenen Beutels, den er die ganze Zeit über bei sich getragen hatte und der nun in der Zimmerecke links des Schreibtisches auf dem Boden lag. »Ich habe ein weiteres Buch dabei. Und auch eine Bibel. Es ist gewiss nicht die interessanteste Freizeitbeschäftigung für einen energiegeladenen, gesunden Burschen wie Euch – doch wie sagt der Volksmund? In der Not frisst der Teufel Fliegen.«

Robin starrte den Geistlichen zwei, drei Sekunden lang fassungslos an. Was, um alles in der Welt, ging hier vor? Das konnte doch alles nicht sein Ernst sein! Bruder Lucio war alt, aber nicht senil! Und selbst wenn er es gewesen wäre: Sogar ein seniler Alter, der auf beiden Augen blind war, musste erkennen, dass …

Nun, dass irgendetwas nicht *stimmte*. Auch nicht, wenn er mit seiner Einschätzung über das, was sich die Gräfin erlauben konnte und was nicht, richtig lag. Verdammt – sie durfte auch nicht ihrem Sohn nach dem Leben trachten! Und das scherte sie schließlich auch nicht.

Robin wirbelte auf dem Absatz herum, stürmte aus dem Raum und schlug die Tür ein zweites Mal binnen weniger Minuten hinter sich ins Schloss. Die Soldaten versahen sie mit verärgerten Blicken, sagten aber nichts.

Einen Moment überlegte Robin, doch noch mit Rother oder Anno von Knipprode zu sprechen, entschied sich aber dann dagegen. So aufgebracht, wie sie war, war sie ohnehin zu keiner vernünftigen Konversation in der Lage, und außerdem würde keiner der beiden Ritter irgendetwas an ihrer derzeitigen Lage ändern können; nicht einmal, wenn Robin beide davon überzeugte, dass die Gräfin oder der Erzbischof etwas im Schilde führten, von dem sie selbst nicht die geringste Ahnung hatte.

Und was der Lazariter damit zu tun hatte …

Robin erstarrte mitten in der Bewegung, als diese Idee sie heimsuchte. Was, wenn Bruder Lucio selbst in dieses undurchsichtige Spiel verwickelt war? Was, wenn er mit Heraklios gemeinsame Sache machte – wenn er Robin und Anno von Knipprode, die schließlich als die engsten Vertrauten und besten Männer des Königs galten, absichtlich aus Jerusalem fort- und hierhergelockt hatte? Um ihr hier den Prozess zu machen – und Balduin dabei ganz nebenher zusätzlich zu diskreditieren?

Robin schüttelte sich und wischte den Gedanken beiseite. So durfte sie nicht denken! Das war absurd. Wenn ihre Mission erfolgreich sein sollte, mussten sie einander vertrauen. Sie litt unter Verfolgungswahn; vermutlich war es das Gefühl des Eingesperrtseins, das sie in den Wahnsinn trieb. Sie war eindeutig zu häufig eingesperrt gewesen in ihrem jungen Leben. Wenn doch wenigstens Salim bei ihr gewesen wäre!

Aber der Sarazene blieb verschwunden, und es sollten noch viele Stunden vergehen, bis sie ihn endlich wiedersah.

Der Nachmittag floss dahin wie eine zähe, trübe Masse. Nachdem Robin sich wieder einigermaßen beruhigt hatte, versuchte sie die Zeit tatsächlich für etwas Ruhe und Erfrischung zu nutzen. Doch entspannen konnte sie sich dabei nicht. Zu beängstigend und undurchsichtig erschien ihr ihre Situation, zu groß war ihre Furcht vor den Plänen des Erzbischofs. Und so wälzte sie sich ruhelos in ihren Kissen, streifte wie eine Katze auf der Jagd in ihrer Kammer umher oder stand gefühlte Ewigkeiten vor dem kleinen Fenster und starrte auf den durchweg friedlichen Hafen hinab.

Irgendwann klopfte es an der Tür, und der untersetzte Soldat, der ihr zuvor den Weg versperrt hatte, bat sie, sich von ihm in den Speisesaal der Burg geleiten zu lassen. Robin folgte ihm in einer Mischung aus Erleichterung und steigendem Unwohlsein. Ihre Kammer war ihr mit der Zeit ihres Aufenthalts darin immer kleiner erschienen, und sie war froh, den Raum endlich verlassen zu können. Andererseits plagte sie die Ungewissheit über das, was sie *wirklich* erwarten mochte.

Auch Anno, Rother und der Lazarusmönch folgten den Soldaten, und Bruder Lucio goss neuerliches Öl in das Feuer von Robins mühsam ersticktem Misstrauen, als er ihr in ungewohnt besänftigendem Tonfall zuraunte, er habe sich Gedanken gemacht. Man solle zunächst einmal gute Miene zum bösen Spiel machen. Wie lange dieses *zunächst einmal* anhalten sollte, verschwieg er. Robin schritt schweigend ein wenig schneller voran, um an von Knipprodes Seite zu gehen, der ihr im Zweifelsfall als die vertrauenswürdigere Partie erschien.

Auch dem Festsaal, in den man sie schließlich führte, fehlte es an jeglicher christlicher Bescheidenheit. Er lag im Erdgeschoss der Anlage, maß gut und gern sechzig Ellen in der Länge und nicht viel weniger in der Breite. Durch seine riesigen, bunt verglasten Fenster brach sich vielfach das warme Licht des ausklingenden Tages und warf farbenfrohe Muster auf den mehrfarbig gekachelten Boden. Wenige enorm wuchtige und mit aufwendigen Schnitzereien überladene Möbel vermochten kaum von dem Prachtstück des Saales abzulenken: einem mächtigen, kunstvoll von einem Steinmetz behauenen Kamin, in dem sich ein einfaches Fischerboot vermutlich ungeteilt verbrennen ließ.

Die Gräfin, der Erzbischof und zwei ihrer Ritter erwarteten sie bereits; einer von ihnen war François de Ville, dem der Stolz, an der Runde der hoch angesehenen Menschen teilnehmen zu dürfen, geradezu aus den Ohren troff.

Agnes eilte Robin mit trippelnden Schritten entgegen, kaum dass sie den ersten Fuß über die Schwelle setzte. Sie hatte die Zeit ihrerseits scheinbar ausschließlich dazu genutzt, sich umzuziehen und ein wenig frisch zu machen, und trug nun ein sonnengelbes, noch weiter ausgeschnittenes Kleid, dazu reichlich Geschmeide mit funkelndem Feueropal und Topas. Ihre mit Goldberyll versetzten Haarschmuckteile wirkten wie ein Diadem, das ihr frisch gewaschenes goldblondes Haar zierte. Sie duftete nach Jasmin und – was Robin ein wenig stutzen ließ – Janat-ul-Neem; einem Öl, das sie aus Masyaf kannte. Ihre Lippen wirkten noch dunkler und voller als am Mittag, und die Lidstriche, die ihre Augen geheimnisvoller und größer wirken ließen, waren mit solcher Präzision aufgemalt, dass sie einem kleinen Kunstwerk gleichkamen. Robin verspürte fast ein wenig Neid auf sie, wenngleich sie wusste, dass sie selbst sich auch durchaus sehen lassen konnte, wenn sie denn die Möglichkeit hatte, sich wie eine Frau zu kleiden und sich mit dem Essen eine kleine Weile etwas zurückhielt.

Die Magd, die während ihrer Begrüßung im Hof das Schirmchen ihrer Herrin getragen hatte, hielt sich auch jetzt unentwegt an ihrer Seite. Vielleicht war sie eine Art besonderer Späher – eigens dazu ausgebildet, widerspenstige Haarsträhnen zurückzustecken, falls sie die Frisur der Gräfin verließen. Oder sie war einfach nur jene aufmerksame Zuhörerin, die aufnahm, was auch immer ihre Herrin – wie in diesem Moment –, ohne Luft zu holen, vor sich hin plapperte. Was Robin jedoch am meisten irritierte, war die aus reichlich hauchfeinem Stoff geschnittene, mit dezenten Stickereien versehene Pumphose, die das junge Mädchen nun trug. Ihre Füße steckten zudem in spitz zulaufenden, halbmondförmigen Schuhen, und auch das Hemd, das die Brüste der Magd eher betonte als verbarg, stammte zweifellos von einem orientalischen Markt. Zwei weitere junge Frauen rauschten an ihnen vorüber und trugen Wein und Wasser sowie helles Brot, Datteln, Schafskäse, Feigen und Trauben auf. Auch sie wirkten eher wie aus einem Harem gestohlen denn wie Bedienstete an einem christlichen Hof, während sämtliche Männer, denen Robin auf dem Weg hierher begegnet war, nahezu einheitliche, fränkische Kleidung trugen.

Verwirrt folgte sie der Gräfin an den großen, ovalen Tisch, der das Herz des Raumes gebildet hätte, hätte der Kamin nicht so viel Aufmerksamkeit für sich beansprucht. Erst als sie bereits saß, registrierte Robin, dass Agnes ihr den Ehrenplatz am Kopf des Tisches rechts neben ihrer eigenen Person zugewiesen hatte. De Villes Lächeln entglitt seinen Zügen und zog durch den Schornstein ab, als der finster dreinblickende, greise Lazariter neben ihm und somit Robin genau gegenüber Platz nahm. Auch Anno von Knipprode und der junge Rother zogen es vor, der Gräfin gegenüberzusitzen. Gut so, dachte Robin, denn so konnten sie den Bischof zu Robins einer und die Gräfin zu ihrer anderen Seite besser im Auge behalten, als es Robin aus ihrer Position heraus möglich war.

Robin war es nur recht, dass sie jedes Mal, wenn sie Agnes oder Heraklios direkt ansehen wollte, den Kopf wenden musste. Sie hatte noch immer das Gefühl, dass ihr eigener Körper sich gegen sie verschworen hatte und einfach alles daransetzte, sie mit sich praktisch über Nacht ausprägenden, immer weiblicheren Rundungen zu verraten. Aber insbesondere ihre großen, nach allen Schicksalsschlägen noch immer glänzenden Augen und ihre langen, überaus fraulichen Wimpern könnten sie mit einem buchstäblichen Lidschlag enttarnen. Außerdem machte Agnes Robin nervös – und das lag nicht nur an ihrer unschlagbar zappeligen, überdrehten Art. Sie saß zu dicht neben ihr, obgleich Robin hätte schwören können, dass der Abstand zwischen allen Stühlen identisch war. Aber die Gräfin hatte die Beine auf eine Art übereinandergeschlagen, die ihre linke Ferse fast Robins Schienbeine berühren ließ. Und Robin konnte ihren Atem spüren und den Duft des Öls auf ihrer warmen Haut riechen, weil sie sich unanständig weit in ihre Richtung beugte, während sie unablässig auf sie einredete. Im Augenblick ging es, wenn Robin ihr richtig gefolgt war, um den Wein: »Heraklios hat ihn mir geschenkt«, strahlte Agnes, wobei sie dem zunehmend finsterer dreinblickenden Erzbischof fröhlich zuzwinkerte. »Er stammt aus einem Kloster auf dem Berg Karmel. Der Wein, nicht Heraklios.« Sie lachte herzlich auf, und Robin schenkte ihr ein pflichtschuldiges, schiefes Lächeln. Eines von vielen in den vergangenen Minuten. »Niemand versteht sich so gut darauf, den Gaumen zu verwöhnen, wie die Ordensbrüder, Robin von Tronthoff. Wirklich niemand.« Sie maß Heraklios mitfühlend, aber es wirkte übertrieben und falsch. Er quittierte die Bemerkung mit einem Lächeln, das einzig in seinen Mundwinkeln stattfand, während sie weiterzwitscherte: »Ein trauriger Trost dafür, dass man allen anderen Freuden entsagen muss.«

Sie war eine miserable Schauspielerin, wie Robin ansatzweise beruhigt zur Kenntnis nahm. Jeder Lausbub war ein besserer Lügner. Dennoch fühlte Robin sich nach wie vor beobachtet und alles andere als wohl in dieser Runde, deren wirklichen Zweck sie immer weniger begriff, je mehr Belanglosigkeiten die Gräfin aus dem Nähkästchen fischte. Höflich lobte sie Wein und Vorspeisen sowie den exzellenten Geschmack ihrer Gastgeberin, wenn sie zu Wort kam, während sie steif und verkrampft auf ihrem thronähnlichen, gepolsterten Stuhl saß. Die Hilfe suchenden Blicke, die sie Rother und Anno bei jeder sich bietenden Gelegenheit zukommen ließ, beantworteten diese bestenfalls mit einem angedeuteten Achselzucken.

Agnes ließ den Hauptgang auffahren, und Robin stellte erneut fest, wie großzügig die Gräfin von Courtenay sich an den orientalischen Landesgütern bediente. Agnes fing ihren Blick auf und deutete ihn richtig: »Wenn Ihr mich fragt, Robin von Tronthoff«, bemerkte sie fröhlich bei saftigem Lammfleisch, hellem Brot und einer Sorte Gemüse, die Robin zwar schon häufiger gesehen, bislang aber nie gekostet hatte, »gibt es keine bessere Küche als die orientalische. Allein schon das Fleisch … Es ist ein Fest für den Gaumen, nicht wahr? Wenn ich an die Barone in der Heimat denke, die ihr Fleisch mit so viel Pfeffer versehen, dass es einem die Zunge lähmt; und das bloß, um ihren Reichtum zur Schau zu stellen …« Sie schüttelte den Kopf und machte ein spöttisches Geräusch. »Das hier ist ganz anders. Salz, Pfeffer, gehackter Rosmarin, Salbei, Koriander, Knoblauch und Lorbeerblatt … Was man in diesem Land aus einem jungen Schaf macht, ist ein Kunstwerk – ja, es ist Kunst …« Sie lachte. »Wenigstens das. Nicht alles. Aber es ist auch eine Kunst, sich am Guten einer jeden Kultur zu bedienen, ohne dabei seine eigenen Werte zu verlieren. Ihr wisst schon: Glaube, Aufrichtigkeit, Mitgefühl und Fürsorge …« Für einen Moment schwand die unbefangene Fröhlichkeit aus ihrem Gesicht und machte etwas Platz, das mit Abstand besser in das Gesicht einer verwitweten Mutter passte: Kummer und Sorge. Und zu Robins Erstaunen wirkte dieser Ausdruck vollkommen echt. Kummer färbte ihre Stimme dunkel, als sie sich nun erneut an Robin wandte: »Sagt mir, Robin von Tronthoff: Wie geht es meinem Sohn? Wie steht es um seine Gesundheit?«

»Hoffentlich besser als um sein Land«, bemerkte Heraklios finster und bedachte Robin mit einem Seitenblick, der tatsächlich *eifersüchtig* wirkte.

Robin überging die Bemerkung, und auch die Gräfin beließ es bei einem kurzen, verletzten Blick. Sie zuckte die Achseln und wand sich ein wenig um die Antwort. Sie vertraute Balduin – er war ein guter König. Aber er war auch sehr krank. Und sie wollte seine Mutter weder belügen noch besorgen. »Er nimmt die Prüfung an, die Gott ihm auferlegt hat«, antwortete sie schließlich unbehaglich.

»Und er wird bald genesen«, meldete sich Lucio zum ersten Mal an diesem Tisch zu Wort. »Gott wird ihm helfen.«

»Und wir«, ergänzte Anno von Knipprode.

Heraklios zog verächtlich die Nase hoch, Agnes aber schlug die Augen nieder und war tatsächlich für einige Sekunden still, ehe sie, ruhiger jetzt, antwortete: »Ich mache mir Sorgen, wisst Ihr? Ich weiß, man redet schlecht über mich, und ich weiß, dass vieles von dem, was man mir nachsagt, in dem wurzelt, was mein Sohn in seiner Verzweiflung, in seinem maßlosen Leid, über mich denkt. Aber ich bin seine *Mutter*, Robin. Versteht Ihr, was es bedeutet, sich um sein Kind zu sorgen? Um ein Kind, das schlimmste Leiden erduldet und sich sein eigenes Schicksal noch so sehr erschwert, indem es an Zielen festhält, an denen selbst ein gesunder, kräftiger Mann verzweifeln könnte?« Sie blickte einen Moment ins Leere und schüttelte dann noch einmal den Kopf, als versuchte sie, einen schlimmen Gedanken loszuwerden, schaffte es aber offenbar nicht. »Nein, das versteht Ihr nicht«, gab sie sich traurig selbst Antwort. »Wie könntet Ihr auch? Ihr habt keine Kinder, Robin. Doch das Schlimmste, was einer Frau widerfahren kann, das könnt Ihr mir glauben, ist, dass eines ihrer Kinder vor ihr gehen muss. Es zu Grabe zu tragen. Ich weiß, ich kann dem langsamen Sterben meines Sohnes nichts entgegensetzen – niemand kann das. Aber mein größter Wunsch ist es, dass wir die wenige Zeit, die uns noch bleibt, miteinander verbringen können. In Frieden und fernab dieses schrecklichen Krieges. Ich möchte, dass es meinem geliebten Sohn gut geht, Robin. Nicht mehr und nicht weniger.«

»Aber es geht ihm nicht gut, wenn er …«, begann Robin.

»Ja, ja, ich weiß«, fiel Agnes ihr barsch ins Wort. »Dieses ganze Gerede um Gottes Willen und Schwüre und Treue und Ehre und … Ach, zum Teufel damit! Gott will nicht, dass mein Sohn sich quält. Er ist ein guter Mensch. Er hat niemandem etwas zuleide getan und seine Pflichten stets nach bestem Wissen und Gewissen erfüllt. Es ist sein Recht, sich nun um sich zu kümmern – und sich um sich kümmern zu lassen. Ich bitte Euch, Robin von Tronthoff«, Agnes beugte sich noch weiter zu ihr herüber und griff nun zu allem Überfluss auch noch nach ihrer Hand, was Robin nicht nur in größte Verlegenheit brachte, sondern ihr auch einen nur zu offenen, ganz und gar bösen Blick von Heraklios einbrachte, »wenn Ihr nach Jerusalem zurückkehrt, müsst Ihr mit Balduin reden. Ihr müsst es mir einfach versprechen. Helft mir – und vor allem *ihm*. Ihr seid das Schwert des Königs, Robin, Ihr seid ein Mann, dem er Gehör schenkt und dem er vertraut. Helft ihm, sich zu besinnen und sein anspruchsvolles, viel zu anstrengendes Amt niederzulegen. Helft ihm, sich selbst zu helfen, auf dass seine aufreibenden Pflichten ihn nicht noch vor seiner Zeit ins Grab bringen. Und sagt ihm, dass seine Mutter ihn liebt.«

Robin hielt dem flehenden Blick aus den hellgrünen Augen der Gräfin, in denen nun tatsächlich Tränen blitzten, nur einen kurzen Moment eher verblüfft als trotzig stand. Dann nickte sie ergeben. »Ich … werde es versuchen«, brachte sie stockend hervor. War das der Grund, aus dem sie hier war? Hatte Agnes sie an diesen Tisch kommen lassen, um ihr ihre mütterliche Liebe zu beteuern? War es möglich, dass sie so viel mehr … *Mutter* war, als sie es ihr jemals zugetraut hätte?

Agnes nickte zufrieden und ließ sich Wein nachschenken. Heraklios machte den Eindruck, als verdrehte er innerlich die Augen. Vielleicht war ja doch alles ganz anders. Robin verstand überhaupt nichts mehr.

»Wisst Ihr eigentlich, dass Ihr ein überaus aufrechter, stattlicher Ritter seid?«, wechselte Agnes da auf ihre unschlagbar flexible Art das Thema. »Wirklich, Robin von Tronthoff – wenn Ihr nicht schon meinem geschätzten Sohn verpflichtet wäret, würde ich Euch sofort in meine Dienste nehmen.«

# 6. KAPITEL

Mehrere Stunden und eine Unzahl dahinplätschernder Silben später verabschiedete Agnes ihre Gäste mit besten Wünschen für ihre bevorstehende Reise. Noch einmal bat sie Robin eindringlich darum, nach ihrer Rückkehr wohlwollend auf den jungen König einzuwirken, und als Robin schließlich die Tür ihres Gemachs hinter sich ins Schloss zog, war sie sogar noch verwirrter als vor dem gemeinsamen Mahl. Vielleicht, so überlegte Robin, hätte sie sich sogar besser gefühlt, wenn Agnes alle ihre Erwartungen erfüllt und sich als verachtenswert und erfüllt von unersättlicher Gier nach Macht, Ruhm und Reichtum präsentiert hätte. Und ganz nüchtern betrachtet, da war Robin sich sicher, war sie all dies ja auch. Agnes ließ ihr Volk hungern, um sich selbst ein luxuriöses Leben abseits von Tugend und Moral zu ermöglichen. Auch hinter dem Attentat auf ihren eigenen Sohn steckte sie sicherlich – es sprachen schlicht zu viele Indizien dafür. Allein für diese unverzeihliche Sünde würde die Gräfin von Courtenay tausend Jahre in der Hölle schmoren. Und dennoch war Robin sich in einem längst nicht mehr sicher: ob Agnes von all dem *wusste*. Sie war eine schöne, auf eine unwiderstehlich herzliche Art liebenswerte Frau, die schneller zu reden pflegte, als sie denken konnte; vielleicht sogar, als überhaupt irgendjemand denken konnte. Vielleicht stand einfach jemand hinter ihr, der ihre Schwächen geschickt für sich ausnutzte. Der ihr Anweisungen und Befehle von den regen Lippen lockte, über deren Konsequenzen sie sich nicht im Klaren war und von denen sie vielleicht auch nie erfuhr, weil sie viel zu selten *zuhörte*. Wahrscheinlich war es Heraklios, der die Fäden in der Grafschaft wirklich in Händen hielt. Agnes benutzte er vielleicht wie ein dummes, gefügiges Püppchen, obgleich Robin auch den Erzbischof selbst nicht für den allerklügsten Kopf hielt. Möglicherweise tat es aber auch ganz jemand anderes. Jemand, den Robin niemals verdächtigen würde, von dem sie vielleicht noch nie etwas gehört hatte.

Agnes jedenfalls, dessen war sich Robin sicher, war nicht *böse*. Andernfalls müsste Robin irgendetwas übersehen haben – etwas ganz Banales wie eine behaarte Warze in ihrem sinnlichen Gesicht oder einen dunklen Fleck in ihren strahlenden Augen. Etwas, was Robin erklärte, wie Agnes es zustande brachte, dennoch so sympathisch zu wirken, dass Robin überhaupt nicht anders konnte, als sie trotz ihrer nervraubenden – und auch ein bisschen aufdringlichen – Art zu mögen.

Und zu beneiden.

Robin fühlte sich im Stich gelassen und einsam, während sie, erschöpft von der anstrengenden Gesellschaft der Gräfin, in voller Montur unter ihre dünne, weiche Decke schlüpfte. Ihre Lunge flehte sie darum an, wenigstens die Leinenbinden abzulegen, die ihre Brüste so fest auf ihre Rippen drückten. Sie hätte sich die Stiefel selbst dann kaum eigenständig ausziehen können, wenn sie es gewollt hätte. Aber weil sich an der Gesamtsituation überhaupt nichts geändert hatte und Gott allein wusste, wer heute Nacht in dieser Kammer über sie herfallen konnte, blieb Robin stur angekleidet und nahm sogar ihre Waffen mit ins Bett. Und so konnte selbst auf der weichen, mit feinem Linnen bespannten Matratze und in den riesigen, bunten Kissen von Bequemlichkeit keine Rede sein. Es hatte eine Zeit gegeben, in der Robin es sich angenehm vorgestellt hatte, als Mann zu leben. Sie hatte geglaubt, dass ein Mann freier und demnach glücklicher sein musste als eine Frau – besonders dann, wenn der Mann ein angesehener Ritter war. Sie hatte geglaubt, dass ein Mann es einfacher haben müsste als eine Frau. Bis sie zum ersten Mal ein Kettenhemd getragen hatte.

Trotz Schmerzen, Atemnot, sie erneut überwältigender Sehnsucht nach Salim und der nagenden Furcht vor einem Überfall schlief Robin bald ein – und schickte ihre Gedanken an der Seite ihres Gatten zurück in ihre Jerusalemer Wohnung und von dort aus sogar irgendwann nach Masyaf. Dort ließ Robin sich von ihren Erinnerungen verwöhnen und war weit mehr eine Frau, als Gräfin Agnes von Courtenay es sich jemals hätte träumen lassen.

Sie ruhte gerade in zahllosen seidenen Kissen unter einem durchscheinenden Baldachin, als eine Bewegung rechts neben ihrer Ruhestätte sie aufschrecken ließ. Hinter dem leichten Stoff, der sich im Windhauch der Sommernacht sanft vor dem geöffneten, halb runden Fenster wiegte, zeichnete sich eine Gestalt gegen das flackernde Licht der kleinen Öllampe neben der Tür ab. Robin tastete nach dem Dolch unter ihrem Kissen, war aber im ersten Moment zu benommen und zu erschrocken, um aufzuspringen oder sich auch nur aufzusetzen. Stattdessen blieb sie steif liegen und blinzelte zu der Silhouette der Frau – denn es war eindeutig eine Frau – hinüber. Sie war schlank, kaum größer als Robin selbst, trug ein helles Gewand, das ihr bis zu den Knöcheln reichte und Schultern und Dekolleté frei ließ, und hatte kinnlanges, nachtschwarzes Haar. Ihre Augen waren groß und schwarz, ihre Brauen fein geschwungen und ihre Nase lang und schmal. Außergewöhnlich breite Armreifen von reinem Gold schmückten ihre nackten dunkelhäutigen Oberarme, und auf ihrer Brust funkelte ein Amulett. Es zeigte eine kniende Frau, deren ausgebreitete, gefiederte Arme den Schwingen eines Raubvogels glichen. Sie war die Tote aus der Zitadelle – die Heidin, die vom Wasser des Lebens getrunken hatte! Was bedeutete das?

Obgleich diese Erkenntnis mit der Einsicht Hand in Hand ging, dass Robin nur träumte, begann ihr Herz zu rasen, und ihre Finger umklammerten den Dolch umso fester. Sie hatte nicht den Eindruck, dass von der Fremden irgendeine Bedrohung für sie ausging – es war nur, dass sie sich noch immer nicht aufsetzen konnte; einer dieser schrecklichen Träume, in denen man alles überdeutlich wahrnahm und besonders intensiv mitfühlte, aber zu kaum einer Regung fähig war; in denen man vielleicht und unter Aufbringung aller Kraft einen Schritt vor den anderen setzen konnte, ohne auch nur eine halbe Elle voranzukommen, während der große, böse Verfolger in menschenunmöglicher Geschwindigkeit zu einem selbst aufschloss.

Aber die ägyptische Heidin kam nicht einmal einen einzigen Schritt näher, schaute sie nur einen langen Moment durch den hauchfeinen Stoff des Baldachins hindurch an. Ihr Gesicht war bar jeglichen Ausdrucks – aber der Blick in ihren dunklen Augen wirkte betroffen, ja fast bestürzt. Dann deutete sie ein trauriges Kopfschütteln an, kehrte baren Fußes, wie sie gekommen war, um und schritt langsam zur Tür, wo sie sich ein letztes Mal umwandte und sie noch immer voller Leid musterte. Dann wuchs ihre Gestalt ein Stück weit in die Höhe. Ihre Proportionen veränderten sich, und ihr helles Kleid wich dunklem, grobem Stoff. Sie huschte erneut auf sie zu, während sich der Baldachin in nichts auflöste und ebenso verschwand wie alles andere, was nicht nach Jaffa, sondern in ihren Traum von Masyaf gehörte. Keinen Wimpernschlag später stand Robin, noch kaum erwacht, aufrecht neben ihrem Bett und presste dem Eindringling ihren rasiermesserscharfen Dolch gegen die Kehle.

Salim keuchte. »Du willst doch wohl nicht deinen Ehemann erdolchen, ungehorsames Weib!«, zischte er überrascht, aber auch ein wenig anerkennend, und griff nach Robins Handgelenk, um die gefährliche Klinge mit sanfter Gewalt ein Stück weit von sich wegzuschieben.

»Was ...«, begann Robin, verschluckte den Rest ihrer Frage aber, als Salim ihr mit der freien Linken symbolisch die Lippen verschloss.

»Pst«, machte er kopfschüttelnd und bedachte sie mit einem prüfenden Blick vom Kopf bis zu den Zehen. »Schlag nicht solch einen Lärm. Die Wachen sind beschäftigt, aber ich kann nicht versprechen, dass das lange so bleibt ... Wie ich sehe, trägst du bereits deine besten Männerkleider. Das trifft sich ausnahmsweise gut. Sieh!« Er ließ von ihr ab und schob sie ein Stück weit vor sich her, bis sie durch das Fenster in den Hafen hinabblicken konnte. Robin widerstand der Versuchung, es mit einer neuerlichen Frage zu probieren, und folgte der Richtung, die sein ausgestreckter Arm vorgab, mit blinzelnden Blicken. Im ersten Moment konnte sie nichts Außergewöhnliches ausmachen. Die See lag schwarz und friedlich unter dem sternenklaren Nachthimmel gleich einer gigantischen, nassen Decke, die im sanften Mondschein glitzerte und glänzte. Nirgendwo brannte Licht, und niemand trieb sich auf den Docks herum. Aber dann fiel ihr auf, dass die beiden Küstengaleeren verschwunden waren, die noch am Abend an der Anlegestelle gelegen hatten. Das war sonderbar, weil kein vernünftiger Mensch nach Einbruch der Dunkelheit in See stach, wenn es nicht absolut unumgänglich war. Aber es war auch nicht *schlimm* ... Oder?

Hatte sie erwartet, dass ihr in Jaffa nichts Schlimmes widerfahren würde? Käme Salim wie ein Dieb in der Nacht, um sie auf etwas hinzuweisen, was nicht von großer Bedeutung war? Sie schüttelte verwirrt den Kopf und hob die Schultern.

»Agnes hat Befehl gegeben, den Kauffahrer abzubringen und alle an Bord zu töten, damit ihr Sohn keine Hilfe durch den Kaiser erhält«, behauptete Salim im Flüsterton und zog sie ungeduldig vom Fenster weg und auf den Ausgang zu. »Wir müssen verschwinden, und zwar schnell. Im Schutz der Dunkelheit können wir vielleicht unbemerkt an ihnen vorbeigelangen. Aber die Nacht ist schon weit fortgeschritten. Komm!«

Also doch! Es war nicht das, was Robin erwartet hatte – kein heimtückischer Mord an schlafenden Rittern, kein schreckliches Gemetzel im Festsaal der Gräfin. Aber das einzige Gefühl, das sie getäuscht hatte, war ihr Wille gewesen, Agnes für einen kurzen Moment zu vertrauen. Die Gräfin von Courtenay trachtete ihr nach dem Leben – ihnen allen.

*Agnes*?

Nein. Robin wollte und konnte es noch immer nicht glauben. Aber ganz gleich, wer tatsächlich hinter dem heimtückischen Überfall steckte, von dem Salim sprach: Er hatte recht. Sie mussten aufbrechen, ehe jemand damit rechnete, dass sie es taten. Also jetzt!

Sie eilte zur Tür, wo Anno von Knipprode und der Lazarusmönch sie bereits voller Ungeduld erwarteten. Wahrscheinlich hatte Salim darauf bestanden, dass sie auf dem Gang blieben, während er sie holte. Er hatte ja nicht wissen können, dass Robin komplett bekleidet und gerüstet im Bett lag. Bruder Lucio wirkte ein wenig verlegen und grüßte Robin mit einem angedeuteten Nicken, als sie hinter Salim aus dem Raum huschte. Anno wippte von einem Fuß auf den anderen, lächelte dabei aber entspannt und freundlich wie immer.

Salim machte eine scheuchende Geste. »Los. Beeilt euch. Jede Sekunde, die ihr verschwendet, könnte eine Kanonenkugel bedeuten, die später unser Schiff trifft.«

*Unser Schiff*, wiederholte Robin in Gedanken. Von Knipprode und Bruder Lucio wussten also um Salims wahre Identität. *Natürlich* wussten sie darum. Wären sie einem Kameltreiber hierher gefolgt? Gewiss nicht. Robin begrüßte den

Umstand, der, wie sie fand, in Zukunft vielleicht einige Umstände vereinfachte. Zum Beispiel den, in dem Salims stolze Sarazenenseele sich befand. Jetzt ergriff er sie am Oberarm und versuchte, sie mit sich zu ziehen. »Komm schon, werd wach, schlag die Augen auf«, drängte er im Flüsterton, aber Robin rührte sich nicht vom Fleck.

»Ich *bin* wach«, erwiderte sie ebenfalls leise, aber betont, und deutete zum Beweis mit dem Zeigefinger auf ihre weit geöffneten Augen. »Und ich sehe alles. Auch, dass Rother fehlt.«

Salim machte eine wegwerfende Handbewegung mit der Linken. »Dafür ist jetzt keine Zeit«, behauptete er und versuchte noch einmal, Robin mit sich zu ziehen. Sie aber wich stur einen Schritt zurück und verschränkte die Arme vor der Brust, als sie begriff. Salim versuchte, die Situation auszunutzen, um den Ritter, den er einen Spitzel der Templer nannte, ganz beiläufig wieder loszuwerden.

»Ich gehe nicht ohne Rother«, beharrte Robin. »Sie werden ihn unter irgendeinem Vorwand töten, wenn er bleibt. Du weißt, sie sind gut darin, Vorwände zu finden. Fast so gut wie du.«

Salim schnappte empört nach Luft. Es wirkte aufgesetzt. Selbst seine schauspielerischen Fähigkeiten kannten Grenzen. »Was willst du damit sagen?«

»Ich will damit sagen, dass du nur auf einen günstigen Augenblick gewartet hast, um Rother …«

»Ich möchte wirklich keine unnötige Hektik verbreiten«, mischte sich von Knipprode seufzend ein und schob sich demonstrativ zwischen Robin und Salim, um beiden jeweils eine Hand auf die Schulter zu legen. »Aber was haltet ihr davon, wenn wir die Zeit, die ihr auf euren albernen Streit vergeudet, einfach dazu nutzen, den jungen Rother aus seiner Kammer zu holen?« Er schob sie ein Stück weit auf Rothers Zimmer zu, ließ sie dann mit einem bezeichnenden Rollen seiner trotzdem freundlichen Augen einfach stehen und trat ohne weitere Diskussionen, und ohne anzuklopfen, ein. Salim streifte Robin mit einem Blick, der Edelsteine hätte schleifen können, und Robin blickte naserümpfend in eine andere Richtung, während es aus Rothers Kammer heraus leise raschelte, polterte und schepperte. Ein verhaltener Fluch erklang, und einen Moment später standen Anno von Knipprode und ein nur halb gerüsteter Rother bei ihnen und verhandelten kurz (und ohne Robin und Salim) über die am besten geeignete Fluchtrichtung. Schließlich wandten sie sich nach links und bewegten sich damit durch einen Teil der Burg, den Robin bislang noch nicht zu Gesicht bekommen hatte. Anno von Knipprode jedoch besuchte Jaffa nicht zum ersten Mal. Er kannte einen Weg, der, wie er meinte, sicherer war, weil ihn außer dem Küchenpersonal kaum jemand nutzte. »Bis auf die Stallburschen, die das Küchenpersonal kennen, vielleicht«, fügte er verschmitzt hinzu.

Robin registrierte fasziniert, dass Anno selbst in einer abenteuerlichen Situation wie dieser noch zum Scherzen aufgelegt war, auch wenn es ihre eigene Anspannung kaum zu dämmen vermochte. Sie wusste nicht, wohin die Wachen verschwunden waren, die sich am Abend noch vor ihrer Tür die Beine in den Bauch gestanden hatten, und die Burg der Gräfin war zwar bemerkenswert hübsch, aber nicht sonderlich groß. Allzu weit konnten ihre Bewacher demnach nicht gekommen sein.

Zunächst jedoch blieb alles ruhig. Schwach beleuchtet und wie ausgestorben erschienen die Flure und Treppen, über die Anno von Knipprode die kleine Gruppe führte – wenigstens, bis sie das Erdgeschoss erreichten.

Salim bemerkte die Soldaten als Erster und schon Augenblicke, bevor sie sich tatsächlich aus dem dämmrigen Licht der wenigen Fackeln schälten, das Parterre im Streckschritt durchquerten und sich direkt auf den schnurgerade zum unteren

Treppenabsatz führenden Korridor zubewegten. Anno, der ihnen vorausging, hatte gerade den Fuß auf die erste Stufe gesetzt, als der Sarazene ihn an der Schulter zurückriss und die drei anderen mit der erhobenen Rechten zum Verharren anhielt. Niemand stellte Fragen. Auch Robin blieb wie angewurzelt stehen. Ihr Herz pochte wie Steinschlag in ihren Ohren, bis auch sie vernahm, was Salim längst registriert hatte: Es mussten zwei Männer sein, die sich da zielsicher in ihre Richtung bewegten, und als sie schließlich in den schmalen Gang zur Treppe hin einbogen, korrigierte sie ihre Schätzung nach oben: Es waren nicht zwei, sondern drei Soldaten in den Farben der Grafschaft von Courtenay. Und während sie die erste der Türen passierten, die vom Flur aus in weitere Räumlichkeiten führten, gesellte sich sogar noch ein vierter zu ihnen. Zwei davon gehörten eindeutig zu ihrem »Wachpersonal«.

Robin verkniff sich einen Fluch, wich auf leisen Sohlen zurück und hielt erfolglos nach einem schnell verfügbaren Versteck Ausschau. Lediglich die schattigen Nischen vor den Türen und eine schmale Einbuchtung links der Treppe, zu der der wenige Fackelschein kaum Zugang fand, würden sie vielleicht vor einem flüchtigen, aber nicht einmal durchschnittlich aufmerksamen Blick verbergen.

Trotzdem entschied sie sich für die Einbuchtung, die – wie sie zum Glück noch rechtzeitig bemerkte – mit einem gusseisernen Kerzenhalter geschmückt war, in dem keine Kerzen brannten. Sie nahm ihn an sich und presste ihn sich vor die Brust, während Anno, Lucio und Rother sich in die Nischen vor den ersten Türen quetschten und Salim irgendwie mit der Dunkelheit verschmolz. Es bedurfte keinerlei Absprachen. Robin fühlte sich schäbig bei dem Gedanken des Niederschlagens aus dem Hinterhalt, aber an einen fairen Kampf war nicht zu denken. Etwas Lärm nur, und binnen weniger Atemzüge stünden ihnen nicht vier, sondern mehrere Dutzend Wächter gegenüber.

Die Soldaten erreichten die Treppe und schritten zügig empor. Zwei von ihnen unterhielten sich leise. Robin glaubte, dass es um Frauen ging, aber sicher war sie nicht. Ihre Hände, die anstelle eines Schwertes den schweren Kerzenleuchter umklammerten, wurden spürbar feucht. Sie hatte so lange nicht mehr gekämpft – viel zu lange! Und von dem Selbstbewusstsein, mit dem sie den hakennasigen Soldaten am Mittag am liebsten zweigeteilt hatte, war nun, wo es darauf ankam, nicht mehr viel zu spüren. Vielleicht, so hoffte Robin, übersahen die Männer sie ja einfach. Schließlich ahnten sie noch nichts Böses, und so wäre auch sie selbst ihrer Pflicht entbunden, und den Wachen würde nichts geschehen. Schließlich waren auch sie Christen, Brüder, die dieselben Ziele verfolgen sollten. Und tatsächlich passierten die Soldaten zumindest sie selbst in ihrem dürftigen Versteck, ohne nach rechts oder links zu blicken und ohne sie zu bemerken.

Dann aber schüttelte einer der Männer verhalten lachend den Kopf und verharrte mitten im Schritt. Robin folgte seinem Blick und sah, was er sah, sehen musste: Rothers linke Schulter, die aus dem Schatten einer Nische ragte. Mit einem Fluch zog der Wachmann sein Schwert, doch die Klinge hatte die Scheide nicht ganz verlassen, als Anno von Knipprode aus seinem Versteck schnellte und ihm den Griff seiner eigenen Waffe mit voller Wucht vor die Schläfe schlug. Der Soldat sackte in sich zusammen wie ein nasses Kleidungsstück, das jemand von der Wäscheleine gerissen hatte, und unter den anderen brach eine plötzliche, erschreckend *laute* Hektik aus. Die drei anderen warfen sich planlos auf Rother und Anno gleichzeitig und stießen in der Enge des Flures gegeneinander; Metall schepperte, Flüche und kurze Schreie erklangen und hallten durch die Korridore. Schließlich waren es zwei, die sich auf Anno warfen, während der dritte mit gezückter Klinge auf den Templer zustürzte, der die Attacke gekonnt parierte. Anno tat sich ein wenig schwerer mit seinen beiden Gegnern; der unkontrollierte Angriff machte sie schwer einschätzbar. Mit Schrecken sah Robin, wie der kleinere der beiden Angreifer sein Schwert hochriss und auf das Brustbein des alternden Ritters zielte. Endlich – und keinen Lidschlag zu früh – sprang auch Robin vor, holte schon im Sprung mit dem Kerzenständer aus und ließ ihn zwischen die Schulterblätter des Soldaten krachen – ein hässliches, knackendes Geräusch folgte, als das Gusseisen auf das Rückgrat des Soldaten traf; wie von trockenem Geäst, das unter schweren Stiefeln brach. Seine Waffe ritzte Annos Brustbein bloß, entglitt seinen Fingern und fiel klirrend zu Boden – er selbst folgte keinen halben Atemzug später und schlug mit einem klatschenden Laut auf den Steinboden.

Robin zuckte zusammen. Sie hatte die Wucht ihres Schlages unterschätzt, hatte den Mann außer Gefecht setzen, aber niemanden schwerer als unbedingt nötig verletzen – geschweige denn töten wollen. Doch obwohl der Mann bei vollem Bewusstsein war und auch nicht mit dem Kopf aufschlug, endete sein erster Versuch, sich gleich wieder aufzurichten, in einem gequälten, keuchenden Laut. Er fiel auf den Bauch zurück, kaum dass er sich ein paar Handbreit in die Höhe stemmte.

Mit einem Blick vergewisserte Robin sich, dass Anno mit seinem zweiten Angreifer gut zurechtkam und Salim sich Rothers Gegner von hinten näherte. Dann eilte sie zu der Wache, die sie soeben niedergeschlagen hatte, hinüber. Ehe sie sich in die Hocke sinken ließ, trat sie das Schwert, das neben ihm lag, außer Reichweite. Dann riss sie den Dolch aus seinem Waffengurt an sich, löste einen der ledernen Riemen von den Stiefeln des Mannes, riss seine Arme zurück und fesselte seine Hände auf dem Rücken. Er ließ es mit einem kläglichen Wimmern, aber ohne ernsthafte Gegenwehr geschehen, und Robin registrierte bestürzt, dass sich während der ganzen Prozedur nicht die geringste Regung in den Beinen des Soldaten tat. Stumm betete sie, den armen Kerl nicht für immer zum Krüppel geschlagen zu haben. Dann schnitt sie einen Fetzen Stoff aus seinem Waffenrock, nutzte ihn als Knebel, packte den Mann unter den Schultern und schleifte ihn in eine der angrenzenden Kammern.

In diesem Augenblick jedoch entschied Anno seinen Kampf für sich und schlug seinem Gegner die Breitseite seines Schwertes mit solcher Wucht vor die Rippen, dass dieser zwei Schritte weit zurücktaumelte, über Robin stürzte, im hohen Bogen die Treppe hinabsegelte und auf halber Höhe liegen blieb. Dabei riss er Robin ein gutes Stück mit sich – ein Stück, das ausreichte, um auch sie am oberen Absatz der Treppe das Gleichgewicht verlieren und ein paar Stufen hinabschlittern zu lassen.

Salim streckte Rothers Gegner mit einem gezielten Handkantenschlag nieder, wirbelte herum und eilte zu ihr zurück, um ihr aufzuhelfen. Doch der Soldat, der sie mitgerissen hatte, war einfach schneller. Statt benommen liegen zu bleiben, war er mit einem Satz wieder auf den Füßen und packte Robins Knöchel mit harter Hand. Sie stürzte erneut und schlug schmerzhaft mit einem Ellbogen gegen eine der steinernen Stufen. Voller Entsetzen schrie sie auf und trat nach dem Mann, als dieser mit der freien Linken ein fast unterarmlanges, breites Messer aus seinem Gurt löste. Sie traf ihn ungeschickt am Kinn, stieß sich mit den Händen an einer Stufe ab, um die Wucht zu erhöhen, und trat ein zweites Mal nach. Doch da war bereits Salim an ihrer Seite und traf mit einem gezielten Tritt den Kehlkopf des Mannes, der diesen auch den Rest der Treppe hinuntersegeln ließ. Hätte Salim sie nicht kurzerhand am Kragen gepackt, hätte die Wucht hinter Robins Angriff sie dem Stürzenden folgen lassen.

Robin quittierte Salims Einsatz mit einem Röcheln, das dem des zusammengekrümmten Soldaten am unteren Treppenabsatz in Erbärmlichkeit kaum nachstand, riss ihren Waffenrock wieder zurecht und eilte die Stufen hinab. Das Gesicht des Wachmanns war aschfahl und eine Grimasse des Elends. Mit beiden Händen tastete er nach seinem Kehlkopf, und Robin erkannte erschrocken, dass ein dünnes Rinnsal dunklen Blutes aus seinem Mundwinkel rann.

»Weiter!« Salim gönnte ihr keine Sekunde des Mitleids, sondern stieß sie energisch an dem Verletzten vorbei. »Der Lärm muss sogar die Zwiebeln aus dem Keller gelockt haben. Beeilt euch! Alle!« Rother, der Robins Beispiel folgte und einen weiteren Soldaten fesselte, ignorierte Salim, aber als Anno ihn zur Eile antrieb, schloss auch der Templer mit Bruder Lucio zu Robin und Salim auf. »Am Ende des Flures nach links – und dann durch die zweite Tür rechts. Das ist die kleine Vorratskammer. Es gibt ein schmales Fenster nach hinten hinaus. Das Gitter davor täuscht nur Männer, die die fränkische Küchenmagd noch nicht kennen.«

Das Fenstergitter bestand zwar aus massivem Gusseisen und war mit langen Bolzen an der Außenwand befestigt, aber diese ließen sich mit wenig Geschick und noch geringerem Kraftaufwand lösen. Vermutlich diente es tatsächlich als geheimer Durchgang für nächtliche Treffen zwischen Untergebenen – oder für hungrige Städter, die sich nicht anders als durch Diebstahl an der sie knechtenden Gräfin zu helfen wussten, um ihre Kinder durchzubringen. Anno von Knipprode schlüpfte als Letzter durch das schmale Fenster, Robin befestigte es wieder an der Wand, ehe sie den anderen durch die Dunkelheit und über den schmalen Grünstreifen folgte, der die Wehrmauer von dem Hauptgebäude trennte. Zwei Soldaten patrouillierten hinter den Zinnen, machten es Robin und den anderen aber mit der Regelmäßigkeit ihrer Wachgänge leicht, von einem schlecht einsehbaren Winkel zum nächsten zu huschen.

Robin hatte nicht die leiseste Idee, wie sie die Wehrmauer überwinden sollten, aber Anno wies ihnen den Weg mit einer solch selbstsicheren Gelassenheit, als ginge er diesen Schleichweg nicht zum ersten Mal. Sie vertraute ihm blind und sah sich in ihrem Verdacht bestätigt, als Anno schließlich auf halber Strecke über das Grün einen unvermittelten Satz tat und geschwind wie ein Kriechtier in einem Zierbrunnen verschwand. Lucio versuchte mit beängstigendem Ungeschick, es ihm gleichzutun, doch Rother half ihm über den Rand des Brunnens und folgte dann Salim und Robin hinab in den stockfinsteren Schacht.

Der Brunnen war nicht besonders tief, aber – besonders angesichts seiner geografischen Lage – bemerkenswert *nass*. Rostige, teils fürchterlich wackelige und vor allem glitschige Sprossen führten keine zwei Mannslängen in die Tiefe, ehe Robins linker Fuß in lauwarmes, abgestandenes Wasser eintauchte. Es roch nach Moder, Schimmel und aufgequollenen Kleintieren. Sie stieß sich von der Innenwand ab und ruderte erschrocken mit den Armen, als sie nicht wie erwartet nach einer halben Elle oder weniger auf Widerstand traf. Wäre Salim nicht beherzt vorgesprungen, um sie zu halten, wäre sie wohl hintenübergeschlagen und untergegangen; so aber fand sie schließlich mäßigen Halt auf dem rutschigen Grund. Hüfthoch stand das Wasser hier, und Robin war fast froh um die sie umgebende Finsternis, die ihr das Erkennen aller möglichen *Dinge* ersparte, die um sie herum in der schmutzigen Brühe trieben. Salim packte sie an der Hand und zog sie ungeduldig hinter sich her durch einen wasserführenden Tunnel, der nach wenigen Schritten so niedrig wurde, dass sie mit dem Kopf gegen die Decke stieß. Sie verkniff sich einen weiteren Fluch, watete in geduckter Haltung weiter, ihr Waffenrock sog sich binnen kürzester Zeit bis fast unter die Achseln voll mit übel riechendem Wasser und erhöhte sein Gewicht damit um ein gefühltes Zehnfaches. Als sie ihre vorangehenden Gefährten schließlich an irgendetwas emporklettern hörte, und das sanfte Licht des Mondes und der

Sterne sich nach und nach wieder auf der Wasseroberfläche zu spiegeln begann, war sie mehr als erleichtert. Der Brunnen, der ihnen nun zum Ausgang verhalf, war weniger prunkvoll, aber deutlich größer als jener, an dem ihre Reise begonnen hatte, und von innen mit stabilen Sprossen und zusätzlichen Griffen versehen. Kurz fragte sich Robin, ob er nur zur Tarnung diente, denn als Trinkwasser war die Brühe zu ihren Füßen sicherlich nicht zu gebrachen. Obschon ihre Stiefel, vollgesogen mit lauwarmer Brühe, sie mit dem geschätzten Gewicht zweier Sumpfhühner zurück in die Tiefe zu ziehen versuchten, schloss sie zu Anno und Rother auf, und gemeinsam gelang es ihnen schließlich, den Geistlichen über den Rand des Brunnens und in einen ummauerten Hinterhof zu hieven.

Aufmerksam sah Robin sich um. Dreigeschossige Wohnhäuser mit Flachdächern boten Platz für mindestens drei Familien. In keinem brannte Licht, aber es war Leben darin: Ein Säugling jammerte, jemand schnarchte, und aus mindestens zwei Fenstern drangen Geräusche, die Robin ein wenig beschämten und denen in einigen Monaten möglicherweise weiteres Säuglingsgeschrei folgte. Vielleicht im Arm der fränkischen Küchenmagd. Am anderen Ende des Hofes erhob sich ein heruntergekommenes, L-förmiges Gebäude mit zwei Etagen, und hier brannte noch Licht, Schüsseln klapperten, Wasser plätscherte, und das Quietschen und Knarren von über Lehmboden geschobenen Stühlen drang in Robins Ohren: ein Gasthaus. Vermutlich versuchte der Wirt, die Spuren der letzten Gäste zu beseitigen und das Haus für den nächsten Tag auf Vordermann zu bringen. Anno, selbst durchnässt bis auf die Knochen, spazierte zielstrebig durch einen unverschlossenen Hintereingang direkt in den Schankraum hinein, und Robin folgte ihm und den anderen staunend. Von Knipprode hingegen wirkte, als kehrte er nach einem ganz gewöhnlichen Tag nach Hause zurück, wollte nun gleich die Füße auf einen Tisch legen und sich mit einer wohlverdienten Mahlzeit versorgen lassen.

Als sie den Schankraum betraten, waren nicht nur der Wirt, sondern auch seine Frau und zwei junge Männer – seine Söhne, wie Robin vermutete – damit beschäftigt, Geschirr zu reinigen, Tische abzuwischen und den Boden zu kehren. Während die Frau, kaum dass sie der späten Gäste ansichtig wurde, mit einer arabischen Verwünschung auf den Lippen in der weitläufigen Küche verschwand, nickten die jungen Männer dem Ritter knapp zu, und der Wirt – ein stämmiger Mann mit kunstvoll aufgedrehtem Oberlippenbart, in dem Schwalben hätten nisten können – ließ von seinem Werkeln hinter dem Tresen ab und begrüßte Anno mit einer Verbeugung und einem offenen Lächeln. Es war nicht zu übersehen, dass die beiden einander kannten. Kurz darauf wechselten mehrere Münzen von Annos Hand in die Tasche des Gastwirts und sangen dort klimpernd ein kleines Lied vom Beginn einer Freundschaft zweier Kulturen, wie sie unterschiedlicher kaum sein konnten. Robin wrang ihre Kleider aus, so gut es eben ging, und folgte Anno, ohne Fragen zu stellen.

Ein einsamer Gast ruhte schnarchend auf einem Kissen in einem Winkel der saalgroßen Teestube und bemerkte offenbar weder die Neuankömmlinge noch den Sohn des Gastwirts, der geduldig um ihn herumkehrte. Abgestandener Qualm klammerte sich in die zahlreichen Teppiche und Kissen, und obgleich es an Fleiß nicht mangelte, stapelten sich noch immer Schüsseln, Teller und Teegläser auf dem Tresen und den niedrigen, runden Tischen. Ein reichlich zerknittert aussehender Mann mittleren Alters, der seinen Turban anscheinend im Dunkeln gewickelt hatte, schlurfte müden Schrittes eine schmale Treppe hinab, verharrte erschrocken auf halber Höhe, als er die bewaffneten Männer im Untergeschoss erspähte, machte auf dem Absatz kehrt und verschwand – plötzlich hellwach – wieder im Obergeschoss.

Gelegentlich vernahm Robin tapsende Schritte, mehr oder weniger rhythmische Quietschgeräusche, das Rascheln von Kissen und Decken und seufzende Laute. Robin erstarrte. Befand sie sich etwa mitten in einem … *Hurenhaus*?

Sie war noch nie in einem solchen gewesen, sondern hatte nur davon gehört – und das meist von Männern, auf deren Bekanntschaft sie liebend gern verzichtet hätte. Und sie hätte nie gedacht, dass es so etwas auch in diesem Teil der Welt gab. Sicher: Nicht nur Sinan hielt sich eine halbe Armee schöner Frauen in seinem Harem. Der gewöhnliche Muselman aber heiratete zumeist nur einmal, obgleich die Sitten des Landes und sein heidnischer Glaube ihm durchaus mehrere Frauen gestatteten. Doch eine zweite oder dritte Frau war ihm nur dann erlaubt, wenn er in der Lage war, eine jede von ihnen gleich zu umsorgen: mit Aufmerksamkeit, Liebe (oder dem, was er dafür hielt) und Geld. Aber Hurerei in einem Land, in dem sittsame Frauen ihre Gesichter verschleierten und ihr Haar vollständig unter blickdichten Tüchern verbargen …? Das wäre für sie bis zu diesem Moment völlig undenkbar gewesen. Robin schüttelte den Kopf und schob den Gedanken fort. Anno kannte sich deutlich besser in Jaffa aus, als sie gedacht hätte, und sie wusste nicht, was ihn mit dem Betreiber dieser verwerflichen Einrichtung verband, aber er war Balduins ältester Freund und als solcher über jeden Zweifel erhaben.

Der Wirt half seinen nächtlichen Besuchern, Kleider und Rüstungsgegenstände bestmöglich zu reinigen und zu trocknen, plauderte mit von Knipprode wie mit einem guten alten Bekannten und bot ihnen schließlich zum deutlichen Missfallen seiner Gattin eine warme Mahlzeit und einen Platz für die restliche Nacht an. Anno lehnte dankend ab, und so traten sie bald darauf durch einen Nebenausgang in die Nacht hinaus, kehrten auf einem kleinen Umweg durch schmale Gässchen zum Hafen zurück und näherten sich vorsichtig den Lagerhäusern links der Burgmauern.

Der Eindruck, dass de Ville schlicht gelogen hatte, als er von den bewaffneten Auseinandersetzungen der genuesischen und venezianischen Händler in Jaffa sprach, bestätigte sich währenddessen erneut. Gewiss waren solche Streitigkeiten in den Hafenstädten – und besonders hier in Jaffa – keine Seltenheit. Doch in dieser Nacht wirkten die Straßen sogar noch friedlicher als am Tag. Salim fluchte leise über die Einfallslosigkeit der Gräfin. »Händlerstreit! Pah! Sie hätte sich wirklich eine glaubhaftere Geschichte einfallen lassen können. Was hätte sie nach unserer Ermordung sagen wollen? Dass uns zufällig eine Ladung Baumwolle erschlagen hat?«, knurrte er, doch Robin trieb eine andere Sorge um: Was würde mit dem Rest der Truppe geschehen, die sie auf ihrer Reise nach Jaffa begleitet hatte? Anno von Knipprode gab ihr Antwort: Er hatte jene, die sie zum Hof des Kaisers begleiten sollten, bereits am späten Nachmittag an Bord geschickt, um in aller Frühe aufbrechen zu können, und die Kameltreiber zurück auf den Weg nach Jerusalem.

Aber da war noch etwas, was Robin beunruhigte: Ihre Flucht aus der Burg war schlicht *zu einfach* gewesen. Wo waren all die Männer, die sie am Vortag vor der Stadt in Empfang genommen hatten? Warum eilten sie nicht längst, alarmiert von den Wachen, die sie niedergeschlagen hatten, durch die Straßen und Gassen und durchkämmten jeden Winkel nach ihnen? Sie sprach es aus.

»Ich glaube nicht, dass sie das nicht tun«, antwortete von Knipprode. »Aber Agnes kann es sich nicht erlauben, uns offiziell festnehmen zu lassen. Dafür könnte sie sich überhaupt nicht rechtfertigen. Sie wird versuchen, uns aus dem Hinterhalt erschlagen zu lassen und die Morde auf die vermeintlichen Unruhen zwischen den Kaufleuten in der Stadt zu schieben. Ihre Männer werden versuchen, uns am Hafen aufzulauern. Warum sollten sie die ganze Stadt durchsuchen, wenn sie doch wissen, an welcher Stelle wir sie letztendlich verlassen?«

»Die Geschenke …«, überlegte Robin laut. Sie hatte den Hafen einen Großteil des vorausgegangen Tages im Auge behalten und konnte sich nicht entsinnen, dass Teile ihrer Ladung an Bord getragen worden waren. »Agnes sprach von einem Lager …«

»Ja.« Der Ritter klang bestürzt. »Sie befinden sich in einem Lagerhaus nahe unserer Anlegestelle. Sie sollten bei Sonnenaufgang verladen werden …«

»Um mit unserem Schiff auf Grund zu laufen«, ergänzte Salim trocken.

»Aber dazu wird es nun nicht mehr kommen«, brummte Anno. »Wir müssen die Nacht nutzen, um die Schoner ungesehen zu passieren. Oder wenigstens überraschend.«

»Wir werden sie selbst verladen«, entschied Robin.

»Das …«

»Das ist ein Befehl«, fiel Robin Rother barsch ins Wort. »Wir werden uns beeilen, und wir holen nur die wertvollsten der Gaben.« Dabei dachte sie insbesondere an die Reliquie des Täufers, die sie noch immer mit einer christlichen Ehrfurcht erfüllte, die zu empfinden sie sich vor ihrem Besuch in der Grabeskirche selbst nicht zugetraut hätte. Wenn Anno mit seiner Vermutung bezüglich der Soldaten der Gräfin im Recht war – und daran zweifelte Robin kaum –, grenzte ihr Vorhaben an Selbstmord. Doch eher wollte sie sich umbringen lassen, als all die Kostbarkeiten, die Balduin ihr anvertraut hatte, in dieser verkommenen Stadt und in der Gewalt dieser gewissenlosen Menschen zurückzulassen. Außerdem würde es an eine Unverschämtheit grenzen, mit leeren Händen, aber umso dringlicheren Bitten am Hofe des Kaisers vorzusprechen. Zwar trug Robin vor allen Dingen die volle Verantwortung für ihre und Bruder Lucios geheime Mission, aber auch des Kaisers Unterstützung war wichtig für Jerusalem, und Robin gedachte nicht, das Gelingen dieser Mission aufs Spiel zu setzen – zumindest nicht, solange sie in der Nähe war. Und so blieb sie bei ihrem Befehl, unberührt von Salims verärgertem Schnauben und den skeptischen Blicken der anderen. »Es wird uns nicht allzu viel Zeit kosten und kaum einen Umweg bedeuten. Und wie es scheint«, sie nickte in Richtung der Burg, die sie inzwischen fast wieder erreicht hatten, »hat bislang noch niemand etwas von unserem Verschwinden bemerkt.« Dann runzelte sie die Stirn, als sie erkannte, dass inzwischen nicht mehr zwei, sondern mindestens ein halbes Dutzend Männer hinter den Zinnen der Festung auf und ab marschierte, straffte die Schultern und schloss knapp: »Trotzdem. Kommt. Wir müssen uns beeilen.«

Und das taten sie.

Beinahe wäre alles gut gegangen.

Anno kannte die genaue Lage des Lagers, und Salim fiel es leicht, das wuchtige Vorhängeschloss vor der ironischerweise recht morschen Tür mit der Spitze seines Dolchs zu knacken. Rother hingegen, den die zunehmende Unruhe, die über die dicken Wehrmauern der Festung schwappte, ungeduldig machte, hätte die dünne Holztür am liebsten eingetreten, doch Robin hielt ihn entschieden zurück. Immer häufiger hallte der hektische Schritt genagelter Sohlen durch die dunklen Gassen der Stadt. Wenn sie nun Lärm schlugen und die Soldaten auf sie aufmerksam wurden, waren sie so gut wie verloren.

Als die Tür schließlich mit einem Quietschen, das Tote wiederbeleben konnte, aufschwang, schlüpften sie in das staubige Lagerhaus und erspähten trotz der Düsternis auf Anhieb, was sie suchten: Zuoberst ihrer Waren glänzte das mit Blattgold verzierte Kreuz aus Ölbaumholz. Bruder Lucio drängte sich zwischen all den Kisten, Säcken und Fässern an ihr vorbei, blinzelte einen Moment in die Dunkelheit und griff dann nach dem heiligen Reliquiar des Täufers, während Rother sich kleine Taufwasserfässer unter die Arme klemmte, Anno sich die gerollte Seide auflud und Salim zu Robins Empörung den Weihrauch nahm, der leichter wog als die Fingerknöchel des Jüngers, die immerhin in einem kleinen, aber schweren Schrein untergebracht waren. Aber sie ließ sich ihren Ärger nicht anmerken, nahm das wuchtige Kreuz an sich und eilte den anderen voraus ins Freie zurück – wo sie es um ein Haar gleich wieder hätte fallen lassen.

Gut zwanzig Soldaten bildeten einen lückenlosen Halbkreis um die zum Meer hin gelegene Seite des Lagers. Robin hatte die Männer nicht kommen hören und kämpfte mit aller Macht erneut ihren Fluchtinstinkt nieder. Sie hätten ohnedies nicht den Hauch einer Chance gehabt. Sie waren bloß zu viert, Bruder Lucio war kein Kämpfer, und Robin begriff in derselben Sekunde, in der sie die Soldaten erblickte, dass sie verloren hatten – und dass es dennoch keine andere Alternative gab als den Kampf. Sie würden sterben, wenn sie nicht kämpften. Und im Kampf würden sie unterliegen, hier auf den dunklen Straßen dieser verkommenen Stadt des Lasters.

Irgendetwas in Robins Kopf setzte aus. Alle Anspannung, aller Zorn und alle Todesangst sammelten sich um einen Mittelpunkt, wuchsen, brodelten, trieben ihr Blut wütend durch die eng geschnürte Brust und gaben ihr Kraft. Wie in Trance beobachtete sie staunend, wie ihre Arme mit dem annähernd mannslangen Kreuz ausholten und in einer einzigen, martialischen Bewegung zwei der ihr am nächsten stehenden Soldaten damit kurzerhand niederschlugen. Die beiden Getroffenen waren zu überrascht, um auch nur die Arme zur Abwehr in die Höhe zu reißen – sie stolperten unter der Wucht des Schlages gegeneinander und gegen einen dritten Mann, der lediglich strauchelte, aber nicht zu Boden ging. Auch Rother ließ nun eines der beiden Fässer fallen und bereitete einem der heranstürmenden Soldaten ein wahrlich gesegnetes Ende, indem er das Taufwasserfass auf dessen Schädel zerschlug. Anno ließ die Seidenrolle fallen und entging seinen zwei Angreifern, indem er sich rücklings auf den Boden fallen ließ, sich mit beiden Armen abstieß und jeweils einem eine Ferse vor die Kniescheibe rammte. Dann sprang er auf die Beine zurück und zog blank.

Robin versuchte erst gar nicht, das Ölbaumholzkreuz gegen eine anständige Waffe auszuwechseln. Wie im Rausch drosch sie um sich, fast blind vor Raserei, bis irgendetwas sie hart zwischen den Schulterblättern traf und bäuchlings auf das raue Pflaster beförderte. Sie wälzte sich auf den Rücken und trat nach einem weiteren Soldaten, der sich ihr mit gezückter Klinge näherte, erwischte ihn mit weniger Kraft als erhofft und staunte nicht schlecht, als der Mann dennoch mehrere Schritte zurücktaumelte, seine Waffe fallen ließ und sich beide Hände vor die Brust schlug, obwohl ihr Tritt seinen Unterleib erwischt hatte. Dunkles Blut quoll zwischen seinen Fingern hindurch, und mit einem ungläubigen Staunen auf dem jungen Gesicht erlosch der Glanz in seinen Augen. Ein unterarmlanger Bolzen steckte in seinen Rippen; das Geschoss hatte seinen ledernen Harnisch mühelos durchbohrt.

Robin sprang auf und duckte sich wieder, als immer mehr Armbrustbolzen auf die Soldaten hinabhagelten und bereits die erste Salve gut ein Drittel von ihnen niederstreckte. Die nächste Salve versetzte die verbliebenen Männer in haltlose Panik: Sie flüchteten in das Lager oder suchten Schutz in den verwinkelten Gassen. Es rettete keinem von ihnen das Leben. Zwar stellten die Armbrustschützen das Feuer ein, aber nun schwangen sich schwarz gekleidete Männer von ihrem Schiff aus über die Reling und stürzten sich mit gezückten Waffen in das Gefecht, das längst keines mehr war. Wie Jagdhunde verfolgten sie die Soldaten, droschen mit Schwertern, Säbeln und Beilen auf sie ein – und binnen kürzester Zeit waren ihre Gegner ausgelöscht.

*Söldner!*, begriff Robin. Es waren nicht die Fußsoldaten, die sie von Jerusalem hierherbegleitet hatten, sondern die Söldner, die Balduin angeheuert hatte, um sie auf dem Seeweg aus Jaffa herauszubringen. Der König hatte die Priorität bei der Auswahl der Männer eindeutig auf Kampfgeschick und Muskelkraft gesetzt. Auch wenn Robin mit ihrer Vermutung richtiglag, dass jeder Zweite von ihnen nicht in der Lage sein könnte, seine eigenen Finger zu zählen, zeugten die Narben auf den Körpern der Männer von den unzähligen Kämpfen und Schlachten, die sie siegreich überstanden hatten. Einige von ihnen kämpften mit Fackeln, und Robin bemerkte erst jetzt erschrocken, dass irgendetwas im Lager Feuer gefangen hatte und sich nun in Windeseile ausbreitete. Eilig hob sie das goldene Holzkreuz vom Boden auf, schulterte es und setzte dazu an, geduckt in Richtung des mächtigen Schiffes zu rennen, als ihr Blick auf einen Mann fiel, der eigentlich überhaupt keiner war. Er reichte ihr gerade bis zur Brust, hatte kein Pfund Speck mehr auf den Rippen als die zierliche Nemeth und war schwarz gewandet wie alle anderen Söldner. Mit tapferer Verbissenheit parierte sein Kurzschwert die Attacken eines Soldaten, der erbarmungslos auf seinen Gegner eindrosch und sich einen feuchten Dreck darum scherte, dass dieser höchstens zwölf Jahre alt war und allein ein Abwehrschlag dem Jungen mühelos das Handgelenk gebrochen hätte. Aber das Kind wich den Hieben flink wie ein Wiesel aus und teilte seinerseits aus, was seine begrenzte Kraft hergab. Geschwindigkeit und mangelnde Zielfläche erschwerten es dem breitschultrigen Soldaten, den Knaben zu treffen, aber der Ausgang des Kampfes zwischen den ungleichen Gegnern ließ sich dennoch mit großer Sicherheit voraussehen. Über kurz oder lang, das wusste Robin, würde der Mann einen Glückstreffer landen. Und obschon keine Furcht die Züge des Jungen überschattete, würde er diesen Kampf nicht überleben.

Robin konnte nicht anders: Sie hielt mitten im Schritt inne, zog ihr Schwert und rammte es dem Soldaten mit solcher

Kraft in den Oberschenkel, dass die Klinge auf der anderen Seite wieder heraustrat. Als sie sie mit einem Ruck wieder an sich riss, hinterließ sie eine fürchterlich blutende Wunde. Immerhin, dachte sie, der Mann würde es überleben. Obgleich der Kampf zu keiner Zeit von ihnen ausgegangen war und sie ohne die Hilfe der Söldner gestorben wären, brach ihr der Gedanke daran, wie viele Christen in dieser Nacht ihr Leben gelassen hatten, fast das Herz. Sie alle waren mit dem gleichen Ziel in diesem Land, dienten dem gleichen Gott, und es war nicht *richtig,* dass sie einander erschlugen. Und doch blieb Robin in diesem Moment nichts anderes übrig, als ihre eigene Christenhaut und die möglichst vieler anderer zu retten und so schnell wie nur irgend möglich von diesem grässlichen Ort zu verschwinden. Sie beförderte den Soldaten, der seiner schlimmen Verletzung zum Trotz zu ihr herumwirbelte und zornig mit dem Schwert ausholte, einen Tritt vor den Brustkorb, packte das Söldner-Kind am Kragen und zerrte es wie ein Gepäckstück hinter sich her auf das Schiff zu. Als sie es erreichte, war das Gemetzel vor den Lagern vorüber, und das Lagerhaus brannte lichterloh.

»Du bist Robin!«, keuchte der Junge, während sie ihn eine der wackeligen Strickleitern hinaufscheuchte, die zum Steg hinabgelassen worden waren. »Robin von Tronthoff! Der Erste Ritter des Königs, der aus der Gefangenschaft der …«

»Ja, zur Hölle! Beeil dich!«, unterbrach Robin den begeisterten Redefluss des Kindes, das ungeachtet ihrer gefährlichen Lage nach jeder zweiten Sprosse zu ihr zurückblickte, um sie mit strahlenden Augen von oben zu bestaunen. »Hier! Zieh das mit hoch!«

Sie streckte sich, um dem Jungen das hölzerne Kreuz zu reichen, doch in dieser Sekunde langte ein muskulöser Arm über die Reling, packte den Knaben am Schlafittchen und beförderte ihn mit einem Ruck über die Reling. Keine Sekunde zu früh, denn in der nächsten bohrte sich ein messerscharfer

Armbrustbolzen genau dort in das dicke Holz des Schiffes, wo sich gerade noch der Bauch des Kindes befunden hatte.

Robin blickte über die Schulter zurück und erkannte voller Schrecken, dass mindestens dreißig, wenn nicht sogar mehr Schützen hinter den Zinnen der Burg Aufstellung genommen hatten und wahllos auf alles schossen, was sich im Hafen bewegte – die Gefahr, über die viel zu große Distanz und vor allem in der Dunkelheit eigene Gefährten zu verwunden oder gar zu töten, scherte sie dabei nicht im Geringsten. Auf den ersten Bolzen folgte ein zweiter, sirrte unweit an Robin vorüber und bohrte sich tief ins Heck des Seegefährts – und ein dritter, vierter, fünfter ... Robin griff nach der Strickleiter, hangelte sich einhändig und mit schwerer Last ungeschickt in die Höhe und schaffte es schließlich unter Aufbietung all ihrer Kräfte, das Kreuz an einen der Söldner weiterzugeben, der es an Bord zog. Währenddessen kehrten immer mehr Söldner im Eilschritt zurück zum Schiff – in geduckter Haltung und immerfort auf der Hut vor den sirrenden Pfeilen, die ungerichtet, tödlich und ohne Unterlass von der Wehrmauer aus auf sie herniedergingen. Robin, die sich schließlich über die Reling geschwungen hatte und den ihr Nachfolgenden nach Kräften aufs Deck half, griff gerade nach dem Arm eines Söldners, als ein Geschoss seinen Nacken durchschlug und ihn augenblicklich tötete. Sein lebloser Körper verharrte noch einen kurzen Moment an dem dicken Tau in der Luft und fiel dann, noch ehe Robin es verhindern konnte, wie ein nasser, schwerer Sack zurück auf den Steg – und riss Anno von Knipprode, der trotz der Seide unter seinem linken Arm bemerkenswert geschickt in die Höhe kletterte, mit sich in die Tiefe. Mit einem lauten Knall schlug der Ritter auf dem hölzernen Steg auf, fasste sich aber gleich wieder. Robin fiel ein Stein vom Herzen, als sie sah, wie Rother dem Gestürzten aufhalf, während sich einige der Söldner zu Robins positivem Erstaunen in Eigeninitiative um die Gaben für den Kaiser kümmerten und sie auf das Schiff beförderten.

Rother war einer der Letzten, die es auf das Deck hinaufschafften, und Robin erkannte voller Schrecken, warum: Das glänzende Ende eines Armbrustbolzens ragte aus seinem rechten Oberarm, und sein Schwert, das er mit dieser schlimmen Verletzung auf keinen Fall mehr führen konnte, war verschwunden. Robin eilte zu ihm, legte ihm den Arm um die Hüften und versuchte, ihn auf die Kapitänskajüte zu ziehen. Doch als sie gerade beginnen wollte, die Wunde des Templers zu versorgen, war Salim plötzlich wieder an ihrer Seite – mit blutigen Striemen im Gesicht, aber lebendig und den Umständen entsprechend wohlbehalten. Obschon Robin mit nichts anderem gerechnet hatte – der Gedanke, dass Salim sterben könnte, war so abwegig und viel zu grausam, sodass sie ihn stets vehement für sich ausschloss –, wäre sie dem Sarazenen am liebsten um den Hals gefallen. Doch der Impuls verschwand so schnell, wie er gekommen war, als Salim sich nun zwischen sie und Rother drängte und darauf bestand, dessen Wunde selbst zu versorgen. Er wartete ihre Antwort nicht ab, und Robin war zu erschöpft und durcheinander, um Salim in seine Schranken zu weisen. Mit plötzlich vor Müdigkeit und Überanstrengung schmerzendem Leib stand sie reglos da und sah zu, wie mehrere Söldner den großen venezianischen Kauffahrer mithilfe einiger langer Stangen vom Kai abstießen. Knatternd blähten sich bald darauf die Lateinsegel im Wind, und während Balduins Fußsoldaten sich wieder hinter der Reling duckten, um den anhaltenden Beschuss nicht minder energisch zu erwidern, eilten die Söldner und Seemänner über Oberdeck, Vorder- und Achterkastell des Zweimasters, um die Befehle zu erfüllen, die nun aus allen erdenklichen Richtungen in Robins Ohren donnerten. Das Schiff legte ab, und die letzten Armbrustbolzen der gräflichen Schützen klatschten nutzlos in die schäumenden Wellen, die der Kauffahrer schlug.

Zu Robins Linken ertönte ein anderer, ebenfalls klatschender Laut, als ein stämmiger rothaariger Söldner von höchstens zwanzig Jahren dem einzigen Kind an Bord mit der flachen Hand eine donnernde Ohrfeige verpasste. »Dummkopf!«, fluchte er und holte gleich zu einem weiteren Schlag aus. Erst als Robin sich schützend vor den Jungen stellte, bremste der Rothaarige seine donnernde Bärenpranke in vollem Flug und nur knapp vor Robins Brust mit der eigenen Linken. »Geht aus dem …«, blaffte er los, senkte jedoch ehrfurchtsvoll das Haupt, als er erkannte, wem er nun unvermittelt gegenüberstand. »Verzeiht …«, murmelte er und bedachte das Kind mit einem letzten, vernichtenden Seitenblick. »Robin von Tronthoff?«

Robin nickte. »Ja. Und ich sehe nicht gern, wie sich meine Gefährten an schwachen und wehrlosen Kindern vergehen.«

Der Mann schüttelte den Kopf: »Es ist nur zu seinem Besten«, brummte er. »Wisst Ihr, mein Bruder muss dringend lernen, sich nach Befehlen zu richten, wenn er diese Reise überleben will.«

»Ich bin mir sicher, es gibt andere Methoden, ihn dies zu lehren«, wandte Robin ein, maß den Jungen dabei aber mit aller Strenge. Sie ahnte, was den älteren Bruder so sehr verärgert hatte, und behielt recht, als der Rothaarige fortfuhr: »Ich habe ihn angewiesen, unter Deck zu bleiben, bis wir wieder auf See sind. Stattdessen hat er sich in der Waffenkammer bedient und ist über die Reling gesprungen, wie von Dämonen besessen. Er hätte tot sein können!« Er schloss kurz die Augen, als er spürte, dass er erneut die Kontrolle zu verlieren drohte, und atmete einmal tief durch, was aber nur mäßig zu helfen schien. Schließlich gelang es ihm angesichts Robins unmittelbarer Gegenwart doch, sich zu beherrschen. Erschöpft ließ er sich auf eine der Kisten an Bord sinken: »Mein Name ist Arthur. Und das da ist mein kleiner Bruder Michael. Jedenfalls hat meine Mutter das immer behauptet, ehe die Heiden sie schändeten und ihre Leiche unter Steinen verscharrten. Ich bin mir nicht sicher, ob sie ihn nicht kurz nach seiner Geburt versehentlich mit dem Fohlen des Esels vertauscht hat.«

»Wisst Ihr das wirklich?« Robin runzelte die Stirn.

»Natürlich nicht. Es war nur … Ich rede unüberlegt daher, verzeiht.«

»Gut. Wenn Ihr nicht selbst gesehen habt, dass sie es waren …«

»Wer?« Arthur blinzelte verwirrt.

»Die Heiden«, setzte Robin nach. »Wenn Ihr nicht gesehen habt, dass sie es waren, die Eure Mutter töteten, solltet Ihr nicht so reden. Und nun komm.« Sie schob den jungen Michael ein Stück auf die Steuerbordreling zu, lehnte sich dagegen und blickte auf die in der Ferne schrumpfende Stadt zurück. »Wieso bist du hier?«, erkundigte sie sich streng, als er in einer Mischung aus Bewunderung und Respekt zu ihr aufblickte. »Und denk nicht, ich hätte nicht gesehen, dass du deinem Bruder gerade die Zunge herausgestreckt hast. Er hat recht mit dem, was er gesagt hat. Du hattest auf dem Kai nichts verloren.«

Eine Spur Trotz stahl sich in die Züge des Jungen: »Ich wollte nur helfen«, verteidigte er sich.

»Indem du uns ein wenig Abwechslung verschaffst, weil wir dir auf einer Flucht, die knapper kaum glücken könnte, ganz nebenher noch den Hals retten müssen?« Robin schüttelte den Kopf.

»Ich hätte es auch selbst geschafft.« Michael zog die Nase hoch.

Robin ging nicht weiter darauf ein. »Warum bist du hier?«, insistierte sie. »Das hier ist keine Floßfahrt durch einen Weiher. Es ist …«

»Was ist ein Weiher?«

Robin stutzte und seufzte dann tief. »Du bist hier geboren, ich verstehe. Und nun begleitest du deinen Bruder in die alte Heimat. Aber warum?«

»Weil zu Hause niemand mehr ist.« Michael hob die Schultern. »Wir haben hier keine Verwandten, bei denen ich bleiben könnte. Darum hat Arthur mich mitgenommen. Unter der Bedingung, dass ich mich so wenig wie möglich auf dem Deck aufhalte, geschweige denn das Schiff verlasse.« Er rollte die Augen. »Ihr habt mich doch gebraucht. Hier!«

Er öffnete die Hand und präsentierte Robin etwas Kleines, Hartes, das sie in der Dunkelheit nicht gleich bestimmen konnte. Schließlich brannte auf dem Deck keine einzige Laterne, und auch die Fackeln der Söldner waren gelöscht worden, um möglichst mit der Nacht zu verschmelzen.

»Was ist das?«

Der Knabe hob die Schultern. »Ist aus dem Kasten gebrochen, den der alte Priester an Bord geschleppt hat«, erklärte er. »Unten am Hafen … da, wo Ihr den Soldaten fortgetreten habt … Es war toll! Ich wünschte, ich könnte auch so kämpfen wie Ihr.«

Er ließ den Stein – einen runden Saphir aus dem Schrein, den Lucio gerettet hatte – in Robins Hand fallen. Robin seufzte und registrierte aus den Augenwinkeln, wie Salim auf seine übliche, fast lautlose Art auf einen hünenhaften Seemann zusteuerte. Dieser lehnte an der Reling auf dem Achterkastell und war ihr bereits auf dem Kai aufgefallen, weil er besonders laute Kommandos erteilt hatte – sie hielt ihn für so etwas wie den Hauptmann der Söldnertruppe.

»Ich werde es dich lehren«, versprach sie Michael, während sie den Saphir in einer Tasche verschwinden ließ. Dann griff sie nach dem Kinn des Jungen und schenkte ihm einen weiteren, strengen Blick. »Wenn du mir versprichst, ab sofort auf deinen Bruder zu hören. Ganz gleich, was er von dir verlangt, hörst du? Es sei denn, *ich* verlange etwas anderes von dir.«

Michael hob stolz die Hand zum feierlichen Schwur. »Versprochen.«

Robin nickte zufrieden, wandte sich von dem Kind ab und

gesellte sich zu Salim, der noch immer mit dem Hauptmann sprach. Dieser war ein wahrer Siegfried mit kurzem blondem Haar und einer auffallend flachen Nase. Sicherlich rannte dieser Kerl jeden Morgen nach dem Aufstehen erst einmal kräftig gegen eine beliebige Wand, um sich selbst und allen anderen zu demonstrieren, was für ein harter, unverwundbarer Bursche er war – und zwar mit dem Kopf voran. Aber ein einziger Blick in seine hellblauen Augen belehrte sie eines Besseren: Dieser Mann war stark wie alle anderen Söldner an Bord; der stärkste von allen vielleicht. Aber er war kein Dummkopf. List und Tücke funkelten ebenso darin wie Stolz und etwas, das als Aufmerksamkeit zu bezeichnen eine glatte Untertreibung war: Es war eine fast kindliche Neugier, die ganz und gar nicht zu solch einem Berg von einem Mann passte.

»Robin von Tronthoff?«, erkundigte sich der Riese, als sie zu den beiden aufschloss. Er verneigte sich knapp. »Erek von Nettestal. Es ist mir eine Ehre.« Er sprach in akzentfreiem Deutsch.

»Seid gegrüßt«, erwiderte Robin. »Ich danke Euch für Eure Hilfe. Ohne Euch hätten wir keine Chance gehabt ... Ich hoffe, Ihr habt keine großen Verluste zu beklagen?«

»Zwei Männer.« Der Hauptmann schüttelte den Kopf. »Aber es hätte schlimmer kommen können. Gott wollte es so ...«

»Das tut mir leid.« Robin wandte sich Salim zu. »Was ist mit Rother?«, erkundigte sie sich besorgt. »Hast du seine Wunde verbunden?«

»Gereinigt und verbunden«, behauptete Salim und hob betont gleichgültig die Schultern. »Es wird sich früh genug jemand finden, der ihn *anständig* umbringt.«

Er wischte den Tadel, der Robin auf der Zunge lag, mit einer Geste beiseite und wandte sich wieder an Erek von Nettestal. »Ich verstehe nicht, warum sie die Hafenkette nicht gezogen haben.«

»Vielleicht, weil sie niemand lebend erreicht hat«, antwortete der Hüne grinsend. »Wenigstens nicht rechtzeitig. Zugegeben: Wir haben mit diesem Angriff gerechnet. Oder besser: Wir haben gehofft, dass unsere Botschaft rechtzeitig zu Euch findet und wir Euch noch in dieser Nacht empfangen und in Sicherheit bringen können. Wäre die See nicht so still gewesen, wären wir vielleicht sogar vor Eurer Ankunft abgetrieben, weil wir die Anker zu rechtzeitig gelichtet haben.« Er lächelte.

»Ganz abgesehen von dem Umstand, dass die Gräfin das nicht tun kann«, fügte eine Stimme unweit hinter Robin hinzu. Sie fuhr herum und sah sich einem kahlköpfigen, alten Mann mit vorspringender Adlernase und schmalen, schrumpeligen Lippen gegenüber. »Der kurze Kampf im Hafen war schon deutlich mehr, als Agnes von Courtenay sich erlauben kann. Die Kette hochzuziehen oder uns mit Kanonen zu beschießen – das hätte zu lange gedauert und wäre zu laut gewesen, um nicht von etlichen Anwohnern bemerkt zu werden.« Er lächelte, und Robin meinte, eine Spur von Triumph in seinen Zügen lesen zu können. »Ein Meuchelmord am Schwert des Königs … Nun, das wäre auf die vermeintlichen Auseinandersetzungen zwischen Venezianern und Genuesern zu schieben gewesen. Aber ein offener Beschuss? Nein. Balduin hätte die Wahrheit erfahren. Und wenn Ihr mich fragt, harrt er ohnehin bloß einer Gelegenheit, gegen seine Mutter vorzugehen, ihr die Grafschaft abzunehmen und sie nach Frankreich in die Verbannung zu schicken. Aber Agnes von Courtenay ist nicht dumm, das solltet Ihr wissen. Im Gegenteil: Sie ist mit Abstand die klügste Frau, die mir in meinem ganzen Leben begegnet ist …« Er schüttelte den Kopf. »Erek hat dennoch recht: Es ist unsere Aufgabe, Euch wohlbehalten an Euer Ziel zu bringen, und bislang haben wir noch jede Aufgabe tadellos gemeistert.«

Robin nickte ihm zum Gruß zu und trat unwillkürlich

einen Schritt dichter an Salim heran. Ein Auge des Alten war vollständig weiß, was sie irritierte und dem Kahlköpfigen nicht verborgen blieb.

»Enrico Dandolo.« Der Mann lächelte. »Ich bin der Kapitän dieses wunderbaren Schiffes. Und Ihr seid Robin von Tronthoff, Schwert unseres allseits geliebten und geschätzten Königs. Fühlt Euch willkommen auf der *San Michele*.«

Robin bemühte sich darum, doch der Name des Alten erinnerte sie an irgendetwas, das sie nicht zu greifen bekam. Sie hatte von Dandolo gehört, konnte sich aber beim besten Willen nicht mehr erinnern, wo und in welchem Zusammenhang. »Ich danke Euch wirklich vielmals«, wiederholte sie darum nur.

»Es war uns eine Ehre«, winkte der Alte ab. »Wisst Ihr – die Familie der Dandolos ist nicht klein, und auch nicht unbekannt. Und inzwischen bin ich ihr Ältester.« Er nickte stolz. »In meinem langen Leben habe ich mit wahrlich bedeutenden Persönlichkeiten am selben Tisch gespeist, und beinahe habe ich geglaubt, alles erreicht zu haben, was ein Mann wie ich in seinem Leben erreichen kann. Doch dann ergab es sich, dass der König selbst an einem Geschäft mit mir interessiert war, und schon bald reiste ich in seinem Namen regelmäßig von Venedig nach Jaffa und zurück. Ihr könnt Euch nicht vorstellen, wie groß meine Freude war, als er mir mitteilte, dass ich dieses Mal nicht bloß Fässer und Truhen über das Meer schaffen sollte, sondern auch und vor allen Dingen seinen Ersten Ritter. Balduin persönlich hat mich beauftragt, mich ganz und gar nach Euren Wünschen zu richten, Robin von Tronthoff.«

Er trat an ihr vorbei und deutete mit dem ausgestreckten Arm auf das Lagerhaus in der Ferne, aus dem noch immer meterhohe Flammen schlugen. »Ich bin mir sicher, dass Jaffa in den nächsten Tagen die am besten riechende Stadt in Outremer sein wird«, erklärte er mit einem zufriedenen Grinsen.

»Abgesehen von Euren Geschenken für den Kaiser lagerte in diesem Haus überwiegend Weihrauch. Genügend in jedem Fall, um alle Kirchen Roms damit auf Jahre zu versorgen. Zahllose Säcke voll teuerstem Weihrauch … Weihrauch der *Genueser*«, setzte er hinzu, und sein Grinsen wurde noch breiter und war an Zufriedenheit nun nicht mehr zu übertreffen.

Robin wandte den Blick von ihm ab und blickte noch einmal zur Burg der Gräfin zurück. Konnte es sein, dass sie sich so sehr in Agnes getäuscht hatte? War es möglich, dass alles, was man ihr vorwarf – und zwar wirklich *ihr* und nicht irgendeiner ominösen Gestalt, die an ihrer statt die Fäden zog –, tatsächlich der Wahrheit entsprach? Angefangen bei dem missglückten Mordversuch an König Balduin bis hin zu diesem Hinterhalt, dem sie vielleicht noch immer nicht ganz entkommen waren?

Für einen Augenblick glaubte Robin, eine Gestalt zwischen den Zinnen der Festung auszumachen: eine schlanke, weibliche Gestalt in einem langen, weißen Kleid. Aber das bildete sie sich wahrscheinlich nur ein.

Sie schüttelte den Kopf, wandte sich ab und registrierte, dass die *San Michele* einen nordöstlichen Kurs setzte. »Wir segeln in die falsche Richtung«, stellte sie verwundert fest und bedachte den Kapitän mit einem misstrauischen Blick, aber Dandolo grinste erneut und nickte stolz mit dem Kopf. »Gut erkannt«, lobte er. »Ich habe im Hafen ausstreuen lassen, dass wir zunächst Kurs auf Zypern nehmen, um dort neue Handelsgüter aufzuladen. Agnes' Galeeren können dort auf uns warten, bis ihnen der Kiel wegschimmelt.«

Robin lächelte. Dandolo war wahrhaftig kein Mann, dem sie allein in einer finsteren Gasse begegnen wollte. Doch seinem gewöhnungsbedürftigen Äußeren zum Trotz begann sie den Alten zu mögen, obgleich sie vorhin aus seiner Stimme ein wenig Bewunderung für Agnes herausgehört zu haben meinte. Auf der anderen Seite schienen fast alle Männer zu der Gräfin aufzublicken – selbst die, die unter anderer Fahne und gegen sie kämpften.

»Ihr hingegen solltet Euch ein paar trockene Kleider bringen lassen, ehe *Euch* irgendetwas unter dem Bug wegschimmelt«, fügte der alte Seemann auf seine unverblümte Art hinzu. »Kommt. Ich lasse Euch ein warmes Getränk zubereiten, während unser kleiner Rotzbengel dort hinten ein paar passende Hosen sucht. Und wenn Ihr etwas essen möchtet: In der Kombüse lässt sich sicher noch etwas Suppe vom Mittag auftreiben.«

Robin nahm den Tee, den Dandolo ihr in die von Karten, Büchern und Plänen überquellende Kapitänskajüte bringen ließ, dankend an, verzichtete aber auf die dazu gereichte kalte Fischsuppe. Sie hatte am Abend wirklich gut gegessen, und schwerer noch als orientalische Früchte und Lammfleisch lag ihr der Schrecken über die nur knapp gelungene Flucht im Magen. Auch stellte sich nun zügig ein, was sie schon beim bloßen Anblick der *San Michele* hätte vermissen müssen: Ihr wurde übel. Sie erinnerte sich an die Überfahrt auf der *Sankt Christophorus* – und daran, mit welcher Inbrunst sie sich damals selbst geschworen hatte, niemals wieder einen einzigen Fuß auf ein Fischerboot, geschweige denn ein Schiff zu setzen. Leider hatte sie diesen Schwur bereits mit dem Versprechen an Balduin gebrochen – und brechen müssen, sodass alles Jammern nichts half. Sie würde sich mit dem steten Schaukeln arrangieren müssen.

Langsam schlürfte sie kurz darauf ihren Tee, lauschte den Plänen der anderen Männer, die mit Dandolo und ihr an dem runden, mit Karten und Papieren bedeckten Tisch saßen, und stufte den Kapitän auf der Leiter der Sympathie doch wieder eine Sprosse herab, als sie erfuhr, dass sein eigentliches Ziel Alexandria war. Dort wollte er Sklavinnen einkaufen, während Anno von Knipprode das Schiff nach Venedig nehmen würde. Robin war ungemein froh, als Michael schließlich, ohne anzuklopfen, in die Kapitänskajüte platzte. Stolz erklärte er, er habe ein paar Kleider gefunden, die Robin wie auf den Leib geschneidert sein würden. Dandolo schalt Michael, Robin dankte ihm und verabschiedete sich, und Salim, Rother und Anno zogen sich ebenfalls in die ihnen zugewiesenen Kajüten auf dem Unterdeck zurück. Bruder Lucio aber, wortkarg wie immer, blieb bei Dandolo und Erek zurück und schwieg beharrlich auf die Fragen der Besatzung, aus welchem Grund er kurz vor Pelusium an der Küste abgesetzt zu werden wünschte. Robin grinste – die Männer hätten ebenso gut eine taube Sumpfkröte befragen können. Bruder Lucio sprach wenig und längst nicht mit jedem – besonders nicht über Dinge, die andere Leute seiner Meinung nach nichts angingen, was einen außerordentlich weiten Themenkreis umfasste.

Da Michael freiwillig keinerlei Anstalten machte, ihre Kajüte wieder zu verlassen, scheuchte sie ihn unter Androhung ausbleibenden Kampftrainings aus dem Raum und zwängte sich in die trockenen Kleider, die tatsächlich wie angegossen saßen. Dann tapste sie baren Fußes über das Unterdeck, um Salim vor dem Einschlafen noch einen heimlichen Kuss zu entlocken. Aber Salim war nicht allein, sondern kniete zu Rothers Füßen auf dem Boden vor einer der beiden Pritschen. Mondschein fiel durch das winzige Bullauge der Kajüte auf Rothers entblößten Oberkörper und ließ den Templer bleich und krank erscheinen. Winzige Schweißtröpfchen glitzerten auf seiner Stirn, und er biss mit einem Schmerzensschrei in den Augen stumm auf dem Zipfel einer wollenen Decke herum, während der Sarazene die klaffende Wunde in seiner Schulter mit einer scharf riechenden Paste bestrich. Nur mit Mühe verkniff sich Robin den Impuls, tröstend einen Arm um den jungen Ritter zu legen, während sie sich neben ihn auf die Pritsche sinken ließ.

»Was ist das?«, wandte sie sich stattdessen an Salim.

»Honig und ein paar Kräuter, deren Namen ich dir nicht zu

nennen brauche, weil du sie ohnehin nicht aussprechen könntest.« Der Sarazene tauchte die Finger in die kleine Schale, die er zu Rothers Füßen abgestellt hatte, und klatschte eine weitere Portion davon auf die Schussverletzung. Der Templer stöhnte auf, und Robin maß ihren Gatten tadelnd: »Du könntest ein wenig behutsamer mit ihm umgehen«, schalt sie, aber es mangelte ihrer Stimme an Strenge. Immerhin versorgte Salim ihren Freund. Sie hatte das Gefühl, dass er es *für sie* tat. Möglicherweise plagte ihn das schlechte Gewissen ob der haltlosen Unterstellungen, die er ihr auf der Reise nach Jaffa entgegengeschleudert hatte.

»Er soll froh sein, dass sich überhaupt jemand um ihn kümmert«, knurrte Salim, während er die Paste großflächig auf dem Oberarm des Ritters verteilte. »Außerdem stellt er sich bloß an wie ein alter Gaul mit Zahnweh. Der Knochen ist in Ordnung. Wenn kein Stoff aus seinem Waffenrock in der Wunde hängen geblieben ist, wird bald nur noch eine kleine Narbe zu sehen sein.«

Robin nickte dankbar. Eine kleine Weile verstrich, in der Robin Rother aufrichtig für seine Schmerzen bedauerte und sich selbst für den Kuss, der ihr heute Nacht voraussichtlich verwehrt bleiben würde. Dann fragte sie unvermittelt: »Woher wusstest du von dem Anschlag?«

Salim hob die Schultern. »Welcher Anschlag?«

»Von dem Anschlag, der auf die *San Michele* geplant war. Erek von Nettestal sprach von einer Botschaft … Wo bist du gewesen, und wer hat dir davon erzählt?«

Der Sarazene schnaubte verächtlich, griff nach einem der vorbereiteten Stoffstreifen zu seiner Rechten und verband Rothers Schulter erneut – mit betont ruppigen Bewegungen, wie Robin fand. »Erek wusste überhaupt nichts. *Ich* habe die Mannschaft alarmiert, ehe ich euch abgeholt habe. Nur darum waren diese faulen Ratten auf den Beinen, als wir das Lager erreicht haben.«

»Oh.« Robin runzelte die Stirn. »Und woher wusstest du davon?«

»Mein Vater lebt davon, stets gut informiert zu sein.« Salim verknotete den Verband, und Rother stöhnte erneut auf. »Unsere Spione sind überall. Wäre es anders«, er räumte die Schale beiseite und richtete sich auf, »wäre keiner von euch jetzt noch am Leben. Weder du noch du noch Euer hoch angesehener König, ob ihr es wahrhaben wollt oder eben nicht. Und nun …«, er deutete eine spöttisch wirkende Verbeugung an, »würde ich mich gern zur Nacht verabschieden, *Robin von Tronthoff*. Schließlich währt sie nur noch wenige Stunden.«

Er öffnete die Tür, scheuchte Robin fast schon hinaus, und sie folgte der Aufforderung bestürzt, aber ohne Protest. Doch als sie bereits auf dem schmalen Gang zwischen den Kajüten stand, huschte Salim ihr nach und zog sie mit sanfter Gewalt zu sich zurück. »Schlaf gut, verrücktes Christenweib«, zischte er ihr ins Ohr, ehe er sie ein Stück weit auf ihre Kammer zuschob und ihr doch noch den ersehnten Kuss auf die Lippen hauchte. »Stell nichts an. Und pass auf euch auf.«

# 7. KAPITEL

Der Turbulenzen der letzten Tage ungeachtet, waren es die letzten vier Worte Salims, die Robin in einen tiefen, traumlosen Schlaf begleiteten und am kommenden Tag wieder weckten: *Pass auf euch auf*.

Robin bemühte sich nach Kräften darum, sich vor sich selbst dumm zu stellen, aber es gelang ihr nicht. Selbstverständlich waren mit *euch* Robin und das Kind gemeint, das sie seiner Meinung nach unter ihrem Herzen trug. Aber da irrte er sich! Er musste sich einfach irren – sie selbst hätte doch die Erste sein müssen, die etwas davon bemerkte, oder nicht?

Ganz sicher war sie inzwischen nicht mehr – zumindest nicht in jenen Dämmerphasen kurz vor dem Einschlafen, in denen sie ihren Gedanken freien Lauf ließ. Wäre doch nur ihre Mutter am Leben und als Vertraute und Ratgeberin an ihrer Seite! Sicherlich gab es einen anderen Grund, der all die Symptome, die Salim auf ihre vermeintliche Schwangerschaft schob, erklärte. Und bestimmt hätte ihre Mutter ihr diese Erklärung liefern können. Auch Saila hätte ihr sicherlich raten können – falls sie nicht in vorauseilendem Gehorsam Partei für Salim ergriff. Vielleicht aber könnte sie der energischen Muselmanin doch vertrauen und ihr verständlich machen, wenn – ja, wenn sie hier wäre und …

Solche und ähnliche Gedanken ließen sie nicht mehr los,

und es wurde nicht besser, als ihr erster Gang am Morgen sie zielstrebig zum Oberdeck führte, wo sie sich, weit über die Reling gebeugt, in hohem Bogen übergab. Diese dreimal verfluchte Seekrankheit setzte ihr wirklich zu!

Danach fühlte sie sich zumindest gut genug, um das amüsierte Tuscheln der Seeleute um sie herum mit einer Salve absolut tiefseetauglicher Flüche und Beschimpfungen zu kontern. Schließlich gesellte sie sich zu Salim, Dandolo und Anno von Knipprode aufs Achterkastell und blickte gemeinsam mit ihnen auf den Ozean hinaus, wo dunkelblaue Wellen sich im sanften Wind unter wolkenlosem Himmel kräuselten.

Beschämt registrierte sie, dass die Sonne schon recht hoch am Himmel stand und sie nicht die geringste Idee hatte, warum sich beim Anblick des friedlichen Ozeans Sorgenfalten in die Züge ihrer Gefährten gruben. *Du hast den halben Vormittag verschlafen, Robin,* schalt sie sich selbst.

»Noch immer Nordosten«, versuchte sie nach Sekunden des Schweigens in bekümmertem Tonfall ihr Glück, bemühte sich um einen wissenden Gesichtsausdruck und versuchte heimlich, aus den Mienen der anderen zu lesen, ob sie mit ihrer Bemerkung richtig lag. Tatsächlich war ihr noch immer so übel, dass sie selbst kaum rechts von links unterscheiden konnte und oben von unten. »Ihr hättet mich wecken sollen«, brummte sie dann.

Anno lächelte milde und wich ihrem Blich aus. »Dazu bestand kein Grund. Ihr schlieft den Schlaf der Gerechten. Immerhin haben wir alle ein paar anstrengende Tage hinter uns. Das Schiff befindet sich auf dem richtigen Kurs …«

»… der ein westlicher ist«, ergänzte Dandolo, der zu Annos Linken stand, amüsiert.

»… und von den Galeeren der Gräfin ist weit und breit nichts zu sehen«, schloss Anno.

»Oh.« Robin schaute verlegen in eine andere Richtung.

»Und was ist es dann, das Euch bekümmert? Ihr macht keinen allzu entspannten Eindruck, wenn ich ehrlich sein soll.«

»Wir sind auf Gegenwind angewiesen, wenn wir nicht ein solch erbärmliches Bild abgeben wollen wie du, als du gerade das Geländer umarmtest.« Salim grinste bekümmert.

Robin verstand nicht, was er meinte, doch Dandolo schalt den Sarazenen mit einem vorwurfsvollen Blick: »Wir halten bloß Wache, obgleich ich glaube, dass die Gefahr wirklich gebannt ist. Aber Euer treuer Gefährte hier«, er nickte in von Knipprodes Richtung, »kann einfach nicht glauben, dass Agnes von Courtenay wirklich so leicht zu täuschen gewesen sein soll. Nun …« Er hob die Schultern. »Wenn Ihr meine Meinung wissen wollt: Ich habe schon hoch angesehenen Händlern, die ihre Schiffsbücher bis dahin vollständig und fehlerfrei im Kopf führten, Kieselsteine als Taubeneier verkauft.« Er zuckte die Achseln. »Gut – es waren hauptsächlich *genuesische* Händler, aber trotzdem … Jedenfalls nehme ich an, dass Agnes glaubt, dass wir eine falsche Fährte gelegt haben, um ihre Galeeren abzulenken und dann doch die geplante Route zu segeln; weshalb wir erst einmal den falschen Kurs eingeschlagen haben. Es besteht also überhaupt keine Gefahr mehr.«

Robin schenkte Anno einen Hilfe suchenden Blick, aber der hob nur die Schultern. Offenbar begriff er genauso wenig wie sie selbst, machte sich aber nichts daraus, sondern blieb ganz einfach weiterhin auf der Hut.

»Und du?«, wandte sie sich an Salim. »Hältst du auch Ausschau nach dem Feind, oder genießt du bloß die Aussicht?«

»Das habe ich dir doch schon gesagt.« *Dummes Weib,* fügte sein Blick tadelnd hinzu. »Unten stinkt's.«

Robin wusste nicht gleich, wie Salim seine Worte meinte, und hielt sie zunächst für eine seiner mehr oder weniger tiefgründigen Bemerkungen in der gelegentlich recht verwirrenden Bildersprache, die er so gern benutzte. Aber als der frische

Fahrtwind für einen Moment nachließ, stahl sich ein süßlich-scharfer Geruch vom Oberdeck aufs Achterkastell hinauf, und Robin verstand: Angesichts der schlechten Luft unter Deck und dem sauren Geruch ihres eigenen Erbrochenen war ihr der Gestank an Deck noch gar nicht aufgefallen. Nun aber, da sie ihn zur Kenntnis genommen hatte, ätzte er sich regelrecht in ihre Schleimhäute, als wolle er auf immer und ewig dort verbleiben. Robin blickte auf die dunklen Planken hinab und entdeckte schnell den Quell allen Übels: Zwischen den geschäftig umhereilenden Seemännern und Söldnern und einigen Fässern und Kisten, die keinen Platz mehr auf dem Unterdeck gefunden hatten, flatterten, hüpften und gackerten eine Unzahl schmutziger Hühner in vier großräumigen, übereinandergestapelten Käfigen. Wenn die Käfige in Venedig aufgeladen worden waren, waren sie während der ganzen Zeit wahrscheinlich nicht ein einziges Mal vernünftig gereinigt worden. Angewidert rümpfte sie die Nase.

»Ich habe unseren ehrwürdigen Kapitän gebeten, sie über Bord zu werfen, aber er weigert sich«, brummte Salim.

»Den Teufel wird er tun«, bestätigte Erek von Nettestal, der seine anderthalb Zentner Lebendgewicht in diesem Augenblick zu ihnen auf das Achterkastell hievte. »Unser alter Kapitän ist sehr abergläubisch, wie Ihr wissen müsst. Aber das sind die Seeleute wohl alle.«

Robin hob die Brauen. »Und vor welchem schrecklichen Seeungeheuer vermögen uns diese bedauernswerten Hühner da unten zu schützen?«, erkundigte sie sich verwundert.

»Vor *jedem*«, grollte Salim. »Zumindest vor jedem, das noch alle seine Sinne beisammenhat. Allein der Gestank dieser Viecher tötet stündlich ein halbes Dutzend Klabautermänner.«

Enrico Dandolo lachte. »Nein«, winkte er ab. »Ich gebe zu, ein Schiff wie dieses ist nicht zur Haltung von Federvieh gebaut … Vergangene Nacht habe ich die Käfige hinaufschaffen lassen, weil mir selbst ja der eigenwillige Geruch die süßesten Träume versäuerte. Michael hat zwar den Auftrag, sie zu säubern, aber …« Er seufzte. »Es ist wirklich ein Kreuz mit diesem Bengel.«

»Und warum *sind* die Hühner nun an Bord?«, hakte Robin nach.

»Die vergangene Nacht hat ihnen arg zugesetzt«, fuhr der Kapitän fort, als hätte er ihre Frage überhaupt nicht gehört. »Hühner sind sehr empfindlich, wie Ihr wissen müsst. Schon manches Gewitter vermag sie buchstäblich zu Tode zu erschrecken. Gestern Nacht ist genau das passiert: Mindestens ein halbes Dutzend von ihnen ist infolge der Hektik und des Schlachtlärms einfach tot umgefallen. Eine Schande, wirklich. Eine kleine Katastrophe sogar.«

»Denn er fürchtet deshalb um sein eigenes Leben«, ergänzte von Nettestal, tippte Dandolo vor die Schulter und verkniff es sich offensichtlich nur mit Mühe, sich im nächsten Zug selbst in eindeutiger Geste vor die Stirn zu tippen.

»Wie bitte?« Robin schüttelte den Kopf.

Dandolo ließ die Linke auf ihre Schulter sinken, zog sie zu sich heran, drehte sie dabei wieder in Richtung Reling und ließ den Blick über die ruhige See schweifen. Seine Stimme klang geheimnisvoll, als er nun zu erzählen begann: »Wisst Ihr, Robin, es gibt Dinge zwischen Himmel und Erde, die kein Mensch sich erklären kann …«

»Und die außer ihm auch niemand glaubt«, ergänzte Salim trocken, aber Dandolo scherte sich nicht darum: »Vor langer, langer Zeit, als ich noch ein junger, stattlicher Kerl war, wie Ihr einer seid«, fuhr der Einäugige unbeirrt fort, »begegnete mir eine alte Dame. Eine Wahrsagerin. Ich war sehr skeptisch, das könnt Ihr mir glauben. Aber dann prophezeite sie mir, dass mir noch am selben Tag ein betagter Geistlicher begegnen würde, der mir zum Geschäft meines Lebens verhelfen würde … Und siehe da: Noch ehe der Abend dämmerte, beauftragte mich ein Mann der Kirche, einige Dinge auf einem Karren in ein Kloster nahe meiner Stadt zu bringen. Der Diakon und ich kamen ins Gespräch, und von diesem Tag an lag der Handel zwischen dem Kloster und der Grafschaft fast ausschließlich in meiner Hand. Es war ein großer Schritt in meiner Laufbahn, glaubt mir.«

»Ihr habt mit Hühnern gehandelt«, riet Robin.

»Nein.« Dandolo lachte. »Aber einige Tage später suchte ich die Alte noch einmal auf, um ihr für ihre Voraussage zu danken. Und sie versprach mir, dass ich einst der älteste Mann Venedigs würde, wenn ich nur jeden Tag ein frisches Ei zu mir nähme.«

Robin starrte den Glatzköpfigen an. »Und das … glaubt Ihr *wirklich*?«

»Schon einmal auf die Idee gekommen, dass es die Alte selbst gewesen sein könnte, die den Pfarrer zu Euch geschickt hat?« Salim rollte die Augen, aber nun überging Dandolo sie beide, wandte sich von der Reling ab und blickte bekümmert auf die teils abgemagerten, zerhackten Tiere in den Käfigen hinab. »Jedenfalls hat die Aufregung meinen Hühnern schlimm zugesetzt …« Er seufzte. »Sei's drum: Ich habe beschlossen, die toten Tiere zu nutzen, um meine Gäste und die Söldner am frühen Abend ein wenig zu verwöhnen. Und so hat alles vielleicht auch etwas Gutes.«

»Eine großartige Idee.« Anno strahlte und klopfte dem Kapitän kameradschaftlich auf die Schulter. »Zugegeben: Die Fischsuppe vom Morgen war wirklich köstlich, aber nun zergehe ich schon wieder vor Hunger. Wenn es um frischen Hühnerbraten geht … Ich denke, der Schiffskoch kann jede Hilfe gebrauchen. Es sind nämlich vierzehn.«

Dandolo schob die Brauen über der Wurzel seiner charakteristischen Nase zusammen. «Vierzehn?«

»Vierzehn tote Hühner. Ich habe sie gezählt. Schließlich lässt Eure bemerkenswert fleißige Mannschaft uns wenig

Raum für sinnvolle Beschäftigungen.« Anno nickte zum Abschied und schritt mit federnden Schritten aufs Oberdeck hinunter. Die Vorfreude auf das festliche Abendmahl schien seine Sorge die gräflichen Galeeren betreffend in nichts aufgelöst zu haben. »Erfreulicherweise handelt es sich bei den Tieren größtenteils um vergleichsweise wohlgenährte Exemplare … Zwiebeln und Honig! Das ist es, was sie brauchen. Nur Zwiebeln und Honig und vielleicht ein paar ausgewählte Gewürze … Gott meint es gut mit uns«, fügte er fröhlich hinzu und verschwand Richtung Kombüse.

Dandolo blickte ihm nach, selbst sein vollständig weiß glänzendes Auge glomm dabei düster, und Robin seufzte. Im Moment konnte sie sich nicht vorstellen, dass sie überhaupt jemals wieder etwas essen wollte. Auf der anderen Seite: Wenn die Alternative am Abend wieder in Fischsuppe bestand, würde sie den Hühnerbraten gewiss dankend annehmen.

»Ich verstehe noch immer nicht, warum uns die Galeeren nicht erwischt haben«, wechselte Robin kopfschüttelnd das Thema. »Ich begreife einfach nicht, wie Agnes darauf hereinfallen konnte.«

Dandolo zuckte die Achseln. »Falls ich da einen Zweifel an meiner Loyalität vernehme, so seid versichert, dass König Balduin mir annähernd das Doppelte dessen für diese Überfahrt zahlt, was die Gräfin Agnes von Courtenay jemals für eine vergleichbare Reise gezahlt hat – ganz gleich, wie hochwertig die Fracht gewesen ist.« Dandolos Tonfall ließ keinen Zweifel daran offen, dass er überhaupt nur deshalb eine Antwort gab, weil er gerade nichts Besseres zu tun hatte und sich außerdem mit dem Schwert des Königs guthalten wollte, dessen Sympathie der Muselman offensichtlich genoss. Wieder einmal fragte Robin sich im Stillen, welche ihrer Mitreisenden inwieweit um Salims Identität wussten und warum man überhaupt derart klaglos zuließ, dass der Sarazene sie begleitete.

»Und ebenso sicher ist, dass gekaufte Loyalität die zuverlässigste ist.« Erek von Nettestal grinste breit. Als Söldner musste er wissen, wovon er sprach, und plötzlich erschien Robin seine breite Nase, als wäre sie ihm mit Goldmünzen eingeschlagen worden. Was sie im übertragenen Sinne wohl auch war.

»Sie folgt klaren Gesetzen und ist keinerlei Stimmungen unterworfen«, setzte er nach und verabschiedete sich dann nach einem kurzen Moment des Innehaltens zügig unter Deck: »Ich werde noch einmal nach meinen Männern sehen. Einige von ihnen hat es gestern Nacht doch recht übel erwischt. Vielleicht bekomme ich sie weit genug auf die Beine, damit sie am Festmahl unseres großzügigen Kapitäns teilhaben können.«

Robin blickte ihm skeptisch nach, bis er durch die Luke verschwunden war, und Dandolo scheuchte zwei seiner Männer zum Aussichtskorb und in die Takelage. Dann zog auch er sich in seine Kajüte zurück. Der junge Michael hatte sich derweil tatsächlich darangemacht, die Käfige zu reinigen – oder tat zumindest so, obschon er dabei durchgängig mit großen, runden Augen zu Robin heraufspähte. Im Vorbeigehen versetzte Dandolo ihm einen Klaps auf den Hinterkopf, was Robin an das Versprechen erinnerte, das sie dem Knaben gegeben hatte. Sie würde es einlösen, ganz bestimmt. Sobald es ihr besser ging.

Während Salim zu ihr heranrückte und sie mit besorgten Blicken maß, beugte Robin sich über die Reling und blickte den schmutzig weißen Federn der Hühner nach, die an der Schiffsaußenwand in die Fluten segelten und von den Wellen davongespült wurden. Ihr wurde schon wieder schlecht.

Als die Sonne nach einem langen, heißen Tag die Wellen am Horizont in der Farbe flüssiger Lava erstrahlen ließ, schafften Dandolos Männer die gereinigten Käfige zurück aufs Unterdeck und dafür eine riesige Tafel hinauf. Dann spannten sie ein noch größeres, dreieckiges Sonnensegel, verknoteten es an den beiden Hauptmasten und rückten Bänke heran. Bald schon fand sich die Mannschaft unter Johlen und Lachen an Deck ein, und Anno, Salim, Robin und selbst Lucio nahmen an der Tafel Platz, Letzterer mit einem Rosenkranz in Händen, den er fortwährend durch die halb verhüllten Finger gleiten ließ. Vermutlich betete er.

Rother aber, den Robin am Nachmittag nur kurz im Freien gesehen und dessen Anblick sie wirklich erschreckt hatte, konnte oder wollte nicht an dem Mahl teilnehmen.

Schließlich trug Michael das Essgeschirr auf. Robin staunte nicht schlecht: Es war aus Silber gefertigt und über die Maßen prächtig. Auch die Gläser, sorgsam poliert und mit feinen Goldrändern versehenen, passten so gar nicht auf ein Söldnerschiff und vielmehr an einen Königshof. Was für ein Aufwand mochte es sein, sie unbeschadet und derart gut gepflegt zu transportieren! Auch die Qualität von gebratenem Huhn, Brot und Soße war hervorragend. Wie von Anno vorgeschlagen, war das Geflügel mit Honig, Zwiebeln und einer Gewürzmischung bestrichen und duftete so appetitlich, dass Robin darüber ihre Übelkeit vergaß. Voller Heißhunger griff sie zu und scherte sich nicht darum, dass das Festmahl spätestens morgen sicherlich seinen Weg aus ihrem Mund heraus und über die Reling finden würde. Auch den neidvollen Blick der Seeleute, die mit Tonschalen voll dünner Suppe, klebrigem Brei und ungesäuertem Brot auf den Planken verteilt saßen oder an der Reling lehnten, ignorierte sie. Selbst Michael, der sich auffallend oft in ihrer Nähe aufhielt, vermochte ihren plötzlichen, heftigen Appetit nicht einzuschränken, geschweige denn zu bremsen. Der Junge beobachtete und bestaunte sie, als wäre sie die Heilige Jungfrau selbst – vom Himmel gefallen, um den unbedeutenden Waisenknaben Michael in einem winzigen Moment, den er auf gar keinen Fall versäumen durfte, mit einer heimlichen Geste oder einem flüchtigen Blick zu segnen. Und so kam es auch, dass er seine Aufgaben nur allzu häufig vernachlässigte, es versäumte, Bier und Wasser nachzuschenken oder die kaum handgroßen Soßenschalen, in welche das herzhafte Brot getunkt wurde, rechtzeitig wieder aufzufüllen. Michael schien es nicht zu bekümmern, Dandolo hingegen verärgerte es sehr, und er verteilte großzügig Klapse auf den Hinterkopf oder einen Ellbogenstoß in die Rippen, wann immer der Junge in seine Nähe kam. Robins Glas rechtzeitig zu füllen hingegen, versäumte Michael nie, auch wenn er sich reichlich ungeschickt dabei anstellte. Erst als alle Knochen abgenagt waren und das schmutzige Geschirr Tellern voller Trauben, Kirschen und Orangen aus den Obstgärten von Jaffa Platz machte, räumte er für kurze Zeit enttäuscht das Feld.

Robin nahm auch das Obst dankbar an, obwohl sie nach dem üppigen Hauptgang das Gefühl hatte, bald mit einem lauten Knall platzen zu müssen. Doch das hatte sie unter den straff geschnürten Leinenbinden eigentlich immer. Und so ignorierte sie den Druck, mit dem sich ihr Bauch zunehmend gegen die Bandagen stemmte, so gut sie konnte, und freute sich darauf, in wenigen Stunden allein in ihrer Kajüte zu sein – satt, sicher und ohne eingeschnürten Leib. Nur eines trübte ihre Vorfreude: dass nur ein paar hölzerne Planken ihre Füße von so unendlich vielen Metern nasser Finsternis voller bekannter und unbekannter, schuppiger und glitschiger Gefahren trennten. Das stete Auf und Ab ließ sie manchmal sogar im Sitzen nach Stuhl oder Tischkante greifen, und sie hoffte, dass niemand ihre Schwäche bemerken würde. Dennoch fühlte sie sich auf der *San Michele* das erste Mal seit dem Beginn ihrer Reise in Balduins Auftrag sicher und geborgen. Sie hatte lange und vergleichsweise gut geschlafen, niemand auf dem Schiff gab ihr ernsthaften Anlass zum Misstrauen, und Salim nutzte jede sich ihm bietende Gelegenheit, ihr mit kleinen Gesten seine Fürsorge zukommen zu lassen. Da war sie fast zu vergessen gewillt, dass er den Zynismus spätestens seit Betreten der *San Michele* zur Zweitfrau genommen zu haben schien.

Dandolos funktionierendes Auge quittierte Robins gesunden Appetit mit Zufriedenheit und Stolz. Zum Abschluss des Mahles ließ der Kapitän eine flache Holzkiste herbeitragen, der er vorsichtig und, wie es schien, mit angehaltenem Atem einige reich verzierte Becher aus fremdartigem Material entnahm, sie kurz in Händen wiegte und dann aufrecht in die mit Stroh und Holzwolle ausgelegte Kiste zurückstellte. Der Schiffskoch schaffte eine große Weinflasche heran, öffnete sie und hielt sie Dandolo hin, damit dieser den Wein mit der Nase vorkosten konnte.

»Lesbos«, erklärte der Kapitän kurz darauf nicht ohne Stolz und schloss einen Moment die Augen. »Ein wunderbarer, mild gewürzter Rotwein von der Insel Lesbos. Es gibt keinen besseren unter diesem Firmament, meine Freunde. Und kaum einen kostspieligeren … Nun …« Er erhob sich von seinem Stuhl und hielt theatralisch inne, um sich die Aufmerksamkeit aller Anwesenden zu sichern. »Ich lasse nicht allzu häufig ein solch prächtiges Mahl auf meinem Schiff auffahren, und wenn ich es tue, liegen mir meine Reisegefährten ganz besonders am Herzen. Dennoch hat sich aus den wenigen Gelegenheiten bereits so etwas wie eine kleine Tradition entwickelt: ein Ritual, eine kleine Zeremonie, mit der ich meinen ehrenwerten Gästen eine besondere Freude bereiten möchte.« Er deutete auf die Kiste mit den Weinbechern. »Das da«, erklärte er, »sind keine gewöhnlichen Trinkgefäße, wie Ihr gewiss schon erkannt habt. Jeder dieser Becher stammt aus einer Zeit, als das heidnische Rom über die ganze Welt herrschte – aus einer Zeit des falschen Glaubens, aber der wahren Kunstfertigkeit, die der Welt seitdem verloren gegangen ist.« Er seufzte tief. »Nun – ich bin mir sicher, sie kehrt irgendwann zurück. Ich bin stolz, mich des Besitzes dieser einmaligen Schmuckstücke rühmen zu können, und im Grunde sind sie beinahe zu schade, um wirklich aus ihnen zu trinken. Aber eben nur beinahe … Für ehrbare Gäste wie Euch kann mir nichts zu teuer sein.«

Er lächelte gefällig, als ob er auf Applaus wartete, aber sowohl Robin als auch die übrigen Männer am Tisch beließen es bei etwas verwirrten, aber dankbaren Blicken. Lediglich Bruder Lucio und natürlich Salim zeigten sich vollkommen unbeeindruckt. Der Sarazene hob knapp, aber verächtlich eine Braue, was umso anmaßender erschien, wenn man in Betracht zog, dass er offiziell bloß als eine Art besonderer Diener mit Robin reiste und an dieser Tafel eigentlich nichts verloren hatte. Dandolo überging sein Verhalten geflissentlich.

Aus dem Blick des Lazariters hingegen sprach die Pikiertheit des Christen, und seine Linke begann erneut, die Perlen des Rosenkranzes auf seinem Schoß über die Schnur zu schieben, während er die heidnischen Bilder und Symbole auf dem Weinbecher betrachtete. »Und woher habt Ihr diese seltenen … *Kunstwerke*?«

»Das«, antwortete der Venezianer mit einem geheimnisvollen Lächeln, »werde ich erst verraten, sobald Ihr daraus getrunken habt.«

Bruder Lucio rümpfte die Nase, schwieg aber und beobachtete den Kapitän mit finsterer Miene.

Dandolo winkte den jungen Michael an seine Seite, verpasste ihm einen weiteren heimlichen Ellbogenstoß und forderte den Jungen auf, die in der Kiste stehenden Becher zu füllen. Zwar hatte Michael vor weniger als einem Tag ein viel zu kurzes Schwert mit festem Griff und entschlossener Miene gegen einen Hünen geführt, doch nun zitterten seine Finger, und winzige Schweißperlen glitzerten auf seiner Stirn, während er den griechischen Wein langsam und mit akribischer Vorsicht in die allesamt unterschiedlichen Becher goss.

*Er* wusste vermutlich um ihre Herkunft und ihren wahren Wert, und beides schien ihn enorm zu beeindrucken. Der Junge hatte ihr aufrichtiges Mitgefühl.

Als er den ersten Becher gefüllt hatte, hob er ihn behutsam mit beiden Händen aus der Kiste und klappte seine zierlichen Daumen um den Innenrand des Gefäßes, damit es ihm nicht vor lauter Aufregung entglitt. Dandolo beobachtete ihn mit zunehmend angespanntem Lächeln und entspannte sich erst, als Michael den Becher umständlich an ihn weiterreichte. Robin seufzte und schwor sich, den Knaben wirklich so bald und so gut wie nur irgend möglich auszubilden. Er war nicht dazu geboren, festliche Gesellschaften zu bewirten oder tote Hühner zu rupfen. Robin erkannte kämpferisches Potenzial in ihm, und vielleicht würde er mit ihrer Hilfe schon im nächsten Hafen zu den besten Kämpfern zählen, über die Dandolo und von Nettestal verfügten.

Der Kapitän ließ den fast randvollen Becher in seiner Hand vorsichtig einen Halbkreis durch die Luft fahren und drehte ihn dabei geschickt zwischen den Fingern, sodass ein jeder am Tisch das gute Stück von allen Seiten bestaunen konnte. Auf dem matt glänzenden schwarzen Material prangte in erdigem Rot ein bärtiger Mann mit einem Weinbecher in Händen, der Dandolo – mit stolzgeschwellter Brust und etwas zu weit in die Luft gereckter Nase – bemerkenswert ähnlich sah. Braunrote Weinreben rankten zu den Seiten des gemalten Mannes empor. Vielleicht gehörten ihm die Hügel, auf denen sie wuchsen, oder er hatte die Trauben selbst geerntet. Neben Dandolo hingegen reckte sich bloß der Hauptmast seines Schiffes gen Himmel und schien das Festland aus der Ferne zu mahnen, auf die hart erwirtschafteten Früchte achtzugeben, ehe der Kapitän die Anker auswerfen ließ und sie mit sich nahm.

»Jeder dieser Becher«, erklärte Dandolo feierlich, »ist ein ganz besonderes, ein einmaliges Stück – so wie jeder meiner heutigen Gäste etwas ganz Besonderes und Einmaliges ist. Darum habe ich für einen jeden von Euch ein Gefäß ausgewählt, dessen Motiv zu seinem Leben passt. Und nun will ich wissen, ob ich in meiner Einschätzung richtig lag. Das hier ...« Er tippte dem erdroten Mann mit dem Weinglas fast liebevoll auf den gemalten Bauch, »ist Dionysos, der heidnische Gott des Weines. Man sagt, er habe sein Leben in vollen Zügen genossen. Genau wie ich.«

Er grinste zufrieden, und Robin zog skeptisch die Brauen zusammen, behielt ihre Meinung aber für sich. Der einäugige Venezianer mit dem abgehärmten Gesicht schien kein allzu gottesfürchtiger Mensch zu sein und erinnerte sie auf seine selbstgefällige, genusssüchtige und mitteilungsfreudige Art an Agnes von Courtenay; sie hätten fast Geschwister sein können. Aber wenigstens, so dachte sie, stand er dazu, in Geschäftsbelangen ein hinterlistiger Betrüger zu sein. Robin seufzte resigniert, als ihr die Fadenscheinigkeit ihrer Gedanken bewusst wurde, und sie stellte fest, dass sie fast alles für die Gewissheit gegeben hätte, ihren Reisegefährten vertrauen zu können. Und hatten ihre Begleiter sich dieses Vertrauen nicht auch verdient? Schließlich hatte Robin es jedem Einzelnen von ihnen zu verdanken, dass sie überhaupt noch am Leben war! Ja, so gestand sie sich ein: Sie wollte, sie musste zur Ruhe kommen. Ihre Seele lechzte regelrecht nach Friedfertigkeit, Freundschaft und Vertraulichkeit, und bis sie wieder an Land waren, würde sie sich selbst dieses Bedürfnis, so gut es eben ging, erfüllen – und dass sie dafür mit der einen oder anderen kleinen Enttäuschung würde zahlen müssen, wohlkalkuliert in Kauf nehmen.

Dandolo deutete derweil auf den zweiten Becher, den Michael ungeschickt aus der Kiste hob. »Iason, der die besten Krieger seiner Zeit um sich versammelte.« Der halb nackte Mann, der in das Gefäß gekerbt und mit haarfeinen Pinselstrichen bemalt worden war, stand vor einem großen, prunkvollen Sessel – einem Thron wahrscheinlich – und trug in der einen Hand ein goldenes Widderfell, während er mit der anderen einen Speer umklammerte, als trüge er an seiner statt ein Banner vor sich her. »Ein Held wie das Schwert des Königs, Robin – der sich nicht scheut, eine Reise ins Unbekannte zu wagen.«

Bruder Lucio blickte von seinem Rosenkranz auf: zu langsam, um erschrocken zu wirken, aber doch alarmiert. Für einen kurzen Augenblick versetze auch Robin die Zweideutigkeit der Bemerkung des Kapitäns in Alarmbereitschaft. Ins Unbekannte ... Wusste Dandolo vielleicht mehr über die wahren Gründe ihrer Reise, als er durfte und wissen konnte? Aber der Einäugige verzichtete auf jegliche Kunstpause, sah weder Robin noch den Lazariter durchdringend an und stattdessen stirnrunzelnd Michael dabei zu, wie er sich – den Becher in der Hand – mit winzigen, vorsichtigen Schritten um den Tisch herum- und auf Robin zubewegte. Ein paar Tropfen des edlen Getränkes tropften dennoch auf die Planken, und das Gesicht des Jungen nahm die Farbe frischer Blutorangenscheiben an.

Dandolo rollte die Augen und griff erneut einen Becher, den die Abbildung eines mit Keule und Bogen bewaffneten, ausnehmend muskulösen Kriegers zierte. Mit der freien Linken reckte dieser das Fell eines Wildtieres in die Höhe – vermutlich das eines Löwen. Robin wusste, wem dieser Weinbecher bestimmt war, noch bevor der Kapitän sich Erek von Nettestal zuwandte und ihn in blumigen Worten mit einem Helden namens Herakles verglich. Doch ehe der Becher von Hand zu Hand wechseln konnte, schrie Michael, der Robin nun fast erreicht hatte, erschrocken auf, strauchelte – und sein Becher fiel ihm aus der Hand und zersprang mit einem klirrenden Geräusch auf den hölzernen Planken. Der dicke Boden des Gefäßes rollte einmal bis zur Reling und zurück, ehe er in der nun fast schon gespenstischen Stille an Bord unter der Tafel umkippte und liegen blieb. Iasons Reise ins Unbekannte endete neben Robins rechtem Fuß. Sein Widderfell lag, aufgeteilt in mehrere Scherben, zwischen Salim, Anno von Knipprode und ihr selbst verstreut, und sein Kopf fehlte.

»Er … er hat mich gebissen …« Verstört sah Michael auf seine ungeschickten Hände hinab, schenkte Robin einen gleichermaßen Hilfe suchenden wie beschämten Blick, biss sich auf die Unterlippe und lutschte sich dann betreten den süßen Wein von den Daumen. Tränen standen in seinen Augen. Er senkte den Kopf und starrte auf die winzigen Wurmlöcher in den Planken hinab.

»Er hat dich *gebissen?!*« Dandolo stellte den Becher des Herakles mit nur mühsam unterdrückter Wut auf der Tischplatte vor Erek von Nettestal ab, sprang auf die Füße und bewältigte die Strecke, für die der Knabe eine halbe Ewigkeit benötigt hatte, mit vier riesigen, donnernden Schritten. »Der *Becher* hat dich *gebissen*, du dummer Taugenichts?! Es wird wohl eher der Teufel gewesen sein!« Und dann schlug er dem Kind mit der geballten Rechten ins Gesicht. Michael taumelte, schrie und stolperte rückwärts gegen einen Mast. Die Haut unter seiner linken Braue platzte auf, und ein dünnes Rinnsal dickflüssigen Blutes rann aus der Wunde die Schläfe hinab, die sich fast augenblicklich dunkelblau färbte. Robin sprang entsetzt auf. Ihr Stuhl kippte polternd auf das Deck.

Dandolo war außer sich vor Zorn. Obgleich der Junge schon nach seinem ersten Schlag Mühe hatte, sich auf den Beinen zu halten, holte er ein zweites Mal aus und traf den Jungen am Kinn, dass seine Zähne knirschend aufeinanderschlugen. Er hätte gewiss noch ein drittes und weiteres Mal zugeschlagen, hätte Robin sich nicht mit zwei entschiedenen Schritten zwischen ihn und den zitternden, weinenden Knaben geschoben: »Halt!«, bestimmte sie.

Dandolo hielt mitten in einer Bewegung inne, die den Jungen möglicherweise das Augenlicht oder mehr gekostet hätte, und schnaubte wie ein wütendes Rindvieh. »Tretet beiseite!«, fluchte er. Nur mit Mühe gelang es ihm, wenigstens etwas gebührenden Respekt vor dem Schwert des Königs in seiner Stimme unterzubringen. »Der Junge bekommt die Strafe, die er verdient. In seinem ganzen Leben wird er den Wert dieses einmaligen Kunstwerks nicht erwirtschaften können!« Er wandte sich wieder an Michael: »Ist dir überhaupt klar, was du da angerichtet hast, verdammt?!« Fast hätte Dandolo in seinem Zorn allen Respekt fahren lassen und sich an Robin vorbeigeschoben – vielleicht, um den Waisenknaben am Kragen zu packen und zu Tode zu schütteln. Aber da war auch Erek herangestürmt und hielt den Kapitän mit hartem Griff an der Schulter zurück: »Wenn Ihr sein Leben schon heute beendet, bringt er Euch noch viel weniger ein«, bemerkte der Hüne ruhig. Robin nickte ihm dankbar zu und wandte sich nun ihrerseits erneut und so sanft wie möglich an Dandolo: »Hört auf Erek von Nettestal. Ich bin mir sicher, der Junge wird alles tun, um seine Schuld abzuarbeiten. Niemandem ist geholfen, wenn Ihr ihm ein paar Knochen brecht. Im Gegenteil: Er wäre sogar eine zusätzliche Last, weil jemand sich um ihn kümmern und ihn gesund pflegen müsste … Und seine Arbeiten übernehmen müsste, selbstverständlich.«

»Arbeiten!« Dandolo schnaubte. »Ganz gleich, was man von ihm verlangt: Er macht es falsch. Oder er tut es überhaupt nicht. Oder er zerstört dabei irgendetwas.« Er deutete anklagend auf die Scherben des kostspieligen Bechers.

»Ich werde ihn ersetzen.« Der Satz war über ihre Lippen, ehe sie darüber nachgedacht hatte, und nicht nur aus Bruder Lucios Augen zuckten nun verständnislose, verärgerte Blitze zu ihr hinüber. Robin war sich bewusst, dass es vollkommen unangemessen war, ihre Reisekasse zu beanspruchen, um einem einfachen Schiffsjungen zu helfen. Aber sie fühlte sich dem Knaben auf unbestimmte Weise eng verbunden. Er war ihr so ähnlich – ihr, wie sie damals gewesen war, als Abbé und Jan bei der kleinen Kapelle nahe ihres Heimatdorfes aufgetaucht waren. Als sie den erfundenen Erzählungen des Knappen mit großen Augen gelauscht hatte. Als sie sich vorgestellt hatte, wie es wäre, die Welt mit dem Schwert in der Hand zu erkunden und vielleicht sogar ein klein wenig zu verändern.

»Das Einmalige ist nicht zu bezahlen«, grollte der Kapitän, doch die Art, in der er seine Worte betonte, zeigte Robin, dass sie den Geschäftsmann in ihm geweckt hatte, der nun nur noch auf das richtige Angebot lauerte.

»Zweihundert Silberpfennige«, schlug Robin vor und hätte sich im nächsten Moment gern selbst die Zunge abgebissen, denn das war alles, worüber sie persönlich verfügte. Nun gab es für sie keinen Verhandlungsspielraum mehr.

Bruder Lucio sah aus, als wünschte er sich einen Eimer Pech, mit dem er Robin den Mund zukleistern konnte, Dandolo aber kniff die Augen zusammen: »Dreihundert.«

Robin schüttelte den Kopf. »Mehr habe ich nicht. Zweihundert, und Ihr verliert nie wieder ein Wort über den Becher und die Schuld des Jungen.«

»Zweihundertfünfzig.«

»Aber ich …«, begann Robin hilflos, wurde aber von Erek unterbrochen: »Zweihundertfünfzig«, nickte er. »Ich lege die fehlenden fünfzig Silberpfennige dazu, damit wir jetzt an den Tisch zurückkehren und die ganze Geschichte vergessen können. Ich käme wirklich noch gern in den Genuss des restlichen Weines.« Er zwinkerte Robin über die Schulter des Venezianers hinweg verschwörerisch zu, und Robin dankte es ihm mit einem erleichterten Lächeln.

Dandolo wandte sich zu ihm um und bedachte ihn mit einem giftigen Blick, wobei ihm sein leeres Auge nicht eben hinderlich war. Dennoch hob er schließlich widerwillig die Schultern und reichte Robin und Erek nacheinander die Hand. »Abgemacht«, willigte er ein, ließ es sich aber trotzdem nicht nehmen, doch noch an Robin vorbeizugreifen, den Jungen an der Schulter zu packen und ein Stück weit in Richtung einer Handvoll anderer Seeleute zu schubsen, die neugierig herangetreten waren und ein wenig enttäuscht über den glimpflichen Ausgang der Situation wirkten. Lediglich der rothaarige Arthur schien über die Gewalt, die seinem kleinen Bruder angetan worden war, bestürzt zu sein. Eilig drängte er sich an seinen Gefährten vorüber, um den taumelnden Jungen zu stützen. Vielleicht, so dachte Robin bei sich, während sie Arthur mit Michael im Gedränge der Seeleute Richtung Heck verschwinden sah, hatte er ihre Predigt von gestern wirklich zum Anlass genommen, in sich zu gehen und Michael nun mit mehr Anteilnahme zu behandeln.

Sie kehrte an die Tafel zurück, ließ sich auf ihren Platz sinken und ignorierte geflissentlich die eisigen Blicke Lucios und die eifersüchtigen Blitze aus Salims schwarzen Augen, die nun jeder noch so unbedeutenden Geste von Nettestals folgten wie ausgehungerte Stechmücken. Innerlich aber hätte sie schreien mögen. Nicht schon wieder!, flehte sie stumm und schalt sich eine Närrin. Dass sie in der vergangenen Nacht geglaubt hatte, Salim habe erkannt, wie unbegründet seine Eifersüchteleien waren, und dem verletzten Templer als ein Zeichen der Reue geholfen, erschien ihr nun lächerlich. Erek hatte sich lediglich solidarisch zeigen wollen, hoffte vielleicht auch, im Gegenzug ein paar lukrative Aufträge für sich und seine Söldner zu erhalten. Er ahnte nicht einmal, wer und was sich wirklich unter dem Gewand des Ersten Ritters verbarg. Und trotzdem bestand kein Zweifel daran, dass er das nächste Opfer Salims übertriebener Eifersucht sein würde.

Sie knirschte mit den Zähnen und suchte dann demonstrativ das unbefangene Gespräch mit dem grobschlächtigen Anführer der Söldner, doch die gute Stimmung am Tisch kehrte nicht zurück. Der teure Wein blieb beinahe unberührt, und bald ließ Dandolo die Tafel abräumen und schließlich ganz vom Deck schaffen. Robin verabschiedete sich von Erek und war gerade auf dem Weg zu ihrer Kabine, als Unruhe vom Heck der *San Michele* zu ihr herüberschallte. Robin hielt inne und blickte alarmiert zurück, erkannte jedoch im ersten Moment nur, dass sich eine Gruppe von Seeleuten hinter dem Achterkastell eingefunden hatte, und weitere sich neugierig oder verunsichert zu ihnen gesellten. Was auch immer dort inmitten der Männer auf dem Boden lag, schien sie zu beunruhigen oder zu beschämen: Einige wandten sich schnell betreten wieder davon ab und gingen mit resigniertem Schulterzucken zurück an die Arbeit; die meisten jedoch verharrten, wirkten bekümmert und entsetzt. Einige riefen etwas, was Robin nicht gleich verstand, aber sie glaubte, dass nach dem Kapitän verlangt wurde oder nach einem Arzt.

Robin eilte geschwind über das Deck und drängelte sich durch die Menge der hilflos dastehenden Seeleute. Dandolo war nirgends zu sehen – ebenso wie der kleine Schiffsjunge. Kurz stockte ihr das Herz: Der Kapitän würde doch wohl nicht gegen ihre Vereinbarung verstoßen und sich doch noch an dem Knaben vergriffen haben?

Als auch sie schließlich sah, worauf die Seeleute nun stumm hinabblickten, schienen sich ihre schlimmsten Vermutungen zu bestätigen: Es war Michael, der dort am Boden lag und sich auf den Planken vor Schmerzen wand, das Gesicht eine Grimasse des Leides. Er wirkte nicht, als ob er überhaupt bemerkte, wie sorgenvoll und hilflos zugleich sich sein Bruder Arthur um ihn bemühte.

Robin ließ sich neben Michael auf die Knie fallen und versuchte vergeblich, ihn aus seiner verkrampften Haltung zu lösen, um die Ursache seiner scheinbar unerträglichen Schmerzen in Augenschein nehmen zu können. Seiner Haltung nach zu schließen, stimmte etwas mit seinem Oberbauch nicht. Mit sanfter Gewalt hatte sie keine Chance gegen den schrecklichen Krampf, unter dem sich der zierliche Körper des Kindes so sehr zusammenzog, dass er in dieser Haltung mühelos in ein Weinfass gepasst hätte. Kalter Schweiß hatte sein Haar durchtränkt und tropfte nun auf die dunklen Planken hinab, er zitterte wie das sprichwörtliche Espenlaub, und sein Gesicht hatte jegliche Farbe verloren.

»Feuer …«, presste der Junge hervor, und die wenigen Worte, die seine bebenden, bläulich verfärbten Lippen verließen, schienen ihn große Kraft zu kosten. »Es brennt … in mir … Feuer in meinem Bauch … in meinem Hals … Überall …«

»Was ist passiert?« Robin ließ von ihren Mühen, Michael zu sich herumzudrehen, ab und strich ihm stattdessen kummervoll durch das verschwitzte Haar. Arthur schüttelte hilflos den Kopf, sein Blick ein einziges Flehen, als könne Robin ihm Antwort auf die eben gestellte Frage geben. So kam sie nicht weiter. »Michael?«, wandte sie sich erneut dem Jungen zu, »Michael, hörst du mich? Was ist geschehen? Hat dich jemand …«

Sie brach ab, als es dem Kind gelang, die Augen einen Spaltbreit zu öffnen, um sie erstmals direkt anzusehen. Einige Äderchen waren geplatzt, und wo vorhin noch Anerkennung und Bewunderung für Robin geglänzt hatten, stand nun die blanke Furcht. »Feuer«, flüsterte er nur noch einmal. Dann keuchte er vor Schmerz und Erschöpfung auf und verlor für einen Moment das Bewusstsein. An seiner Unterlippe entdeckte Robin ein blutiges Mal, das sie nicht zuordnen konnte. Möglicherweise hatte Dandolo es ihm zugefügt, als er nach seinem Kinn geschlagen hatte, aber vielleicht hatte er es sich auch selbst zugefügt, als er zu Boden gestürzt war.

»Was … was ist mit ihm?«, stammelte Arthur. »Was soll ich tun?«

»Wir bringen ihn unter Deck«, entschied Salims Stimme, die auf einmal hinter Robin erklang. Er ließ sich hinter dem Kopf des reglosen Jungen in die Hocke sinken, brachte ihn mit einem Ruck in eine sitzende Position und weckte ihn mit dieser plötzlichen Bewegung aus seiner Ohnmacht – allerdings nur in begrenztem Maße. Michaels Augen blieben halb geschlossen, seine Züge wirkten schlaff. Vermutlich bekam er höchstens andeutungsweise mit, was um ihn herum und vor allem mit ihm selbst geschah – was angesichts seines Zustandes sicherlich das Beste war, das ihm zu wünschen blieb.

Arthur griff nach den Beinen seines Bruders und half dem Sarazenen, ihn in eine Kammer unter Deck zu tragen – dicht gefolgt von Robin, Anno und Erek, die inzwischen ebenfalls dazugestoßen waren. Auch Bruder Lucio, dessen Gesicht zum ersten Mal, seit Robin ihn kannte, einen wirklich mitfühlenden Ausdruck angenommen hatte, folgte ihnen.

Als Salim und Arthur den Jungen unter Deck auf seine schmalen Pritsche betteten, erwachte er endgültig aus seiner kurzen Ohnmacht und wand sich erneut und umso heftiger vor Schmerz. Robins Blick fiel erneut auf das blutige Mal an seinem Kinn. Möglicherweise bildete sie es sich nur ein, oder Michael hatte sich im Krampf auf die Lippe gebissen, ohne dass sie es mitbekommen hatte – aber sie hatte den Eindruck, dass das Mal größer geworden war und heftiger blutete als noch oben auf dem Deck.

Salim wurde ebenfalls darauf aufmerksam und schob die Ärmel seines schwarzen Leinenhemdes über die Hände. Mit auf diese Weise vor direktem Kontakt geschützten Fingern drehte er das Gesicht des Knaben in seine Richtung, um die kleine Wunde zu untersuchen. Umständlich gelang es ihm, die Unterlippe des Kindes ein wenig herunterzuziehen, und Michael wimmerte so qualvoll, dass es Robin das Herz zusammenzog. Robin kannte ihren Mann gut genug, um zu erkennen, dass das, was er erblickte, seine Vermutung bestätigte. Was er vermutete, wusste sie nicht, aber was er sah, sah auch sie, und es schnürte ihr die Kehle zu: Die blutige, offene Stelle setzte sich im Inneren des Mundes fort und endete erst da, wo die unteren Schneidezähne begannen, die das Kind mit solcher Kraft aufeinanderpresste, dass es Salim unmöglich war, seine Untersuchung an der Zunge oder gar im Rachen des Jungen fortzusetzen. In einer unangemessen ruppigen Bewegung griff er stattdessen nach den Händen des Jungen und maß auch diese mit einem Ausdruck, der zwischen Schrecken und Verstehen schwankte.

»Was ist los?«, drängte Robin ihn. »Was ist mit ihm? Was können wir tun?«

»Nichts.« Salim hielt ihr einen Daumen des Jungen hin, als befände er sich nicht am Ende eines Körpers, sondern wäre ein lose herumliegendes Beweisstück für irgendein Verbrechen, das außer ihm niemand begriff: »Sieh!«

Robin trat näher an die Pritsche heran und tat, wie ihr geheißen. Tatsächlich prangte auf dem Daumen des Jungen eine wunde Stelle – stark gerötet wie ein Säuglingshintern, der viel zu lange in denselben Tüchern gelegen hatte. Verständnislos schüttelte sie den Kopf: »Ich habe nicht den Eindruck, dass er sich den Finger geklemmt hat, oder …«

»Dummes Kind«, fauchte Salim, und es war nicht sicher, ob er damit Michael oder Robin meinte. Dann trat er einen Schritt von der Pritsche fort und machte Bruder Lucio Platz, der Wasser und einen feuchten Lappen in Händen hielt. Im Gegensatz zu dem Wüstenkrieger zeigte der Lazariter nicht die geringsten Berührungsängste. Er ließ sich neben dem zitternden und stöhnenden Knaben auf die Pritsche sinken und machte sich mit ungewohnter Sanftheit daran, seine Stirn zu kühlen – wohl darauf bedacht, ihm keine zusätzlichen Schmerzen zu bereiten, indem er etwa die kleine Platzwunde an seiner linken Braue berührte. Robin registrierte voller Entsetzen, dass es nicht bloß geplatzte kleine Adern gewesen sein konnten, die die Iris in den Augen des Kindes auf dem Deck gerötet hatten. Inzwischen nämlich weinte der Junge, und er weinte Tränen aus Blut.

Salim wandte sich vollends von dem schrecklichen Bild ab und richtete das Wort an Erek von Nettestal, der sich sichtlich bestürzt und nicht minder hilflos wie Robin und Anno im Hintergrund gehalten hatte. »Der Becher«, fuhr er den Söldner zornig an. »Bringt mir die Scherben des Bechers, der dem Schwert des Königs bestimmt war!«

Erek wich verwirrt zurück. »Wieso sollte ich das tun?«, gab er verwundert zurück. »Und außerdem: W*ie*? Dandolo hat sie über Bord werfen lassen. So wie er es mit allem tut, was er nicht mehr gebrauchen kann. Ich glaube nicht, dass sie sich noch einmal hätten zusammensetzen …«

»Mörder!«, fauchte Salim. »Ihr wolltet Robin von Tronthoff töten, und stattdessen habt Ihr diesen unschuldigen Jungen erwischt! Ihr …«

»Salim!«, fiel Robin scharf ein. Sie wusste nicht, was in ihren Gatten gefahren war, aber sie wusste mit Bestimmtheit, dass Michael nicht damit geholfen war, wenn sie einander gegenseitig mit irrwitzigen wie haltlosen Beschuldigungen überhäuften. »Was soll das? Wie kommst du darauf, dass …«

»Er wurde vergiftet«, fiel Salim ihr ins Wort, ohne Erek von Nettestal auch nur für die Dauer eines Lidschlages aus den Augen zu lassen.

»Aber das ist doch vollkommener Unsinn!« Die Stimme des Söldners klang eher erstaunt als vorwurfsvoll. »Wer sollte so etwas tun? Hör zu, Junge …« Er deutete mit einem mitfühlenden Nicken in Richtung des kreidebleichen Kindes, das sich inzwischen wieder unter Schmerzen krümmte und nun Blut zu husten begann. »Ich bin kein Arzt – ebenso wenig wie du. Aber ich habe so etwas schon einmal gesehen …« Er verstummte und presste bestürzt die Lippen aufeinander.

»Wo?«, drängte Robin.

Der riesenhafte Söldner hob hilflos die Schultern. »Ein seltenes Fieber. Es … kommt aus dem Herzen der Wüste. Ich habe schon einen ganzen Trupp Reisender auf ähnlich fürchterliche Weise sterben sehen. Es tut mir wirklich leid, aber … ich glaube nicht, dass wir irgendetwas für ihn tun können.«

»Unsinn!« Salim maß sein Gegenüber ungeachtet seiner eigenen, deutlich geringeren Körpergröße mit vor Herausforderung blitzenden Augen. »Es gibt kein solches Fieber. Nicht wahr, *Bruder*?«

Ruckartig wandte er sich wieder zu dem Lazariter um, der es allerdings bei einer hilflosen Geste beließ. »Es ist mir nicht bekannt. Aber ... Wie sollte ich es ausschließen? Ich begegne stetig Menschen mit neuen, fremdartigen Leiden. Allerdings selten solchen mit derart schrecklichen Symptomen.« Er tauchte das Tuch erneut in die Wasserschale, wrang es aus und tupfte vorsichtig den Schweiß vom Hals des Jungen. Robin registrierte bestürzt, dass die Halsschlagadern des Kindes dick hervorgetreten waren wie die eines Kriegers, der seit Stunden große körperliche Anstrengungen erbrachte.

»Seht Ihr. Ihr ...«, begann Salim erneut, wurde aber dieses Mal von Arthur unterbrochen, der sich mit tränenfeuchten Augen zwischen die beiden Streithähne schob.

»Bitte!«, drängte er fast flehendlich. »Lasst uns jetzt allein – den Gottesmann, meinen Bruder und mich. Ich weiß auch nicht, was mit ihm geschehen ist. Aber ich bin mir sicher, dass es ihm nicht helfen wird, wenn Ihr auf so engem Raum gleich neben seinem Krankenbett aufeinander losgeht.«

Salim öffnete den Mund zu einer Erwiderung, schloss ihn jedoch wieder, als ihn eine strenger Blick Anno von Knipprodes traf. Dann warf er wütend den Kopf in den Nacken, stolzierte an Erek vorbei in Richtung seiner Kammer, deren Tür er kurz darauf laut krachend hinter sich ins Schloss fallen ließ. Auch Erek kam der Bitte Arthurs nach und verabschiedete sich mit einem letzten, mitfühlenden Blick, und schließlich ertrug auch Robin den Anblick des leidenden Kindes nicht mehr. An Annos Seite kehrte sie mit hängenden Schultern aufs Hauptdeck zurück und begleitete ihn zur Kajüte des Kapitäns, um ihn über die Geschehnisse zu unterrichten. Dandolo schien ernsthaft betroffen zu sein und ließ dem Bruder des sterbenden Knaben sein Beileid ausrichten, und Robin zog sich allein in ihre Kammer zurück, ließ sich auf ihr Bett sinken und nahm den rund geschliffenen Saphir aus der Tasche, für den Michael im Hafen von Jaffa sein junges, kostbares Leben riskiert hatte. Bestürzt blickte sie darauf hinab, bis das leise Stöhnen und Keuchen aus der Kammer unweit ihrer eigenen irgendwann verstummte. Sie wusste es, lange bevor Bruder Lucio ihr die Nachricht überbrachte: Michael war tot. Und Robin war so allumfassend elend zumute wie zuletzt während ihrer Gefangenschaft bei Sheik Sinan.

# 8. KAPITEL

Enrico Dandolo ließ die Leiche des Jungen in einen Sack aus Segeltuch einnähen, mit Steinen beschweren und ohne großes Aufheben über Bord werfen.

*So wie er es mit allem tut, was er nicht mehr gebrauchen kann,* hallten von Nettestals Worte in Robins Kopf wider. Sie blickte dem blutdurchtränkten Sack aus brennenden Augen nach, bis er in der dunklen Tiefe, die Robin so ängstigte, vollends und für alle Ewigkeit verschwand.

Der Kapitän kommentierte das Ableben des Kindes mit einem halbherzigen letzten Gruß, und als er Arthur sein Beileid aussprach, hätte selbst ein Blinder verstanden, dass Michaels Tod dem Kapitän gleichgültig war, ihn vielleicht sogar einer Sorge mehr enthob. Dann schloss Dandolo sich in seiner Kapitänskajüte ein und blieb dort, über Tabellen, Skizzen und Bordbücher gebeugt, bis ein hellgrauer Streifen am Horizont bereits den kommenden Tag ankündigte. Wie, so fragte sich Robin, hatte ihr nur noch am frühen Abend so viel daran liegen können, nach möglichst viel Gutem im Herzen Dandolos zu suchen?

Bruder Lucio hingegen betete für den Kleinen und seine unschuldige Seele – und schien abgesehen von Robin und Arthur der Einzige an Bord zu sein, dem das tragische Ende des Knaben *wirklich* naheging. Die Männer, die den Leichensack über die Reling gestemmt hatten, bekreuzigten sich flüchtig und zogen sich dann auf das Unterdeck zurück, das die meisten anderen nicht einmal verlassen hatten, um sich wenigstens den Anschein zu geben, dass sie mit irgendjemandem mitfühlten.

Anno von Knipprode wirkte zwar betrübt, aber es hielt ihn auch nicht lange auf dem Oberdeck, weil er, wie er beteuerte, die beklommene Atmosphäre nicht ertrug. Und Rother, der etwas besser als am Nachmittag, aber noch lange nicht *gut* aussah, verließ seine Kammer nur kurz, um sich zu erkundigen, was geschehen war, und sich dann wieder zu Bett zu legen. Erek von Nettestal blieb eine ganze Weile neben Robin stehen und wirkte dabei, als trauerte er bloß aus Solidarität mit ihr – oder um die vergeudeten fünfzig Silberpfennige, die er dazu beigesteuert hatte, dass Dandolo den kleinen Taugenichts, für den Michael auf der *San Michele* allgemein gehalten worden war, nicht halb oder gar ganz totgeprügelt hatte. Und Salim …

Nun, Salim reizte Robin bis aufs Blut.

Sie hätte es begrüßt, dass er ihr keinen Schritt von der Seite wich, wenn er ihr beigestanden oder reinen Herzens getrauert hätte. Doch das war keineswegs der Fall. Stattdessen spickte er von Nettestals Körper mit Pfeilen der Eifersucht und ließ überdies keine Gelegenheit aus, Robin dazu zu drängen, mit ihm unter Deck zu gehen. Sein Verhalten war gänzlich unangemessen – für einen Kameltreiber ohnedies, aber auch für einen Ehemann. Vollkommen entnervt gab Robin irgendwann nach – allerdings nur um Salim mit gereizten Schritten vorauszueilen und ihm demonstrativ die Tür ihrer Kajüte vor der Nase zuzuschlagen. Sie meinte die Eifersuchtstiraden gegen Erek von Nettestal aus jedem von Salims Zügen kreischen zu hören – und sie hatte nicht die geringste Lust darauf, sich die immer gleichen haltlosen Behauptungen anzuhören. Wütend ließ sie sich auf ihre Pritsche fallen, schleuderte ihre Stiefel in eine Ecke und ignorierte den Sarazenen demonstrativ, als er die Tür wieder aufstieß, um ihr unerbittlich zu folgen.

»Behandelt man bei euch Christen so einen Menschen, den man liebt?«, erkundigte sich Salim und ließ sich ungebeten neben sie sinken. Robin streckte die Beine hinter seinem Rücken aus, drehte sich von ihm weg und verbarg ihre Augen in einer Armbeuge. Aber Salim ließ sich nicht beirren. »Anscheinend«, schnaubte er, versuchte dann aber, seinen Ärger mit einem Schütteln von sich abzuwerfen, und seufzte nachgiebig. »Ich verstehe deinen Kummer, Robin. Aber wenn du dich weiterhin so dagegen sträubst, mir wenigstens einen Moment vernünftig zuzuhören, wirst du bald gewiss noch viel größeres Leid erdulden müssen. Oder überhaupt keins mehr, wenn dieser Mörder erwischt, auf wen er es eigentlich abgesehen hatte. Ruhe sanft, geliebtes Weib.«

Robin richtete sich mit einem Ruck auf. »Mörder, ja?«, fauchte sie. »Dass Erek von Nettestal sich freundlich mir gegenüber verhält, macht ihn noch lange nicht zum potenziellen Mörder, geschätzter Gatte! Er weiß noch nicht einmal, dass ich eine Frau bin! Ich weiß nicht, wie es bei euch in aller Heimlichkeit zugeht, obwohl ich in Jaffa einen lebhaften Eindruck von dem bekommen habe, was sich hinter der Fassade eurer vorgeblichen Sittsamkeit abspielt. Aber bei uns gibt es so etwas nicht. Gott verbietet es *ausdrücklich*.«

»Es gibt keine Hurenhäuser bei euch?« Salim hob verächtlich eine geschwungene Braue. »Ich fürchte, diesbezüglich bist du zeit deines Lebens ganz fürchterlich belogen worden.«

»Das meine ich nicht, und das weißt du ganz genau«, schimpfte Robin.

»Richtig.« Salim nickte. »Aber was macht dich so sicher, dass von Nettestal nicht weiß, wer du wirklich bist? Und dass er nicht nur freundlich ist, um dein Vertrauen zu erschleichen? Weil in Wirklichkeit er es war, der den Jungen vergiftet hat.«

»Vergiftet. Pah.« Robin schüttelte den Kopf. »Michael hat weder Speis noch Trank zu sich genommen. Falls es dir nicht aufgefallen ist, war er sogar der Einzige, der den ganzen Tag *überhaupt nichts* zu essen bekommen hat, wenn er sich nicht etwas aus der Vorratskammer gestohlen oder heimlich die Reste von den Tellern geleckt hat. Wie sollte ihn jemand vergiftet haben? Das ist doch völliger Unsinn!«

»Es gibt Gifte, die durch die Haut wirken«, erwiderte Salim ernst. »Du hast die Wundmale an seinen Daumen und seinem Mund selbst gesehen. Das waren genau die Stellen, die mit dem Wein in dem Becher in Berührung gekommen sind. *Nur* diese Stellen … Wenn es sich um ein Kontaktgift gehandelt hat, muss der Junge überhaupt nicht richtig von dem Wein getrunken haben, um an den Folgen des Giftes zu sterben.«

»Fast alle haben von dem Wein getrunken, und niemandem ist auch nur übel geworden.« Robin funkelte ihn noch immer zornig an. »Nicht einmal Dandolo. Und er war der Einzige, der seinen Becher tatsächlich geleert hat.«

Salim stöhnte auf. »Du hörst mir einfach nicht zu!«, ereiferte er sich. »Ich sagte: von dem Becher. Nicht: von dem Wein. Jemand muss den Becher vergiftet haben. Wahrscheinlich könnte ich es beweisen, hätte unser geschätzter Kapitän ihn nicht vorsorglich an die Fluten übergeben.«

»Um seine Spuren zu beseitigen«, fügte Robin sarkastisch hinzu. »Womöglich war er selbst es, der versucht hat, mich zu töten. Oder … Nein, warte: Vielleicht hat er geahnt, dass Michael sich so ungeschickt anstellt, dass dieses ausgesprochen tödliche, bislang nicht bekannte Zaubergift über seine Finger tropft und ihm den Garaus macht, weil er eines seiner Hühner beleidigt hat. Sein Ziel war der Knabe, und ich … Nun, wie heißt dieses Spiel, das ihr Muselmanen so sehr schätzt? Ich wäre ein *Bauernopfer* gewesen, genau. Aber das Schicksal meinte es gut mit mir.«

»Das Bauernopfer in diesem Spiel ist der Schiffsjunge gewesen«, verneinte Salim ungerührt. »Und ich weiß nicht, wer hinter diesem Anschlag steckt. Ja, vielleicht war es tatsächlich Enrico Dandolo. Immerhin hat er großen Wert darauf gelegt, dass jeder seiner Gäste aus einem ganz bestimmten Becher trinkt. Weißt du eigentlich, woher er diese Dinger hat? Erinnerst du dich, dass er es nicht sagen wollte? Ich will es dir erzählen: Sie stammen aus geplünderten Gräbern. Darum hat er sich ausgeschwiegen. Es wäre *unappetitlich* gewesen, nicht wahr? So viel zu unserem ach so vertrauenswürdigen Kapitän! Oder dieser dreimal verfluchte Templer, der es vorzog, nicht an dem Essen teilzunehmen, obgleich es ihm nicht halb so schlecht geht, wie er vorgibt. Oder Erek, der wirklich alles versucht, um sich möglichst nicht verdächtig zu machen. Er zergeht ja beinahe vor Mitgefühl. Aber das steht ihm nicht, Robin. Es passt zu ihm wie ein Kelim unter Bruder Lucios Knie. Und was ist mit eurem ehrwürdigen Vorbeter selbst? Siehst du nicht, wie außerordentlich bestürzt er über das Schicksal dieses Kindes ist, wo ihn jede Leiche, über die wir auf dem Weg hierher haben steigen müssen, vollkommen kaltgelassen hat? Vielleicht hat er ein schlechtes Gewissen, weil …«

»Du leidest doch unter Verfolgungswahn!«, fiel Robin fassungslos in den Redefluss des Sarazenen ein. Sie sprang auf, ging einmal in der engen Kammer auf und ab, atmete dann so tief wie möglich durch, um die Kontrolle über sich selbst zurückzuerlangen, und packte ihren Mann schließlich an den Schultern, um ihm aus unmittelbarer Nähe in die Augen zu sehen. »Es gibt keinen Mordanschlag – schon weil es kein Gift gibt, das so stark wirkt, dass es einen Menschen tötet, wenn er nur die Daumen hineintaucht«, erklärte sie mit fester Stimme. »Was du dir da zusammenspinnst, ist völlig absurd!«

Salim hielt ihrem Blick stand. »Du hast gehört, dass auch Bruder Lucio so etwas noch nie gesehen hat«, gab er ruhig zurück. »Und auch sonst niemand, außer Erek, dem ich kein

Wort glaube. Es gibt kein solches Wüstenfieber. Zugegeben: Mir ist auch kein Gift bekannt, das so stark wirkt. Normalerweise verwendet man ein Kleidungsstück, wenn man jemanden auf diese Weise ermorden will. Ein Hemd oder ein Paar Handschuhe, die man sorgfältig mit der Substanz durchtränkt hat. Denn es dauert einen gewissen Zeitraum, in dem das Gift die Haut berühren muss, bevor es zu wirken beginnt …« Sein Gesicht nahm einen nachdenklichen, aber auch deutlich nervösen Ausdruck an. »Dieses Gift, das hier verwendet wurde, muss aus dem fernen Indien stammen. Wer etwas so Kostbares besitzt, Robin, dessen Geschäft ist der Tod. Er wird einen anderen Weg suchen, um einen weiteren Mordanschlag auf dich zu verüben. Und wenn wir nicht sehr schnell herausfinden, wer es ist, wird er auch einen finden.«

Robin suchte einen Moment vergebens nach einer Bemerkung, die ihrer Meinung nach zu Salims Geisteszustand passte, wich einen Schritt vor ihm zurück und rümpfte angewidert die Nase. »Es beruhigt mich zu wissen, wie gut mein Ehegatte sich in der Welt der tödlichen Gifte auskennt«, bemerkte sie sarkastisch. »Besser als jeder andere an Bord, ganz gewiss. Weil ein erheblicher Teil dieser Welt bloß in seiner widerwärtigen Vorstellung existiert.«

Salim sprang auf. Aus seinen Augen gewitterte blanker Zorn, und im ersten Moment befürchtete Robin, nun werde er sie schlagen. Aber das tat er nicht. Stattdessen griff er mit einer Hand nach ihrer Schulter und schüttelte sie wie ein kleines Kind, das er gerade aus einer Gefahr befreit hatte, in die es sich selbst aus mangelnder Einsicht und Ungehorsam begeben hatte. »Robin!«, fluchte er. »Ich will dir helfen! Ich bin hier, um dich zu beschützen. Dich und mein Kind, das du unter deinem Herzen trägst! Wenn du schon nicht auf dein eigenes Leben achtgeben willst, dann respektiere wenigstens das deines Kindes. Es ist nämlich auch das meine! Ich bin dafür *verantwortlich*, verstehst du?!«

»Es gibt kein …«

»Natürlich gibt es ein Kind, und das weißt du so gut wie ich!«

Robin registrierte in einer Mischung aus Überraschung, Bestürzung und auch ein wenig Schrecken, dass tatsächlich Tränen in den Augen des Sarazenen brannten. Sie konnte sich nicht entsinnen, ihn jemals so außer sich erlebt zu haben. »Du jammerst um diesen fremden Jungen, dessen Schicksal, so tragisch es auch sein mag, dir mit allergrößter Wahrscheinlichkeit das Leben gerettet hat. Aber was ist mit deinem eigenen Sohn oder deiner Tochter – mit *unserem Kind*, dem du da in deinem eigenen Leib mit harten Leinenbinden das Blut abschnürst?« Wütend deutete er auf Robins Leib, riss sie zu sich zurück, als sie, erschrocken von seinem heftigen Wutausbruch, beiseitezutreten versuchte, und drückte sie mit weitaus mehr als nur sanfter Gewalt an sich. »Ich mache mir Sorgen, Robin. Schreckliche Sorgen. Ich will euch nicht verlieren, verstehst du? Du musst mir helfen, euch zu helfen.«

Robin schwieg, wehrte sich aber auch nicht länger gegen seine Umklammerung. Sie war noch immer viel zu überrascht und verwirrt, um auf Salims plötzlichen Gefühlsausbruch reagieren zu können, aber ihr Zorn auf ihn war verflogen, als hätte es ihn nie gegeben. Schließlich legte sie ihre Arme um seine bebenden Schultern und begann, ihm beruhigend über den Nacken zu streicheln.

Ob Salim nun im Recht oder im Unrecht war, ob es einen Mordanschlag gegeben hatte oder der Junge einer schlimmen Krankheit zum Opfer gefallen war – und sogar ob sie ihrem Mann wirklich bald ein Kind gebären würde oder eben nicht, spielte in diesen Sekunden überhaupt keine Rolle mehr: Salims Gefühle waren echt. Der Wüstenprinz litt, und nun war es ihre Aufgabe, für ihn da zu sein. Weil sie ihn, und nur ihn, liebte, ganz gleich, wie schwer es ihr manchmal fiel, ihm dies zu zeigen.

Salim dachte nicht im Traum daran, sich von ihren Beteuerungen und vernünftigen Argumenten beeindrucken zu lassen und Erek von Nettestal mit seinen verrückten Eifersüchteleien zu verschonen. Und so ließ er auch fortan keine Gelegenheit mehr verstreichen, den Söldner mit verbalen Seitenhieben oder kleinen Gemeinheiten zu schinden. Am Vormittag des folgenden Tages ließ er sich sogar dazu herab, dem Hünen auf dem frisch gewischten Hauptdeck – scheinbar versehentlich – ein Bein zu stellen, sodass er meterweit über die Planken schlitterte und seine Schale voller Gerstenpampe, die Dandolo sowohl seiner Mannschaft als auch seinen Gästen als reichhaltiges Frühstück zu verkaufen pflegte, über das halbe Deck verteilte. Dass er den einfachen Seemann, der die Reinigung des Decks gerade erst abgeschlossen hatte, damit deutlich mehr verärgerte als seinen vermeintlichen Konkurrenten, scherte den Sarazenen dabei herzlich wenig.

Robin hingegen ärgerte sein kindisches Verhalten sehr, und so mied sie seine Nähe, wo sie nur konnte. Bald machte sie es sich zur Aufgabe, besonders oft und auffallend freundlich mit dem grobschlächtigen Söldner zu sprechen, damit ihr Gatte ja nicht glaubte, dass er mit seinen groben Albernheiten je irgendetwas erreichen würde.

Noch weniger erfolgreich verliefen Salims Mühen, mehr über das sonderbare Gift und den vermeintlichen Anschlag, geschweige denn einen möglichen Mörder, ausfindig zu machen. Oft blieb er stundenlang verschwunden, löste sich auf seine unvergleichliche Weise praktisch in Luft auf, um mit den Wänden zu sehen und mit den Winden zu hören. Immer wieder stieß er dabei auf vermeintlich verdächtige Bemerkungen – seien sie nun von Dandolo, Lucio oder dem armen, noch immer stark angeschlagenen Rother. Am liebsten aber waren ihm Verdachtsmomente aus dem Mund Erek von Nettestals, der schon bald die Hände über dem Kopf zusammenschlug, sobald irgendein Wort fiel, das mit den ersten beiden Buchstaben von Salims Namen begann – was eine ganze Menge von Worten betraf. Aber einen echten Verdachtsmoment, oder gar einen stichhaltigen Beweis, spürte der Schattenkrieger dabei nicht auf. Natürlich nicht. Schließlich war und blieb seine These von dem Gift, das in so geringer Menge und allein über die Haut übertragen einen Menschen zu töten vermochte, vollkommen absurd.

Dennoch erreichte Salim zumindest jenes Ziel, das ihm am meisten am Herzen lag: Robin *war* wieder auf der Hut. Sie hätte es niemals laut zugegeben, aber ihr althergebrachter Verfolgungswahn war wieder zu Höchstform aufgelaufen und ließ sie, zumeist unbewusst, selbst permanent Ausschau halten nach verräterischen Gesten, verschwörerischen Blicken, zweideutigen Aussagen und Schatten, die sich zwischen den Masten und vor allem auf dem engen, mit allen erdenklichen Gütern nur so zugestellten Unterdeck verbergen mochten. Und weil fand, wer suchte, fühlte Robin sich nun wieder durchweg beobachtet; wohl wissend, dass es bloß Salims unbegründete Angst war, die sie übernahm.

Das nahm sie ihm übel. Und dafür schämte sie sich.

Mehrfach erwischte sie sich dabei, über das Schiff zu schleichen und an Türen zu lauschen, hinter denen sich in den meisten Fällen nicht einmal jemand befand, den sie hätte belauschen können. Unter Aufbringung von viel Selbstdisziplin brachte sie sich dazu, sich stattdessen besonders festen und sicheren Schrittes fortzubewegen und ihr Kommen stets mit so vielen Hust-, Räusper- und Niesgeräuschen anzukündigen, dass sich Bruder Lucio am kommenden Abend erkundigte, ob er ihr eine Medizin gegen die vermeintliche Erkältung bringen sollte. Robin lehnte beschämt ab und stellte auch dieses Verhalten wieder ein.

Am Morgen des dritten Tages auf der *San Michele* verhielt sie sich tatsächlich wieder fast normal. Nach dem Aufstehen klammerte sie sich zunächst beinahe schon rituell an die Reling, um den Fischen die Überreste der Mahlzeiten des vergangenen Tages zu überlassen, was alle Anwesenden mit Ausnahme von Salim sehr erheiterte. Im Großen und Ganzen jedoch hatte sie sich an das unablässige Auf und Ab und die leichten, aber unberechenbaren Windböen fast schon gewöhnt. Der Schmerz über den Verlust des Schiffsjungen, war auf ein kontrollierbares Maß abgeebbt und hatte nur ein Gefühl dumpfer Trauer zurückgelassen. Nur in manch stillem Augenblick, in dem sie auf ihrem schmalen Bett hockte und den runden Saphir zwischen den Daumen drehte, ließ sie sie zu, damit sie sich nicht in ihrem Herzen verbiss und ihr den Charakter verdarb. Und die Angst vor einem Mörder oder gar einer Verschwörung war fast restlos zu jenem zurückgekehrt, der sie ausgesät hatte – zu Salim also.

Nur ihre Sorge um Rother blieb. Die augenscheinliche Besserung in der Nacht von Michaels Tod war nur von vorübergehender Natur gewesen. Robin wusste, dass Menschen, die dem Tod nahe waren, häufig noch einmal kurz aufblühten, ehe Gott sie endlich doch zu sich nahm. Und genau das, befürchtete Robin inzwischen, könnte auch auf Rother zutreffen.

In der Todesnacht des Schiffsjungen hatte Rother die *San Michele* ein wenig erkundet und sich darüber informiert, wer mit ihnen reiste, war dann aber erschöpft in seine Kammer zurückgekehrt und hatte sie fortan nur noch in den dringendsten Fällen verlassen. Inzwischen beschränkten sich diese auf das Erledigen seiner Notdurft. Er aß, was Robin und der Lazarusmönch ihm brachten, und davon nicht besonders viel. Sein Gesicht hatte sich in eine stetig schmerzverzerrte, aschfahle Grimasse verwandelt, und seine Haut war so trocken, dass sie schuppig aussah und sich sandig anfühlte.

Als Robin ihn an diesem Nachmittag mit einer Schale voller Suppe, etwas Brot und frischem Wasser besuchte, kauerte er in gekrümmter Haltung unter dem kleinen Bullauge der Kammer, die er sich mit Salim teilte. Erst mit einiger Verspätung blickte er aus trüben Augen auf und bemühte sich um ein Lächeln, erreichte damit aber nur, dass sein Gesicht noch befremdlicher wirkte und seine vor Schmerz aufeinandergepressten, spröden Lippen ein wenig zu bluten begannen. »Robin ...«, grüßte er mit leiser, heiserer Stimme. Er zitterte und presste seine Linke mit solcher Kraft auf die Schusswunde an seinem rechten Oberarm, dass die Fingerknöchel weiß hervortraten. »Mich dünkt, Ihr bringt mir mein Gnadenbrot ... Aber mein Appetit hält sich in Grenzen.« Er grinste ein bedauernswertes Grinsen. Offenbar schämte er sich für seine eigene Schwäche und Hilflosigkeit. Robin wusste, dass er ohne Lucios Unterstützung inzwischen nicht einmal mehr in der Lage war, sich selbst zu waschen.

Sie lächelte nicht, sondern stellte Wasser und Speisen auf seiner Pritsche ab, um sich neben ihm in die Hocke sinken zu lassen. »Zeig mir deinen Arm«, forderte sie ihn auf und löste seine verkrampfte Linke mit sanfter Gewalt von seiner Schulter, als der Templer nicht sofort reagierte. Der Verband war schon wieder schweißnass und schmutzig. An einer Stelle sickerte blutiger Eiter durch das Tuch, und ein beißender Geruch ging von der Wunde aus. »Hat es Salim durch seine zeitraubende Hexenjagd versäumt, den Verband zu erneuern?«, erkundigte sie sich besorgt.

Rother schüttelte müde den Kopf. »Nein. Das heißt: Ja. Seit drei Monaten ungefähr, wenn mich mein Zeitgefühl nicht täuscht. Aber das macht nichts. Bruder Lucio hat sich meiner Pflege angenommen ...« Er seufzte betrübt. »Hätte mir vor ein paar Tagen jemand gesagt, dass mich einst ein greiser Mönch pflegen müsste ...« Er zuckte hilflos die Achseln und büßte es scheinbar mit einem stechenden Schmerz, der ihn kurz aufstöhnen ließ und ihm die Tränen in die Augen trieb. Dann wandte er den Blick ab, um sich vor einem anderen Ritter nicht die Blöße von Schwäche zu geben – einem Ritter, der zu allem Überfluss auch noch eine Frau war.

Sie griff mit einer Hand nach seinem Gesicht, um es wieder in ihre Richtung zu drehen, und tastete mit den Fingern der anderen über seine schweißnasse Stirn. Der Templer glühte regelrecht vor Fieber.

Bruder Lucio passierte den Gang hinter der offen stehenden Tür, und Robin schickte ihn energisch nach Salim. Dann half sie dem Templer mit einem Griff unter die unversehrte Schulter auf die wackeligen Beine und drückte ihn auf seine Pritsche, um seine rissigen Lippen mit etwas Wasser zu benetzen.

Salim kam in übler Stimmung, aber er kam. Ohne ein Wort des Grußes oder der Nachfrage schob er Robin beiseite und machte sich daran, den schmutzigen Verband von der Schulter des Templers zu lösen, was sich als nicht gerade leichte und darüber hinaus sehr schmerzhafte Angelegenheit erwies. Rother wimmerte, als der Sarazene das letzte, an seiner Schulter klebende Stück Leinentuch mit Wasser befeuchtete, weil es sich nicht lösen wollte. Dann riss er es mit unerwartetem Ruck ab. Der üble Geruch, den Robin zuvor schon wahrgenommen hatte, steigerte sich zum süßlichen Gestank verwesenden Tiers, und als sie das faulige Fleisch erblickte, das zu den Rändern der Wunde hin in tiefdunkles Rot überging, zog sich ihr Magen zu einem harten, rumorenden Klumpen zusammen. Sie musste an den aussätzigen König denken und daran, dass sie alle in Begleitung eines aussätzigen Lazariters reisten, auch wenn außer ihr niemand darum wusste. War es möglich, dass Bruder Lucio den Templer angesteckt hatte? Sie waren nur wenige Tage Seite an Seite gereist – aber konnte es sein, dass Rother in seinem angeschlagenen Zustand anfälliger war für den schrecklichen Aussatz? Der Geistliche war sicherlich in der Lage, sein Leiden auf sie alle zu übertragen, dessen war Robin sich sicher, auch wenn sie den Gedanken daran noch so nachdrücklich aus ihrem Bewusstsein verwies.

»Das sieht …«, begann sie stockend.

… *schrecklich aus*, hatte sie sagen wollen. Doch als Salim in der nächsten Sekunde eine kleine, rasiermesserscharfe Klinge aus seinem Ärmel zauberte und ohne Vorwarnung begann, die Wunde zu öffnen, blieb ihr der Rest des Satzes im Hals stecken.

Rother schrie auf. Ein Krampf, gefolgt von einem heftigen Zittern, durchfuhr seinen geschwächten Körper, und Robin hätte es ihm nicht verübelt, wenn er im Reflex nach Salim geschlagen oder getreten hätte. Er beherrschte sich, aber der Lazariter, der mit Salim gekommen war, drängte sich zur Sicherheit trotzdem an seine andere Seite und umklammerte seinen Oberkörper mit festem Griff – nicht zuletzt, damit Rother sich nicht im Reflex selbst zusätzlichen Schaden zufügte. Schließlich zog Salim die Klinge wieder aus der Wunde, schob das teils abgestorbene Fleisch mit geschickten Griffen hin und her und sorgte auf diese Weise dafür, dass ein Schwall von dickflüssigem, blutigem Eiter daraus hervorquoll. Die große Menge der bestialisch stinkenden Flüssigkeit verschaffte Robin mehr als nur den Ansatz einer Vorstellung davon, welche Schmerzen der Tempelritter litt. Aber Salims Vorgehensweise schien Rother wenigstens etwas Erleichterung zu verschaffen. Das Zittern ließ etwas nach, und seine verkrampften Muskeln entspannten sich ein wenig.

»Danke«, seufzte er, noch immer fernab von Glückseligkeit, aber mit etwas klarerem Blick. »Ich … dachte schon, ich würde den Arm verlieren …«

Salim reinigte die Klinge mit etwas Wasser aus dem Krug und schob sie unter seinen Ärmel zurück. »Das werdet Ihr«, erwiderte er ernst.

Robin riss die Augen auf. »Aber …«

»Wundbrand«, unterbrach der Sarazene sie. »Wie es scheint, ist genau das passiert, was ich zu verhindern versucht habe. Vermutlich hat der Bolzen etwas Stoff aus dem Waffenrock in die

Wunde geschoben. Zu wenig, als dass man es mit bloßem Auge sehen könnte, aber genug, um großen Schaden anzurichten, wie du siehst. Für den Augenblick fühlt er sich ein wenig besser, aber spätestens in der Nacht wird die Wunde wieder genauso aussehen wie gerade eben noch. Oder sogar schlimmer.« Er schüttelte den Kopf, und für einen kurzen Moment schlich sich echtes Mitgefühl in seine Züge. »Es ist wie ein Strohfeuer. Die Flammen züngeln viel langsamer, aber sie tun es, bis sie alles verschlungen haben, was sie erreichen können. Sie werden sich unaufhörlich tiefer in Euer Fleisch nagen. Die Wunde wird wachsen, bis Euer Arm vollständig abgefault ist. Oder sogar Schlimmeres: Der Eiter kann Euch vergiften und töten.«

»Was willst du damit sagen?«, begehrte Robin auf. »Sprich so, dass wir dich verstehen! Du willst ihn wohl nicht sterben lassen? Sag mir nicht, dass du nichts für ihn tun kannst!«

»Das habe ich nicht gemeint.« Salim zog die Schale mit der eigenartigen Kräutersalbe unter seiner Pritsche hervor, die er eigens für Rothers Wunde zubereitet und schließlich Bruder Lucio überlassen hatte, damit dieser die Versorgung des Templers nach seinen Vorstellungen übernahm. »Ich meine, dass es das Beste ist, ihn nicht weiter zu quälen, sondern den Arm abzunehmen. Nur so kann er überleben.«

»Niemals!« Rother keuchte, und das lag mit Abstand nicht bloß an der Tinktur, die Salim nun auf die gereinigte Wunde aufzutragen begann.

»Es ist sein *Schwertarm*«, betonte Robin.

»Der ihm nichts mehr nutzen wird, wenn er tot ist, weil die schädlichen Säfte seinen Körper vergiftet haben«, ergänzte Salim ungerührt.

Robin wusste, dass es nicht wirklich Herzlosigkeit war, die aus seiner Stimme klang, sondern nur seine Vernunft, die er in diesem Augenblick über jegliches Mitgefühl stellte. Er wäre niemals fähig gewesen, irgendetwas für Rother zu tun, wäre er nicht in der Lage, Verstand und Gefühl fast vollständig voneinander zu trennen. Insgeheim bewunderte Robin ihn für diese Fähigkeit, die ihr selbst fremd war.

»Eher will ich sterben …« Rothers Stimme klang nun wieder schwach und leise, wie zuvor, als der Druckschmerz noch so übermächtig gewesen war. Aber in seinen Augen glühte Entschlossenheit. »Welchen Sinn hat das Leben eines Ritters, der nicht kämpfen kann? Wenn du meinen Arm abnehmen willst, musst du meinen Kopf dazu nehmen.«

Salim zog ein frisches Verbandstuch aus den unergründlichen Tiefen unter der Pritsche hervor, drückte es Bruder Lucio in die Hand und bedeutete ihm, Rothers Wunde neu zu verbinden. Dann wandte er sich zum Gehen, hielt im Türrahmen aber noch einmal inne, um zu Robin und dem Templer zurückzublicken. »Es tut mir wirklich leid«, sagte er. »Aber das ist alles, was ich tun kann.« Dann machte er endgültig kehrt und ging.

Rother starrte ihm aus brennenden Augen nach. Sein Atem ging schnell und schwer, und Robin blieb für die Dauer dreier Atemzüge entsetzt und hilflos zurück, sprang dann aber auf und eilte dem Sarazenen mit energischen Schritten nach: »Das meinst du nicht ernst!«, schnappte sie, als sie ihn eingeholt hatte. Sie wusste, dass sie Salim für etwas anzufeinden im Begriff war, das außerhalb seines Einflusses und schon gar nicht in seinem Verschulden lag. Doch ihre Hilflosigkeit und ihr Mitgefühl mit dem jungen Ritter ließen nicht viel Raum für Vernunft. Sie ergriff Salim an der Schulter und drehte ihn mit einem Ruck zu sich herum. »Du kannst mir nicht erzählen, dass deine hochgelobten muselmanischen Heilzauberkünste an einem verfluchten Armbrustbolzen scheitern, oder? Wenn du Rother wirklich helfen *wolltest*, dann könntest du es! Sag mir, dass du es könntest!«

»Du würdest deinem geliebten Christenfreund einen großen Gefallen erweisen, wenn du dein unbezwingbares Temperament in etwas mehr Mühe investiertest, ihn zur Vernunft zu bringen«, gab Salim zurück. »Er wird sterben, wenn er darauf besteht, seinen Arm zu behalten.«

»Mit keinem Temperament der Welt könnte ihn irgendjemand dazu bringen, seinen Schwertarm herzugeben«, beharrte Robin. Sie verstand den Templer nur zu gut. Sie an seiner Stelle würde ebenfalls den Tod vorziehen. Rother als Krüppel, der jeden verbleibenden Tag seines fortan jämmerlichen Lebens der Mildtätigkeit anderer Menschen verdankte, die ihm ihr schlechtes Gewissen in Form von Almosen vor die Füße warfen … Das war vollkommen undenkbar. »Du musst seinen Wunsch respektieren«, fügte sie entschieden hinzu. »Du wirst ihn weiterhin versorgen und alles für ihn tun, was du nur tun kannst … Du könntest …«

Sie brach ab, als sich der Gedanke in ihr Bewusstsein drängte. Häufig genug war sie zugegen gewesen, als Männer mit schrecklichen Kampfwunden versorgt wurden; nicht wenige sogar durch ihre eigenen Hände, obgleich sie sich dabei stets bloß den Anweisungen anderer Personen gefügt und folglich nicht die schwere Last der Verantwortung getragen hatte. Jedenfalls erinnerte sie sich dunkel an eine weitere Methode, dem Wundbrand zu begegnen. Sie war nie dabei gewesen, wenn jemand die Prozedur vollzogen hatte, weil allein die Vorstellung schon zu schrecklich war. Aber sie wusste, dass es gelingen konnte.

Nur hatten es nicht alle überlebt.

»Du könntest die Wunde ausbrennen«, flüsterte sie.

Salim suchte ihren Blick. »Was ihm seinen Wunsch nach dem Tod durchaus erfüllen könnte«, antwortete er ernst. »Eher noch überlebt er die Abnahme des ganzen Armes als diese fürchterliche Prozedur.«

»Aber es ist eine Chance.« Robin fühlte sich alles andere als wohl dabei, doch über kurz oder lang würde Rother sowieso danach verlangen. »Vielleicht … Vielleicht hat er Glück und behält seinen Arm *und* sein Leben.«

»Und wenn nicht?«

Robin schluckte trocken und senkte den Kopf: »Niemand wird es dir zum Vorwurf machen, das verspreche ich.«

Salim schwieg. Hinter seiner Stirn arbeitete es sichtbar. »Verrücktes, dummes Christenvolk«, flüsterte er nach einer Weile, und es klang, als meine er jede Silbe ernst. Dann schüttelte er den Kopf und bedeutete Robin, zu Rother zurückzugehen. »Ruf mich, wenn er eine endgültige Entscheidung gefällt hat. Aber mach mich für nichts verantwortlich, was darauf folgen mag.«

Rothers Entschluss stand bereits fest, als Robin erneut die Kammer betrat. Mit allem Nachdruck, zu dem er noch fähig war, drängte Rother darauf, dass man es unbedingt versuchen sollte – notfalls würde er sich ein Brenneisen ans Bett bringen lassen und es aus eigener Kraft probieren. Doch so weit würde Robin es ganz bestimmt nicht kommen lassen.

Sie fühlte sich alles andere als wohl, als sie Salim über die Entscheidung des Templers unterrichtete. Zugleich respektierte sie Rothers Entschluss nicht nur, wie Salim es schließlich widerwillig tat, sondern akzeptierte ihn voll und ganz – obgleich Rother ebenso wie alle Beteiligten wusste, dass ihn die gefährliche Operation das Leben kosten konnte, sei es durch den erheblichen Blutverlust oder schlicht durch den unmenschlichen Schmerz, den der Eingriff bedeutete.

Robin versuchte, nicht an diesen schlimmsten aller Fälle zu denken, während sie mit Salim und einem grobschlächtigen Söldner in die kleine Kammer zurückkehrte. Sie hatten ein Feuerbecken in die Kammer bringen lassen, und Robin beobachtete Salim voller Unbehagen dabei, wie er ein Rundeisen bis zur Weißglut erhitzte. Als es so weit war, band sie dem Tempelritter auf Salims Geheiß hin ein Beißholz in den Mund, damit er sich nicht vor Schmerzen die Zähne aus- oder gar die Zunge abbiss. Und dann machte der Wüstenprinz sich ans Werk.

Zunächst zog er erneut sein kleines Messer hervor, um das faulige Fleisch großflächig von der schlimmen Durchschusswunde zu entfernen. Bruder Lucio presste kraftvoll Tuch um Tuch auf den Oberarm des laut stöhnenden Ritters, um so den Blutverlust einzudämmen – allerdings mit nur mäßigem Erfolg. Schon nach diesem ersten Schritt war Rothers aschgraues Gesicht nass von Tränen, und seine Zähne gruben sich so tief in das Beißholz, dass Robin sich nicht sicher war, dass er sie alle behalten würde. Auch Salim, der in der Regel eine bemerkenswerte äußere Kälte zur Schau trug, wenn die Umstände es verlangten, zeigte sich mitfühlend und bestürzt und zögerte einen Moment, die Operation weiter durchzuführen. Es war Rother selbst, der ihm mit ungehaltener Geste bedeutete, das Brenneisen zur Hand zu nehmen und zu tun, was getan werden musste.

Salim gab sich einen sichtbaren Ruck, zog das Brenneisen aus der Feuerschale und drückte es in die offene Wunde. Ein hässliches, zischendes Geräusch wie von Fett, das auf heiße Kohlen tropfte, erklang, und der Gestank von verbranntem Fleisch erfüllte die winzige Kammer. Rother schrie auf, so heftig es das Beißholz zuließ. Für einen Moment bäumte er sich so stark auf, dass der Söldner Robin und Bruder Lucio zur Hand gehen musste, damit sie ihn mit vereinten Kräften auf der Pritsche halten konnten. Und während Robin, für die der grausame Anblick und der Gestank verbrennenden Menschenfleisches zu viel war, mit Übelkeit und Schwindel rang, verdrehte der Templer vor unsäglicher Qual die Augen, bis nur noch ein schmaler Spalt Weiß von ihnen zu sehen blieb. Dann schloss er sie schließlich ganz, und seine Glieder erschlafften: Er hatte das Bewusstsein verloren. So tief war seine Ohnmacht, dass er nicht mehr spürte, wie Salim das Brenneisen noch tiefer in die Wunde schob, um auch den letzten Rest fauliger Haut und giftiger Flüssigkeit aus der tiefen Wunde zu brennen. Dann wälzte er den Ritter mit einem geschickten Handgriff auf den Bauch, um auch die Austrittsstelle auf diese schreckliche Weise zu behandeln.

Als Salim fertig war, warf er das glühende Werkzeug in die Feuerschale zurück, träufelte großzügig eine Flüssigkeit aus einer kleinen, tönernen Flasche auf die Wunde, deren Fläche sich mindestens verdreifacht hatte, und versah Rothers Schulter mit einem straffen Verband aus gestärktem Leinen. Erst dann vergewisserte er sich, dass der Ritter die Behandlung überlebt hatte, indem er seine Augenlider mit den Fingerspitzen auseinanderschob.

Er nickte, wirkte aber nicht wirklich zufrieden. »Er wird es überleben«, behauptete er wenig überzeugt. »Vielleicht«, setzte er auf einen zweifelnden Blick Robins hinzu.

Robin schluckte einen bitteren Kloß herunter und nickte dann knapp. »Gut«, sagte sie mit bemüht fester Stimme und beugte sich über den bewusstlosen Templer, um das erschreckend blutige Beißholz aus seinem Mund zu entfernen. »Rother ist ein starker Mann – und an Tapferkeit kaum zu überbieten. Ich bin mir sicher, dass er es schafft.«

Aber das war eine glatte Lüge.

# 9. KAPITEL

✠

An diesem Tag sollte der Templer nicht mehr zu sich kommen, und bis zum Abend des darauffolgenden Tages verschlechterte sich sein Zustand sogar noch. In regelmäßigen Abständen zog es Robin in die kleine Kammer, um nach ihm zu sehen, aber statt irgendeines Zeichens der Besserung entdeckte sie nur immer weitere Signale des schleichenden Verfalls. Längst waren seine Lippen so rissig und spröde, dass Fasern der Tücher, mit denen sie sie immer wieder befeuchtete, daran kleben blieben. Seine bleiche Haut war trocken wie eingelagertes Heu im Hochsommer und fühlte sich an, als würde darunter ein Feuer brennen. Die Augen unter Rothers geschlossenen Lidern bewegten sich noch immer hektisch hin und her, aber seinen Herzschlag konnte Robin nicht einmal dann ausmachen, wenn sie ein Ohr direkt auf seine Brust drückte. Salim unterstützte Bruder Lucio geradezu aufopferungsvoll bei der Pflege des bewusstlosen Ritters, wusste sich aber inzwischen selbst keinen Rat mehr. Sie könnten nun, so sagte er, nichts weiter tun, als die Wunde regelmäßig zu reinigen, seine Haut zu kühlen und zu Allah zu beten, dass er dem sterbenden Christen die Irrwege seines kurzen Lebens verzeihen möge.

Robin betete tatsächlich, wenn auch zu ihrem eigenen Gott und mit einem ganz anderen Ziel. Stundenlang kniete sie sogar vor dem Schrein mit den Reliquien des heiligen Johannes nieder – doch weder ihr wahrer noch Salims heidnischer Gott schien Ambitionen zu haben, Rother eine Chance auf eine Art zweites Leben zu geben. Der Templer blieb in jenem tiefen Schlaf gefangen, in den er während der schrecklichen Behandlung gefallen war. Sie benötigten einen guten Arzt. Und zwar so bald wie möglich.

Um sich mit diesem dringenden Wunsch an Enrico Dandolo zu wenden, machte sie sich am Abend auf den Weg in die Kapitänskajüte. Der Einäugige und Erek von Nettestal verschwanden gerade in selbiger, als sie auf das Hauptdeck hinaufstieg. Zunächst glaubte Robin, einer der beiden habe sie bemerkt, doch sie täuschte sich: Der Kapitän der *San Michele* und der Anführer der Söldner waren in ein reges Gespräch, wenn nicht gar einen Streit verwickelt. Von Nettestal gestikulierte heftig mit seinen riesenhaften Pranken und hatte dabei seine liebe Not, mit Dandolo Schritt zu halten, der ihm vorweg in die Kajüte auf dem Vorderkastell stampfte. Sie redeten laut, aber nicht laut genug: Über den stetigen Lärm der auf dem Deck werkelnden Seemänner, das Geräusch der gegen den Bug klatschenden Wellen sowie des Windes, der mit den Segeln und der Takelage spielte, verstand Robin nicht, worüber sie sprachen. Dennoch glaubte sie, ihren Namen zwischen den Satzfetzen fallen zu hören, und darum eilte sie nicht, wie geplant, zielstrebig auf die Stufen des Vorderkastells zu, sondern verlangsamte ihre Schritte. Schließlich verharrte sie vor der untersten Stufe und lauschte. Dass die Männer die Tür zur Kapitänskajüte nicht sorgfältig schlossen, kam ihr dabei sehr entgegen.

»… dass Ihr Euer kindisches Mitleid mit einem unbedeutenden Bengel der Loyalität zu Eurem Kapitän vorgezogen habt«, hörte sie Dandolo schimpfen. »Ihr solltet ein für alle Mal begreifen, dass ich Euch nicht angeheuert habe, damit Ihr Euch in meine Geschäfte einmischt. Davon versteht Ihr nämlich nichts, Ihr Bauernsohn!«

»Nicht Ihr habt mich angeheuert, sondern der König«, gab Erek trotzig zurück. Durch das kleine, bunt verglaste Fenster, das in die Tür eingelassen war, erkannte Robin verschwommen, wie Dandolo zornig in dem winzigen, völlig überfüllten Raum auf und ab marschierte.

»Mit *meinem* Einverständnis. Die *San Michele* ist und bleibt *mein* Schiff.« Dandolo schnaufte verächtlich, blieb stehen und maß sein Gegenüber mit einem betont langen, gewiss sehr abfälligen Blick. »Und Ihr könnt mir glauben, ich habe es längst tausendfach bereut.«

Von Nettestal tat eine hilflose Geste. »Wie lange wollen wir uns noch wegen dieses Bengels streiten, Dandolo?«, versuchte er den Kapitän zu besänftigen. »Ich konnte doch nicht zusehen, wie Ihr solch ein kleines Kind wegen fünfzig fehlender Silberpfennige zu Tode prügelt! Robin von Tronthoff hatte nicht mehr Geld als das, was er Euch geboten hat. Ihr hättet ohnehin nicht mehr aus ihm heraushandeln können!«

Dandolo lachte kurz auf, aber es klang nicht amüsiert. »Seht Ihr – genau, wie ich gesagt habe. Ihr versteht einfach nichts von solchen Dingen! Hättet Ihr Euch nicht eingemischt, hätte ich ihn einen Schuldschein ausschreiben lassen. Es ist immer gut, wenn jemand einem etwas schuldet und zu Zins und Zinseszins verpflichtet ist. Sobald er nach Jerusalem zurückgekehrt wäre, hätte er seine Schulden ausgleichen können. Wahrscheinlich wäre der König persönlich dafür aufgekommen, aber Ihr …«

Robin realisierte, dass sie schon wieder lauschte, obgleich sie sich so fest vorgenommen hatte, genau das zumindest so lange zu unterlassen, wie sie sich in der Sicherheit befand, die die *San Michele* für sie bedeutete. Betont geräuschvoll stampfte sie die Stufen hinauf. Sie hatte sowieso genug gehört.

Dass Dandolo ein eigensüchtiger, profitgieriger Mistkerl war, war ihr nicht neu. Dass er sie aus der Liste potenzieller auszunehmender Opfer ausschloss, nur weil sie den Titel Schwert des Königs trug, hatte sie nicht ernsthaft erwartet.

Sie klopfte kurz an, riss die Tür dann, ohne auf eine Antwort zu warten, zur Gänze auf und befreite Erek von Nettestal damit aus seiner unangenehmen Lage. Er dankte es ihr mit einem Lächeln.

»Dandolo?«, wandte sie sich unumwunden an den Kapitän. »Ich habe eine Bitte an Euch. Eine *dringende* Bitte.«

»Oh, Robin ...« Dandolo grinste ein Grinsen, das auf dem Fundament dessen, was Robin gerade gehört hatte, unehrlicher nicht hätte wirken können. »Was wartet Ihr mit einer Bitte hier auf, wo Euer Wort mir doch Befehl zu sein hat?«

»Gut. Dann komme ich eben mit einem Befehl«, erwiderte Robin trocken. Aufgesetzte Freundlichkeit gehörte nicht eben zu ihren Stärken, und darum probierte sie es gar nicht erst damit. »Wir benötigen einen Arzt für Rother. Einen guten Arzt. Und zwar so schnell wie möglich. Ich bin mir nicht einmal sicher, ob er anderenfalls die kommende Nacht noch übersteht.«

Erek runzelte betrübt die Stirn, Dandolo aber bemühte sich vergebens um eine bekümmerte Miene. Zwar folgte sein Gesicht seinem Willen recht gut, doch sein gesundes Auge nahm einen verräterischen Glanz an. Er erinnerte Robin an einen jungen Hirtenhund, der sich um gehorsames Gebaren bemühte, damit der Schäfer ihm ganz allein eine ganze Weide voller saftiger Lämmer anvertraute. »Oh, das tut mir aufrecht leid«, log der Kapitän ihr dreist ins Gesicht. »Jedoch habe ich eine gute Nachricht für Euch: Ihr wendet Euch genau an den Richtigen. Ihr hättet es kaum besser treffen können.«

Robin bezweifelte das, behielt ihre Meinung aber für sich und legte stattdessen nur misstrauisch den Kopf schräg. »Inwiefern?«

Dandolo trat um den überladenen, kleinen Tisch herum und ließ ihr brüderlich eine Hand auf die Schulter sinken.

»Zufällig kenne ich einen ganz hervorragenden, christlichen Arzt in Alexandria, Robin von Tronthoff. Vermutlich gibt es in diesem Teil der Welt keinen besseren. Und das ist nur der erste Teil der guten Nachricht.«

»Es kostet mich bloß einen Schuldschein über fünfzig Silberpfennige?«, riet Robin.

Dandolo ließ ertappt die Hand von ihrer Schulter gleiten, fasste sich aber schnell wieder und winkte lachend ab. »Wie könnte ich, Robin von Tronthoff? Mit welchem Recht sollte ich eine Entlohnung fordern – für eine solche Selbstverständlichkeit! Nein!« Er schüttelte nachdrücklich den Kopf. »Der zweite Teil der guten Nachricht ist, dass wir ausgesprochen guten Wind haben. Wir werden Alexandria noch vor dem Morgengrauen erreichen – vorausgesetzt, Euer Mönch verzichtet auf den gewünschten Halt bei Pelusium …«, schränkte er ein und bedachte Robin mit einem lauernden Blick. Offenbar war er noch immer begierig darauf, zu erfahren, was Bruder Lucio nach Pelusium trieb. Doch das würde sie ihm ganz bestimmt nicht verraten – nicht ihm und auch sonst niemandem auf der Welt.

Robin verneinte. »Ich fürchte, dieser Halt ist unumgänglich. Und er wird uns kaum Zeit kosten. Und Euer Angebot ist ein sehr großzügiges. Nur – wird Euer Arzt so unvermittelt mit uns reisen können?«

»Ich fürchte, nein«, gestand der Einäugige. »Für einen einzigen, kranken Mann wird er die zahlreichen anderen bedauernswerten Menschen, die in diesen unruhigen Zeiten seiner Hilfe bedürfen, kaum im Stich lassen können. Er ist wirklich der Beste, wisst Ihr …«

»Aber wir können Rother nicht in Alexandria zurücklassen«, fiel Robin ihm ins Wort. »Wenn dort herauskommt, dass er ein Tempelritter ist, dann ist er so gut wie tot. Falls er überhaupt noch einmal zu sich kommt«, fügte sie, leiser jetzt, hinzu.

Dandolo nickte. »Eure Sorge um Euren Gefährten ehrt Euch, Robin.« Er deutete knapp auf Erek von Nettestal. »Aber unser guter Freund hier wird dem Templer ein paar Männer an die Seite stellen, die auf ihn achtgeben. Ein paar seiner *besten* Männer.« Das klang eher wie ein Beschluss als wie eine Bitte.

»Meine Männer sind *alle* die besten Männer«, grollte Erek, tat aber eine wegwerfende Geste, als ihn ein mahnender Seitenblick des Kapitäns streifte.

»Seht Ihr?«, sagte Dandolo großmütig. »Ihr müsst Euch wirklich keine Gedanken machen. Euer Gefährte ist in den allerbesten Händen. Eigentlich hätte er es gar nicht besser treffen können.«

Robin nickte nur und verabschiedete sich mit ein paar Worten des Dankes. Auch wenn sie Dandolo längst nicht mehr ansatzweise so sehr vertraute wie noch vor weniger als zwei Tagen, so wog sie sich doch wenigstens bezüglich Erek auf der sicheren Seite. Er würde dafür sorgen, dass Rother geholfen wurde und dass man auch danach auf ihn achtgab. Und dieser Gedanke beruhigte sie ungemein.

Der Anführer der Söldner folgte ihr in den Bug des Schiffes. Das war nichts Ungewöhnliches: Seit dem Abend, an dem er sich gegen Dandolo auf ihre Seite geschlagen hatte, suchte er ihre Nähe recht häufig und machte sich dabei im Gegensatz zu ihr nicht die Mühe, es immerfort nach einem Zufall aussehen zu lassen. Robin erfüllte seine Anwesenheit mit einem warmen Gefühl – und zwar längst nicht mehr bloß, weil sie Salim ein wenig damit ärgern konnte. Sie mochte Erek und hatte den Eindruck, dass sie irgendwann einmal wirklich gute Freunde werden könnten. Wenn sie es nicht bereits waren.

Robin stützte sich mit den Unterarmen auf der Reling ab und starrte stumm auf das Meer hinaus. Ihre Gedanken waren bei Rother, und sie rechnete es Erek hoch an, dass er ihr stumm Gesellschaft leistete und ihre Schweigsamkeit hinnahm und sie nicht hinterfragte. Bald – schon in wenigen Stunden – würde sich Pelusium am Horizont abzeichnen. Sie würde das stete Schwanken zumindest kurz hinter sich lassen können. Und Rother zurücklassen und fortan nicht mehr für ihn tun, als darum zu beten, dass der Kapitän sein Wort hielt und dafür sorgte, dass man sich um ihn kümmerte. Bruder Lucio und sie würden die *San Michele* verlassen, das Katharinenkloster aufsuchen und einem ungewissen Schicksal entgegenstreben. Alles hing davon ab, ob sie diese sagenhafte Abschrift ausfindig machten oder nicht.

Alles – das bedeutete das Leben des Königs und damit vielleicht auch das Robins. Gott allein wusste, was von Robin von Tronthoff übrig blieb, wenn Balduin irgendwann nicht mehr war. Wie viele enttäuschte Seelen würden wohl aus den unterschiedlichsten Richtungen über sie herfallen und sie in der Luft zerreißen, sobald sie sich nicht mehr unter dem persönlichen Schutz des Königs von Jerusalem befand? Wenn Gerhard von Ridefort an die Spitze des Templerordens gelangte, wäre sie mehr denn je auf Balduin angewiesen – und wer auch immer wirklich hinter dem Angriff in Jaffa steckte, würde zurück daheim ebenso auf sie lauern wie Bruder Abbés niederträchtiger Gegenspieler.

Ja, dachte Robin bei sich, wenn König Balduin starb, würde sie Jerusalem verlassen müssen. Vielleicht würde sie wieder die andere Robin sein – jenes Bauernmädchen, dessen Geschichte zu schön war, um der Wahrheit zu entsprechen. Das alles verloren hatte, um dafür tausendfach entlohnt zu werden, indem es einen Prinzen kennenlernte, der sie zur Frau nahm. Gut – es war ein *muselmanischer* Prinz, und es war nicht immer einfach, mit ihm zusammenzuleben, geschweige denn seine Frau zu sein. Aber er war der Sohn Sheik Sinans, des Alten vom Berge, der immerhin ein weithin gefürchteter und *respektierter* Muselmanenkönig war. Sicherlich wünschte sich das Christenmädchen in Robin, dass das Heilige Land von den Heiden befreit und seine Geschicke fortan von den richtigen Menschen im Sinne des Herrn gelenkt und geführt würden. Die Frau in ihr aber hatte eigentlich kein Problem damit, wenn alles so blieb, wie es war. Nur der blutige Streit zwischen den Kulturen müsste endlich beigelegt werden, damit sie in Ruhe und Frieden an der Seite des Mannes leben konnte, den sie liebte. Als *Frau* leben konnte. In Masyaf, der Burg des Alten vom Berge. Immerfort dem überdrehten, gefälligen Wesen ihres großen, dicken Schwiegervaters ausgesetzt, der ihr tagaus, tagein damit in den Ohren liegen würde, dass aus ihr ohnehin nie eine richtige Frau werden würde – weil sie sich bewegte wie ein Bauerntrampel, kleidete wie ein Mann und weder des Singens noch des Tanzens mächtig war. Er würde sie bevormunden und erniedrigen, wo er nur konnte, und sie in einen goldenen Käfig sperren, zu dem bloß Salim, er selbst und vielleicht eine Dienerin dreimal täglich Zugang hatten. Und sie dort mit Speisen und frischen Kleidern eindecken und ihr den Appetit damit verderben, ihr unentwegt zu erklären, wie man das Essbesteck *richtig* hielt und …

»Das Schicksal Eures Templerfreundes geht Euch sehr nah, nicht wahr?«, fiel Erek unvermittelt in ihren Gedankengang ein.

Robin zuckte zusammen. In ihrer Versunkenheit hatte sie fast vergessen, dass der Söldner noch immer neben ihr stand. Sie lächelte traurig und hob knapp die Schultern.

»Ich verstehe Euren Kummer.« Von Nettestal nickte teilnahmsvoll. »Ich selbst habe viele treue Weggefährten verloren … Nicht hier, nicht von meinen Männern. Sie sind wirklich *gut*, und es ist schade um die beiden, die wir in Jaffa verloren haben. Aber bis zu diesem Zeitpunkt hat es nicht einen meiner Leute in einem Kampf erwischt. Nicht einen einzigen.« Er wandte sich ab und blickte nun seinerseits nachdenklich auf die ruhige, im Dämmerlicht des ausklingenden Tages milchig glänzende See hinaus. »Aber damals, in Italien …«

»Ihr wart in Italien? Warum?«, hakte Robin halbherzig nach. Sie mochte den riesigen Deutschen. Aber im Moment war ihr nicht sonderlich nach dem Kummer anderer zumute. Dazu quälte sie zu viel eigener. Und außerdem würden sich ihrer beider Wege ohnehin in wenigen Stunden trennen – wahrscheinlich für immer. Trotzdem bemühte sie sich, ihm zuliebe Interesse vorzutäuschen. Neben Anno von Knipprode war Erek schließlich während der vergangenen Tage der Einzige an Bord der *San Michele* gewesen, mit dem sie vernünftig sprechen konnte. Selbst mit Salim war das in dieser Form noch immer nicht möglich.

»Ja«, antwortete Erek betrübt. »Im Dienste Kaiser Friedrichs – auf einem seiner Kreuzzüge nach Norditalien. Wir waren recht erfolgreich, sicher. Aber wir hatten auch viele Opfer zu beklagen. Viele von ihnen waren Freunde. *Richtige* Freunde …« Er seufzte tief und schüttelte dann den Kopf. »Aber so ist das Leben.«

»Rother wird nicht sterben«, sagte Robin so entschieden, wie sie es angesichts ihrer Zweifel daran vermochte.

»Sicher.« Von Nettestal lächelte ermutigend. »Er ist ein starker Mann. Ich glaube auch, dass er es schaffen wird. Ich wünsche es ihm von ganzem Herzen.«

»Ja …« Robin hielt inne und maß den Hünen mit einem skeptischen Seitenblick: »Ich wusste nicht, dass der Kaiser mit einem Trupp von Söldnern in Norditalien eingefallen ist …«

Von Nettestal lachte. »Ist er auch nicht«, bestätigte er. »Ich bin als Soldat unter seinem Banner geritten. Mit Würde und sehr klaren Zielen. Mein Vater stand ebenfalls in seinen Diensten, müsst Ihr wissen; allerdings als Ritter. Nur hielt ihn diese Ehre nicht davon ab, einen, nun ja, recht ausschweifenden Lebensstil zu hegen, wenn Ihr wisst, was ich meine.«

Robin wusste es nicht genau, nickte aber trotzdem.

»Jedenfalls hatte er nicht viel zu vererben. Ehrlich gesagt, ist er nicht einmal im würdevollen Kampf gefallen, sondern betrunken in einen Fluss …« Er zuckte die Achseln. »Ich glaube, der Kaiser war nicht allzu traurig über den Verlust. Ich habe mir sagen lassen, dass er bei dem Namen ›von Nettestal‹ in den letzten Monaten vor dem Tod meines ehrenwerten Vaters dreinzuschauen pflegte, als litte er unter schlimmen Verdauungsstörungen. Und das Einzige, was mein Vater meinen vier älteren Brüdern und mir hinterließ, das *nicht* mit einem Schuldschein belegt war, war sein Pferd. Welches allerdings an einer unheilbaren Hufkrankheit litt.«

»Oh …« Robin versuchte, ihrer Stimme einen bedauernden Ton zu verleihen, aber das fiel ihr nicht leicht. So schlimm die Geschichte war; Erek erzählte sie mit Humor und einem leichten Augenzwinkern. Nun tat er eine wegwerfende Geste: »Das ist lange her. Und es war die richtige Entscheidung, mich dieser venezianischen Söldnertruppe anzuschließen – auch wenn Ihr diesen Schritt vielleicht nicht unbedingt nachvollziehen könnt. Auf diese Weise habe ich es weitergebracht als alle meine Brüder, von denen meines Wissens nur noch einer am Leben ist. Und mit Enrico Dandolo bin ich die meiste Zeit gut zurechtgekommen, obwohl er ein, na ja … *schwieriger* Mensch ist. Aber seit der Sache mit dem Jungen …« Er rollte die Augen.

»Das hat er Euch übel genommen«, stellte Robin fest.

»Ja. *Ziemlich* übel. Dandolo reagiert sehr empfindlich darauf, wenn man sich in seine Geschäfte einmischt. Das hätte ich wissen müssen. Aber es tut mir nicht leid.«

»Er wird sich schon wieder beruhigen«, behauptete Robin, aber Erek verneinte. »Der Kapitän kann sehr nachtragend sein, wenn er will. Und im Moment will er.«

Robin hob die Brauen und sah ihn forschend an: »Das tut mir sehr leid für Euch. Werdet Ihr trotzdem bei ihm bleiben?«

»Habe ich eine Wahl?«, gab der Hüne gequält zurück, doch Robin entging nicht der hoffnungsvolle Unterton, der sich dabei in seine Stimme schlich.

Sie zuckte die Achseln. »Vielleicht könnt Ihr mit Anno weiterziehen«, schlug sie vor. »Gewiss hat er Verwendung für einen zuverlässigen, starken Mann, wie Ihr einer seid.«

»Mit Anno von Knipprode?« Der Söldner legte erstaunt den Kopf schräg. »Aber der geht doch mit Euch? *Ihr* trefft die Entscheidungen auf dieser Reise. Ihr seid das Schwert des Königs.«

»Ich werde mit Bruder Lucio gehen«, gab sie zurück und verfluchte sich selbst für ihre Ehrlichkeit. Sie hatte schweigen wollen, bis sie Pelusium erreichten, aber nun waren die Worte aus der vertraulichen Stimmung heraus über ihre Lippen geflattert und hatten sich auf Nimmerwiedersehen in die Lüfte erhoben.

»Tatsächlich?«, vergewisserte sich Erek überrascht. »Warum?«

»Das ... kann ich Euch nicht sagen«, wich Robin aus, doch der Söldner ließ sich nicht beirren. »Ist es wegen des angeblichen Anschlags?«, hakte er nach. »Ihr wollt doch wohl nicht glauben, was Euer Sklave sich da zusammenspinnt, oder? Robin – wenn Ihr um Eure Haut fürchtet, lasst Euch gesagt sein: Niemand auf der Welt kann Euch etwas anhaben, solange ich in Eurer Nähe bin. Ihr habt mein Ehrenwort.«

»Danke. Aber das ist es nicht.« Robin schüttelte seufzend den Kopf. Tatsächlich hatte jener kleine, mühevoll unterdrückte verfolgungswahngeplagte Teil ihres Selbst bereits beruhigt festgestellt, dass sie den Giftmörder spätestens in Pelusium ein für alle Mal los sein würde. Den Giftmörder, den es in Wirklichkeit gar nicht gab, fügte sie hastig in Gedanken hinzu. Doch das war natürlich nicht der Grund, aus dem sie ging. Sie ging, um des Königs Leben in geheimer Mission zu retten – und konnte es von Nettestal natürlich nicht erzählen.

»Es tut mir leid«, entschuldigte sie sich und wandte sich zum Gehen, »aber ich kann Euch wirklich nichts darüber erzählen. Falls wir uns nicht mehr sehen …« Sie blickte noch einmal zu dem Söldner zurück und maß ihn bedauernd: »Ich wünsche Euch alles erdenklich Gute, Erek. Habt Dank für alles, was Ihr für mich und meine Gefährten getan habt.«

»Ich möchte mit Euch gehen«, bot der Hüne sich an. Aus dem hoffnungsvollen Unterton war nun ein unüberhörbares Flehen geworden. »Bitte!«

Robin runzelte zweifelnd die Stirn und setzte zu einer Antwort an, aber Erek schloss mit einem Schritt zu ihr auf, griff nach ihrer Schulter und durchbohrte sie mit einem eindringlichen Blick. »Ich möchte diesem Schiff den Rücken kehren. Dem Schiff und vor allem Dandolo«, bat er. »So schnell wie möglich. Es wäre mir eine wirklich große Ehre … Ich möchte mein Schwert in Eure Dienste stellen und Euch vor jeder Gefahr schützen, der auch immer Ihr auf Eurer weiteren Reise ausgesetzt sein mögt. Euch und auch den geheimnisvollen Alten.«

»Aber Eure Truppe«, begann Robin, doch Erek ließ sie nicht ausreden.

»Meine Männer sind die besten Söldner, die Ihr in diesem Teil der Welt finden könnt. Wenn nicht die besten überhaupt. Ich habe sie ausgebildet, und ich weiß, dass sie eine Weile ohne mich zurechtkommen. Ich werde meine Befehlsgewalt einem Mann meines Vertrauens übertragen. Zumindest vorläufig. Sobald Ihr mich nicht mehr braucht, werde ich zu meiner Truppe zurückkehren.«

Robin ließ unschlüssig zwei, drei Atemzüge verstreichen. Erek hatte noch nicht ein einziges Wort über den Sold verloren, den er für seine Dienste erwartete. Und wenn er es tat, würde sie ihm sagen müssen, dass er darauf würde warten müssen, bis sie nach Jerusalem zurückkehrten. Schließlich hatte sie praktisch alles, was sie besaß, darauf verwendet, Michael von seiner Schuld gegenüber dem Kapitän freizukaufen. Aber etwas im Blick des Hünen sagte ihr, dass er gern auf seinen Sold warten würde, wenn sie seiner Bitte, sie begleiten zu dürfen, dafür nur nachkam.

»Ihr möchtet wirklich dringend fort von Dandolo, nicht wahr?«, fragte sie. Erek nickte ernst. »Also gut«, stimmte Robin schließlich zu. Salim würde nicht gerade begeistert sein, aber es gab so vieles, was ihrem Gatten missfiel und worauf sie keine Rücksicht nehmen konnte. Außerdem … Nun, der Sarazene musste lernen, wo seine Rechte endeten, weil ihre Freiheit begann. »Ihr könnt mit uns gehen«, sagte sie. »Doch Ihr seid zur Verschwiegenheit verpflichtet. Über alles, was Ihr seht, hört und erlebt.«

»Selbstverständlich!« Der Hüne strahlte glückselig wie ein Bauernmädchen, dem ein blütenweißes Schlachtross samt Prinz vom Himmel vor die Füße gefallen war. »Ich kann überhaupt nicht ausdrücken, wie sehr mich Euer Vertrauen ehrt.«

»Geht nur anständig damit um«, setzte Robin ernst hinzu. »Und sucht mir zuvor eure besten Männer aus, damit ich Rother in Sicherheit weiß. Und nun … macht Euch langsam bereit. Wir werden die *San Michele* so bald wie möglich verlassen.« Und mit diesen Worten machte sie sich auf, um zu sehen, ob es nicht doch noch etwas gab, was sie für Rother tun konnte, ehe sie die *San Michele* verließ.

Wenige Stunden später kam Dandolo zu ihr. Sie hätten Pelusium fast erreicht und waren nun im Begriff, außerhalb des Hafens zu ankern. Da es kein Leuchtfeuer gab und ein direktes Anlegen am Hafen Dandolo zufolge zu riskant war, bat sie, das Beiboot unverzüglich ins Wasser zu lassen. Dandolo verstand nicht, warum man Lucio die Mühen des Paddelns über eine solch große Strecke zumuten sollte, aber Robin sagte ihm nicht, dass sie den Bruder begleiten würde, und schließlich fügte sich Dandolo ihrem Wunsch. Schließlich stiegen Salim – der offenkundig weit mehr über ihre tatsächliche Reise wusste, als sie bislang angenommen hatte – und Bruder Lucio in das Boot hinab. Und kurz darauf staunte Dandolo nicht schlecht, als Robin ihm erklärte, nicht nur sie, sondern auch Erek von Nettestal werde sich jetzt von ihm verabschieden. Ausdrücklich wies sie Dandolo an, nicht im Hafen von Pelusium einzulaufen, um zu vermeiden, dass er oder einer seiner Männer sich vielleicht verplapperten. Seinen Nachfragen wich sie ebenso aus wie seinem Drängen, ihm den Grund ihrer Trennung von dem Rest ihrer Gefährten – insbesondere Rother – zu verraten. Robin senkte bei der Erwähnung Rothers betrübt den Kopf, schwieg aber weiterhin. Sie hatte Balduin einen Eid geschworen, und sie war nicht bereit, ihn zu brechen. Und so übertrug sie auch offiziell alle Entscheidungskraft, besonderen Befugnisse und ihre Verantwortung die weitere Reise auf der *San Michele* betreffend an Anno von Knipprode und wünschte ihm für die Erfüllung seiner Mission alles erdenkliche Gute. Dann quetschte sie sich zu Lucio, Erek und Salim in das viel zu kleine Boot und griff nach zweien der Paddel. Salims zornig-erstaunten Blick über Ereks Anwesenheit ignorierte sie. Es bereitete ihr schon genug Gewissensnöte, Erek betreffend über Bruder Lucios Kopf hinweg entschieden zu haben – obwohl sie sich sicher war, dass der Söldner ihr Vertrauen verdiente und ihrer Mission gewiss noch gute Dienste leisten würde. Gott allein schließlich wusste, was sie in diesem fremdartigen Teil der Welt erwartete, und Balduin hätte ihre Entscheidung gewiss befürwortet.

Sie erreichten den Strand, lange bevor der Morgen graute. Salim und sie wechselten sich mit den Paddeln ab, tauschten aber kein einziges Wort miteinander. Und auch der Lazariter schwieg ähnlich beharrlich wie vor knapp einer Woche, als

Robin Rother in ihr Gefolge aufgenommen hatte – aus ähnlichen Gründen, wie sie annahm. Die meiste Zeit blickte er stumm auf die Wellen hinaus oder der Stadt entgegen, die sich als tiefschwarzer Schemen gegen die erste Andeutung des Morgengrauens in viel zu weiter Ferne abzeichnete, aber Robin registrierte sehr wohl, dass er den Söldner dann und wann mit missgünstigen, fast schon vernichtenden Blicken streifte.

Nun, dachte Robin, er würde sich ebenso wie Salim an Erek gewöhnen müssen. Ach, Salim … Sie hatte lange überlegt, wie sie seine Eifersucht bekämpfen könnte, mit der er mittlerweile fast jedem erwachsenen Mann begegnete, der mehr als drei Sätze mit der Frau wechselte, die er scheinbar für sein Eigentum hielt.

Mit ihm zu diskutieren hatte wenig Sinn, wie sie aus leidvoller Erfahrung wusste. Stattdessen hatte sie beschlossen, in den Wunden der Eifersucht ihres Gatten so lange herumzustochern, bis er sie irgendwann überhaupt nicht mehr spürte, weil das Gewebe abstarb. Irgendwann, so hoffte sie zumindest, würde er sein kindisches Verhalten selbst als solches begreifen und lernen, sich zu beherrschen.

Endlich brach Bruder Lucio sein Schweigen und begann von Pelusium zu erzählen. Er war nie zuvor dort gewesen, hatte aber viel von ihr, die man zu Zeiten der heidnischen Könige die Pforte Ägyptens genannt hatte, gehört. Balduins Vater Amalrich hatte Pelusium auf seinem Feldzug gegen das ägyptische Damiette erobert und auf dem Rückzug breite Breschen in die Stadtmauern geschlagen, erklärte er. Vierzig Jahre lang sei Moses dereinst durch den Küstenstreifen und die Berge und Wüsten des Sinai geirrt, und auch heute sei es ein Niemandsland zwischen Ägypten und dem Königreich Jerusalem, beherrscht von räuberischen Nomaden und den geheimnisumwitterten Beschützern des Katharinenklosters. Bruder Lucio ging so sehr in seinem Bericht über all die Gefahren, Mysterien und Legenden um Pelusium und das umgebende Land auf, dass er Robin ein wenig an Bruder Abbé erinnerte und sie sich insgeheim fragte, ob der Lazariter möglicherweise nur seine Stimme hören wollte, um nicht einzuschlafen. Vermutlich hatte er in der Nacht an Rothers Bett kaum Schlaf gefunden, und zudem war er ein kranker, alter Mann.

Robin fühlte sich ungemein erleichtert, als sie nach Stunden, die ihr wie mehrere Nächte vorkamen, endlich aus dem viel zu engen Wassergefährt kletterte und die letzten Schritte zum Strand durch das salzige, kaum knietiefe Nass watete. Die Sonne, die in weniger als einer Stunde am Firmament emporklettern würde, würde ihre Stiefel und die viel zu enge Hose so tief in der Wüste gewiss schneller trocknen, als ihr lieb war. Und für sie spielte es keine Rolle, ob sie über gepflasterten Katzenkopfstein schritt oder sich durch sandigen Schlamm mühte – Hauptsache, der Boden hielt endlich still.

Bruder Lucio tat sich etwas schwerer mit den letzten Schritten zum Strand, und als Erek von Nettestal ihm im wortwörtlichen Sinn unter die Arme griff, begann Robin daran zu zweifeln, dass der gebrechliche Lazariter es ohne Reittier auch nur bis nach Pelusium schaffen konnte. Wieder einmal war sie froh darum, Erek an ihrer Seite zu wissen. Er würde den Lazariter im Notfall die letzten Meilen bis in die Stadt tragen können. Sie betrachtete Erek, der den Alten behutsam vorwärtsführte, und lächelte. Mittlerweile war sie zu der Überzeugung gelangt, dass er ihnen weniger auf der Flucht vor Dandolo oder in der Hoffnung auf eine reiche Entlohnung folgte, sondern weil er es wirklich genoss, gebraucht zu werden – was nun wirklich kein schlechter Charakterzug war. Tatsächlich, so kam es Robin in den Sinn, hatten sie noch nicht ein einziges Wort darüber verloren, wie hoch von Nettestals Bezahlung ausfallen sollte und in welcher Form er sie erhielt.

Sie hatten bewusst ein gutes Stück außerhalb der Stadt angelegt und das Boot schließlich achtlos in den Fluten zurückgelassen, um möglichst viele Spuren zu verwischen und das Stadttor so unvermittelt wie möglich – und vor allem unbekannterweise – passieren zu können. Dennoch hatten sie sich, was die Entfernung zur Stadt hin betraf, verschätzt. Zunächst erschwerte der sandige Untergrund ihnen das Vorwärtskommen, und der sanfte Wind, der die Wüste vom Meer her kitzelte und ihnen stetig feinen, unangenehmen Staub in die Augen und in die Atemwege hauchte, setzte ihnen zusätzlich zu. Der neue Tag brachte zudem fast unerträgliche, trockene Hitze mit sich, und während Robin und Erek sich ebenso wie Salim durch einen Tagelmust vor der Wüstensonne schützten, reckte Bruder Lucio sein faltiges Gesicht noch immer stur den gefährlichen Strahlen entgegen. Sein Nasenrücken war bereits nach weniger als der halben Strecke zur Stadt hin so verbrannt, dass sich die Haut von ihm pellte. So heiß und trocken wurde die Luft während ihres mehrstündigen Marsches, dass Robin sich beinahe ein bisschen auf die *San Michele* mit dem frischen, feuchten Wind auf dem Oberdeck zurückwünschte. Vorausgesetzt, sie steckte zwischen ein paar Eisschollen fest und rührte sich keine Handbreit von der Stelle, wie sich verstand.

Es dauerte bis zum frühen Vormittag, bis sie Pelusium erreichten, und der Alte schlug sich wacker. Wo in Jaffa außerhalb der Stadtmauern nur vereinzelt Fischerhütten und Farmen gestanden hatten, sprenkelten hier kleine Flachbauten die Umgebung der Wüstenstadt. Sie gemahnten an die Federn eines Vogels, der Pelusium hieß und sich in der Mauser kräftig geschüttelt hatte.

Pelusium war gezeichnet von der Schlacht, von der Bruder Lucio im Boot ausgiebig berichtet hatte, und vielleicht auch von einigen anderen: Die traurigen Überreste der Stadtmauer reckten sich tapfer gen Himmel und erinnerten doch an ein riesiges, lückenhaftes Gebiss. Die verkrüppelten Büsche, die überall aus breiten Breschen klafften, erschienen Robin in diesem Zusammenhang wie schlimme Zahnfäule, der selbst mit dem besten Arzt nicht mehr beizukommen war. Insgesamt schien man hier eher wenig von der in den meisten Städten der Welt bevorzugten Bauweise zu halten, die es einem ermöglichte, den Nachbarn bei der Bartpflege zu unterstützen, wenn man sich am Morgen nur weit genug aus dem eigenen Fenster beugte. Nicht wenige Gebäude waren so stark beschädigt, dass sie längst unbewohnbar waren und nur noch als Spielplätze für die Kinder oder geheime Umschlagplätze für die zwielichtigen Geister der Stadt dienten.

Warum Robin sich dennoch wohler fühlte als bei ihrer Einkehr in Jaffa? Vielleicht lag es an den prächtigen Dattelpalmen, die in gerader Linie entlang eines sauberen Bewässerungsgrabens in den klaren blauen Himmel wuchsen. Ein ordentlich angelegter Feldweg, auf dem sie sich schnurgerade auf die Stadt zubewegten, flankierte den Wasserlauf, der wohlschmeckendes Süßwasser führte, an dem sie sich begierig erfrischten. Vielleicht aber lag es auch an der zwar trockenen, aber nach frischem Meerwasser duftenden Brise, die sich zwischen den Hauswänden verfing. An der Fröhlichkeit der Kinder, die durch die Straßen tobten. Oder an der eremitenhaften Ruhe und Ausgeglichenheit der älteren Bewohner Pelusiums, die ihnen keine übermäßige Beachtung schenkten, jedoch fast ausnahmslos und allen offensichtlichen kulturellen Diskrepanzen zum Trotz ein grüßendes Lächeln für die Unbekannten übrig hatten. Gewiss – den wenigen Feldarbeitern, denen sie außerhalb der Stadt begegnet waren, stand das Misstrauen deutlich ins Gesicht geschrieben. Doch auch sie legten großen Wert darauf, die sonderbaren Neuankömmlinge nicht mit zu offensichtlichen Blicken oder gar unfreundlichen Bemerkungen zu verärgern. Aber kaum dass sie die ersten Häuser innerhalb der verfallenen Stadtmauern hinter sich gelassen hatten, schienen sie durch ein ungeschriebenes Gesetz zu einem Teil der kleinen Stadt zu werden. Einer Stadt, der man all ihren Mängeln zum Trotz anmerkte, dass ihre Bewohner sie von Herzen liebten.

Aber vielleicht, so dachte Robin mit einem Seitenblick auf ihre Gefährten, täuschte sie sich auch. Salim jedenfalls wirkte angespannt und hektisch, und auch Bruder Lucio schien sich nicht sonderlich wohl in seiner Haut zu fühlen – was Robin mit einem solch erbärmlichen Sonnenbrand aber auch nicht gelungen wäre. Nur Erek ging mit leichten, fast federnden Schritten, als hätte er sich nicht gerade meilenweit durch die Wüste gequält, sondern ein erfrischendes Bad in einem großen Zuber genommen. Das Leben schien ihm ein riesiges, interessantes Abenteuer zu sein, dessen Legende längst seinen Weg durch die Welt gefunden hatte und von dem er folglich ganz genau wusste, dass er nur als Sieger daraus hervorgehen konnte.

Robin lächelte und schloss dann zu Salim auf, der ihnen in einigem Abstand zielsicher vorausging. »Warst du schon einmal hier?«, fragte sie so beiläufig wie möglich. Es war nicht so, dass ihr diese Frage unbedingt auf der Zunge brannte. Aber da seine letzten Tage in ihrer Gegenwart aus Provokationen Erek gegenüber oder dauerhafter, unangemessen beharrlicher Schweigsamkeit bestanden hatten, war Robin inzwischen jedes Thema recht, um ein paar Worte mit Salim zu wechseln – und ihm dabei eine Gelegenheit zu geben, sich vielleicht doch zu einer noch so knappen Entschuldigung für sein albernes Verhalten durchzuringen.

Robin hatte das Gefühl, dass er sich selbst ein wenig in seinem Schauspiel eingekesselt hatte. Die flüchtigen, sehnsüchtigen Blicke, die er ihr in vermeintlich unbeobachteten Momenten zuwarf, sprachen dafür – die weniger flüchtigen, vorwurfsvollen Blicke hingegen zielten darauf, gesehen zu werden. Salim benahm sich unglaublich kindisch. Aber sein verdrehter muselmanischer Stolz verlangte es wohl so. Robin wollte ihm helfen. Ihnen beiden.

Sie passierten gerade eine große, dreischiffige Basilika, die verfallen wirkte, aber noch in Betrieb zu sein schien. »Was ist das?«, hakte Robin, in Richtung des Gotteshauses deutend, nach, da Salim noch immer schweigend geradeaus starrte. »Ein Heidentempel«, erwiderte er schließlich kühl. »Ein dreischiffiger byzantinischer Heidentempel mit einem erbärmlich kleinen Runddach, wenn du es genau haben willst. Jede noch so unbedeutende Moschee ist ansehnlicher als dieser Klotz. Den haben deine geschmacklosen Vorfahren hier aufgestellt, um dem Gesamtbild dieser einst so wunderschönen Stadt den Rest zu geben.«

»Ich finde sie sehr hübsch«, verteidigte Robin das Erbe ihrer Ahnen und verfluchte sich im gleichen Augenblick selbst. Sie wollte doch gar nicht schon wieder mit ihm streiten; im Gegenteil. Aber je verärgerter Salim über irgendetwas war, was sie gesagt oder getan hatte, umso leidenschaftlicher pflegte er stets über das gesamte Christentum zu schimpfen. Und das, obgleich Robin wusste, dass er im Grunde seines Herzens mindestens so tolerant gegenüber anderen Kulturen war wie sie selbst. Sie versuchte zu schlichten, ehe es wieder eskalierte. »Zumindest *war* sie gewiss einmal sehr hübsch«, schränkte sie in zuvorkommendem Tonfall ein.

Salim schnaubte. »Hättest du anstelle meiner unbedeutenden Wenigkeit deinen Schweine essenden Meuchelmörder da hinten zum Mann genommen, hättest du darin heiraten können.«

Robin zog scharf die warme, salzige Luft zwischen den Zähnen hindurch ein und schaute erschrocken über die Schulter zu Lucio und Erek zurück. Aber die beiden waren viel zu weit zurückgefallen, als dass sie die Worte des Sarazenen hätten verstehen können. Inzwischen hatten sie einen gut besuchten Basar erreicht, auf dem so ziemlich alles feilgeboten wurde, was Küche und Handwerk im Orient begehrten – allem voran Fische, die in Farben schimmerten, um die sie der Regenbogen beneidet hätte.

»Du solltest so etwas nicht so laut sagen«, gab sie bemüht beherrscht zurück. »Und außerdem etwas langsamer gehen … Nicht, dass wir unsere Gefährten zwischen all den Ständen und Menschen hier verlieren. Du hast mir noch immer nicht gesagt, woher du dich auskennst. Und wohin du willst.«

»Zur Karawanserei am südlichen Tor. Wozu sonst sind wir schließlich hier? Aber es gibt auch einen Händler in dieser Stadt, der ausschließlich mit gefährlichen Substanzen und besonders scharfkantigen Gegenständen handelt. Wenn du noch immer darauf brennst, zu sterben, können wir kurz halt bei ihm machen. Sicher kann er dir irgendetwas geben, womit du dich umbringen kannst. Das wäre sicherlich weniger kraft- und zeitaufwendig, als sich ausgerechnet jene Männer als Begleiter auszusuchen, die das eigene Leben gefährden, und sie dann großherzig zu einem gemeinsamen Spaziergang einzuladen.«

Robin stöhnte auf. »Du glaubst also immer noch, dass …«, begann sie, aber Salim schnitt ihr mit einer harschen Geste das Wort ab.

»Es spielt keine Rolle, was ich glaube, Robin. Schließlich bin ich ein Heide. Ich glaube sowieso immer das Falsche, oder?« Zu einer Erwiderung kam sie nicht, denn der Sarazene fuhr verärgert fort: »Weißt du – du hast in den vergangenen beiden Jahren ein paar Schlachten geschlagen und bist tatsächlich ein paar Attentaten auf dein Leben entgangen. Darum fühlst du dich erfahren und sicher. Aber *ich* wurde praktisch auf einem Schlachtfeld geboren. Nicht nur in diesem fürchterlichen Krieg zwischen deinem Volk und dem, was du das meine nennst, sondern auch in die stetigen, blutigen Auseinandersetzungen zwischen den zahlreichen Stämmen hinein, aus denen sich dieses Volk zusammensetzt.«

Während er mit einer Geste die ganze Stadt und wahrscheinlich auch das gesamte umliegende Land einzuschließen versuchte, wischte er unbeabsichtigt einer fast vollständig verschleierten Frau einen Bund getrockneter Kräuter ins Gesicht, der vom Baldachin eines Verkaufsstandes herabbaumelte. Er entschuldigte sich knapp in einem arabischen Dialekt, den Robin nur andeutungsweise verstand, und fügte erregt hinzu: »Du hast gefragt, woher ich Pelusium kenne. Meine Mutter, Robin, war eine Tuareg. Sie war sogar eine Prinzessin. Tahenkat, falls ich ihren Namen noch nicht erwähnt habe. Es bedeutet Gazelle. Und genauso war meine Mutter auch: wie eine ruhelose Gazelle, die nicht fähig war, länger als wenige Tage an ein und demselben Ort zu verweilen, ohne dabei innerlich zu verkrüppeln. Mein Vater hätte wissen müssen, dass sie nicht bei ihm und den Sarazenen bleiben könnte – nicht dauerhaft. Und so war es auch. Sie kehrte in die Sahara zurück und nahm mich mit. Von den Burgen der Assassinen in Syrien hinein in das Gebiet der Tuareg jenseits des Sandmeers, und manchmal auch wieder zurück. Aber nie für lange. Dahin, dorthin und eben auch hierhin, in das Gebiet um Pelusium – stetig auf einer Reise ohne Sinn und ohne Ziel. Immer hin und her zwischen den unterschiedlichsten Stämmen, die es nur zu oft nicht besonders gern sahen, dass Fremde in ihr Gebiet eindrangen und sich an den spärlichen Wasservorkommen bedienten. Meine Mutter war stolz. Sie bestand auf ihrem Recht, das in ihren Augen zum Beispiel beinhaltete, dass jedem in diesem Land alles gehörte, was *sie* übrig ließ.« Er lachte freudlos. »Es gibt kaum eine Intrige, der ich an der Seite meiner geliebten wie wahnsinnigen Mutter nicht um ein Haar entronnen wäre, keine Waffe, die nicht schon auf meinen Hals gerichtet worden wäre, und kaum ein Gift, das nicht in unsere Becher geträufelt wurde. Ich habe ein Gespür für schlechte Menschen, Robin. Und dein hochgelobter Söldnerfreund dort hinten *ist* ein schlechter Mensch. Ich kann es nicht beweisen, aber ich bin mir völlig sicher. Und vielleicht war wirklich er es, der hinter dem missglückten Anschlag auf dich steckte.« Schell und atemlos, als wollte er das Thema beenden und hätte es am liebsten, dass Robin seine Worte gleich wieder vergaß, fügte er hinzu: »Da hinten ist die Karawanserei. Wir sind da.«

Sein Vortrag hatte ihn große Überwindung gekostet, wie Robin registrierte. All das, was ihm in den vergangenen Tagen auf dem Herzen gebrannt hatte, war aus ihm herausgebrochen – mehr noch, als er bei seinem letzten, für seine Verhältnisse schon bemerkenswerten Gefühlsausbruch auf der *San Michele* hatte aussprechen können. Dem ersten Rinnsal, das durch den Damm seiner Verschlossenheit gesickert war, war ein heftiger Redeschwall gefolgt – und dieser hatte mit der typisch orientalischen Eifersucht, die sie ihm unterstellt hatte, beschämend wenig zu tun.

»Ich ...«, begann sie zögernd. »Also, ich dachte ...«

»Du dachtest, dass ich nur nach einem Grund suche, um den großen, blonden Christenmann in Missgunst zu bringen, weil ich fürchte, dass er dich an der Hand nehmen und auf Nimmerwiedersehen mit dir verschwinden könnte. Zurück in deine grobe, graue Welt.«

Robin hob beschämt die Schultern.

»Nein, geliebtes Weib. Das könnte er nicht«, behauptete Salim verächtlich. »*Niemand* könnte das. Viel eher plagt mich von Zeit zu Zeit wohl der Gedanke, dass du *ihn* an die Hand nehmen und mit ihm verschwinden könntest. Aber das gehört nicht hierher. Du hast einen geheimen Auftrag zu erfüllen, über den du mit deinem eigenen Mann nicht sprechen wolltest, der dem fremden Christen jedoch gewiss längst bis ins letzte Detail bekannt ist. Und jetzt komm. Wir sind da.«

Robin wollte widersprechen, doch Salim beschleunigte seine Schritte, kehrte ihr damit den Rücken zu und stolzierte auf einen eisbärtigen, alten Mann mit gigantischem Turban zu, der auf einem Schemel vor der kleinen Karawanserei hockte und süßen Qualm aus dem Schlauch einer fast storchengroßen Wasserpfeife in seine Lunge sog. Robin verharrte einen Atemzug hilflos auf der Stelle. Dann aber gab sie sich einen Ruck, schloss zu Salim auf und lauschte ihm, wie er mit dem bärtigen Alten um den Preis für Kamele und ausreichende Vorräte verhandelte. Er wirkte aggressiv dabei. Seine Gesten waren ruppig und abgehackt, und seine Stimme klang kühl und grob – mit dem landestypischen, leidenschaftlichen Handel, der jenen aus der westlichen Welt stets laut und energisch erschien, im Grunde aber eine Art Förmlichkeit unter den Menschen dieser Welt darstellte, hatte dieses Gespräch nicht mehr viel zu tun. Und so kam es, dass dem rundlichen Mann mit der Wasserpfeife – bis vor Kurzem noch die zu Stein erstarrte Ruhe selbst – alsbald Schweißperlen der Erregung unter dem Turban hervortraten und über die zunehmend runzelige Stirn rannen. Er tat Robin leid. Insbesondere, weil sie wusste, dass Salims Zorn keineswegs ihm, sondern einzig und allein ihr selbst galt.

Robin biss sich auf die Unterlippe und überlegte kurz, wie sie Salim zu etwas mehr Fairness bewegen konnte, gab es aber schnell auf, weil sie ahnte, dass das Einzige, was ihn in dieser Stimmung vielleicht besänftigte, Ereks Kopf in einem handlichen Leinenbeutel wäre. Zumindest, dachte sie bitter, sah es ganz so aus, als ob ihr Mann gerade auf seine unverschämte Weise ein enorm gutes Geschäft abwickelte. Angesichts der kürzlich durch Robin großzügig geplünderten Reisekasse war das sicherlich nicht verkehrt. Außerdem fühlte sie mit ihm, denn so unbegründet Salims Ängste auch sein mochten – sie kamen aus tiefster Seele. Schließlich wandte sie sich kopfschüttelnd ab und half Erek, den heftig keuchenden und nunmehr zitternd vorwärtsstrauchelnden Lazariter in den Schatten eines Säulenganges zu führen, wo er sich ausruhen und ein wenig zu Atem kommen konnte. Sie selbst ging ein paar Schritte entfernt von dem aussätzigen Mönch vor einem der Säulenkapitelle in die Hocke und ließ den Blick über den kleinen Vorhof und durch den Säulengang schweifen. Salims Worte hatten sie fraglos verärgert, aber sie stimmten sie auch nachdenklich. Wo war ihr übertriebenes Bedürfnis nach absoluter Sicherheit geblieben? Diese hart erlernte, in ihrer Situation aber gesunde, ja vielleicht wirklich lebenswichtige Skepsis, die sie jedem Fremden selbst dann noch misstrauen ließ, wenn er einen lücken- wie tadellosen Lebenslauf und eine von vertrauenswürdigster Stelle beglaubigte Auflistung über all seine Aktivitäten der vergangenen beiden Jahrzehnte vor ihr ausrollte? Konnte es wirklich sein, dass sie es auf einmal so leid war, sich ständig beobachtet, bedroht und verfolgt zu fühlen, dass sie dieses Gefühl einfach abstellte, weil es sie so enorm unter Druck setzte? Eine seltsame Art von eingeschränkter emotionaler Apathie?

Vielleicht. Und vielleicht war es doch ein Fehler gewesen, Erek von Nettestal mitzunehmen. Vielleicht wäre Balduin doch nicht sonderlich erfreut, wenn er davon erfuhr.

Robin blinzelte misstrauisch zu dem blonden Hünen hinüber, der Lucio besorgt seine offene Wasserflasche reichte. Nein. Erek war kein schlechter Mensch. Salim mochte recht haben mit so vielem, was er gesagt hatte. Aber in diesem Punkt irrte er sich.

Ihre Augen kehrten zurück zu den mit filigranen Blumenmustern verzierten Säulen, über denen das helle Flachdach wie der wolkenlose Himmel über einem wunderschönen Garten schwebte. Auch die umliegenden Gebäude waren klein, aber luftig und hell und mit viel Kunstfertigkeit und Liebe gestaltet. Hier im Bereich des südlichen Tores, der von König Amalrich und allen anderen christlichen Herrschern weitgehend unangetastet geblieben war, flüsterte der Wind noch aus jeder Fuge von vergangener Schönheit und Pracht dieser kleinen Stadt am Rande der unendlich scheinenden Wüste.

Auch in diesem Punkt hatte Salim anscheinend recht: Die Christen hatten Pelusium keinen Gefallen erwiesen mit ihrem Versuch, ihre in ihrem falschen Glauben unerschütterlich zufriedenen Bewohner dem einzig richtigen Gott zuzuführen.

Als Salim nach einer geraumen Weile zu ihnen stieß, wirkte er wie jemand, der gerade seine Schwiegermutter erwürgt hatte, nur um festzustellen, dass das allein seine Ehefrau weder schöner noch schlauer machte.

»Hast du einen guten Preis ausgehandelt?«, erkundigte sich Erek von Nettestal, doch der Sarazene behandelte ihn wie Luft und wandte sich direkt an Robin: »Es hat einen Überfall gegeben. Eine Karawane wurde auf dem Weg nach Mekka von christlichen Rittern überrascht. Rainald von Châtillon hat sie angeführt.«

Bruder Lucio richtete sich auf: »Das muss ein Irrtum sein. So etwas tut von Châtillon nicht«, krächzte er.

»Nicht?« Salim funkelte ihn zornig an, schnitt ihm aber mit einer Geste das Wort ab, als der Lazariter ausführlicher Partei für seinen christlichen Mitstreiter zu ergreifen ansetzte. »Es spielt überhaupt keine Rolle, ob er es getan hat oder nicht, alter Mann. Wichtig ist, dass die Wüstenstämme *glauben*, dass er dahintersteckt. Und dass sie bestimmt auf Rache für ihre Glaubensbrüder sinnen.«

Robin runzelte nachdenklich die Stirn. »Wann soll das gewesen sein?«

»Vor etwa zwei Wochen, sagt der Alte.« Salim nickte knapp in Richtung des Eisbärtigen, schüttelte dann aber den Kopf. »Er scheint hier so etwas wie der Großvater aller Waschweiber zu sein. Zumindest weiß er von sehr vielen Leuten immer nur ein wenig. Wenn wir Glück haben, hat sich die Nachricht noch nicht allzu weit herumgesprochen … Trotzdem: Der Umstand, dass er seine Kamele unter Umständen nicht heil oder überhaupt nicht zurückbekommt, weil der Weg zum

Katharinenkloster für Christen wie euch möglicherweise sehr unsicher ist, hat den Preis nicht eben gedrückt.«

»Aber du *hast* einen guten Preis ausgehandelt?«, drängte Erek unbeirrt weiter, doch Salim blickte nicht einmal in seine Richtung. »Komm.« Er reichte Robin eine Hand, um ihr beim Aufstehen behilflich zu sein. Sie nahm die kleine Geste der Versöhnung dankend an. »Der Alte hat uns eine Kammer überlassen, in der wir uns etwas ausruhen und beraten können. Dort entlang.«

Er schob Robin einen Schritt tiefer in den Säulengang hinein, schritt an ihr vorbei und öffnete eine schmale Holztür, hinter der sich eine winzige Kammer befand. Ihr Fenster war kaum größer als ein Buchdeckel, und wenige, staubige Kissen und Teppiche bedeckten Teile des festgestampften Lehmbodens. Erek und Bruder Lucio folgten ihnen. Kaum dass der Geistliche die Tür hinter sich geschlossen hatte, ließ er sich auf eines der Kissen sinken und sackte kraftlos mit dem Rücken an die harte, schmucklose Wand.

»Wenn Ihr wollt, schlaft nur ein wenig«, bot Robin ihm mitfühlend an. Der Lazariter sah wirklich schlecht aus – hier drinnen noch mehr als im hellen Tageslicht. Das wenige Licht, das durch das Fenster einfiel, vermochte den Wall aus Staub, den ihre Füße aufgewirbelt hatten, kaum zu durchbrechen, und in ihm schienen die Ringe unter den milchigen Augen des Lazariters trotz seiner Sonnenbräune und der Verbrennungen noch dunkler und ungesünder zu sein. »Es wird sicherlich eine Weile dauern, bis der Alte die Karawane zum Aufbruch vorbereitet und eine ausreichende Menge an Proviant zusammengetragen hat«, fügte sie aufmunternd hinzu.

»Wir bleiben bis morgen«, bestätigte Salim und hob auf einen erstaunten Blick Robins hin kurz die Achseln. »Ich habe mir große Mühe gegeben, wie du vielleicht hören konntest, aber es geht einfach nicht eher. In Pelusium ist man plötzliche

Bestellungen in dieser Größenordnung nicht unbedingt gewohnt.«

Bruder Lucio nickte: »Es geht mir gut«, behauptete er, deutete Robins skeptischen Blick miss und fügte noch hinzu: »Zugegeben: Ich bin froh, wenn wir das Katharinenkloster erreicht haben und wieder unter unseresgleichen sind.« Mit den Überresten seiner Linken strich er sich über die schweißnasse Stirn und schloss die Augen. Der Verband zeigte deutlich seine fehlenden Finger, und Robin fragte sich, ob auch Salim die Geschichte glaubte, die fehlenden Glieder seien einer Schwertklinge zum Opfer gefallen.

»Wir werden uns verkleiden«, bestimmte Salim derweil und ließ sich nun auch auf eines der mottenzerfressenen Kissen sinken. Den Söldner behielt er dabei stets im Blick.

»Als Kamele?«, scherzte Erek, aber niemand lachte.

»Als Beduinen«, riet Robin. Salims Idee war so naheliegend wie gut.

Salim nickte: »Ein Sarazene und drei Christen, von denen einer auch noch ein finster dreinschauender Vorbeter ist … Das ist im Augenblick viel zu gefährlich. Besser wir …«

Bruder Lucio fuhr aus seiner Ruheposition auf: »Das kommt überhaupt nicht infrage!«, schnarrte er. Für einen Moment trocknete die Empörung seine glasigen Augen. »Niemals werde ich meinen Glauben verraten, indem ich mein Mönchsgewand ablege, um es zu allem Überfluss auch noch gegen …«, er fuchtelte mit den Fingerstümpfen in der Luft umher und suchte kurz nach einer passenden Bezeichnung, »… gegen diese primitive Heidenkluft einzutauschen«, schloss er dann.

Robin zog eine Grimasse. Nun musste sie schon wieder als Schlichterin einspringen, was ihr, wie sie fand, nicht sonderlich gut lag. Zumindest war es dieses Mal nicht sie selbst, die mit Salim aneinanderzugeraten drohte. »Es wäre doch nur für den Teil der Reise, der vor dem Kloster liegt«, wandte sie sich mit besänftigendem Tonfall an Bruder Lucio. »Wahrscheinlich wird Euch überhaupt niemand so sehen – geschweige denn erkennen.«

»Gott sieht mich«, beharrte der Lazariter.

»Davon bin ich überzeugt.« Robin nickte. »Trotzdem: Salim hat recht. Ganz gleich, ob die Geschichte von dem Überfall der Wahrheit entspricht oder nicht: Wenn sie sich schon weiter herumgesprochen hat, würde es das Risiko unnötig erhöhen, wenn wir in unseren derzeitigen Gewandungen durch die Wüste zögen. Und der Herr würde ganz bestimmt nicht wollen, dass Euch etwas …«

»Nein!« Bruder Lucio sprach nicht besonders laut, aber mit einer Bestimmtheit, die so unerschütterlich wirkte wie der Davidsturm in der Jerusalemer Zitadelle. Robin bedachte Salim mit einem Hilfe suchenden Blick, aber der hob nur gleichgültig die Schultern.

Erek hingegen grinste: »Ich finde die Idee großartig. Sie hätte glatt von mir stammen können.«

Dieses Mal tat Salim nicht, als wären die Worte des Söldners bloß ein Klangmosaik, das der Wind aus den Echos des städtischen Lebens unweit der Karawanserei kreierte: »Ist das so? In diesem Falle sollte ich mir die Idee wohl doch noch einmal durch den Kopf gehen lassen«, erwiderte er spitz. »Nicht, dass sie mich Letzteren am Ende kostet.«

Der Söldner maß den Wüstenkrieger erst verwirrt, dann beleidigt, schwieg aber und stülpte stattdessen leicht die Unterlippe vor und verschränkte die Arme in nahezu trotziger Geste vor dem Körper. In Anbetracht seiner Größe und Muskelkraft wirkte er wie ein schmollender Riese, was ihn Robin abermals sympathisch machte – ein Berg von einem Mann, in dem die Seele eines sensiblen Jungen steckte … Doch um des lieben Friedens willen verzichtete sie dennoch darauf, Salim zurechtzuweisen.

Um keine unnötige Aufmerksamkeit auf sich zu ziehen

und ein wenig Kraft zu sammeln, verließen sie die kleine Kammer der Karawanserei an diesem Tag nur noch, wenn es unabdingbar war, und nächtigten auch zwischen den staubigen Kissen. Die Reise, die ihnen bevorstand, konnte schließlich Wochen dauern – oder länger. Doch darüber wollte Robin nicht nachdenken und schlief schließlich ein und traumlos bis zum frühen Morgen. Als sie erwachte, war die Sonne noch nicht aufgegangen, aber auf dem Vorhof wartete bereits ein halbes Dutzend hoch beladener Kamele auf den Aufbruch. Salim half Robin in ein knöchellanges, weißes Beduinengewand und umwickelte ihr Haupt mit einem Tagelmust, während Erek sich von dem Alten mit dem langen Bart zur Hand gehen ließ. Dieser kletterte zu diesem Zweck eigens auf den wackeligen Schemel neben der Wasserpfeife, auf dem sich sein halbes Leben abzuspielen schien. Lediglich Bruder Lucio verweigerte sich nach wie vor und behielt stur seine schwarze Mönchskutte am Leib. Er ließ sich nicht einmal dazu bewegen, das auffällige Kreuz unter seinem Gewand verschwinden zu lassen, und spielte noch immer den Pfau im Hühnerverschlag, als sie schließlich, je ein Kamel am Zügel und ein weiteres an die Geschirre des ersten gebunden, durch das südliche Tor in die Wüste hinausschritten. Lucio aber, der zu schwach auf den Beinen war, eine solch große Strecke zu Fuß zu bewältigen, ritt – und zwar auf einem störrischen Esel. »Passt hervorragend zu ihm«, murmelte Salim, und im Stummen gab Robin ihm recht.

## 10. KAPITEL

Das Schlimmste war die Hitze. Obgleich sie stets weit vor Einbruch der Dämmerung aufbrachen, brannte die Sonne schon vor der Mittagsstunde so gnadenlos herab, als wollte sie jedes Leben unter dem wolkenlosen Himmel binnen weniger Lidschläge verdörren lassen. Der Grüngürtel von Pelusium wich schnell flachen, gelbweißen Sanddünen, die sich vor ihnen bis in die Unendlichkeit zu erstrecken schienen. Der schmale Streifen von Robins Gesicht, der nicht von ihrem Tagelmust geschützt wurde, rötete sich zusehends – ebenso ihre ungeschützten Hände. Von der Nasenwurzel und oberhalb der Wangenknochen pellte sich die Haut und hing stellenweise in transparenten, manchmal nässenden Fetzen hinab. Ihre Lippen aber waren meist so trocken, dass sich das weiche Tuch über ihnen wie ein elastischer Schleifstein an der rissigen Haut rieb, bis sie platzte und blutete.

Dennoch überwand Robin sich an diesem ersten Tag ihres Rittes endlich dazu, ein längst überfälliges Gespräch mit Bruder Lucio zu führen. Ihr war noch immer nicht klar, wie viel der Lazariter über den vermeintlichen Sklaven Salim wusste, doch da sie sich der Führung des Sarazenen nun für längere Zeit würden anvertrauen müssen, erschien es ihr dringlicher denn je, alle Fronten zu klären. Lucio konnte sich einen höhnischen Unterton nicht verkneifen. Ob sie wirklich in dem

Glauben gewesen sei, er hätte einen Heiden so lange in seiner unmittelbaren Nähe geduldet, wenn es nicht der ausdrückliche Befehl des Königs gewesen sei? Robin ging über seinen Tonfall hinweg und nickte. »Gut«, sagte sie nur, »dann wäre das ja geklärt.« Und so blieben ihr weitere, blutige Risse in den Mundwinkeln als Folge ellenlanger Erklärungsversuche erspart.

Weil sie bedachtsam mit ihren Wasservorräten umgehen mussten, wurde der Durst schon bald zu einem stetigen Begleiter. In Momenten der Schwäche begann sie, ihm neue, menschliche Namen zu geben, die es ihr leichter machten, ihm seine Anwesenheit persönlich zu verübeln. Noch am Abend des ersten Tages hatten sie in einem Ort, dessen Bezeichnung mehr Buchstaben aufwies, als Menschen in ihm lebten, Rast gemacht. Er bestand aus weniger als einem halben Dutzend Bauernhütten und einer winzigen Karawanserei, und hier hatte Salim zwei weitere Kamele erworben, sodass nun jedem von ihnen ein Reittier zur Verfügung stand. Aber an Reiten war trotzdem nur in den frischeren Morgen- und Abendstunden zu denken. Andernfalls hätten sie ihre Tiere schneller wieder verloren, als sie sie sich verschafft hatten, weil diese unter der Belastung und der Hitze einfach zusammengebrochen wären. Und so stapften sie meist doch zu Fuß durch den ewig gleichen, gelbweißen, heißen Sand, in dem schon bald nicht mehr das kümmerlichste Gräslein oder trockenste Gesträuch wurzelte. In der Hitze des Nachmittags rasteten sie unter einem flachen Zelt aus schwarzer Ziegenwolle, das Salim in Pelusium aufgetrieben hatte, und marschierten erst am frühen Abend weiter. Dabei wechselten sie kaum ein Wort miteinander, weil sich jede Silbe im Hals anfühlte, als würgte man einen Bund getrockneter, bitterer Kräuter hervor.

Einer von ihnen – zumeist Erek – bildete stets den Abschluss der kleinen Karawane. Über der Schulter trug er einen eigens zu diesem Zweck mitgeführten Leinensack, in dem er den Dung der Kamele sammelte, mit dem Salim des Abends das Lagerfeuer fütterte. Sie selbst aßen geringe Mengen Fladenbrotes, das der Sarazene über den Flammen buk und dazu spärlich Datteln, getrocknetes Fleisch oder Fisch verteilte. Schon nach der zweiten derartigen Mahlzeit wurde Robin schon beim bloßen Gedanken an zähes, trockenes Fleisch oder Fisch, der wie Baumrinde aussah und wie faules Ei mit Schuppenflechte schmeckte, so übel, dass man ihr ebenso gut die Ausscheidungen ihrer Lasttiere hätte servieren können. Es kam Robin vor, als hätten die Pelusianer in ihren Proviantbeuteln untergebracht, was sie sonst bestenfalls noch dem Schlachtvieh zum Fraß vorgeworfen hätten. Wahrscheinlich hatte der eisbärtige Alte vor der Karawanserei seit ihrem Aufbruch seine liebe Mühe, auch nur einen Zug aus seiner Wasserpfeife zu nehmen, ohne sich am Qualm zu verschlucken, weil er unaufhörlich von gehässigen Lachkrämpfen geschüttelt wurde.

Einmal übergab sie sich tatsächlich, noch ehe sie die Hälfte ihrer kargen Mahlzeit zu sich genommen hatte. Sie schämte sich sehr dafür – insbesondere, weil Salim dennoch darauf bestand, dass sie ihren Napf leerte. Allem Protest zum Trotz teilte er ihr sogar eine zweite Ration zu, obgleich die Knappheit ihrer Mittel keinen Spielraum für diese fürsorglich gemeinte Geste ließ, die für Robin an Folter grenzte. Ihr erschien dieser Marsch durch die Sahara beinahe noch schlimmer als jener, den sie als Sklavin des Alten vom Berge überstanden hatte, obschon sie wusste, dass ihre heutige Situation im Vergleich an Luxus kaum zu überbieten war. Auch dafür schämte sie sich und nahm sich deshalb immer dann den Durchhaltewillen des Lazariters zum Vorbild, wenn sie sich so miserabel, ausgelaugt und abgeschlagen fühlte, dass sie sich am liebsten einfach in den heißen Sand hätte fallen lassen, um das gnädige Ende dieses Elends zu erwarten. Bruder

Lucio nämlich war schon bald so schwach, dass er sich bloß noch vom Rücken seines Esels auf seine eigenen Füße hinab begab, wenn sie ihre Mittagsrast einlegten oder ihr Nachtlager aufschlugen, um wenige Stunden zu ruhen. Oft war er dabei auf Hilfe angewiesen. Außerdem hatte er sich einen Husten zugezogen, der stetig zunahm und gewiss schmerzhaft war, zumal sein Atem zunehmend kürzer wurde und klang, als rieselte trockener Sand durch einen rostigen, löchrigen Eimer. Salim bot ihm an, ihm ein Mittel aus den geheimen Schätzen der Wüste zu brauen, das seinen Husten stillen und ihn kräftigen würde – wo er diese Schätze vermutete, ließ er dabei offen. Aber der Alte lehnte ab und beharrte darauf, dass es ihm gut gehe, dass er keiner Hilfe bedürfe und man sich um ihn nicht zu sorgen brauche. Jeder Versuch, ihn eines Besseren zu belehren, endete entweder im Streit oder damit, dass er sich so weit wie nur möglich von allen anderen absetzte, in beharrliches Schweigen verfiel und die verbrannte Nase in seine riesige Bibel versenkte. Und so hielten sich Robin, Salim und irgendwann sogar Erek von Nettestal zurück, wenn Lucio wieder einmal von fürchterlichen Hustenkrämpfen geschüttelt wurde oder wirkte, als könnte er jeden Augenblick mit dem sonnenverbrannten Gesicht voran aus dem Sattel kippen. Immerhin zitierte er nicht mehr unentwegt mit brüchiger, flüsternder Stimme Bibelverse, als wollte er seine Begleiter damit zur Vernunft bringen.

Gegen Abend des dritten Tages erreichten sie den Timsah-See. Hatten sich die Dünen bislang flach gekräuselt wie ein stehendes Gewässer, mit dem eine Frühlingsbrise spielte, türmten sie sich nun vor ihnen auf wie die Wellen einer Brandung im Sturm und machten das Gehen noch beschwerlicher. Es schien, als rutschte man für jeden Schritt, den man sich auf der einen Seite der Düne vorangekämpft hatte, zwei oder drei andere zurück, und auf den abfallenden Seiten konnte man sich kaum auf den Beinen halten. Zu allem Unglück war noch Wind aufgekommen – nicht viel, aber genug, um stetig Sand von den Dünenkämmen zu pusten. Die feinen Sandkörner brannten in den Augen und bahnten sich zielstrebig ihren Weg unter die Kleidung, wo sie zwischen Stoff und Haut scheuerten und in Nase und Mund eindrangen. Bald schon war Bruder Lucio nicht mehr der Einzige, dem das Atmen hörbar schwerfiel.

Robin war froh, als sie die hohen Dünen endlich hinter sich ließen, und mehr als glücklich, als sich das vermeintliche Trugbild von einem in sanftes Grün gerahmten See und den Umrissen einiger Häuser am Horizont als wirkliche Oase entpuppte. Reste von Lagerfeuern zeugten davon, dass hier gelegentlich Karawanen rasteten, aber eine Siedlung schien es weit und breit nicht zu geben. Die wenigen Häuser an den Ufern waren längst verlassen und bis auf wenig mehr als die Grundmauern verfallen, was Robin verwunderte. Schließlich wusste sie von deutlich kleineren Gewässern in dieser Wüste, an denen sehr viel mehr Menschen lebten.

»Ein Relikt aus den Zeiten Omars«, erklärte Salim, während sie die ersten der Ruinen in einem unverhältnismäßig großen Bogen passierten. »Er war einer der ersten Kalifen. Omar hat eine Straße für Schiffe bauen lassen. Quer durch die Wüste.«

»Eine Straße für Schiffe«, wiederholte Robin stirnrunzelnd. »Hier.«

Salim nickte ernst.

»Sicher.« Robin zog eine Grimasse. »Damals, als hier noch Schnee fiel. Und als überall geflügelte Heringe an den Bäumen wuchsen.«

»Sag doch einfach, dass du mir nicht glaubst«, gab Salim gekränkt zurück. »Du klingst ja fast wie mein Vater. Aber ich sage die Wahrheit, und – he!« Er fuhr herum, als er aus den Augenwinkeln bemerkte, dass Erek von Nettestal sich von der

Gruppe abgesetzt hatte und zielsicher dem See entgegenstrebte. Er hatte eine federnde Gangart eingeschlagen, als bewegte er sich über ein gigantisches, gut gespanntes Trommelfell. »Komm weg von dem See!«

Erek hielt einen kurzen Moment inne. In Vorfreude auf den See hatte er sich seiner Kopfbedeckung bereits entledigt, und so sah man, dass er die Oberlippe zu einer Seite hin hochzog. Dann schüttelte er den Kopf und hüpfte einfach weiter. Salim rief ihn noch einmal, und dieses Mal deutlich energischer, zurück.

»Weg von dem See?«, wiederholte Robin verständnislos. »Warum?«

»Weil es der Timsah-See ist«, antwortete Salim ernst. »Das habe ich doch bereits gesagt.«

»Und was ist mit diesem Timsah-See?« Robin sah zu dem Gewässer hin, das friedlich und unschuldig im Licht des ausklingenden Tages glänzte. »Ist er etwa vergiftet?«

»Schlimmer.« Salim winkte dem Söldner ungeduldig, zu ihnen zurückzukommen. Erek zögerte einen Moment, ließ seinen Blick unschlüssig zwischen dem Sarazenen und dem frischen Wasser hin und her schweifen, hob aber dann die Schultern und kam der Aufforderung sichtlich enttäuscht nach. »Es lauern Drachen darin«, behauptete der Assassine in düsterem Tonfall. »Riesige, schuppige Ungeheuer mit Zähnen, die durch den härtesten Brustpanzer schlagen wie ein Armbrustbolzen durch Fallobst.«

»Drachen«, wiederholte Robin nachdenklich. »Oh, sicher!« Sie grinste. »Überlebende aus der Zeit, in der man hier geflügelte Heringe von den Bäumen pflückte und sie auf Schiffe verlud?«

Salim maß sie abschätzig vom Kopf bis zu den Zehen. Robin hatte sich einen Scherz erlauben wollen, aber stattdessen hatte sie ihn abermals zutiefst gekränkt. Schließlich aber seufzte Salim und starrte nachdenklich geradeaus, während sie weiter mit großem Abstand zum See an den verfallenen Häusern vorbeistapften. »Du kannst es nicht besser wissen«, bemerkte er achselzuckend. »Nur wünschte ich manchmal, du würdest mir mehr vertrauen ... Wie auch immer. Niemand wird sich dem See nähern. Niemand, und du schon gar nicht. Aber was rede ich nur. Selbstverständlich hast *du* das letzte Wort, denn du bist das Schwert des Königs. Doch erlaube mir den Vorschlag, den Barbaren vorzuschicken, damit er das Märchen vom Drachen im See widerlegt. Oder eben nicht. Ich für meinen Teil biete mich derweil lieber an, die Heringsbäume zu suchen.«

Für die Dauer von zwei, drei Atemzügen war Robin tatsächlich geneigt, seinem Vorschlag trotzig nachzukommen, doch dann ließ sie es bleiben. Sie glaubte ihm seine Ammenmärchen nicht, aber im Augenblick standen bereits genug andere Dinge zwischen ihnen. In der Nacht jedoch, als Salim ihren Ziegenwollbaldachin zwischen zwei verfallenen Gebäuden auf der anderen Seite des Sees gespannt hatte und ihre Reisegefährten in einen tiefen, erschöpften Schlaf gesunken waren, schlich sie sich vom Lager fort, legte ihre Kleider auf einer verfallenen Mauer nahe des Ufers ab und ließ sich vorsichtig in das bitter schmeckende, aber erfrischend kühle Nass gleiten – ohne einem einzigen Drachen zu begegnen.

Vom Abend des vierten Tages an führte ihre Reise endlich wieder am Meer entlang. Die feuchtwarme, salzige Luft ließ sich besser atmen, die blutigen Risse auf ihren Lippen verheilten, und jeder von ihnen begab sich in regelmäßigen Abständen vollständig bekleidet in das klare Wasser und setzte den Weg dann in nassen, schweren Kleidern und deutlich erfrischt fort. Jeder außer Bruder Lucio. Er war noch immer zu schwach, um öfter als unbedingt nötig den Rücken seines Esels zu verlassen, dessen Zustand Robin inzwischen ebenfalls als sehr bedenklich erachtete. Erek wich dem Alten bald keinen Schritt mehr von der Seite, um ihn auffangen zu können, falls er das Gleichgewicht oder gar das Bewusstsein verlor. Darüber hinaus aber gab es kaum etwas, was sie für den Lazariter tun konnten, der nach wie vor darauf beharrte, es ginge ihm prächtig.

Am siebten Tag verbesserte sich der Zustand des Alten allerdings wirklich. Der Lazariter wirkte bereits lange vor Abbruch des Nachtlagers fast beängstigend frisch und ausgeruht, zitterte kaum noch und zeigte sich von einer Seite, die nur zu selten mit ihm durchging: von seiner sehr gesprächigen nämlich. Am Abend, das wusste er und das betonte er in wenigstens jedem zehnten Satz, mussten sie den Ort erreichen, den Salim »Eyun Mousa« nannte und Bruder Lucio den »Mosesbrunnen« – jenen sagenhaften Ort, an dem Moses und das Volk Israel ihre Flucht aus Ägypten durch das Rote Meer beendeten. Der Ort, an dem er herrlich süßes Wasser aus dem Wüstenboden sprudeln ließ, wie Lucio wahlweise auf Latein, Französisch, Arabisch oder auch Deutsch zu berichten, zitieren und singen wusste. Einst war der Ort Mara genannt worden: Bitterwasser. Das Wasser dort war bitter und ungenießbar gewesen und hatte das Volk Israel nach drei Tagen des durstigen Wanderns durch die Wüste Schur auch bitterlich an Moses zweifeln lassen. Hier hatte Moses den Herrn um Hilfe angefleht, und hier hatte dieser ihm ein Stück Holz gezeigt, das Moses ins Wasser warf und damit seinen bitteren Geschmack vertrieb und sie vor dem Verdursten bewahrte … Und so weiter. Und so fort. Noch ehe der Tag zur Hälfte vergangen war, glühten Robins Ohren vor lauter Bibelversen und Kirchenliedern mit ihrem verbrannten Nasenrücken um die Wette. Aber es freute sie dennoch, welche Kraft der Lazariter aus seinem Glauben zu schöpfen vermochte, und als er irgendwann an der Stelle ankam, an der der Herr Moses belehrte, dass nur er, Gott, sein Arzt sei und der des Volkes Israel, da war Robin fast geneigt, ihm zu glauben – oder zumindest Hoffnung zu schöpfen, dass die Kraft seines unerschütterlichen Glaubens den Lazariter dauerhaft genesen ließ.

Aber es sollte ganz anders kommen: Kurz bevor der Abend dämmerte, zeichneten sich die ersten Palmen der biblischen Oase am Horizont ab. Angetrieben von dem inneren Feuer, das seit dem Morgen im ausgezehrten Leib des Geistlichen brannte, trieb er sein Tier zu Höchstleistungen an. Der Abstand zwischen ihm und dem Rest der Gruppe, die ihre Tiere zumindest bis zum Einbruch der Dunkelheit noch an den Geschirren führte, wuchs stetig. Schließlich gab sogar Erek von Nettestal es auf, im Streckschritt neben dem Alten herzueilen. Unter normalen Umständen hätte Robin eingegriffen. Nicht nur, dass sie fürchtete, Lucio könnte sich selbst überschätzen und doch noch, von Erschöpfung übermannt, aus dem Sattel kippen. Falls Wegelagerer hinter den flachen, unübersichtlichen Dünen lauerten, wäre ausgerechnet der Wehrloseste unter ihnen an erster Front, käme zu Schaden oder würde als Geisel genommen. Aber die Umstände waren eben nicht normal. Robin freute sich für und mit Lucio und gönnte ihm jede Sekunde des neu gewonnenen Elans – schließlich wusste Gott allein, wie lange er anhalten würde. Irgendwann musste sein geschundener Körper ihn wieder in seine Grenzen verweisen, aber bis dahin sollte er diese übermächtige, ihn zur Gänze ausfüllende Freude voll und ganz auskosten. Also ließ sie ihn gewähren und beobachtete lächelnd, wie er in der Ferne schrumpfte, während die Palmen am Horizont an Kontur und Größe gewannen.

Aber leider eben nur daran.

Was Robin infolge der ausschweifenden Beschreibungen des Lazariters für das erste Anzeichen einer himmlischen Oase voller früchtetragender Palmen, Sträucher und Tiere gehalten hatte, entpuppte sich schon bald als eine Ansammlung von zehn, vielleicht auch zwölf kümmerlichen, fruchtlosen Palmen, deren spärliche, grünlich braune Blätter zerzaust im Wind flatterten. Wie Hähne nach verlorenen Hahnenkämpfen wirkten sie, die sich in Angst vor dem Gnadenstoß mit letzter Kraft an die höchste Latte ihres Verschlages krallten. Zwischen den kaum oberschenkeldicken, fransigen Stämmen lagen sieben kleine Quellteiche, die eher an flache Pfützen gemahnten und deren Ufer jeglichen Grüns entbehrte.

Als sie zu Bruder Lucio aufschlossen, kauerte der Alte, das Gesicht in den Händen verborgen, auf einem der größeren Steine am Rande der Tümpel. Sein inneres Feuer war erloschen. Als Robin sich neben ihm in die Hocke sinken ließ und von dem Wasser kostete, verstand sie auch, warum: Es schmeckte so bitter, dass es kaum genießbar war – noch bitterer sogar als das der meisten anderen kleinen Quellen, die sie auf ihrer bisherigen Reise passiert hatten.

Robin wartete, ob er ihr sein Herz von sich aus öffnen würde. Aber das geschah nicht. Schließlich beschränkte sich die Mitteilungsfreude des alten Mannes seit eh und je auf das, was in der Bibel und in damit zusammenhängenden Schriften geschrieben stand. Die tatsächliche Ungenießbarkeit des Wassers aus dem sagenhaften Mosesbrunnen wurde nirgends mit nur einer Silbe erwähnt.

»Wir haben noch ausreichend Wasser bei uns«, versuchte sie den Alten in sanftem Ton zu trösten, obgleich ihr klar war, dass dies nicht das Problem darstellte. Lucio starrte mit gebrochenem Blick ins Leere: »Ihr versteht nichts, Robin«, flüsterte er heiser. »Ihr versteht überhaupt nichts …«

Robin vollbrachte das Kunststück, gleichzeitig den Kopf zu schütteln und zu nicken. »Doch«, wisperte sie. »Ich denke schon. Nur weiß ich nicht, wie ich Euch …«

»Das Wasser des Lebens«, unterbrach Bruder Lucio sie bitter. »Sagt mir: Wie soll ich dem Buch eines Heiden vertrauen, der über eine Quelle schreibt, deren Wasser alle Krankheiten heilt und den Körper stärkt, wenn nicht einmal auf die Bibel, auf das Buch der Bücher Verlass ist?«

Robin schwieg betroffen. Von diesem Standpunkt aus hatte sie die Situation tatsächlich noch nicht betrachtet. Bruder Lucios gelbe Augen suchten für einen unangenehmen Moment direkten Blickkontakt mit ihr. Robin meinte darin ein winziges Fünkchen Hoffnung glimmen zu sehen, das auf ein wenig trockenen Zunder in den Worten ihrer Antwort harrte, damit es überspringen und ein neues Feuer entfachen konnte. Mit jeder Faser spürte Robin, wie wichtig es war, den tief in seinem Glauben erschütterten Mann zu rechtem und gesundem Gottvertrauen und Zuversicht in den Erfolg ihrer Mission zurückzuführen, doch es gelang ihr nicht. Der Funke erlosch und wich wieder bitterer Trübseligkeit, als sie hilflos antwortete: »Aber das ist doch Unsinn! Ich meine: Ihr wollt doch nicht an der Geschichte von Kain und Abel zweifeln, nur weil Ihr ihre Gebeine nirgends finden könnt …« Sie brach ab. Das war ein denkbar schlechter Vergleich, schalt sie sich selbst. Schließlich *hatten* sie den Mosesbrunnen gefunden. Er erfüllte nur nicht ihre Erwartungen. Nicht im Geringsten.

Bruder Lucio runzelte die Stirn, erhob sich und suchte sich einen anderen Platz weit abseits der Gruppe. Sein Husten kehrte zurück und wurde in dieser Nacht schlimmer als je zuvor.

Am achten Tag führte ihr Ritt wieder entlang des Roten Meeres. Im Osten schälten sich immer deutlicher eindrucksvolle, graubraune Berge gegen den Horizont ab. Robin seufzte. Sie hatte die Ödnis und Einsamkeit der Wüste fast noch mehr zu hassen gelernt als den Durst und die Hitze. Hier und da spickten bleiche Knochen und Schädel jeglicher Größe mit leeren Augenhöhlen den gelbweißen Sand. Robin war sich nicht sicher, ob es sich wirklich immer um die Gebeine verdursteter Tiere handelte, und meinte einmal, die rissige Sohle einer ledernen Sandale zwischen ein paar Knochen auszumachen. Aber sie zwang sich, nicht weiter darüber nachzudenken. Seit ihrem Aufbruch aus Pelusium und Salims Worten fühlte sie sich wieder zusehends beobachtet, war vorsichtig geworden und blickte oft kurz über die Schulter zurück, um sich davon zu überzeugen, dass niemand ihnen folgte. Das war natürlich Unsinn: Der Sand unter ihren Füßen und den Hufen der Tiere war so trocken, dass sich jeder mögliche Verfolger über Meilen hinweg durch den aufwirbelnden Staub verraten hätte. Nur Salims Misstrauen Erek von Nettestal gegenüber konnte Robin auch nach gründlicher Überlegung noch immer nicht nachvollziehen.

Am Nachmittag führte Salim sie in das Wadi Howara, eines jener Flussbette, das tief in die umgebende Wüste einschnitt und nur nach starken Regenfällen Wasser führte. Hier waren sie von hervorragenden Versteckmöglichkeiten für ganze Horden von möglichen Feinden nur so umgeben, und Robin gelang es nur mit höchster Konzentration, nicht schneller zu gehen, als das Kamel am Zügel ihr im Schritttempo folgen konnte. Dennoch klagte sie nicht, als sie ihr Lager zwischen den steil abfallenden Felsen an einer sehr kleinen, aber süßes Wasser führenden Quelle aufschlugen. Ihre ausgelaugten Leiber lechzten mittlerweile nach jedem Wasser, dessen sie habhaft werden konnten – hier nicht zu rasten stand außerhalb jeder Diskussion.

Zu ihrem Erstaunen erhob sich Erek nach einigen Minuten und verkündete in seiner herzerfrischend optimistischen Art, er werde nun aufbrechen, um für ihr Abendmahl mit der Armbrust einen wilden Widder zu erlegen. Dass Salim darauf bestand, hier gebe es keine wilden Widder, beeindruckte Erek nicht, und so verschwand er kurz darauf zwischen den Felsen. Salim warf ihr einen alarmierten Blick zu, dann folgt er dem Söldner auf leisen Sohlen und ließ Robin mit Bruder Lucio an der Quelle zurück. Der Mönch hatte sich noch immer nicht davon erholt, am Mosesbrunnen an seinem Glauben gezweifelt zu haben, und schämte sich augenscheinlich so sehr dafür, dass er noch häufiger und intensiver betete als je zuvor.

Als Salim zurückkehrte, rangen Triumph und Besorgnis in seiner Miene um die Oberhand. »Widder!«, höhnte er, nachdem er Robin außer Hörweite des Geistlichen bugsiert hatte. »Es gibt hier keine Widder. Und wenn es welche gäbe, würde dein Christenfreund sie nicht finden. Er ist viel zu sehr damit beschäftigt, von unterschiedlichen Felsen aus gen Norden zu starren. Er erwartet jemanden, ich bin mir ganz sicher.«

Robin zog eine Grimasse. »Ich bin kein Jäger, und von Widdern verstehe ich nichts. Aber ich weiß, dass es bei der Rotwildjagd Regeln gibt, die kein Mensch nachvollziehen kann, die aber doch Erfolg versprechen, wenn …«

»Du kannst es nicht lassen, nicht wahr?« Salim blinzelte verärgert. »Du versuchst ihn zu verteidigen, wo immer du kannst. Selbst wenn du es nicht kannst.«

Robin schüttelte den Kopf. »Nein. Du versuchst nur, ihn in Misskredit zu bringen, wo immer du kannst. Aber lass uns nicht streiten. Sieh – da drüben kommt er schon. Gewiss hat er nur nach Räubern Ausschau gehalten. Oder wirklich irgendein Tier erspäht. Geh hin und frag ihn einfach, wenn du ihm nicht traust.«

Salim maß sie kühl. »Wenn er dir erzählte, er habe die Heilige Jungfrau am Horizont erblickt, würdest du ihm auch das noch glauben. Und ich dachte, du hättest genug Zeit gehabt, um nachzudenken. Nun …« Er wandte sich mit einem Ruck ab, um zur Quelle zurückzustampfen. »Anscheinend brauchst du noch ein wenig mehr. Ich hoffe nur, dass sie dir bleibt, ehe dich ein Bolzen im Nacken trifft.«

Robin schwieg resigniert, und als sie sich in dieser Nacht unruhig unter ihrer dünnen Decke wälzte und der Mond hoch am Himmel stand, erwischte sie Salim dabei, wie er zwei kleine Glöckchen vom Zaumzeug eines Kamels löste und sie an Ereks Decke befestigte. Als der Söldner aber am nächsten Morgen erwachte, baumelten sie unschuldig an der Schabracke des Esels.

Am Morgen des neunten Reisetages stellte Salim zwei mögliche Routen zur Auswahl: Die erste führte durch das Wadi Faran, in dem es einen großen Palmenhain und vor allem reichlich Wasser gab – möglicherweise aber auch Beduinen, die Reisende, die sich an den raren Schätzen der Natur bedienten, nicht gern sahen. Robin erinnerte sich, dass Salim einst mit seiner Mutter diesen Weg gewählt und bei einem Anschlag aus dem Hinterhalt nur knapp mit dem Leben davongekommen war. Der zweite Weg war deutlich länger und führte durch eine öde Wüste zunächst zum Berg Sinai und von dort aus zum Katharinenkloster. Er war gewiss härter, dafür aber viel sicherer.

Robin ließ jeden eine gleichwertige Stimme abgeben, und da Bruder Lucios Gesundheitszustand sich stetig verschlechterte, stimmten alle für den kürzeren Weg – alle außer Lucio selbst. Der Mönch vertrat seine Meinung mit einer Sturheit, die seine zuvor als gleichwertig bestimmte Stimme zum gefühlten Protestgeschrei eines halben Volkes erhob, in dem alle Gegenargumente ungehört verklangen. Robin fügte sich schließlich seinem Willen und bereute es schon, bevor sie eine halbe Stunde geritten waren.

Lucio kauerte weit vornübergebeugt auf seinem Esel, während sie zwischen rotbraunen Bergen durch breite, trostlose Wüstentäler ritten. Er fieberte, und in regelmäßigen Abständen erfasste ihn Schüttelfrost, sodass er die Arme vor der Brust verschränkte und sich mit den knochigen Überresten seiner Finger die Oberarme rieb, als ritten sie im frostigsten Winter über ein zugiges Feld. Er begann wieder, ohne Unterlass zu beten, leise zu singen und Bibelverse zu zitieren, wie er es getan hatte, als sie sich dem Mosesbrunnen genähert hatten – nur ritt er ihnen jetzt nicht mehr voraus, sondern fiel immer häufiger zurück, sodass sie einmal sogar kehrtmachen mussten, um ihn nicht zu verlieren. Auch weiterhin erstickte er jegliche Hilfs- und zusätzlichen Rastangebote im Keim. Den Mosesberg am Horizont zu sehen würde ihm, so behauptete er, neue Kraft geben, doch niemand glaubte ihm. Schließlich ging er dazu über, ihm Gesagtes einfach zu übergehen und weiter vor sich hin zu murmeln – von der Wüste Sin, durch die das Volk Israel vierzig Jahre gewandert war, und von dem heiligen Ort, an dem Moses die Zehn Gebote empfangen hatte. Nur unterbrochen von dem schrecklichen, kratzenden Husten, leidigen Seufzern und einem gelegentlichen Aufstöhnen, das Robin durch Mark und Bein ging: Es klang, als dränge es herauf aus den Tiefen einer sterbenden Seele, der man die Erlösung durch den Tod einfach nicht gönnte. Als sie am Abend die kleine Oase von Marah erreichten, war Lucio endgültig nicht mehr in der Lage, auf den eigenen Füßen zu stehen, und Erek trug ihn die wenigen Schritte von seinem Esel hin zu ihrem Lagerfeuer.

Zwei Tage später brach der Mönch zusammen. Inmitten einer Landschaft aus Sand und Geröll zwischen schroffen, steil abfallenden Bergen kippte Lucio zwischen zwei Bibelversen einfach aus dem Sattel und schlug hart auf dem steinigen Boden auf. Es war einer der wenigen Momente, in denen sich Erek von Nettestal nicht zur Sicherheit an seiner Seite befand. Lucio verletzte sich zwar nicht schwer, blieb aber beängstigend lange ohne Bewusstsein. Sie schleppten seinen schlaffen Leib unter einen schattigen Felsüberhang, um ihn notdürftig vor der Hitze zu schützen, und schließlich schlug er die Augen wieder auf – aber nur einen Spaltbreit. Seine Lider flatterten angestrengt, so viel Kraft kostete ihn diese winzige Geste, aber seine Lippen begannen sogleich wieder, auswendig gelernte Verse herunterzurasseln; wenn auch ohne Ton.

Aus Angst, ihre Reisegefährten könnten die Zeichen des Aussatzes am Körper des Alten sehen, erfand Robin eine hanebüchene Geschichte, um Salim davon abzuhalten, Lucios fiebrigen Körper zu kühlen: Der Mönch sei in Wirklichkeit gar nicht der Johanniter, als der er den anderen gegenüber bislang aufgetreten war. Er gehöre zu einer kleinen Glaubensgemeinschaft, die es ihren Mitgliedern verbot, sich vor anderen außer Gott zu entkleiden. Es würde, so fügte Robin mit aller Inbrunst, deren sie bei einer Lüge fähig war, hinzu, den Alten umbringen, wenn sie nun gegen seinen Willen seine Kleider entfernten. Salims Antwort hätte sie sich denken können: Er beharrte darauf, Lucio werde erst recht sterben, wenn sie ihm *nicht* hälfen. Doch ehe er sich über Robins Anweisung hinwegsetzen konnte, erwachte Lucio und bestand mit einer Kraft, von der Gott allein wusste, woher er sie nahm, darauf, die Reise fortzusetzen. Weil dies angesichts seines Zustandes unmöglich war, lagerten sie mehr als einen halben Reisetag, damit der Alte zumindest reichlich trinken und seine Stirn kühlen konnte. Salim beließ es bei ein paar verständnislosen Worten und einer Reihe spitzer Bemerkungen über Christen im Allgemeinen, bedrängte Lucio aber nicht weiter. Wie die von Schwären übersäte Haut unter der Kutte des Geistlichen nach all den Tagen ohne ein anständiges Bad wirklich aussehen mochte, wollte Robin sich erst gar nicht vorstellen, und wieder einmal tat ihr der Mönch unsagbar leid.

Am kommenden Morgen hatte Lucios Fieber tatsächlich ein wenig nachgelassen. Robin kam seinem Wunsch aufzubrechen unter der Bedingung nach, dass er sich zu seiner eigenen Sicherheit auf dem Esel festbinden ließ. Der Alte protestierte, aber dieses Mal setzte Robin sich durch.

Als sie am frühen Abend eine Staubfahne am Horizont erspähten, führte Salim sie in einen kargen Felskessel, um den unbekannten Reitern auszuweichen. Für den nächsten Tag schlug er einen Umweg vor, den, wie er behauptete, jeder fromme Moslem meiden würde, und weil die Staubfahne am Horizont groß genug gewesen war, um von den Hufen von mehr als einem Dutzend Pferde aufgewirbelt worden zu sein, willigte Robin ein. Wieder protestierte Bruder Lucio vergeblich: Jede Sekunde, die ihn vom Mosesberg trennte, sei schließlich eine zu viel. Aber seine Stimme war inzwischen so leise und brüchig, dass sie nicht einmal mehr das Knistern und Knacken eines Lagerfeuers übertönt hätte.

Der Weg führte durch ein weiteres trockenes Flussbett, und langsam war Robin geneigt, Salim die Geschichte von der Straße für Schiffe wenigstens teilweise zu glauben. Allerdings behielt sie diese Erkenntnis für sich. Zum einen, so fand sie, hatte Salim selbst noch zu viele uneingestandene Fehler auf seinem eigenen Schuldschein stehen, und zum anderen verbrachten sie – mit Ausnahme des fiebernden Mönchs – ohnehin den größten Teil ihres Marsches schweigend. So ließen sich die Kräfte schonen, und die Kehle schien etwas später trocken zu werden.

Die zunehmend bizarren Felsformationen zu ihren Seiten leuchteten bald fast durchgehend in einem unheimlichen, blutigen Rot, wie Robin es nie zuvor an Nichtedelsteinen gesehen hatte. Zwischen ihnen krallten sich mehr und mehr welke Gräser und vertrocknete Blumen in den trockenen, harten Untergrund. Vor langer Zeit musste hier viel Wasser geflossen sein, doch es war längst versiegt.

Am späten Nachmittag des dreizehnten Tages führte Salim sie auf eine karge Anhöhe, und hätte Robin noch eines Beweises für die längst vergangene Fruchtbarkeit dieser Region bedurft, hätte sie ihn hier erhalten: Die Anhöhe war übersät von den Trümmern eines einst gewiss mächtigen Gebäudes. Die mit akribischer Sorgfalt behauenen Steinblöcke waren so groß, dass Robin sich wunderte, wie die Erbauer dieser fremdartigen Anlage die einzelnen Quader zu Wänden und die Zylinder zu Säulen aufgetürmt haben mochten. Und das hatten sie ohne Zweifel: Teile der Wände und einige der steinernen Pfeiler standen noch. Wie mahnende Zeigefinger ragten sie aus dem Trümmerfeld empor – teilweise so schief, dass Robin fürchtete, sie würden unter der nächsten Windböe, die über die Anhöhe fegte, zu Boden gehen und sie erschlagen. Ein Teil des Flachdachs hatte die Jahre überdauert. Mehr als zwei Ellen dick, ruhte es schwer auf den hintersten Säulen. Einst, so zählte Robin, mochten es über ein Dutzend steinerne Stelen gewesen sein, die das Dach des Gebäudes getragen hatten.

Robin band die Tiere, die sie am Zügel führte, mit zwei weiteren zusammen und bewegte sich neugierig und staunend zwischen den Trümmern hindurch. Salim, der sich ihrem Beispiel anschloss, schien eher skeptisch als neugierig zu sein: »Die Beduinen fürchten die bösen Geister dieses Ortes«, erklärte er schlicht, und Robin war sich nicht sicher, ob die Verachtung in seiner Stimme den abergläubischen Wüstenvölkern oder der heidnischen Anlage galt, die sie nun langsam und tastend durchquerten – denn dass es sich um eine heidnische Anlage handelte, daran bestand kein Zweifel. Einige der unzähligen Bilder auf den Steinen und Säulen waren noch gut erhalten. Manche waren kaum so groß wie die Hand eines Kindes, andere rissen an den Kanten der Steinquader ab und hatten einst sicherlich gleich mehrere der riesigen Blöcke eingenommen. Augen, primitive Tierzeichnungen, seltsame Symbole, Pflanzen, Menschen, die ihre Blöße mit weniger als einer Elle Stoff bedeckten, und wieder andere, auf deren Häuptern säulenförmige Gebilde, Diademe in Schlangenform oder Hörner thronten, säumten ihren Weg. Das letztgenannte Motiv fand sich in zahllosen Variationen – manchmal an schlicht gezeichneten, rinderähnlichen Tieren, meist jedoch auf den Köpfen von Frauen. Oder einer bestimmten Frau, die immer wieder in den Stein geschlagen worden war. Manchmal war Robin unschlüssig, ob ein Bild nun einen Menschen oder ein Tier darstellte, weil es in ihrer Welt keine

Menschen mit Tierköpfen gab und auch kein vierbeiniges Schlachtvieh mit dem Kopf einer Frau.

»Eine Art Bilderschrift«, erklärte Salim, als hätte er ihre Gedanken gelesen. »Ich weiß nicht, was sie bedeutet, aber man sagt, es sei ein Göttertempel eines alten Volkes.«

»Sie haben einen Gott mit Eutern angebetet?«, erkundigte Robin sich in einer Mischung aus Staunen und Ekel. »Einen Frauengott mit Hörnern?«

»Auch Männergötter mit Hundeköpfen, soweit ich weiß«, antwortete Salim schulterzuckend. »Und nackte, blaue Riesenfrauen, Vogelgötter mit Kugeln auf dem Kopf, Käfergötter mit Vogelschwingen …«

»Oh«, machte Robin. Die Christin in ihr wusste, dass sie diesen Ort verachten musste. Er war von Ungläubigen errichtet worden und hatte mindestens einem falschen Gott zur Ehre gedient, dessen Leib man zu allem Überfluss auch noch mit den Eutern einer Kuh und Hörnern, groß wie Langbogen, verunziert hatte. Damit verhöhnte dieser Tempel auf Anhieb gleich zwei der Zehn Gebote.

»Ein Bruder meiner Mutter nannte ihn den Hathortempel«, erklärte Salim. »Aber er nannte mich auch einen Sohn eines Teppichfliegers.«

»Ich bin der Herr, dein Gott, der ich dich aus Ägyptenland, aus der Knechtschaft geführt habe«, krächzte Bruder Lucio irgendwo hinter Robin. »Du sollst keine anderen Götter neben mir haben. Du sollst dir kein Bildnis noch irgendein Gleichnis machen, weder von dem, was oben im Himmel, noch von dem, was unten auf Erden, noch von dem, was im Wasser unter der Erde ist …«

Ja. So stand es geschrieben im zweiten Buch Mose. Aber das galt doch nur für den einen, den *richtigen* Gott. Das hier waren … Götzen? Fantasiegestalten? Oder einfach nur schöne Bilder? Ja, registrierte Robin staunend wie beschämt. Viele der abgebildeten Frauen waren wirklich schön. Sie erinnerten sie an die tote Heidin unter der Zitadelle. Auch sie war schön gewesen …

»Bete sie nicht an und diene ihnen nicht!«, keuchte Bruder Lucio weiter. Erek hatte ihn von dem Esel losgebunden und bemühte sich darum, ihn ein Stück weit auf die Ruine zuzuschieben – wahrscheinlich, damit er sich in den Schatten der Säulen ausruhen konnte. Aber der Alte wehrte sich mit aller verbleibenden Kraft, verpasste dem Söldner sogar einen Ellbogenstoß zwischen die Rippen und bekreuzigte sich. »Denn ich, der Herr, dein Gott, bin ein eifernder Gott, der die Missetat der Väter heimsucht bis ins dritte und vierte Glied an den Kindern derer, die mich hassen, aber Barmherzigkeit erweist an vielen Tausenden, die mich lieben und meine Gebote halten …«

Robin hielt sich an die Gebote. Fast immer. Und wenn sie es nicht tat, dann tat sie es für Gott, der schließlich wollte, dass sie dem aussätzigen König half, ihm vielleicht sogar das Leben rettete. Aber wo stand geschrieben, dass es einem guten Christen nicht erlaubt war, die Kunstfertigkeit einer längst untergegangenen Kultur zu respektieren oder gar zu bewundern? Sie glaubte schließlich nicht an gehörnte Frauengötter. Sie betete sie nicht an, sondern fand sie nur *schön*. Das war nichts Verbotenes.

Hathor … Es klang stark. Eigenartig, geheimnisvoll und stark. Nicht wie der Name einer Frau. Robin fühlte sich ihr verbunden.

»Kommt her und ruht Euch in den Schatten aus, alter Mann!«, rief Salim in diesem Augenblick dem beinahe panisch wirkenden Lazariter zu. »Ich habe an vielen Plätzen wie diesem genächtigt. Dabei hat mich kein einziger böser Geist heimgesucht, das versichere ich Euch.«

Aber Bruder Lucio versteifte sich nur noch mehr und nahm dabei eine so gerade Haltung ein, dass Robin glaubte, seinen Buckel knirschen zu hören. Auch Erek von Nettestal, so stellte Robin staunend fest, schienen die seltsamen Zeichen und Bilder zu verunsichern. Er beäugte sie mit einer Mischung aus Abscheu und Furcht.

Salim verdrehte die Augen. »Abergläubisches Christenvolk«, stöhnte er und begann, ihr Lager etwas abseits des Tempels zu errichten. Robin schloss sich ihm an, löste ihre Decken vom Rücken des Kamels und trug sie zu Bruder Lucios maßlosem Entsetzen unter das verbliebene Dachstück des Tempels. Warum sie es tat, wusste sie nicht. Vielleicht weil sie sich nach all der Zeit als Mann unter Männern nach einem Ort sehnte, an dem sie unter ihresgleichen war – und wenn es sich nur um das Bildnis einer Frau mit den Hörnern eines Bullen und den Eutern einer Kuh handelte. Entschlossen ließ sie sich auf ihr Lager sinken: Die heutige Nacht würde sie genau hier verbringen. Im Tempel der Göttin, die sie Hathor nannten.

# 11. KAPITEL

Als der Mond hoch am Himmel stand und Robin vor einem der großen Säulenkapitelle schlummerte, kehrte die Heidin aus der Zitadelle zurück. Robin bewegte sich durch eine Landschaft voller fremdartiger Gräser, Sträucher, farbenfroher Blüten und gesunder Bäume. Die Luft war wohltuend frisch, erfüllt vom zarten Duft der Pflanzen und Früchte und wehte aus dem Flussbett zu ihr hinauf. Das Rot der pflanzenumrankten Felsen spiegelte sich im klaren, plätschernden Wasser und leuchtete dort in sanftem Rosé. Schmale Boote mit stark nach innen gewundenen Nasen schlummerten an den Ufern.

Langsam näherte Robin sich dem Heidentempel. Er ragte stolz und voll farbenfroher Bilder in den wolkenlosen Himmel und ahnte noch nicht, was der Zahn der Zeit ihm einst antun würde. Blattgold gleißte im hellen Sonnenlicht und ließ den Tempel gütig leuchten, wie ein Glück bringendes Feuer. Leise, helle Klänge umschmeichelten Robin, als sie sich näherte – ein Glockenspiel. Die fremde, aber klare Melodie schmiegte sich wie unsichtbarer Samt in ihre Ohren und liebkoste ihre Seele.

Dann löste sich die Heidin aus dem Schatten einer gigantischen Säule oder, so verbesserte sich Robins träumendes Selbst, trat direkt aus der Säule hervor, als hätte eines der Bilder plötzlich an Tiefe gewonnen und wäre zum Leben erwacht. Und als sie näher kam, erkannte Robin, dass sie sich geirrt hatte: Dies war nicht jene Frau, die sie in der Zitadelle gesehen hatte. Sie war auch keine Frau, denn aus ihren Schläfen ragten zierliche, geschwungene Hörner aus reinem Gold. Trotzdem empfand Robin keine Furcht, fühlte sich vielmehr, als begegnete sie einer alten Freundin. Einer Gestalt, die ihr so vertraut war wie ihre eigene Mutter. Hathor …

Sie lächelte. Die Heidengöttin hob eine Hand und winkte ihr zu. Dann verschwand sie wieder, und die fremde, wunderbare Welt um Robin her begann sich im Kreis zu drehen und zu verfallen – schneller und schneller, bis Robin schließlich die Augen öffnete und von ihrem Schlafplatz unter dem Flachdach heraus in die Dunkelheit blinzelte. Still blieb sie auf dem Rücken liegen und horchte. Dann spürte sie, wie etwas ihren Bauch berührte, streichelte, und wieder verschwand. Erschrocken fuhr sie hoch, den Dolch in der kampfbereiten Rechten.

Aber Robin war allein.

Dennoch berührte erneut etwas ihren Bauch, und schließlich registrierte Robin, dass die Bewegung keineswegs von außen kam, sondern *aus ihr heraus*!

Für einen Moment erstarrte sie, wartete ab, ob es noch einmal geschah, und schob den Dolch unter ihr Gewand zurück, um verunsichert über ihren Leib zu tasten. Dann klopfte etwas. Ganz sachte nur, aber eindeutig spürbar. So eindeutig sogar, dass Robin es fast sehen konnte. Und in diesem Augenblick gab sie allen Widerstand auf.

Salims Kind!

*Ihr* Kind.

Der Sarazene hatte sich nicht getäuscht: In ihrem Leib wuchs ein neues, kleines Wesen heran. Ein Menschenkind, für das sie seit Wochen, wenn nicht seit Monaten, die Verantwortung trug. Und es mit Füßen trat.

Robin zerrte Gewand und Kettenhemd in die Höhe, riss sich die harten Leinenbinden darunter mit zitternden, ungehaltenen Bewegungen vom Leib und ließ sich, beide Hände vor den Bauch gepresst, auf die Knie fallen. Dann blickte sie mit einer kaum zu ertragenden Mischung aus Schrecken, Freude und Furcht an sich hinab. Das Klopfen wiederholte sich, wurde stärker und ließ schließlich nach, als sie den Druck auf ihren Bauch wieder lockerte und stattdessen begann, sanft über ihren Nabel zu streicheln. Es war, als ob der kleine Mensch in ihrem Inneren ihr mitteilen wollte, dass sie es nun richtig machte, dass er sich so gleich sehr viel wohler fühlte.

Robin presste das Gesicht in ihre Decken und weinte.

Auch Bruder Lucio sprach am nächsten Morgen von Träumen, von Geistern der Vergangenheit, und allein die geteilte Erinnerung stürzte ihn erneut in blanke Angst. Der Geistliche war totenblass, er ließ den Tempel nicht aus dem Blick, drehte den Rosenkranz ohne Unterlass in Händen und stammelte von einer gehörnten Teufelin, die in einer Ebene von Blut gebadet und alle Reisenden wie Nutzvieh dahingeschlachtet habe. Sein Fieber nahm erneut zu, und Robin machte sich ernsthafte Sorgen um den Lazariter. Aber zum ersten Mal, seit sie Jaffa verlassen hatten, machte sie sich auch wieder Sorgen um sich selbst.

Seit sie in der Nacht aus ihrem seltsamen Traum geschreckt war, hatte sich das Kind in ihrem Leib nicht mehr geregt. Aber nun, da sie ohne Zweifel wusste, dass es existierte, spürte sie es dennoch auf Schritt und Tritt. Ihr war, als könnte sie seinen Herzschlag unter dem ihren wahrnehmen und als fühlte sie seinen Unmut über die nunmehr erneut ihren Leib einpressenden straffen Leinenbinden. Robin hatte die Stoffstreifen am Morgen erneut umgelegt, doch jetzt, wo sie um den Ursprung der wachsenden Wölbung wusste, begriff sie nicht mehr, warum sie niemanden stutzig machte. So gern hätte sie Salim beiseitegenommen und ihm gesagt, dass auch sie endlich verstanden hatte. Wünschte sich, dass er seine starken, schützenden Arme um sie legte und ihre Freude, aber auch ihre Furcht vor der Zukunft mit ihr teilte. Aber Bruder Lucio weigerte sich, auch nur einen Wimpernschlag länger an diesem Ort zu bleiben, und so brachen sie in Hast ihr Lager ab, schnürten die Bündel erneut auf die Rücken der Lasttiere und brachen weit vor Sonnenaufgang auf. Eine gefühlte Ewigkeit ritten sie durch einen tristen, steinigen Wüstenstreifen und schließlich auf eine Hochebene, die sie für den mühsamen Aufstieg mit einer wunderbaren Aussicht belohnte: In der Ferne leuchtete rotgolden der sagenhafte Berg Sinai.

Nachdem Erek Lucio von dem Esel gebunden hatte, ließ der Mönch sich auf die Knie fallen und keuchte mit vor der Stirn gefalteten Händen das *Da pacem Domini in diebus nostris* eher, als dass er es sang. Salim hingegen schlug das Mittagslager auf, während Robin und von Nettestal sich auf ein kurzes Gebet zu dem Alten gesellten. Immerhin war dies einer der zentralen Orte ihres Glaubens – hier, am Berg Sinai, hatte der Herr Mose die Zehn Gebote überreicht, und Robin meinte, die Heiligkeit des Mosesberges selbst über die recht große Distanz hinweg fast körperlich zu spüren.

Aber auch der Sarazene war nicht so unbeteiligt, wie er zu sein vorgab: Mehrfach sah Robin ihn andächtig innehalten und zu dem Berg hinübersehen. Es wunderte sie nicht: Der Diebel Musa, wie der Berg in Salims Sprache hieß, war auch den Muselmanen heilig – wenn auch aus Gründen, die sie nicht verstand. Burag, das Pferd des Propheten Mohammed, so hieß es, habe den Gipfel des Berges berührt, ehe es samt Reiter in ein Himmelreich eingetreten war, das Robin so verderblich wie die Hölle erschien.

Obgleich sie sich noch immer nach Salim sehnte, blieb Robin lange Zeit an der Seite des Lazariters. Lucio kauerte noch immer am Boden und lobte keuchend die Herrlichkeit Gottes, wobei er von seiner Umwelt, mit Ausnahme des heiligen Berges, überhaupt nichts mehr wahrzunehmen schien. Seine Augen tränten und hatten sich rot verfärbt, und er zitterte am ganzen Leib. Offenbar fiel ihm sogar das Knien schwer. Robin tauschte einen bekümmerten Blick mit dem Söldner, und Erek ging, um einen der Wasserschläuche zu bringen.

Noch ehe er zurückkehrte, erspähte Robin die Reiter.

Sie kamen über einen Bergpfad von Westen her und zählten mindestens zehn Mann. Der schmale Weg wand sich an einem mächtigen, scharfkantigen Felsen etwa hundert Schritt zu ihrer Linken vorbei ins Nirgendwo, sodass die Fremden bereits erschreckend nah heran waren. Der Wind hingegen kam von Süden her. Nicht einmal der Sarazene hatte die Männer kommen gehört.

Robin sprang auf und stieß einen kurzen Warnschrei aus, während sie Bruder Lucio auf die Füße zerrte und ihn mit Ereks Hilfe zurück auf den Rücken des Esels verfrachtete. Dann zog sie ihr Schwert, saß selbst auf ihr Kamel auf und riss es hart herum. Zeitgleich mit dem Söldner wendete sie zur Flucht, während Salim die nahe Zukunft auch angesichts der akuten Gefahr nicht außer Acht ließ. Obgleich er einen Teil der bereits abgeladenen Gepäckstücke zurückließ, raffte er die große Ziegenfelldecke zusammen, die ihnen während der vergangenen beiden Wochen zuverlässig als Sonnendach gedient hatte. Er warf sie einem der Tiere über den Rücken und trieb sein Kamel zur Eile an, doch es war bereits zu spät.

Auch auf der Rückseite des Plateaus löste sich ein Reitertrupp aus dem Hang, als hätte er seit Stunden dort gelauert und nur auf ein Zeichen gewartet, um aus dem Versteck hervorzubrechen. Die wohlgenährten, kräftigen Pferde der Fremden glitten den felsigen Untergrund müheloser und schneller hinauf, als es ihre Kamele jemals nach unten geschafft hätten. Robin musste ihr Tier erneut hart an den Zügeln herumlenken, damit es nicht frontal mit dem ersten Reiter zusammenstieß. Das Kamel nahm es ihr übel, tat seinerseits eine ruppige Bewegung und beförderte sie damit in hohem Bogen zu Boden.

Robin landete auf beiden Beinen, stolperte mit rasendem Herzen zurück und wirbelte wieder in die andere Richtung – die Männer jedoch, die über den Pfad gekommen waren, waren längst viel zu dicht heran, als dass von Flucht auch nur zu träumen gewesen wäre. Sie umklammerte ihr Schwert mit beiden Händen, positionierte sich breitbeinig in der Mitte des Plateaus und rechnete sich hektisch ihre Überlebenschancen aus. Sie waren erbärmlich gering. Nach Süden hin endete das Plateau nach weniger als zwanzig Schritten vor einem Hang, der schnurgerade in die Tiefe fiel – und zwar tiefer, als sie jemals fallen konnte, ohne sich die Hälfte aller Knochen im Leib zu brechen.

Aus den Augenwinkeln registrierte Robin, wie Erek seine Armbrust spannte – angesichts der vielfachen Überzahl der Fremden eine ebenso sinnlose Geste wie ihr eigener Griff nach dem Schwert. Während Bruder Lucio keuchend auf dem Rücken des Esels hing und den Mosesberg noch immer nicht aus den Augen ließ, tat Salim das einzig Richtige: Er verschwand. Gerade noch hatte Robin gesehen, wie er sich auf den Rücken eines Kamels geschwungen hatte. Nun aber stand das Tier verlassen da und wedelte gleichgültig mit dem kurzen Schwanz.

Die Männer umzingelten sie lückenlos, dann zügelten sie ihre Pferde. Robin umklammerte ihr Schwert mit solcher Kraft, dass ihre Fingerknochen weiß unter ihrer sonnengebräunten Haut hervortraten. Ihr Herz raste ebenso wie die Gedanken hinter den pochenden Schläfen.

Einer der Fremden ließ sein Ross einen Schritt vortreten. Er trug ein knöchellanges, dunkelrotes Gewand und einen ebenfalls roten Tagelmust. In der Linken hielt er eine lange eiserne

Lanze, deren Spitze die Farbe seiner Kleidung in unheilvollem Rot reflektierte. Eine spitz zulaufende seidene Fahne flatterte an der Stange, und irritiert erkannte Robin die darauf gestickten schwarzen Kreuze. Die wenigen geordneten Gedanken, die sie zu fassen vermochte, drehten sich ausschließlich um das Kind unter ihrem Herzen, das zu schützen sie verpflichtet war, um den König, dessen Leben sie retten wollte, und um den Lazariter, um dessen Leben sie inzwischen ohnehin fast unablässig fürchtete.

Erek richtete seine Armbrust auf den fremden Reiter, aber dieser beachtete ihn überhaupt nicht, sondern wandte sich in gebrochenem Französisch an Bruder Lucio. »Seid gegrüßt, Fremder.« Seine Stimme klang weder bedrohlich noch feindselig, sondern eher neugierig – vielleicht sogar ein bisschen erfreut. Aber das konnte täuschen. »Seid Ihr Pilger?«, erkundigte er sich.

Bruder Lucio antwortete nicht. Seine Lippen bewegten sich, aber es kam kein Ton darüber. Die Augen des Fremden lächelten. Robin bemerkte verblüfft, dass sie grün waren wie frisches, junges Moos. Der Mann bekreuzigte sich und saß ab.

Robin löste eine Hand vom Griff ihres Schwertes und legte sie dem Söldner auf den Unterarm, um ihm zu bedeuten, dass er die Armbrust sinken lassen sollte. Erek zögerte, kam ihrer Aufforderung aber nach, obgleich er seine Waffe weiterhin im Anschlag hielt.

Der Mann mit der Lanze nickte dankbar. »So ist es recht«, wandte er sich an Robin und machte sich daran, das Tuch zu lösen, das er um sein Haupt und den Großteil seines Gesichts geschlungen hatte. »Das gäbe bloß einen unfairen, kurzen Kampf. Und einen unnötigen noch dazu.«

»Wer seid Ihr?« Robin kniff misstrauisch die Augen zusammen. »Und was wollt Ihr von uns? Wir haben kein Geld und kaum Vorräte. Unsere Tiere sind halb verdurstet und kaum noch die Knochen und das Fell wert, aus denen sie bestehen.«

»Nun … da Ihr in *unser* Gebiet eingedrungen seid, liegt es wohl an uns, Euch Fragen zu stellen«, antwortete der Mann amüsiert. Robins Erstaunen wuchs umso mehr, je mehr er von seinem Gesicht entblößte. Seine Augen erinnerten sie an die Augen Balduins, und sein fransiges Haupthaar leuchtete in einem derart reinen Rotblond, wie man es selbst in ihrer kühlen Heimat selten zu Gesicht bekam. Die Haut des Fremden hingegen war fast so dunkel wie die der Beduinen, die Robin aus der Wüste kannte. »Doch Kleinlichkeit liegt nicht in meiner Art«, fuhr der Mann fort und trat einen weiteren Schritt auf sie zu, um ihr die Hand zum Gruß zu reichen. »Mein Name ist Ruben, und das hier«, er deutete mit einer Kopfbewegung auf seine Gefährten, »sind meine Brüder vom Stamm der Aulad Sa'id. Ihr seht aus, als hättet Ihr einen langen Marsch hinter Euch. Und abgesehen von Eurem dunkelhäutigen Sklaven, der sich dort hinten an den Abhang krallt und glaubt, dass wir ihn nicht bemerkt haben, scheint Ihr tatsächlich ebenfalls Christen zu sein.« Er lächelte ein wenig vergnügter, reckte ihr die Rechte noch einmal entgegen und nickte freundlich, als Robin seinen Gruß schließlich zögernd erwiderte.

»Robin …«, antwortete sie stockend und fragte sich, ob sie damit nicht doch schon zu viel gesagt hatte.

»Robin von Tronthoff«, ergänzte Erek von Nettestal überheblich. »Das Schw…«

Robin verpasste ihm einen Ellbogenstoß vor das Knie, der den Rest seines Satzes in einem winselnden Laut ertränkte.

»Das schwerste Los, das dieser Teil der Wüste je zu tragen hatte«, beendete Salim, der sich in diesem Moment zwischen zwei Reitern hindurchschob und Ruben zornig, aber nicht wirklich feindselig beäugte. Als wäre es das Normalste der Welt, trat er dicht an Robins Seite – dicht genug, dass sie spüren konnte, dass er im Gegensatz zu ihr längst alle Anspannung von sich abgestreift hatte. Wahrscheinlich kannte er diese Männer oder wusste zumindest, dass keine Gefahr von ihnen ausging.

»Wir würden uns freuen, wenn Ihr die Nacht in unserem Lager verbringen würdet«, bot der Anführer der seltsamen Reiter ihnen lachend an. »Mir scheint, Ihr seid ein paar heitere Zeitgenossen. Ihr könnt ein wenig zu Kräften kommen und nebenher feststellen, dass es keinen Grund gibt, Eurem Begleiter die lose Zunge aus dem Rachen zu trennen. Schließlich kämpfen wir alle für denselben, einzig wahren Gott. Nicht wahr?«

Er blickte wieder zu Bruder Lucio hin, aber der Lazariter reagierte nicht auf seine Worte, und Robin begriff endgültig, wie furchtbar schlecht es um den alten Gottesmann stand. Er schien in einer eigenen Welt gefangen zu sein, in der nur noch er, der Mosesberg und Gott selbst existierten. Lucio zitterte am ganzen Leib, und seine Rechte umklammerte das Kreuz an seiner Brust mit solcher Kraft, dass es schien, als müsste er sich daran festhalten, um nicht noch einmal von seinem Esel zu stürzen.

Robin presste die Lippen aufeinander und nickte.

Ruben und seine Reiter führten sie in ein kleines Tal dicht unterhalb des Hochplateaus. Mehrere Lagerfeuer glommen nahe dreier Beduinenzelte aus rot und weiß gestreiftem Tuch. Sie waren je zu zwei Seiten hin offen, und Robin staunte, dass ihren Augen dieser große, äußerst belebte Lagerplatz bis zuletzt verborgen geblieben war. Er lag an einer von duftenden Zypressen umgebenen Quelle und musste mit äußerstem Bedacht und vor allem herausragender Ortskenntnis errichtet worden sein, denn eigentlich waren es nur ein paar Felsvorsprünge und vertrocknete Gewächse, die ihn vom Plateau aus gesehen sogar vor sehr aufmerksamen Blicken schützten. Die Felsvorsprünge und Mulden drehten den Westwind, der so sämtliche Geräusche und Gerüche zuverlässig an der Erhöhung vorbeitrug. Selbst das fröhliche Lachen der Kinder und den Rauch der Lagerfeuer nahm Robin erst wahr, als sie sich unvermittelt in dem weitläufigen Lager wiederfand und sich staunend umblickte.

Rubens Stamm, das registrierte Robin schnell, unterschied sich völlig von allen, auf die sie bislang in diesem Land gestoßen war – oder irgendwo sonst auf dieser Welt. Aber zugleich vereinte er auch viel von dem, was sie an allen fremden Völkern längst zu schätzen und zu lieben gelernt hatte. Die Offenheit der Menschen, beispielsweise; ihre Gastfreundschaft und Neugier, die nicht den geringsten Widerspruch darstellte zu ihrem Stolz und ihrer Erhabenheit. Ihr Mut, sich in kräftige Farben und fantasievolle Muster zu hüllen und dabei nicht mehr von sich zu verbergen als unbedingt nötig.

Kinder jeglichen Alters tapsten, krabbelten oder hüpften barfuß durch den steinigen Wüstensand. Ihr Lachen und ihr fröhliches Geschrei vermischten sich mit dem Meckern, Blöken und Schnauben der Tiere, die frei über den Platz trotteten oder sich am Wasser der Quelle labten. Der Geruch von frischem Gebäck und heißem Kräutertee hieß Robin willkommen, als beträte sie nicht ein Wüstenlager, sondern eine wohlige Stube. Ohne Furcht eilte eine Schar kleiner Mädchen auf Ruben zu, als sie die Fremden in seiner Begleitung erspähten. Eines der Kinder zupfte neugierig an Robins Gewand und lächelte aus strahlend blauen Augen zu ihr hinauf, während es ein großes V mit den Armen formte – vielleicht, weil es sich wünschte, Robin würde ihm auf den Rücken ihres Kamels hinaufhelfen. Robin zog es zu sich zwischen die schlaffen Höcker des Tieres, ohne darüber nachzudenken, was sie tat und ob es wohl richtig war, und Salim lächelte zufrieden.

Robin ließ den Blick weiter über den Platz schweifen. Manche der Männer dösten in den Schatten der Zelte auf Teppichen und Kissen, doch die Tücher um ihre Köpfe dienten ausschließlich dem Sonnenschutz; die meisten Männer trugen den Tagelmust lose auf den Schultern oder eben gar nicht. Auch die Frauen, die nicht gerade mit Handmahlsteinen und Weizenkörnern in der prallen Sonne werkelten, trugen ihr Haar offen oder zu lockeren Knoten aufgesteckt und verbargen auch sonst nicht viel von sich vor den Blicken der Männer. Ihre Kleider bestanden aus ähnlich hauchdünnen, farbenfrohen Stoffen wie die Pumphosen der Frauen in den Harems der Kalifen und waren deutlich kürzer als alle, die in einer anständigen Burg geduldet worden wären. In vielen Fällen waren sie sehr weit ausgeschnitten, was der zumeist sehr dunklen Haut der Frauen allerdings nicht zu schaden schien. Obgleich einige von ihnen hellblondes Haar hatten, und viele auch blaue oder grüne Augen, hatte keiner einzigen die Wüstensonne die Haut verbrannt. Diese Menschen, befand Robin, mussten ihren Ursprung im hohen Norden haben, aber schon seit vielen Generationen hier in der Wüste leben. Überall an den Körpern der Frauen glitzerte und glänzte es: Sie trugen Stirnschmuck aus Silbermünzen, Halsketten mit Anhängern aus weichem Stein von strahlendem Grün sowie perlmuttglänzendem Weiß oder zartem Rosé, Gürtel aus miteinander verflochtenen dünnen Ketten und Armbänder und Fußkettchen ohne Zahl. Nach all der Trostlosigkeit und der Einsamkeit der Wüste war es Robin, als befände sie sich im Paradies. Ein Paradies unter dem Schutz des Herrn, den sein Volk als das erkannt hatte, was er war: ein gutmütiger, toleranter Gott, der das Leben als solches und die Menschen unter seinem Himmel – alte wie junge und Männer wie Frauen – ebenso liebte wie sie ihn.

*Ich sage hinfort nicht, dass ihr Knechte seid; denn ein Knecht weiß nicht, was sein Herr tut. Euch aber habe ich gesagt, dass ihr Freunde seid* … Robin wunderte sich, wie viele Zitate aus der Heiligen Schrift ihr aus ihrer Zeit in Abbés Abtei im Gedächtnis geblieben waren. Sie schafften es immer häufiger, in ihr Bewusstsein vorzudringen, und schienen ihr in Augenblicken wie diesem viel mehr zu sein als auswendig gelernte Verse.

Ruben geleitete seine Gäste in eines der Zelte, stellte ihnen einen Teil seines Stammes vor und ordnete an, den Gästen zu Ehren ein junges Zicklein zu schlachten. Bis es so weit war, dass man sich zum gemeinsamen kleinen Festmahl um die Lagerfeuer versammelte, bewirtete er Robin und ihre Begleiter mit einem starken Tee, der ihren Durst erstaunlicherweise schon mit den ersten, vorsichtigen Schlucken löschte, sowie mit frischen Datteln, Stockbrot und saftigen Zitrusfrüchten. Das alles tat er eigenhändig, wie Robin anerkennend feststellte. Sicher bekleidete er in der Hierarchie seines Stammes einen hohen Posten, und es wäre ihm gewiss ein Leichtes gewesen, sich durch ein bloßes Fingerschnippen königlich bedienen zu lassen, aber er tat es nicht. Lediglich Bruder Lucio ließ er von einer älteren Frau umsorgen, denn der Alte hatte sich wortlos von ihnen abgesetzt und unter einem Felsvorsprung am äußersten Rand des Lagers niedergelassen. Vielleicht ertrug der Lazariter den Anblick von so viel Freizügigkeit nicht. Oder – und das hielt Robin für viel wahrscheinlicher – alles, was er von seiner Umwelt noch wahrnahm, war ein Strudel greller Farben. Der Lärm der Kinder und Tiere war zu viel für ihn, den Fieber und Schmerzen plagten. Während Robin den Frauen dabei zusah, wie sie Mehl für das helle Brot herstellten, das hier und da an Stöcken über den Feuern gedreht wurde, ließ sie den Mönch nicht aus den Augen. Wie eine Skulptur saß er an den Felsen gelehnt – den verklärten Blick an den Berg Sinai geheftet, hinter welchem schließlich der Abend den Tag ablöste und die Nacht den Abend.

Während das Lagerfeuer prasselte, berichtete Ruben voller Stolz von den Anfängen seines Stammes Aulad Sa'id. Und von Kaiser Justinian, der sein Volk vor vielen Hunderten von Jahren ausgewählt und aus dem Norden hierhergeschickt hatte, damit es das Katharinenkloster und die Mönche, die darin lebten, beschützte. Dass sein Stamm christlich und tiefgläubig sei, obgleich es manchem Pilger durch seine besondere Weise zunächst einmal befremdlich erschien, betonte er immer wieder. Mit leuchtenden Augen und stolzgeschwellter Brust erzählte Ruben von seinen Vätern und Urgroßvätern und seinen eigenen Abenteuern, denen er sich im Rahmen seiner Bestimmung gestellt hatte, und Robin lauschte ihm mit großen Augen. All ihr Misstrauen schmolz dahin, und wie es schien, hätte auch für Salim und Erek der Abend ewig währen können. Doch irgendwann, als die Feuer beinahe vollständig heruntergebrannt und auch die letzten Säuglinge in den Armen ihrer Mütter und Väter eingeschlafen waren, forderten die Mühen der vergangenen Tage und Wochen ihren Tribut.

Salim und Erek schliefen schnell ein, doch Robin entging nicht, dass die Wache haltenden Beduinen so saßen, dass sie jedes Herumwälzen des schlafenden Söldners, wenn nicht gar jede Atembewegung unter seiner dünnen Decke genau beobachten konnten. Robin war keineswegs entgangen, wie Salim sich im Laufe des Abends kurz abgesetzt hatte, um mit eben jenen zwei jungen, kräftigen Stammesbrüdern zu sprechen, die nun als Einzige, noch immer in ein ruhiges Gespräch vertieft, an einem der Feuer saßen. Salim hingegen hatte sich an Robins Seite zusammengerollt und schlief so tief und ruhig wie selten zuvor. Offenbar vertraute er ihren im Grunde fremden Gastgebern mehr als seinem eigenen, muskelbepackten Weggefährten. So sehr sogar, dass er sie beauftragt hatte, den vermeintlichen Judas mit der Armbrust an seiner statt zu beaufsichtigen, um nach Wochen der permanenten Alarmbereitschaft selbst endlich einmal Augen und Ohren schließen und Erek im wortwörtlichen Sinne den Rücken zukehren zu können.

Robin ärgerte sich ein wenig darüber. Erek mitzunehmen war ihre Entscheidung gewesen, und ohne Salims Anfeindungen und Lucios unverhohlene Ablehnung Erek gegenüber hätte sie ihren Entschluss noch keine Sekunde bereut. Ein wenig beleidigte sie, dass Salim ihr noch immer nicht zutraute, zu wissen, was sie tat. Aber vielleicht lag der wahre Grund für Salims überbordende Achtsamkeit auch ganz woanders – ein kleines Stück weit unter ihrem Herzen. Wie sollte er ihr zutrauen, einen fremden Menschen richtig einzuschätzen, wenn sie sich selbst nicht verstand? Wenn sie selbst dann noch nicht begriff, was in ihr vorging, in ihr *heranwuchs*, wenn man sie mit der Nase darauf stieß?

Gleich morgen, so nahm sie sich vor, würde sie mit ihm sprechen. Ehe sie den letzten Tagesritt in Angriff nahmen, der sie nun noch vom Katharinenkloster trennte, würden sie und Salim eine kurze Zeit für sich allein finden. Ganz bestimmt. Und mit diesem Gedanken schlief sie ein, die Hand unter der Decke liebevoll auf ihren Bauch gelegt.

# 12. KAPITEL

In der Nacht war Robin noch einmal aufgestanden, weil es außergewöhnlich kalt geworden war. Also hatte sie sich zu dem Greis begeben, um ihn mit einer zusätzlichen, warmen Decke zu versorgen. Sein Zustand war unverändert schlecht gewesen, obgleich er noch immer wach gewesen war – wenn man sich mit dem unablässigen Gebet, das seine Lippen flüsternd formten, und seinen halb geöffneten, milchig glänzenden Augen als einzigen Beweis für sein Wachsein zufriedengab. Auch hatte er noch immer wie gefangen gewirkt in einer Fantasiewelt, zu der niemand außer ihm Zutritt hatte. Er reagierte nicht auf Robins Fragen nach seinem Befinden und seinen Bedürfnissen, und auch nicht, als sie ihn schließlich fürsorglich in die Decke wickelte und zu den anderen zurückkehrte.

Als Robin am frühen Morgen erwachte, lehnte Bruder Lucio noch immer mit dem knochigen Rücken an dem Felsen und starrte auf den Mosesberg, der sich langsam aus der ausklingenden Nacht am Horizont schälte.

Er war tot.

Vierzehn Tage und Nächte lang hatte sein alter, geschundener Körper die Strapazen der Wüste ausgehalten – vierzehn von vierzig, die Gott dem Volk Israel abverlangt hatte, und vierzehn von fünfzehn, die es bedurft hätte, damit sein Traum wahr wurde: einst selbst am Fuß des biblischen Berges zu stehen und emporzublicken zu der Stelle, an der der Herrgott Moses die steinernen Tafeln mit den Zehn Geboten überreichte. Er sollte sich nicht mehr erfüllen. Gott hatte den Lazariter zu sich genommen.

Robin rüttelte an seiner Schulter, weil sie glaubte, dass er schlief; weil sie glauben *wollte*, dass er schlief. Weit aufgerissen waren seine Augen, leicht offen stehend der Mund, aus dem ihr der süßlich-scharfe Geruch von Alter und Krankheit und einsetzender Verwesung entgegenschlug. Nur Atem nicht. Leicht zur Seite geneigt, hielt ihn die Totenstarre an seinem Platz, die gelblich grauen Fingerstümpfe waren erstarrt im letzten Gebet. Robin rüttelte etwas heftiger an seiner kalten Schulter und sagte seinen Namen, als sich eine schlanke Hand auf ihre eigene Schulter legte und sanft den ihren nannte.

»Robin«, wiederholte Ruben und zog sie mit sanfter Gewalt ein Stück von Bruder Lucio fort, als sie nicht sofort von ihm abließ. »Euer Freund ist tot. Ihr könnt ihn nicht mehr aufwecken.«

Robin blickte zu ihm auf, als müsste sie ihn nur flehend genug ansehen, damit er machte, dass Bruder Lucio wieder lebte. Ihre Augen brannten, und eine heiße Nadel bohrte sich in ihre Brust. Sie hätte sich von Herzen gewünscht, dass es tiefe Trauer war, die sie spürte. Aber das war es nicht. Gewiss war sie traurig, dass der tiefgläubige Mönch sein Leben ausgerechnet so kurz vor dem wichtigen Zwischenziel gelassen hatte, das ihm persönlich vielleicht sogar fast mehr bedeutete als ihre wichtige, ehrbare Mission. Und natürlich bedauerte sie, dass sie nun nie wieder eine Gelegenheit finden würde, den seltsamen, immerfort düster dreinschauenden Alten ein wenig besser kennenzulernen; vielleicht sogar den ganz normalen, verletzlichen Menschen aufzuspüren, der er einst gewesen sein musste, ehe er eine schier undurchdringliche Fassade aus Frömmigkeit und Glauben vor seinem alten Ich aufgetürmt hatte. Doch in allererster Linie fühlte Robin sich in diesem Moment einfach nur alleingelassen.

Mit Bruder Lucio war der einzige Mensch von ihr gegangen, der in vollem Umfang um die große Aufgabe wusste, vor die König Balduin sie gestellt hatte – ihr einziger Verbündeter bei der Suche nach dem Wasser des Lebens, das ihm selbst nun nicht mehr helfen konnte. Wie sollte sie diese Mission ohne seine Hilfe, ohne seine umfassenden Kenntnisse meistern? Lediglich begleitet von zwei Männern, mit denen sie über ihre Fragen, ihre Zweifel, alle Probleme das Wasser des Lebens und die Heidin unter der Zitadelle betreffend in gar keinem Fall reden durfte? Wieder einmal schoss ihr die Frage durch den Kopf, die sie noch immer nicht hatte klären können: Was wusste Salim? Und wie sollte sie es je herausfinden, wenn sie nicht offen mit ihm sprechen konnte?

Robin fühlte sich einsam und im Stich gelassen und schämte sich dafür, dass sie sich selbst viel mehr bedauerte als den Alten und seine verlorenen Träume. Außerdem hatte sie ein Problem. Ein Problem, das sich erst in dem Moment in ihr Bewusstsein drängte, als sich Ruben über ihre Schulter beugte, mit dem Daumen ein Kreuz auf die Stirn des Toten zeichnete und dessen Lider schloss, indem er sanft mit der flachen Hand darüberstrich. »Der Herr hat gegeben. Der Herr hat genommen«, sagte er dabei leise. Er durfte den Leib des Lazariters in keinem Fall genauer betrachten oder gar untersuchen, um sicherzustellen, dass er wirklich bloß an Entkräftung gestorben war – er durfte nicht einmal aus Versehen die Kapuze der schwarzen Kutte zurückschlagen, wenn er nicht bemerken sollte, dass er einen Aussätzigen in sein Lager gelassen hatte!

»Es tut mir sehr leid für Euch«, erklärte Ruben voller aufrechtem Mitgefühl, und Robin fühlte sich noch elender als zuvor. »Wir werden Eurem Bruder ein standesgemäßes, schönes Grab bereiten und uns gemeinsam von ihm verabschieden. Ein Grab, von welchem aus er die Sonne über dem Gipfel des Berges Sinai aufgehen sehen könnte. Tag für Tag.«

Robin schüttelte den Kopf – ein wenig zu energisch wahrscheinlich, denn der Rothaarige wich überrascht ein Stück zurück. Auch Salim, der sich in diesem Moment zu ihnen gesellte und die Lage bestürzten Blickes deutete, zog irritiert die Brauen zusammen.

»Das … geht nicht«, presste Robin bemüht hervor, und sie betete im Stillen, Salim möge nichts Unbedachtes tun und ihr aus reiner Unwissenheit mit einer Frage oder einer zweifelnden Bemerkung in den Rücken fallen. Verzweifelt suchte sie nach einer Erklärung für ihr eigenartiges Verhalten und überließ es schließlich ihrer Zunge, sich eine der zahlreichen, allesamt hanebüchenen Geschichten in ihrem Kopf auszusuchen. Dann hörte sie sich selbst bei ihrem entsetzlich unglaubwürdigen Erklärungsversuch zu: »Das hätte Bruder Lucio nicht gewollt. Ihr müsst wissen, dass er … dass wir einem besonderen Orden angehören. Einem Orden aus dem Süden Siziliens, der für seine Strenge in der Einhaltung seiner Regeln bekannt ist …« Das stimmte in etwa mit dem überein, was sie auch Salim schon erzählt hatte. Nur wusste der Sarazene spätestens jetzt, dass sie gelogen hatte.

»Ein Orden, der seine Toten nicht begräbt?« Ruben legte zweifelnd den Kopf schräg.

Robin verneinte. »Natürlich begraben wir unsere Toten«, behauptete sie mit einem traurigen Lächeln. »Nur geschieht es auf eine besondere Weise. Ein Ritus, der die Regel einschließt, dass unser Bruder nur im Kreise seiner Ordensbrüder und langjährigen Gefährten zu Grabe getragen wird. Abseits aller von Menschen bewohnten Orte, wo er für alle Ewigkeit zurückbleiben wird – allein mit Gott.«

Was redete sie bloß für einen haarsträubenden Unsinn?! Robin hoffte, dass man ihr nicht allzu deutlich ansah, was sie von ihrer eigenen Geschichte hielt. Die Überraschung in

Salims Zügen wich einem Ausdruck von Kälte, den sie nur zu gut kannte, weil er ihn immer dann aufsetzte, wenn er wusste, dass sie ihm etwas verschwiegen oder ihn gar belogen hatte. Aber Ruben nickte nur mitfühlend: »Ich verstehe«, behauptete er, obwohl Robin sich sicher war, dass er eigentlich überhaupt nichts verstand. Nun kam es ihr wohl zugute, dass die Aulad Sa'id selbst in einer Glaubensgemeinschaft lebten, deren Eigenarten einem gewöhnlichen, konservativen Christen eine gewisse Portion Offenheit und Toleranz abverlangten. Ruben tat sich nicht schwer darin, fraglos etwas von dem zurückzugeben, was er selbst von allen anderen für seinen eigenartigen Orden erwartete oder zumindest erhoffte. »Können wir irgendetwas anderes für Euch tun? Euch vielleicht etwas bringen, was Ihr für Eure Zeremonie braucht?«

Robin schüttelte den Kopf, überlegte es sich dann aber anders. »Wartet«, sagte sie, und die Miene des Rothaarigen hellte sich auf. Offenbar bereitete es ihm wirklich Freude, anderen Menschen zu helfen. »Bitte weckt Erek und schickt ihn her, damit er uns hilft und uns begleitet«, bat Robin. »Er soll auch den Esel und etwas Wasser mitnehmen. Wir bringen unseren Bruder zurück zum Hochplateau.«

Fast wäre alles noch einmal gut gegangen. Verglichen mit der Zeit, die ihr geblieben war, um sich eine verrückte Geschichte für ihr eigenwilliges Verhalten gegenüber den Aulad Sa'id auszudenken, war jene, die ihr zwischen dem Lager und dem Plateau blieb, um sich eine nicht minder verrückte, jedoch etwas glaubhaftere Erklärung für Salim einfallen zu lassen, etwas großzügiger bemessen. Und so gelang es ihr tatsächlich, etwas zu erfinden, was der Sarazene nicht hinterfragen würde, weil es respektlos tief in des armen Bruder Lucios Intimsphäre eingriff. Robin schämte sich umso mehr, je ausgefeilter ihr Lügenmärchen wurde – und je besser sie log. Doch sie hatte keine Wahl. Auch Salim würde außer Rand und Band geraten, wenn er von der schrecklichen Krankheit des Alten erfuhr. Vielleicht würde er es ihr überhaupt nie verzeihen.

Auf dem Rücken seines Esels schafften sie den Lazariter zurück an den Ort, an dem sie am Vortag auf Ruben und seine Gefährten getroffen waren. Niemand sagte etwas. Alle Fragen, die Salim zu Recht auf der Zunge brennen mochten, mussten warten, bis sie den Geistlichen so würdevoll wie nur irgend möglich unter die Erde gebracht hatten. Robin wagte es kaum, das schlaffe Menschenbündel unter der riesigen Leinenkutte noch einmal anzusehen, so fürchterlich fühlte sie sich ob all der Heucheleien, für die sie Lucios Namen zu ihrem eigenen Schutz missbrauchen musste. Mit einem Hauch von Wärme im Herzen stellte sie fest, dass die Aussicht auf den Mosesberg von der Erhöhung aus auch beim zweiten Mal unendlich beeindruckend, ja phänomenal *schön* war. Und so setzte sie den Geistlichen zumindest tatsächlich an einem Ort bei, der ihm bis in alle Ewigkeit den Sonnenaufgang über dem heiligen Berg zu Füßen legte, und erfüllte ihm sicherlich einen wahren Herzenswunsch.

Links des Plateaus, unweit der Stelle, an der der schmale Pfad hinter einem vorspringenden Felsen verschwand, gab es einen tiefen Einschnitt, der Robin bereits am Vortag aufgefallen war und auf den sie nun zusteuerte. Dann bat sie Erek und Salim, ihr dabei zu helfen, Lucios Leiche in den Spalt hinabzulassen. Es war keine angenehme Aufgabe, aber es ging alles gut.

Bis zu dem Moment, in dem sich auch Ereks starke Hände von den Oberarmen des über dem Abgrund schwebenden toten Körpers lösten. Bis zu dem Moment, in dem sich Lucios Kapuze an einer Felskante verfing. In dem sie im Übergang zum freien Fall zurückschlug und einen winzigen, schockierenden Blick auf die entsetzlichen Spuren des Aussatzes an Lucios gelblich kahlem Hinterkopf freigab. Da wusste Robin, dass sie verloren hatte.

Salim schrie auf und stolperte mit vor Entsetzen geweiteten Augen zurück, während ein dumpfer, hässlicher Knall verkündete, dass Bruder Lucios letzte Reise auf Erden ein jähes Ende am Grund des tiefen Felsspalts gefunden hatte. Robin aber erstarrte mitten in der Bewegung und wagte es nicht, zu atmen, geschweige denn den Sarazenen direkt anzusehen.

»Unrein!« Salim kreischte das Wort fast, während er den Abstand zu der Spalte im Rückwärtsgang erweiterte und sich am Rande der Hysterie die Kleider vom Leib zu reißen begann. »Er ist ein *Aussätziger*! Darum wolltest du ihn nicht mit den Aulad Sa'id zu Grabe tragen! Du hast … Wir wurden von einem Aussätzigen begleitet! Von einem *Lazariter*!«

Das letzte Wort klang, als müsste er es aus seinem Inneren würgen wie verdorbenen Fisch. Und erst mit dieser Benennung des Schreckens schien auch Erek Bedeutung und Tragweite der hässlichen Wundmale zu begreifen. Auch der Söldner hatte die Entstellungen an Lucios Körper zweifellos wahrgenommen, denn er stand noch immer mit angewidert gerümpfter Nase, aber neugierig schräg gelegtem Kopf über den Spalt gebeugt, um die entstellte Leiche am Grund genauer zu beäugen. Nun aber wechselte der Ausdruck in seinem Gesicht zu blankem Entsetzen, und auch er nahm zügig mehr Abstand zu Lucios unehrenhaftem Grab.

Robin löste sich aus ihrer Tatenlosigkeit und machte zwei, drei hilflose Schritte auf Salim zu. »Salim … Ich …«, stammelte sie. »Es tut mir leid. Ich konnte nicht …«

»*Es tut dir leid*?«, fiel der Sarazene ihr ins Wort. Er war außer sich vor Wut. »Du hast einen Aussätzigen mitgeschleppt und sagst mir, *es tut dir leid*?! Ist dir eigentlich klar, was du angerichtet hast? Weißt du, was du uns vielleicht angetan hast? Wolltest du uns mit aller Macht umbringen, oder was ist in dich gefahren?« Er trat auf sie zu, riss sie unsanft mit sich auf die andere Seite des Plateaus und schüttelte sie durch wie einen staubigen Kelim. »Und falls wir lebendig hier herunterkommen«, fuhr er mit ungebremstem Zorn und voller Fassungslosigkeit fort, »was glaubst du, was die Aulad Sa'ìd von uns übrig lassen, wenn sie erfahren, woran dein ehrwürdiger Glaubensbruder von einem mysteriösen, sizilianischen Orden in Wirklichkeit gestorben ist?! Sie werden uns alle in Stücke reißen, Robin! Und das zu Recht! Zu Recht, verdammt! Und jetzt: Zieh dich aus!«

Robin schüttelte verwirrt den Kopf. Tränen schossen ihr in die Augen, und ihre Knie wurden weich. Es war alles so ungerecht!, schrie ein Teil in ihr. Ein anderer aber verstand Salims Wut und seine Angst nur zu gut. Sie hatte sich die ganze Reise über vor diesem Moment gefürchtet, weil ihr im Grunde ihres Herzens absolut klar war, wie Salim – wie überhaupt irgendein vernünftig denkender Mensch – auf Lucios Krankheit reagieren würde.

»Zieh dich aus!«, wiederholte Salim ungehalten, während er selbst die letzten Kleider ablegte und hektisch damit begann, den trockenen Kameldung zu entzünden, der am vergangenen Tag hier zurückgeblieben war. »Zieht euch aus und gebt mir eure Kleider. *Alle!*«

Robin zögerte einen weiteren Augenblick, ehe sie seiner Aufforderung umständlich nachkam – wohl darauf bedacht, dass Erek nicht sehen konnte, dass sich unter dem schweren, fast knielangen Kettenhemd, das sie fortwährend unter ihrer Gewandung trug, eine weitere Überraschung verbarg: eine Frau mit einem Kind unter dem rasenden Herzen.

Salim verbrannte ihre Kleider sowie den Sattel und das Zaumzeug des Esels und jagte sogar das Tier selbst weit weg in die Bergöde. Dann trugen sie lose Steine und kleine Felsbrocken heran, um sie in die Felsspalte zu schütten, bis der Leichnam des Mönchs eine halbe Mannslänge tief darunter begraben lag. Schließlich halfen sie einander dabei, ihre Körper mit Staub und feinem Sand abzureiben, bis ihre Haut wund gescheuert war und rot in der gnadenlosen Hitze der

Wüstensonne glühte. Niemand sprach noch ein weiteres Wort – es war alles gesagt. Den Rest des Tages verbrachten sie damit, stumm zu beten und zu fasten.

Die meisten ihrer lautlosen Gebete sprach Robin jedoch nicht für sich selbst oder für Salim oder Erek oder irgendjemanden sonst, der den Weg des Aussätzigen je gekreuzt hatte, sondern für ihr ungeborenes Kind. Wenn sie wirklich einen so schrecklichen Fehler begangen hatte, flehte sie Gott im Stillen an, dann sollte er sie dafür bestrafen, wie sie es verdiente. Nur bitte, bitte nicht ihr Kind …

Als sich Ruben am frühen Abend zögerlich zu ihnen auf die Anhöhe begab, weil er sich, wie er sagte, um sie sorgte, staunte er nicht schlecht, sie nackt bis auf Robins Kettenhemd auf den Knien kauernd vorzufinden. Das alles, erklärte Salim bitter, sei Teil ihres Rituals, welches sie ihrem Gefährten schuldig gewesen seien. Er erzählte vom *Orden der sich geißelnden Brüder des heiligen Johannes* aus dem fernen Sizilien und von den strengen Glaubensregeln. Er dachte sich gleich noch einige viel verrücktere Hintergründe aus. Und Ruben glaubte ihm oder gab es zumindest vor und brachte neue Kleider für die nunmehr drei Reisenden herbei. Und in diese hüllten sie sich dankbar, ehe sie in das Lager zurückkehrten.

Dort angelangt, entzündete Salim ein Feuer und überließ auch alle übrigen Besitztümer Lucios den Flammen. Nur mit einer List und knapper Not gelang es Robin, wenigstens die Schreiben des Königs und des Erzbischofs vor dem vorgeblichen Rest des Totenrituals zu bewahren und in ihrem eigenen Beutel zu verstauen. Hätte sie nach Bruder Lucio auch diese beiden wichtigen Briefe verloren, wäre ihre Mission an dieser Stelle gescheitert wie die Träume des Lazariters an seiner schrecklichen Krankheit.

Begleitet von Ruben und einer Handvoll seiner Gefährten, setzten sie ihre Reise am späten Morgen des folgenden Tages fort. Es wäre sinnvoll gewesen, die Frische der früheren Stunden zu nutzen – doch die vergangene Nacht war lang geworden. Sehr lang.

Robin hatte schwer mit sich selbst gerungen. König Balduin hatte ihr sein volles Vertrauen mit auf die Reise gegeben, sie hatte einen Eid geschworen, unter gar keinen Unständen mit irgendjemandem über den Hintergrund und das Ziel ihrer Reise zu sprechen. Doch um Letzteres vielleicht doch noch zu erreichen, war sie durch Bruder Lucios Tod genötigt, zumindest einen Teil ihres Versprechens zu brechen. Der Mond stand bereits hoch am Himmel, als sie Erek und Salim von den Briefen des Königs und des Erzbischofs berichtete, die sich nunmehr in ihrer eigenen Tasche befanden. Und davon, dass darin geschrieben stand, dass man den Überbringern der Schriftrollen – namentlich Bruder Lucio und dem Schwert des Königs, Robin von Tronthoff – freien Zutritt zur Bibliothek des Klosters gewähren sollte, damit sie nach bestimmtem, aber nicht näher benanntem Wissen suchten. Aber Bruder Lucio weilte nicht mehr unter ihnen, und Robin befürchtete, dass man ihnen den Zutritt verweigern könnte, weil man ihnen ohne das Wort des Geistlichen misstraute oder die Schriftrollen gar für gestohlen hielt.

Salim schien nicht sonderlich überrascht über das Gehörte zu sein. Und das änderte sich auch nicht, als Robin von den Schriften des Plinius und dem Wasser des Lebens erzählte, das angeblich die Kranken heilen und einem Menschen zu ewigem Leben zu verhelfen vermochte. Alles, was Robin aus Salims Worten heraushörte, war, dass das gesamte Christenvolk in seinen Augen schon immer ein ungebildeter, abergläubischer Haufen gewesen sei, den man in den Abgrund stürzen lassen musste, damit er begriff, dass der Aufprall wehtat. Doch über die Schriften des Plinius und das sagenhafte Wasser des Lebens vermochte er nichts zu sagen, und so blieb Robin nichts übrig, als auf ihren Pflichten als Erster Ritter des

Königs zu beharren. Sie müsse, so befand sie, den Abgrund, den Salim am Ende ihrer Reise erwartete, zumindest ausgiebig studieren – falls es ihn denn tatsächlich gab. Gern hätte sie mehr Mut und Zuversicht in die Erfüllung ihrer Mission gelegt, doch Bruder Lucios Zweifel am Mosesbrunnen und sein Tod so kurz vor dem Ziel hatten Zweifel in ihr Herz gesät. *Wie soll ich dem Buch eines Heiden vertrauen, wenn nicht einmal auf die Bibel Verlass ist …*

Und wie, so fragte Robin sich, sollte sie selbst an ihre gemeinsame Mission glauben, wenn Lucio es zuletzt auch nicht mehr gekonnt hatte? Natürlich versuchte sie, ihre Zweifel zu verbergen – vor ihren Gefährten, aber auch vor sich selbst, aber leicht war das nicht. Denn es gab noch andere Dinge, die Balduin bei ihrer Auswahl und Aussendung nicht bedacht hatte, nicht hatte bedenken können. Das Wichtigste unter ihnen war das Kind unter ihrem zweifelnden Herzen – das Kind, das sie von Herzen liebte und das mit jedem Atemzug schwerer auf ihre Lenden zu drücken schien.

So ging es ihr noch immer, als sie sich am nächsten Tag auf den Pferden, die Ruben zur Verfügung gestellt hatte, über einen schmalen und unter unendlicher Mühsal aus dem blanken Fels geschlagenen Pfad den Katharinenberg hinaufquälten. Die späte Nachmittagssonne ließ die Felsvorsprünge und Berggipfel rötlich im Licht der Sonne erglühen, während die Dunkelheit des bevorstehenden Abends längst in sämtliche Schluchten und auch die kleineren Täler gekrochen war. Und doch konnte die Schönheit der Umgebung den Schmerz in Robins Rücken nicht lindern. Der Druck, den das kleine Wesen in ihrem Inneren auf ihren Unterbauch und ihre Lenden ausübte, presste sie tief in den harten Sattel. Jetzt, da sie um das neue Leben in ihrem Inneren wusste, war es ihr unbegreiflich, wie sie es so lange hatte ignorieren können. Zu allem Überfluss wurden ihre Finger von dem verkrampften

Griff um den Sattelknauf steif, und sie fühlte sich zunehmend viel zu warm gekleidet – denn seit dem heutigen Tag trug sie eine Mönchskutte.

Nach langer Diskussion waren sie in der Nacht übereingekommen, dass sie, Robin, in die Rolle Bruder Lucios schlüpfen sollte: Als Templerin würde es ihr, so die Theorie, vergleichsweise leichtfallen, einen Mönch zu spielen. Robin war nicht wirklich überzeugt, doch zumindest nach außen hin gab sie einen halbwegs passablen Gottesmann ab. Glücklicherweise stellten die Aulad Sa'id inzwischen überhaupt keine Fragen mehr und waren daher auch den absurdesten Wünschen mit einem Lächeln nachgekommen, das verständnisvoll aussehen sollte und mitleidig wirkte. Und so hatten sie Robin eine Auswahl grober Kutten gezeigt, und sie hatte sich für die tristeste, gröbste und weiteste unter ihnen entschieden. Darunter trug sie noch immer das Kettenhemd und auf der Brust ein mehr als handgroßes hölzernes Kreuz. Es hatte noch bis vor wenigen Stunden eines der Zelte ihrer Gastgeber geschmückt, und Ruben hatte es ihr überlassen, nachdem sie dessen vermeintliche Außergewöhnlichkeit und Schönheit mit allen verfügbaren Ausdrücken gepriesen hatte. Nun wartete es darauf, hervorgezogen zu werden, sobald sie das Kloster erreichten. Bis dahin aber trieben ihr Kutte und Tagelmust, Kind und Kettenhemd den Schweiß in Sturzbächen über die Stirn.

Erek hatte ihre Rolle als Schwert des Königs eingenommen. Und in dieser machte er mit seinen breiten Schultern und muskelbepackten Armen beschämenderweise eine bessere Figur als Robin selbst. Salim hingegen hatte wirklich unermessliche Fantasie bezüglich seiner neuen Identität bewiesen, sich dann aber doch eingestehen müssen, dass ihm den zum Christen bekehrten Kalifensohn, der nun Fürst einer unbekannten, aber wirtschaftlich vielversprechenden Inselgruppe im Norden Europas war, niemand abnehmen würde.

Und so ritt er jetzt als syrischer Sklave in dünnem schneeweißem Gewand, was ihn sicherlich wenig schwitzen ließ, seinen Kummer über sein undankbares Los aber nicht schmälerte. Jetzt trieb er sein Pferd gleich hinter Ruben und Erek – und damit Robin voran – den steilen Pfad hinauf. So wie Salim Erek noch immer nicht aus den Augen ließ, haftete Robins Blick an seinem schlanken, muskulösen Nacken unter dem dünnen Tuch. Kurz stellte sie sich vor, wie es wäre, ihr Gesicht jetzt an seinem warmen, weichen Hals zu reiben und seinen einzigartigen, beruhigenden Duft zu atmen. Stattdessen aber ritt sie weiter, verkrampft, still leidend und stets auf der Hut vor dem losen Geröll an den Hängen über ihnen. Den Blick hielt sie starr geradeaus, weil die Felswände neben dem steilen, geschwungenen Pfad inzwischen beinahe senkrecht in die schattige Schlucht hinabfielen. Und vor ihrem geistigen Auge sah sie sich selbst, ihr Kind im Arm haltend und auf Salim deutend, um ihm zu zeigen, mit welch hübschem und starkem Vater es gesegnet war. *Schau ihn dir an. Sein Starrsinn ist grenzenlos*, das würde sie ihrem Kind erzählen. *Aber sein Starrsinn misst sich an seiner Liebe zu uns*.

Die Gruppe musste abermals innehalten, weil ein größerer Felsbrocken den Weg für die Tiere unpassierbar machte. Erek und zwei Reiter Rubens saßen ab, um ihn mit vereinten Kräften beiseitezuräumen, und in diesem Moment wandte sich Salim zu ihr um: »Du solltest die Zügel nicht um deine Handgelenke wickeln, Robin. Nimm sie locker in die Hand. So.« Der Sarazene machte es ihr an den Zügeln des eigenen Pferdes vor und nickte zufrieden, als Robin seiner Aufforderung nachkam. Erst jetzt fiel ihr auf, wie leichtsinnig es war, sich die ledernen Gurte um die Handgelenke zu schlingen. Wenn ihr Tier auf dem schmalen Pfad ausglitt und in die Schlucht hinabstürzte, wäre sie untrennbar mit ihm verbunden. Wie oft hatte Bruder Abbé sie im Rahmen ihrer Ausbildung darauf hingewiesen? Robin schämte sich für ihre

Nachlässigkeit und schenkte Salim ein dankbares Lächeln. Obwohl sie sein Gesicht unter dem weißen Tuch ebenso wenig erkennen konnte wie er das ihrige, spürte sie, dass er ihr Lächeln erwiderte. Gewiss war er noch wütend über ihren Leichtsinn, an der Seite eines Aussätzigen zu reisen – aber sie hatte keinen unverzeihlichen Fehler begangen. Das konnte sie gar nicht. Und auch das würde sie ihrem Kind eines Tages voller Stolz berichten. *Er mag wüten und toben und uns für unsere schlimmsten Vergehen das eine um das andere Mal zur Hölle wünschen. Aber wenn es uns tatsächlich dorthin verschlägt, wird er barfuß durch das Fegefeuer laufen, um uns zu sich zurückzuholen.*

Erek stieß den Felsbrocken in die Schlucht hinab, und ihre Reise ging weiter. Einmal erwischte ein herabstürzender Stein eines der Pferde an der Fessel, sodass es sich aufbäumte und eine kurze, gefährliche Unruhe unter allen anderen Rössern auslöste, die aber zum Glück keine Opfer unter Menschen wie Tieren forderte. Ein anderes Mal ging ein ähnlicher Vorfall nicht ganz so glimpflich aus, sodass das getroffene Pferd stürzte. Sein Reiter blieb unverletzt, aber das Pferd hinkte stark und war zum Reiten nicht mehr zu nutzen, und der Mann musste den Weg zu Fuß fortsetzen. Als der schmale, felsige Weg sich in einen steilen Schotterpfad verwandelte, rutschte das verletzte Pferd aus und stürzte mit einem schrillen Wiehern in eine der tiefen Schluchten hinab. Robin blickte ihm erschrocken nach. Sie wagte es nicht, sich vorzustellen, wie eines der berittenen Tiere – letztendlich womöglich gar ihr eigenes – den Halt auf dem rutschigen Untergrund verlor. Und so dachte sie daran, dass sie ihrem Kind eines Tages auch erzählen würde, was sie und es gemeinsam überlebt hatten, als es noch nicht das Licht der Welt erblickt hatte. Schließlich wickelte sie die Zügel locker um den Sattelknauf, weil sie sie lieber überhaupt nicht mehr in der Hand halten wollte.

Als sie das Katharinenkloster endlich erreichten, war Robin erleichtert und enttäuscht zugleich. In der fortgeschrittenen Dämmerung hätte sie es möglicherweise glatt übersehen, wenn der Aulad Sa'id an der Spitze des Trosses nicht sein Pferd gezügelt und sie auf die hohen, aber unscheinbaren Mauern der Anlage hingewiesen hätte, die sich in einem Tal schräg unter ihnen an eine Bergflanke schmiegte. *Eher eine Festung, denn ein Gotteshaus*, dachte sie bei sich, während sie weiterritten und sich immer mehr Einzelheiten aus dem Spiel von Licht und Schatten schälten. Die Steine der hohen Mauern waren aus dem groben Fels geschlagen, und die wenigen Fenster, die Robin ausmachte, waren klein und dunkel. Hinter den hohen Mauern drängten sich mehrere ineinander verschachtelte Gebäudekomplexe teilweise so dicht aneinander, dass man wahrscheinlich bequem über die Dächer von einer Seite des Klosters zur gegenüberliegenden wandern konnte. Endgültig sprachlos aber war sie, als sie inmitten der Anlage und dem Zwielicht der Dämmerung zum Trotz den niedrigen, weißen Turm einer Moschee erspähte.

Als die Mauern des Klosters endlich vor ihr in den Himmel ragten, hielt Robin mit zunehmender Verwirrung nach einem Tor oder wenigstens einer schmalen Tür Ausschau. Aber es gab nichts dergleichen. Gerade wollte sie ihre Verwunderung zum Ausdruck bringen, als Ruben sein Pferd unter einem hölzernen Erker zügelte, der wie eine riesige Nase hoch über ihren Köpfen aus der Mauer ragte. In einer Sprache, die sie nicht verstand – und von der sie vermutete, dass sie überhaupt nur von einer Handvoll Menschen gesprochen wurde –, rief er etwas zu den dunklen Fenstern empor. Und noch während die Mauern und die nahe liegenden Felswände mit dem Echo der letzten Silbe spielten, leuchtete eine Fackel auf der Mauer auf und bewegte sich in ihre Richtung. Schließlich erhellte sie den Erker mit dem schmalen Fenster von innen heraus, sodass er nun wie die Nase eines Drachen wirkte, der im Begriff war,

Feuer zu speien. Dann senkte sich ein großer, an einem stabilen Seilkonstrukt befestigter Korb zu ihnen hinab.

»Der einzige Weg ins Kloster.« Ruben bedeutete Robin mit einer einladenden Geste, in den riesigen Korb zu steigen, und folgte ihr dann selbst. »Es sei denn, man bevorzugt einen Schlafplatz in den Ställen auf der Rückseite des Klostergartens«, fügte er dann augenzwinkernd hinzu. Robin seufzte. Unter anderen Umständen hätte sie den Platz bei den Tieren vielleicht sogar bevorzugt und auf eine schwankende Fahrt in einem Korbgeflecht dankend verzichtet. Aber so dicht an den Schriften des Plinius durfte es an diesem abenteuerlichen Zugang natürlich nicht scheitern. Also zog sie die Briefe des Königs und des Erzbischofs aus ihrem Gepäck und das große Kreuz unter ihrem Gewand hervor, entledigte sich ihres Tagelmusts und kletterte umständlich zu Ruben in den Korb. Das dünne Holzgeflecht unter ihren Füßen knackte bedrohlich, und Robin sandte mit geschlossenen Augen ein Stoßgebet gen Himmel und wagte erst wieder zu atmen, als sie mit beiden Beinen sicher auf dem Boden des stabil gezimmerten hölzernen Erkers stand.

Ein Priester in einer schlichten, schwarzen Kutte begrüßte sie herzlich auf Latein, wechselte ein paar Worte mit Ruben und rief schließlich etwas, woraufhin der große Korb ein zweites Mal hinabgelassen wurde, um auch dem Söldner und dem Sarazenen den Zutritt zum Kloster zu ermöglichen. Als sie alle beisammen waren und Ruben sich von ihnen verabschiedet hatte, geleitete der Mönch sie über die Mauer und eine schmale Holzstiege hinab zu einer kleinen, spärlich eingerichteten Kammer.

Der Mann, der sie dort in Empfang nahm, hätte Methusalems Bruder sein können. Und zwar sein älterer. Robin schätzte ihn auf mindestens siebenhundert Jahre – zumindest der Weisheit in seinen blaugrauen Augen nach zu schließen. Sein silberweißer Bart schien ebenfalls seit Hunderten von Jahren zu wuchern, denn er kräuselte sich bis auf seinen Bauchnabel hinab und ließ auch von seinem runzeligen Gesicht kaum mehr frei als die klobige Nase und einen kleinen Teil der Wangen. Und jene unendlich tiefgründigen Augen, unter deren Blick Robin überhaupt nicht anders konnte, als sich beschämend jung, dumm und unerfahren, ja fast naseweiß zu fühlen. In dieser plötzlichen Unsicherheit gelang es ihr kaum, den freundlichen Gruß des Methusalem formgemäß zu erwidern.

»Mein Name ist Damianos«, stellte sich der Alte, sichtlich amüsiert über ihre Unbeholfenheit, freundlich vor. »Und ich bin Abt, kein Heiliger. Ihr könnt also aufhören, Euch unentwegt zu verneigen. Was führt Euch zu uns, Bruder?«

Robin errötete und versuchte, seinem Blick standzuhalten, während sie antwortete: »Man nennt mich Bruder Lucio. Und dies«, sie deutete nacheinander auf Erek und Salim und genoss dabei die winzige Auszeit von seinem weisen Blick, »sind Robin von Tronthoff, das Schwert des Königs von Jerusalem, und sein Sklave Salim. Wir kommen im Auftrag König Balduins.« Sie zog die versiegelten Briefe aus einem Ärmel hervor und reichte sie Damianos.

Der Abt nahm sie entgegen und nickte freundlich. »Kommt«, forderte er sie auf und schritt ihnen gemächlich voran in einen angrenzenden, etwas größeren Raum, wo Datteln, Obst und frisches Quellwasser für sie bereitstanden. Robin lächelte, denn es wirkte fast so, als wäre das Kloster zu jeder Stunde jedes Tages auf plötzlichen Besuch eingestellt. Tatsächlich aber kamen sicherlich nur wenige Menschen an diesen abgelegenen Ort, und noch weniger von ihnen wurden jemals in dem großen Korb in den Erker hinaufgezogen. »Seid unsere Gäste und fühlt Euch wie zu Hause, hier, in unserem wunderbaren Heim«, lächelte Damianos. Er ließ sich auf einem Schemel nieder und studierte die beiden Schreiben aufmerksam und ohne Hast. Als er damit fertig war, las er sie noch einmal, aber Robin hatte nicht das Gefühl, dass er es tat, weil er etwas nicht verstanden hatte oder irgendetwas ihn stutzig stimmte, sondern eher, weil er prinzipiell *alles* mindestens zweimal las. Vielleicht war er deshalb so alt geworden. Er brauchte einfach mehr Zeit als andere.

»Ihr habt freien Zutritt zur Bibliothek des Katharinenklosters, Bruder Lucio«, erklärte der Abt, als er die Pergamentrollen wieder aufrollte, um sie unter die Kordel seiner schwarzen Kutte zu schieben. »Und Eure beiden Gefährten natürlich auch. Ich hoffe, Ihr findet, wonach Ihr sucht. Anderenfalls wäret Ihr allerdings die Ersten, die dort nichts finden, was ihnen irgendwie dienlich ist.«

Robin fiel ein Stein vom Herzen, und Damianos winkte den Mönch, der sie im Erker empfangen hatte, zu sich heran, ehe er sich erneut an seine Gäste wandte: »Aber heute solltet Ihr zunächst einmal zur Ruhe finden. Ihr habt einen wahrlich weiten Weg hinter Euch, und bald bricht schon die Nacht herein. Bruder Eurasius wird Euch ein Lager zuweisen. Bitte …«

Der Mönch bedeutete den dreien, sich ihm anzuschließen, und Robin dankte dem Abt von ganzem Herzen, und kurz darauf wies Eurasius jedem von ihnen eine winzige Kammer mit einem einfachen, harten Bett an der Westseite des Klosters zu. Es war das erste Mal seit Wochen, dass Robin wieder auf einem richtigen Bett lag, und sie schlief fast augenblicklich ein, kaum dass ihr Hinterkopf das kleine, strohgefüllte Kissen berührte.

Keine halbe Stunde später erwachte sie wieder, weil das Kind in ihrem Bauch sich regte.

# 13. KAPITEL

Der Tag im Kloster der heiligen Katharina begann bereits lange vor Sonnenaufgang. Robin und Erek beteten gemeinsam mit den Mönchen, Salim gab sich höflich den Anschein, mit den Mönchen zu beten, und der Abt, so registrierte Robin durch einen Zufall, betete, dass der vorgebliche syrische Sklave eines Tages voller Aufrichtigkeit mit den Mönchen beten würde. Aber er tat es mit gutmütiger, ja fast großväterlicher Miene und behandelte den Heiden unter seinen Gästen auch sonst außerordentlich respektvoll – und als Damianos sie nach einem einfachen, aber reichhaltigen Frühstück zu einer Führung durch seine gesegneten Mauern einlud, begriff sie auch, warum.

Als könnte der Alte Gedanken lesen, führte er sie zunächst zielstrebig durch ein kleines Labyrinth aus Gängen, Kammern, Höfen und sogar Tunneln auf die weiß getünchte Moschee zu, die ihr bereits aus der Ferne aufgefallen war. Sie lag gleich gegenüber der die Anlage dominierenden Basilika an einem Hang, und der Weg die unzähligen steil ansteigenden und viel zu schmalen Treppenstufen hinauf brachte Robin fast schon außer Puste.

»Es mag Euch befremdlich erscheinen, Bruder Lucio«, wandte Damianos sich an Robin, während er auf die Moschee deutete. Dann lächelte er Salim zu. »Und Euch mag es das

Herz wärmen. Uns allen, die wir in diesem Kloster leben, ist es ein Symbol der Hoffnung. Der Hoffnung auf den Frieden.«

»Ich verstehe nicht.« Erek bedachte das heidnische Gebetshaus mit einem misstrauischen, fast feindseligen Blick. »Seid Ihr nicht hier, um die Heiden zum richtigen Glauben zu bekehren? Wäre es nicht sinnvoller gewesen, eine zusätzliche Kirche in einem ihrer Dörfer zu errichten?«

»Nicht wir haben diese Moschee errichtet.« Der Abt lächelte stolz. »Es war Mohammed, den die Heiden ihren Propheten nennen. Euer Prophet höchstselbst«, betonte er, nun wieder an Salim gewandt, »hat diesem Kloster zu Lebzeiten einen Schutzbrief ausgestellt. Und uns damit einen großen Dienst erwiesen. Durch sein Wohlwollen blieb dieses Kloster von allen Kriegen und Konflikten zwischen Christen und Heiden zu allen Zeiten verschont.«

»Dann dienen diese hohen Mauern also nicht dazu, dass niemand hereinkommt, sondern verhindern bloß, dass jemand es wieder verlässt«, spottete Erek und kassierte dafür einen bösen Blick von Robins Seite. Schließlich sprach er jedes Wort während ihres Aufenthalts hier offiziell in ihrem Namen, als Robin von Tronthoff.

Aber Damianos ließ sich nicht aus der Ruhe bringen. »Nein«, lachte er. »Ob Ihr es glaubt oder nicht: Meine alten Knochen lassen sich noch klaglos in den Zugkorb bitten. Diese Mauern dienen allein dem Schutz vor gottlosen Wüstenräubern. Jede Kultur birgt ein paar Schurken. Und jetzt kommt.«

Er wandte sich von dem Gebäude mit dem goldenen Kuppeldach ab und stieg ihnen voran eine Treppe zur Basilika hinab. Das Gotteshaus war riesig und bildete schon von außen betrachtet einen enormen Kontrast zu den in schlichtem Grau oder Weiß gehaltenen Bauten um sie herum. Schon in der Vorhalle und noch mehr, als sie durch das erste der hohen, reich verzierten Portale in den Narthex eintraten, musste Robin angesichts von so viel Blattgold und Prunk blinzeln vor

Staunen. Damianos schob das zweite Portal auf und schritt ihnen durch das Mittelschiff voran. Er bedeutete Robin, Erek und sogar Salim, ihm auf dem Weg in Richtung des Altars zu folgen, doch Robin verharrte. Es stand ihr nicht zu, diesen Weg zu gehen, nicht als Mönch, nicht als Ritter und schon gar nicht als das, was sie unter der einen wie der anderen Maskerade *wirklich* war. Doch in diesem Kloster schien alles ein wenig anders, vielleicht besser zu sein als in der Welt außerhalb dieses Gemäuers, und so wiederholte der Abt mit einem weiteren Wink seine Einladung. Robin kam ihr mit zögerlichen Schritten nach, die Augen noch immer auf die prachtvollen Säulen gerichtet, die die Seitenschiffe vom Mittelschiff trennten. Ein hölzerner Dachstuhl ruhte darauf, dessen massive Balken in kräftigem Rot und glänzendem Gold leuchteten. Sie waren nur so übersät mit farbenfrohen Reliefs von Blumen sowie Land- und Seetieren; mehrere begnadete Künstler mussten ihr Leben nur der Gestaltung dieses Dachstuhls gewidmet haben. Auch der Altar war nicht bloß ein schlichter Marmorklotz und Mittel zum Zweck: Eine granitene Platte thronte auf sechs steinernen, hüfthohen Säulen unter der prachtvollen Apsis, in deren Mosaiken Jesus und einige Jünger sowie Moses vor dem brennenden Dornbusch abgebildet waren. Robin war ein wenig schwindelig – nicht bloß vor ehrfürchtigem Staunen, sondern auch, weil man in dieser wunderschönen Basilika mit dem Weihrauch ebenso großzügig umging wie mit der Kunst.

Der Abt ging seitlich des Altars auf die Knie und bekreuzigte sich vor einem steinernen, mit einem fein bestickten Leinentuch bedeckten Sarg. Die Szenerie auf dem Tuch zeigte eine junge Frau, deren Körper von mehreren Engeln auf einen Berg getragen wurde. Dort musste die heilige Katharina ruhen, deren Namen dieses Kloster trug. Die Ehrfurcht zwang Robin ebenfalls in die Knie. Erek tat es ihr gleich und bekreuzigte sich, obgleich Robin Wetten darauf hätte abschließen können, dass er nicht wusste, vor wem er sich verneigte. Sicherheitshalber flüsterte sie es ihm zu. Der heiligen Katharina als Christ einmal im Leben so nah zu sein, ohne darum zu wissen, wäre mehr als eine Schande gewesen. Erek erbleichte und bekreuzigte sich noch einmal, und Damianos lächelte stolz: »Unsere Vorgänger fanden ihren Leichnam hier auf dem Katharinenberg«, erklärte er. »Gott wollte es so. Und nun: Folgt mir.«

Als sie eine hohe Bronzetür im Seitenschiff rechts des Altars erreichten, fügte er hinzu: »*Zieh deine Schuhe aus von deinen Füßen, denn der Ort, darauf du stehst, ist ein heilig Land.*« Er ging mit gutem Vorbild voran und streifte sich die Sandalen von den Füßen. Erst dann trat er über die Schwelle und in eine kleine Kapelle hinein, an deren Rückseite er bald darauf eine schwere Holztür aufschob. Robin spürte ihr Herz vor Aufregung schneller schlagen, während sie über den kühlen Boden tappte. Gerade eben erst hatte sie vor dem Sarg der heiligen Katharina gekniet – was mochte sie nun erwarten, vor dem Damianos ihnen gebot, ihr Schuhwerk abzulegen?

Sie folgte dem Abt in einen kleinen, von hohen Mauern gesäumten Innenhof, der einzig durch die unscheinbare Holztür erreichbar zu sein schien. Keine Bank, keine Heiligenfigur, kein Kreuz und kein Pflanzenkübel zierten die kleine, zu zwei Dritteln gepflasterte Fläche, doch an der gegenüberliegenden Wand rankte ein uralter Busch mit gewundenem, verknotetem Astwerk an dem groben Mauerwerk empor. Ein Dornbusch. Robin spürte abwechselnd kalte und heiße Schauer über ihren Rücken laufen. Vor ihrem inneren Auge züngelten Flammen an den geschwungenen Ästen und Zweigen entlang, ohne ihnen jedoch einen Schaden zuzufügen, ohne Rauch zu atmen. Zusammen mit Erek ließ sie sich auf die Knie fallen, und dieses Mal musste sie ihm nicht eigens sagen, warum sie es taten. Sie knieten vor dem heiligen Dornbusch, aus dem Gottes Stimme zu Moses gesprochen hatte.

»*Und der Engel des Herrn erschien ihm in einer feurigen Flamme aus dem Busch*«, zitierte der Abt, während er ebenfalls niederkniete. »*Und er sah, dass der Busch mit Feuer brannte und ward doch nicht verzehrt.*« Er bekreuzigte sich und bedachte Salim, der voller Ehrfurcht und Unbehagen im Durchgang zurückgeblieben war, mit einem milden Lächeln. Dann zog er zu Robins Entsetzen eine kleine silberne Schere aus der Tasche seiner Kutte, schnitt einen der kleinen Zweige vom Baum und reichte ihn ihr. Robin blickte ungläubig darauf hinab. »Nehmt es an Euch«, forderte der Alte sie in sanftem Tonfall auf. »Auf dass es Euch mit Glück segne und Euch ein Leben lang an diesen wunderbaren Ort erinnere.«

Wieder einmal fühlte sich Robin dem Abt gegenüber schrecklich unwürdig – nicht um seiner Weisheit, sondern um der Lüge willen, mit der im Nacken sie ihm gegenüberstand. Hätte er ihr dieses kostbare Geschenk wohl gemacht, wenn er um ihre ganze Geschichte und ihre wahre Identität gewusst hätte? Gewiss nicht. Auch seine Toleranz musste irgendwo an ihre Grenzen stoßen – auch wenn dies nicht der falsche Glaube war, ihre Brüste waren es gewiss. Andererseits: Hätte der Allmächtige zugelassen, dass sie diesen heiligen Ort besuchte, wenn sie wirklich so schlecht und unwürdig war …?

Robin griff mit zitternden Fingern nach der Reliquie, riss einen Streifen Stoff aus ihrem Gewand und wickelte den Schatz darin ein, um fortan immer wieder sanft darüberzustreichen.

Von der übrigen Führung durch das Kloster der heiligen Katharina merkte sie sich nicht mehr allzu viel. Erst als sie die Bibliothek der Anlage erreichten, gelang es ihr, ihre volle Aufmerksamkeit wieder auf ihre Umgebung zu richten und sich ganz auf die Worte des Abtes zu konzentrieren.

»Bitte sehr. Ich würde es gern unseren ganzen Stolz nennen«, kommentierte Damianos, als sie durch ein Labyrinth aus verschiedenen Gebäuden, schmalen Holzstiegen und Gärten zu einem schlichten Haus hinter einer verloren wirkenden Mauer gelangten. Überall blätterte großflächig der Putz ab. »Aber … Nun ja.« Der Abt hob entschuldigend die Schultern. »Viel wichtiger ist schließlich, was sich *darin* befindet. Und ich bin mir sicher, es wird Euch nicht enttäuschen.«

Es gab keine Tür im Erdgeschoss, und Damianos geleitete sie eine Stiege aus flachen Stufen hinauf und durch eine schmale, spitz zulaufende Tür im ersten Geschoss. Staubige, trockene Luft und der unverwechselbare Geruch von jahrhundertealtem, in ledernen Buchbänden und brüchigen Pergamentrollen eingelagertem Wissen schlug Robin entgegen. Das Zimmer, das sie betraten, nahm das gesamte Obergeschoss ein, und von innen erschien es ihr bedeutend größer zu sein, als es, von außen betrachtet, möglich zu sein schien. Zu einer Seite hin fiel helles Sonnenlicht auf etliche Stehpulte; Tische und Stühle gab es nicht. An den anderen drei Seiten erstreckten sich lückenlos gefüllte Bücherregale bis unter die hohe Decke. Einige weitere Regalkonstrukte teilten den Raum in mehrere Korridore aus Wissen, Vermutungen, Ideen, Philosophien und lyrischen Texten. An mindestens ein Drittel der zahllosen Schriften gelangte man nur mithilfe einer wenig vertrauenerweckenden Leiter, die sich auf vier hölzernen Rädern durch die ganze Bibliothek bewegen ließ.

An eine der oberen Sprossen klammerte sich ein hagerer Mönch, dessen Greisengesicht fast bis zur Nasenspitze unter der Kapuze einer abgetragenen, schwarzen Kutte verschwand. Die verzogenen, schmalen Lippen zwischen dem wild wuchernden, aschgrauen Bart zeugten von wenig Begeisterung über die Störung.

»Bruder Jeremias«, grüßte der Abt. »Kommt und stellt Euch vor. Das sind Bruder Lucio, Robin von Tronthoff und sein Sklave Salim … Ich habe Euch von ihnen erzählt. Oh … Und das da hinten«, er deutete mit der schrumpeligen Linken auf einen weiteren Mönch, der in diesem Moment neugierig an einer Regalwand vorbeispitzelte, »ist Bruder Leon. Es tut mir leid, dass Ihr die Bibliothek nicht ganz für Euch allein nutzen könnt, weil sie allen Bewohnern frei zugänglich ist. Aber ich bin mir sicher, dass Ihr mit all meinen Brüdern gut zurechtkommen werdet.«

»Bruder Jeremias, Scriptor des Katharinenklosters.« Der Kapuzenmann kletterte widerwillig, wie es Robin schien, von der Leiter und verneigte sich knapp. Unter seinem linken Arm klemmte ein Buch, das sicherlich so viel wog wie ein drei Monate alter Säugling. »Wir entzünden kein Licht in der Bibliothek und schließen sie, wenn das Tageslicht dem Zweck des Lesens nicht mehr genügt. Speis und Trank lasst außerhalb der Mauern, und achtet die Ordnung in den Regalen.«

»Oh«, machte Robin und nickte pflichtschuldig. Der Gedanke, die folgenden Tage, vielleicht sogar Wochen, überwiegend im Beisein dieses staubigen Alten zu verbringen, behagte ihr nicht. Was sie von seinem Gesicht auszumachen vermochte, wirkte eingefallen und vertrocknet. Er schien keinen einzigen Zahn mehr zu besitzen, lispelte fürchterlich, und seine Augen im Schatten der großen Kapuze leuchteten in befremdlich hellem Blau, als gehörten sie einem Blinden oder gar Toten. Er war ihr unheimlich.

Damianos fixierte seinen Glaubensbruder auffordernd, bis dieser schließlich gehorsam hinzufügte: »Wenn Ihr Fragen habt, könnt Ihr Euch natürlich jederzeit an mich wenden.« Dann blickte er auf seine Zehen hinab und nuschelte: »Solange die Fensterläden geöffnet sind.«

Bruder Leon lachte und trat vollends hinter dem Regal hervor, einen Stapel eng beschriebenen Papiers in Händen: »Macht Euch nichts daraus. Bruder Jeremias ist ein guter Mann. Fragt ihn irgendetwas über bretonische Lyrik oder asiatische Familientraditionen, und schon blüht er auf und ist Euer bester Freund.« Leon war groß, stämmig, glatt rasiert, mittelblond und mochte gerade dreißig Jahre alt sein, vielleicht sogar jünger. Dass er gern lachte, davon zeugten die vielen Fältchen um seine grüngrauen Augen.

»Natürlich könnt Ihr auch Bruder Leon danach fragen«, brummte Jeremias. »Seit er seinen Brüdern des Zisterzienserordens im fernen Aquitanien den Rücken gekehrt hat, *lebt* er praktisch in meiner Bibliothek.«

»Oh«, wiederholte Robin. Offenbar stand ihr eine anstrengende Zeit bevor. Sie sandte Salim einen Hilfe suchenden Seitenblick, aber der Sarazene bemerkte es nicht. Er hatte etwas in einem der Regale erspäht, was ihn offenkundig verblüffte wie erfreute: einen Einband mit arabischen Schriftzeichen.

»Ich glaube, Ihr werdet hervorragend miteinander auskommen«, sagte der Abt, und zu Robins Erstaunen waren seine Worte frei von Ironie oder Sarkasmus. »Leider ruft mich nun die Pflicht. Ich wünsche Euch viel Erfolg bei Eurer Suche. Und wenn Ihr mich braucht, fragt nur Bruder Eurasius nach mir.«

Er nickte zum Abschied und verschwand. Robin verharrte einen Moment unschlüssig, doch es war Bruder Leon, der das bedrückte Schweigen brach: »Nun?«, erkundigte er sich und grinste in Richtung des greisen Mönches. »Was kann er für Euch tun?«

In den kommenden Tagen begriff Robin vor allen Dingen zweierlei: Mit Bruder Jeremias verhielt es sich tatsächlich ganz genau so, wie Bruder Leon behauptet hatte. Sobald man ihn irgendetwas über ein Buch, einen Text oder den Verfasser eines Textes fragte, erblühte er, strahlte unter seinem Bart über das ganze eingefallene Gesicht und gab Antworten, die getrost eine Stunde oder mehr in Anspruch nehmen konnten. In der Regel hatte man am Ende längst vergessen, was man eigentlich hatte wissen wollen, dem griesgrämigen Alten und dem eigenen Intellekt aber etwas Gutes getan: Man gab Jeremias die Gelegenheit, einen winzigen Teil seines schier unermesslichen Wissens nach außen zu kehren – auch wenn man selbst nur einen Bruchteil dessen auch wirklich aufzunehmen imstande war.

Die andere Sache, die Robin schnell verstand, war, dass die angeblich so gehütete Ordnung des Hauses ganz genau da endete, wo die Bibliothek *wirklich* begann. Und sie begann im Untergeschoss, welches nur über eine unscheinbare Bodenklappe in der Schreibstube zu erreichen war.

Denn nach einem durfte man Bruder Jeremias nicht fragen: nach den Schriften des Plinius. Nachdem Robin erzählt hatte, wonach sie suchten, führte der Alte sie wortlos in die fensterlose Etage hinab. Zunächst fragte sich Robin im Stillen, ob es sich hierbei um einen schlechten Scherz handeln sollte, denn schließlich waren Öllampen, Kerzen oder gar Fackelschein ja untersagt – und wenn es nach Jeremias gegangen wäre, stünde auf derlei vermutlich gar der Tod auf dem Scheiterhaufen. Dann aber offenbarte der Mönch Robin, Salim und Erek ein Beleuchtungssystem, wie Robin es nie zuvor gesehen hatte: Gleißende Helligkeit teilte das grauschwarze Zwielicht, als der alte Mönch einen Spiegel aus sorgsam poliertem Silber über der Leiter in der Schreibstube so drehte, dass er das Tageslicht der großen Fenster im Obergeschoss einfing und zur Luke hin umlenkte. Dort traf es auf einen weiteren großen Spiegel, der sich nach Belieben drehen ließ, sodass sich das Licht in jeden beliebigen Winkel des Raumes lenken ließ. Ein dritter Spiegel an der gegenüberliegenden Wand vervollständigte das komplexe, aber effektive System. Robin sah sich ehrfürchtig in dem Raum voller Regale, zum Teil mannshoher Bücherstapel und rautenförmiger Holzmöbel um, in denen zahllose Schriftrollen lagerten. Vergebens versuchte Robin, irgendein Prinzip auszumachen, nach dem die Bücher und zum Teil uralten und in Lederhüllen verpackten Schriftrollen sortiert waren – eine alphabetische Ordnung, zum Beispiel, oder eine thematische oder wenigstens eine, die sich nach den Sprachen oder dem Alter oder dem Kulturkreis richtete, in denen die Schriften verfasst worden waren. Aber sie fand nicht den geringsten Anhaltspunkt. Es schien, als wären all die Bücher, ob in vergilbtes Leinen oder edelstes, teilweise gar mit Gold beschlagenes und mit Edelsteinen besetztes Leder gebunden, vollkommen willkürlich hier abgeladen worden. Jeremias hingegen nutzte die Gelegenheit, um zielsicher an ihr vorbeizuschreiten, einen umfangreichen, hebräischsprachigen Wälzer aus einem Bücherstapel und eine Schriftrolle aus einem rautenförmigen Regal zu ziehen und sich kommentarlos wieder an den Aufstieg zu machen, als hätte er einfach vergessen, dass er nicht allein hierhergekommen war. Robin vermutete, dass er alles, was sich hier unten befand, nach einem Prinzip geordnet hatte, das außer ihm überhaupt niemand verstand.

»Wartet!«, rief sie ihm hoffnungsvoll hinterher. »Ihr habt uns noch gar nicht gesagt, wo wir die Schriften finden!«

»Die Schriften.« Jeremias hielt kurz inne, kratzte sich am Hinterkopf, als müsste er angestrengt nachdenken, wovon Robin sprach, und zuckte schließlich die Achseln. »Ach ja. Die Schriften … Pilimus, Pirius …«

»Plinius«, half Erek nach. Er klang stolz dabei – gewiss, weil er sich den Namen des fremden Schreibers gemerkt hatte. Darüber hinaus würde er Robin voraussichtlich keine große Hilfe sein, denn Erek war weder des Lesens noch des Schreibens mächtig.

»Oh, ja … *Plinius*«, wiederholte Jeremias spöttisch, und Robin seufzte leise. Natürlich hatte der Scriptor den Namen nicht wirklich vergessen, kannte vielleicht sogar den genauen Wortlaut der gesuchten Schriften von der ersten bis zur letzten Zeile. Dennoch – oder auch genau deshalb – wedelte der Alte abfällig mit der freien Linken auf einen der höchsten und unordentlichsten Bücherstapel. »Irgendwo dort unten.« Und damit wandte er sich endgültig ab und kehrte in die Schreibstube zurück. Gottergeben machte sich Robin auf die Suche, und Salim half ihr dabei, im Licht der Spiegel die Titel auf den Buchrücken zu entziffern.

Bis zum folgenden Vormittag gingen sie nicht nur diesen ersten, sondern auch mindestens sechs weitere der zahllosen Bücherberge der Bibliothek mühselig durch und entzifferten auch eine große Zahl der kleinen Pergamentstreifen, die an den Schriftrollen in den Regalen baumelten. Sie entdeckten ein kleines Stehpult mit einem Buch, dessen Pergamentseiten in Purpur gefärbt, mit Gold beschrieben und kunstvoll illustriert waren – eine Ausgabe der vier Evangelien, ein Geschenk des Kaisers von Byzanz, wie Leon, der sich anfangs eifrig an ihrer Suche beteiligte, stolz berichtete. Sie entdeckten Bücher und Schriftrollen in den verschiedensten Schriftarten und Sprachen, in allen erdenkbaren Formen und Farben und sogar eine Handvoll fremdartiger Bücher mit dünnen Holzscheiben anstelle von Seiten, die nicht etwa beschriftet, sondern gekerbt waren. Doch nirgendwo erspähten sie den Namen des Plinius, und jedes Mal, wenn Robin dem Alten mitteilte, dass sie auch im letzten Stapel nichts gefunden hatten, entschuldigte er sich mit aufgesetzt schusseliger Miene und fast senilem Blick und deutete knapp auf einen anderen Stapel. »Dann werden sie wohl dort drüben sein …«

Es war zum Verrücktwerden. Erek hatte sich bereits am Vortag abgesetzt, weil er sich langweilte zwischen all dem Papier mit den Zeichen, die er nicht verstand, und Leon unterstützte ihre Suche zwar nach Kräften, aber vergebens.

Am frühen Nachmittag des zweiten Tages schließlich fiel Salim auf, dass der Raum, in dem sie suchten, ausschließlich christliche Texte barg. Selbst jene, die in fremden Sprachen und Schriften verfasst waren, beschäftigten sich, spätestens auf den zweiten Blick, ausschließlich mit dem christlichen Glauben; Bibeltexte, theoretische Schriften von Kirchenphilosophen, Briefe zwischen verschiedenen Patriarchen, schriftliche Fassungen der Ordensregeln zahlloser christlicher Orden, von denen Robin zum Teil noch nie etwas gehört hatte, Evangelien in den verschiedensten Sprachen und Fassungen und noch vieles, vieles mehr. Aber nichts, was auch nur im Entferntesten mit Medizin zu tun hatte. Nicht einmal Lyrik aus fremden Kulturen, obgleich es solche im Obergeschoss in erstaunlichen Mengen gab. Robin war tatsächlich gerade im Begriff, endgültig die Nerven zu verlieren und zu Bruder Jeremias hinaufzusteigen, um ihn so lange zu schütteln, bis er ihnen *wirklich* half, als Salim noch etwas anderes, nicht minder Interessantes entdeckte. Im ersten Moment begriff Robin nicht, was Salim ihr zeigen wollte, doch dann sah sie es. Eine hölzerne, rechteckige Platte, die mit ihren Eisenbeschlägen jener, mit der sich der Zugang zum Untergeschoss versperren ließ, wie ein Ei dem anderen glich: eine zweite Falltür! Sie lag fast zur Hälfte verborgen unter einem hüfthohen Bücherberg und befand sich in einem der wenigen Winkel des Raumes, zu dem das reflektierte Licht keinen Zugang fand. Robin verzog verärgert das Gesicht, begann ungeduldig, die dicken Wälzer beiseitezuräumen, und rief ungehalten nach dem Scriptor. Verdächtig langsam kam er herabgestiegen – ebenso wie er sich verdächtig schusselig zu stellen pflegte, sobald eine Frage die von ihnen gesuchten Schriften betraf. Und so stieß er erst dazu, als die Klappe bereits freigeräumt war und Salim sie anhob.

»Was ist das?«, schnarrte Robin.

»Was?« Der Scriptor bekam zu seinen Gedächtnisproblemen plötzlich auch noch einen erheblichen Sehfehler. Immerhin war die Klappe nun, da die Bücher dem Licht nicht mehr im Weg standen, absolut nicht mehr zu übersehen. Robin funkelte ihn zornig an. »Oh, das …« Jeremias tat eine wegwerfende Handbewegung. »Eine Bodenklappe.«

»Das sehe ich selbst.« Robin trat um den Greis herum, um zu verhindern, dass er gleich wieder in die Schreibstube zurückkehrte. »Und wohin gelangt man durch diese Bodenklappe?«

»In den Keller.« Der Scriptor rollte die Augen, und Robin tat es ihm gleich.

»In einen Keller mit weiteren Büchern«, stellte Salim fest.

»Keine wichtigen«, behauptete Jeremias. Dann rümpfte er die Nase und fügte missmutig hinzu: »Um nicht zu sagen solche, die so unwichtig sind, dass sie besser nie geschrieben worden wären.«

»Bitte verratet mir«, erkundigte sich Robin lauernd und mit vor der Brust verschränkten Armen, »gehören die Schriften des Plinius Eurer Meinung nach zufällig auch zu den Büchern, die besser nie geschrieben worden wären ...?«

Der Alte schnaubte. »Plinius, Strabo, Herodot«, lamentierte er. »Alles Lügen! Warum haltet Ihr Euch nicht an die Weisheiten des Kosmas Indikopleustes? Ein wahrhaft kluger Mann, der die Welt mit den Augen eines Christenmenschen betrachtet hat!«

Robin rang um ihre Fassung. Dieser ranzige Alte hatte doch tatsächlich die ganze Zeit über gewusst, dass sie diesen riesigen Raum vollkommen vergebens absuchten! Wahrscheinlich hatte er sich vor gehässigem Lachen kaum auf seiner Leiter halten können, während sie hier unten Regal um Regal und Stapel um Stapel nach den Schriften des Plinius durchkämmten, die er ihnen aus dem einzigen Grund vorenthielt, dass er persönlich nichts davon hielt.

»Mitkommen!«, bestimmte sie mühsam beherrscht und scherte sich nicht darum, ob es ihr als Gast zustand, in diesem gebieterischen Tonfall mit dem Katharinenmönch zu reden oder nicht. Als christlichem Gast, zudem mit einer Bitte des Königs und einem Erlass des Erzbischofs in der Tasche, standen ihr schließlich auch deutlich mehr Entgegenkommen, Hilfsbereitschaft und Ehrlichkeit zu. Und so bedeutete sie dem Alten, das komplizierte Silberplattensystem, das sich im Keller fortzusetzen schien, einzurichten und ihnen voran hinabzusteigen.

Nachdem sie den Zustand im Untergeschoss insgeheim bereits als unübertreffliches Chaos bezeichnet hatte, fehlten ihr nun die Worte. Es war, als klagte man über Kameldung unter seinen Stiefeln, bevor man rücklings in eine Jauchegrube stolperte. Auch hier unten fand sich eine außerordentliche Vielfalt von Büchern und Schriftrollen. Aber die Lichtverhältnisse waren so schlecht, dass man die Nase beinahe auf die Einbände drücken musste, um die Titel darauf entziffern zu können. Was hier abgeladen worden war, hatte man nicht gestapelt, sondern einfach nur auf Berge geschmissen. Es gab kein einziges Regal, und in vielen Fällen ließ sich nicht einmal mehr abgrenzen, ob ein Buch nun zu diesem oder jenem Berg gehörte. Einige dieser Berge waren so hoch, dass Robin mindestens einen Hocker benötigen würde, um ein Buch oder eine Schriftrolle an der Spitze zu erreichen. Oder ein loses Blatt.

Zu ihrem Entsetzen waren nämlich nicht wenige der hier gelagerten Schriften so zerrupft, dass ihre brüchigen, teils hauchdünnen Seiten den Büchern, zu denen sie gehörten, kaum mehr zugeordnet werden konnten. Robin bedachte Bruder Jeremias mit einem vorwurfsvollen Blick, doch dieser gab sich gleichgültig: »Ich weiß nicht, warum wir das alles überhaupt verwahren müssen«, brummte er.

Robin atmete zweimal tief ein und nickte dann mühsam beherrscht. »Gut«, sagte sie. »Und wo sind nun die Schriften des Plinius, die man eigentlich überhaupt nicht verwahren muss, weil sie am besten überhaupt nie geschrieben worden wären?«

»Irgendwo dort unten«, riet Salim grinsend, aber Robin war absolut nicht nach Scherzen zumute. Sie hatten gut anderthalb Tage wegen der Sturheit des Scriptors verloren, und das war ihrer Meinung nach mehr als genug.

Jeremias schien jedoch anderer Meinung zu sein. »Ihr sagt es«, seufzte er, und zu Robins Entsetzen klang es ehrlich.

»Ungefähr …?«, hakte sie dennoch nach, doch der Alte hob die Schultern. »Ungefähr auf der linken Seite. Glaube ich.«

Robin suchte seinen Blick im Schatten seiner Kapuze, fand ihn sogar und bohrte den ihrigen hinein, doch der Scriptor hielt ihr mühelos stand. »Ich weiß es wirklich nicht«, bekräftigte er.

Robin seufzte. Einerlei, ob er nun ein ausgesprochen guter Lügner war oder die Wahrheit sprach: Sie würde nicht mehr aus ihm herausbekommen, weil er seiner Meinung nach sowieso schon viel zu viel gesagt hatte. Sie presste die Lippen aufeinander und begann mit düsterer Miene, den erstbesten Stapel zu durchsuchen.

»*Lass uns leben, Lesbia, und lieben!*« Salim grinste hinter einem Bücherberg hervor. Er hielt eine brüchige Schriftrolle in der Hand und hatte einen Blick aufgesetzt, den Robin von ihm nur von Gelegenheiten kannte, zu denen sie vollkommen allein miteinander waren. Und meistens auch nackt.

»Catull!«, grunzte der Scriptor und rümpfte angewidert die Nase. Selbst in dem schlechten Licht konnte Robin erkennen, wie sich seine Haut unter Kapuze und Bart rötete. Der Text, den Salim auf Arabisch übersetzt zitierte, musste in enorm großen Buchstaben verfasst sein. Robin jedenfalls musste sich wirklich bemühen, um auch nur die einzelnen Buchtitel ausmachen zu können.

»*Was die allzu spießigen Alten reden, soll uns alles nicht eine Münze wert sein!*«, trug Salim mit theatralischen Gesten weiter vor. »*Gib mir tausend und darauf folgend hundert Küsse. Dann noch tausend und noch ein zweites Hundert. Und so immerzu tausend und noch hundert …*«

Bruder Leon, der mit ihnen in den Keller hinabgestiegen war, schob den Scriptor einfach beiseite und trat hinter Salim, um neugierig über dessen Schulter zu blicken.

»Verderbter Heidenkram!«, schimpfte Jeremias.

»Wie wahr, wie wahr …« Leon bemühte sich um einen unschuldigen Blick, griff nach einer weiteren Catull-Schrift und zitierte seinerseits in fließendem Französisch: »*Du geiler Bock,*

*Thallus, noch weicher als das Haar eines Hasen und als Gänseknochenmark und Ohrläppchen und als von einem Greis das Glied und staubige Spinnweben ...* Fürchterlich. Ganz und gar verwerflich.« Er nickte etwas zu heftig. Jeremias wirkte, als könnte er sich nicht entscheiden, ob er nun lieber im Boden versinken oder mit einem lauten Knall platzen wollte. Salim riss derweil Leon die Rolle förmlich aus der Hand, und der junge Mönch bückte sich gleich nach einer dritten.

»*Und dennoch, Thallus, reißender als Sturm und Unwetter ...*«, begann Salim, und Robin hielt sich die Ohren zu. Aber es half nichts. Leon stieß dem Sarazenen mit dem Ellbogen in die Seite, um aufgeregt seinerseits ein paar Verse vorzutragen. »Oder hier: *Du meine holde und schöne Ipsitilla, meine Freude und Lust und Wonne, bitte lass mich bei dir die Mittagsruhe verbringen ...* Wie schrecklich. Mir war nicht klar, welch umfangreichen Einblick man sich in dieser Bibliothek über das wahre Ausmaß der Verderbtheit der Heiden verschaffen kann ...«

»*Bleibe lieber daheim, sei vorbereitet, dass wir neunmal es ohne Unterbrechung schaffen ...*« Salim grinste noch breiter. Jeremias aber keuchte auf, fuhr auf dem Absatz herum und brachte das Kunststück fertig, die Sprossen der Leiter hinaufzustampfen.

»Salim!«, schalt Robin, doch mittlerweile schienen Salim und Bruder Leon ein Herz und eine Seele zu sein: »*Denn ich leg mich nach dem Essen satt hin und da durchstoße ich dann Tunika und Umhang.*« Nun grinsten sie beide.

Robin rang um Fassung und wandte sich schließlich wütend von den beiden fröhlich weiter aus den Schriften des Catull vorlesenden Männern ab. Als sie erfuhr, dass die Sammlung von Schriften, die besser nie geschrieben worden wären, mindestens einhundertsechzehn Gedichte umfasste, war sie kurz davor, aufzugeben. Denn wie es schien, war sie bei ihrer Suche nach den Schriften des Plinius wohl bis auf Weiteres auf sich allein gestellt.

# 14. KAPITEL

Als die Glocke irgendwann zum Mittag läutete und Salim und Leon sich mit den anderen Bewohnern des Klosters zum gemeinsamen Essen im Speisesaal versammelten, wusste Robin, dass Catull den Hintern des Sohnes eines gewissen Vibennius für *recht gefräßig* hielt, Odysseus einst eine weite Reise getan und ein ihr unbekannter König seine eigene Tochter in ein Hurenhaus gegeben hatte – zumindest, wenn es nach den Worten des Herodot ging. Von den Weisheiten des Plinius jedoch fehlte ihr noch immer jede Spur. Es war wirklich zum Wahnsinnigwerden. Zahlreiche unbetitelte Schriftrollen steckten in Hügeln von Büchern, und überall flogen lose Blätter herum. Die Schriften waren in Latein, Arabisch, Griechisch und zahlreichen anderen Sprachen und Mundarten verfasst, von denen Robin häufig nicht ein einziges Wort verstand. Und bald stellte sie zu allem Überfluss auch noch fest, dass der Einband eines Buches nicht zwingend im Zusammenhang mit dem Inhalt stehen musste: Manchmal waren sämtliche Blätter aus einem Band gerissen und der Platz zwischen den Buchdeckeln scheinbar willkürlich mit herumfliegendem Papier jedweder Herkunft gestopft worden. Wie sollte sie in diesem unglaublichen Durcheinander jemals irgendetwas finden?

Als Salim und Leon vom Essen zurückkehrten, trieb es sie

mit einem Lausbubengrinsen in trauter Eintracht sogleich wieder an ihren Stapel fürchterlich anstößiger Schriften. Kurz steckten sie die Köpfe zusammen, dann begannen sie erneut, einander in ihren Augen besonders denkwürdige Stellen zu zitieren. Anfangs hatten Robin diese noch beschämt, inzwischen aber war sie nur noch entnervt darüber und beschloss, dass auch sie eine Mittagspause gut gebrauchen könnte. Sie warf einen letzten, seufzenden Blick auf die unscheinbare, in sprödes Leder gebundene Schriftrolle, die sie gerade aus dem Stapel gefischt hatte, und war schon drauf und dran, sie gereizt auf den Hügel zurückzuschleudern, als ihr Blick auf den kleinen Zettel fiel, der an einem Bändchen daran baumelte. *XXXI. Buch der Naturalis historia*, stand in lateinischer Sprache und unordentlicher Handschrift darauf geschrieben. *Die Schriften des Plinius*.

Robin hätte juchzen können vor Freude. Stattdessen prägte sie sich den Fundort der Abschrift ein, klemmte sie sich unter den Arm und kletterte in die Schreibstube hinauf, um sie sich in aller Ruhe anzusehen. Wenn Salim und Leon sich lieber mit anstößigen Texten vergnügten, anstatt ihr bei ihrer Suche behilflich zu sein, konnten sie ruhig noch ein wenig schmoren. Beim Betreten der Schreibstube ignorierte sie Bruder Jeremias, wurde von ihm gleichermaßen ignoriert, und suchte sich einen Platz an einem der Stehpulte vor den großen Fenstern. Dann zog sie das dünne Pergamentpapier aus der ledernen Hülle und rollte es vorsichtig ein Stück weit auf. Ihr Herz ritt Galopp, als sie den Titel in der Kopfzeile übersetzte: *Über die Thematik von Wasser mit wunderbarer Wirkung für den Körper und über Heilquellen*. Das musste es sein!

Fast schien es ihr, als könnte sie König Balduins zufriedenes Lächeln hinter sich spüren, während sie aufgeregt weiterlas. Es war ein anstrengender Text mit vielen Begriffen, aus denen sie zunächst mühsam die Wortstämme filtern musste, um überhaupt irgendetwas mit ihnen anfangen zu können. Doch je länger sie sich damit beschäftigte, umso leichter fiel es ihr. Wieder einmal war sie voller Dankbarkeit um die Zeit in Abbés Obhut, während der sie so viel gelernt hatte. Sie hatte damals nicht geahnt, wie nützlich es ihr einst noch sein würde. Nach einer kleinen Weile fand sie sich wieder so gut mit der lateinischen Sprache zurecht, dass sie einmal sogar einen Grammatikfehler in einem Satz des Plinius ausmachte.

Das sollte allerdings für lange Zeit ihr letztes Erfolgserlebnis bleiben.

Zwar entdeckte sie tatsächlich eine Empfehlung des Plinius, wie Aussatz zu behandeln sei, aber diese beschrieb lediglich, dass man sich *vor Eintritt des Fieberfrostes mit Öl und Salpeter salben* sollte. Erfreulicherweise half das angeblich nicht nur gegen den schrecklichen Aussatz, sondern auch gegen Sommersprossen. Robin rollte die Augen, ließ sich aber nicht so schnell entmutigen. Und als es dämmerte und Bruder Jeremias bereits angekündigt hatte, gleich die Fensterläden – und damit auch die Bibliothek – zu schließen, stieß sie endlich auf einen vielversprechend beginnenden Absatz.

*Von den Königen Ägyptens heißt es,* so stand da geschrieben, *dass sie in alter Zeit ihren Leib mit dem Blut Erschlagener bestrichen, um den Aussatz zu vertreiben. Wirksamer noch war aber das Wasser des Lebens, das sie aus weiter Ferne holen ließen.* Robin nagte vor Ungeduld an ihrer Unterlippe und rollte das Pergament weiter auf: *Trank man davon in ausreichender Menge, vertrieb es jede Krankheit und heilte alle Wunden. So sehr stärkte es den Körper, dass er selbst nach dem Tode nicht vergehen wollte. Wer das Wasser des Lebens finden wollte, der musste den Nil hinabreisen …*

Robin rollte das Papier weiter auf, und es entglitt ihren zitternden Fingern mit einem knisternden Geräusch und rollte sich wieder zusammen. Sie zog ungeduldig an der unteren Kante der Rolle – und ihr Herz setzte für die Dauer von zwei, drei Schlägen einfach aus. Der Text ... endete an dieser Stelle einfach! Die Schriftrolle bestand aus miteinander verklebten Papyrusblättern, und eine schmutzige Spur am unteren Ende der Rolle deutete darauf hin, dass hier einst mindestens noch ein weiteres Stück befestigt gewesen war.

Robin griff nach der ledernen Hülle, in der die Schriftrolle gesteckt hatte, und schüttelte sie ungehalten. Und es geschah, womit sie eigentlich überhaupt nicht gerechnet hatte: Aus der Lederrolle flatterte ein loses Blatt – ein weiteres Stück der Abschrift, ganz gewiss. Sie hob es vom Boden auf und rollte es auseinander: ... *die heißen Quellen Thraciens aber,* begann ein anderer Text so unvermittelt mitten im Satz, wie der letzte der ersten Rolle geendet hatte, *vermögen das Rheuma aus den Knochen zu treiben, und es ist dem Leib sehr bekömmlich, dort zu baden ...*

Kein Wort mehr von Aussatz und von dem Wasser des Lebens. Robin hätte heulen können. Ihr erster, fürchterlicher Verdacht beim Anblick der schmutzigen Klebespur am unteren Rand der ersten Schriftrolle bestätigte sich: Irgendjemand hatte Zensur an der vielleicht letzten existierenden Abschrift der Werke des Plinius betrieben und ganz genau jene Stelle aus dem restlichen Text entfernt, die den Weg zu der Quelle beschrieb, aus der das sagenhafte Wasser des Lebens sprudelte. Das Wasser, das König Balduin heilen und sein Leben retten konnte. Verflucht – warum konnte er nicht einfach unter schlimmem Rheuma und hässlichen Sommersprossen leiden! Robin schämte sich für den Gedanken und war zugleich maßlos enttäuscht.

Bruder Jeremias öffnete das erste Fenster und schlug die erste der hölzernen Klappen so laut zu, dass auch die Männer im Keller es hören mussten. Dabei war es noch lange nicht zu dunkel zum Lesen. Aber was nutzte es schon? In dieser Bibliothek würde sie ihrem Ziel ohnehin keinen Deut näher kommen. Sie schob das Papier in die Rolle zurück, steckte sich Letztere in einen Ärmel ihres Gewandes und stampfte mit hängenden Schultern aus dem Raum – nicht ohne Jeremias mit einem letzten, vernichtenden Blick versehen zu haben. Sie hätte Wetten darauf abschließen können, dass kein anderer als er diesen bedeutenden Text zur Unbrauchbarkeit verstümmelt hatte. Aber beweisen konnte sie das natürlich nicht.

Für den Rest des Tages schloss sie sich in ihre Kammer ein und ließ nicht einmal Salim zu sich herein.

Sie erwachte mitten in der Nacht auf ihrem schmalen Bett, weil sie ein unangenehmes Ziehen im Oberbauch verspürte. Mit einem Schlag war sie hellwach, setzte sich auf und schaute beunruhigt an sich selbst hinab. Das Ziehen wiederholte sich, und sie stellte beruhigt fest, dass es sich in Wirklichkeit in ihrem Magen abspielte. Ihr fiel ein, dass sie seit dem Frühstück nichts mehr gegessen hatte. Das Kind in ihrem Bauch hingegen schien friedlich zu schlafen, zumindest regte es sich nicht spürbar.

Sie hatte immer noch nicht mit Salim gesprochen, und darum tat es ihr jetzt leid, ihn am Abend nicht hereingelassen zu haben. Es tat ihr weh, noch immer allein mit ihrem Geheimnis zu sein, und es machte ihr vor allen Dingen Angst. Wie lange würde sie es noch vor dem Rest der Welt verbergen können? Und wie lange würde sie es noch in sich tragen? Saila hätte es ihr sagen können. Aber ihre treue Dienerin und Vertraute war unendlich weit weg. Wie konnte sie Balduins Erster Ritter sein und ihm das Leben retten, wenn sie ihr Kind nicht mehr unter dem Herzen trug, sondern auf dem Arm?

Würde es sehr wehtun? Starben Frauen häufig, während sie ihre Kinder zur Welt brachten? Konnten Frauen, die sich wie Männer verhielten, Kinder zur Welt bringen?

Robin stand auf und begann unruhig in der kleinen Kammer auf und ab zu schreiten. Sie durfte sich nicht verrückt machen. Aber sie durfte auch nicht im Bett liegen und darauf warten, dass von ganz allein irgendetwas geschah, was sie weiterbrachte. Weil nichts geschehen würde, außer dass sie wertvolle Zeit verlor, die sie am Ende ihrer Reise, am Ende ihrer Schwangerschaft, noch sehr dringend brauchte. In die Bibliothek zurückzukehren hatte keinen Sinn – nicht weil sie sich im Notfall nicht getraut hätte, gegen die Regeln zu verstoßen und eine Laterne zu entzünden, sondern weil sie sich völlig sicher war, dass Jeremias oder wer auch immer die fehlenden Seiten nicht aus der Abschrift entfernt hatte, um sie trotzdem in der Bibliothek zu verwahren. Entweder war der fehlende Text sehr gut versteckt worden, oder – und Robin wagte diese Möglichkeit kaum zu erwägen – jemand hatte ihn vernichtet … Was also sollte sie tun?

Robins Blick fiel auf das hölzerne Kreuz an der Wand über ihrem Bett. Sie befand sich im Kloster der heiligen Katharina; einer Frau voller Tugend, Standhaftigkeit und Glauben. Einer Heiligen. Einer Frau …

Sie würde zu ihr beten, sie um Hilfe bitten – und um Verständnis. Hatte sie denn je irgendetwas Verwerfliches getan, wenn es nicht für Gott oder aus größter Not oder für jemanden gewesen war, dem Gott besonderen Wert zugestehen musste? Robin war sich nicht sicher. Aber der Ausgang ihrer Mission, ihr Schicksal und das ihres ungeborenen Kindes würden ihr diese Frage eines Tages beantworten.

Sie schlüpfte in ihre Stiefel, schlich auf leisen Sohlen über den Flur, huschte im sporadischen Licht der Fackeln und der silbrigen Mondsichel durch das Labyrinth aus Gebäuden, Stiegen und Tunneln und schließlich die Treppe zur Basilika hinab. Dann schob sie die Portale, eins nach dem anderen einen Spaltbreit auf, um hindurchzuschlüpfen. Ihr Ziel war der Schrein der heiligen Katharina, der Sarg, in dem ihre Gebeine ruhten.

Aber die heilige Katharina verbrachte die Nacht nicht

allein. Sie hatte Besuch – und ihr Gast war ganz und gar nicht erfreut, zu nächtlicher Stunde an ihrem Sarg erwischt zu werden. Zumal er keineswegs davor kniete, um sich einem gottesfürchtigen Gebet anheimzugeben. Auch hatte er keine Opferkerze entzündet, sondern eine stark rußende, flackernde Fackel, die er, als er zu Robin herumwirbelte, zudem um ein Haar fallen ließ. Was fatal gewesen wäre, denn auf dem Boden zu seinen Füßen lag das bestickte Tuch, das zuvor über dem Sarg der Katharina ausgebreitet gewesen war.

»Leon?« Robin schüttelte verwundert den Kopf und schritt langsam durch den Kreuzgang auf den Zisterziensermönch zu. Sie blickte stirnrunzelnd auf das Laken zu seinen Füßen hinab. »Was tut Ihr hier?«

»Ich? Nichts! Oh … das …« Er schaute schuldbewusst auf das Laken hinab. »Das … Nun … Mir schwindelte plötzlich, und da habe ich nach Halt gesucht und …« Er deutete ein Schulterzucken an, stellte fest, dass er nicht anständig mit den Schultern zucken konnte, weil er irgendetwas hinter seinem Rücken verbarg, und schüttelte dann verlegen den Kopf.

Robin erspähte noch etwas anderes, Ungewöhnliches wie an diesem ehrwürdigen Ort und zu dieser nächtlichen Zeit ungemein Unangemessenes auf dem steinernen Boden nahe des Schreins, und sie begann Schreckliches zu ahnen. Im Schein der flackernden Flamme glänzte da das gezackte Blatt einer kleinen, aber gewiss gefährlichen Säge. Er hatte doch wohl nicht …?!

Sie zog scharf die Luft zwischen den Zähnen hindurch ein und maß den Mönch mit einem strengen Blick. »Was verbergt Ihr hinter Eurem Rücken, Bruder Leon?«

»Nichts. Es ist …« Der Zisterzienser schluckte, schüttelte sich kurz und ließ den Blick zu Robins Seiten über die Gebetsbänke huschen, als überlegte er insgeheim, welchen Fluchtweg er wohl gleich wählen sollte. »Es ist nur so, dass … dass mein Gewand einen Schaden genommen hat, als ich stürzte«, stammelte er unbeholfen. »Ich … ähm … halte die Nähte zusammen.«

»Lasst sie nur los. Ich sehe Euch nur von vorn«, erwiderte Robin ungerührt. Der Mönch schüttelte den Kopf und trat unbehaglich von einem Fuß auf den anderen. »Bitte. Zeigt mir Eure Hände«, verlangte Robin mit etwas mehr Nachdruck. Sie wusste längst, was hier geschehen war, obwohl sie kaum fassen konnte, dass der freundliche, junge Geistliche zu einer solch verabscheuungswürdigen Tat in der Lage war. »Oder habt Ihr Euch etwa an den Gebeinen …«

»Wie könnte ich!«, entfuhr es Leon.

»… der heiligen Katharina vergangen?«, führte Robin ihre Frage zu Ende. Sie hatte lauernd klingen wollen, vorwurfsvoll und tadelnd. Aber vor allen Dingen klang Robin in diesem Moment sehr traurig. Leon war gewiss nicht der erste Geistliche, der eine Reliquie stahl oder schändete, um einen Teil davon für viel Geld zu verkaufen. Aber er war einer der Letzten in diesen Gemäuern, dem sie etwas so Gottloses zugetraut hätte. Ihr Blick bohrte sich in den des Zisterziensers, während sie ihm fordernd eine Hand entgegenstreckte.

»Wie könnte ich …«, wiederholte Bruder Leon etwas leiser, aber der Klang seiner Stimme strafte seine Worte Lügen. Einen unbehaglichen Moment lang standen sie einander reglos und stumm gegenüber. Dann gab der Geistliche sich einen Ruck und offenbarte Robin, was er tatsächlich in der Linken hielt. Es war ein Fuß der heiligen Katharina.

»Ihr wolltet ihn verkaufen!«, stellte Robin fest, während sie in einer Mischung aus Demut, Ekel und Schrecken zurückwich. Der Anblick der ledrigen, trockenen Haut über den auf Höhe des Knöchels abgesägten Knochen der Heiligen entsetzte sie, verursachte ihr Übelkeit und brach ihr fast das Herz. Dennoch stutzte sie kurz, als sie die noch erstaunlich gut erhaltene Haut an der Reliquie sah. Ob die heilige Katharina wohl einst vom Wasser des Lebens gekostet hatte …? Unsinn, schalt sie sich.

Dass die Körper von Heiligen wie Katharina nach ihrem Tode nicht verwesten, war schließlich hinlänglich bekannt.

»Nein, ich wollte sie bestimmt nicht verkaufen.« Leon schüttelte den Kopf so nachdrücklich, dass selbst ein Blinder ihm mit viel gutem Willen nicht geglaubt hätte. »Ich ... wollte es für mich. Ich armer Sünder. Ich lege es zurück.« Er fuhr herum, schob den schweren Sargdeckel mit einem kräftigen Ruck beiseite und legte den Fuß sorgsam zu den übrigen Gebeinen der Katharina, ehe er den Schrein verschloss und auch das Tuch wieder darüber ausbreitete. Dann bat er leise: »Bitte verratet mich nicht.«

Robin verschränkte die Arme vor der Brust und bedachte den Zisterzienser mit einem langen, nachdenklichen Blick. Er hatte sich an dem vielleicht größten Schatz vergriffen, den dieses Kloster besaß – an dem Fundament, auf dem es errichtet worden war. Aber Robin mochte Bruder Leon, auch wenn er ihre Nerven am vergangenen Vormittag zusammen mit Salim auf eine harte Zerreißprobe gestellt hatte. Warum hatte sie nicht den griesgrämigen, gemeinen Scriptor mit der Säge am Schrein der heiligen Katharina erwischen können? Dann hätte sie jetzt ohne zu zögern aus der Kirche stampfen und den Abt unterrichten können.

»Bitte ...«, flehte Leon. »Ich würde ... Im Gegenzug könnte ich Euch vielleicht bei Eurer Suche nach diesen Schriften unterstützen, nach denen es Euch so sehr drängt.«

»Tut Ihr das nicht schon die ganze Zeit?« Robin spielte Erstaunen. »Ihr habt Euch doch wohl nicht zum reinen Zeitvertreib mit diesen abscheulichen und gotteslästerlichen Texten im Keller der Bibliothek abgegeben. Oder?«

Leon bemühte sich, empört zu klingen: »Bestimmt nicht!« Dann aber senkte er beschämt das Haupt. »Gut. Ihr habt recht. Ich habe nicht nach den Schriften des Plinius gesucht. Aber nur, weil ich mir sicher war, dass Ihr dort unten niemals finden werdet, was Ihr sucht.«

»Wie meint Ihr das?«, fragte Robin gedehnt.

Der Mönch zuckte die Achseln. »Wenn es einen Text, wie Ihr ihn sucht, tatsächlich gäbe«, antwortete er unbehaglich, »und wenn das, was darin stünde, tatsächlich der Wahrheit entspräche ... Bruder Jeremias würde ihn niemals in seiner Bibliothek aufbewahren. Nicht einmal im Keller. Stellt Euch vor, jeder Gast, jeder Fremde, könnte sich von hier aus auf die Suche nach diesem Wasser des Lebens machen, wie Ihr es nennt. Stellt Euch vor, jeder könnte sich im Glauben darum verlieren oder es gar finden. Das wäre fatal, oder nicht?«

Robin zuckte die Achseln. »Sondern?«, hakte sie nach.

Der Mönch runzelte verwirrt die Stirn: »Sondern was?«

»Wo würde Bruder Jeremias einen solchen Text sonst aufbewahren?«

Leon wiegte den Kopf hin und her, als traute er sich nicht, direkt zu antworten. Dass es nur Teil seiner Verhandlungstechnik war, war ihr wohl bewusst – und ebenso, welche Gegenleistung er für seine Antwort verlangte. »Ihr werdet mich nicht verraten?«, fragte der Zisterzienser erneut.

Robin wand sich innerlich gegen diesen unmoralischen Pakt. Erkauftes Schweigen war von anderer Qualität als selbst gewähltes, und sicherlich schätzte Gott derartige Händel nicht. Erst recht nicht in einer Kirche und vor der letzten Ruhestätte einer soeben geschändeten Heiligen, um deren Ehre man nun feilschte wie das Waschweib um die Seife. Auf der anderen Seite, so kam es Robin in den Sinn, war ja eben dies die Hilfe der heiligen Katharina, die zu erbitten sie hierhergekommen war. Schließlich war es ihr nicht möglich, einfach aus dem Sarg zu steigen und ihr den richtigen Weg höchstselbst zu weisen. Und schließlich nickte Robin und willigte ein: »Versprochen.«

Der Mönch atmete hörbar auf, bückte sich nach der Säge und verbarg sie unter seinem Gewand. »Es gibt einen Ort, an dem Damianos aufbewahrt, was der Scriptor und er für gar zu verwerflich befunden haben. Oder besser: zu gefährlich.«

»Das gar zu Verwerfliche findet sich nach wie vor im Keller der Bibliothek«, bestätigte Robin. »Wo also ist das zu Gefährliche?«

»Das weiß ich nicht. Ihr müsst den Abt selbst danach fragen. Aber ich weiß, dass es etwas gibt, was er den Giftschrank nennt. Weil er die Texte enthält, die den Geist des Lesers angeblich mit unseligen Gedanken vergiften. Nach allem, was Euer Sklave mir über den Text erzählt hat, nach dem Ihr strebt ...«

»... haltet Ihr es für wahrscheinlich, dass er sich in Damianos' sogenanntem Giftschrank befindet«, beendete Robin.

Bruder Leon schüttelte den Kopf. »Nein«, erwiderte er ernst. »Ich bin mir absolut *sicher*, dass er sich darin befindet. Wenn es einen solchen Text innerhalb dieser gesegneten Mauern gibt, dann lagert er dort. Besteht darauf, dass er Euch dorthin führt.«

Robin zog eine Grimasse. »Mit welchem Recht könnte ich das verlangen?« Die Frage hatte sie eher sich selbst als ihrem Gegenüber gestellt, aber Bruder Leon antwortete trotzdem und sah sie dabei derart verwundert an, als zweifelte er an ihrem Verstand: »Mit dem Erlass des Königs und des Erzbischofs. Wie viel Recht braucht Ihr denn noch, um mit der Faust auf den Tisch zu schlagen?«

Robin nickte. Sie würde es versuchen.

Robin hatte unruhig geschlafen und sich felsenfest vorgenommen, den Abt noch vor dem ersten Gebet zur Rede zu stellen. Aber dann hatte sie doch noch das gemeinsame Frühstück abgewartet, ehe sie ihn in dem großen Saal abgepasst und auf ein Wort gebeten hatte, während alle anderen sich wieder an ihre alltäglichen Aufgaben machten. Nur zu gern hätte sie Salim an ihrer Seite gehabt, aber der Sarazene war Erek von Nettestal gefolgt.

Dieser plante für den heutigen Tag einen längeren Ausflug

in die Umgegend des Klosters und hatte zu diesem Zweck auch einen Teil seines Frühstücks in den Taschen seiner Kleidung verstaut. Salim fand sein Verhalten im höchsten Grade verdächtig, was Robin nach wie vor für Unfug hielt. Sie war sich sicher, dass der Söldner weder lesen noch schreiben konnte und sich an diesem Ort schlichtweg entsetzlich langweilte.

Leider waren beide viel zu schnell verschwunden, als dass sie Salim hätte zurückhalten können, und so stand sie nun allein dem Abt gegenüber und war drauf und dran, Leons Rat der letzten Nacht wortwörtlich in die Tat umzusetzen – mit der Faust auf den Tisch zu schlagen, nämlich. »Es gibt keinen solchen Schrank«, sagte Damianos zum wiederholten Mal mit mildem Lächeln. Doch dieses Mal würde er sie nicht mit seiner scheinbar unermesslichen Weisheit in die Ecke drängen. Robin glaubte Bruder Leon – nicht nur weil sie ihn mochte, sondern weil er sich in seiner unangenehmen Position überhaupt nicht *erlauben* konnte, sie zu belügen.

Aber sie beherrschte sich und maß den bärtigen Alten stattdessen mit kühlem Blick. All ihr Respekt vor seinem Alter und seiner Weisheit schwanden angesichts der Lüge, die er ihr lächelnd ins Gesicht warf.

»Zwingt mich nicht, den König von Eurem Verhalten zu unterrichten«, sagte sie leise. »Ich weiß um diesen Schrank, und Ihr wisst, dass ich es weiß. König Balduin würde es als Verrat am Königreich Jerusalem verstehen, wenn er erführe, dass Ihr mir, und somit *ihm*, Eure Unterstützung verweigert. Als Verrat am heiligsten Königreich der Christenheit. Ich weiß nicht, wie er reagieren würde, aber sicherlich werden Euch weder Eure Wehrmauern noch Euer heidnischer Schutzbrief vor seiner Antwort bewahren.«

Damianos' Lächeln schwand. »Ihr wisst nicht, was Ihr tut«, behauptete er. »Ihr habt nicht die geringste Ahnung, worauf Ihr Euch einlasst, Bruder.«

»Das soll Euch nicht bekümmern. Ich habe einen Auftrag zu erfüllen, und es steht mir nicht zu, ihn infrage zu stellen. Ebenso wenig wie Euch«, setzte sie verärgert hinzu.

Damianos schüttelte den Kopf. »Dann weiß auch der König nicht, worauf er sich einlässt.« Sein Blick traf den ihren, und er zuckte zusammen, als er den Zorn und die Entschlossenheit darin erkannte.

»Ich habe genug Zeit auf Eure Spiele vergeudet«, schnappte Robin. »Wir durchkämmen Eure Bibliothek seit Tagen nach etwas, von dem Ihr ganz genau wisst, dass es sich dort nicht befindet. Trotzdem lasst Ihr uns fröhlich weitersuchen. Allein das ist eine Beleidigung an unserem König, Damianos, und Ihr könnt Euch glücklich schätzen, wenn in meinem Bericht nicht davon die Rede sein wird.«

»Also gut … Gut.« Damianos hob besänftigend die Hände, und Robin bemerkte erst jetzt, dass sie ihm in ihrer Wut bedrohlich nahe gekommen war. Sie trat einen halben Schritt zurück und ließ ihm Raum, zu antworten: »Ihr habt recht, Bruder. Es gibt diesen Schrank. Den Giftschrank, von dem man Euch erzählt hat.« Kurz blickte er zornig an ihr vorbei, als durchsuchte er den leeren Speisesaal nach dem Verräter, doch dann seufzte er tief und tat eine um Verzeihung heischende Geste. »Ich habe mich nicht darüber ausgeschwiegen, um Euch Übles zu tun, das müsst Ihr mir glauben. Ich sorge mich um Euch, Bruder Lucio. Um Euch, um Eure Gefährten, und auch um König Balduin und den Erzbischof von Caesarea, die etwas so Schreckliches von Euch verlangen.«

»Was kann so schrecklich daran sein, einen Text zu lesen?« Robin schüttelte verständnislos den Kopf. »Glaubt mir: Die schrecklichsten Texte, die überhaupt jemals verfasst worden sind, lagern nach wie vor im Keller Eurer Bibliothek.«

Damianos schüttelte entschieden den Kopf: »Das ist etwas anderes. Einer guten, gottesfürchtigen Seele können die verderblichen Texte des Catull und seiner liederlichen Brüder im

Geiste überhaupt nichts anhaben. Sie halten ihr höchstens die eigene Reinheit vor Augen, was sogar etwas Gutes ist, wenn Ihr mich fragt …«

»Aber?«

Damianos' Blick bohrte sich in den ihren: »Aber das, was sich in diesem Schrank verbirgt, kann einen christlichen Geist in tiefste Verwirrung stürzen. Diese Texte sind so voller Lügen und ohne jede Moral. Ich will Euch davor schützen, Bruder Lucio.«

»Ich kann auf mich selbst aufpassen«, erwiderte Robin entschieden. »Führt mich zu diesem Schrank.«

Sie sah dem Abt an, dass er sich innerlich wand. Aber er hatte keine Wahl, denn in allererster Linie trug er nicht etwa die Verantwortung für die Gesandten des Königs, sondern für alle seine Brüder, die hier mit ihm lebten. Und Robin hatte keinen Zweifel daran gelassen, dass Balduins Rache nicht nur ihn, sondern das ganze Katharinenkloster treffen würde.

»Wenn Ihr darauf besteht, bleibt mir nichts anderes übrig, als mich diesem Wunsch zu beugen.« Damianos nickte traurig. »Aber Ihr müsst allein mit mir gehen. Und Ihr müsst mir versprechen, dass Ihr mit niemandem darüber sprecht, wo sich das Versteck befindet.«

Robin musste überhaupt nichts versprechen. Nun, da sie nach viel zu langer Zeit endlich in die Rolle der Befehlshabenden zurückgefunden hatte, die ihr während ihrer Reise durch die Wüste irgendwo abhandengekommen war, hatte sie eigentlich auch keine große Lust, dem Abt irgendetwas zuzugestehen. Sie hätte gleich Verdacht schöpfen müssen, weil man sie so klaglos nach einem Text hatte suchen lassen, der überall sonst auf der Welt längst sorgsam vernichtet worden war! Aber in den sonst so unerschütterlich ruhigen Augen des Alten stand auf einmal echte Furcht geschrieben, und darum nickte sie knapp. Wahrscheinlich sprach er die Wahrheit, wenn er sagte, dass er ihr diesen Text nur vorenthalten hatte, um sie zu schützen. Aber das *hatte* er nicht getan. Wer schützte sie, wenn König Balduin nicht mehr war, weil sie mit ihrer Mission scheiterte? Aber davon konnte Damianos natürlich nichts ahnen. Der Abt hatte sie belogen, doch er hatte es nicht aus Boshaftigkeit getan. Sie musste ihren Zorn mäßigen, um ihm nicht unrecht zu tun.

Der Abt führte Robin widerwillig in den Garten außerhalb des Klosters. Dort lag, unscheinbar im Schatten von Ölbäumen und Zypressen, die Kapelle des heiligen Tryphon. Durch eine verwitterte Holztür gelangten sie in ihr Inneres, wo Damianos eine kleine Handlaterne entzündete, die die winzige Kapelle in unheimliches mattgelbes Licht tauchte. Zahllose Staub- und Spinnweben verklebten die wenigen Gebetsbänke, von denen aus seit Jahren niemand mehr das Wort an Gott gerichtet haben konnte. Robin fröstelte, und das Frösteln wich einem kalten Schauer, als sie die Gestalt eines alten, hageren Mannes in einer Wandnische erspähte.

»Das ist unser ehrwürdiger Abt Stephanus«, erklärte Damianos, der ihrem Blick gefolgt war. Er bekreuzigte sich, tat zwei, drei weitere Schritte durch die Kapelle und hielt seine Laterne am ausgestreckten Arm vor sich, um die unheimliche Gestalt zu beleuchten. Erst jetzt erkannte Robin, dass der Mann, der da auf einem steinernen Vorsprung saß, nicht mehr lebte. Und zwar schon mindestens so lange nicht mehr, wie die Gebetsbänke nicht mehr benutzt worden waren. Sein Gesicht war grau und eingefallen, und seine Lider verschlossen wahrscheinlich längst nur noch leere Augenhöhlen. »Stephanus wacht über die Toten dieses Klosters. Und über unsere Geheimnisse.«

Robin riss sich vom Anblick des toten Abtes los und ließ den Blick weiter durch die Kapelle schweifen. Aber auch damit tat sie sich keinen Gefallen, denn in den zahlreichen von Spinnweben und Staubfäden überzogenen Mauerresten ruhten die Gebeine jener, über die der tote Abt wachte. Treffender war:

Sie *stapelten* sich dort: In mindestens zwei Nischen lagen, soweit Robin erkennen konnte, mehrere Skelette übereinander. Sie senkte den Blick und folgte Damianos über den staubverkrusteten Steinboden zum Altar. Ehe er ihn erreichte, wandte der Abt sich nach links und verschwand schließlich fast bis zur Hälfte in einer anderen Wandnische, die einen schlichten hölzernen Schrank barg. Er zog einen kleinen Schlüssel unter seiner Kutte hervor und öffnete ihn. Dann wandte er sich mit einem angewiderten Blick davon ab und überließ Robin die kleine Laterne. »Bitte«, sagte er und schüttelte vorwurfsvoll den Kopf. »Niemand kann behaupten, dass ich nicht alles getan hätte, um Euch davon abzuhalten. Denkt nur daran, dass Abt Stephanus über alles wacht, was in diesen Mauern geschieht. Ihr werdet dieses Haus nicht mit einem dieser Texte verlassen – und Ihr werdet nichts daraus abschreiben.«

Robin nickte und hielt auf den Schrank zu, aber Damianos hielt auf halbem Weg zum Ausgang noch einmal inne und rief sie zu sich zurück: »Bruder Lucio?«

»Ja, ehrwürdiger Abt?«

»Bitte ... Überlegt es Euch noch einmal. Um Eurer guten Christenseele wegen.« Er maß sie mit einem bekümmerten Blick. »Diese Schriften dort ... Sie sind Gift. Sie können einem Christenmenschen keinen Trost spenden, aber sie können sein Gemüt zerstören.«

»Danke«, sagte sie und nickte dann auffordernd in Richtung Ausgang. »Ich werde auf mich aufpassen. Macht Euch nur keine Sorgen.«

Dann kehrte sie dem Abt, dem lebendem wie dem totem, den Rücken und beleuchtete das Innere des schmalen Schränkchens, während Damianos' Schritte hinter ihr verhallten.

Es gab nur wenige vollständige Bücher im sogenannten Giftschrank des Katharinenklosters. Eines davon gab sich als Paulusevangelium aus, wo doch ein jeder wusste, dass es nur vier Evangelisten gab und dass Paulus ein Jünger des Gottessohnes gewesen war. Ein anderes stammte von einem Mann, der sich Aristoteles nannte. Und eines trug schlicht und ergreifend den Titel *Heidnische Lügen*. Das war es nicht, wonach Robin suchte. Doch mit dem Rücken zu Abt Stephanus und im Schein der kleinen Laterne, der ihr in dieser engen Nische nicht mehr unheimlich, sondern warm und beruhigend erschien, schlug sie das Buch neugierig auf.

Was mochte es enthalten, das so gefährlich, vielleicht sogar so *wahr* war, dass es in diesem geheimen Schrank aufbewahrt werden musste?

Das *Buch der heidnischen Lügen* bestand aus stümperhaft gebundenen, zum Teil sogar unterschiedlich großen Einzelseiten in allerlei fremdartigen Schriften. Nur die wenigsten davon konnte Robin entziffern oder gar verstehen. Sie fand einige Beschreibungen seltsamer Völker, Briefe, die angeblich von Bischöfen stammten, von denen einer behauptete, dass es einst vier heilige Könige gegeben habe, statt, wie sie ganz genau wusste, bloß drei, und jede Menge Berichte von angeblichen Heiligen und Wundertätern, deren Namen Robin nie zuvor gehört hatte. Dann jedoch erspähte sie eine Seite zwischen all den anderen, deren oberer und unterer Rand eine schmutzige Klebespur aufwies – eine Seite, die eigentlich gar keine solche war, sondern ein Stück aus einer Papyrusrolle, versehen mit ordentlich geschriebenen Zeilen in lateinischer Schrift. Angesichts der Gegenwart so vieler Verstorbener verkniff Robin sich einen Freudenschrei: Sie hatte den fehlenden Text des Plinius gefunden! Hektisch suchte sie ihre Erinnerung nach dem abgerissenen Satz aus dem *XXXI. Buch der Naturalis historia* ab. Wer das Wasser des Lebens finden wollte, der musste den Nil hinab reisen …

*… bis zur großen Stadt Theben,* so endete der Satz auf dem Stück der Abschrift, das sie nun in Händen hielt. *Dort, so heißt*

*es, verrät der Sänger, wie der mutige Reisende im Land der Toten die geheime Quelle finden wird.*

Und damit schloss der sagenhafte Plinius sein Kapitel über das Wasser des Lebens. Das folgende beschäftigte sich mit lästigen Ohrgeräuschen und ging schließlich nahtlos über in jenes, welches den Umgang mit schwerem Rheuma beschrieb.

Robin drehte das Blatt fassungslos zwischen den Fingern, betrachtete seine Rückseite, schüttelte es, als hoffte sie, dass eine Landkarte samt Karawane und Führer hinausfallen könnte, und suchte nach verborgenen Hinweisen im restlichen Text oder an den Rand gekritzelte Anmerkungen. Aber da war nichts. Absolut nichts. In ihrer Verzweiflung las sie einen Teil des Textes sogar rückwärts, ohne einen Hinweis zu finden, der sie in irgendeiner Form weiterbrachte.

Das durfte doch alles nicht wahr sein! Die große Stadt Theben und ein ominöser Sänger, der den Weg zur Quelle im Land der Toten kannte …! Sollte sie all die Strapazen der Reise wirklich *dafür* auf sich genommen haben? Balduin hatte so sehr auf diesen Text gehofft, sie hatten alle so viel für ihn riskiert, so sehr gelitten – und Bruder Lucio war dafür *gestorben!* Und das alles für einen verklausulierten Verweis auf einen unbekannten Sänger, der wahrscheinlich schon seit Hunderten, wenn nicht bereits seit Tausenden von Jahren *tot war?*

Robin spürte, wie ihr die Tränen in die Augen schossen. Einen Moment erwog sie tatsächlich, das dünne Pergament einfach in einem ihrer weiten Ärmel verschwinden zu lassen, um sich mit ihrem Kummer und ihrer Hilflosigkeit an Salim zu wenden. Vielleicht könnte der Sarazene ja irgendetwas mit den spärlichen Hinweisen anfangen. Schließlich wusste er immer so ungemein viel … Doch als sie sich, mit dem losen Blatt in der Hand, von dem Schrank abwandte und ihr Blick das Antlitz des Stephanus steifte, überlegte sie es sich noch einmal anders. Diese zwei Sätze, so dachte sie bitter, konnte sie sich auch gerade noch merken.

Robin legte den Zettel zurück in das *Buch der heidnischen Lügen* – in Damianos' sogenannten Giftschrank. Der Schrank mit den Schriften, die einem Christenmenschen keinen Trost spenden, aber sein Gemüt vergiften konnten. Dann stampfte sie aus der Kapelle und schlug die Tür hinter sich zu.

Salim blieb verschwunden. Vermutlich war er noch immer Erek auf den Fersen, damit der Söldner nicht auf die Idee kam, seine Blase an einem verlassenen Beduinenzelt zu entleeren oder dergleichen. Robin seufzte. Sie tat Salim in Gedanken unrecht und wusste es auch, aber ihr Leidenswille war auf dem Tiefpunkt angelangt – und ihre Motivation und ihr Optimismus desgleichen. Warum bloß unternahmen im Augenblick einfach alle um sie herum irgendwelchen haarsträubenden Blödsinn, um sie vor nicht vorhandenen Gefahren zu schützen, anstatt ihr endlich einmal *wirklich* zu helfen? Wieder einmal fühlte sie sich alleingelassen und völlig auf sich gestellt irgendwo in dieser lebensfeindlichen Wüste am Ende der Welt. Und die heilige Katharina hatte sie zwar zu dem Text des Plinius geführt, aber so angestrengt sie auch darüber nachdachte, half dieser ihr keinen Deut weiter.

Der Tag zog sich quälend in die Länge, und Robin begann zu ahnen, wie sich Erek in dieser abgeschiedenen, von meterhohen Mauern umgebenen Anlage fühlen musste. Stunde um Stunde sehnte sie den Zeitpunkt der Rückkehr ihrer Gefährten herbei, um ihnen von ihrem bescheidenen Fund berichten und sich mit ihnen beraten zu können. Sie kam sich entsetzlich überflüssig vor in der eingespielten Gemeinschaft des Katharinenordens, zog sich in ihre Kammer zurück, um zu Kräften zu kommen, und stellte dort auf und ab tigernd fest, dass sie längst wieder hervorragend bei Kräften war. Also betete sie jedes Gebet mit den Katharinenmönchen und erwog bald sogar die Möglichkeit, noch einmal in den Keller der Bibliothek hinabzusteigen. Dort könnte sie noch etwas weiter nach Dingen suchen, die sie längst gefunden hatte, oder gar heimlich in den Gedichten des Catull schnüffeln – natürlich nur um sich an Salim und dem Zisterzienser mit dem einen oder anderen Vers zu rächen, falls sich eine gute Gelegenheit dazu ergab.

Schließlich war es Bruder Leon, der sie von diesem Frevel abhielt und sie bat, ihm beim Umgraben eines kleinen Gemüsefeldes im klösterlichen Garten zur Hand zu gehen. Robin wusste, dass der junge Mönch im Grunde überhaupt keine Hilfe benötigte, dafür war der Alltag in dieser Gemeinschaft viel zu gut organisiert. Vermutlich hatte er bloß bemerkt, dass sie nichts mit sich anzufangen wusste, und vielleicht drängte es ihn auch nach etwas Gesellschaft.

Obschon Robins Laune mehr als zu wünschen übrig ließ, und sie Bruder Leon seine nächtliche Tat noch immer verübelte, bereitete ihr die Arbeit an seiner Seite zumindest etwas Freude. In seinem Gemüt erinnerte Leon sie ein wenig an Erek von Nettestal – nur dass das Hirn bei ihm ausgeprägter war als seine Muskeln.

Er erzählte Robin, dass er aus Aquitanien hierhergereist war, um den Berg Sinai zu sehen und eine kleine Weile allein mit sich und Gott zu sein, aber Robin glaubte ihm kein Wort – es passte nicht zu ihm. Dafür redete er zu gern und zu viel. Er erzählte mit leuchtenden Augen vom Hof der Königin Eleonora, an dem er zuletzt gedient hatte, und davon, dass sich dort die bedeutendsten Minnesänger der Welt zu versammeln pflegten. Seine Königin, so lernte Robin, hatte einst auch über Frankreich geherrscht und lebte nun getrennt vom englischen König Plantagenet. Und Leon amüsierte sich köstlich über Richard Löwenherz, den Sohn der Königin, der sich derweil an ihrem Hof aufhielt und eine Intrige um die andere gegen seinen eigenen Vater spann. Eigentlich klang der junge Mönch während seiner Erzählungen eher wie ein freundliches Waschweib denn wie ein Geistlicher. Insgeheim fragte sich Robin schließlich, ob er wirklich ein Zisterziensermönch oder vielleicht etwas ganz anderes war.

»Was treibt Ihr wirklich in diesem Kloster, Leon?«, fragte sie schließlich geradeheraus. Zwar waren seine Geschichten mehr als kurzweilig, aber sie hätte sich mit dem Wissen darum, wer oder was sich tatsächlich unter seiner gottesfürchtigen Kluft verbarg, noch deutlich besser unterhalten gefühlt.

»Ich langweile mich, Bruder Lucio«, lachte er. »Und zwar mindestens so sehr wie Euer ehrwürdiger Begleiter Erek; das Schwert des Königs, das ein A nicht von einem O zu unterscheiden vermag …«

Robin hätte sich ohrfeigen können für ihre Neugier, die sie nun, da er ihre Frage in die entgegengesetzte Richtung zu lenken versuchte, in große Verlegenheit zu bringen drohte. Aber nun war es passiert, und sie tat, als hätte sie seine Anspielung nicht verstanden. »Und sonst?«, hakte sie stattdessen nach. »Ihr verbringt viel Zeit in der Bibliothek – so viel, dass Bruder Jeremias Euch bereits als Inventar auf seiner Liste vermerkt hat.«

»Ich bin ein neugieriger Mensch.« Der Mönch seufzte tief und zuckte mit den breiten Schultern. »Zwischenzeitlich habe ich damit begonnen, die zwölf Bände über die *Christliche Topographie* des Kosmas Indikopleustes zu übertragen. Aber Geduld ist nicht unbedingt meine Stärke, obgleich es wahrlich interessante Texte sind. Trotzdem begreife ich nicht ganz, wozu es zwölf Bände bedarf, um die selbstverständlichste Sache der Welt zu beweisen. Natürlich ist die Welt *keine* Kugel.« Er rollte die Augen.

»Zwischenzeitlich?« Robin hob eine Braue. »Zwischen *was?*«

»Zwischen den endlosen Diskussionen und Beratungen dieser unschlüssigen greisen Mönche …« Er rammte seinen Spaten in die Erde und winkte ihr, ihm zu folgen. »Kommt mit. Ich will es Euch erklären.«

In seiner Kammer angelangt, verschwand Bruder Leon bis fast zum Gesäß unter seinem Bett und kam dann – reichlich staubig, aber mit stolzgeschwellter Brust – wieder darunter hervor. »Hier«, sagte er und hielt ihr einen in robustes Leinen eingewickelten Gegenstand hin: ein längliches Kästchen. Robin wickelte es aus und bedachte Leon mit fragendem Blick. Das Kästchen war mit Blattgold beschlagen und mit zahlreichen kleinen Edelsteinen besetzt. Anstelle eines Griffes war ein lebensecht nachempfundener kleiner Fuß aus reinem Gold am Deckel der kleinen Truhe befestigt, und in eine Seite war ein kleines Fenster aus geschliffenem Bergkristall eingelassen. Es sah ungemein wertvoll aus, und Robin öffnete es vorsichtig. Aber die Kiste war leer.

»Vielleicht bin ich ein wenig begriffsstutzig«, fragte sie gedehnt, obgleich sich bereits ein böser Verdacht hinter ihrer Stirn zusammenbraute.

»Ein Schrein«, erklärte der junge Mönch nicht ohne Stolz. »Ein Schrein für einen Fuß der heiligen Katharina. Königin Eleonora hat mich ausgesandt, um mit dem Abt darüber zu verhandeln und ihn nach Aquitanien zu bringen.«

»Darauf würde Damianos sich nie und nimmer einlassen!«, fuhr Robin auf. »Darum habt Ihr also versucht, den Fuß zu stehlen!«

Leon lachte, aber es klang nicht spöttisch, sondern tatsächlich amüsiert. »Glaubt Ihr, er hätte mich nur einen Lidschlag länger in seinem Kloster verweilen lassen, wenn ihn dieser Handelsvorschlag nur annähernd so sehr entsetzt hätte wie Euch?« Er schüttelte den Kopf. »Es wäre nicht die erste Reliquie, die für viel Geld ihren Besitzer wechselt. Glaubt mir: In Frankreich befinden sich bald mehr Körperteile der heiligen Katharina als im Schrein des Katharinenklosters. Nein … Ich bin seit Wochen hier, weil Damianos und ich uns um den *Preis* nicht einig werden. Diese Greise diskutieren, überlegen, lenken ein, nehmen zurück … Und ich bin dazu verdammt, sämtliche Lektüren der Bibliothek auswendig zu lernen samt Inhaltsverzeichnis und Glossar, wenn ich derweil nicht vor lauter Langeweile umkommen will.«

»Ihr wolltet den Fuß stehlen, um Euren Auftrag zu erfüllen und das Geld einzubehalten«, unterstellte Robin und reichte Leon angewidert die Truhe zurück. Sie fühlte sich elend, enttäuscht von Damianos und seinen vorgeblich allzu gottesfürchtigen Brüdern, die über ein solches Geschäft also tatsächlich verhandelten. Allein die Idee erschien Robin fast unverzeihlich – und sie selbst war in Wirklichkeit nicht einmal ein einfacher Mönch!

Aber ein Teil von ihr wusste immerhin die Ehrlichkeit zu schätzen, die Bruder Leon ihr entgegenbrachte.

»Ich wollte endlich weg von hier«, verteidigte sich der Zisterzienser, »ich hätte einen angemessenen Betrag in die Spendenkasse gesteckt und mich dann davongemacht. Ich verstehe nicht, wie man sich so viel Zeit für eine Entscheidung lassen kann, wenn man geschätzte vierhundert Jahre alt ist! Aber ich gestehe, Damianos wäre wenig begeistert, wenn er von meinem gescheiterten Versuch erführe … Danke noch einmal.«

Robin musste lächeln. Es passte nicht in diese Situation, aber Bruder Leon hatte fast das Gleiche über den Abt gesagt, was sie gedacht hatte, als sie ihn zum ersten Mal sah.

»Also«, wechselte Leon abrupt das Thema. »Nun seid Ihr an der Reihe: Wer ist dieser Robin von Tronthoff *wirklich*?«

Robin zuckte zusammen und hoffte, dass ihr Gegenüber es nicht bemerkte. »Er ist, wer er zu sein vorgibt«, behauptete sie und schämte sich zugleich ihrer Lüge. »Robin von Tronthoff. Das Schwert des Königs von Jerusalem.«

Leon maß sie mit einem fast mitleidigen Blick. »Es muss eine unglaublich bedeutsame Mission sein, die Ihr zu erfüllen habt«, stellte er fest und klopfte ihr brüderlich auf die Schulter. »Ich wünsche Euch in jedem Fall nur das Beste dafür.«

Und damit ließ er sie einfach allein.

Salim und Erek von Nettestal kehrten erst bei Einbruch der Dunkelheit zurück. Der Söldner war erschöpft von der Jagd auf jegliches Wild, das es am Morgen noch im Umkreis von mehreren Meilen gegeben hatte, und der Sarazene war nicht weniger müde und darüber hinaus mehr als ungehalten. Sein Verdächtiger hatte den ganzen Tag über auf Teufel komm raus einfach nichts Verdächtiges unternommen. Mit ihm zu sprechen war zunächst kaum möglich, aber immerhin hörte er sich Robins Bericht über den Text des Plinius an.

»Was hast du erwartet, Robin?«, seufzte er schließlich. »Eine Schatzkarte mit einem dicken roten Kreuz an der Stelle, an der du das Wasser des Lebens finden kannst?«

Robin hob bestürzt die Schultern. »Was sollen wir denn jetzt tun?«

»Du, ich oder wir?« Salim schnaubte verächtlich. »Ich schlage vor, *du* betest, *ich* passe auf uns auf und *wir* kehren nach Jerusalem zurück. Bevor es zu spät ist«, fügte er etwas leiser und hörbar besorgt hinzu.

»Wir können nicht einfach aufgeben und heimkehren.« Robin schüttelte entschieden den Kopf. »Unser Zuhause ist Jerusalem. Und wenn das Königreich Balduin verliert, hat es um seine Existenz zu bangen. Agnes von Courtenay wird es zugrunde richten, wie sie ihre Grafschaft zugrunde gerichtet hat – und der Erzbischof oder Gerhard von Ridefort mich. Außerdem habe ich einen Eid geschworen.«

»Das passiert dir ab und an«, erwiderte Salim finster.

Robin runzelte die Stirn, trat dicht an ihn heran und suchte den Blick seiner großen schwarzen Augen. Sie wusste nur zu gut, was den Wüstensprinzen bedrückte. Es bekümmerte sie selbst ja ebenso. »Ich habe dir auch geschworen, dir eine gute Ehefrau zu sein«, bestätigte sie ernst. »Und das werde ich wieder sein, sobald das alles hier endlich vorbei ist. Eine gute Ehefrau. Und eine liebende Mutter.«

Salims Augen weiteten sich überrascht, und ein erleichtertes Lächeln umspielte seine geschwungenen Lippen. Seine Fingerspitzen tasteten nach ihrem Bauch. »Das heißt, du hast es endlich akzeptiert«, seufzte er.

»Nicht nur das. Ich freue mich, Salim. Ich freue mich unendlich«, gab Robin sanft zurück. Und obwohl es sie der ungünstigen Umstände halber selbst überraschte, waren ihre Worte von Herzen ehrlich.

Salim nickte zufrieden, schob die Tür zu seiner Kammer mit der Ferse zu und hauchte ihr einen Kuss des Glückes auf die Lippen. »Ich mich auch, geliebtes Christenweib. Ich freue mich auch.«

Dann verriegelte er die Tür und streifte ihr zärtlich die Gewänder vom Leib.

# 15. KAPITEL

Die Nacht bei Salim hatte Robin viel Kraft und neuen Mut schöpfen lassen. Von einer guten Idee und neuen Plänen war sie zwar noch immer so weit entfernt wie zuvor, aber wenigstens wusste sie nun wieder, dass sie nicht allein war. Auf Salim konnte sie zählen, was auch immer geschah und wo auch immer sie sich befand. Sie hatten einander geliebt, als wäre es das letzte Mal, und im Anschluss hatten sie noch lange dicht nebeneinander gelegen und vor Freude geweint, als sich das Kind in Robins Bauch eifrig zu regen begann. Fast schien es, als wollte es gleich heraus und zu ihnen kommen, um eine richtige, vollständige Familie aus ihnen zu machen – eine glückliche Familie aus Vater, Mutter, Kind und mindestens zwei weiteren Menschen, die keine Blutsverwandten waren, weit weg von hier, aber voller Sorge ihrer Heimkehr harrten, als ob sie es wären: Saila und Nemeth.

Als der Mond noch hoch am Himmel stand, schlich Robin schließlich in ihre Kammer zurück und schulterte einen Beutel mit Proviant, sobald sie das erste Gebet des Tages gesprochen hatte. Noch immer war vollkommen unklar, wie sie weiter vorgehen sollten, aber Robin wollte nicht mehr Zeit als unbedingt nötig in diesen Gemäuern voller Scheinheiliger verbringen, die ihren allerheiligsten Schatz portionsweise an reiche Monarchen verhökerten. Ihr Ziel war der Berg Sinai.

Vielleicht würde sie nie wieder die Gelegenheit haben, so nah bei Gott zu sein wie dort, und nicht zuletzt lag auch ihrer Pilgerreise ein Herzenswunsch zugrunde: Sie brauchte Hilfe. Unterstützung.

Sie glaubte nicht ernsthaft daran, dass ein Wunder geschah und der Himmel ihr eine Karawane schickte, die sich zufällig gerade auf dem Weg ins Reich der Toten befand, in dem das Wasser des Lebens sprudelte. Aber sie wollte zumindest um Schutz für den jungen König Balduin und das Königreich Jerusalem bitten. Und für ihr ungeborenes Kind. Und für sich selbst. Und für Salim und auch Erek. Und für Rother, an den sie in den vergangenen Wochen aus Furcht um ihn kaum zu denken gewagt hatte. Für die Seele des Knaben Michael. Für Saila und Nemeth und all die anderen Menschen, die sie in den letzten zweieinhalb Jahren mehr oder weniger schätzen und lieben gelernt hatte.

Oh, es war wirklich zum Verzweifeln! Sie konnte Gott ja kaum um einen ganzen Korb voller Wünsche anflehen. Und so entschied sie sich, für Balduin zu beten, denn Gedeih und Verderb aller anderen Menschen, die ihr wichtig waren, hingen über kurz oder lang doch am Schicksal seines Königreichs.

Die Berge leuchteten rubinrot im Licht der aufgehenden Sonne. In die zahllosen Schluchten aber, die sie teilten und spalteten wie hässliche Wunden, gelangte noch nicht ein einziger Sonnenstrahl. Und so wirkten sie noch gefährlicher, als sie dem unvorsichtigen oder ungeschickten Wanderer ohnehin schon waren. Die Luft war noch angenehm kühl, und so erreichte sie die Mosesquelle, die in einer kleinen Grotte frisches, wohlschmeckendes Wasser sprudelte, bereits nach weniger als einer halben Stunde. Als sie das Wasser in ihrem Schlauch gegen etwas Wasser aus der Quelle austauschte, wünschte sie sich wieder einmal, der echte Bruder Lucio hätte diesen Weg noch an ihrer Seite gehen können.

Wenig später verengte sich der Weg zu einer Art Klamm, und der lange, steile Anstieg war in der zunehmenden Hitze schon deutlich schwieriger zu bewältigen, und Robin musste gut achtgeben, um nicht auf Kies oder dem glatten Felsgrund auszurutschen. Sie war erleichtert, als sie ein schlichtes steinernes Tor erspähte, das für Menschen wie sie den einzigen weiteren Weg nach oben freigab: das Tor des heiligen Stephanus. Einst, so hatte Bruder Leon ihr am vergangenen Nachmittag zwischen so vielen anderen Dingen erzählt, hatte der alte Abt des Klosters, der nun leblos in einer Nische der Kapelle im Garten hockte, hier gewacht, um den Pilgern, die auf den Gipfel hinaufwollten, die Beichte abzunehmen. Ihr war nicht nach Beichten zumute, obgleich es gewiss längst wieder an der Zeit dafür war, und so war sie froh darum, dass Stephanus inzwischen nur noch über die Toten des Klosters wachte. Lächelnd beobachtete sie die winzigen Echsen, die hier und da den glatten Stein hinaufhuschten, als wären ihre schuppigen Finger an der Unterseite mit Widerhaken versehen. Dann ging sie weiter.

Doch es erwartete sie eine Überraschung: Was Bruder Leon nicht erwähnt hatte, war, dass sich längst ein Ersatz für den ehrwürdigen Abt gefunden hatte. Auf einem Felsvorsprung gleich hinter dem Tor des heiligen Stephanus hockte ein rundlicher Mönch mit einem bauschigen, rostbraunen Bart. Seine Kutte wies ihn als Katharinenmönch aus, doch im Kloster war er Robin nie zuvor aufgefallen. Ob er wohl tagaus, tagein auf diesem Felsvorsprung hockte, Monat für Monat und Jahr um Jahr?

Als er Robin erblickte, erhob er sich und schritt auf sie zu und schenkte ihr ein strahlendes Lächeln: »Seid gegrüßt, unbekannter Bruder.« Seine Stimme klang warm und gütig, doch Robin wäre am liebsten geflohen. Und tatsächlich setzte ihr Gegenüber wie befürchtet hinzu: »Mein Name ist Bruder Iudicus. Ich wache unter dem Tor des heiligen Stephanus, um den Pilgern die Beichte abzunehmen, ehe sie Gott, unserem Herrn, gegenübertreten. Ihr seid doch Pilger, nicht wahr? Oder habt Ihr Euch bloß verirrt?« Er zwinkerte ihr vergnügt zu.

*So ist es!*, rief Robins innere Stimme. *Ich habe mich verlaufen. Genau. Ich kehre gleich wieder um: zu Salim, nur drei Türen weiter …* Aber laut sagte sie: »Gewiss. Es zieht mich zum Gipfel des Berges mit einer dringenden Bitte an unseren Vater.« Sie bekreuzigte sich und verneigte sich knapp. Ihr Herz pochte unangenehm schnell, und ihre Füße zogen sie einfach an dem Geistlichen vorbei – zumindest versuchten sie es. Aber der Mönch vertrat ihr den Weg, wobei er es schaffte, gleichermaßen streng wie verständnisvoll dreinzublicken.

»Ihr habt Euch noch nicht einmal vorgestellt«, lächelte er. »Und ich kann Euch wirklich nicht passieren lassen, ehe ich Euch die Absolution erteilt habe. Es sei denn, Ihr seid Moslem.«

»Verzeiht.« Robin senkte beschämt das Haupt. »Mein Name ist Bruder Lucio …«

*Ist er nicht!*

»Und die Zeit sitzt mir im Nacken.«

*Im Bauch!*

»Und … Ich …«

*… kann nicht einfach und völlig unvorbereitet eine Beichte ablegen! Ihr werdet mich* enthaupten, *wenn ich die ganze Wahrheit erzähle!*

Bruder Iudicus, dessen Name, wie Robin auffiel, außerordentlich passend war, ließ seine warmen, klobigen Finger auf Robins Schulter sinken und suchte ihren Blick. »Habt keine Scheu«, sagte er in besänftigendem Tonfall. »Eure Sünden werden meine Lippen nicht verlassen, wenn nicht vor Gott, dem Herrn. Es wird Euch erleichtern, sie von Euren Schultern zu werfen. Und nach all den Jahren, in denen ich nun schon über dieses Tor wache, gibt es gewiss keinen Frevel, keine Schande und kein Verbrechen, das mir noch nicht in vielfach verwerflicherer Form und doppeltem Ausmaß zu Ohren gekommen wäre. Und für das nicht trotzdem am Ende genug Buße hätte getan werden können. Also?« Er nickte ermutigend. »Möchtet Ihr den Gipfel besteigen? Ohne die Last des Gewissens ist der Aufstieg ohnehin nur halb so mühsam.«

»Habe ich denn eine andere Wahl?« Robin wand sich innerlich. Der Mönch durfte ihre Geheimnisse wirklich niemandem verraten – um keinen Preis. Schließlich hatte er ein Schweigegelübde abgelegt. Dennoch … Es fiel ihr ungemein schwer. Ihr Leben war in den vergangenen Jahren so voller Lügen, Maskeraden und Gewalt gewesen, dass sie nicht einmal wusste, wo sie mit ihrer Beichte anfangen sollte.

Iudicus zuckte die Achseln. »Es steht Euch frei, Euren Glauben abzulegen und als Moslem zurückzukehren«, erwiderte er. »Als Heide dürft ihr *ohne* die Absolution auf den Gipfel hinauf. Allerdings hört der Herrgott Euch dann auch nicht mehr an.«

Robins Gedanken rasten. Bruder Iudicus hatte recht, ein reines Gewissen würde ihr den Aufstieg erleichtern und gewiss auch ihre Chancen erhöhen, dass Gott ihre wichtige Bitte anhörte und seine schützende Hand über den aussätzigen König und sein wunderbares Reich hielt.

Sie zögerte noch einen unbehaglichen Moment. Dann ließ sie sich auf die Knie fallen, schloss die Augen und begann leise zu erzählen.

Sie fing mit dem Tag an, an dem sie Bruder Abbé und den Knappen Jan vor der Kapelle nahe ihres Heimatdorfes belauert hatte, und schloss mit der vergangenen Nacht, in der sie sich Salim im Kloster der heiligen Katharina hingegeben hatte. Robin versuchte, keine Sünde, keine Lüge, keine Intrige, keinen Schwerthieb und kein Vergehen – ja nicht einmal einen abtrünnigen Gedanken – auszulassen. Doch obwohl sie, nachdem sie ihre Hemmungen stockend überwunden hatte, schon bald auch ihre letzte Scham abstreifte und sich tatsächlich gut dabei fühlte, all das, was sie seit Monaten und Jahren mit sich herumschleppte, von sich abzulegen, gelang es ihr natürlich nicht, restlos alles zu beichten, was sie sich je zuschulden hatte kommen lassen. Sie hätte Tage dafür gebraucht – mindestens.

Aber sie gab sich große Mühe, und der Mönch unterbrach sie nur selten und lauschte ihr im Übrigen schweigend, hörte irgendwann auf zu lächeln und nickte dann und wann. Irgendwann hörte er nur noch mit geschlossenen Augen und ausdruckslosem Gesicht zu, bis Robin nach Stunden, die ihr wie Minuten vorkamen und einfach nicht ausreichten, um sich jeder Sünde ihres Lebens zu entsinnen, atemlos verstummte.

»War das alles?« Bruder Iudicus öffnete die Augen und schaute sie an. Er lächelte wieder, aber es wirkte nicht mehr offen und freundlich, sondern eher wie ein verlegenes Grinsen. Gewiss hatte er schon gar zu viel und bestimmt auch Schrecklicheres in seiner Position gehört. Aber eine schwangere Christenfrau, die mit dem Sohn des meistgesuchten Heiden des Heiligen Landes vermählt und im Dienst des Königs von Jerusalem als dessen Erster Ritter auf der Suche nach dem Fantasieprodukt eines vor Jahrhunderten verstorbenen Heiden war – derweil zudem in der Maskerade eines jüngst dem Aussatz erlegenen Lazarusbruders, den man in eine Felsspalte geworfen hatte wie einen stinkenden Tierkadaver –, das war wohl selbst für einen Quell der Ruhe und Gelassenheit, wie Iudicus einer war, ein bisschen zu viel.

Robin schlug die Augen nieder. »Ich glaube schon«, antwortete sie beschämt, aber auch erleichtert.

Der Mönch nickte, wandte sich von ihr ab und flüsterte ein Gebet. Und noch eines und auch ein drittes. Robin verstand den Wortlaut nicht und fragte sich insgeheim, ob er ihr die

Absolution nach all diesen schwerwiegenden Sünden und Fehlern überhaupt noch erteilen konnte. Aber Bruder Iudicus konnte, und er tat es auch. Als Buße allerdings verlangte er ihr ab, das letzte Stück des Weges barfuß zu gehen und das Vaterunser zu beten, so laut sie nur konnte, immer und immer wieder, bis sie den Gipfel erreichte. Robin willigte dankbar ein. Sie band ihre Stiefel mit ihrem Beutel zusammen, dann nickte sie dem Geistlichen zum Abschied zu. Bruder Iudicus lächelte. Nun wirkte es wieder warm und ehrlich.

Was Robin zunächst als milde Strafe für ihre Sünden erschienen war, erwies sich als reine Tortur. Als sie das kleine, schattige Tal hinter dem Tor des Stephanus mit einer Quelle, einem uralten Olivenbaum und einer Handvoll Zypressen durchquert hatte, glaubte sie zunächst, sich schnell an das Gefühl von warmen, harten Steinchen unter ihren Fersen zu gewöhnen. Hier, so wusste sie, waren einst die siebzig Weisen zurückgeblieben, die mit Moses auf den Berg gestiegen waren, weil nur Moses allein vor das Angesicht Gottes treten durfte. Heute ließ Robin an dieser Stelle ihr Gepäck zurück.

Sie gewöhnte sich jedoch nicht an das Gefühl unter ihren Fersen. Ganz und gar nicht. Die Sonne brannte bald erneut unbarmherzig vom Himmel und heizte den immer scharfkantigeren und steileren Weg so sehr auf, dass sich schmerzhafte Blasen unter ihren Füßen bildeten. Was anfangs noch einzelner Schmerz war, brannte schon bald wie eine große, flächendeckende Wunde und ließ nicht einen Fingerbreit ihrer Füße verschont. Auch das Atmen bereitete ihr während des lautstarken, immer gleichen Gebets zunehmend Mühe, und schon bald war ihre Stimme, so sehr sie sich auch verausgabte, kaum mehr als ein trockenes, heiseres Krächzen. Ihre Lippen rissen. Der feine Staub, den ihre Füße während des mühseligen Aufstiegs aufwirbelten, trocknete ihre Augen aus, sodass sie brannten und tränten. Und schließlich nicht einmal mehr tränten und dafür umso mehr brannten. Tatsächlich legte sie die letzten dreißig oder vierzig Meter zum Gipfel kriechend zurück und musste dennoch mehr als einmal innehalten, weil der Schwindel sie überkam und sie in Ohnmacht zu fallen drohte.

Aber Robin schaffte es trotzdem.

Sie richtete sich schwankend auf, als sie den Gipfel des Berges Sinai endlich erreichte, und fiel prompt wieder auf die Knie. Zwang sich ein zweites Mal, aufzustehen, schaffte es, sich auf den schmerzenden Füßen zu halten, und ließ den Blick über die Berglandschaft gleiten. Wie eine riesige Welle in einem endlosen Meer von Felsen, Steinen und Sand erstreckte sie sich um diesen höchsten Berg, um die Spitze der größten steinernen Welle. Das Licht der Mittagssonne tauchte alles in ein gelbliches Braun, sodass es erstrahlte wie unbehandeltes Gold. Robin flüsterte mit blutigen Lippen ein weiteres Vaterunser, riss sich dann von dem überwältigenden Anblick los und wandte sich der kleinen Basilika zu, die vor vielen Jahren hier errichtet worden war: ein schlichtes, schmuckloses Gebäude aus rötlichem Stein mit einem einfachen Ziegeldach. Das einschiffige Gotteshaus schien diesem höchst heiligen Ort nichts als Spott zu zollen, bedachte man nicht die grenzenlosen Mühen, die es ihre Erbauer gekostet haben musste, all die Steine, Werkzeuge und sonstigen Baumaterialien auf diesen Gipfel zu schleppen. Das Innere der Kapelle war bis auf den Altar leer. Über ihm erstrahlte ein prachtvolles Glasmosaik im einfallenden Sonnenschein und veredelte die Bescheidenheit und Schlichtheit der übrigen Basilika. In zahllosen winzigen Glassplittern von Farben, wie Robin sie selten zuvor gesehen hatte, zeigte es Moses, für immer erstarrt in dem wundersamen Moment, in dem er die beiden Schrifttafeln mit den Zehn Geboten entgegennahm – symbolisch dargestellt mit einer riesigen Hand, die sich aus dem Himmel zu ihm hinabsenkte.

Robin bekreuzigte sich, staunte, bekreuzigte sich noch einmal und staunte eine geraume Weile weiter, ehe sie bemerkte, dass sie nicht allein in der Basilika war. Ein Mönch, der ihr kaum bis zur Brust reichte, war an ihre Seite getreten und reichte ihr nun einen Krug Wasser, den sie dankend entgegennahm. Sie war schrecklich durstig.

Sie verließ die Basilika, trank, goss den Rest des Wassers vorsichtig über ihre blutigen Fersen und stellte den Krug vor der Pforte ab. Dann ließ sie sich an dem Ort, wo Gott, der Herr, Moses erschienen war, auf die Knie fallen und betete. Lange saß sie so da, sprach mit ihm und bat ihn um ein Zeichen, und als sie die Augen wieder aufschlug und den Blick über die goldglänzende Berglandschaft unter sich schweifen ließ, entdeckte sie tatsächlich etwas, was ihr zuvor entgangen sein musste. Oder was wirklich noch nicht da gewesen war. Zunächst waren es nur ein paar verschwommene Punkte, die da über den schmalen Bergpfad auf das Katharinenkloster zuhielten, aber Robin erkannte schnell, worum es sich wirklich handelte: eine Karawane von nicht weniger als dreißig oder vierzig Reit- und Lasttieren und noch mehr Menschen. Sie war viel zu weit entfernt, um zu erkennen, ob es Pferde waren, Maultiere oder Kamele. Auch die Kleidung der Menschen erkannte sie nicht, und so bot sich ihr nicht der geringste Anhaltspunkt, um wen es sich wohl handeln mochte. Was diese Menschen wohl wollten? Und ob sie vielleicht das Zeichen waren, um das sie den Herrn gebeten hatte?

Sie richtete sich wieder auf und folgte dem Wink des Mönchs hin zu den Stufen vor der Basilika. Dort ließ sie sich auf sein Geheiß hin nieder und rang mit Tränen des Schmerzes, als er ihre Füße reinigte und ihre Wunden verband. Danach aber ließ der Schmerz unter ihren Füßen spürbar nach. Robin bedankte sich, schlüpfte umständlich in die schlichten Sandalen, die er ihr überließ, und machte sich dann an den Abstieg.

Der Weg zurück erwies sich als kaum geringere Quälerei. Der Schmerz kehrte den Sandalen zum Trotz bald unvermindert heftig zurück, ihre Kräfte schwanden bedrohlich, und nun gesellte sich auch noch ein übles Ziehen in ihrem Rücken hinzu. Still dachte sie an das Kind unter ihrem Herzen, welches unter den Strapazen wahrscheinlich ebenso litt wie sie selbst. Obwohl es schon recht spät war, und Robin am liebsten augenblicklich in das Kloster und ihre kühle Kammer zurückgekehrt wäre und mehr über die Karawane erfahren hätte, legte sie zweimal eine längere Rast ein. Als sie das Kloster irgendwann vollkommen erschöpft, hungrig und ausgetrocknet erreichte, war die Dämmerung bereits weit fortgeschritten, und die Katharinenbrüder mussten sich längst zum Abendbrot im großen Speisesaal versammelt haben.

Außerhalb der hohen Klostermauern waren nicht weniger als zehn riesige, farbenprächtige Zelte aufgeschlagen worden. Hier und da flackerte ein junges Feuer im Licht der untergehenden Sonne, und im ganzen Lager herrschte rege Geschäftigkeit. Teppiche und Kissen wurden ausgelegt, Gepäckstücke von hier nach dort getragen und ausgeräumt, Wasserschläuche gingen durch die Reihen der Fremden, und überall trotteten Kamele und Pferde zwischen den Zelten und Feuern umher oder stillten ihren Durst an den steinernen Wassertrögen vor den meterhohen Klostermauern. Es wurde gelacht, geschrien, gerufen und geredet, und von irgendwoher erklang sogar Musik. Obwohl es die Geräusche einer lebendigen, aber durchweg friedfertigen Kulisse waren, wirkten sie auf Robin nach der nahezu vollkommenen Stille der Pilgerreise wie ohrenbetäubender Lärm.

Es waren wohl rund vierzig Mann in farbenfrohen arabischen Gewändern, die hier ihr Lager aufschlugen. Die Tücher, die sie trugen, erinnerten Robin an Salims väterliche Verwandtschaft – Sarazenen …

Robin erspähte einen Katharinenmönch, der ihr in seiner

grauen Kutte wie ein Sperling in einem Eisvogelschwarm erschien, und sie erwischte ihn gerade noch an der Schulter, als er hektisch an ihr vorübereilen wollte.

»Was ist passiert?«, erkundigte sie sich. »Wer sind diese Männer, und was tun sie hier?«

Der Geistliche schüttelte den Kopf. Sein Beruhigungsversuch misslang, er wirkte hektisch und angespannt. »Sie sind Gesandte des Kalifen von Bagdad«, erklärte er. »Er hat einen seiner Gelehrten geschickt, um die Moschee mit kostbaren Teppichen zu beschenken ... Harun al Dhin. Der Abt ist bereits bei ihm.«

»*Harun al Dhin*?«, wiederholte Robin ungläubig. »Seid Ihr Euch ganz sicher?«

»So hat er sich vorgestellt.« Der Mönch hob knapp die Schultern und tat eine entschuldigende Geste. »Bitte verzeiht ... Ich muss mehr Wasser bringen lassen, und auch etwas Obst aus dem Garten. Mit einer solchen Menge unangekündigter Besucher rechnet man nicht alle Tage ...«

Robin nickte abwesend. Harun al Dhin? Hinter ihrer Stirn überschlugen sich die Gedanken. Das war der Name, mit dem sich Sheik Sinan bei ihr vorgestellt hatte – damals, während ihrer Gefangenschaft. Und diese Männer waren zweifellos Sarazenen. Aber das alles konnte auch ein Zufall sein, oder? Es *musste* ein Zufall sein, denn was sollte den Alten vom Berge selbst ausgerechnet jetzt hierherverschlagen? Er konnte doch überhaupt nicht wissen, dass sie hier waren, schließlich war ihre Mission vollkommen geheim – bis zuletzt hatte nicht einmal Salim in vollem Umfang darüber Bescheid gewusst ... oder? Andererseits: Was sollte ihn ausgerechnet dann hierherverschlagen, wenn Salim und sie *nicht* hier waren ...?

Unsinn, schalt sie sich kurz darauf selbst. Jeder zweite Moslem hieß Mohammed und jede dritte Frau Aisha. Wahrscheinlich hieß jeder vierte Sarazene *Harun*, und jeder fünfte davon war ein *al Dhin*; so einfach war das. Doch kaum hatte sie diesen Gedanken zu Ende geführt, registrierte sie aus den Augenwinkeln Salim, der aus einem der Zelte mit federnden Schritten auf sie zukam. An seiner Seite schritt die unverwechselbare massige Gestalt seines Vaters Sheik Sinan, des legendären Alten vom Berge.

»Robin! Welch wundersame Fügung, Euch hier zu begegnen!« Robin zuckte zusammen, als sie den Namen, den sie Erek von Nettestal der Umstände halber geliehen hatte, in aller Öffentlichkeit vernahm. Sie warf einen erschrockenen Blick nach rechts und nach links, während Sinan mit trippelnden Schritten auf sie zueilte und ihr überschwänglich je einen Kuss auf die rechte und die linke Wange drückte wie einer guten alten Freundin, die er seit Jahren nicht gesehen hatte. Aber niemand schien seine Worte gehört zu haben; zumindest niemand, den sie grübeln ließen. »Wie sagt ihr Christen doch gleich?«, erkundigte er sich fröhlich mit seiner hohen Fistelstimme. »Die Wege des Herrn sind unergründlich. Wie wahr, wie wahr …«

»Ja. In der Tat.« Robin wich einen halben Schritt zurück und maß ihr Gegenüber mit einem langen, kopfschüttelnden Blick. Sie konnte noch immer nicht glauben, dass ihr Schwiegervater hier war, aber er war es tatsächlich und ganz ohne Zweifel. Nach wie vor war er der dickste Mann und die außergewöhnlichste Figur, die Robin je zu Gesicht bekommen hatte. Seine Haut, immer schon dunkel, war jetzt beinahe schwarz von seinem langen Wüstenritt, aber sonst hatte er sich überhaupt nicht verändert. Sein weißer Bart reichte noch immer bis auf seine Brust hinab und war an den Enden zu diesen lächerlichen Zöpfchen geflochten. Diese hätten seiner schrillbunt gekleideten Erscheinung sicherlich noch den letzten Rest von Ernsthaftigkeit genommen, wären da nicht noch seine überaus kantigen Gesichtszüge und diese listig funkelnden, dunklen Augen gewesen. Robin hatte nicht die geringste Ahnung, wie man einen mehrwöchigen Marsch durch die Wüste in Schuhen wie verformten Fischerbooten bewältigte, aber Sinan hatte es anscheinend geschafft.

Robin sandte Salim einen irritierten Blick, doch der Sarazene lächelte nur selig und ließ sich nicht anmerken, ob er die Verantwortung für diese schicksalhafte Begegnung trug.

»Ein wirklich unglaublicher Zufall«, stellte sie, an Sinan gewandt, unsicher fest. »Um nicht zu sagen: ein ganz und gar unmöglicher …«

»Es freut mich so sehr, dich fast unversehrt wiederzusehen. Jung und schön wie eh und je – und mit diesem typischen, ganz eigenen Duft, der mich immerzu an eine nasse Ziege erinnert, die man zum Trocknen auf eine tote Kuh gelegt hat.« Sinan lachte, schüttelte entschuldigend den Kopf und klopfte ihr freundschaftlich auf die Schulter, dass es knackte. »Aber lass dich nicht beirren vom dummen Geschwätz eines hässlichen, alten Mannes, den die eigenen Haremsdamen mit Mistgabeln nicht mehr hinter den Ohren kraulen mögen … Komm. Folge mir in mein Zelt. Dort steht schon alles bereit für eine wohlverdiente kleine Zwischenmahlzeit. Du wirst es nicht für möglich halten, welch königliche Speisen sich in der Kammer hinter der Speisekammer der ach wie bescheidenen Brüder und Schwestern in diesem Gemäuer finden lassen, wenn man nur darauf besteht, sie sehen zu dürfen.«

»Schwestern?« Robin zog eine Grimasse.

»Ich habe niemandem unter den Rock geschaut. Aber wer weiß, wer weiß …« Sinan kicherte weibisch und schlug das Tuch auf, das den Zugang zum größten und prächtigsten aller Zelte verhängte. Sein Boden war vollständig ausgelegt mit dicken, flauschigen Teppichen und weichen Kissen in Farben, die vermutlich über Meilen hinweg leuchteten. Unter dem Baldachin strahlten Messinglaternen, deren Licht vielfach gebrochen durch die Buntglasscheiben durch das Zelt tanzte. Im Inneren bot es kaum weniger Platz als das Mittelschiff der Basilika der heiligen Katharina.

Etliche Sarazenen hatten sich hier versammelt, und auch eine Handvoll Mönche aus dem Kloster. Darunter auch Abt Damianos, der sich sichtlich unwohl fühlte, weil zwei verschleierte, aber sonst äußerst leicht bekleidete Damen in seiner unmittelbaren Nähe zur fröhlichen Musik von Trommeln, einem seltsamen Zupfinstrument und einer sehr langen hölzernen Flöte tanzten. Erek von Nettestal weilte nicht unter Sinans Gästen, aber das erstaunte Robin nicht im Geringsten. Dafür ließ man den Zisterzienserbruder an dem Essen teilnehmen, obgleich dieser doch lediglich vorübergehender Gast im Kloster der heiligen Katharina war, genau wie sie selbst. Aber dass Salim und Leon einander wunderbar verstanden, hatte sie ja bereits auf beschämende Weise festgestellt.

»Bitte, Bruder … Wie war doch gleich Euer Name?«, wandte sich Sinan an Robin, wobei er gewiss nicht zufällig so laut sprach, dass Damianos jedes seiner Worte verstehen konnte.

»Bruder Lucio«, antwortete Robin.

»Bruder Lucio«, wiederholte der vermeintliche Gesandte des Kalifen. »Richtet dem Schwert des Königs, der unsere Einladung bedauerlicherweise abgelehnt hat, doch meinen aufrechten Dank dafür aus, dass er mir seinen Sklaven für die Dauer unseres Aufenthalts überlässt.« Er versetzte Salim einen Klaps gegen den Hinterkopf, der ihn beinahe vornüberkippen ließ. »Zu gütig von ihm. Neben meiner eigenen Wenigkeit beherrscht kaum einer meiner Männer Eure Sprache so gut wie der Sklave des Ritters. Er wird mir sicher eine große Hilfe dabei sein, Verständigungsprobleme zwischen den Bewohnern des Klosters und meinen eigenen Leuten zu vermeiden. Und ich hatte den Eindruck, der Ritter konnte ein paar zusätzliche Silberstücke gerade gut gebrauchen.«

Sinan lachte auf, und Robin lächelte schief. »Gewiss«, bestätigte sie. »Ich werde es ihm ausrichten.«

Frisches Obst, helles Brot und gebratene Lammkeulen

standen in riesigen Schalen zum Verzehr bereit, und mehrere Sklaven flanierten mit Krügen voller kaltem Wasser, Tee und einem dunklen Gebräu, das Robin fremd war, aber sehr penetrant roch, zwischen den Anwesenden, um deren Becher zu füllen. Und was Sheik Sinan als kleine Zwischenmahlzeit bezeichnet hatte, glich einer ausgelassenen Orgie der Völlerei, kaum dass er schließlich in die Hände klatschte und das Festmahl für eröffnet erklärte.

Robin wählte einen Platz in möglichst großer Entfernung zu Damianos und beobachtete ihn während des gesamten Essens verhalten und misstrauisch. Bruder Iudicus hatte ein Schweigegelübde abgelegt und durfte ihre Geheimnisse um nichts auf der Welt preisgeben, auch nicht an den Abt – und am Vormittag auf dem Mosesberg war Robin auch noch davon überzeugt gewesen, dass der rundliche Mönch sein Versprechen dem Herrn gegenüber in jedem Fall einhalten würde. Aber jetzt war sie sich nicht mehr sicher. Ihr Respekt dem uralten Geistlichen gegenüber war noch vor wenigen Tagen maßlos gewesen. Nur Gutes hatte sie über ihn gedacht, doch nun, da sie um seine abscheulichen Geschäfte mit den Gebeinen der heiligen Katharina wusste, war die Ehrfurcht dahin. Robin war sich auf einmal nicht mehr sicher, ob sie überhaupt irgendeinem Fremden, wie hochrangig und hoch angesehen er auch sein mochte, jemals wieder vollkommen würde vertrauen können. Auch nicht dem freundlichen Iudicus, der ihr die Absolution erteilt hatte.

Aber wenn Damianos wusste, dass ihr Gewand den Leib einer Frau verhüllte, dann ließ er es sich nicht anmerken. Vielleicht hatte er auch einfach nur andere Sorgen, denn es bereitete dem Alten vom Berge augenscheinlich ein köstliches Vergnügen, die beiden Tänzerinnen ihre mit goldenen Talern geschmückten Hüften immerzu in möglichst unmittelbarer Nähe des Abtes schwingen zu lassen. Zu allem Überfluss belagerte er seine Gäste auch noch in einem fort mit zweideutigen Bemerkungen, Heidenmärchen und Geschichten aus seinem Harem. Die Ohren unter Damianos' Kapuze hatten sich längst so sehr gerötet, dass sie durch den groben Leinenstoff hindurch zu leuchten schienen.

Voller Unwohlsein schlang der Abt ein wenig Brot und eine Handvoll Datteln herunter, ehe er sich unter dem Vorwand verabschiedete, seine Pflichten im Kloster verlangten nach ihm. Doch ein jeder hier wusste, dass es so spät am Abend überhaupt nichts mehr für ihn zu tun gab, weil die Brüder des Klosters ebenso zeitig zu Bett zu gehen pflegten wie jene überall sonst auf der Welt. Das kleine Fest wurde mit unverminderter Fröhlichkeit und Ausgelassenheit fortgesetzt, bis sich die Sonne längst vom Tag verabschiedet hatte, und Sheik Sinan den letzten der anwesenden Geistlichen höflich, aber bestimmt mit den Frauen und den beiden letzten Sarazenen des Zeltes verwies. Robin selbst gelang es nicht, sich zu entspannen und sich an den orientalischen Köstlichkeiten zu laben, die Raschid Sinan auffahren ließ. Sie machte gute Miene zum seltsamen Spiel und war froh, als sie endlich mit Salim und Sinan allein im Zelt zurückblieb. Der Wüstenprinz rückte an ihre Seite und schlang seinen Arm um ihre Schultern, als hätte er den ganzen Abend nur auf diese Gelegenheit gewartet.

»Ihr seid ein wunderbares Paar«, freute sich der Sheik und ließ sich ihnen gegenüber auf ein weiches Kissen plumpsen, das sich unter seiner gigantischen Körperfülle in einen platten Kelim verwandelte. »Obgleich ich meinem geliebten Sohn eine etwas weniger eigensinnige Frau gewünscht hätte, wenn ich ehrlich sein soll. Eine *fraulichere* Frau. Mit größeren Brüsten«, setzte er grinsend hinzu, aber Robin ging nicht darauf ein.

Sanft stieß sie Salim mit dem Ellbogen in die Rippen. »Die Wahrheit, Heide«, forderte sie. »Bitte, und vor allen Dingen jetzt.«

Salim legte unschuldig den Kopf schräg. »Ich verstehe nicht, was du meinst.«

»Doch. Tust du.« Robin rückte demonstrativ ein Stück von ihm weg und stemmte eine Hand in die Hüfte. »Also raus mit der Sprache: Warum ist dein Vater hier? Wie hast du das gemacht?« *Und warum? Und wie lange werde ich seine Anwesenheit erdulden müssen?*

»*Ich* habe überhaupt nichts gemacht.« Salim verschränkte die Arme vor der Brust und verzog die Lippen zu einem Schmollmund, aber dann grinste er von einem Ohr bis zum anderen und fügte hinzu: »Es war die Taube.«

»Die Taube?« Robin zog verwirrt die Brauen zusammen. »Was für eine Taube?«

»Die Brieftaube, die mein Sohn mir geschickt hat«, antwortete Sinan. »Ihr wart noch nicht einmal aufgebrochen, als sie bereits bei mir eintraf. Sie hat ihre Aufgabe wirklich hervorragend gemeistert, und wir sind so schnell wie nur möglich aufgebrochen, um euch zu helfen … Allerdings hat sie sich auch auf meinem besten Kaftan verewigt. Meine Dienerin bemüht sich immer noch darum, diesen hässlichen Fleck aus der kostspieligen Seide zu entfernen. Ein wahrlich schönes Stück von leuchtendem Violett; mit seltenen schwarzen Perlen, riesigen Saphiren, wie sie sich mancher König nicht an seinem Ringfinger vorzustellen vermag, und feinsten Stickereien aus goldenen und in Sepia getränkten Fäden …«

»Was ist Sepia?«, unterbrach Robin ihn automatisch, obgleich das eigentlich eine der wenigen Fragen war, über die sie sich in diesen Sekunden *nicht* den Kopf zerbrach.

»Ein Farbstoff, kleines Dummchen.« Sinan vergaß die Trauer um seinen kostspieligen Kaftan und lachte beherzt auf.

»Ein Farbstoff aus den Tintenbeuteln von Tintenfischen«, erläuterte Salim und rollte die Augen. »Ich weiß nicht, wie viele bedauernswerte Seemänner mein Vater schon in den Tod geschickt hat, bloß um Tintenfische auszuquetschen …«

»Oh«, machte Robin desinteressiert. »Und wie kommt es, dass *du* deinem Vater *einen Brief* schicken konntest, noch bevor ich wirklich wusste, wohin mich meine Reise führt?«

Salim hob die Schultern. »Im Grunde hat er ihn sich selbst geschickt«, winkte er ab. »Ich sagte doch, er hat seine Ohren überall.«

»Oh«, wiederholte Robin. Aber dann klickte irgendetwas hinter ihrer Stirn, und sie bedachte den Sheik mit einem misstrauischen Blick. »Aber wenn er seine Ohren überall hat, hängen doch gewiss auch ein paar gut ausgebildete Kämpfer daran. Warum habt Ihr uns nicht einfach von unserer Reise abgehalten, wenn Ihr Euch solche Sorgen um Euren einzigen Sohn gemacht habt? Warum habt Ihr uns nicht einfach wieder entführt und in einen goldenen Käfig gesperrt, während sich das Königreich, das Euch ohnehin zuwider ist, womöglich ganz von selbst zugrunde richtet?«

Sinan schüttelte beleidigt seinen mächtigen Bart, dass die Schleifchen an dessen Spitzen tanzten. »Das wäre keine unterhaltsame Herausforderung gewesen«, behauptete er, wurde dann aber für einen Moment ernst: »Du hast mir nicht zugehört. Ich sagte, ich bin hier, um euch zu helfen.«

»Aber ich helfe dem König!«, protestierte Robin.

»Du suchst nach dem Wasser des Lebens.« Sinan lächelte. »Glaubst du nicht, dass ein Mann in meinem Alter, den so manch unangenehmes Zipperlein plagt, durchaus Verwendung für ein solches Wunderwässerchen fände?«

»Wunderwässerchen«, wiederholte Robin leise. Es war empörend, wie gut der Sheik über ihre Mission aufgeklärt war – besser, als es Salim noch gewesen war, bis Bruder Lucio bei den Aulad Sa'id gestorben und Robin gezwungen gewesen war, ihm fast alles über ihre Aufgabe zu erzählen.

Sie glaubte Sinan nicht, dass er das Wasser des Lebens tatsächlich für sich selbst begehrte. Allein dafür hätte er all die Kosten, Mühen und Gefahren dieser Reise nie und nimmer auf sich genommen. Viel mehr vermutete sie, dass sich das kostbare Gut hervorragend für eine der zahllosen politischen Intrigen eignete, mit denen er sich längst einen Namen gemacht hatte. Aber sie schwieg und entschied insgeheim, sich seiner Gegenwart so schnell wie möglich wieder zu entledigen. Anderenfalls … Wenn Balduin wieder genesen und voller Kraft und neuer Ideen war, würde er schon einen Weg finden, mit dem Alten vom Berge fertigzuwerden. Schließlich kämpfte er für Gott.

»Wie auch immer«, seufzte Robin schließlich. »So, wie es scheint, könnt Ihr umkehren, denn unsere Reise ist an dieser Stelle zu Ende. Ich weiß nicht mehr weiter.«

»Dann lass mich nur teilhaben an dem, was du nicht weißt, Robin«, schlug Sinan fröhlich vor. »Zwei Köpfe denken manchmal besser als einer.«

»Drei«, verbesserte Salim seinen Vater.

»Sie ist ein Christenweib.«

Robin seufzte. Ob ihr die Gegenwart ihres Schwiegervaters nun behagte oder nicht: Vielleicht konnte der Alte ihnen helfen, auch wenn sie das Geheimnis um das Wasser des Lebens am Ende mit Sinan teilen musste. Und so erzählte sie ihm tatsächlich, was sie herausgefunden hatte und was sie vor allen Dingen noch *nicht* wusste. Sheik Sinan hörte aufmerksam zu. Am nächsten Morgen verlangte er in aller Herrgottsfrühe nach dem Abt.

# 16. KAPITEL

Am nächsten Tag kam Bruder Eurasius noch vor dem Morgengebet aufgeregt in den Esssaal geeilt, um den Abt in den Empfangsraum zu bitten. Dort, so haspelte er, warte der Gesandte des Kalifen von Bagdad auf ihn. Damianos hob die Braue und nickte schließlich etwas zu hastig, um Eurasius zu folgen. In Robin aber keimte die Hoffnung: Vielleicht war jenem angeblichen Gesandten, der in Wirklichkeit ihr Schwiegervater war, eine durchschlagende Idee gekommen. Damianos wirkte für seine Verhältnisse nervös und angespannt. Möglicherweise wusste der Alte doch etwas, das er ihr – nur zu ihrem Schutz selbstverständlich – unterschlug. Und vielleicht wusste Sheik Sinan, dass der Abt etwas Wichtiges wusste, und halte er zudem noch irgendeinen Trumpf im Ärmel, den er ausspielen konnte, damit der Abt ihnen endlich *wirklich* half.

Kurz darauf sah sie Damianos und Sinan ins Gespräch vertieft im Innenhof flanieren, und sie gesellte sich aufgeregt zu ihnen. Robins Hoffnungen wurden jedoch vorerst enttäuscht. Mit unerschütterlicher Leidenschaft spielte Sinan weiterhin die Rolle des Gesandten Harun al Dhin, der gekommen war, um die Moschee des Propheten Mohammed um einige wahrlich teure Kostbarkeiten aufzuwerten. Er redete in einem fort, erzählte von seiner Reise, klagte über ein Rückenleiden, lobte die Gastfreundschaft des Ordens, schimpfte über die Qualität des Essens, belehrte den Abt über Sepia und alle anderen Farbtöne, an denen es den Gewandungen der Ordensbrüder in seinen Augen mangelte, und schaffte es insgesamt, Damianos mit seinem belanglosen Geschwätz an den Rand der Verzweiflung zu treiben, während er sich von ihm durch die unübersichtliche Anlage zu dem heidnischen Gotteshaus hinführen ließ. Salim und drei seiner Männer folgten dem Sheik dichtauf. Sie trugen prachtvolle Teppiche und einen rubinbesetzten Kelch, von dem Sinan großspurig behauptete, der Kalif habe ihn eigenhändig aus den Händen von Räubern gerettet, die eine christliche Kirche hatten plündern wollen. Damianos erbleichte sichtlich, und Robin konnte regelrecht hören, wie sich der Sheik innerlich halb totlachte. Sinan war ausgezeichneter Laune, was Robins Hoffnung nährte, ihr Schwiegervater könne sich von diesem Gespräch mit dem Abt wirklich etwas Wichtiges erhoffen. Auf der anderen Seite: Dem Alten vom Berge den Tag zu vergrämen, bedurfte es schon mehr als eines Rätsels um etwas, was ihm zwar eine Menge Vorteile verschaffte, wenn er es löste, aber nicht den geringsten Nachteil, wenn er es nicht am Ende entschlüsselte.

Als sie den Weg zwischen Basilika und Moschee erreichten, hielt der Sheik unvermittelt inne und winkte den Diener, der den gestohlenen Kelch vor sich hertrug, zu sich heran.

»Ich habe mir einen kleinen Scherz mit Euch erlaubt, hochehrwürdiger Abt. Dieses Schmuckstück ist natürlich nicht für die Moschee bestimmt, sondern für Eure Basilika«, kicherte er, sodass alle seine Kinne unter dem mächtigen weißen Bart erzitterten. Er legte Damianos eine Hand auf die Schulter – das respektvolle Pendant zu einem fröhlichen Schulterklopfen, das seinem gut drei Köpfe kleineren und geschätzte vierhundert Jahre älteren Gegenüber darüber hinaus ein Schlüsselbein hätte brechen können. »Dieses kleine Schmuckstück hier ist eine Geste des Respekts und des Dankes seitens des Kalifen, der der Behüter aller Gläubigen ist. Er ist sehr erfreut, dass Ihr und Euer Orden dem Wunsch des Propheten auch nach Jahrhunderten noch entsprecht und eine Moschee unterhaltet. Ganz zu schweigen von Eurer grenzenlosen Gastfreundschaft, mit der Ihr unvoreingenommen jeden Reisenden, ob gläubiger Moslem oder ungläubiger Christ, in Eure Mauern aufnehmt. Bitte: Nehmt dieses Prachtstück von uns entgegen und nennt es fortan Euer Eigen.«

Damianos lächelte nichtssagend; nur ein leises Zucken seiner rechten Hand verriet seine Unsicherheit. Statt nach dem Kelch zu greifen, zögerte er. Offenbar traute er dem großen, dicken Heiden keinen Schritt über den Weg.

»Bitte«, wiederholte Sinan liebenswürdig, nahm seinem Diener den Kelch ab und hielt ihn Damianos hin. Doch als der Abt sich endlich überwand, die Hände danach auszustrecken, riss er die Arme zurück und hielt ihn zur Seite wie ein Kind, das einen Hund mit einem Knochen neckte.

Selbst Salim verdrehte die Augen und trat nun unauffällig dichter an Robin heran. »Geh in die Bibliothek«, flüsterte er, ohne sie anzusehen. »Wir treffen uns später rein zufällig dort. Ein Wunder, dass sich noch niemand fragt, warum du uns die ganze Zeit hinterherwackelst wie ein mutterloses Entenküken.«

Robin errötete. Salim hatte recht: Ihm selbst, dem syrischen Sklaven, für den er sich ausgab, konnte niemand verdenken, dass er sich einem – noch dazu hochrangigen – Seelenverwandten anschloss, zu Abend in dessen Zelt speiste und sich der bevorstehenden Zeremonie anzuschließen wünschte, im Rahmen deren die kostbaren Teppiche in die Moschee gebracht werden sollten. Dass sie, Robin, als Bruder Lucio die Einladung zum gemeinsamen Essen mit dem Gesandten des Kalifen angenommen hatte, ließ sich ebenfalls gerade noch erklären – wenigstens den Katharinenmönchen, die etwas luftiger gestrickt waren als ihresgleichen in anderen christlichen Orden. Was aber hätte einen christlichen Mönch, wie sie ihn spielte, an der Verschönerung eines Heidentempels durch ein paar zusätzliche Teppiche interessieren können? Die einzig mögliche Antwort lautete: nichts.

»Was allerdings die Geschichte mit den Plünderern anbelangt«, erklärte der Sheik derweil fröhlich, »habe ich die unverfälschte Wahrheit gesprochen, ehrwürdiger Abt.« Und mit diesen Worten übergab er seinem Gegenüber endlich den Kelch. »Der Kalif hat ihn aus ihren Händen befreit. Es hat einen der Räuber mehrere Finger und den Kalifen einen wertvollen Stiefel gekostet, aber er hat es in Kauf genommen, ohne mit der Wimper zu zucken. Dabei war dieses Paar Stiefel ein Geschenk eines begnadeten syrischen Feldherrn, der …«

Robin nutzte die langen Schatten des jungen Tages, um sich unbemerkt abzusetzen. Noch war Damianos viel zu beschäftigt, um sich über ihre Anwesenheit zu wundern. Aber irgendwann mussten auch Salims Vater die Themen ausgehen, von denen niemand etwas wissen wollte. Oder aber dem Abt die Geduld.

In der Bibliothek traf sie auf Bruder Leon, der bereits mit seinen Abschriften beschäftigt war. Der Zisterzienser war froh, jemandem von seinen Studien des *Kosmas Indikopleustes* berichten zu können, und Robin war es recht. So wurde ihr das Warten weniger lang. Als sie schließlich vom Trampeln vieler Schritte und Sinans Lachen vor der Tür der Bibliothek aufgeschreckt wurde, hatte Robin eine Menge gelernt. Etwa dass die Welt vierhundert Tagesreisen lang war, nur halb so breit und vom Ozean eingeschlossen. Oder dass die Sonne tatsächlich eine Kugel war. Sie kannte die Namen der vier größten Flüsse in mehreren Sprachen und fragte sich insgeheim, ob der Garten Eden nicht längst vollkommen überbevölkert war, wo die *Christliche Topographie* des Kosmas Indikopleustes den Weg dorthin doch hinreichend beschrieb. Gut: Gott hatte einen Engel vor dessen Tor platziert. Einen Engel mit einem flammenden Schwert. Aber das war schon lange her, und heute spendete ja auch der Mosesbrunnen nur noch wenig und zudem ungenießbares Wasser und ... so war sie ausnahmsweise froh, Sinans Stimme zu hören, weil diese sie aus ihren unchristlichen Gedanken riss.

Beim Eintreten erkundigte Sinan sich gerade nach den antiken Geografen Herodot und Strabon, in die er zeit seines Lebens schon immer einen Blick habe werfen wollen. Damianos und Salim waren bei ihm, außerdem zwei weitere Sarazenen sowie Erek von Nettestal, der einige Schritte Abstand hielt, seine Neugier darüber hinaus aber nicht zu verbergen versuchte. Salim war selbstredend wenig erfreut darüber, aber machtlos. Auch Leon verlor mit Eintreten der Neuankömmlinge schlagartig das Interesse an den Maßen von Sonne und Ozean. In seinem und Ereks Schatten erschien es auch Robin legitim, sich Sheik, Abt und Gefolge erneut anzuschließen.

Der Scriptor, ungehalten über den unerwünschten Lärm in seinem Heiligtum, nickte knapp zum Gruß und sortierte dann weiter Bücher ein, als hätte er den Wunsch des heidnischen Gastes überhaupt nicht wahrgenommen.

»Herodot und Strabon«, unterbrach ihn Damianos mit Nachdruck in der Stimme. »Haben wir ihre Schriften im Haus, Bruder Jeremias?«

»Ich kann mich nicht ...«, begann der dürre Alte trotzig, zögerte nach einem strengen Blick des Abtes aber nur kurz, ehe er mit bösem Funkeln in den Augen schloss: »... daran erinnern, wohin ich sie gelegt habe. Aber ich werde danach suchen. Einen Moment bitte.«

Das war gewiss nicht das, was er zunächst hatte sagen wollen, und er hatte auch ganz bestimmt nicht vorgehabt, schleunigst in den Keller hinabzusteigen, um dem Wunsch des dicken Heiden gerecht zu werden. Aber er fügte sich, denn Körperhaltung und Mimik des Abtes ließen keinen Zweifel daran, dass er diesen überdrehten, ungläubigen, dicken Mann mit den albernen Zöpfchen im Bart so schnell wie nur irgend möglich loswerden wollte – und wenn er ihm dazu ein belegtes Brot in die Schriften des Julius Caesar wickeln musste.

Noch ehe Robin sich fragen konnte, was Sinan den Texten der heidnischen Geografen wohl zu entnehmen erhoffte, kehrte Jeremias bereits mit zwei mächtigen Schriftrollen zurück. Er überreichte sie dem Sheik mit eisigem Blick, ehe er wieder zwischen den Regalreihen verschwand. Der Sheik bedankte sich, rollte die Texte des Herodot auf einem der Stehpulte aus, las eine Weile darin und ließ Robin dabei in einem unwichtig scheinenden Nebensatz zwischen allen möglichen und unmöglichen Kommentaren, die ihm zu Herodot und seinen vermeintlichen Errungenschaften einfielen, endlich wissen, wonach er eigentlich suchte: »… nicht in einer Liedersammlung zu finden«, bemerkte er nämlich beiläufig. Der erste Teil seines Satzes war Robin entgangen. So, wie einem eben vieles entging, wenn man dem unablässigen Redefluss des Assassinen-Königs allzu lange ausgesetzt war. Nun aber horchte sie auf. »Es wäre nicht der erste Sänger, der seit Jahrhunderten keinen Vers über die Lippen brachte«, grübelte Salims Vater laut weiter.

Er sprach nun arabisch, sodass zumindest Erek von Nettestal ihn nicht verstand. Beim Abt war Robin sich nicht ganz sicher, aber wenn er etwas verstand, war es für ihn nicht von Interesse. Er hatte sich zum Ausgang zurückgezogen und wartete zunehmend ungeduldig darauf, seine Gäste wieder verabschieden zu können.

»Vieles über Ägypten, doch kein Hinweis, der uns dienlich sein könnte …« Sinan rollte die Schriften des Herodot wieder zusammen und drückte sie einem seiner Männer in die Hand, der sie achtlos auf das nächste Stehpult warf. Jeremias eilte herbei, nahm sie mit zornumwölktem Blick und spitzen Fingern und trug sie wieder in den Keller hinab. Eine geraume Weile las der Sheik, laut oder für sich, in den Schriften des Strabon, bis er endlich etwas gefunden zu haben schien, das er für nützlich hielt.

»Hier!« Er deutete auf einen Absatz in Strabons *Geographica,* wobei er vollkommen offenließ, ob er überhaupt mit einem der Umstehenden redete oder nur seiner eigenen Fistelstimme lauschen wollte. »*Bei Theben aber finden sich am westlichen Ufer des Flusses zwei gewaltige, sitzende Kolosse, die aus einem Stein geschlagen sind.* Sänger … Steine … Ich habe es gewusst! Und da … *Der eine ist gänzlich erhalten, vom anderen sind, wie man sagt, bei einem Erdbeben die oberen Teile abgefallen.*« Er strahlte und blickte sich Beifall heischend zu den anderen um. Als er nur verständnislose Blicke erntete, schüttelte er den Kopf und zitierte weiter: »*Jeden Morgen begrüßt der verstümmelte Koloss die Sonne mit einem unheimlichen Ton, weshalb man ihn im Volk auch den Sänger nennt. Nahe bei den Kolossen finden sich vierzig prächtige Totengrüfte …*«

*Das Reich der Toten!* Robin rang um eine möglichst teilnahmslose Miene, doch innerlich fiel ihr ein Stein vom Herzen. Das war sie, vielleicht, hoffentlich, die Hilfe, um die sie Gott gebeten, und die Gott ihr tatsächlich in der Gestalt des Sheiks zugestanden hatte. Der Sänger in Theben, das Reich der Toten, das Wasser des Lebens …! Sie hatten endlich eine neue Spur! Sie hätte ihren Schwiegervater umarmen können – und nahm sich fest vor, es nachzuholen, wenn sie nach erfolgreicher Mission wieder zurück in Jerusalem und vor allem ganz unter sich sein würden. Nun aber zuckte sie betont gelangweilt die Achseln und verließ die Bibliothek. Bruder Leon schloss sich ihr an. Damianos – der ob ihres Verhaltens noch immer nicht misstrauisch geworden zu sein schien – wirkte fast verletzt, als Robin und der Zisterzienser ihn allein mit diesem ganz und gar unmöglichen Fremden und seinen heidnischen Gefährten in Bruder Jeremias' Bibliothek zurückließen.

Am folgenden Morgen verabschiedete Robin sich zunächst von Bruder Leon. Der Zisterzienser schien betrübt über den nahenden Abschied zu sein, und ihr selbst ging es nicht anders. Während der vergangenen Tage hatte sie den jungen Mönch all seinen eigentlich unverzeihlichen Sünden zum Trotz ins Herz geschlossen, und sie wünschte, sie hätte ihn einfach mitnehmen können, so wie sie Erek eigenmächtig in ihre kleine Reisegruppe mit aufgenommen hatte. Aber daran war natürlich nicht zu denken. So, wie sie ihre Mission zu einem Ende bringen musste, war auch Leon eine Aufgabe anvertraut, die er zu erfüllen hatte – so verwerflich sie Robin auch erschien. Und sie konnte schließlich nicht einfach jeden mitnehmen, der ihr irgendwie sympathisch war.

Damianos hingegen machte sich nicht einmal die Mühe, auch nur Bestürzung vorzutäuschen, als Robin ihm verkündete, dass ihre Gefährten und sie das Kloster mit dem fremden Heiden verlassen wollten, der ihr angeboten hatte, mit ihm nach Bagdad zu reisen. In der Schriftensammlung des Kalifen, so hieß es offiziell, wollten sie versuchen, etwas mehr über die Lehren und das Leben des Plinius in Erfahrung zu bringen. Wenn man Robins Schwiegervater fragte, bedurfte es allerdings überhaupt keiner weiteren Texte antiker Philosophen, Mediziner oder Geografen, um das Wasser des Lebens zu finden. Er behauptete voller Überzeugung und nicht ohne Stolz, anhand der Beschreibungen des Strabon eine ziemlich genaue Vorstellung davon zu haben, wo sich der sogenannte Sänger finden ließ. Dieser nämlich wäre keineswegs ein Mensch aus Fleisch und Blut – oder Staub und Knochen –, sondern bloß ein Stein. Eine halb verfallene Statue, um genau zu sein. Robin quälten Bedenken, dass sich eine zu Zeiten Strabons schon baufällige Steinfigur nach so vielen

Jahrhunderten überhaupt noch als solche erkennen ließ, doch sie behielt ihre Sorgen für sich. Welche Wahl hatte sie schließlich schon? Außerdem wäre Theben ohnedies ihr nächstes Anlaufziel gewesen, denn die ägyptische Stadt war auch in den Schriften des Plinius namentlich erwähnt.

Sinan – und das war die nächste gute Nachricht – wusste zudem, wo Theben lag, und so blieben Robin viele weitere Stunden in der staubigen Bibliothek erspart. Der Sheik war felsenfest davon überzeugt, dass sie nicht nur die zerstörte Statue, sondern mit ihr auch den letzten, entscheidenden Hinweis auf die verborgene Quelle im sogenannten Reich der Toten finden würden.

Der Abschied von Damianos und seinen Brüdern verlief knapp und höflich. Robin war mehr als froh, dem tristen Gemäuer voller unmoralischer Geschäfte endlich den Rücken kehren zu können – und mühte sich redlich, ihre Erleichterung nicht allzu offen zu zeigen. Der Abt wiederum winkte ihnen sogar von der Klostermauer aus zum Abschied nach. Robin grinste. Vermutlich waren es lediglich seine alten Knochen, die Damianos davon abhielten, vor Freude ein paar Purzelbäume zu schlagen oder auf der Klostermauer zu tanzen, dass er sie alle – und den Sheik voran – endlich los war. Er hatte einen jungen Reiter der Aulad Sa'id herbeibestellt, der ihnen den Weg weisen sollte – vielleicht aber war es auch Aufgabe des freundlichen, aber ernsten Mannes, dafür Sorge zu tragen, dass sie auch *wirklich* verschwanden. Dass die Gebeine der heiligen Katharina einer Horde solch zwiegesichtiger, goldgieriger Greise ausgesetzt waren, empörte Robin noch immer, und sie nahm sich fest vor, Bruder Abbé nach ihrer Heimkehr über die Zustände im Katharinenkloster zu unterrichten. Und mit einem kleinen Teil ihres Herzens wünschte sie sich sogar, Bruder Leon möge zuvor noch ein kleines Stück der kostbaren Reliquie in seinem hübschen Schrein verstaut haben, damit wenigstens ein liebenswerter und vor allen

Dingen *ehrlicher* Mensch daran mitverdiente – und verwünschte sich sogleich für diesen Gedanken.

Sinan hatte ihr für die Reise ein junges, kräftiges Kamel zugewiesen. Noch immer plagten sie schreckliche Rückenschmerzen, aber sie war dennoch froh, dass es wieder vorwärtsging. Dass ihr körperlicher Zustand sich durch Ruhe allein verbessern würde, war ohnedies unmöglich – und die Zeit lief ihr davon. Sie musste ihre Mission unbedingt und erfolgreich abschließen, *bevor* ihr Kind zur Welt kam. Jede Stunde, in der sie untätig herumsaß, könnte am Ende die entscheidende Stunde sein, die ihr fehlte …

»Wie war noch gleich der Name der Stadt, die wir zunächst anstreben?«, erkundigte sie sich bei Sinan, um sich auf andere Gedanken zu bringen. Und fast war sie dankbar dafür, dass Salims Vater ihr das Zepter der Mission für den Moment aus der Hand gerissen hatte. Sie verstand noch immer nicht, warum er ihr half, aber fürs Erste, hatte sie beschlossen, wollte sie seine Hilfe annehmen. Zumindest, bis sie wusste, wie und mit welchen Mitteln sie wieder allein zurande kam.

Noch vor wenigen Monaten hätte sie sich durch sein Verhalten über Bord gestoßen und erniedrigt gefühlt. Getarnt in Scherze und schillernde Bildervergleiche, manchmal aber auch ganz unverblümt, behandelte Sinan sie zu gern wie ein unmündiges kleines Mädchen. Nur er allein hatte das Wort und alle Gewalten inne, so einfach war es für ihn. Doch im Augenblick war er ihr nützlich, und so erduldete sie ihn, ohne sich gekränkt zu fühlen. Fast wunderte sie sich darüber, dass Trotz und Wut in ihr so milde schliefen. Wahrscheinlich, so dachte sie sich, war es das Kind, das an ihrer Kraft zehrte – und zwar in jeder Hinsicht.

»El Tor«, antwortete Raschid, der bereits wieder bestens gelaunt und zu ausschweifenden Schwätzchen aufgelegt war – zum Leidwesen seiner Mannen. Keiner von ihnen hielt es länger als eine halbe Meile in seiner unmittelbaren Nähe aus.

»Sag nicht, du hast es bereits wieder vergessen. Bei Allah, wenn ich daran denke, was ich dir im Schweiße meines Angesichts beigebracht habe … und was davon übrig geblieben sein mag, wenn du dir einen so einfachen Namen nicht von einem Abend bis zum nächsten Morgen zu merken vermagst …« Er schüttelte vorwurfsvoll den Kopf, aber in seinen Augen blitzte der Schalk.

»Und von dort aus nach Koseir«, antwortete Robin, um zu zeigen, dass ihr Gedächtnis noch lange nicht das des dummen Esels war, als den der Alte sie zeitweilig titulierte. »Glaubt Ihr, dass es schwer wird, ein Schiff zu finden? El Tor ist keine allzu große Stadt, oder? Zumindest habe ich nie zuvor von ihr gehört.«

»Du wirst staunen, von wie vielen Städten du noch nichts gehört hast«, erwiderte der Alte vom Berge fröhlich. »Ganz zu schweigen von all den anderen Dingen, die dir fremd sind. Manieren, Rechtgläubigkeit, Eleganz, Geschmack, Weiblichkeit …« Er seufzte und grinste breit, als Robin empört auffahren wollte. »In El Tor erwartet uns bereits ein Schiff«, erklärte er stolz. »Eine hübsche, kleine Dau mit einer zuverlässigen und erfahrenen Mannschaft und einem wirklich großartigen Schiffskoch. Du wirst nicht glauben, was sich aus einem bescheidenen Fischlein zaubern lässt, wenn nur der richtige Mann am Werk ist.«

Robin glaubte nicht, dass sie überhaupt je wieder Fisch essen könnte, verspürte aber keine große Lust auf ein ausschweifendes Gespräch über kulinarische Errungenschaften. Ein Schiff in El Tor? Aber …

»Keine Brieftaube«, lachte Sinan, noch bevor Robin ihre Verwirrung mit einer entsprechenden Frage kundtun konnte. »Ein zweites Schiff steht in Pelusium bereit – für den Fall, dass unsere weitere Reise über das Innere Meer geführt hätte. Und jeder andere Ort wäre durch die Karawane erreichbar.«

Robin nickte. Es war erstaunlich und auch ein wenig beschämend, wie viel Zeit, Mühen und organisatorisches Geschick ihr Schwiegervater in ihre Mission investierte. Sie, Erek und Salim würden sich nicht mehr allein und mit einer kargen Ration Trockenfisch oder Pökelfleisch durch diese lebensfeindliche Landschaft schlagen müssen, sondern in Begleitung einer hervorragend ausgestatteten Karawane. Rund fünfzig Sarazenen und ebenso viele Huftiere ritten unter Sinans Führung, während hinter ihnen das Katharinenkloster in der Ferne zu einem grauen Fleck zusammenschrumpfte.

Schließlich hielt auch Robin den steten Redeschwall ihres Schwiegervaters nicht mehr aus, trieb ihr Tier wie in Gedanken verloren zu wesentlich schnellerer Gangart an und reihte sich neben dem fremden Aulad Sa'id ein. Die Männer des Sheiks hatten ihn bereits jetzt, nach weniger als vier Meilen, von seinem Platz an der Spitze verdrängt, sodass er nun fast in der Mitte der Karawane ritt. Kurz darauf verstand auch er, dass diese Reisegruppe bestens ohne ihn zurande kam, und verabschiedete sich mit den besten Wünschen für die Zukunft.

Als sie einen Bergpfad einschlugen, der Platz genug ließ, Seite an Seite zu reiten, schloss Erek von Nettestal zu ihr auf. Sie hatte ihn in den vergangenen Tagen nur sehr selten zu Gesicht bekommen und schenkte ihm ein knappes Lächeln, ehe sie schweigend nebeneinander weiterritten. Robin spürte, dass dem Söldner etwas auf dem Herzen lag und er bloß nach den richtigen Worten suchte, um sich mitzuteilen. Robin ahnte, wie er sich fühlte: Obgleich sie in Erek nach wie vor weder einen Verräter noch einen potenziellen Attentäter sah, hatte sie ihm von Sinans Ankunft, ihrem Fund in der Bibliothek und dem Grund und Ziel ihrer weiteren Reiseroute nicht einmal die Hälfte erzählt. Vermutlich, so dachte sie, würde er es nicht verstehen, und vielleicht interessierte es ihn im Grunde auch nicht. Sicherlich war er nicht bei ihr, um das Wasser des Lebens zu finden, sondern um das Schwert des

Königs zu beschützen. Und vermutlich hatte er nicht nur ein großes Abenteuer, sondern am Ende dessen einen reichen Lohn für seine Dienste erhofft, als er mit ihr aufgebrochen war. Sie konnte es ihm nicht verübeln.

»Ihr vertraut diesen Heiden, nicht wahr?«, erkundigte sich der blonde Riese nach einer Weile gedämpft. »Und dabei kennt Ihr sie überhaupt nicht …«

Robin zuckte die Achseln und lächelte knapp. »Bislang haben sie mir noch keinen Grund gegeben, ihnen nicht zu vertrauen«, erwiderte sie gelassen. Erek tat ihr ein bisschen leid. Er musste innerlich tausend Tode sterben vor Sorge, denn er wusste nicht um das, was sie wirklich mit Salim und dem vermeintlichen Gesandten des Kalifen verband. Gern hätte sie Erek sein berechtigtes Misstrauen ausreden wollen, aber die ganze Wahrheit konnte sie ihm natürlich nicht erzählen. Also begriff sie seine Sorge als Beweis dafür, dass er *wirklich* auf sie aufpassen wollte, und bemühte sich um eine möglichst entspannte Haltung und einen ruhigen, selbstsicheren Tonfall, statt ihn mit Ausflüchten und Halbwahrheiten noch weiter zu verunsichern.

»Was ist, wenn sie wissen, wer Ihr wirklich seid?«, bohrte Erek von Nettestal kopfschüttelnd weiter. »Was, wenn sie Euch nur weit genug von dem Kloster weglocken wollen, um Euch zu entführen oder Euch etwas noch Schlimmeres anzutun? Das Schwert des Königs als Geisel …« Er zog finster die Brauen zusammen. »Ich könnte mir vorstellen, dass es sich lohnen könnte.«

»Kommt nicht auf dumme Gedanken«, neckte Robin.

»Ihr nehmt mich nicht ernst!« Robin schalt den Söldner mit einem mahnenden Seitenblick, und er senkte seine Stimme wieder zu einem etwas lauteren Flüstern: »Wenn Ihr mich fragt, Robin, dann sind diese Männer in seiner Begleitung keine Diener. Sie *bewegen* sich nicht wie Sklaven oder auch nur einfache Leute. Seht sie Euch doch nur an! Wie sie im Sattel sitzen, wie aufmerksam sie ihre Umgebung abschätzen, wie schlank und muskulös jeder Einzelne von ihnen ist. Ich könnte wetten, ein jeder von ihnen trägt ein Schwert unter seinem Gewand, oder eine Armbrust oder zumindest einen Dolch oder Schlagringe und Wurfsterne. Was auch immer. Mit Ausnahme des Alten mit den Zöpfen im Bart sind sie alle Krieger, wenn Ihr mich fragt. Und Ihr *solltet* mich fragen, denn ich erkenne einen Kämpfer, wenn ich ihn sehe. Besonders, wenn es sich um *sehr erfahrene* Kämpfer handelt.«

Robin seufzte. Natürlich hatte Erek von Nettestal recht: Unter all den Männern, die Sheik Sinan begleiteten, war zweifellos nicht ein einziger gewöhnlicher Diener. Jeder Mensch, der halbwegs bei Gesundheit war und noch die meisten Gliedmaßen beisammenhatte, war schließlich in der Lage, notfalls einen Schlauch mit Wasser zu füllen, ein Pferd zu satteln oder einen Teller voller Datteln und Obst herbeizutragen. Aber nur die wenigsten Diener konnten einen unerwarteten Angreifer binnen weniger Lidschläge außer Gefecht setzen. Warum also hätte der Sheik auf seiner Reise durch die Wüste einen Diener neben seinem Kamel herlaufen lassen sollen, der nicht kämpfen konnte, ihn aber zusätzliches Wasser und Vorräte kostete?

Robin gab sich gelassen: »Ich bin um jeden starken Mann dankbar, der mir auf dieser Reise zur Seite steht. Um Euch natürlich ganz besonders«, fügte sie hinzu, was Erek zwar in die erhoffte Verlegenheit, leider aber nicht vom Thema abbrachte.

»Ich traue diesen Leuten wirklich nicht«, insistierte er. »Und außerdem sind sie Heiden.«

»Heiden, die bereit sind, uns auf ihrem Schiff mit an unser Ziel zu nehmen«, ergänzte Robin.

»Und was ist unser Ziel?«

»Bagdad«, behauptete Salim an Robins statt.

Sie hatte überhaupt nicht bemerkt, wie er auf einem der

Pferde zu ihnen aufgeschlossen war. Nun aber ritt er beinahe zwischen ihnen und blickte zu Robin empor, die zwischen den Höckern des Kamels wesentlich höher – und bedeutend unbequemer saß. Robin warf ihm einen überraschten Blick zu. Bagdad? Sie selbst hatte in all der Aufregung tatsächlich vergessen, Erek über das wahre Ziel ihrer Reise aufzuklären, und es wunderte sie, dass er sich erst jetzt danach erkundigte. Aber sie verstand nicht, warum der Sarazene ihren Begleiter nun ebenso belog, wie sie den Abt belogen hatte. Sicher: Er traute ihm nicht. Doch diese spezielle Lüge würde bereits in wenigen Tagen auffliegen – spätestens dann, wenn ihr Schiff in El Tor einen vollkommen anderen Kurs setzte.

Aber das schien Salim nicht zu kümmern. Robin entschied, ihn im Auge zu behalten. Nicht, dass er plante, Erek ganz aus Versehen in dieser Felsenwüste zu verlieren – zum Beispiel, während er schlief oder in einer Quelle badete, über der auf einmal schwere Gegenstände vom Himmel purzelten …

Salim würde es nicht selbst tun, ganz bestimmt nicht. Aber sie traute ihm durchaus zu, einem der Männer einen entsprechenden Befehl zu geben. Misstrauisch maß sie ihn, sagte aber nichts. Von Nettestals Miene hingegen verfinsterte sich noch mehr: »Warum reitet Euer Sklave ein Pferd?«, fragte er.

»Warum reitet ein venezianischer Söldner und potenzieller Giftmörder mit ungewisser Vergangenheit auf einem Kamel an der Seite des Ersten Ritters des Königs von Jerusalem?«, gab Salim gehässig zurück.

»Weil er sich dazu verpflichtet hat, das Schwert des Königs vor Heiden und anderen Gefahren zu schützen«, schnaubte Erek.

»Vor anderen Gefahren?« Salim legte den Kopf schräg. »Vielleicht vor christlichen Söldnern in unbekannten Diensten, deren Sold so gesichert scheint, dass sie sich nicht ein einziges Mal danach erkundigt haben, was am Ende des vorbildlichen Aufpassens für sie herausspringt? Oder eher vor Verrätern, die besagtes Schwert im Namen der Gräfin von Courtenay ausspionieren und von Zeit zu Zeit einen Verbündeten in die Heimat zurückschicken, damit sie regelmäßig Bericht am Hof erstatten? Oder ist es der Erzbischof? Oder die Templer? Wer entlohnt Euch für Eure Mühen, Erek von Nettestal? Ich finde, es ist an der Zeit, darüber zu sprechen.«

»Euer Sklave leidet unter Verfolgungswahn!«, wandte Erek sich über Salims Kopf hinweg an Robin. »Und an Größenwahn noch dazu!«

Robin zog eine Grimasse. Sie ärgerte sich über die offenen Unterstellungen, deren Salim sich, eine fünfzig Kopf starke Assassinen-Truppe im Rücken, erdreistete – nicht weil sie es vorzog, wenn ihr jemand etwas vormachte, sondern weil der Angriff so unvorbereitet und heftig kam.

In diesem Moment jedoch entdeckte sie zum ersten Mal etwas in Ereks Blick, was auch sie stutzen ließ: ein unsicheres, kurzes Flackern, fast schon eines, das Angst verriet. Doch kaum dass sie es ausgemacht hatte, war es auch schon wieder verschwunden. Aber es war da gewesen, ganz ohne Zweifel. Aus welchem Grund? Sie wusste es nicht.

»Warum beantwortet Ihr nicht einfach seine Frage?«, erkundigte sie sich darum, wobei sie sich bemühte, eher ermutigend als misstrauisch zu klingen.

Der Söldner schüttelte den Kopf. »Ihr entlohnt mich irgendwann, nehme ich an … oder der König. Aber … Falls nicht, werde ich es niemandem verübeln. Ich bin freiwillig mit Euch gegangen. Weil ich Euch helfen will. Und weil ich seit dem Streit mit Enrico Dandolo ohnehin keine andere Aufgabe mehr habe. Und kein Ziel.«

»Weil ich Euch helfen will«, äffte Salim ihn nach. Robin bedachte ihn mit einem strafenden Blick.

»Ich werde Euch angemessen entlohnen, sobald wir am Ziel sind«, versprach sie, trieb ihr Tier zu einer schnelleren

Gangart an und erklärte das Gespräch damit für beendet. Sie suchte sich einen Platz weiter vorn in der Karawane und versuchte zum zweiten Mal während ihrer Reise, ernsthaft darüber nachzudenken, ob Salims Misstrauen Erek gegenüber berechtigt sein könnte. Doch je ernsthafter sie es in Erwägung zog, desto unwahrscheinlicher erschien es ihr letztlich. Nein, dachte Robin bei sich. Ein kurzes Flackern im Blick machte Erek von Nettestal noch lange nicht zum Verräter. Abgesehen davon, dass es ihr, organisatorisch betrachtet, ganz und gar unmöglich erschien.

Dennoch erwischte sich Robin während des weiteren Ritts nach El Tor wieder zunehmend dabei, wie sie nicht nur Erek von Nettestal, sondern auch die triste Felslandschaft um sich herum mit misstrauischen Blicken beäugte. Es war wirklich nicht leicht, das richtige Maß zwischen Aufmerksamkeit und Gelassenheit zu finden, wenn man den schattenhaften Begleiter Verfolgungswahn an seiner Ferse wusste. Aber vielleicht schwelgte Robin auch nur darum wieder so häufig in ihrer neuen alten Angst, weil sie schlicht nichts Besseres zu tun hatte. Sheik Raschid Sinan nämlich hatte ihre weitere Reise nicht bloß bestens und praktisch lückenlos vorbereitet, sondern pflegte ihr auch im Unwesentlichen, im ganz Kleinen, kurzerhand alle Fäden zu entreißen. Er entschied, was und wie viel sie zum Frühstück zu sich nahm, jagte ihr stets mindestens vier seiner Männer hinterher, wenn sie versuchte, sich wenigstens für ein paar Minuten von der Truppe abzusetzen, und schickte sie nach Einbruch der Nacht nachdrücklich unter ihre Decke wie ein dummes Kind. Und schon lange bevor sie die kleine Hafenstadt nach einem Ritt ohne jeden Zwischenfall erreichten, fühlte Robin sich entmachtet und entmündigt. Kurz fragte sie sich, ob der Herr ihr den Assassinen-Fürsten als Hilfe zur Seite gestellt hatte oder als neue, besonders schwer zu meisternde Herausforderung.

# 17. KAPITEL

Auch wenn Sheik Sinan gern so tat: Von El Tor nie zuvor etwas gehört zu haben war ganz bestimmt *keine* Schande. Die Hafenstadt zählte kaum mehr Häuser als ein großes Dorf in Robins fränkischer Heimat – dafür allerdings umso mehr Menschen. Sicherlich waren die Frauen in El Tor nicht gebärfreudiger oder die Männer zeugungsfähiger als anderswo. Aber etliche kleine, ergiebige Süßwasserquellen machten das Land fruchtbar, und die Bucht war reich an Fischen und Meeresfrüchten. Die Bewohner der Stadt litten weder Hunger noch Durst, und anders als in Friesland erfroren hier auch nicht jeden Winter die jüngsten, schwächsten oder ältesten Mitglieder der Familien.

Ebenso wie die meisten der flachen, weißen Häuser war auch die Stadtmauer so niedrig, dass ein kräftiges Pferd wahrscheinlich mit einem Satz darüber hätte hinwegspringen können. Häuser und Mauer waren aus löchrigem Korallengestein errichtet, das porös wirkte, aber überaus stabil zu sein schien – oder in regelmäßigen Abständen ausgebessert wurde. Anders als in Pelusium erspähte Robin nicht ein verfallenes Gebäude. Das einzige richtige Steinhaus war ein Kloster, das etwas abseits errichtet und dem heiligen Jakobus geweiht war. Obgleich Robin sich fest vornahm, die Kapelle des Hauses für ein letztes, ausgiebiges Gebet vor der nächsten Schiffsreise zu nutzen, musste sie sich eingestehen, dass das Kloster in seinem trüben, kalten Grau neben der hübschen, den Sonnenschein in gleißendem Weiß zurückwerfenden Stadt fast wie ein Schandfleck wirkte.

Sheik Sinan kommandierte die Karawane zwischen Kloster und Stadtmauer hindurch zu einer großen Karawanserei – einer unverhältnismäßig großen, wie Robin fand. Wenngleich El Tor selbst nicht besonders groß war – der Hafen, der sich hinter der Karawanserei erstreckte, war es allemal. Und neben dem, was Sinan als *kleine Dau* angekündigt hatte und das tatsächlich ein großes, ungewöhnlich prachtvolles Schiff war, lagen mehrere kleinere, aber schnelle Schiffe vor Anker. Ein weiteres steuerte gerade jetzt auf den Hafen zu. In El Tor musste der Handel üppige Blüten treiben. Zumindest aber diente die Stadt als beliebtes Zwischenziel zwischen Koseir und anderen großen Handelsstädten.

Die Karawanserei verfügte über einen weitläufigen, mit vielen Tränken ausgestatteten Hof. In die zahlreichen Gästezimmer ließ Sinan etwa dreißig seiner Männer einziehen, mit denen er am kommenden Morgen einschiffen wollte. Die übrigen ließ er noch am späten Nachmittag zusammen mit den Pferden, den Kamelen und neuem Proviant umkehren. Robin wusste nicht recht, ob sie sie für den neuerlichen, kraftraubenden Ritt bedauern oder darum beneiden sollte, dass ihre Aufgabe an dieser Stelle so gut wie beendet war und sie Sheik Sinan für die nächsten Wochen oder Monate den Rücken kehren konnten.

Die zurückgebliebenen Männer beluden das wartende Schiff mit Unmengen von Vorräten, Fässern und Truhen, von denen Gott allein wusste, wo Sinan sie in dieser kleinen Stadt – so schnell zudem – erworben hatte. Sie nutzten den restlichen Tag und die Nacht, um neue Kraft zu schöpfen, und am nächsten Morgen legte die *Kalif Ali* ab. Das Schiff, für das Sinan gesorgt hatte, war sogar noch größer als die *San*

*Michele*. Es verfügte über zwei Masten, ein durchgezogenes Hauptdeck, ein langes Achterdeck, das fast das hintere Drittel des Seegefährts einnahm, und einen langen Vordersteven, der schräg aus dem Kiel hervortrat. Die beiden arabischen Segel und auch das Sonnensegel, das das Deck zwischen den beiden Masten beschattete, waren von blassem Safrangelb, während der Rumpf in Unheil verkündendem, blutigem Rot bemalt war. In großen, goldenen Lettern prangte sein Name auf beiden Seiten des Schiffes, und Salim erzählte ihr, dass es normalerweise Pilger von El Tor und anderen Häfen nach Jiddah, dem Hafen Mekkas, transportierte.

Neben der dreißigköpfigen Truppe des Sheiks blieb genügend Platz für die schiffseigene Mannschaft und die Unmengen an Vorräten, die Sinans Männer am Vortag zu verladen begonnen hatten. Als Robin sich am Morgen an Bord begab, wurden immer noch vereinzelte Säcke, Fässer und Truhen nachgereicht. Was sie ihrem Schwiegervater zunächst nur insgeheim unterstellt hatte – nämlich dass er ihr keineswegs aus Solidarität oder Familiensinn, sondern aus sehr eigennützigen, wahrscheinlich politischen Motiven half –, wurde ihr spätestens jetzt zur Gewissheit. Inzwischen fühlte sie sich kaum noch als wichtiger Teil auf König Balduins Mission, sondern eher wie ein verzichtbares, gnädig toleriertes Anhängsel. Vielleicht wollte Sinan sie bei der nächsten sich bietenden Gelegenheit ebenso ausbooten wie Erek von Nettestal, auf den Salim seinen Vater wahrscheinlich längst angesetzt hatte – wenngleich wahrscheinlich auf weniger gesundheitsschädliche Weise. Tatsächlich hatte sie kurz nach ihrer Abreise aus dem Katharinenkloster ein nervraubendes Gespräch über die Dringlichkeit – oder wenn es nach ihrem Schwiegervater und natürlich Salim ging: Unsinnigkeit – von Ereks Anwesenheit geführt und lediglich erreicht, dass man den Hünen ihr zuliebe in den Reihen der Schattenkrieger duldete, solange er sich nicht die geringste Verfehlung erlaubte. Hätte Sinan selbst das Kloster nach den verbotenen Texten des Plinius absuchen müssen, hinge er jetzt vielleicht immer noch zwischen den verderblichen Schriften von Catull oder Caesar fest und ließe sich von dem greisen Scriptor hinhalten.

Robin seufzte. Das Gefühl des Dankes, das Robin Sinan ob aller seiner Mühen entgegengebracht hatte, sank. Er nahm überhaupt nichts *für sie* auf sich, sondern wollte lediglich für sich selbst – und wenn sie Pech hatte für niemand anderen – das Wasser des Lebens finden.

Voller Unbehagen blickte Robin sich auf dem Zweimaster um. Ob es nicht vielleicht eine Möglichkeit gab, sich von Sinan abzusetzen – notfalls allein mit Erek von Nettestal? Aber nein, so schalt sie sich selbst: Sie hatte sich ja nicht einmal die Mühe gemacht, herauszufinden, wo genau sich dieses Theben befand, geschweige denn, wie sie es aus eigener Kraft erreichen sollte. Sie hatte weder einen Plan noch ein Schiff oder eine Mannschaft, die ein solches zu steuern in der Lage war, und verfluchte sich dafür, sich ihrem Schwiegervater so leichtfertig anvertraut zu haben.

Der Alte vom Berge begrüßte sie auf seine überschwängliche Weise an Bord der *Kalif Ali* und stellte sie dem Kapitän vor, den er selbst – wie nicht anders zu erwarten – schon seit Jahren kannte. Der hagere Hassan Muawija mit der dunklen, narbigen Haut und dem kurz geschorenen Bart über den eingefallenen Wangen trug einen nachtschwarzen Burnus über einem dunklen, mit sehr feinen Silberfäden bestickten Hemd und bauschigen schwarzen Hosen, die in fremdartigen, kurzen Stiefeln steckten. Aus seiner blutroten, breiten Bauchbinde lugten gleich zwei Dolche, und auch ohne einen langen Stab oder eine Sense in der Hand wirkte er eher wie eine unheimliche Sagengestalt, die Robin keineswegs nach Koseir zu bringen im Begriff war, sondern für eine Silbermünze in ein Reich jenseits der Welt der Lebenden, aus dem es kein Zurück mehr gab. Glücklicherweise wusste Robin, dass weder Gott noch der Teufel eine solche Sagengestalt beschäftigte, denn sonst hätte sie vielleicht wirklich Angst vor Hassan Muawija gehabt. So aber war er ihr einfach nur unsympathisch genug, dass sie sich – der Angst vor der neuerlichen Schifffahrt zum Trotz – fast wieder zu dem selbstsüchtigen Enrico Dandolo auf die *San Michele* zurückwünschte.

Wie geplant nahmen sie einen südwestlichen Kurs, was Erek von Nettestal nicht verborgen blieb. Er wartete kaum das reichhaltige Abendessen ab, ehe er am Abend an die Tür zu Robins Kajüte klopfte. »Wir fahren nicht nach Bagdad«, schnappte er, kaum dass die Tür ins Schloss gefallen war. »Es ist ein Hinterhalt, Robin! Sie haben einen vollkommen verkehrten Kurs eingeschlagen!«

»Haben sie nicht«, seufzte Robin und deutete auf den runden Schemel, der neben ihrem Bett stand. »Setz dich.«

»Aber …«

»Setz dich doch bitte einfach hin, und hör mir zu«, fiel Robin ihm ins Wort. Der Söldner zögerte noch einen Augenblick, gehorchte aber dann. »Wir reisen nach Theben«, erklärte sie, als er sich endlich auf dem Schemel niedergelassen hatte. »Es war nie etwas anderes geplant.«

»Aber Euer Sklave …«, begann Erek, doch Robin ließ ihn auch dieses Mal nicht ausreden. Bereits kurz nach ihrem Aufbruch war ein stärkerer Wind aufgekommen, der die Dau nun unangenehm hin und her schwanken ließ. Ihr war übel, und sie wollte dieses unangenehme Gespräch so schnell wie nur irgend möglich und ohne große Aufregung hinter sich bringen. »Salim hat dich belogen«, erklärte sie knapp. »Der Alte und seine Männer werden uns begleiten und uns helfen, das Wasser des Lebens zu finden.«

»Er weiß davon?!«, keuchte Erek entsetzt. »Ihr … habt Euch ihm anvertraut?! Seid Ihr verrückt geworden?!«

*Noch nicht, aber ich stehe kurz davor, wenn ich ehrlich sein soll*, dachte Robin, doch laut sagte sie: »Er wusste schon davon, als er in das Katharinenkloster kam. Er war überhaupt nur dort, weil er davon wusste. Er ist gekommen, um uns zu helfen, und wenn er das nicht wäre, säßen wir noch immer mit qualmenden Köpfen in dieser verstaubten Bibliothek fest und hätten nicht die geringste Ahnung, in welche Richtung wir uns wenden sollen. Ich für meinen Teil zumindest. Ich kann dir nicht alles erklären, Erek. Noch nicht. Ich kann dich nur bitten, mir zu vertrauen.«

»Aber ...«

»Kein Aber, Erek! Ich vertraue dir schließlich auch!«, schnappte Robin so energisch, dass der Hüne erschrocken zusammenfuhr. »Verzeih«, setzte sie deutlich leiser und beherrschter hinzu. »Aber es war nicht leicht, den Alten dazu zu bringen, dich mitzunehmen.« *Und das auch noch bei lebendigem Leib*, fügte sie bitter in Gedanken hinzu.

»*Mich* mitzunehmen?«, wiederholte Erek betont. Er stand auf und maß Robin mit einem misstrauischen Blick. »Robin – wer ist dieser seltsame Alte? Sagt mir die Wahrheit. Was verbindet Euch mit ihm? Woher kennt Ihr ihn? Wie soll ich auf Euch aufpassen, wenn Ihr mir nicht verratet, mit wem ich mich in Wirklichkeit umgebe?«

»Ich kann nicht darüber reden«, beharrte Robin. »Ich werde dir alles erklären, sobald die Zeit dazu gekommen ist. Aber für den Augenblick musst du dich damit abfinden, dass du nur zwei Möglichkeiten hast: Du vertraust mir, oder du bittest Hassan um eines der Beiboote, um an Land zurückzukehren und einem Herrn zu dienen, der einem Untergebenen detailliert Rede und Antwort über Dinge steht, die ihn überhaupt nichts angehen.«

Erek maß sie mit einem langen Blick. Die Enttäuschung über die Überheblichkeit und Härte, mit der das Schwert des Königs ihm auf einmal entgegentrat, war ihm deutlich ins Gesicht geschrieben. Schließlich, so dachte Robin, hatte sie ihm seit Anbeginn ihrer Reise nicht ein einziges Mal das Gefühl gegeben, ihm in irgendeiner Form überlegen zu sein oder ihm zu misstrauen, und sie fühlte sich auch nicht wohl dabei, ihn so zu behandeln. Andererseits tat es auch ein winzig kleines bisschen gut, wenigstens einen einzigen Mann auf diesem Schiff zu wissen, der ausschließlich ihre Befehle befolgen würde und vor allem einfach *den Mund zu halten hatte*, wenn sie ihn dazu aufforderte.

»Bitte.« Robin deutete mit einem Nicken auf den Ausgang. »Entschuldige mich jetzt. Ich bin müde, und Schiffsreisen wirken sich nicht unbedingt vorteilhaft auf mein Gemüt aus, wie du vielleicht schon auf der *San Michele* bemerkt hast.«

»Natürlich.« Erek bedachte sie mit einem letzten, vorwurfsvollen Blick und machte dann auf dem Absatz kehrt, um aus dem Raum zu stampfen. Robin blickte ihm besorgt nach und hoffte, dass sich nicht allzu viele Männer in unmittelbarer Nähe der Reling auf dem Oberdeck befanden. Der Söldner machte den Eindruck, als hätte er gute Lust, ein paar der Fremden über Bord zu treten.

Im Laufe der ersten Nacht auf der *Kalif Ali* nahm der starke Wind noch zu, sodass er bald – wenigstens Robins Empfinden nach – an einen kleinen Sturm grenzte. Die Dau stemmte sich wacker gegen die unruhige See, bekam aber so starke Schlagseite, dass Robin sich nicht traute, auch nur ein Auge zu schließen. Also wälzte sie sich, eine Hand immerfort am Bettrahmen, lange von einer Seite auf die andere und versuchte, ihre Übelkeit durch konzentriertes Nicht-daran-Denken zu bekämpfen, kapitulierte schließlich und tastete sich im Schein der wenigen Öllampen von Wand zu Wand und schließlich die schmalen Stufen zum Oberdeck hinauf. Falls ihr übel wurde, war sie hier zumindest gleich an der richtigen Stelle. Und außerdem, so belehrte sie eine phobische Stimme in ihrem Kopf, reduzierte das im Falle eines Kenterns die Gefahr, zu ertrinken, erheblich. Sie konnte zwar nicht schwimmen, aber sich ja vielleicht an ein Trümmerteil der *Kalif Ali* klammern, statt in ihrer kleinen Kammer unter Deck eingeschlossen zu sein und eines grausamen Todes zu sterben.

An Bord kämpfte eine Handvoll Männer mit verbissenem Gesichtsausdruck mit den Tauen der Takelage und dem Steuer, und auch Salim und sein Vater befanden sich zu nächtlicher Stunde noch auf dem Hauptdeck. Sie standen mit beiden Beinen beneidenswert fest auf den hin und her schwankenden, von der aufschäumenden Gicht feuchten Planken hinter dem Vordersteven und unterhielten sich leise. Robin wollte sich zügig hinter das Achterkastell zurückziehen und sich ihrem Selbstmitleid in einem möglichst finsteren Winkel hingeben, doch Salim hatte sie längst bemerkt, näherte sich mit eiligen Schritten und rief nach ihr. Robin tat erfolglos, als habe sie ihn nicht bemerkt, während ihre Innereien einen weiteren hinterhältigen Versuch starteten, durch ihre Speiseröhre zu entkommen. Schon war er bei ihr und legte ihr besorgt einen Arm um die Schultern: »Robin, Liebste. Ist alles in Ordnung mit dir? Fühlst du dich nicht wohl? Was für eine Frage … Aber es ist doch bloß die Seekrankheit, nicht wahr?« Seine Linke tastete sorgenvoll nach der Wölbung ihres Bauches.

»Ich bin noch nicht müde«, behauptete Robin schulterzuckend und schluckte etwas bittere Galle herunter.

Salim zog eine Grimasse. »Komm mit zu meinem Vater«, forderte er sie kopfschüttelnd auf. Seine Stimme ließ keinen Zweifel daran, dass er sie so schnell nicht wieder aus den Augen lassen würde. Vermutlich sah sie aus wie eine wandelnde Leiche. Auf jeden Fall wäre sie in diesem Moment sehr gern eine solche gewesen, denn sie hatte noch nie von einer Leiche gehört, die sich über die Reling beugte, um sich zu übergeben.

Aber sie verkniff sich die Schande und fügte sich Salims

Wunsch. Es war nicht eben so, dass ihr nach Gesellschaft zumute war; nach der ihres Gatten vielleicht gerade noch, aber nach jener ihres Schwiegervaters absolut nicht. Doch dass sie nicht müde war, war glatt gelogen, denn in Wirklichkeit war sie vollkommen erschöpft von ihrem eigenen Elend. Und von ihren Gedanken, die in den letzten Stunden unter anderem darum gekreist waren, ob sie vor Sinan fliehen sollte, sobald sie dem mysteriösen Sänger sein Geheimnis entlockt hatten.

»O Robin, du meine liebste aller Schwiegertöchter«, empfing Sinan sie, als sie ihn erreichten. »Welch schicksalhafte Fügung, dir auf diesem Schiff zu begegnen. Ich gestehe, wir haben gerade über dich gesprochen.«

»Über mich?« Robin wandte sich Salim zu. »Ist das wahr?«

»Über Bord mit dieser lächerlichen Bescheidenheit!«, lachte der Sheik. »Als wäre es etwas Besonderes, dass jemand über Robin von Tronthoff, den tapferen Tempelritter und das Schwert des vorgeblichen Königs von Jerusalem redet. Die halbe Welt spricht über dich. Und die andere Hälfte hält einfach den Mund und versucht, dich zu finden, um dir die Kehle durchzuschneiden.«

»Vater!«, schnappte Salim.

Raschid Sinan winkte lachend ab. »Nur ein Scherz«, behauptete er, trat einen Schritt dichter an Robin heran und flüsterte ihr grinsend ins Ohr: »Es ist wohl kaum mehr als ein Zehntel, vielleicht sogar weniger. Aber wie viele Menschen, schätzt du, leben auf dieser Erde?«

»Sehr lustig.« Robin wich vor dem dicken Alten zurück und richtete das Wort erneut an Salim. »Worüber habt ihr also gesprochen?«

Der Sarazene wand sich sichtbar um eine Antwort, riss das Wort dann aber doch im allerletzten Augenblick an sich, als sein Vater ihm erneut zuvorzukommen drohte. »Ich möchte, dass du umkehrst«, sagte er schnell.

»Wie bitte?« Robin maß Salim zweifelnd. Das konnte nicht

das gewesen sein, was er wirklich hatte sagen wollen, denn es war völliger Unsinn und noch dazu unmöglich.

»Ich möchte, dass du nach Jerusalem zurückkehrst, oder wenigstens in die Burg meines Vaters«, bekräftigte Salim ernst. »Ich möchte nicht, dass du das Leben meines Kindes weiterhin gefährdest. Es grenzt an ein Wunder, dass du es noch nicht verloren hast, und ich möchte das Glück nicht überstrapazieren.«

»Ich habe einen Auftrag!«, entfuhr es Robin, doch dann horchte sie kurz in sich hinein, und ihre Stimme wurde leiser: »König Balduin bat mich, das Wasser des Lebens …«

»Ich werde diesen Auftrag an deiner statt erfüllen.« Salim wirkte sehr besorgt, und Robin zweifelte nicht an der Ehrlichkeit seines Versprechens, aber sie schüttelte trotzdem noch einmal den Kopf. »Das … kann ich nicht«, erwiderte sie unbehaglich, obgleich die Verlockung, an Land zu gehen, heimzukehren und sich ganz ihrem ungeborenen Kind zu widmen, nicht gering war. Im gleichen Atemzug schämte sie sich ihrer Schwäche. »Ich habe einen Eid geschworen«, beharrte sie, doch es klang nicht so fest und unerschütterlich, wie sie es sich gewünscht hätte. Was war bloß aus ihr geworden? Was hatte dieses Kind, von dem sie noch vor weniger als zwei Wochen überhaupt nichts gewusst hatte, aus ihr gemacht? Ein leidiger, launischer Jammerlappen war sie, der um der eigenen Bequemlichkeit willen darüber nachdachte, einen vor Gott und dem König von Jerusalem abgelegten Schwur einfach so zu brechen. Trotzdem, so stellte sie fast schon erleichtert fest, hatte ihre Antwort zumindest Sinan überzeugt. Er klatschte in einer unangemessen triumphierenden Geste in die Hände und dröhnte: »Siehst du, mein Sohn. Was habe ich dir gesagt? Sie wird es nicht tun; niemals. Und weißt du, was das Beste daran ist? Sie trifft die einzig richtige Entscheidung – wenngleich natürlich aus den falschen Gründen.«

»Und was *sind* die richtigen Gründe?«, erkundigte sich Robin lauernd. Aller Scham zum Trotz war sie für eine Sekunde drauf und dran, ihre Entscheidung noch einmal zu überdenken – und das nur, weil sie sich offenbar mit dem Willen ihres Schwiegervaters deckte.

Sinan legte eine fleischige, kleine Hand auf seinen gigantischen Oberkörper und verneigte sich vor ihr. »Man sagt ja, dass sich die wahre Bedeutung eines Mannes an der Masse seiner Feinde misst«, erklärte er leutselig. »Ich gestehe, ich habe bislang nie erwogen, dass dies auch auf Frauen zutreffen könnte. Aber nun fühle ich mich geehrt ob der Feststellung, dass ich eine *sehr* bedeutende Schwiegertochter habe. Du musst wissen, dass etwa die Hälfte des Templerordens und der Barone von Outremer dich am liebsten tot sehen würde. Ja, ja … Ich weiß, ich erzähle dir nichts Neues. Aber horch, o kratzbürstiges Weibsbild: Auch der Erzbischof Heraklios von Caesarea trachtet dir nach dem Leben. Jüngst hat er mir selbst einen Boten gesandt, um mir eine stattliche Summe für deinen Kopf zu bieten.«

»Der Erzbischof?« Robin runzelte die Stirn. »Zugegeben: Anfangs dachte ich auch, dass er derjenige ist, der die Fäden zieht … Aber inzwischen.« Sie zuckte die Achseln. »Nach dem hinterhältigen Angriff in Jaffa bin ich mir nicht mehr sicher, dass nicht Agnes von Courtenay eher diejenige wäre, die dir einen Boten schicken würde.«

Sinan lachte auf. »Diese Füchsin?« Er schüttelte amüsiert den Kopf. »Nein. Sie ist viel zu klug für einen solch primitiven Zug. Sie hat sicher längst andere Mörder gefunden, die nach dir suchen.«

Robin schüttelte den Kopf: »Dann hätten sie mich längst erwischt. Die Wüste bot ausreichend Gelegenheiten für einen Überfall, und auch für einen Mord.«

»Sie wären dumm, dich zu enthaupten, ehe sie wissen, wonach du suchst«, widersprach Sinan. »Angesichts des Aufwands, den dein Kindskopfkönig betrieben hat, um dich so unauffällig außer Landes zu schaffen, dass es jedem auffallen musste, muss es etwas sehr Wichtiges sein, was du für ihn erledigen sollst.« Er klopfte Robin so hart auf die Schulter, dass sie ins Straucheln geriet. »Nein, Robin. Ein vorzeitiges Ende deiner Mission würde dich uninteressant genug machen, um dir endlich den Strick um den Hals zu legen, den sie dir wahrscheinlich schon seit deinem Aufbruch in Jerusalem hinterhertragen. Du bist sicher, solange du in meiner Nähe bist, dafür garantiere ich. Aber wenn du dich nun von uns absetzt, läufst du in den sicheren Tod. *Das* ist der Grund, aus dem du entscheiden solltest, bei uns zu bleiben. Meine Männer werden dein Leben mit ihrem eigenen verteidigen, bei Tag und bei Nacht, und wohin auch immer unsere Reise uns führt. Deines und das meines Enkelkindes, das du in dir trägst. Was mich im Übrigen mit außerordentlichem Stolz und großer Freude erfüllt.« Er grinste sein gönnerhaftestes Grinsen. »Und, bei Allah, ich verspreche dir, dir am Ende unseres Weges ein Schlückchen Wunderwasser für deinen König abzugeben. Ich schwöre es dir bei allem, was mir heilig ist.«

Robin maß den Alten vom Berge einen langen Moment mit ausdrucksloser Miene. Es war ohne Frage respektlos, dass er ihr das Ruder inzwischen vollends aus der Hand genommen und ihre Mission zu seinem Abenteuer erklärt hatte. Aber was ihr fast noch mehr zu schaffen machte, war, dass er recht hatte, und zwar mit jedem seiner Worte. Sie konnte nicht nach Jerusalem zurück, ohne ihre Mission erfüllt zu haben, und vielleicht sogar nicht einmal dann, wenn sie das Wasser des Lebens tatsächlich fand. Gott allein wusste, ob Balduin dem Aussatz noch so lange standhielt. Vielleicht hatte Agnes von Courtenay bei ihrer, Robins, Rückkehr längst die Macht an sich gerissen und alle verfügbaren Kräfte gegen sie mobilisiert. Auch der Orden der Templer war zwiegespalten. Wer die Zügel in der Hand hielt, wenn sie nach Jerusalem zurückkehrte –

und was das für sie bedeutete –, war nicht abzusehen. Vielleicht hätte sie mit den Männern Sinans gehen können, die in El Tor umgekehrt waren, aber dazu war es längst zu spät – ganz abgesehen davon, dass sie den Teufel tun würde, sich die Blöße des Aufgebens zu geben und das Wasser des Lebens Sheik Raschid Sinan zu überlassen – ob er sein Wort nun zu halten gewillt war oder nicht. Aber sie brauchte die *Kalif Ali*, sie brauchte das Wissen des Alten vom Berge, und vor allen Dingen war sie auf den Schutz seiner Assassinen angewiesen. Und zwar mindestens, bis die Verhältnisse in Jerusalem geklärt waren – vielleicht sogar noch viel, viel länger …

Robin machte auf dem Absatz kehrt und zog sich ohne ein Wort des Abschieds oder der Entschuldigung auf das Unterdeck zurück. Dort klammerte sie sich erneut an ihrem Bettrahmen fest und weinte sich hilflos und erschöpft in einen unruhigen Schlaf.

# 18. KAPITEL

Drei Tage lang segelten sie gen Südwesten und hielten sich dabei meist so nah an der Küste, dass die Berge, die bei Tageslicht rot leuchteten und denen dieses Meer seinen Namen verdankte, stets als ungleichmäßiger Streifen zu ihrer Linken vorüberzogen. Angesichts des immerfort heftigen Windes, der die Segel der *Kalif Ali* aufblähte, wünschte Robin sich mehr als einmal, sie hätten ihre Reise doch so weit wie nur irgend möglich zu Lande bewältigt. Aber das hätte sie natürlich ein Vielfaches an Zeit gekostet, und Zeit war das Einzige, woran es ihr augenblicklich ernsthaft mangelte.

Am frühen Abend des dritten Tages erreichten sie Koseir. Viele Schiffe – Kauffahrer, aber auch Schiffe, die kaum mehr als zwanzig Mann zu fassen vermochten – lagen vor der kleinen Küstenstadt vor Anker; mindestens drei weitere erreichten Koseir praktisch zeitgleich mit der *Kalif Ali*. Hunderte von Menschen, die allermeisten durch Turban, verschleiertes Gesicht oder sonstige orientalische Kleidung als Muselmanen zu erkennen, drängten sich am Hafen. Die Stadt hatte keinerlei nennenswerte Festungsanlagen, aber eine überraschend große Moschee mit gewaltigem, goldglänzendem Kuppeldach. Und es gab echte Schwarze – mehr, als Robin in ihrem ganzen Leben auf einen Schlag zu Gesicht bekommen hatte. Die meisten von ihnen schienen Sklaven zu sein oder zumindest nur niedere Arbeiten zu verrichten; einige trugen sogar eiserne Fußfesseln und standen in Reih und Glied, als warteten sie darauf, als menschliche Handelsware auf einen der Kauffahrer verladen zu werden. Robin fühlte sich schmerzhaft an ihre eigene Gefangenschaft erinnert, wandte schnell den Blick ab und zwängte sich, die Männer Sinans an ihrer Seite, weiter durch das dichte Gedränge am Hafen.

»Sie sind auf dem Hadsch«, erklärte Salim, der auch auf dem Weg zur Karawanserei nicht von ihrer Seite wich. Robin sah ihn fragend an. »Auf der Reise nach Mekka«, erläuterte Salim nicht ohne Vorwurf. »Bei Allah, warum musste ich mich ausgerechnet in ein ungebildetes Bauernmädchen verlieben … Sie besuchen die Kaaba, das Haus Gottes, um ihre Sünden loszuwerden. Jeder rechtgläubige Mensch sollte einmal im Leben auf den Hadsch gegangen sein.«

»Sie werden ihre Sünden los? Sie empfangen die Absolution von einem Imam oder dergleichen?«, erkundigte sich Robin eher, um Salim einen Gefallen zu tun, als aus echter Neugier. Sie hätte sich stattdessen über die dumme Bemerkung über ein gewisses Bauernmädchen ärgern und mit einer schnippischen Antwort kontern können, aber noch weniger als nach einem Gespräch über religiöse Ansichten und eigenwillige Riten war ihr augenblicklich nach Streit zumute. Erneut wunderte sie sich darüber, welch enormen Einfluss das Kind unter ihrem Herzen auf ihren Charakter hatte. Vor ein paar Wochen noch hätte sie Salims Bemerkung auf keinen Fall einfach so auf sich sitzen lassen.

»Kein islamischer Vorbeter maßt es sich an, einen Gläubigen von seinen Sünden freizusprechen.« Salim schüttelte entschieden den Kopf. »Sie umkreisen die Kaaba sieben Mal. Und dann küssen sie den Stein, den der Engel Gabriel dem Propheten Abraham überlassen hat.«

»Und das befreit sie von ihren Sünden«, überlegte Robin laut und ärgerte sich ein bisschen darüber, dass der *richtige*

Gott es seinen Schäfchen deutlich schwerer zu machen pflegte. Wenn sie für das Recht, den Gipfel des Berges Sinai zu besuchen, nur einen Stein hätte küssen müssen, wären ihre Rückenschmerzen sicherlich auch heute noch weniger schlimm. Dennoch fühlte sie sich Gott nahe und bei ihm geborgen. Er hatte ihr geholfen, *auch wenn* Seine Wege zuweilen unergründlich waren …

»Ob sie das von ihren Sünden befreit?«, wiederholte Salim und schien nachzudenken. »Im Großen und Ganzen schon«, sagte er schließlich und fügte hinzu: »Wir sind da.« Geschickt nahm er Robin am Handgelenk und zwängte sich dann zwischen einer aufgebrachten Reisegruppe hindurch in Richtung seines Vaters, der vor dem Haupttor gestenreich mit dem Eigentümer der Karawanserei verhandelte. »Sieht so aus, als gäbe es nicht ein einziges freies Zimmer«, übersetzte er das Gezeter einer Familie mit zahlreichen Kindern, die sie soeben passierten.

»Dann suchen wir uns eine andere Bleibe?«

»Keine Chance, Robin. Nicht in Koseir und schon gar nicht um diese Zeit.«

»Aber …«, setzte Robin an, doch nahtlos übertönte Sinans Stimme ihre Bedenken: »Hervorragend! Ich wusste, dass wir uns schnell einig werden würden.« Der Sheik klatschte zufrieden in die Hände und eilte mit trippelnden Schritten in seinen Halbmondschuhen auf Robin und Salim zu. »Nun – es wird eine kleine Weile dauern. Eine Stunde vielleicht, wahrscheinlich aber weniger. So lange können wir uns in dieser wunderschönen Stadt umsehen und herausfinden, welche kulinarischen Spezialitäten sie zu bieten hat. Oder die Moschee besuchen. Aber in spätestens einer Stunde stehen uns ausreichend Zimmer zur Verfügung.«

»Hier?«, wunderte Robin sich. »Aber die Karawanserei ist doch vollkommen überfüllt!«

»Gleich schon«, grinste Sinan. »Kommt. Ich möchte die

Zeit nutzen, meinen Sohn mit ein paar Sehenswürdigkeiten vertraut zu machen, von denen er wahrscheinlich noch nie zuvor gehört hat. Geschweige denn sein Weib.« Und mit diesen Worten rauschte er so dicht an ihnen vorüber, dass er Robin dabei tatsächlich auf die Füße trat, ohne es zu merken. Er winkte ihnen ungeduldig, ihm zu folgen, und mit einem Seufzen schloss Salim sich ihm an. »Weißt du«, erklärte er in einer widersprüchlichen Mischung aus Vorwurf und Neid, »nach den Worten des Propheten ist eine prall gefüllte Geldbörse die zweitstärkste Macht der Welt.«

Robin antwortete nicht. Sie schämte sich dafür, einer erschöpften Pilgerfamilie mit einer Unzahl von Kindern, deren jüngstes noch in einem Tuch getragen wurde, nun womöglich den Schlafplatz wegzunehmen. Aber sie wusste, dass es keinen Sinn hatte zu protestieren. Wenn nicht Gott die stärkste Macht der Welt gewesen wäre, hätte sie vielleicht Sheik Sinan auf diesem Posten vermutet.

Tatsächlich gelang es dem Assassinen-König noch am selben Abend, in der überfüllten Stadt eine ausreichende Anzahl von Kamelen für ihre Weiterreise aufzutreiben, und am kommenden Morgen sandte er zwei Reiter mit der Aufgabe aus, Salims Mutter Tahenkat aufzusuchen und ein Treffen mit ihr zu vereinbaren. Sheik Sinan bekam seine ruhelose ehemalige Gemahlin nur sehr selten zu Gesicht und wollte nicht darauf verzichten, ihr und den Tuareg bei dieser Gelegenheit einen Besuch abzustatten – spätestens, so vermutete Robin, sobald er im Besitz dessen war, was er so gern das *Wunderwässerchen* nannte. Und auch Salim freute sich auf die Begegnung mit seiner Mutter, die er seit seiner Rückkehr aus Europa nicht mehr gesehen hatte.

Nachdem die beiden Boten von dannen, die übrigen Tiere beladen und Robin und Erek von Nettestal gerade im Begriff waren, zwischen die prallen Höcker zweier beliebiger Trampeltiere zu klettern, rauschte der Alte vom Berge herbei und bedeutete Robin, ihm zu folgen, da er ihr ein ganz besonderes Tier zugedacht hatte: Es befand sich weit vorn in der Reihe der wartenden Kamele, zwischen seinem eigenen und dem seines Sohnes, und verfügte über eine seltsame Stabkonstruktion, mittels deren ein großes, gestreiftes Tuch wie ein kleines Zelt über dem Sattel aufgespannt worden war. Salim, der bereits auf seinem Kamel saß, empfing sie mit einem strahlenden Lächeln. »Nur für dich«, verkündete er stolz. »Du kannst meinem Vater nicht absprechen, dass er wirklich an alles denkt.«

Robin blickte zweifelnd an dem Kamel mit dem Zelt über den Höckern empor. »Was soll das?«, erkundigte sie sich kopfschüttelnd.

»Es schützt dich vor der Sonne, dummes Kind«, antwortete der Sheik anstelle seines Sohnes, wobei er theatralisch die Augen rollte. »Dass man dir auch das Offensichtlichste eigens erklären muss … Ein Glück, dass du an meiner Seite reitest. So kann ich den Ritt vielleicht nutzen, dir zu erklären, dass Wasser in der Regel nass ist und Atmen lebenswichtig.«

»Ich weiß, wozu dieses alberne Ding da ist«, fuhr Robin auf. »Ich habe ja auch nicht gefragt, was es ist, sondern was das *soll.*«

»Nun hör schon auf zu zetern, und steig endlich auf«, seufzte Salim. »Wir wollen aufbrechen.«

»Ohne mich.« Robin verschränkte stur die Arme vor der Brust. Bislang hatte sie sich eine ganze Menge von Salim und seinem kontrollsüchtigen Vater gefallen lassen – viel mehr, als sie unter normalen Umständen hingenommen hätte. Aber das ging eindeutig zu weit. Sie würde sich ganz bestimmt nicht wie eine verwöhnte Prinzessin in ein – noch dazu rosarot und violett gestreiftes – mobiles Zelt hocken, während alle anderen Männer der Sonne schutzlos ausgesetzt waren! Allein die Vorstellung jagte ihr einen Schauer über den Rücken, denn sie fühlte sich schon jetzt, da sie sie nur dazu aufforderten, sich unter dieses lächerliche Sonnendach zu setzen, unglaublich vorgeführt. Was glaubten Salim und Sinan eigentlich, unter welch fürchterlicher Krankheit sie litt? Sie war schwanger, nicht hinfällig! Selbst die Masse der Wehwehchen, die sie inzwischen plagten, rechtfertigte keine Sonderbehandlung wie diese – und sie hatte Salim noch nicht einmal von allen erzählt, weil sie bewusst darauf achtete, nicht zu klagen und nicht zu jammern.

Erek von Nettestal war ihnen gefolgt und begutachtete seinerseits skeptisch das Ungetüm über den Höckern: »Ja. Warum auch? Das ist … mädchenhaft«, stellte er irritiert fest. Robin seufzte. Sie hatte nicht bemerkt, dass er ihr gefolgt war, und obgleich sie kein Wort Deutsch gesprochen hatten und er bloß aus ihrer Gestik schließen konnte, worum es ging, schämte sie sich und fühlte sich auf unangenehme Weise ertappt. Sie konnte sich in schillernden Farben ausmalen, welch abstruse Bilder sich in diesem Moment hinter seiner gerunzelten Stirn zusammenfügten. Vielleicht stellte er sich vor, wie Robin, der junge Ritter, der im Auftrag des Königs ritt, dem Sklaven Salim das Gewand vom Leib streifte oder gar dem Alten mit dem riesigen Turban. Ein Templer und ein Heide … Warum sollte er ihr nichts dergleichen zutrauen? Er wäre nicht der Erste, der auf solche Gedanken kam. Robin wusste nicht recht, ob es ihr unter diesen Umständen nicht fast lieber gewesen wäre, wenn er die Wahrheit herausgefunden hätte. Sie errötete und war dankbar um den Tagelmust, den sie bereits angelegt hatte und der dem Söldner den Blick auf ihre glühenden Wangen verwehrte.

»Der Gesandte des Kalifen ist ein wenig über das Ziel hinausgeschossen«, antwortete sie betont gleichgültig. »Ich hätte meine Kopfschmerzen gestern Abend nicht so laut beklagen dürfen … Ich danke Euch vielmals, Harun al Dhin. Aber das ist wirklich ein wenig zu viel des Guten. Kommt.«

Sie bedeutete Erek, ihr zu folgen, und kehrte zu dem Kamel zurück, das sie sich ausgesucht hatte. Sie glaubte, Salims verletzten Blick noch im Rücken zu spüren, als sie längst aus seinem Sichtfeld verschwunden war, aber das bekümmerte sie nicht. Wenn es jemanden gab, der das Recht hatte, sich beleidigt und verletzt zu fühlen, dann war das auf jeden Fall sie selbst.

An diesem ersten Tag des neuerlichen Ritts dachte Robin nicht ein einziges Mal daran, ihr Kamel zu einer schnelleren Gangart anzutreiben, um möglichst in Salims Nähe zu reiten, und der Sarazene war so enttäuscht und gekränkt von ihrer ablehnenden Haltung, dass er ebenfalls darauf verzichtete, sich zu ihr zurückfallen zu lassen. Selbstverständlich beobachteten Sinans Männer weiterhin jeden Fingerzeig, den Robin tat, aber wenigstens das unablässige Gerede und die ständige Besserwisserei des Alten vom Berge blieben ihr für ein paar Stunden erspart.

Stattdessen lernte sie einen der Assassinen etwas besser kennen; wenngleich bloß durch ein peinliches Missgeschick. Nach der ersten Rast, zu der eine der dünnen Decken, die am Sattel ihres Tieres festgeschnallt waren, als Sonnendach Verwendung fand, versäumte Robin es, eine Schnalle gründlich zuzuziehen. Und so löste sich das weiße Tuch auf den ersten hundert Metern und ließ den Reiter hinter ihr wie eine Geistergestalt auf einem Geisterkamel zurück. Selbst die sonst immerfort ernsten Assassinen, von denen Robin noch nie einen einzigen hatte lächeln sehen, konnten sich das Lachen nicht verkneifen.

Robin zügelte ihr Tier, zupfte das Tuch von dem Mann und kam so mit ihm ins Gespräch.

Sein Name war Doran, was, wie Robin aus ihrer Lehrzeit bei Raschid wusste, so viel wie *ein Mitbringsel* bedeutete und ihr ein wenig leid für ihn tat. Sie jedenfalls würde für ihr Kind einen hübscheren, würdevolleren Namen auswählen.

Wie viel Zeit blieb ihr eigentlich noch, um einen passenden Namen zu finden? Sie wusste es nicht. Sie hätte es nicht einmal dann einschätzen können, wenn sie eine Ahnung gehabt hätte, wann ihr Kind gezeugt worden war, denn sie hatte gar keine genaue Vorstellung davon, wie lange eine Schwangerschaft dauerte. Irgendwann wurden die Frauen eben dick – manche früher und manche erst sehr spät. Und wenn man den Eindruck bekam, dass sie bald platzen müssten, gebaren sie ihre Kinder. Robin fühlte sich schwer und unförmig. Aber sie glaubte noch nicht, dass sie bald platzen müsste. Doran jedenfalls trieb sein Tier an ihre Seite und erwies sich anfangs als angenehmer Gesprächspartner. Er erzählte von den Völkern der Wüste, davon, wie sie überlebten, und von den Kriegen und Schlachten, an denen seine Brüder angeblich teilgenommen hatten. Robin glaubte, dass er seine Brüder vorschob, um von sich selbst zu erzählen, ohne dass Erek von Nettestal noch misstrauischer wurde. Aber wenn er tatsächlich von seinen Brüdern sprach, so konnte er gewiss stolz auf seine tapfere Verwandtschaft sein.

Irgendwann, nachdem sie eine geraume Weile an der Küste entlang zurück Richtung Norden geritten waren, veränderte sich die Landschaft. Aus dem feinen Sand ragten zusehends poröse Steinquader, Kapitelle, halbe Wände, die Ruinen länglicher Gebäude und verfallene, schlanke Säulen empor, die denen des Heidentempels der Kuhgöttin ähnelten. Im rötlichen Licht des ausklingenden Tages wirkten jene Überbleibsel aus der Vergangenheit wie die blutigen Knochen eines gigantischen Riesen. Robin unterdrückte ein Schaudern, doch die Erzählungen Dorans trugen nicht zu ihrer Ablenkung bei. Weit ausschweifend und in den unheilvollsten Tönen berichtete er von den Bewohnern dieser Ruinenstadt, die zu Lebzeiten angeblich Allahs Zorn erregt hatten und zur Strafe dafür in Stein verwandelt worden waren. Robin glaubte diesen Unsinn natürlich nicht – wie sollte man einen Gott erzürnen, den es gar nicht gab? –, aber sie fühlte sich trotzdem unwohl in der alten Geisterstadt. Irgendwann befahl sie dem Assassinen ungehaltener als beabsichtigt, sich zurückzunehmen. Er kam ihrem Wunsch nach, bis sie die Stadt fast durchquert hatten. Dann aber zügelte er sein Kamel unvermittelt, um mit dem ausgestreckten Arm auf etwas zu deuten, was da zu seiner Linken aus dem fast weißen Wüstensand lugte: ein weißer Stein in Form eines Kopfes mit einem Gesicht, so lebensecht, als hätte der Mann, der nun ein Stein war, gerade noch verschmitzt über einen kleinen Scherz gelächelt, als die Rache des Heidengottes ihn traf.

Robin starrte einen Moment auf das kreideweiße Gesicht hinab und spürte, wie ein kalter Schauer ihren Rücken hinunterrann. Doran grinste.

»Darf ich noch etwas sagen?«, fragte er, aber Robin schüttelte den Kopf und riss sich von dem Anblick der Büste – und es war gewiss nicht mehr als eine ganz gewöhnliche, wenn auch außergewöhnlich *gute* Büste – weg. »Nein«, antwortete sie nachdenklich. »Aber wenn dein Gott die Menschen dieser Stadt wirklich in Salzsäulen verwandelt hat, hat er der Welt damit keinen Gefallen erwiesen. Mit ihnen sind ihr nämlich ein paar ganz großartige Künstler abhandengekommen.« Aber selbst in ihren eigenen Ohren klangen ihre Worte nicht gerade überzeugend.

Doran war ein zu herzlicher Mensch, um ihm seine kleine Attacke auf Robins zeitweilig etwas empfindsames Gemüt lange nachzutragen, und so war sie nach einer kleinen Weile des Schweigens wieder dankbar für seine Anwesenheit. Er war – einmal aus der Reserve gelockt – weniger wortkarg als Erek von Nettestal und weniger geschwätzig als der Alte vom Berge. Eigentlich war er ein bisschen wie Salim – nur weniger stolz und weitaus offener. Auf eine Art, die das Zuhören stets zu einem kleinen Erlebnis machte, erzählte er Robin von dem Land, durch das sie ritten, das scheinbar nicht halb so trist und langweilig war, wie Robin es bislang zumeist empfunden hatte. Als sie am zweiten Reisetag nach Westen abschwenkten und durch eine Reihe von Wadis und Tälern ritten, lauschte Robin einem Abenteuer, bei dem er nach plötzlichen Regenfällen in einem zuvor trockenen Flussbett knapp ertrunken war. Passierten sie eine verlassene Karawanserei oder rasteten dort, berichtete Doran von den Besitzern und den Gründen, aus denen sie fortgezogen waren. Doran war ein wahrer Meister des Geschichtenerzählens, und mit der Zeit lief er zur Höchstform auf: ein verlorener Schuh brachte ihn zu den außergewöhnlich großen Füßen seiner Schwester, infolge derer ihr Ehemann sie verschmähte. Vom Sand polierte und von der Sonne gebleichte Tierknochen erinnerten ihn an sein erstes eigenes Pferd, das Robin wiederum an ihr eigenes erstes Tier erinnerte. Und von den Brunnen, die in diesem Teil der Wüste über einen großen hölzernen Schwenkarm mit einem Gegengewicht und je einem Tierbalg anstelle eines Eimers verfügten, wusste er, dass es Sitte war, ein Geschenk darauf zurückzulassen, wenn man einen davon benutzte. Denn jeder Brunnen und auch jedes Wasserloch hatte einen Besitzer, auch wenn man ihn zuweilen nicht zu Gesicht bekam, weil er zu den umherziehenden Nomaden gehörte.

Stießen sie jedoch auf menschliche Gebeine, an denen zu Robins Entsetzen teilweise nicht nur Kleiderfetzen, sondern auch Sklavenfesseln hafteten, hielt Doran sich taktvoll zurück. Offenbar hatte er verstanden, dass Robin weder schreckliche noch unheimliche Geschichten hören wollte, und er respektierte diesen Wunsch. Dass Salim den ganz und gar angenehmen Begleiter an Robins Seite hingegen nicht respektierte, verwunderte sie nicht – höchstens, dass es bis zum Abend des dritten Tages dauerte, bis er sie unter vier Augen darauf hinwies, sie habe wohl nun einen besseren Begleiter als ihn gefunden. Robin spielte ein unangenehmes

Ziehen im Oberbauch vor, und Salim verkniff sich alles, was ihm sonst wohl noch zu diesem Thema eingefallen wäre. Das war unfair, aber es war der einfachste Weg, und im Grunde erfüllte sie damit schließlich nur, was Salim und ihr Schwiegervater ohnehin von ihr erwarteten. Robin war froh um die neue Freundschaft, und sie war nicht bereit, sie sich von Salim madig reden zu lassen. Doran lenkte sie von ihren Ängsten und Sorgen ab, die zunahmen, je weniger sie sich mit irgendetwas anderem beschäftigen konnte. Und da Sheik Sinan und ihr Gemahl ihr jegliche sinnvolle Beschäftigung, die über das Reiten ihres Kamels sowie Essen und Schlafen hinausging, untersagten, hätte sie ohne den jungen Assassinen außerordentlich *viel* Zeit gehabt, in Selbstmitleid und Zukunftsangst zu schwelgen und sich ihren zahlreichen Wehwehchen hinzugeben. Ihre Brust beispielsweise fühlte sich durchaus so an, als müsste sie unter ihrem Kettenhemd bald platzen, wenn sie es nicht vorher sprengte. Das ungeborene Kind in ihrem Bauch hatte es sich nach ihrer Fahrt mit der *Kalif Ali* zu eigen gemacht, die Nacht zum Tag zu gestalten und ihr den Schlaf zu rauben, indem es permanent gegen ihre Bauchdecke trat und klopfte oder sich auf den Kopf stellte und auf den Händen tanzte. So fühlte es sich zumindest an. Und dann waren jüngst auch noch ihre Beine angeschwollen, sodass sie nun wie zwei aufgequollene Brotlaibe in ihren Stiefeln steckten. Dass ihr nicht mehr übel wurde, seit sie wieder an Land war, war in Anbetracht dessen nur ein schwacher Trost.

Das Gelände wurde wieder zunehmend hügeliger und steiniger, sodass sie sich bald wieder durch eine unwegsame Felslandschaft schlugen. Je unübersichtlicher die Umgebung, desto mehr achtete der Sheik darauf, die Karawane möglichst selten durch Täler und Wadis zu lenken. Von oben ließ es sich einfach besser sehen – und im Zweifelsfall auch zielen –, und um Hinterhalte zu umgehen, nahm Sinan einige Umwege in

Kauf. Robin war es recht. Obgleich sie Theben lieber heute als morgen erreicht hätte, war sie oft froh über das stabile Kettenhemd unter ihrem Gewand, wenn ihr Weg sie an schattenerfüllte Höhlen und Spalten oder durch unvermeidliche Felsschluchten führte.

Am vierten Tag erspähten die Männer an der Spitze des Zuges bereits aus weiter Ferne eine kleine Antilopenherde. Raschid befahl den Sarazenen, abzusitzen und das restliche Stück zu den Klippen, an deren Fuß sich die grazilen Tiere um ein Wasserloch versammelten, laufend zurückzulegen. Händereibend ging er selbst mit den Assassinen, die versuchen sollten, sich der Herde auf Bogenschussweite zu nähern, denn obgleich die Karawane mit weit mehr als nur dem Nötigsten für diese Reise ausgestattet war, trieb ihm die Aussicht auf einen jagdfrischen, saftigen Braten kleine Schweißperlen unter dem Turban hervor. Auch Robin gefiel die Vorstellung von einem appetitlichen Stück Fleisch, obschon sie noch nie zuvor eine lebendige Antilope gesehen hatte und beeindruckt war von der Eleganz und Schönheit dieser außergewöhnlichen Tiere. Vielleicht, so hoffte sie still, würde ja doch keiner der Pfeile sein Ziel treffen.

Diese Hoffnung erfüllte sich: Sobald sich die Bogenschützen auf eine Entfernung von hundert Schritten den Klippen genähert hatten, sprengte die Herde auseinander und floh auf die ersten Felsvorsprünge des gegenüberliegenden Hügels. Sinan schimpfte, Erek seufzte, und die Assassinen ließen ihre Waffen sinken und zuckten hilflos die Achseln. Sie waren wahrlich nicht laut gewesen. Man musste schon auf dem Boden neben seinen Füßen liegen, um einen Assassinen auftreten zu hören. Aber die Instinkte und das Gehör der flinken Tiere unten im Tal waren offenbar um ein Vielfaches ausgeprägter als die eines Menschen, und so gab sich der Alte vom Berge nach einem kurzen Wutausbruch geschlagen und befahl seinen Männern, zu ihren Tieren zurückzukehren. Erek von Nettestal aber trat aus der Gruppe hervor und nickte in Richtung der Tiere. »Ihr wollt schon aufgeben?«, spottete er. »Dabei habt Ihr es noch überhaupt nicht versucht. Kein einziger Pfeil hat seine Sehne verlassen.«

»Weil es Verschwendung wäre«, erwiderte Salim und machte sich auf den Rückweg zu seinem Tier. »Wir können uns ihnen nicht auf Schussweite nähern. Die Pfeile würden nutzlos ins Tal segeln.«

»*Eure* Pfeile«, gab Erek betont zurück und tippte auf seine Armbrust, die er eingeschlagen in ein Tuch über der Schulter trug, um sie vor aufwirbelndem Sand zu schützen. »Meine nicht.«

Er wickelte seine Waffe aus, und Robin registrierte zum ersten Mal, wie prächtig sie war: aus Ahorn geschnitten, mit einem Bogen aus verleimtem Horn und Holz. Der lederne Köcher, in dem die Bolzen steckten, war mit zahlreichen eingegerbten Bildern verziert, und der metallische Spannhebel war für sich genommen ein geschmackvolles kleines Wunderwerk der Schmiedekunst.

»Weil es keine Pfeile sind, sondern Bolzen«, antwortete Salim herablassend. »Aber es wird Euch trotzdem nichts nutzen. Die Tiere sind viel zu weit weg – selbst für Euer grässliches Mordinstrument.«

»Sagt der Sklave«, bemerkte Erek verächtlich und schnitt Salim das Wort ab: »Dieses Prachtstück hier ist keine gewöhnliche Armbrust. Ein Nürnberger Bogenmacher hat es für mich angefertigt. Auf Maß.«

Er zog eines der Geschosse aus dem ledernen Köcher und hielt es mit so stolzgeschwellter Brust in die Höhe, dass es ein wenig theatralisch wirkte. Robin hoffte für Erek, dass er den Mund nicht zu voll nahm oder irgendetwas unsagbar Dummes vorhatte, aber auch ihr erster Eindruck des dickbauchigen Geschosses war, dass der Söldner mit ihm selbst über diese große Distanz eine Chance haben könnte: Statt mit einer

Befiederung war der Armbrustbolzen mit zwei kleinen Kupferblättchen versehen und verfügte über eine wuchtige, vierkantige Stahlspitze. Er sah ungemein gefährlich aus.

»Auf hundert Schritt«, behauptete Erek, »könnte dieses Geschoss jeden noch so stabilen Helm durchschlagen.«

Verhaltenes Gelächter ertönte – und bedachte man, dass Erek, Robin nicht mitgezählt, ausschließlich von Assassinen umringt wurde, grenzte *verhaltenes Gelächter* schon an einen kollektiven Gemütsausbruch.

»Sagt mir – vielleicht irre ich mich«, fiel Sinan spöttisch in das Gelächter seiner Männer ein. »Aber hat der Papst diese Waffe nicht als *Deo odibilem* im zweiten Laterankonzil mit einem Bannfluch belegt?«

»*Deo odibilem* – von Gott gehasst«, übersetzte Robin im Flüsterton. Sie fühlte sich alles andere als wohl und ließ Erek nicht aus den Augen. Jede unnötige Aufmerksamkeit, die die Assassinen ihm schenkten, im Guten wie im Schlechten, war zu viel. Sie erhöhte die Gefahr, dass der Söldner unbedacht irgendetwas tat oder sagte, was Sinan dazu bewegen würde, ihn doch noch an die Geier zu verfüttern. Seit El Tor und der Sache mit dem vermeintlichen Diebstahl wartete er sicherlich regelrecht auf einen passenden Vorwand, sich Ereks zu entledigen.

»Euer Papst hat es jedem christlichen Krieger mit diesem Bannfluch untersagt, eine Armbrust zu benutzen«, fügte Salim verächtlich hinzu. Offenbar tat es ihm gut, unter Beweis zu stellen, dass er mindestens so viel über den Glauben seines Feindes wusste wie sein Feind selbst; wenn nicht sogar mehr.«

»Es ist nur verboten, die Armbrust gegen *Christen* einzusetzen«, verbesserte Erek ihn gedehnt. »Von Ketzern und Heiden war nie die Rede.«

»Lasst es ihn doch einfach versuchen«, platzte Robin dazwischen und hoffte sehr, so weitere Entgegnungen auf Ereks dreiste Provokation hin im Keim ersticken zu können. Ob dem Söldner wirklich nicht klar war, dass er mit seinem Verhalten mit seinem Leben spielte?

»Er wird es nicht schaffen«, winkte Sinan ab.

»Und wenn doch?« Erek reckte herausfordernd das Kinn.

In Raschids Augen blitzte es verächtlich: »Wollt Ihr mit mir wetten?«

»Gern.« Der Söldner hob siegesgewiss eine Braue. »Um fünfzig Silberpfennige?«

»Abgemacht.« Sheik Sinan hielt dem Söldner eine Hand zur Besiegelung der Wette hin, und Erek schlug ein. Dann legte er den Bolzen auf, spannte die Armbrust mittels Geißfuß und suchte sich einen flachen Felsen, um die schwere Waffe aufzustützen. Einige der Antilopen, die noch immer auf den ersten Felsen des nächsten Hügels in deutlich mehr als hundert Metern Entfernung standen, schauten aufmerksam in Richtung der Menschen. Ein leises Klicken erklang, und der dicke, aber nadelspitze Bolzen schnellte von der Armbrust wie ein silberner Blitz. Wieder sprinteten die Tiere erschrocken in verschiedene Richtungen davon.

Aber eines brach zusammen.

Erek von Nettestal richtete sich wieder zu voller Größe auf und begann gelassen, seine Waffe und den Köcher wieder in dem Tuch zu verstauen, während einige der Assassinen – darunter auch Sinan – etwas dichter an die Klippen herantraten, die Augen mit den Händen beschatteten und zu dem reglosen Tier hinüberstarrten.

»Ein Sonnenstich«, behauptete Salim naserümpfend, aber in seiner Stimme klang noch etwas anderes als Verachtung mit: unter Abscheu verborgene Anerkennung, vielleicht sogar ein bisschen Respekt.

»Mein Geld«, wandte Erek sich lächelnd an den Alten vom Berge, der sich anscheinend nicht ganz sicher war, was er von der ganzen Sache halten sollte. »Fünfzig Silberpfennige.«

»Noch nicht.« Sinan schüttelte misstrauisch den Kopf und

winkte zwei seiner Männer zu sich heran. »Los«, bestimmte er. »Holt das Tier. Ich will ausschließen können, dass es bloß beim Anblick dieses Christen vom Schlag getroffen wurde.«

Die Wächter verschwanden und kehrten bald darauf auf den Hügel zurück. Mit ausdruckslosen Mienen luden sie die schlanke Antilope vor Sheik Sinan auf dem Boden ab. Von Nettestals Armbrustbolzen war in ein Auge des Tieres eingedrungen und an der Rückseite des Schädels wieder ausgetreten. Blut, Knochensplitter und Gewebefetzen klebten an der stählernen Spitze.

»Glückstreffer«, winkte Erek vorgeblich bescheiden ab, doch in seinen Augen glänzte Triumph. Er zog seinen Bolzen mit einem kräftigen Ruck aus dem Kopf der Antilope, reinigte ihn mit Sand und verstaute ihn erneut. Robin fiel abermals auf, wie ungemein sorgfältig der Söldner mit seiner Waffe umging. Sie musste ihm regelrecht heilig sein.

Sheik Sinan löste einen kleinen Beutel von seinem Gewand und schüttete dem Söldner wortlos die ausgemachte Anzahl an Münzen in die Hand, während zwei seiner Männer begannen, die Antilope zu zerlegen und auszunehmen. Ein anderer bereitete ein Lagerfeuer vor.

Das Essen verlief – wie unter den wortkargen Sarazenen üblich – nahezu schweigend, und doch spürte Robin, dass die Männer um sie herum anders waren als sonst. Ganz ähnlich dem Zustand, in den der Lazarusmönch zu Lebzeiten zu fallen gepflegt hatte, wenn er stillen Groll gegen irgendetwas hegte oder gar jemandem zürnte. Außer dem Alten vom Berge jedoch – und bestimmt auch Salim, der dem Söldner den kleinen Triumph offen missgönnte – schienen die Assassinen beeindruckt von der Darbietung gewesen zu sein und warfen Erek häufiger anerkennende Blicke zu, wenn sie glaubten, dass er es nicht bemerkte.

Aber Robin war sich sicher, dass sich Erek von Nettestal langfristig keinen Gefallen getan hatte, obgleich ihm der gelungene Schuss eine Menge Respekt und auch Dankbarkeit einbrachte, denn das Fleisch, das sie über dem Feuer brieten, war zart, saftig und schmeckte wirklich köstlich. Doch die neue Anerkennung rückte den Hünen ein Stück weit aus dem Schatten, in dem er sich bislang befunden hatte. Ihr selbst tat die Gewissheit, einen fähigen Schützen und starken Mann wie ihn an ihrer Seite zu wissen, nach wie vor gut, und so musste es allen ergehen, die Erek von Nettestal vertrauten.

Aber Salim war gewiss nicht der Einzige, der eben das nicht tat. Und für alle, die so dachten wie der Wüstenprinz, stellte der breitschultrige Christ an Robins Seite fortan möglicherweise nicht nur einen überflüssigen Kostenfaktor, sondern sogar einen gefährlichen Gegner in den eigenen Reihen dar, den es sorgfältig im Auge zu behalten galt.

Sie hatten etwas mehr als die Hälfte der gesamten Strecke ohne weitere Zwischenfälle bewältigt, als die Räuber kamen. Von einem Moment auf den anderen waren sie einfach da, und niemand – nicht einmal die überaus aufmerksamen Assassinen – hätte mit Sicherheit sagen können, aus welcher Richtung sie gekommen waren. Gerade noch hatte Doran von einem blinden Kalifensohn erzählt, der eine mehrmonatige Reise auf sich nahm, um ein Badehaus zu besichtigen, das er auf einfallsreiche, äußerst amüsante Weise mit einem begnadeten Architekten entworfen hatte – und keine zwei Wimpernschläge später war ihre Karawane eingekreist von einem Reitertrupp, der gut und gern vierzig Wegelagerer zählte. Bis auf einen schmalen Sehschlitz waren die Fremden vollständig vermummt. Sie mussten sich irgendwo zwischen den Felsen verborgen und sie eingekreist haben – wie ein eingespielter Trupp von Jägern auf der Pirsch, der auf kein Signal mehr angewiesen war, sobald das Wild einen bestimmten Weg einschlug.

Robin war so überrascht, dass sie in der ersten Sekunde tatsächlich glaubte, auf ein Trugbild hereinzufallen. Dann aber überschlugen sich ihre Gedanken, und mit ihnen kamen die Vorwürfe. Wo hatte sie nur ihren Kopf gehabt? Vielleicht war sie der ständigen Alarmbereitschaft überdrüssig oder hatte sich zu lange des Verfolgungswahns bezichtigt und nun das Maß verloren. Oder aber sie fühlte sich einfach zu sicher inmitten der starken Truppe vermeintlicher Diener, unter deren Gewändern sich ausschließlich gut ausgebildete Kämpfer verbargen. Dann jedoch wich der Schrecken einer kämpferischen Entschlossenheit, wie sie sie seit dem Angriff am Hafen von Jaffa nicht mehr verspürt hatte. Robins Rechte glitt in einer geübten Bewegung unter ihr Gewand und klammerte sich um den Griff des Schwertes, das sie nach wie vor bei sich trug.

Es war totenstill.

Sinan stoppte die Karawane und seufzte tief. Er löste seinen Geldbeutel vom Gürtel und trieb sein Kamel auf einen Mann zu, dessen Kleidung kostspieliger zu sein schien als die der anderen und dessen Pferd über die prächtigste, zudem als einzige leuchtend bunte Satteldecke verfügte. »Ich verstehe Eure Not«, wandte er sich in ruhigem Ton an den Fremden. »Dies ist wahrhaftig kein guter Ort, um an ihm zu leben … Nehmt das hier, und geht Eurer Wege.«

Er hielt dem Mann den prall gefüllten Geldbeutel hin, erntete dafür aber bloß ein verächtliches Kopfschütteln. Der Fremde machte eine Geste, die sämtliche Tiere mitsamt dem Proviant einschloss. »Alles«, forderte er knapp.

Robin presste nervös die Lippen aufeinander und blickte sich zu allen Seiten hin um. Die Reiter waren näher gekommen; keiner der Fremden war nun noch weiter als zwanzig Schritte von der Karawane entfernt. Sie saßen samt und sonders mit kampfbereit gezogenen Schwertern, Säbeln und Dolchen im Sattel und beobachteten sie, als versuchten sie –

die Jäger – auszumachen, in welche Richtung der Hirsch – die Karawane – wohl flüchten würde.

Sheik Sinan zuckte gleichgültig die Achseln, befestigte seinen Beutel wieder am Gürtel und kehrte zu seinen Männern zurück. »Ich will keine Toten sehen«, bestimmte er in fast mitleidigem Tonfall. Doch in der nächsten Sekunde fand Robin sich trotzdem auf einem fürchterlichen Schlachtfeld wieder.

Es war ein kurzer, erbarmungsloser Kampf. Robin zog ihr Schwert deutlich weniger elegant, als sie dessen Griff zu fassen bekommen hatte, und ehe sie es ganz unter dem knöchellangen Gewand hervormanövriert hatte, war der erste der Räuber schon auf Armeslänge heran und holte mit seinem Säbel aus.

Er traf nicht, doch das verdankte Robin bloß ihrem eigenen Ungeschick: Sie gewann den Kampf gegen die eigene Gewandung im buchstäblich letzten Augenblick, löste das Schwert mit einem Ruck aus dem weiten Stoff und erwischte das Pferd ihres Angreifers versehentlich mit der Spitze an den Nüstern, zwischen denen es einen blutigen Schnitt hinterließ. Das Tier bäumte sich auf, und sein Reiter griff erschrocken nach dem Sattelknauf, um nicht zu stürzen. Er hielt sich oben und büßte auch nicht seine Waffe ein, doch kaum stand sein Ross wieder auf allen vieren, sprang Erek mit schwungvollem Satz von seinem Kamel und verpasste dem Fremden in derselben Bewegung einen Tritt in die Nieren, der ihn in hohem Bogen aus dem Sattel beförderte und auf den harten, steinigen Boden stürzen ließ – und zwar mit dem Hinterkopf zuerst. Dort blieb er benommen liegen.

Schon preschten zwei weitere Räuber auf Robin und Erek zu, doch Doran riss sein Kamel herum, trieb es zwischen sie und die beiden Angreifer und schlug einen der beiden mit der Breitseite seines Schwertes aus dem Sattel, um in der nächsten Bewegung von seinem Trampeltier auf das nun herrenlose Ross zu wechseln und die Klinge mit der des zweiten Mannes zu kreuzen.

Schreie, Rufe, das Klirren von Metall und das Wiehern, Trampeln und Schnauben der Pferde und Kamele erfüllte die flimmernde Luft, doch es war unübersehbar, dass die Fremden nicht mit so heftigem Widerstand gerechnet hatten. Einige ihrer Tiere scheuten angesichts der vermeintlich harmlosen Kameltreiber, die sich auf einmal in herumwirbelnde Schatten verwandelten; in äußerst gut gerüstete Schatten zudem, die ihre Waffen, vor allem aber auch den unbewaffneten Kampf von Mann zu Mann, enorm gut beherrschten.

Robin nahm sich ein Beispiel an Erek und sprang von ihrem Kamel, ehe ein zweiter Wegelagerer auf ihre Beine abzielte. Sie setzte auf einen der vermummten Reiter zu, ließ sich auf den letzten Meter auf den Boden fallen, als der Fremde seine tödlich blitzende Klinge von oben herab in Richtung ihrer Schulter sausen ließ, und durchtrennte die ledernen Riemen, die den Sattel hielten, mit einem einzigen Hieb. Dann kullerte sie zwischen den Beinen des Tieres hindurch und sprang auf der anderen Seite wieder auf die Füße. Ihr Kind dankte es ihr mit einem energischen Tritt in ihre Innereien. Der Sattel rutschte nicht vom Rücken des Tieres, wackelte aber heftig genug, um den Reiter einen entscheidenden Moment lang abzulenken – den Robin nutzte, um einen schmerzhaften Oberschenkelschnitt zu platzieren.

Der Fremde fluchte, wechselte sein Schwert in die andere Hand und holte erneut damit aus, führte die Bewegung aber nicht zu Ende. Plötzlich schnellte ein anderes Pferd an ihm vorüber, der Reiter packte den Arm des Fremden, umklammerte ihn mit eisernem Griff und riss den Räuber nicht nur aus dem Sattel, sondern auch einige Dutzend Meter weit mit sich – und das in vollem Galopp. Der Mann schrie und verlor seine Waffe, das Pferd wieherte auf, warf den losen Sattel von sich ab und sprengte davon.

Robin blickte sich gehetzt um, unschlüssig, in welche Richtung sie sich wenden sollte, und auf der Suche nach jemandem, der ihrer Hilfe bedurfte. Doch der Kampf war schon vorüber. Sinans Männer hatten den Befehl des Sheiks befolgt und nicht einen einzigen der Wegelagerer getötet. Manche bluteten aus hässlichen Schnitt- oder Platzwunden sowie aus der Nase oder aus dem Mund, und besonders der Körper des Anführers schien nur noch eine einzige riesengroße Schwellung zu sein, die in zwei Wochen noch nicht abgeklungen sein würde. Aber keine der Verletzungen würde tödlich sein, wenn nicht eben der Wundbrand einsetzte, und der Alte vom Berge zog gemäßigten Schrittes über das Schlachtfeld und begutachtete das Werk seiner Männer mit zufriedener, fast schon schadenfroher Miene.

»Hervorragende Arbeit«, lobte er seine Krieger, während er einen besinnungslosen Wegelagerer mit bloß einer Hand am Schopf in die Höhe zog und mit der anderen die geschlossenen Lider eines seiner Augen auseinanderschob, um zu überprüfen, ob der Mann tatsächlich bloß das Bewusstsein verloren hatte. Als er sich dessen gewiss war, ließ er ihn einfach zurück auf den steinigen Boden fallen, was den Fremden paradoxerweise augenblicklich in den Wachzustand zurückbeförderte. Sinan trat ihm wie im Versehen kräftig vor die Nase, als er über ihn hinwegschritt, und deutete mit einer wedelnden Handbewegung auf den Anführer der Angreifer, der, mit gesenktem Kopf und von einem der Assassinen auf dem Rücken verdrehten Armen vor ihm im Dreck kniete.

»Ausziehen«, bestimmte er knapp.

Der Anführer der Wegelagerer hob erschrocken den Kopf. »Das … das …«

»… kann ich mir wahrlich nicht entgehen lassen«, beendete der Alte vom Berge an seiner statt. »Ich muss sagen, für verkommene Diebe und Räuber seid Ihr wahrhaftig gut gekleidet. Und mein Vetter dritten Grades begehrt zudem schon lange eine Satteldecke wie jene, die Euer Pferd schmückt. Das ist wirklich ein außerordentlich hübsches Stück. Bis heute war mir nicht bekannt, dass Stil und guter Geschmack sich tatsächlich auf solch niederträchtige Weise ergaunern lassen. Aber man lernt nie aus. Oh – nein, halt! Nishaan, nicht so überstürzt! Die Decke bleibt auf dem Pferd. Wir nehmen natürlich auch die Tiere mit. Verzeiht …«, wandte er sich wieder an den Anführer der Räuber. »Es ist nur so, dass wir überhaupt keine Möglichkeit hätten, all diese wundervollen Kleider und guten Waffen mitzunehmen, wenn wir Euch Eure Pferde ließen. Wie Ihr ja bereits festgestellt habt, sind unsere Kamele vollständig ausgelastet. Es tut mir wirklich sehr, sehr leid.« Und dann befahl er seinen Männern, die Fremden vollständig zu entwaffnen und zu entkleiden, und ließ jene Pferde, die noch nicht in die Hügel geflüchtet waren, in der Mitte der Karawane zusammentreiben. Robin beobachtete das Szenario einen Moment mit sorgenvoll gerunzelter Stirn. Sie bezweifelte, dass diese Männer, von denen der Alte doch selbst gewollt hatte, dass sie am Leben blieben, in dieser Einöde überhaupt eine Chance dazu hatten, wenn man ihnen Kleidung, Tiere und sogar ihre Wasserschläuche nahm. Aber sie beruhigte sich mit dem Gedanken, dass die Wegelagerer schließlich auf Pferden gekommen waren, was bedeutete, dass es nicht weit von hier einen Brunnen oder ein Wasserloch geben musste. Für einen langen Ritt durch die Wüste waren ihre Rösser schließlich nicht geeignet, und sie sahen auch nicht so mitgenommen aus, dass sie vermuten musste, dass die Tiere sich vollkommen verausgabt hatten, damit ihre Reiter ihnen an diesem Ort auflauern konnten. Darüber hinaus hätten die Fremden ihrerseits den Tod von mehr als dreißig vermeintlichen Kameltreibern in Kauf genommen und ihr Mitgefühl daher im Grunde nicht verdient.

Trotzdem. Ein ungutes Gefühl blieb, und es sollte ihr gleich noch viel schlechter ergehen, denn der Reiter, der ihren letzten Angreifer vom Pferd gerissen hatte, trieb sein Tier in ihre Richtung und saß neben ihr ab, als er sie erreichte. Es war Salim. Und ein einziger Blick seiner schwarzen Augen genügte Robin, um ihr mitzuteilen, dass er innerlich vor Wut raste.

»Hast du jetzt vollkommen den Verstand verloren?«, zischte er gerade laut genug, dass sie seine Worte verstehen konnte. »Wenn du unser Kind unbedingt umbringen willst, warum sagst du es mir nicht einfach? Dann finden wir vielleicht einen Weg, der wenigstens *dich* den Mord an diesem Kind überleben lässt.«

Robin begriff nicht ganz, was seine letzte Bemerkung konkret bedeutete, sehr wohl aber, was er ihr damit sagen wollte. Sie blickte auf die blutige Klinge ihres Schwertes hinab, das sie noch immer in der Hand hielt. »Ich hatte keine andere Wahl«, behauptete sie. »Sie haben schließlich angegriffen.«

»Der *Erste* hat dich angegriffen«, widersprach Salim betont. »Spätestens danach hättest du deinem Kamel die Rute geben können, damit es dich in Sicherheit bringt. Aber du …«

»Aber ich bin das Schwert des Königs!«, fiel Robin ihm unbeherrscht ins Wort. Für einen Moment hatte er es tatsächlich geschafft, Schuldgefühle in ihr zu wecken. Denn nun, da alles vorüber war, hatte sie selbst bereits begonnen, an ihrem Verhalten zu zweifeln. Aber dieses Schuldbewusstsein fiel infolge des herrischen Tons, in dem er wieder einmal mit ihr sprach, von ihr ab wie die Pollen einer Pusteblume im Wind. Was meinte Salim eigentlich, wer er war, dass er glaubte, ihr jeden Handschlag, jeden Schritt vorschreiben zu können? Was bildete er sich ein, einen Tempelritter – und das war sie, zum Teufel, nach wie vor – herumzukommandieren und sie wie ein dummes kleines, zudem derweil in seinen Augen noch krankes Mädchen? Das es abends ins Bett zu schicken galt, sobald die Alten am Feuer über die *wirklich* interessanten Dinge zu plaudern begannen? Was maßte er sich an, ihre Mission einfach seinem dreimal verfluchten Vater zu überschreiben wie eine Hütte im Wald oder ein morsches Fischerboot? Ihre Wut um die Enteignung, der er sie mit seiner verfluchten Brieftaube ausgesetzt hatte, drängte ins Freie, als hätte sie seit Sinans Ankunft im Kloster nur auf einen winzigen Riss im Mantel ihrer Beherrschung gelauert, durch den sie entweichen konnte.

»Du bist meine Frau«, erwiderte der Sarazene hart.

»Aber noch lange nicht dein Eigentum«, zischte Robin zurück. »Und zudem kein Kristallglaskelch, den man in weiche Tücher eingeschlagen nach Hause transportiert, um ihn irgendwo aufzustellen, wo er hübsch anzuschauen ist und nicht hart fallen kann und keine Widerworte gibt und Haus und Hof hütet und ...«

»Ein Kristallglaskelch, der Widerworte gibt?«, fiel Doran zweifelnd in ihren Redefluss ein. Er war hinter sie getreten, ohne dass sie es bemerkt hatte, und schaute ihr nun neugierig über ihre Schulter. »Das klingt nach einer sehr außergewöhnlichen Geschichte. Wollt Ihr sie mir erzählen?«

Robin bedachte Salim mit einem zornesfunkelnden Blick, ehe sie sich langsam zu dem jungen Assassinen herumdrehte. Mit den letzten Silben hatte sie in ihrer Rage wirklich unglaublichen Blödsinn geredet und war zudem viel lauter geworden, als gut und billig gewesen wäre. Sie konnte wahrscheinlich von Glück reden, dass ausgerechnet Doran zuerst auf den heftigen Wortwechsel zwischen Salim und ihr aufmerksam geworden und in ihr Gespräch eingefallen war.

»Nur ein dummes Märchen«, winkte sie mit einem schiefen Grinsen und einem bösen Seitenblick zu Salim hin ab. »Mit Abstand nicht so gut wie die Geschichten, die du selbst zu erzählen vermagst. Brechen wir wieder auf?«

Sie ließ den Blick durch das kleine Tal schweifen, in dem es auf einmal von nackten Männern nur so wimmelte, was ihr die Schamesröte in die Wangen trieb. Sinan und einige der Assassinen schritten zu den überwältigten und entkleideten Männern hin und überreichten ihnen gönnerhaft je einen Tagelmust.

»So kann jeder für sich selbst entscheiden, ob es ihm wichtiger ist, seinen Kopf vor der Sonne zu schützen oder seine Scham vor Spöttern«, bemerkte Doran grinsend.

Salim versah Robin mit einem vorwurfsvollen Kopfschütteln und riss dann sein erbeutetes Pferd ruppig an den Zügeln herum, um seinem Vater organisatorisch zur Hand zu gehen. Doran hatte Robin eine kleine Gnadenfrist verschafft, aber Salim war zweifellos noch nicht fertig mit diesem Thema. Das Kind unter Robins Herzen versetzte ihr einen spürbaren Tritt gegen die Leiste, und sie unterdrückte den Impuls, nach ihrem Bauch zu tasten und es durch ihre eigene, immer dünner werdende Haut hindurch zu streicheln.

*Sieh ihn dir an, mein Mädchen,* dachte sie bei sich, während sie Salim mit gemischten Gefühlen nachblickte. *Und wage es bloß nicht, ihn je in deinem Leben um eine Hose oder gar um eine Waffe zu bitten. Es würde ihn umbringen. Und mich wahrscheinlich auch.*

# 19. KAPITEL

Wie nicht anders erwartet, kam Salim zu ihr, als alle anderen – zwei Wachtposten ausgenommen – bereits schliefen. Robin dämmerte sich gerade in einen voraussichtlich tiefen, erschöpften Schlaf, als er sie sanft an der Schulter berührte und sie leise bat, ihm zu folgen.

Er führte sie auf eine kleine Erhöhung, von der aus sich das Lager und die umliegenden Hügel überblicken ließen. Silbriger Mondschein tauchte die nächtliche Landschaft in ein mildes Licht, und die Sterne wirkten von hier aus so nah, dass Robin glaubte, nur einen Arm ausstrecken zu müssen, um danach greifen zu können.

Eine geraume Weile saßen sie schweigend beieinander und genossen die Schönheit der Wüstennacht. Robin hatte damit gerechnet, zu einer Standpauke abkommandiert zu werden, doch sie hatte sich geirrt.

Nach einer kleinen Weile legte er behutsam den Arm um ihre Schultern und hauchte ihr einen Kuss auf die Stirn. Robin rückte noch dichter an ihn heran. Die Auseinandersetzung auf dem Schlachtfeld war für den Moment vollkommen vergessen.

»Wann habe ich dir zuletzt gesagt, dass ich dich liebe, Christenweib?«, flüsterte Salim und strich ihr das zerzauste Haar mit einer Hand aus dem Gesicht.

Robin hob die Schultern. »Schon länger her«, behauptete sie. »Aber das weiß ich auch so. Sogar, wenn ...« Sie brach ab und schüttelte den Kopf. Sie wollte die Schönheit des Augenblicks nicht zerstören, indem sie auf den kleinen Macken und Marotten des Wüstenprinzen herumritt – und außerdem gehörten sie schließlich zu ihm. Sie sollte sie mit ihm lieben, auch wenn es ihr manchmal schwerfiel.

»Wenn was?«, hakte Salim jedoch nach. Robin zuckte die Achseln und kuschelte sich an ihn, spürte dem Duft seiner Haut durch das dünne Leinengewand hindurch nach und sog ihn gierig ein, weil sie, wie sie fand, viel zu selten Gelegenheit dazu bekam. »Wenn ich mich darüber auslasse, dass du unser Kind mit deinem unbezwingbaren Temperament und deiner Leichtfertigkeit gefährdest, und nicht zuletzt dich selbst?«, hakte Salim nach, aber er tat es in einem sanften Ton, der den Worten allen Vorwurf nahm. So, wie er es sagte, klang es eher entschuldigend. »Oder wenn ich mich darüber ärgere, dass du mit einem verträumten Naseweiß derzeit mehr sprichst als mit deinem eigenen Mann?«

»Oder wenn du mich schutzlos deinem verrückten Vater auslieferst, der nichts Besseres zu tun hat, als mich permanent zu bewachen? Und mir vor allen Dingen die Aufgabe entreißt, die der König von Jerusalem mir anvertraut hat?«, ergänzte Robin. Auch sie versuchte, den Vorwurf aus ihrer Stimme zu verbannen, doch ganz gelang es ihr nicht.

Aber Salim blieb ruhig: »Ich hatte keine Wahl. Wir hätten es allein niemals so weit geschafft, Robin. Ich weiß, mein Vater kann recht schwierig sein, aber für den Augenblick kommen wir allein einfach nicht voran. Und du bist niemandem schutzlos ausgeliefert. Ich bin doch bei dir. Du bist meine Ehefrau«, stellte er betont fest. »Ich weiß nicht genau, wie es im kalten Europa ist, denn außer der Komturei der Templer habe ich nicht allzu viel davon gesehen. Aber wir verkommenen Heiden achten auf unsere Familien. Wir schützen sie mit unserem eigenen Leben und bemühen uns, ihnen die ganze Welt zu Füßen zu legen.« Er sah sie aufmerksam an, fast schon ein wenig unsicher, wie Robin fand – als suchte er in ihrem Blick nach Widerstand, den er nicht verstand und dessen Aufflammen für ihn daher nicht berechenbar war. »Heute Nachmittag auf dem Schlachtfeld … Erinnerst du dich? Ich habe gesehen, wie der Mann dich angriff, aber ich war nicht schnell genug bei dir. Letzten Endes war es dieser verfluchte Christenhund, der dir geholfen hat, und ich …« Er wandte nachdenklich den Blick ab, und Robin konnte spüren, wie sich seine Muskeln unter seinem Gewand strafften, als erlebte er den Überfall der Wegelagerer für sich gerade noch einmal. »Ich war einfach zu langsam, weißt du? Du hättest gar nicht einfach davonreiten können, das weiß ich. Du hast gekämpft, wie ich es dir beigebracht habe, und ich sollte stolz auf dich sein. Aber in diesem Moment war ich das nicht. Ich habe dir Vorwürfe gemacht, die eigentlich nur mir selbst galten. Ich hätte bei dir sein und dich beschützen müssen, aber ich habe versagt.«

»Das hast du nicht!«, widersprach Robin streng. »Du warst da. Und du *hast* mir geholfen.«

»Viel zu spät«, beharrte Salim bitter. »Statt an der Seite meines Vaters hätte ich neben dir reiten müssen. Aber ich habe mich benommen wie ein beleidigter Bengel.«

»Wegen Doran«, bestätigte Robin. Sie griff nach Salims Kinn und drehte sein Gesicht sanft in ihre Richtung zurück. »Du vertraust mir doch, oder?«

»Natürlich vertraue ich dir.« Salim lächelte zerknirscht. »Es liegt nicht an dir. Wir Muselmanen sind einfach so. Wir saugen die Eifersucht mit der Muttermilch auf. Du wirst schon sehen: Bald hast du zwei von diesen anstrengenden Männern um dich.«

»Es wird ein Mädchen«, behauptete Robin, ohne zu wissen, warum sie es tat. Wahrscheinlich, weil der Drang, zu widersprechen, ebenso in ihrer Natur lag wie die Eifersucht in der ihres Gatten. Wann hatte sie sich eigentlich zuletzt für ihr eigenes, nüchtern betrachtet, auch nicht eben einfaches Wesen entschuldigt oder erklärt? Hatte sie das überhaupt schon einmal getan?

»Woher willst du das wissen?«, fragte Salim.

Robin schüttelte den Kopf. »Ich weiß es einfach«, behauptete sie und realisierte erst jetzt, da sie es aussprach, dass sie neuerdings im Geiste tatsächlich immer mit einem Mädchen sprach. »Ich glaube es zumindest. Hast du ein Problem damit? Werde ich gesteinigt, wenn ich dir keinen Stammhalter gebäre?«

»So ein Unsinn!« Salim sprang auf, hob Robin auf die Füße und schließlich unter den Achseln gepackt ein Stück weit in die Höhe, um ihren Bauch zu küssen. »Bei Allah, eine kleine Prinzessin macht mich doch mindestens ebenso glücklich. Ein Mädchen mit deinem Gesicht und meinem Verstand. Wie klingt das für dich?« Er grinste breit, und seine Freude war echt.

»Ganz unwiderstehlich«, seufzte Robin und tat, als versuchte sie, Salim von oben in die Nase zu beißen, versah deren Spitze dann jedoch mit einem kleinen Kuss. »Aber umgekehrt klingt es gleich doppelt so gut.«

»Von mir aus«, gab Salim sich geschlagen und setzte sie wieder auf dem Boden ab. Dann schob er ihr mit einer Wade gleich beide Beine weg, sodass sie hintüberplumpste und sanft in seinen kräftigen Armen landete. Er legte sich neben sie auf den lauwarmen Stein und drückte sein Ohr auf ihren Bauch, als wollte er lauschen. »Sie hat deine Stimme«, behauptete er nach einer kleinen Weile. »Eine großartige Sängerin wird sie wohl kaum.«

Robins Blick wanderte zu den Sternen über ihr, und mit einem Mal wurde sie ruhig und fühlte sich so glücklich wie schon lang nicht mehr. »Du willst eine Tochter, die eine Sängerin wird?«

»Ich will eine Tochter, die glücklich ist.«

»Dann sind wir uns ja ausnahmsweise einmal einig.«

»Hmmh …« Der Assassine wälzte sich auf den Rücken und bettete ihren Hinterkopf auf seine Schulter. »Aber du ziehst ihr keine Hosen an«, fügte er gedehnt hinzu.

Robin lächelte. »Keine Hosen«, bestätigte sie, und Salim war es zufrieden.

Sie verbrachten die Nacht auf dem Felsen und schlichen erst kurz vor dem Morgengrauen in das Lager der Assassinen zurück.

Am Abend des neunten Tages passierten sie einen verlassenen Steinbruch. Gut gelaunt erzählte Sinan, dieser sei einst im Besitz der römischen Kaiser gewesen. Mit Vorliebe hätten diese Christen in der riesigen, ovalen Schlucht schuften lassen, die dem Berg nun den Anschein gab, als hätte ein riesiges Ungeheuer mit Zahnfleischbluten ein herzhaftes Stück aus ihm herausgebissen. Selbst auf große Entfernung hin waren die roten Schlieren in dem grauen Gestein der Schlucht deutlich zu erkennen und leuchteten in tiefdunklem Rot wie gut durchblutetes Muskelfleisch.

Robin bereute wieder einmal, seit ihrer gemeinsamen Nacht mit Salim auf der Erhöhung wieder an der Seite ihres Mannes und dieses Verrückten zu reiten, in dessen Familie sie leichtfertigerweise hineingeheiratet hatte. Sie empfand den Anblick des rot leuchtenden Steinbruchs als unheimlich und Sinans Kommentare mehr als unangemessen, verkniff sich aber jegliche Meinungsäußerung, um die neue Harmonie zwischen Salim und ihr nicht durch eine überflüssige Auseinandersetzung zu zerstören.

»Porphyr«, fiel Salim ein, wie um dem Thema einen sachlicheren Anstrich zu geben. »Nirgendwo sonst auf der Welt, so heißt es, lässt sich solch reiner Porphyr gewinnen. Zur Römerzeit durften diese Steine ausschließlich für die Bauwerke der Kaiser benutzt werden. Auf riesigen Schlitten haben sie sie zum Nil gezogen und dann flussabwärts nach Alexandria geschifft.«

»Die verurteilten Christen.« Der Alte vom Berge nickte. »Tausende müssen dabei verreckt sein.«

»Vater!«, rief Salim entsetzt, und auch Robin entsetzte die Härte und Schadenfreude in Sinans Stimme.

»Verzeih, geliebter Sohn …« Raschid Sinan tat eine knappe Verbeugung. »Manchmal vergesse ich, dass du dein Herz ausgerechnet an ein Christenweib verlieren musstest. Ich bin ein alter Mann.«

»Das solltest du aber nicht vergessen«, gab Salim trocken zurück.

»Verzeih«, wiederholte der Sheik und blickte eine kleine Weile nachdenklich zu den Felsen hin, die blutrot in der bereits wieder tief stehenden Sonne leuchteten. Man musste ihn nicht allzu gut kennen, um zu wissen, dass er nur so tat, als ob er nachdachte. »Habt ihr euch eigentlich schon einmal Gedanken darüber gemacht, welchem Volk euer Kind angehören soll, sobald es das Licht der Welt erblickt?«, erkundigte er sich schließlich.

»Den Christen«, antwortete Robin entschieden.

»Mein Kind ist ein Moslem«, behauptete Salim. »Mein Blut fließt in seinen Adern.«

»Meines auch«, widersprach Robin. »Sie ist … Es ist ein Christ, ganz ohne Zweifel. Wir werden es taufen lassen und im richtigen Glauben erziehen.«

»Nach dem Koran also.«

Sheik Sinan lächelte zufrieden. »Seht ihr«, sagte er und ließ den Blick seiner klugen Augen aufmerksam von Salim zu Robin und wieder zurück schweifen. »Das war es, was ich euch eigentlich mitteilen wollte. Ihr solltet langsam damit beginnen, euch Gedanken um einige wichtige Dinge zu machen. Und weil ihr euch ohnehin niemals darüber einig werdet, wer von euch beiden nun der Rechtgläubige ist, müsst ihr den Blick etwas weiter nach vorn richten als nur bis zur nächsten Moschee oder zur nächsten Kapelle. Was ist *gut* für euer Kind? In welchem Teil der Welt wird es aufwachsen? Und wem wird dieser Teil der Welt gehören?«

Die letzten Worte richtete er direkt an Robin, doch der bittere Geschmack auf der Zunge ließ sie mit einer Antwort zögern. Diese Welt gehörte niemand anders als Gott, aber sie war nicht gewillt, eine derartige Diskussion mit ihrem Schwiegervater zu führen. Salim und sie liebten einander. Sie waren miteinander verheiratet, und sie würde nicht zulassen, dass er einen politischen Keil zwischen sie trieb. Sobald sie das Wasser des Lebens gefunden hatten, würden sie sich von Sheik Sinan und seinen Assassinen absetzen und in ihr eigenes, bescheidenes Leben zwischen den Kulturen zurückkehren – vielleicht sogar noch zuvor, wenn sie nur eine Möglichkeit dazu fand, sich von Sinan zu trennen und ihre Mission trotzdem zu Ende zu führen.

»Also?«, drängte der Alte. »Moslem oder Christ? In welchem Glauben wollt ihr meinen Enkel erziehen?«

Salim zog scharf die trockene Wüstenluft zwischen den Zähnen hindurch ein, verkniff sich dann aber den Ärger, der dem Robins gleichkommen musste, und hob stattdessen betont gleichgültig die Schultern: »Das kommt ganz darauf an, nach wem unsere Tochter eher kommt. Robin glaubt, sie sieht aus wie ich. Dann wird sie wohl kaum darauf angewiesen sein, sich irgendwann zu schminken.«

Robin suchte seinen Blick und lächelte stumm. Sheik Sinan rollte die Augen und trieb sein Pferd aus ihrer Mitte, sodass sie direkt nebeneinanderreiten konnten. Sie rasteten ein letztes Mal in einem verlassenen Reiterlager und erreichten Theben am kommenden Abend. Oder besser gesagt: das, was davon noch übrig war.

Der bewohnte Teil der Stadt war kaum mehr als ein kleines Fischerdorf am Nil. Die halb verfallenen Relikte der Vorzeit ließen jedoch außer Zweifel, dass hier einst eine der mächtigsten Städte der Robin bekannten Welt gestanden hatte: Säulen, Tempel und Statuen waren gigantisch groß, und bereits aus einiger Entfernung überkam Robin ein ehrfürchtiges Schaudern.

Sheik Sinan lenkte die Truppe nicht bis ganz zu den Ruinen der verlassenen Stadt, und auch nicht in das wenige Hundert Schritte entfernte Fischerdorf hinein, dessen wenige Dutzend Flachbauten heruntergekommen und ärmlich wirkten. Die Menschen, die hier lebten, besaßen augenscheinlich selbst kaum genug zum Überleben, was Robin erstaunte, denn das Land schien ihr recht fruchtbar zu sein. Schwarz und mehr als hundert Schritte breit, führte der Nil an dem Dorf und den Ruinen der alten Stadt vorbei und ging in ein schlammiges Ufer über, an dem massenhaft Schilf wucherte. Hochbeinige Ibisse stakten durch den Uferschlamm, und Robin vermutete, dass der Fluss und seine Umgebung zahlreichen weiteren Arten Unterschlupf bot – und den Bewohnern des Dorfes somit reichlich Nahrung. Am gegenüberliegenden Ufer erspähte sie sogar drei Wasserbüffel, auf die sich auch Ereks Augenmerk richtete. Man sah ihm deutlich an, dass es ihn in den Fingern juckte, seine Armbrust auszuwickeln und eines der Tiere zu erlegen. Robin bedachte ihn mit einem mahnenden Seitenblick. Zum einen wünschte sie nach wie vor, Erek möge sich möglichst unauffällig verhalten, und zum anderen würden die Bewohner des Dorfes es kaum begrüßen, wenn sich fremde Eindringlinge an ihren Nahrungsvorräten bedienten. Abgesehen davon, hatten sie sowieso kein Boot, um ihre Beute zu transportieren.

Sinan ließ das Nachtlager an einem kleinen Tümpel nahe der großen Ruinenstadt aufschlagen und ordnete an, dass niemand – nicht einmal die Tiere – aus dem Wasserloch trinken durfte.

»Drachen«, erklärte Doran, der Robins Nähe zu ihrer Freude noch immer oft suchte.

Robin maß ihn mit zweifelndem Blick und schüttelte dann seufzend den Kopf. »Drachen«, wiederholte sie resignierend. »Das hatten wir schon einmal …«

»Wie bitte?«

»Oh, nichts«, winkte Robin ab. »Es ist nur so, dass … Nun ja. Ich weiß nicht, ob wir hier nicht andere Dinge zu fürchten haben als Drachen.« Sie blickte nachdenklich zu den riesigen Überresten eines steinernen Götzen hin, der auf der anderen Seite des Tümpels aus dem Schlamm ragte. Er stand schief und war recht verwittert, aber Robin erkannte den Körper einer Frau, die auf einem Sessel thronte und einen langen Stab hielt. Ihr Kopf glich dem eines Löwen, auf dem senkrecht eine runde, an den Mond oder die Sonne erinnernde Scheibe stand, an der sich eine Schlange emporwand. Die in ihrem Schoß ruhende Rechte umklammerte einen Gegenstand, der einem christlichen Kreuz ähnelte. Anders als der Kuhgöttin konnte Robin dieser grässlichen Gestalt jedoch nichts Positives abgewinnen.

Ihr Blick glitt an der Statue vorbei und zur Ruinenstadt hin. Die Umrisse einer ganzen Allee steinerner Kreaturen zeichneten sich – halb im Schlamm versunken – gegen das Licht der untergehenden Sonne ab. Auf Robin wirkten sie wie eine Doppelreihe aus Wachhunden; jeder einzelne mindestens so groß wie die Löwenkopffrau.

»Ich habe kein Wort über rachsüchtige Götter verloren«, verteidigte sich Doran bestimmt.

»Mmmh …« Robin lächelte, als sie daran dachte, wie eine der ersten Geschichten des jungen Sarazenen sie geängstigt hatte. Noch einmal würde die Fantasie nicht mit ihr durchgehen. Entschlossen riss sie sich vom Anblick der seltsamen Steinkreaturen los. Sie glaubte weder an rachsüchtige Heidengötter noch an Drachen, aber wohl war ihr in der Nähe dieser gigantischen Ruinenstadt trotzdem nicht, auch wenn sie ihre Furcht nicht benennen konnte. »Nicht an den Tümpel also«, wiederholte sie resigniert Sinans Worte.

»Es gibt einen Brunnen«, erklärte Salim, der den Wortwechsel mitverfolgt hatte und nun an ihre Seite trat. »Komm. Ich zeige ihn dir.«

»Hat dein Vater schon irgendeine genaue Idee, wie wir diese mysteriösen Statuen finden sollen, von denen in der Beschreibung die Rede war?«, erkundigte Robin sich unbehaglich, während sie dem Sarazenen zu dem Brunnen hin folgte, an dem die Männer nach und nach ihre Wasserschläuche auffüllten, sich den Staub der Reise abwuschen und die Tiere tränkten. Mit einer Kopfbewegung deutete sie auf die seltsamen Hundefiguren und die Löwenkopffrau am See. »Es wimmelt hier nur so von *sitzenden Kolossen, die aus einem Stein geschlagen sind …*«

»Hier schon«, bestätigte Salim. »Aber nicht am *westlichen* Ufer. Sieh!«

Er hielt inne und lenkte Robins Aufmerksamkeit auf einen Punkt an der gegenüberliegenden Seite des Nils. Im ersten Moment erkannte Robin dort nichts als einen schlammigen, grünen Uferstreifen; sogar die Wasserbüffel waren zwischenzeitlich verschwunden. Doch dann erspähte sie zwei monumentale Statuen, die – einmal erkannt – auch nicht mehr zu übersehen waren. Viele Einzelheiten erkennen konnte Robin nicht, doch eine der Statuen war sicherlich so hoch wie eine uralte Eiche und die andere in etwa halb so groß.

*Jeden Morgen begrüßt der verstümmelte Koloss die Sonne,* hallten Sinans Worte in ihrem Kopf wider, und ihr Herzschlag beschleunigte sich. Sollte es wirklich wahr sein, dass sie nur noch der schwarze Fluss von ihrem Ziel trennte? »Wir brauchen ein Boot oder wenigstens ein Floß«, platzte sie aufgeregt heraus.

»Morgen«, bremste Salim lächelnd ihren Tatendrang. »Wir

sollten die Nacht nutzen, um noch einmal alle Kraftreserven aufzufüllen. Denn unsere Reise wird nicht auf der anderen Seite des Flusses enden.«

»*Nahe bei den Kolossen …*«, begann Robin zu zitieren, aber Salim schüttelte lachend den Kopf.

»*… finden sich vierzig prächtige Totengrüfte*«, führte er den Satz an ihrer statt zu Ende. »Und da steht ein Baum, dessen unterster Ast zu einem Pfad deutet, der an eine Kreuzung grenzt, an der ein Täubchen ein Liedlein zwitschert …«

»Schon gut, ich habe es verstanden«, gab Robin sich geschlagen. »Wir rasten hier. Aber es ist noch lange nicht dunkel. Komm, Heide – zeig mir die Hinterlassenschaften deiner verkommenen Urahnen.«

An Salims Seite strebte sie die verfallenen Hundefiguren an. In Wirklichkeit brannte Robin nicht sonderlich darauf, sie sich aus der Nähe anzusehen, aber es war ihr bei Weitem lieber, sich jetzt und in Salims Begleitung umzuschauen, als die Nacht so dicht an diesem unheimlichen Ort zu verbringen und sich dabei bloß *vorzustellen,* was sie bei einem Besuch der Ruinenstadt vielleicht gesehen hätte. Wahrscheinlich wirkten die seltsamen Statuen und Säulen überhaupt nicht mehr so riesig und Ehrfurcht erregend, wenn sie sie erst aus der Nähe betrachtete und ein wenig darüber in Erfahrung brachte. Die Nacht im Tempel der Kuhgöttin hatte sie schließlich auch überlebt und hatte sie zudem in gar nicht mal schlechter Erinnerung, obgleich es auch darin von heidnischen Statuen und verrückten Bildern nur so gewimmelt hatte. Sie seufzte. Die Kuhgöttin hatte ihr geholfen, ihr Kind zu finden. Vielleicht halfen ihr diese Hundefiguren über kurz oder lang, dem Geheimnis um das Wasser des Lebens etwas mehr auf die Schliche zu kommen.

Als sie sich dem Figurenpaar näherten, das am weitesten vom Ufer des Nils entfernt war, erkannte Robin schnell, dass sie sich getäuscht hatte: Keine Hunde versanken hier bis zu den Knöcheln im Schlamm, sondern unzählige Widder mit geschwungenen Hörnern und menschenähnlicher Gestalt.

»Warst du schon einmal hier?«, erkundigte sie sich unbehaglich, während sie an den halb verfallenen Figuren emporblickte, die auf gut mannshohen Sockeln ruhten. Zwischen den riesigen Vorderpfoten – und es waren Pfoten, nicht etwa Hufe – stand jeweils eine menschlich anmutende Gestalt, die die Arme vor der Brust verschränkt hielt wie die Tote auf dem Altar unter der Jerusalemer Zitadelle.

»Nein«, antwortete Salim. Er bemühte sich um eine entspannte Haltung, doch seine Züge spiegelten Ehrfurcht wider. »Aber ich habe davon gehört. Man nennt es die Widder-Sphinx-Allee.«

»Was ist ein Swinks?«, hakte Robin nach.

»Eine andere Figur. Weit weg von hier. Komm.« Salim wandte sich von den Figuren ab und geleitete Robin durch ein riesiges Tor – größer als jedes Kirchenportal, durch das Robin je geschritten war, vielleicht sogar als jedes Burg- oder Stadttor der Welt. Es führte auf eine Art Innenhof, von dem zwei weitere Durchgänge abzweigten. Sie waren nicht ganz so mächtig, aber auch alles andere als bescheiden. Im Zentrum des Platzes ruhten die Ruinen eines Tempels, der in seiner Größe und Machart etwa dem der Kuhgöttin glich. Die Hälfte des Daches fehlte, und einige Säulen standen schräg und waren zum Teil geborsten. Wohin auch immer Robin schaute, fiel ihr Blick auf verwitterte Malereien – sowohl an den Wänden als auch an den Säulen: Bilder von Menschen mit Kugeln oder anderen, kaum bestimmbaren Dingen auf dem Kopf, zahlreiche Mischwesen und eine Unzahl von Zeichen, deren Bedeutung Robin nicht begriff.

Links hinter dem Tempel ragte die Statue eines Mannes mit einer eigenartigen Kopfbedeckung in die Höhe, zwischen dessen Beinen eine kleine Frau stand, die immer noch deutlich größer war als Robin selbst. Größer sogar als Sheik Raschid Sinan, der nach ihrem Begreifen der größte Mann der Welt war.

»Wer ist das?«, erkundigte Robin sich, und Salim hob die Schultern. »Irgendein König, nehme ich an.«

Robin hätte gern mehr erfahren und stellte zufrieden fest, dass sich ihre Hoffnung nun doch noch erfüllte: Seit sie die grässlichen Widdermenschen hinter sich zurückgelassen hatten, war es nicht mehr die Angst, die sie umtrieb. Sicherlich: Sie fühlte sich klein auf diesem weitläufigen Hof, der einst eine Halle gewesen sein mochte und genug Platz für die Bewohner eines großen Dorfes bot. Aber die Überbleibsel jener uralten Kultur beeindruckten sie, auch wenn die meisten der Bilder, die sie umgaben, ihr auf immer und ewig ungelöste Rätsel bleiben würden. Ja, ihr war ein wenig unbehaglich zumute, aber es war keine Furcht, sondern eher …

Faszination.

Ja. Das war das richtige Wort. Die Menschen, die diese Stadt errichtet hatten, waren unschlagbare Architekten und Künstler gewesen. Wie etwa, so fragte sich Robin, war es möglich, die gigantischen Zylinder, aus denen sich die Säulen zusammensetzten, und die riesigen sandfarbenen Quader, die die Wände bildeten, aufeinanderzustapeln? Vielleicht hatte ja doch ein geflügelter Drache die Erbauer tatkräftig unterstützt …

Robin schüttelte den Gedanken schnell wieder ab, und Salim führte sie an einer anderen, kaum kleineren Statue aus rosafarbenem Granit vorbei durch den Durchgang, der dem Haupttor unmittelbar gegenüberlag – und Robin verschlug es den Atem. Kaum hatte sie die meterdicke Mauer, die den Vorhof von diesem Teil der Ruine trennte, hinter sich zurückgelassen, war ihr, als hätte sie ein schrecklicher Zauber auf die Größe einer Kirchenmaus schrumpfen lassen. Vor ihr lag ein schmaler Pfad, der auf den ersten Blick an den Kreuzgang einer Kirche gemahnte – seine Seiten aber flankierten nicht bescheidene Kirchenbänke, sondern die gigantischsten Säulen, die Robin je gesehen hatte – die sie sich überhaupt auszumalen imstande war. Zu Dutzenden ragten sie in ordentlichen Reihen und absolut identischen Abständen rechts und links von ihr in den Himmel, über hundert sicherlich, als wollten sie die Wolken berühren und hätten auch gute Chancen, dass es ihnen irgendwann gelang. Robin spürte, wie ihr die Knie zu zittern begannen. »Was … ist das?«, flüsterte sie ungläubig.

»Ich kann nicht alles wissen«, gab Salim schulterzuckend zurück. »Man nennt es Säulenhalle. Was ja auch irgendwie naheliegt.«

»Ja.« Robin schluckte und schritt langsam zwischen den ersten der Säulen hindurch. Auch hier war jede Handbreit des Steins mit Bildern und Zeichen versehen. Menschen, Tiere, Symbole, Mischwesen … Während die Zeichen sich häufig wiederholten und somit vermutlich eine Art Schriftsprache waren, glich kaum eine der in den Stein gemeißelten Figuren einer anderen, und manche von ihnen hatten sogar über die Zeit hinweg ihre Farben beibehalten. An einer Stelle entdeckte Robin einen Mann, der einen seltsamen, eingedellten Hut trug und auch auf einer anderen Säule abgebildet war. Aber dort trug er eine Art Mitra. Vielleicht war es doch nicht derselbe Mann. Und immer wieder Männer mit Tierköpfen, Tiere mit Menschengesichtern … Wie Regen, der von allen Seiten gleichzeitig fiel, prasselten die Eindrücke auf Robin ein und ließen sie immer kleiner und noch kleiner werden, bis sie sich nicht mehr wie eine Maus, sondern wie eine Blattlaus fühlte, die an den Beinen riesiger Insekten emporblickte, an welche sich Tausende und Abertausende von schrecklichen Kreaturen klammerten, bereit, sich gleich davon zu lösen und sie unter sich zu begraben. Sie schluckte trocken, als sie sich eingestehen musste, dass diese Kreaturen sie mindestens ebenso sehr ängstigten wie die Widdermenschenarmee vor dem Eingang. Sie erinnerten sie an die Zeichnungen von Dämonen und in manchen Fällen sogar an den Teufel selbst, wie er in einigen der dicken Bücher in Abbés friesischer Komturei dargestellt war.

Ihr Kind schien die Aufregung zu spüren, begann sich in ihrem Bauch zu winden, und Robin tastete erschrocken mit einer Hand nach ihrem Ungeborenen. »Wir sollten zu den anderen zurückgehen«, wisperte sie.

Salim maß sie besorgt. »Geht es dir nicht gut? Oder hast du nur Angst?«

»Angst?« Robin schüttelte etwas zu schnell den Kopf. »Nein. Mir werden nur die Beine schwer. Also lass uns wieder gehen.«

*Bevor sich diese Dämonen unseres Kindes bemächtigen*, fügte sie in Gedanken hinzu. Aber das sprach sie lieber nicht aus. Es reichte vollkommen aus, wenn sich einer von ihnen beiden an den Rand des Wahnsinns fantasierte.

# 20. KAPITEL

Am Abend kehrte Sheik Sinan doch noch mit einer Handvoll Männer in die kleine Stadt ein, um ein paar Dinge zu organisieren, wie er sagte. Als Robin am kommenden Morgen erwachte, stand ein halbes Dutzend kleiner Nachen bereit, das einen Teil der Assassinen, Erek, Sinan, Salim und sie selbst über den Nil transportierte. Noch bevor sie die andere Seite erreichte, stellte Robin fest, dass die kirchturmhohe Statue und ihr kleineres Gegenstück ein gutes Stück zwischen reichlich Schilfbändern in den Schlamm eingesunken waren. Sie manövrierten die Boote dicht an die Beine der kleineren, halb verfallenen Statue heran, damit Salim und sein Vater an ihr emporklettern konnten.

Robin fügte sich, als Salim ihr verbot, sich an der gefährlichen Kletterpartie zu beteiligen. In einer Mischung aus Ehrfurcht und Aufregung blickte sie an den beiden Giganten empor, während die beiden Männer die riesige Figur nach dem erhofften Hinweis auf das Wasser des Lebens hin absuchten. In der vergangenen Nacht war ihr Lager zwar nicht von Dämonen, dafür aber von Tausenden Mücken heimgesucht worden, und ihre zerstochene Haut brannte und juckte höllisch, was die Wartezeit nicht gerade verkürzte.

Nach wenigen Augenblicken stießen die Männer jedoch auf etliche Inschriften in lateinischer und griechischer Sprache. Mehr, als ihnen lieb sein konnte, sogar. Sie waren in den Rock des Giganten eingeritzt, auf die Rückenlehne des Throns, auf dem er hockte, auf seine Arme und seine Schultern … Salim schien nicht recht zu wissen, welche Worte er zuerst übersetzen sollte. Sinan hingegen, der irgendwie einen komischen Anblick bot, wie er seine gigantische Leibesfülle da mit außergewöhnlichem Geschick von einer Zeile zur nächsten hievte, schnatterte ohne Unterlass, und Robin war froh, so nun doch am Rätselraten teilhaben zu können. »Hier hat sich Kaiser Nero verewigen lassen«, wusste er zum Beispiel zu berichten, während er auf ein Knie des steinernen Riesen deutete. »Und hier: eine Huldigung auf Hadrian … Lasst mich zitieren …«

Und das tat er dann auch. Er zitierte die Huldigung auf Hadrian, den Gedenkspruch an einen griechischen Feldherrn, Weisheiten, deren Urheber er nicht kannte, und vieles, vieles mehr, das ihnen rein gar nicht weiterhalf. Robins Aufregung wich zunehmender Enttäuschung.

»Hier ist nichts«, brummte Salim nach einer geraumen Weile entmutigt. »Jedenfalls nichts, was uns weiterhilft.«

»Natürlich nicht«, murmelte Robin nachdenklich, denn plötzlich kam ihr eine Idee.

»Wie bitte?«, erkundigte sich Erek von Nettestal.

»Natürlich ist da nichts«, wiederholte Robin so laut, dass auch Salim ihre Worte verstand. »Die Sockel«, schlug sie vor, wobei sie in Richtung der matschigen Brühe zu den Füßen der Kolosse deutete. »Wahrscheinlich befindet sich die Inschrift auf den Sockeln.«

Es war nur eine Eingebung – in keinem der Texte war die Rede von einem Sockel gewesen. Aber wenn es oberhalb des Nilschlamms bloß Gedenksprüche zu entdecken gab, musste sich der entscheidende Hinweis einfach auf dem Sockel finden, denn alles andere hätte bedeutet, dass es ihn nicht gab. Und diese Möglichkeit mochte sie einfach nicht akzeptieren.

»Ein Sockel ist ein guter Platz für eine mysteriöse Inschrift«, bekräftigte Erek von Nettestal nickend.

Salim seufzte, aber Sinan ließ endlich von den Hinterlassenschaften der Römer und Griechen ab und blickte nachdenklich in die Tiefe. »Ja«, bestätigte er. »Vielleicht ... Aber ich für meinen Teil bin nicht gerade geneigt, in diese Brühe abzutauchen. Ich fürchte, danach bekommt mich auch das Wasser des Lebens nicht mehr sauber.«

Robin verdrehte die Augen. Sie selbst hätte unter diesen Umständen keine Sekunde gezögert, in das schlammige Wasser zu springen – und das hatte etwas zu bedeuten, denn sie konnte gar nicht schwimmen. Dennoch würde ihre Tapferkeit nichts nutzen. In der braunen Brühe würde sie nicht einen einzigen Buchstaben entziffern können.

»Und was jetzt?«, murmelte sie.

Sinan kletterte von der zerstörten Statue herunter und ließ sich in das schmale Boot plumpsen, das nun wieder leicht schief im Wasser lag. »Jetzt werden wir das Ding eben trockenlegen«, entschied er und rieb sich die wulstigen Finger.

»Trockenlegen«, wiederholte Robin ausdruckslos. Was wollte Raschid Sinan tun? Den Nil umleiten oder ihn gar ausschlürfen?

»Trockenlegen«, bestätigte Sinan und bedeutete den Fischern, ihre Boote mit seinen Männern ans andere Ufer zurückzubringen.

Zunächst ließ der Sheik das Lager auf die westliche Seite des Flusses verlegen – nicht unmittelbar am schlammigen Ufer, sondern ein gutes Stück weit entfernt in einem engen Tal unterhalb einer Steilklippe und unweit einer weiteren Tempelruine, die am oberen Ende einer steinernen Treppe aus zahlreichen, sehr breiten Stufen gelegen war. Dieser Bau erinnerte Robin wieder stark an den Tempel der Kuhgöttin, war aber noch überdacht, sodass sie sich am Nachmittag vor der schlimmsten Hitze in seine Schatten würde flüchten können. Salim erzählte ihr, Sinan habe diesen Ort gewählt, um Robin und ihr Kind vor den ungesunden Ausdünstungen des Nilwassers zu bewahren, was sie als übertrieben und albern empfand. Doch im Grunde war es ihr gleich, wo genau sie die Nacht verbrachte, solange man sie nicht nötigte, in der unheimlichen Säulenhalle oder zwischen den Widderdämonen zu schlafen. Außerdem: Mit einer Krankheit würde der schwarze Fluss sie sicherlich nicht behelligen, aber den Mücken am Ufer entflohen zu sein war Wohltat genug.

Sinan kehrte mit einigen Männern in die Stadt zurück und kaufte reichlich Pech, welches die Fischer gewöhnlich zur Abdichtung ihrer Boote verwendeten. Besagte Fischer nahm er für einen kleinen Aufpreis gleich mit, und außerdem einen Trupp von rund zwanzig jungen, kräftigen Männern. Rund um die Statuen herum ließ er stabile Pflöcke in das Brackwasser schlagen, zwischen denen dicht geflochtene Schilfmatten gespannt werden sollten. Zuvor wollte man sie mit dem Pech einschmieren, damit sie wasserdicht wurden. Obwohl Sinan die fremden Arbeiter gut bezahlte und ein jeder mit viel Fleiß ans Werk ging, wurde Robins Ahnung über die voraussichtliche Dauer der ganzen Unternehmung bald zur Gewissheit. Der Plan des Alten erforderte reichlich Geschick und vor allem höchste Gründlichkeit, sodass die Arbeiten nur langsam vorankamen.

Am späten Nachmittag standen gerade einmal die großen Pflöcke an ihrem vorbestimmten Platz, und die angehenden Schilfmatten waren als solche kaum zu erahnen. Sinan und Salim untersagten Robin jegliche Beteiligung an den körperlichen Arbeiten, hielten sich aber selbst durchgehend am Ufer auf, um die Fortschritte zu überwachen. Auch Erek von Nettestal und Doran waren bestens eingebunden in das Geschehen, sodass Robin sich schon bald fürchterlich langweilte. Als sie sich zum dritten Mal mit halb unter dem Tagelmust verborgenem Gesicht unter die Arbeiter zu mischen versuchte und dabei wieder von Sinan erwischt wurde, nahm ihr Schwiegervater sie beiseite und drückte ihr einen kleinen silbernen Spiegel und ein Stück Kohle in die Hand. Damit, so sein Vorschlag, könne sie sich sicherlich sinnvoll beschäftigen. Robin empfand das zunächst als Beleidigung, dann aber kam ihr eine Idee. Wortlos nahm sie den Spiegel an sich, um damit zum Tempel zurückzukehren. Dort nämlich war ihr etwas aufgefallen, als sie sich am Vortag darin umgesehen hatte: Nicht nur die Wände, sondern auch die Decke hoch über ihr war von kleinen Bildern übersät. Das war ungewöhnlich, denn derlei hatte sie bislang weder in den Ruinen des Kuhgöttinnentempels noch in irgendeinem vergleichbaren Gebäude gesehen. Die Wände und die Säulen – gewiss. Aber sogar die Decke …?

Doch sie hatte die Bilder nicht erkennen können, denn die Decke wurde nicht von Säulen getragen, sondern von massiven Wänden, die lediglich durch das Eingangsportal vereinzelte Sonnenstrahlen in den Tempel ließen, sodass es in seinem Inneren angenehm kühl, aber auch recht dunkel war. Sie lächelte: Wie man das Sonnenlicht mithilfe eines Spiegels in finstere Winkel lenkte, hatte sie ja in der Bibliothek des Katharinenklosters gelernt.

Also schritt sie die Stufen zum Eingang hinauf und positionierte sich so hinter dem türenlosen Portal, dass sie das Licht der hochstehenden Sonne auffangen und mit dem Spiegel unter die Decke lenken konnte. Es war kaum mehr als ein heller Punkt, den sie auf diese Weise zustande brachte, aber mit ruhiger Hand hin und her bewegt, reichte dieser aus, um sie zumindest einige der Bilder erkennen zu lassen. Sie waren nur noch teilweise erhalten und unterschieden sich enttäuschenderweise kaum von denen, die sie in der unheimlichen Säulenhalle ausgemacht hatte. Nur die beängstigende Wirkung blieb aus, weil nicht so viele Bilder gleichzeitig von allen Seiten auf sie einhagelten. Robin erkannte geflügelte Sonnenscheiben, weitere Dämonen und Figuren, die ihr so verrückt erschienen, dass sie keine Worte für sie fand. Manche ähnelten jenen aus der Ruinenstadt sehr, und an einer Stelle entdeckte sie die Bildnisse zweier Männer, die ihr am Vortag in der Säulenhalle aufgefallen waren: der Mann mit der Delle im Hut beziehungsweise der Mann mit der seltsamen Mitra. Hier waren ihre Farben besser erhalten als in der Säulenhalle, und so erkannte sie, dass der Mann wahlweise einen roten Hut oder eine weiße Mitra trug. Was das wohl zu bedeuten hatte? Vermutlich würde sie es nie herausfinden. Und so ließ sie den Lichtpunkt weitergleiten, während sie im Eingangsbereich auf und ab schritt.

Ihr Aufenthalt in diesem Tempel war ein gutes Mittel gegen die Furcht vor den Dämonen, nicht aber gegen die Langeweile, denn Robin musste schon bald einsehen, dass sich die Bilder nur immer wiederholten. Ihre Anordnung änderte sich, und auch die unverständlichen Zeichen, die daneben in den Stein geritzt worden waren, aber sonst entdeckte sie nichts, das sich vielleicht als nützlich erweisen könnte. Und so gab sie es auf, trat wieder ins Freie und wollte sich gerade erneut heimlich unter die Arbeiter mischen, als sie aus den Augenwinkeln eine Gestalt erspähte, die von der Klippe aus auf sie hinabblickte.

Robin fuhr herum und beschattete ihre Augen mit den Händen, um an dem Hang hinaufzuschauen. Aber da war niemand mehr. Trotzdem … Ihr Herz begann schneller zu schlagen, und ihr Atem beschleunigte sich. Sie hatte jemanden dort oben gesehen! Eine Gestalt in einem langen, dunkelroten Gewand …

Alarmiert eilte Robin auf den angrenzenden Hügel zu und machte sich an den Aufstieg. Salim wäre gewiss nicht erfreut gewesen, zu sehen, wie sie den niedrigen, aber steilen Berg in der flimmernden Hitze bestieg und seinen höchsten Punkt, beschämend erschöpft und mit schweißnassem Haar, erreichte. Allein zumal – und auf der Suche nach einem Fremden, der sie und die Arbeiter am Nilufer aus irgendeinem Grund beobachtete. Aber Salim war nun einmal nicht da. Er hatte sie allein der nagenden Langeweile überlassen – und für den Moment war Robin dies Entschuldigung genug, während sie sich mit rasendem Herzen auf dem Hügel umsah.

Sie war allein. Aber es *war* jemand da gewesen – Robin war sich völlig sicher. Sie ließ sich in die Hocke sinken und suchte nach frischen Spuren im Sand, doch weit und breit entdeckte sie nicht einen einzigen Fußabdruck, sondern nur feinen, gewellten Sand. Konnte sie sich so getäuscht haben? Und wo waren eigentlich Sinans lästige Aufpasser, wenn man sie vielleicht ausnahmsweise einmal hätte gebrauchen können?

Verunsichert stieg sie schließlich wieder in das Tal hinab und kehrte zu den Männern am Nil zurück. Als sie am Abend bei einem Lagerfeuer zusammensaßen, erzählte sie Sinan und Salim von der Gestalt am Hang.

»Ein rot gewandeter Geist?« Salim lächelte zweifelnd.

»Ein rot gewandeter Mann«, korrigierte Robin ihn beleidigt, doch Salim schüttelte den Kopf. »Du solltest die Sonne ein wenig meiden«, seufzte er und hielt Robin einen prall gefüllten Wasserschlauch hin. »Und mehr trinken. Wassermangel kann die Sinne ganz schön verwirren.«

»Das alte Volk vom Nil glaubt, in der Wüste im Westen läge das Reich der Toten«, stellte der Sheik belustigt fest. »Vielleicht ist dir auch einer der alten Geister erschienen.«

Robin rümpfte die Nase und wandte sich demonstrativ von den beiden ab und Doran zu, der an ihrer anderen Seite Platz genommen hatte. Es war gemein von Salim und Sinan, sie zu verspotten. Und auf weitere Geistergeschichten konnte sie nach Einbruch der Dunkelheit, umgeben von uralten Ruinen voller Dämonenbilder, gut verzichten. Wenn Rother noch bei ihr gewesen wäre, hätte er nun Partei für sie ergriffen und Salim und Sinan in ihre Schranken gewiesen, das wusste sie sicher. Stattdessen rückte nun Erek von Nettestal, der an einem anderen Feuer saß, ein Stück weiter in ihre Richtung. Er konnte nicht verstehen, worüber sie sprachen, aber er schien zumindest zu begreifen, dass die beiden Muselmanen sie, das Schwert des Königs, verspotteten. Augenscheinlich war er bereit, einzuschreiten, sobald sie ihm nur einen kleinen Wink gab. Aber Robin bedachte ihn nur mit einem knappen, gleichsam dankbaren wie besänftigenden Lächeln. Aus den Augenwinkeln registrierte sie, wie Salim und sein Vater einen kurzen, beunruhigten Blick miteinander wechselten. Irgendetwas, begriff sie, verschwiegen sie ihr. Sie war sich sicher, dass sie ihr nicht verraten würden, was es war – und dass sie es trotzdem herausfinden würde.

Erst deutlich später, als Doran mit ihr allein am Lagerfeuer saß, nachdem sie Erek beinahe streng in eines der Zelte geschickt hatte, damit er sich ausruhte, gab der junge Assassine umständlich zu, schon einmal etwas von rot gewandeten Geistern gehört zu haben. Was es damit aber genau auf sich hatte, wusste er entweder wirklich nicht oder wollte Sinan nicht in den Rücken fallen, der schließlich keinen Hehl daraus gemacht hatte, dass zumindest *er* nicht mit Robin über rot gewandete Personen zu sprechen gedachte. Schließlich gab Robin auf und legte sich schlafen. Es war wirklich unfassbar, wie sehr das neue Menschenwesen in ihrem Inneren inzwischen an ihren Kraftreserven zehrte. Sie schlief bis weit in den Tag hinein, und bereits wenige Stunden später war der Schutzwall endlich errichtet. Die Arbeiter begannen, das Wasser aus dem kleinen künstlichen Teich zu schöpfen, der mit den Schilfmatten um die Sockel der steinernen Giganten herum errichtet worden war, doch leider gestaltete sich die Umsetzung von Sinans Idee schwerer als erhofft. Aller Sorgfalt zum Trotz waren die Matten nicht dicht, sodass es den Arbeitern nur langsam gelang, den Wasserspiegel sichtbar zu senken. Robin half schließlich doch beim Nachstreichen von warmem Pech, plauderte eine Zeit lang mit Doran über Belanglosigkeiten und zog sich irgendwann, erschöpft vom bloßen Zu-zweit-Sein, auf eine Stunde Schlaf wieder in das Lager zurück. Die Sonne brannte jedoch so unbarmherzig, dass sie selbst in den Schatten der Zelte oder dem nun stickigen Tempel keinen Schlaf fand. Lange wälzte sie sich von einer Seite auf die andere, die Kleider klebten ihr am Leib, und schließlich gab sie auf und setzte sich abermals über eines von Salims Verboten hinweg: Sie kletterte auf eines der eroberten Pferde und ritt allein ein Stück flussabwärts. Vielleicht, so hoffte sie, fand sie irgendwo eine Quelle oder ein Wasserloch, um sich nach all der Zeit ausgiebig und ungestört zu waschen. Doch nach einer guten halben Stunde war sie noch immer nicht fündig geworden, kehrte um und hielt schließlich an einer abgelegenen Stelle des Ufers, an welcher der Schilfgürtel besonders breit war und das Wasser nicht allzu tief schien. Wenn sie sich nur bis zum Bauchnabel, vielleicht sogar bis zur Brust, in das kühle Nass begab, entschied sie, konnte ihr schließlich nichts passieren. Schilf und Tang bremsten die Strömung des breiten Flusses, und das sichere Ufer war nah. Sie band das Pferd an einen dürren Baum und streifte ihre Kleider und das schwere Kettenhemd ab, nachdem sie sich vergewissert hatte, dass zumindest Erek von Nettestal ihr nicht gefolgt war. Nach kurzem Nachdenken zog sie ihr Obergewand schließlich wieder über, um nicht Gefahr zu laufen, vollkommen nackt beim heimlichen Bad im Fluss überrascht zu werden.

Das Wasser war kälter, als sie erwartet hatte, tat ihren geschwollenen Füßen dafür aber umso besser. Robin griff nach den dickeren Schilfrohren, um nicht das Gleichgewicht zu verlieren oder auszurutschen, und wagte sich langsam tiefer in den Fluss hinein. Der schlammige Grund war frei von Steinen und Muscheln und streichelte ihre Füße und Waden mit samtener Hand. Friedlich glitzerte das schwarze Wasser im Sonnenschein, und Robin tastete sich voran, bis das kühle Nass in ihr Dekolleté schwappte. Sie schöpfte sich einen Schwall davon ins Gesicht, unterdrückte ein glückliches Quietschen und tauchte schließlich, von Übermut ergriffen, sogar kurz ab, um der gnadenlosen Hitze wenigstens für einen kurzen Moment vollständig zu entfliehen. Dann kehrte sie langsam zum Ufer zurück.

Als sie mit einem Fuß fast wieder auf dem Trockenen stand, erblickte sie den Drachen.

Er ruhte auf einer Schilfinsel, und im ersten Moment hielt sie ihn für eine weitere abscheuliche Heidenstatue, denn er lag vollkommen reglos da, schien nicht einmal zu atmen. Aber das Leben in seinen lidlosen, gelben Augen war echt, und noch bevor Robin erschrocken aufschreien konnte, ließ sich das meterlange, schuppige Ungeheuer lautlos ins Wasser gleiten und bewegte sich auf sie zu wie ein großes Stück Treibholz.

Entsetzt versuchte sie mit einem großen Satz aus dem Wasser zu gelangen, glitt am rutschigen Ufer aus, landete mit wild rudernden Armen im schlammigen Nass und strampelte panisch mit den Füßen, um wieder Halt zu finden auf dem nachgiebigen Untergrund. Ihre Hände bekamen bloß Schilf zu fassen, das abknickte, als sie sich daran in die Höhe zu ziehen versuchte, und wann immer ihre Füße den schlammigen Grund ertasteten, rutschten sie erneut darauf aus. Robin schluckte Wasser, schrie und schluckte noch mehr Wasser. Den Drachen sah sie in diesem Moment nicht.

Doch im nächsten erwischte er sie trotzdem.

Wie aus dem Nichts war das Ungeheuer auf einmal wieder da – sie sah seine schuppige Haut irgendwo schräg hinter sich glänzen, und als sie den Kopf herumwarf, blickte sie in ein riesiges, weit aufgerissenes Maul mit zahllosen, spitz zulaufenden Zähnen. Entsetzt warf sie sich nach vorn, und anstelle des Armes, auf den der Drache angelegt hatte, erwischte er bloß einen Zipfel ihres Gewandes, was ihm aber vollauf genügte. Rückwärts bewegte er sich vom Ufer weg; langsam, aber unerbittlich, so sehr Robin auch kreischte, nach ihm trat und um sich schlug. Der Stoff ihres Gewandes hielt seinen messerscharfen Zähnen mühelos stand, und so glitt Robin immer weiter vom Ufer fort – erst einen Schritt, dann zwei und drei … Und dann tauchte der Drache ab.

Robin schluckte einen Schwall des kalten Wassers, hustete, versuchte sich an das nachgiebige Schilf zu klammern, tauchte unter, schaffte es noch einmal an die Oberfläche und schnappte japsend nach Luft. Doch gegen den kraftvollen Biss des Ungeheuers hatte sie nicht die geringste Chance. Es bewegte sich unter der Wasseroberfläche noch weiter vom Ufer weg, ohne sie loszulassen, und Robin tauchte erneut unter. Verzweifelt wand sie sich gegen den Griff des riesigen Maules, erwischte das Monster mit einer Ferse irgendwo an seinem glitschigen Körper und verärgerte es damit so sehr, dass es eine wütende halbe Drehung unter Wasser vollzog, im Rahmen deren sie zwar noch einmal für einen winzigen Moment an die Oberfläche gelangte, dafür aber auch einen schmerzhaften Hieb seines langen, harten und mit einem seltsamen Kamm versehenen Schwanzes gegen die Rippen abbekam, der ihr das jüngst gewonnene bisschen Luft sogleich wieder aus der Lunge trieb.

Robin dachte an ihr Kind und daran, ob der Drache es vielleicht gerade erschlagen hatte, und daran, dass sie gleich sterben würde. Sie spürte, wie ihre Kraft schwand. Ihre Lunge brannte und schien platzen zu wollen. Ihre angstweit aufgerissenen Augen erblickten bloß trübes Wasser, aufgewirbelten Schlamm, vermoderte Pflanzenreste. Der Drache musste irgendwo hinter ihr sein, denn er zog sie immer noch weiter vom Ufer weg, gerade dicht genug unter der Oberfläche, dass sie beide Hände in die Luft strecken konnte, nicht aber den Kopf. Sie würde sterben. Ihre Reise war vorüber. Jetzt und hier im Maul des Drachen, an den sie nicht geglaubt hatte. Für immer … Und dann, mit dem steten Schwinden der Luft in ihrer Lunge, gewann ein weiterer Gedanke die Oberhand: Warum biss dieses Monster nicht einfach zu? Warum erlöste es sie nicht von ihrer Qual? Konnte man einen grausameren Tod sterben als den durch Ertrinken? Die Zeit verging, zog sich zu Jahren, so gern hätte sie gekämpft und wusste doch nicht, wie. *Bitte*, flehte sie stumm, und wieder einmal erhörte Gott wie durch ein Wunder ihre Gebete: Plötzlich verfärbte sich das braune Wasser, das sie umschloss. Blutig rote Wolken hüllten Robin ein, und im nächsten Augenblick gab der Drache sie frei.

Sie tat eine kraftlose und ungeschickte Schwimmbewegung, doch da schlossen sich bereits zwei große, starke Hände um ihren linken Oberarm und rissen sie mit einem kraftvollen Ruck in die Höhe.

Robin hustete, spie Wasser, würgte und erkannte ihren Retter erst, nachdem er sie längst vollends aus dem Wasser gezogen und ans Ufer getragen hatte. Es war Erek von Nettestal. Seine Armbrust, die den Drachen erlegt hatte, lag achtlos im Dreck neben ihm.

»Was …«, keuchte Robin. Sie kämpfte gegen eine drohende Ohnmacht an. »Wie … ich …«

»Robin!« Salim stürzte in heller Aufregung auf sie zu und ließ sich neben Erek und ihr auf die Knie fallen. »Was ist passiert? *Was hast du getan?!*«

»Ich …«, begann Robin hilflos, aber der Söldner antwortete an ihrer statt: »Sie hat ein wenig mit dem Drachen geplanscht. Vielleicht hat sie die Spielregeln missachtet – auf jeden Fall war er plötzlich sehr verärgert. Ein Glück, dass ich zufällig in der Nähe war.«

»Ja. Ein Glück. Und ein Glück, dass Ihr noch so unwiderstehlich komisch daherredet, wenn andere um ihr Leben ringen«, gab Salim bitter zurück und wandte sich erneut Robin zu, das Gesicht eine Mischung aus Sorge, Vorwurf, Liebe und nackter Angst: »Was hast du dir bloß dabei gedacht, du dummes Kind?«, keuchte er.

»Ich …«, versuchte Robin es noch einmal, aber dieses Mal war es der Sarazene, der sie nicht ausreden ließ: »Schone deine Kräfte«, bestimmte er und zog sie auf die wackeligen Beine. »Komm. Ich bringe dich erst einmal ins Lager zurück.«

Robin fügte sich seinem Willen, wandte sich aber noch einmal zu Erek um, als Salim ihr auf den Rücken des Pferdes helfen wollte. Jeder Knochen im Leib tat ihr weh, sie fühlte sich schwach und krank, und ihre Atemwege brannten.

»Erek?«, fragte sie schwach.

Der Söldner verstaute seine Armbrust wieder in seinem Tuch und sah zu ihr hin. »Ja?«

»Danke«, flüsterte Robin. »Ohne Euch wäre ich jetzt nicht mehr am Leben.«

Salim umsorgte Robin geduldig, bis sie ihren Schrecken so weit überwunden hatte, dass ihre Knie nicht mehr zitterten. Er bestrich die Prellung an ihrem Brustkorb mit kühlender Salbe, brachte ihr ein trockenes Gewand, bereitete ihr einen beruhigenden Kräutertee und massierte ihren Nacken, bis sie irgendwann von sich aus das Wort ergriff und sich unbehaglich bei ihm entschuldigte. Sie hatte einen Fehler gemacht; und zwar einen, der sie um ein Haar das Leben gekostet hätte. Sie und ihr ungeborenes Kind. Sie hatte sich in größte Gefahr gebracht, weil sie Salims Warnungen nicht ernst genommen und sich über seine Anweisungen hinweggesetzt hatte, und das tat ihr wirklich leid. Künftig würde sie öfter auf ihn hören – oder zumindest ernsthaft in Erwägung ziehen, dass es für die nicht immer gleich verständlichen Anweisungen und

Ratschläge, mit denen Salim und Sinan sie ständig zu erdrücken versuchten, doch ein paar gute Gründe geben konnte. Wenigstens manchmal.

Doch Salims Entschluss stand fest: Keinen einzigen weiteren Moment wollte er sie mehr aus den Augen lassen, bis sie wieder daheim in Jerusalem wären, wo sie kein schlimmeres Übel als Sailas Schimpftiraden provozieren könnte. Und er bezichtigte Erek, es in Wirklichkeit nicht auf den Drachen, sondern auf sie, Robin, abgesehen zu haben – was natürlich vollkommen absurd war. Immerhin hatte der Söldner nicht nur das Ungeheuer getötet, sondern Robin im Anschluss auch noch vor dem Ertrinken bewahrt. Doch dieses Argument ließ Salim nicht gelten. Erst als er selbst, alarmiert durch Robins Schreie, herbeigeeilt war, behauptete er, sei der Hüne ihr zu Hilfe geeilt. Und außerdem: Was, bitte sehr, sollte Erek sonst im Schilf getrieben haben – mit seiner Armbrust bewaffnet? Robins Entgegnung, der Söldner sei sicherlich auf der Jagd gewesen, ließ Salim nicht gelten – auch nicht ihren Hinweis darauf, dass dies eine Angewohnheit Ereks war, seit Anbeginn ihrer Reise schon. Schlimmstenfalls hatte er herausgefunden, dass sie in Wirklichkeit eine Frau war, und sich in das Schilf begeben, um ihr heimlich beim Baden zuzusehen – sie würde ihn nach dem Grund fragen, sobald sie ihn wiedersah. Aber sie würde es nur tun, damit Salim es aus *seinem* Mund hörte, obwohl ihn wahrscheinlich auch das nicht von seiner verrückten Theorie abbringen konnte. Robin jedenfalls vertraute Erek uneingeschränkt. Jetzt sogar noch mehr als zuvor, denn nur ihm verdankte sie, dass sie nun nicht als aufgequollener Leichnam im schwarzen Wasser des Nils trieb.

Aber Robins heimlicher Ausflug sollte noch ganz andere, viel schlimmere Folgen haben, als dass Salim nun keinen Wimpernschlag mehr von ihrer Seite abzurücken gewillt war. Als sie zu den Statuen am westlichen Ufer zurückkehrten, wichen die einheimischen Arbeiter ängstlich vor Robin zurück, und Erek, der an Sinans Seite stand, machte keinen sonderlich glücklichen Eindruck.

»Was ist hier los?«, erkundigte sich Salim alarmiert. Sein Vater wollte antworten, doch einer der Arbeiter – der älteste, wie es schien – trat vor und riss das Wort an sich: »Der Mann muss zurückgehen«, forderte er entschieden und deutete mit dem ausgestreckten Arm auf Robin, die verständnislos den Kopf schüttelte. »Zurück zu den Ruinen oder sonst wohin … Auf jeden Fall kann er nicht hier bleiben. Meine Männer und ich werden in die Stadt zurückkehren, wenn er bleibt.«

»Aber warum denn?« Salim tat eine hilflose Geste, und Erek starrte auf seine Schuhspitzen hinab.

»Erek! Was, zum Teufel, geht hier vor?«, wandte Robin sich an den Söldner.

Der Hüne hob die Schultern. »Abergläubisches Pack …«, nuschelte er.

»Er kann dem Verschlinger nicht entkommen!« Der Wortführer der Einheimischen deutete erneut auf Robin. »Wen er einmal zum Opfer gewählt hat, den holt er sich auch. Und jeder, der sich in seiner Nähe befindet, findet ebenfalls den Tod.«

»Der Verschlinger?«, wiederholte Robin.

»Er meint den Flussdrachen«, erklärte Erek betreten.

»Was hast du ihnen erzählt?«, schnappte Robin.

Der Söldner hob noch einmal die Schultern. »Nur die Wahrheit«, antwortete er knapp.

»Hervorragend!«, stöhnte Salim und funkelte den blonden Riesen zornig an. »Habt Ihr geglaubt, dass man Euch feiern würde wie einen Helden, wenn Ihr berichtet, wie Ihr an Robins statt aus Versehen dieses Monster erledigt habt?«

»Salim!«, entfuhr es Robin erschrocken.

»Er muss gehen«, wiederholte der Wortführer der Arbeiter. »Sofort.«

»Aber der Drache ist tot!«, betonte Robin und tat einen Schritt auf den aufgebrachten Mann zu, was sie augenblicklich bereute, denn der Arbeiter wich vor ihr zurück und hob drohend die Sense, mit der er zuvor weiteres Schilf zur Abdichtung der Matten geschnitten hatte.

»Er wird wiederkommen«, beharrte einer der anderen Männer. »Wenn er nicht geht, werden wir unsere Arbeit niederlegen. Alle.«

Doch da riss Sinan der Geduldsfaden: »Schluss jetzt mit dem Kinderkram! Ich verdoppele den Lohn für alle, seid ihr damit einverstanden? Versucht nicht, mir weiszumachen, dass ihr das Geld nicht braucht. Ich habe die erbärmlichen Hütten gesehen, in denen ihr haust. Und eure Kinder leiden an Hunger und Krankheiten. Also bitte – macht euch wieder an die Arbeit, und bewegt eure Leute zur Vernunft. Spätestens morgen werden die Arbeiten ohnehin abgeschlossen sein.«

Der älteste der Einheimischen maß den Sheik mit einem langen, kühlen Blick und warf ihm sein Werkzeug dann vor die Füße. »Ihr könnt unsere Hilfe kaufen«, erwiderte er kalt. »Aber nicht unsere Leben.«

Sinan zog scharf die Luft zwischen den Zähnen hindurch ein, und sein geflochtener Bart zuckte leicht. Offensichtlich rang er um seine Beherrschung und wusste doch zugleich, dass sein Gegenüber nicht ahnte, mit wem er wirklich sprach, und dass selbst dieses Wissen ihn wahrscheinlich nicht von seinem Standpunkt abgebracht hätte. Schließlich drehte der Sheik sich langsam zu Robin und Salim um und bedachte sie mit einer scheuchenden Handbewegung. »Also gut«, gab er nach. »Verschwindet. Zieht euch in das Lager zurück, und lasst euch so schnell nicht wieder hier blicken. Wir kommen ohnehin gut ohne euch zurecht.«

Robin und Salim gehorchten widerstrebend, doch mehr als der Hälfte der Arbeiter genügte auch das nicht. Sie kehrten in ihre Stadt zurück – in sichere Entfernung zu den verrückten Fremden, die den Zorn des großen Verschlingers heraufbeschworen hatten.

Die verbliebenen Einheimischen vollbrachten Höchstleistungen, um ihre Arbeit so bald wie möglich zu beenden und – den erhöhten Lohn in Händen – möglichst schnell den Fremden den Rücken zukehren zu können. Sie schufteten für den Rest des Tages und der folgenden Nacht wie die Besessenen, wozu sie eine Unzahl von Fackeln entzündeten und mehrere Späher abbestellten, um sich vor dem Drachen zu schützen. Und am nächsten Morgen war das Wunder tatsächlich vollbracht: Sie hatten einen hohen Schlammwall um die Schilfmatten herum errichtet und konnten beginnen, das Wasser abzuschöpfen. Robin blieb den Kolossen weiterhin fern und erfuhr über den Fortgang der Arbeiten nur von Doran, der Salim und ihr regelmäßig Bericht erstattete. Als der junge Assassine aber am frühen Vormittag verkündete, der Sockel der Statue stünde nur noch in einer großen Pfütze und es gebe tatsächlich eine Inschrift, vermochte Robin nichts und niemand mehr im Lager zu halten. Aber Salim, der sie seit dem Drachenangriff tatsächlich keine Sekunde mehr aus den Augen gelassen hatte, war selbst viel zu aufgeregt und neugierig, und so eilten sie zurück an das Ufer, wateten durch das Wasser, kletterten über den niedrigen Wall und schauten Raschid, der weit vornübergebeugt vor dem Sockel des Giganten stand, über die massige Schulter. Dass die verbliebenen Dörfler dabei ängstlich vor Robin zurückwichen und neuerliche Proteste erklangen, störte für den Augenblick niemanden. Vermutlich wurden die Männer nun ohnehin nicht mehr gebraucht. Aber Sinan, der die schlammverkrusteten lateinischen und griechischen Verse, die neben einer Reihe seltsamer Schriftzeichen in den sandfarbenen Stein gemeißelt waren, wieder und wieder durchging, als würde sich ihre Botschaft auf magische Weise verändern, wenn er sie nur oft genug wiederholte, belehrte sie eines Besseren: »Umsonst!«, fluchte er. »*Nil sine magno vita labore dedit mortalibus! Das Leben gab den Sterblichen nichts ohne große Mühe!*«

»Wahre Worte«, murmelte Erek leise. Auch er hatte gelernt, dass man gut daran tat, Sinans Aufmerksamkeit nicht auf sich zu lenken, wenn dieser sich über etwas ärgerte – insbesondere dann nicht, wenn man zu jenen Menschen gehörte, auf die der Alte vom Berge ohnehin nicht gut zu sprechen war. Aber Sinan hatte den Söldner gehört. Nun wirbelte er zu ihm herum und rammte ihm die wuchtigen Ellbogen dabei so heftig zwischen die Rippen, dass dem Söldner pfeifend der Atem entwich: »Was steht Ihr hier rum und redet altklug daher?«, fauchte Sinan aufgebracht, bückte sich nach einem in der Pfütze treibenden Eimer und rammte Erek nun diesen so kraftvoll vor den Brustkorb, dass der Hüne einen Schritt zurücktaumelte und um ein Haar ausgerutscht wäre. »Habt Ihr nichts zu tun? Schöpft Wasser, Christenhund, ehe mir einfällt, dass wir ohnehin noch eine Rechnung miteinander offen haben! Mit diesem abergläubischen Bauernpack ist wohl bis auf Weiteres nicht mehr zu rechnen.« Und damit hatte er recht, denn die Einheimischen zogen sich, da Robin noch immer nicht fortging, in ihre Boote zurück. Lediglich der Wortführer vom Vortag blieb – wenngleich in großem Sicherheitsabstand und vermutlich nur, um den Lohn für seine Männer einzutreiben.

»Schon gut, schon gut … Selbstverständlich«, murmelte Erek und begann, das langsam, aber stetig nachsickernde Wasser auf die andere Seite zurückzubefördern.

»*Dulce est desipere in loco. Süß ist es, einmal nicht weise zu sein*«, las Salim die Zeilen eines gewissen Ferdinand, der – wie Robin anhand eines weiteren Spruches in seiner Handschrift erkannte – unsterblich in eine gewisse Magdalena verliebt gewesen war.

»Reisende!«, fluchte Sinan. »Das sind doch alles bloß irgendwelche altklugen Sprüche, Küchenmagdweisheiten und schlechten Gedichte von beliebigen Reisenden, die sich für so unwiderstehlich und wichtig hielten, dass sie sich selbst ein Denkmal setzen mussten! Nichts, aber auch absolut gar nichts, was uns weiterhilft! All das Geld, die Zeit und die Mühen … umsonst! Kein Wort über das Wasser des Lebens! Nicht im Entferntesten!«

»*Die Hälfte ist mehr als das Ganze*«, zitierte Salim.

»*Ist es nicht!*«, schrie Sinan. Er schlug theatralisch die Hände über dem Kopf zusammen, wandte einen Hilfe suchenden Blick gen Himmel und drängelte sich zwischen Salim und Robin, um dem Sockel der jahrhundertealten Statue tatsächlich einen wütenden Tritt mit seinen albernen Halbmondschuhen zu verpassen. »Das *Doppelte* ist mehr als das Ganze, und das Dreifache ist gerade eben genug!«, behauptete er. »So einen haarsträubenden Unsinn habe ich in meinem ganzen, langen Leben noch nicht gehört! Ich könnte … Oh, ich könnte …«

»Wartet!«, fiel Robin dem aufgebrachten Alten stirnrunzelnd ins Wort. »Ich … Ich glaube, ich habe eine Idee.«

»Noch eine?«, schnappte Sinan. »Was wird sie mich dieses Mal kosten? Meine bescheidene Sammlung von ausgewählten Wüstenrosen? Oder gar meinen Palast?«

Erek hielt kurz in seinem Tun inne und streifte den Alten mit einem nachdenklichen Seitenblick. Robin schüttelte knapp den Kopf. »Nein. Aber seht doch selbst.« Sie deutete nacheinander auf die freigelegten Sockel der beiden Statuen, die ursprünglich vermutlich vollkommen identisch gewesen waren. Doch während der Sockel des besser erhaltenen Giganten vollständig aus dunkelrotem Stein gefertigt war, bestand der andere aus beigefarbenem Stein mit wenigen roten Bruchstücken. Robin hatte außerdem den Eindruck, dass er ein wenig tiefer und breiter war als der der besser erhaltenen

Figur. »Das Fundament ist verstärkt worden«, überlegte sie laut. »Vielleicht viele Jahre nach der Fertigstellung der beiden Kolosse. Tragt es ab! Es kann nicht so alt sein wie die Texte, in denen wir davon gelesen haben.«

Sheik Sinan ließ den Blick von der linken Statue zur rechten hin- und wieder zurückgleiten. »Das ist … Ja. Nun, da du es sagst …«

Robin nickte und wandte sich dann an die Assassinen: »Bringt uns eine Brechstange!«

»Eine Brechstange!«, wiederholte der Sheik, »herrje, was rede ich da: *Viele* Brechstangen will ich sehen! Und auch alle Schaufeln und Christenknochen, falls ihr heimlich solche in den Taschen tragt! Brecht die oberen Steine aus dem Fundament! Los schon, oder muss ich euch Beine machen?«

Robin zog sich hinter den Wall zurück und ließ die Sarazenen schaufeln und hacken. Sie wagte kaum zu atmen, während ein Brocken nach dem anderen aus dem Stein geschlagen wurde, denn das, was sie Sinan gerade eben als Idee verkauft hatte, war in Wirklichkeit nur ein kümmerlicher Strohhalm, an den sich ihre letzte Hoffnung mit der Kraft der Verzweiflung klammerte. Vielleicht würden sie nichts finden – *höchstwahrscheinlich* würden sie nichts finden. Aber Robin war einfach nicht bereit, zu akzeptieren, dass dies der Moment ihres endgültigen Scheiterns sein sollte. Diese dreimal verfluchten Bauernweisheiten auf dem Sockel der Statue hatten sie getroffen wie eine schallende Ohrfeige. Sicherlich: Sinans Mangel an Contenance hatte ihr die Rolle der Denkenden und Lenkenden, Befehlshabenden, die der Sheik ihr mit seinem Auftauchen am Berg Sinai einfach entrissen hatte, wieder in die Hände gespielt. So dicht am endgültigen Aus hatte sie sich noch einmal für einen winzigen Moment gut fühlen können – stark, gesund, fähig und überlegen. Doch in Wirklichkeit, so gestand sich Robin nun ein, war sie nie allzu stark gewesen, häufig reichlich angeschlagen, nicht selten mit mehr Glück als Geschick beseelt und anderen höchstens darin überlegen, im richtigen Moment auf der einflussreicheren Seite zu stehen. Sinans Worte kamen ihr wieder in den Sinn: Wem gehörte dieser Teil der Welt? Wer würde sie sich am Ende dieser schrecklichen Kreuzzüge unterwerfen? Gott und die christlichen Ritter, die für ihn kämpften, zweifelsohne … Aber wann? Würde sie es noch erleben? Was bedeutete es für sie, Salim und ihr Kind? Wohin konnte sie gehen, wenn ihre Mission scheiterte und Balduin sein Leben verlor? Wäre sie dann nicht besser beraten, nach Friesland zurückzukehren? Oder müsste sie mit Salim bei seinem exzentrischen Vater bleiben, eingesperrt in einen goldenen Käfig und …?

»Halt! Da ist etwas!«, riss der bärtige Alte sie aus ihren düsteren Gedanken. »Hier! Dort steht tatsächlich etwas geschrieben!« Er schob sich an einem seiner Kämpfer vorbei, der gerade einen besonders großen roten Brocken aus dem Fundament gebrochen hatte, und beugte sich aufgeregt vor, um die Inschrift darauf zu übersetzen. »*Vier Könige wachen am Nil, zwanzig Tagesreisen von hier*«, übertrug er die griechischen Worte laut ins Arabische. »*Zu schrecken die Barbaren des Südens, sagen die einen. Zu hüten das Geheimnis der weißen Krone des Südens, behaupten die anderen, denn ihr gehöre das Wissen über Leben und Tod.*« Er legte die Stirn in so tiefe Falten, dass sein Turban seiner Nasenspitze dadurch eine halbe Fingerlänge näher kam. »Die weiße Krone des Südens? Was soll das sein?«

Salim trat hinter seinen Vater. »*Allein die Götter entscheiden über Leben und Tod*«, entzifferte er auch die zweite, in lateinischer Sprache verfasste Inschrift des roten Brockens, der einst anders herum in das Fundament gehört haben musste. »*Wer ihnen trotzt, den findet Orcus im roten Gewande.*«

»Ich bin beeindruckt«, spottete Sinan und rollte die Augen.

»Wer ist Orcus?«, hakte Robin unbehaglich nach.

»Der römische Gott der Unterwelt. *Buh*!«, seufzte der Sultan kopfschüttelnd. »Die römische Zeile ist vollkommener Unsinn. Wahrscheinlich sollte sie eine abschreckende Wirkung haben.«

»Und weil sie ihre Wirkung verfehlt hat, hat man diesen Brocken kurzerhand aus dem Fundament gebrochen und falsch herum wieder eingemauert«, überlegte Salim.

»So wird es gewesen sein ... Nun, mein Sohn – glaubst du, was ich glaube?«

Salim hob die Schultern. »Ich denke schon. Zumindest glaube ich an Allah.«

»Der Hinweis«, knurrte Sinan gereizt.

»Oh, der Hinweis. Nun ja – ich glaube nicht, dass er allzu viele Interpretationsmöglichkeiten offenlässt«, gab Salim sich bescheiden. »Zugegeben: Es gibt weitaus mehr fürchterliche Steinfiguren in diesem Land, als ein gesundes Auge verkraften kann. Aber zwanzig Tagesreisen von hier, und vier Stück davon, die über den Nil wachen ... Nun, das ist eine ziemlich eindeutige Wegbeschreibung. Und sie führt nach Abu Simbel.«

»Hervorragend. So will ich meinen Sohn reden hören. Vielleicht hat es doch etwas Gutes, dass deine Mutter eine elende Streunerin ist, die keine zwei Tage am selben Platz verbringen kann ... Was mich daran erinnert, dass wir ihr eine Nachricht hinterlassen sollten. Schließlich wird sie hier nach uns suchen«, fügte er nachdenklich hinzu.

»Nach Abu Simbel also. Bliebe nur noch die Frage nach der weißen Krone des Südens«, gab Salim zu bedenken. »Was mag es damit auf sich haben?«

»Wir werden es schon noch herausfinden«, winkte Sinan ab und kehrte ihnen den Rücken zu, um dem Anführer der Einheimischen den Sold für seine Männer zu zahlen und eine Nachricht für Tahenkat und die Tuareg zu hinterlassen. Doch nach wenigen Schritten hielt er noch einmal inne und beehrte Robin mit einem Lächeln, das dem eines stolzen Großvaters glich, dem ein Enkelkind eine klobige Pfeife geschnitzt hatte. »Erinnere mich daran, dass ich dir eine Wüstenrose schulde, Robin«, rief er zu ihr zurück. »Und zwar meine schönste!«

Robin blickte ihm einen Moment schweigend nach und sah dann wieder auf den roten Stein in der flachen Schlammpfütze vor dem Sockel hinab. *Wer ihnen trotzt, den findet Orcus im roten Gewande …*

Vor ihrem inneren Auge flammte das Bild der fremden Gestalt auf, die die Arbeiten am Nil von der Steilklippe aus beobachtet zu haben schien. Sie *war* da gewesen, und sie *hatte* ein rotes Gewand getragen – und der Fremde hatte keine Spuren im Sand hinterlassen.

Robin hätte sich freuen müssen angesichts des weiteren, vielleicht sogar erheblichen Fortschritts, der ihnen soeben gelungen war. Doch stattdessen begann sie plötzlich zu frösteln. Vielleicht bildete sie es sich nur ein – aber sie hatte das Gefühl, auch in Salims wohlkontrollierten Zügen eine Spur von Besorgnis zu erkennen.

## 21. KAPITEL

Die Karawane brach nach Süden auf und folgte dem Nil zwanzig Tage lang flussabwärts, und obschon das Wasser ihr steter Begleiter war, ließ Sinan es nur in Notfällen aus dem schwarzen Fluss schöpfen. Die Luft war etwas weniger heiß als während des Ritts durch die trockene Wüste, dafür aber unangenehm schwül, und seit ihrer Begegnung mit dem Drachen wünschte Robin sich immer öfter nicht nur deshalb in die Ödnis der Stein- oder Sandwüste zurück, weil die Millionen von Mücken ihr Blut und das ihrer Gefährten als willkommene Abwechslung zwischen dem der Wasserbüffel und Vögel begriffen. Aber natürlich gab es keine Wahl, denn jeder unnötige Umweg wäre einem Verrat an König Balduin gleichgekommen.

Immer wieder passierten sie die Relikte mächtiger Bauwerke aus einer Zeit lange vor Beginn der Kreuzzüge – besonders die Ruinen der Insel Elephantine bei Assuan, die sie am zehnten Tag erreichten, beeindruckten Robin zutiefst. Sinan zufolge war das gigantische Gemäuer einst der Palast eines Zauberers gewesen, der das Wasser des Nils hatte steigen und fallen lassen können. Robin glaubte nicht an Zauberer, und das Wasser des Nils stieg und fiel auch ohne Zauberei in unvorhersehbaren Abständen. Die gigantischen Palastruinen aber flößten ihr dennoch tiefe Ehrfurcht ein. Was mochte

Herrschern, die etwas so Großartiges bewerkstelligt hatten, den Untergang gebracht haben? Vielleicht, so überlegte Robin, hatten sie es einfach versäumt, neben all den Architekten und Kunsthandwerkern taugliche Soldaten auszubilden, die ihre Reichtümer vor Angreifern schützten. Vielleicht hatten sie Gottes Zorn auf sich gezogen mit all ihren Götzenbildern und Säulen, die am Firmament des Himmels zu kratzen drohten – und dass dies Frevel war, stand ja mehr als deutlich in der Bibel geschrieben: der Turmbau zu Babel, Sodom und Gomorrha, Noah und seine Arche …

Oder sie hatten nach dem Wasser des Lebens gesucht und waren dem Orcus im roten Gewande erlegen. Ach was, schalt sich Robin. Aberglaube. Heidenmärchen. So etwas durfte sie nicht denken, natürlich nicht. Aber aller Ratio zum Trotz ließ ihr die Gestalt von der Steilklippe noch immer keine Ruhe. Wiederholt erwischte sie sich dabei, die umliegende Landschaft nach etwas Rotem abzusuchen, und manchmal glaubte sie sogar, in der Ferne jemanden zu sehen – zwischen zwei Felsen etwa, hinter einem verfallenen Tempel oder hinter einer Düne … So sicher wie an diesem einen Tag bei Theben war sie sich ihrer Sache nie wieder. Und darum schwieg sie sich darüber aus und beruhigte sich mit dem Gedanken, dass sie sich mit den wahrscheinlich fähigsten und vor allem aufmerksamsten Kämpfern des Orients umgab – mit Kriegern, die auf eventuelle tatsächliche Verfolger sicherlich viel früher aufmerksam werden würden als sie. Was Sheik Sinans persönliche Leibgarde nicht sah, das gab es bestimmt auch nicht, tröstete Robin sich, auch wenn sie ihre Gedanken nicht immer zu überzeugen vermochten.

Nach einigen Tagen gelang es ihr, ihre unsinnige Furcht weitestgehend zu verdrängen. Doran war ihr dabei eine große Hilfe. Sein Repertoire an unterhaltsamen Geschichten und Anekdoten war schier unerschöpflich. Und wenn sie nicht mit ihm, Salim oder Erek sprach, richtete sie das Wort im Stillen immer häufiger an ihr Kind. In Gedanken beschrieb sie ihm die Gegend, durch die sie ritten, klagte über ihren weibischen Schwiegervater und erzählte ihm von ihrem friesischen Dorf und den Menschen, die dort gelebt hatten und die ihr Kind niemals würde kennenlernen – von ihrer Familie und ihren Freunden. Manchmal summte sie leise vor sich hin oder gar ganz stumm in sich hinein, ohne anfangs selbst zu wissen, was das für Melodien waren, die eine solch beruhigende Wirkung auf ihr Ungeborenes ausübten, bis sie irgendwann realisierte, dass es Lieder waren, die sie mit ihrer Mutter gesungen oder von ihr gehört hatte, als sie selbst noch ein sehr kleines Mädchen gewesen war. Sie freute sich auf den Moment, in dem sie ihr Kind endlich im Arm wiegen und ohne Scheu für es singen konnte: von Helden und Prinzessinnen, von Rittern und von Drachen. Nein, korrigierte sie sich, von Drachen lieber doch nicht. Gleichzeitig jedoch fürchtete sie sich davor, weil sie nicht wusste, wie weh es tun würde, denn damals, in ihrem Dorf, hatte sie viele Frauen schreien gehört, während sie gebaren, und nicht alle hatten es überlebt. Am schlimmsten aber war die Angst, dass es zu früh passieren würde – und inmitten von Menschen, die vielleicht nicht einmal wissen durften, dass sie eine Frau war.

Robin hoffte, Gott werde ihre Bittgebete erhören. Abends vor dem Schlafengehen zog sie den Ast des Dornbuschs aus ihrem Gepäck und betete, und am frühen Morgen wiederholte sie das Ritual, das ihr neben Mut und Hoffnung auch das beruhigende Gefühl von Beständigkeit und Sicherheit gab. Stets schloss sie Rother, den sie einem ungewissen Schicksal überlassen hatte, und den sterbenden Balduin in ihre Gebete ein, und gelegentlich zog sie auch den kleinen Saphir aus ihrer Tasche und betete für den kleinen Michael, den man der See überlassen hatte wie welkes Obst, statt ihm ein christliches Begräbnis zuteilwerden zu lassen. Als Doran es irgendwann bemerkte und sie ihm erzählte, was es mit dem kleinen Stein auf sich hatte, flocht er den Saphir in ein ledernes Band ein, sodass sie ihn um den Hals tragen konnte und nicht mehr Gefahr lief, ihn irgendwann zu verlieren, weil er so winzig war. Aus all ihren Ängsten heraus und umgeben von mehr als dreißig Muselmanen, sprach Robin in diesen zwanzig Tagen insgesamt sicherlich mehr Gebete als in ihrem ganzen Leben – die »heruntergebeteten« Verse in Abbés Komturei nicht mitgerechnet. Und doch schreckte all das die bösen Geister herzlich wenig, denn in der vierzehnten Nacht suchten sie das Lager der Sarazenen heim.

Zunächst bemächtigten sie sich bloß Robins Fantasie: Robin träumte von dem kleinen Weiher, an dessen Ufern sie an heißen Sommertagen ihre Füße gekühlt hatte. Ihre Mutter war bei ihr und auch Saila, Nemeth und Salim. Sie planschten in dem frischen, klaren Wasser – Robin hielt ihr Kind im Arm. Ein kleines, schwarzhaariges Mädchen mit riesigen, nussbraunen Augen, das vor Vergnügen juchzte und quietschte, als Robin es Salim zuwarf, der es mit starken Armen auffing und an ihre Mutter weitergab. Sie küsste es und überließ es Saila, die es Nemeth reichte …

… deren Augen sich vor Entsetzen weiteten, während sie aufschrie, den Säugling einfach fallen ließ und ans Ufer zu entkommen versuchte, als ein riesiger Drache durch die Wasseroberfläche brach und auf sie und Saila zuschnellte. Allein der schuppige Schwanz des Ungeheuers war länger als ein durchschnittliches Fischerboot, und in seinem weit aufgerissenen Maul blitzten Hunderte nadelspitze Zähne. Auch Robin schrie, aber sie versuchte nicht, aus dem See zu entkommen, sondern tat einen Satz auf das Monster zu. Wo war ihr Kind? Nemeth hatte es fallen lassen, es war im See versunken wie ein Stein. Robin musste es finden! Sie tauchte ab, suchte und fand es, zerrte es an die Oberfläche und versuchte, Nemeth und allen anderen ans Ufer zu folgen, während der Drache hinter ihr fauchte und brüllte und schließlich sogar Feuer spie.

Doch niemand konnte den See verlassen: Er war eingekreist von Hunderten, vielleicht sogar Tausenden hochgewachsenen, gesichtslosen Männern in roten Gewändern, die ihren geschlossenen Kreis enger zogen, näher kamen, langsam ins Wasser schritten und jeden, der daraus zu entfliehen versuchte, gnadenlos zurückdrängten. Robin blickte in Panik zu dem Feuer speienden Ungetüm zurück und wieder zu den rot gewandeten Geistern hin, unschlüssig, welcher Tod der grausamere sein mochte. Der Drache brüllte erneut auf, tat einen Satz nach vorn und entriss ihr ihr Kind …

Robin schrie und erwachte aus ihrem schrecklichen Traum. Salim, mit dem sie seit dem Zwischenfall am Nil ein eigenes, kleines Zelt teilte, schreckte auf und rückte an ihre Seite, um beruhigend einen Arm um ihre Schultern zu legen und sie zu sich heranzuziehen. »Es ist alles in Ordnung, Liebste«, flüsterte er sanft. »Du hast geträumt, Robin, es war nur ein Traum …«

Und dann begann er zu singen. Es war wirklich so: Salim, der stolze Wüstenprinz, hielt sie im Arm wie ein verängstigtes Kind, das seines Schutzes bedurfte, und *sang* für sie. Leise nur, gewiss – wahrscheinlich war seine Stimme unmittelbar vor dem Zelt schon nicht mehr zu vernehmen, und Robin verstand auch nicht, was er sang. Aber er tat es. Er würde seiner Tochter ein wunderbarer Vater sein, dachte Robin, ehe sie beruhigt wieder einschlummerte. Doch Glück und Frieden sollten ihr nicht lange vergönnt sein, denn die Geister fürchteten weder Gott noch Salim oder dessen mächtigen Vater.

Robin erwachte von Stimmen, die unweit ihres Zeltes erklangen, und dem Gefühl fehlender Wärme, denn Salim, in dessen Armen sie eingeschlafen war, war nicht mehr bei ihr. Als sie das Tuch zurückschlug, das Mücken, direkter Sonneneinstrahlung und neugierigen Blicken den Zugang verwehrte, sah sie ihn mit dem Rücken zu sich stehen – und er war nicht allein. Annähernd die Hälfte der Assassinen hatte sich in einem geschlossenen Kreis um irgendetwas versammelt, das sich vor Robins Zelt befand. Weil die Morgendämmerung gerade erst eingesetzt hatte und die Schatten noch lang und dunkel waren, trugen viele von ihnen rußende Fackeln oder Öllaternen.

Die Männer wirkten angespannt und redeten miteinander, beschränkten sich aber mit Rücksicht auf die noch Schlafenden auf einen erregten Flüsterton. Alarmiert wischte Robin sich den letzten Rest von Schlaf aus den Augen und zwängte sich zwischen Salim und einem anderen Kämpfer hindurch, um zu sehen, was es war, das die Begleiter des Sheiks so sehr beunruhigte.

Im feinen Sand in ihrer Mitte, unweit von Robins Zelt, lagen Zähne. Keine menschlichen, und auch nicht die von Hunden, Pferden oder anderen Tieren, die Robin vertraut waren, sondern spitz zulaufende, teils fast fingerlange Mordwerkzeuge, wie sie sie bislang bloß ein einziges Mal zu Gesicht bekommen hatte und dennoch niemals wieder vergessen würde.

Es waren die Zähne eines Drachen – eines Ungeheuers wie jenem, vor dem Erek sie gerettet hatte, eines Monsters wie dem aus ihrem Albtraum. Irgendjemand hatte sie in einem sorgfältigen Kreis aufgestellt, sodass ihre Spitzen gefährlich gen Himmel ragten, als wären sie dem Wüstensand entwachsen. Es mussten annähernd einhundert Stück sein, und doch entdeckte Robin keinerlei Fußspuren im Sand. Ihr Magen zog sich zu einem schweren, harten Klumpen zusammen.

»Habt ihr … irgendjemanden bemerkt?«, wandte sie sich zögernd an Salim, der mit versteinerter Miene auf die Zähne des Monsters hinabsah.

Salim schüttelte den Kopf und schaute auf, als sein Vater sich zwischen zwei anderen Männern hindurchdrängelte und wild gestikulierend zu fluchen begann. »Wer war das?«, zürnte er. »Falls das ein besonders gelungener Scherz sein soll, muss ich euch sagen, dass wahrlich keine Hofnarren an euch verloren gegangen sind. Was soll dieser Unsinn?«

»Irgendjemand muss in das Lager eingedrungen sein«, antwortete Salim leise. »Aber die Wachen haben niemanden gesehen.«

»Und wer waren diese hervorragenden Wachen?«, fragte Sinan aufgebracht. »Heraus mit der Sprache, damit ich ihnen die Hornhaut von den Augen kratzen kann!«

Zögernd trat ein Assassine vor, gefolgt von einem zweiten und einem dritten. Schließlich waren es acht vermeintliche Maultiertreiber, die mit gesenkten Köpfen vor dem Alten vom Berge standen.

»Acht?!«, schnappte der Assassinen-König. »Ihr wollt mir nicht etwa sagen, dass acht meiner besten Männer nicht bemerkt haben, wie irgendein Spaßvogel in unser Lager eingedrungen ist – zudem für einen …« Er suchte einen Moment nach einer passenden Bezeichnung, verpasste dem Kreis aus Zähnen einen wütenden Tritt, der die Monsterzähne in einer Wolke aus feinem Sand und Staub in alle Himmelsrichtungen davonfliegen ließ, und schloss: »… einen haarsträubenden Lausbubenstreich! Das wollt ihr mir nicht erzählen, nicht wahr? Das ist nur Teil dieses abstoßenden Späßchens, das ihr euch mit einem alten Mann erlaubt!«

Die Männer zogen die Schultern zusammen, starrten auf ihre Fußspitzen hinab und schüttelten betreten die Köpfe, wobei sie je eine halbe Elle zu schrumpfen schienen. Sinan zog scharf die Luft zwischen den Zähnen hindurch ein, und Robin nagte unbehaglich an ihrer Unterlippe. Sie wollte nicht in der Haut der Wachtposten stecken, die sich nun zögernd dafür zu erklären versuchten, dass sie, die sich die besten Schattenkrieger der Wüste nannten, tatsächlich erfolgreich ausgetrickst worden waren.

Sinans Zorn war jedoch weiß Gott nicht das Einzige, was Robin arg zusetzte. Ihr Blick haftete wie paralysiert an den grässlichen Monsterzähnen, während ihre Gedanken unentwegt um den rot gewandeten Geist von der Steilklippe, den Aberglauben der Einwohner Thebens und ihren abscheulichen Traum der vergangenen Nacht kreisten. Der Orcus im roten Gewande … Robin wollte nicht so denken – alles in ihr sträubte sich dagegen –, doch in diesem Moment sah es wirklich so aus, als wäre ein Geist in das Lager der Assassinen eingedrungen, um dieses unheilvolle Zeichen vor dem Zelt des Opfers zu hinterlassen, das der Verschlinger auserwählt hatte …

An diesem Tag brachen sie besonders früh auf, und in den folgenden Nächten stellte der Sheik drei zusätzliche Wachtposten auf, aber diese Maßnahme erwies sich als überflüssig: Der Rest ihrer Reise nach Abu Simbel verlief ohne weitere Zwischenfälle.

Die vier sitzenden Könige thronten vor einem schlichten, aber sehr großen Tempel, und Robin hatte den Eindruck, dass er noch ein wenig größer war als die beiden Statuen bei Theben. Ähnlich der Figur im Innenhof in der Ruinenstadt fanden sich auch zu den Füßen der vier Giganten Statuen von Frauen. Jede einzelne von ihnen überragte Robin um mehrere Köpfe, und doch wirkten sie geradezu winzig im Vergleich zu den sitzenden Steinmännern. Der zweite Koloss von links war so verfallen, dass er kaum noch zu erkennen war, aber die übrigen waren praktisch vollständig erhalten und ließen Robin sich wieder einmal bedeutungslos und winzig fühlen.

Die Könige zierten die Fassade eines halb in einer Düne versunkenen Tempels, der sich hinter dem Schleier von Wüstensand, den der Wind aufwirbelte, eher erahnen als tatsächlich sehen ließ. Dieser grenzte an einen vermutlich baugleichen zweiten, vor dem ebenfalls steinerne Riesen wachten – sechs an der Zahl, die jedoch aufrecht wachten. Was auch immer sie einst bewacht haben mochten, musste sehr mächtig oder von unschätzbarem Wert gewesen sein, so schien es ihr. Etwas wie das Wasser des Lebens …

Beeindruckt und bedrückt zugleich suchte Robin die sichtbaren Überbleibsel der Tempel nach einem möglichen Eingang ab, entdeckte aber nichts. Stattdessen begannen ihre Augen zu brennen und zu tränen, weil die glühende Mittagssonne sie blendete und der feine Wüstenstaub immer wieder einen Weg unter ihre geschundenen Lider fand und ihr Schatten und Regungen hinter dem aufgewirbelten Sand vortäuschte.

»*… zu hüten das Geheimnis der weißen Krone des Südens*«, überlegte Salim zu ihrer Linken laut. »Weiße Krone des Südens … Was soll das bloß bedeuten?«

»Ein Schatz, der sich im Inneren dieser Dinger verbirgt«, vermutete Erek. »Es muss einen Eingang geben.«

»Es gibt aber keinen«, widersprach Doran, der die beiden Hügel auf Anweisung des Sheiks bereits mit mehreren Männern umrundet hatte. »Und wenn, dann liegt er irgendwo unter dem Sand verborgen.«

»Dann müssen wir ihn wohl ausgraben«, entschied Sinan unangemessen fröhlich und klatschte ein paarmal in seine dicken, großen Hände.

»Ausgraben«, wiederholte Salim zweifelnd. »Ebenso gut könnten wir versuchen, uns durch den Stein zu *beißen!*«

»Was mich auf eine hervorragende Idee bringt!« Sinan klopfte seinem Sohn dankbar auf die Schulter. »Wir brechen einfach einen neuen Zugang in die Wand. Wir brauchen Spitzhacken und Spaten!«

»Unmöglich.« Salim zog eine Grimasse. »Ich verwette mein Erbe darauf, dass diese Wände mehrere Meter dick sind. Wenn nicht der ganze Hügel aus massivem Stein besteht – bis auf eine kleine Kammer, deren Zugang sich irgendwo unter diesem Sand verbirgt. Abgesehen davon, dass wir insgesamt über genau drei Spitzhacken und zwei lächerliche …«

»Warte!«, fiel Robin ihm nachdenklich ins Wort. Dem feinen Staub in ihren Augen zum Trotz ließ sie den Blick erneut an den sitzenden Riesen emporgleiten. Die steinernen Könige erinnerten sie an etwas, das sie zunächst nicht hatte bestimmen können, aber nun fiel es ihr plötzlich wieder ein. »Seht doch erst, was am nächsten liegt.« Sie deutete mit einem Nicken zu den Köpfen der Giganten hinauf. »Es hieß, sie seien Könige … Könige tragen hin und wieder Kronen auf dem Kopf, oder irre ich mich?«

»Diese hier tragen Hüte«, bemerkte Erek verächtlich.

»Vielleicht«, gab Robin unbeirrt zurück. »Vielleicht aber auch nicht. Es sind keine Könige, wie wir sie kennen. Sie tragen auch kein Zepter und keinen Reichsapfel. Und sie erinnern mich an die Wandmalereien aus Theben.« Sie sah Salim an. »Erinnerst du dich?«

Er hob die Schultern. »Ich erinnere mich an vieles. An Widdermenschen und Menschenhunde und …«

»Und auch an zwei Männer mit seltsamen Hüten? Ein Bild, das auf den Säulen vorkam und auch in dem Tempel unter der Steinklippe. Sie kamen sogar sehr häufig vor. Und sie sahen aus wie diese hier. Fast jedenfalls.«

»Ich verstehe nicht, worauf du hinauswillst, Robin«, gab der Sarazene hilflos zurück.

»Ein Mann mit einem roten Hut und ein anderer mit einem weißen«, antwortete Robin. »Im Tempel unter der Steinklippe waren ihre Farben noch erkennbar. Das, was diese Könige dort auf den Köpfen tragen, sieht ganz ähnlich aus. Ich meine – es sieht aus, als trüge jede dieser Figuren *beide* Hüte – nur, dass der weiße in dem roten steckt. *Das Geheimnis der weißen Krone des Südens* … Wenn ihr mich fragt, sollten wir uns die Kopfbedeckung der südlichsten Figur ansehen.«

Sheik Sinan wirkte nicht sonderlich überzeugt und fast

schon gekränkt, dass Robin seinen irrwitzigen Ideen einen so einfachen, ja regelrecht langweiligen Einfall entgegensetzte, aber ehe er etwas erwidern konnte, ergriff Salim für Robin Partei. »Ich finde, wir sollten es wenigstens versuchen. Es wird uns nicht viel Zeit und Mühe kosten, uns von der Oberkante des Bauwerks zu der Statue abzuseilen und nachzusehen, ob es dort irgendetwas zu entdecken gibt. Danach können wir immer noch ausprobieren, welche der Männer sich am ehesten dazu eignen, Löcher in den Stein zu nagen, weil sie die besten Zähne haben.«

»Kronen haben Zacken«, grummelte Erek von Nettestal stur, und Salim ließ sich die Bemerkung nicht entgehen, dass Erek seiner Ansicht nach über ein ganz hervorragendes Gebiss verfüge.

Sinan seufzte. »Nun gut – wir werden die Köpfe der Riesen zunächst gründlich untersuchen«, lenkte er ein. »Obwohl es keinen vernünftigen Grund gibt, etwas besonders Wertvolles auf den Kopf eines Steinmannes zu legen, der vor einem kaum bezwingbaren Bauwerk thront …«

»Kommt!«, Robin schwang sich aus dem Sattel ihres Pferdes und machte sich daran, die Düne, die den halben Tempel verbarg, zu erklettern. »Schickt die kräftigsten der Männer mit ausreichend vielen Seilen hinauf. Wir …« Eine schlanke, kräftige Hand legte sich auf ihre Schulter und hielt sie so plötzlich fest, dass sie das kleine Stück, das sie bereits bewältigt hatte, prompt wieder hinabrutschte. »He!«, fluchte Robin wütend. »Was …«

»Du nicht.« Salim, der zu ihr aufgeschlossen war, schüttelte streng den Kopf. »Mein Vater und ich werden das übernehmen. Zusammen mit zwei oder drei der anderen Männer. Du kannst dich derweil nützlich machen, indem du …« Er überlegte kurz und deutete dann auf die Pferde, die sie am Fuß des Hügels zurückgelassen hatten. »Du könntest die Tiere versorgen«, schlug er vor.

Aber Robin verschränkte stur die Arme vor der Brust: »Ich komme mit.« Es war schließlich ihre Idee gewesen und außerdem immer noch *ihre* Mission! Die Giganten am Nil zu erklettern war eine anstrengende und schwierige Angelegenheit gewesen. Sie hätte es sich zugetraut, aber zähneknirschend eingesehen, dass die Gefahr, abzurutschen und sich schlimm zu verletzen, zu groß gewesen wäre für sie und ihr ungeborenes Kind. Aber Salim konnte ihr nicht auch noch untersagen, sich, an Seilen gesichert und von kräftigen Männern gehalten, ein Stück weit abzuseilen – es würde sie kaum anstrengen, und ernsthaft passieren konnte ihr dabei auch nichts!

Aber der Sarazene blieb hart. »Du könntest vom Hügel abrutschen. Oder während des Kletterns irgendwo anstoßen und dich verletzen. Du bleibst hier, und ich werde dir zurufen, was ich dort sehe. Über jeden einzelnen Riss im Stein werde ich dir Bericht erstatten, das verspreche ich.«

»Ich …«, fuhr Robin auf, aber Salim ließ sie auch dieses Mal nicht ausreden.

»Nein«, entschied er, schob sie ein Stück weit vom Hügel weg und ließ sie dann einfach dort stehen, während er und Sinan mit einigen Männern und mit Seilen bewaffnet den Hügel erklomm. Robin sah ihnen wütend nach, doch dann kam ihr eine Idee. Sie trug noch immer das Assassinen-Gewand, das Salim ihr nach dem Angriff des Drachen am schwarzen Fluss überlassen hatte – lediglich ihr Tagelmust unterschied sich von jenen der Sarazenen. Als Doran, der den Abschluss der kleinen Gruppe bildete, sie passierte, ergriff sie ihn am Handgelenk und zog ihn zu sich heran. »Dein Kopftuch!«, bestimmte sie und deutete auf seinen hellblauen Tagelmust, während sie sich ihres eigenen weißen Tuches hektisch entledigte. »Gib es mir. Nun mach schon … Und danach kümmere dich um die Pferde.«

Robin genoss die kleine Kletterpartie den Tempel hinauf, obgleich sie ihr deutlich schwerer fiel, als sie vermutet hatte.

Ihr Gesicht war fast vollständig unter Dorans hellblauem Tuch verborgen, als sie als Letzte der kleinen Gruppe den steil ansteigenden Hügel hinaufstapfte, bis er an den freiliegenden Teil des Tempels grenzte. Dann grub sie die Finger und Fußspitzen tief in die Fugen zwischen den Sandsteinquadern, um sich auf das lange Flachdach des Tempels hinaufzuziehen, stellte sich aber deutlich ungeschickter dabei an als alle anderen. Salim oder Sinan hätten nur ein einziges Mal zu ihr zurückblicken müssen, um ihre kleine Maskerade zu durchschauen, aber das Glück war auf ihrer Seite: Niemand bemerkte etwas – außer Erek von Nettestal wahrscheinlich, der am Fuß des Hügels zurückblieb und ihr besorgt nachblickte. Vielleicht waren alle zu sehr mit sich selbst beschäftigt, vielleicht war ihre Idee aber auch so plump gewesen, dass niemand damit rechnete.

Unter dem weiten Gewand war ihr Bauch in den vergangenen zwei oder drei Wochen sichtlich gewachsen, sodass sie ihre Knie nun bloß umständlich und mühsam auf Hüfthöhe zu heben vermochte. Ihre Beine waren so sehr angeschwollen, dass sie mehr Wasser fassten, als Robin in den vergangenen Tagen getrunken zu haben glaubte, und ihr Rücken schmerzte bei jeder unbedachten Bewegung. Trotzdem tat es gut, sich endlich wieder aktiv in ihre Mission einzufügen. Und so hielt sie tapfer durch und war stolz auf sich, als sie sich endlich, gesichert mit einem geschickt gebundenen Seil um Oberbauch und Gesäß, vom Dach des riesigen Tempels auf einen schmalen, kurzen Steinsteg abseilte. Dieser verband den Kopf der südlichsten Statue hinter dem, was Robin für eine eigentümliche Krone hielt, mit dem Felsen. Erst als Sinan sein beachtliches Lebendgewicht auf eine Schulter des steinernen Königs manövrierte, reichte der Platz auf dem schmalen Steg für alle anderen. Feiner Flugsand bedeckte alle zum Himmel ausgerichteten Flächen des Riesen, und da es zu Robins Enttäuschung zunächst nichts Ungewöhnliches zu entdecken gab, machten sie sich daran, den Wüstenstaub mit Händen und Füßen beiseitezuwischen.

Robin wusste nicht genau, was sie erwartet hatte – dass das Wasser des Lebens aus der Nase der Statue zu sprudeln begann, sobald man ihr an den Ohren zog, gewiss nicht. Aber vielleicht wenigstens eine weitere Inschrift, die in die Rückseite der vermeintlichen Krone geschlagen worden war, oder ein Symbol oder etwas, was sich mit ein wenig Vorstellungskraft als Wegweiser auslegen ließ. Doch so viel weißen Sand sie auch von dem Steg, den Schultern und besonders von der Kopfbedeckung der mächtigen Figur wischten, desto größer war auch die Enttäuschung. Da war nichts; nur glatter, hier und da von den Spuren der Zeit gezeichneter, sandfarbener Stein.

Bis Sheik Sinan, der noch immer auf der gewaltigen Schulter des Königs herumturnte, für einen kurzen Moment ins Straucheln geriet und instinktiv Halt suchte am oberen Rand der riesigen Krone. Ein leises, knirschendes Geräusch erklang, und der Stein, den seine Finger umklammerten, bewegte sich – einen kleinen Deut nur, aber doch unübersehbar. Der Sheik verlagerte sein Gewicht auf den anderen Fuß und löste seine Finger von dem Stein, um ihn stirnrunzelnd zu betrachten. Robin trat dichter heran und versuchte, über Salims Schulter hinweg etwas Genaueres zu erkennen.

»Was ist das?« Der Sarazene streckte seinerseits eine Hand nach dem losen Stein aus, gewiss, um ihn herauszuziehen, aber Raschid schlug seinen Arm mit einer ruppigen Geste beiseite: »Halt!« Dass Robin eine Spur von Unsicherheit aus seiner hohen Fistelstimme heraushörte, versetzte sie in Alarmbereitschaft. »Fass das nicht an«, fügte der Alte etwas ruhiger, aber nicht weniger bestimmt hinzu. »Riech!«

Salim schüttelte verwirrt den Kopf. »Was …«, begann er, aber dann bemerkte auch er, was zunächst nur seinem Vater aufgefallen war und nun auch Robin wahrnahm: Den dünnen

Fugen um den losen Stein herum entströmte ein eigenartiger Geruch, der gleichsam scharf wie schwer wirkte und Robin vollkommen fremd war. »Griechisches Feuer«, flüsterte der Wüstenprinz ehrfürchtig. »Vielleicht steckt ein Behälter in der Krone. Du musst ihn zerbrochen haben.«

»Griechisches Feuer?«, wiederholte Robin fragend. »Was ist das?«

»Eine Flüssigkeit, die Feuer fängt, sobald ... *Robin?!*« Salim fuhr zu ihr herum und starrte sie in einer Mischung aus Vorwurf und Fassungslosigkeit an. »Was tust du hier?«

»Doran hat sich verletzt«, log Robin. »Darum dachte ich, ich ...«

»Oh, du dreimal verfluchte Teufelsbraut!«, schalt Salim sie auf Deutsch, damit der dritte Assassine – Murat mit Namen – seine Worte nicht verstand.

Sinan grinste. »Ich habe dich gewarnt, mein Sohn«, behauptete er, doch auch in seiner Stimme schwang ein leichter Vorwurf angesichts Robins leichtfertigen wie ungehorsamen Verhaltens mit.

»Wann fängt die Flüssigkeit Feuer?«, verlangte Robin unbeirrt zu wissen.

»Sobald ein verantwortungsloses Christenweib in seine Nähe gerät«, gab Salim verärgert zurück.

»Oder ein einzelner Funke«, ergänzte sein Vater. »Nun – ich glaube kaum, dass es hier deponiert wurde, damit niemand es findet. Es ist zwar wertvoll, aber von so hohem Wert nun auch wieder nicht. Ich lagere ganze Fässer davon in meinem Keller.«

Robin verzichtete darauf, darüber nachzudenken, wozu der vielleicht gefährlichste Mann des Heiligen Landes ganze Fässer einer Flüssigkeit in seinem Keller aufbewahrte, die Feuer fing, sobald sie mit einem Funken in Kontakt geriet. Stattdessen betrachtete sie die steinerne Krone nachdenklich und rief sich das knirschende Geräusch, das erklungen war, als Sinan den Stein bewegt hatte, ins Gedächtnis zurück. Salim hatte recht: Im Inneren der Krone musste etwas zerbrochen sein – ein kleines Tongefäß vielleicht. Und es bedurfte nur eines einzigen Funkens, um das Griechische Feuer zu entfachen und damit vielleicht zu vernichten, was auch immer es vor dem Entdecken bewahren sollte.

»Ein Feuerstein«, überlegte sie laut. »Oder besser gesagt: zwei davon, die aneinanderreiben, sobald jemand das lose Stück aus der Krone zu ziehen versucht …«

»So hätte *ich* es jedenfalls organisiert«, bestätigte der Sheik, als wäre es ganz allein sein Einfall gewesen. »Dein Dolch, Murat. Gib ihn mir.«

Mit dem Dolch des Assassinen begann er, an dem losen Stein zu kratzen, und nachdem der Verschlussstein sofort und ohne große Kraftanstrengung zu bröckeln begann, zog auch Salim ein Messer und begann vorsichtig, kleine Stücke aus dem kaum handgroßen Stein zu brechen. Eine harzige, streng riechende Flüssigkeit sickerte nun aus den erweiterten Fugen und auf die Schultern des steinernen Riesen hinab. Anfangs waren es bloß einzelne, dicke Tropfen, die sich ihren Weg ins Freie bahnten, doch schon bald waren es kleine Rinnsale, und als die beiden annähernd die Hälfte des Verschlusssteins aus der Krone gebrochen hatten, sprudelte die dickflüssige Substanz geradezu aus der Öffnung, verfärbte Kopf und Schultern des steinernen Giganten, beschmutzte die Gewänder Salims und seines Vaters und spritzte sogar in ihre Gesichter. Selbst Robins Tagelmust war schon bald getränkt in Griechisches Feuer, obschon sie eine gute Armlänge Abstand zur Quelle des streng riechenden Übels hielt. Zu ihren Füßen bildete sich eine gefährliche Lache, sodass sie achtgeben musste, nicht auszurutschen. Doch die größte Gefahr – jene durch die Feuersteine im Inneren der Krone nämlich – war gebannt, weil sie sie rechtzeitig erkannt hatten und vorsichtig zu Werk gingen.

Robin schaute ungeduldig abwechselnd über Salims rechte und linke Schulter. Welches Geheimnis das Griechische Feuer in der weißen Krone des Südens wohl bergen mochte? Schon bald würde die Öffnung endlich ausreichen, damit jemand hineingreifen und dem König sein Geheimnis entreißen konnte! Und dass Robin darauf drängte, dieser Jemand sein zu dürfen, lag selbstverständlich nicht nur daran, dass sie die kleinsten Hände und die zierlichsten Finger hatte.

»Verdammt seid ihr, die ihr euch für Götter haltet!«

Robin wirbelte auf dem Absatz herum und wäre dabei um ein Haar in der öligen Pfütze ausgeglitten und in den sicheren Tod gestürzt, als plötzlich eine dunkle, klar vernehmbare Stimme von oberhalb des Tempels ertönte. Mit in der Luft rudernden Armen kämpfte Robin um ihr Gleichgewicht, warf zugleich den Kopf in den Nacken und blickte zu der hochgewachsenen, schlanken Gestalt an der Kante gut drei Mannslängen über ihnen auf. Sie trug ein bodenlanges, dunkelrotes Gewand, dessen übergroße Kapuze ihr Gesicht bis weit unter die Augenbrauen bedeckte. In der rechten Hand hielt sie eine brennende Fackel. Robin verschluckte einen erschrockenen Aufschrei. Der Orcus im roten Gewande …!

»Ihr wolltet die Zeichen nicht sehen, die Warnungen nicht hören«, höhnte der Geist mit dem Menschengesicht. »Ihr maßt euch an, euch an den Schätzen der Götter zu vergehen. Dafür werdet ihr sterben!«

Robins Herz versuchte vergebens, dem drohenden Feuertod mit einem Sprung durch ihren Brustkorb zu entfliehen. Verzweifelt schnellte ihr Blick zwischen Salim, den Assassinen weit unter ihnen am Fuß der steinernen Könige und der Oberkante des Tempels hin und her. Wenn der Fremde die Fackel nach ihnen warf, waren sie so gut wie tot. Jeder Einzelne von ihnen war mehr oder minder durchnässt von Griechischem Feuer – ganz zu schweigen von den etlichen Litern, die auf dem steinernen Steg und an den Schultern des riesigen

Königs hafteten. Sie würden bei lebendigem Leib verbrennen – es sei denn, sie stürzten sich vorher freiwillig in den Tod! Woran sie im Übrigen niemand mehr hindern würde, denn Robin erblickte die Hände mindestens zweier Sarazenen, die leblos über die Oberkante des Tempels ragten, statt die Seile zu umklammern, an denen sie selbst und die drei anderen sich abgeseilt hatten. Sie waren nicht mehr gesichert! Die Männer, die den Tempel mit ihnen erklettert hatten, waren tot.

»Verdammt seid ihr, die ihr euch für Götter haltet!«, wiederholte der rot gewandete Geist. »Verdammt seid ihr für alle Ewigkeit!«

Ein Schrei des Entsetzens entwich Robins Kehle, als der Fremde mit der Fackel ausholte, doch in dieser Sekunde schnellte ein silberner Blitz aus der Tiefe empor und an Robin vorbei, grub sich tief in die lodernde Fackel und entriss sie dem Fremden mit einer Wucht, die ihn einige Schritte weit rückwärtstaumeln und fluchend um sein Gleichgewicht ringen ließ. Ein Armbrustbolzen! Wieder verdankte Robin Erek von Nettestal ihr Leben – doch ihre Erleichterung darüber war nur von kurzer Dauer. Es konnte sich nur um Augenblicke handeln, bis der Rotgewandete die Fackel wieder auflas und sein schreckliches Werk vollendete.

Salim und Murat drängten sich an ihr vorbei und begannen, die steile Felswand zu erklettern, doch es war bloß ein Akt der Verzweiflung: Sie würden es nicht schnell genug schaffen, den Tempel zu erklettern und den Orcus zu überwältigen!

Wie um ihren Gedanken zu untermauern, erschien der rot gewandete Geist in dieser Sekunde wieder in Robins Sichtfeld auf dem Dach des Tempels. Er hatte die Fackel wieder an sich genommen. Ereks Bolzen steckte darin, aber sie brannte nach wie vor lichterloh. Robins Blick suchte nach dem Söldner, der sich irgendwo zwischen den Kriegern am Fuß des Tempels befinden musste, und sie entdeckte ihn sogar: Er legte einen zweiten stählernen Bolzen in seine Armbrust und griff nach dem Geißfuß – doch es war bereits zu spät. Der rot gewandete Geist schleuderte seine Fackel.

Wieder schrie Robin auf, aber dieses Mal ging der Laut in einem zweiten, gellenden Schrei unter, der Murats Kehle entstammte. Mit einem kräftigen Satz stieß der Assassine sich von der glatten Felswand ab, und Robin wünschte sich, niemals gesehen zu haben, was sie im nächsten Augenblick beobachtete. Die Zeit schien sich zu verlangsamen, jede Einzelheit des schrecklichen Geschehens sah sie überdeutlich, sie brannte sich auf ewig in ihr Herz, und Robin vergaß sie nie: Der Wüstenkrieger ergriff die brennende Fackel im freien Fall, und seine ölverschmierten Hände fingen augenblicklich Feuer. Dennoch umklammerten sie sie mit aller Kraft und zogen sie sogar dicht an seinen Oberkörper heran, um sie an seine Brust zu pressen. Die Flammen züngelten nach seinem Gewand und seinem Tagelmust, sein Bart und sein Haar fingen knisternd Feuer. Sie erstickten seinen Schrei, blendeten seine Augen und verkohlten seine Haut, während er dem Gesicht des südlichsten Königs, noch immer am Leben und bei Bewusstsein, einen heftigen Tritt verpasste, der ihn in einem Rückwärtssalto ein Stück weit von der Statue fortbeförderte, ehe er als menschliche Fackel zwanzig Meter weit in die Tiefe segelte und mit einem schrecklichen, dumpfen Laut im Sand zu den Füßen des steinernen Giganten aufschlug. Zwei Männer eilten mit Decken herbei, um die Flammen zu ersticken, aber der Assassine war tot. Er hatte sein Leben wissentlich und ohne zu zögern für das seines Herrn geopfert.

Unterdessen gelang es Salim, zur Oberkante des Tempels hinaufzuklettern und sich über den Rand zu schwingen. Der rot gewandete Geist war wieder aus Robins Sichtfeld verschwunden. Als sie ihn das nächste Mal erblickte, war er nur noch ein kleiner roter Punkt, der auf einem außerordentlich schnellen Pferd nilaufwärts floh. Gott allein mochte wissen, wie es ihm gelungen war, den noch immer mehr als zwanzig hervorragend ausgebildeten Sarazenen zu entkommen, aber Sinan erweckte nicht gerade den Eindruck, als interessierte ihn dieses Wie sonderlich. Er verfluchte und verwünschte seine eigenen Männer leidenschaftlich in mehreren Dialekten, bis Salim endlich zu ihnen zurückkehrte, sich wortlos und mit versteinertem Blick an Robin vorüberschob und sich wieder an dem Verschlussstein zu schaffen machte, als wäre überhaupt nichts geschehen.

Robin selbst hingegen zitterte am ganzen Leib. Sie konnte nicht glauben, dass Sheik Sinan für die Tatsache, dass innerhalb weniger Minuten mindestens fünf der Assassinen ums Leben gekommen und sie selbst dem Tod nur um Haaresbreite entronnen waren, lediglich einen kurzen Wutausbruch übrig hatte und auch Salim einfach so zur Tagesordnung überging, als wäre überhaupt nichts Besonderes geschehen. Das Kind in ihrem Bauch wand sich, als litte es körperliche Schmerzen, und Robins Augen füllten sich mit Tränen. Was waren Sheik Sinan und sein Sohn – ihr Ehemann! – bloß für Menschen!

In diesen Sekunden wünschte Robin, niemals einen Fuß in das Morgenland gesetzt zu haben. Noch mehr: Sie wünschte, sie hätte Salim niemals kennengelernt, sie wäre nie seine Frau geworden und sie trüge sein Kind nicht unter ihrem Herzen. Niemals sollte dieser abscheuliche Alte vom Berge ihr Kind berühren! Niemals sollte er es auch nur *sehen!*

Während Salim mit ruhiger Hand nach dem tastete, was auch immer die weiße Krone des Südens außer Unmengen von Griechischem Feuer enthalten mochte, zog sie ihr Seil aus dem schlaffen Griff des toten Assassinen auf dem Tempeldach, knotete es um den steinernen Steg und hangelte sich daran in die Tiefe. Sie schlug Dorans Hand beiseite, die sich auf ihre Schulter senkte, sobald sie den festen Boden erreicht hatte, und rannte flussabwärts, um sich, fernab der Wüstenkrieger, auf einen Felsvorsprung sinken zu lassen und zu weinen.

Als Salim nach einer kleinen Ewigkeit, wie es ihr schien, zu ihr aufschloss und sich neben sie auf den Felsvorsprung setzte, hatte Robin sich längst wieder im Griff. Mittlerweile schämte sie sich für ihre schlechten Gedanken über Salims Verhalten, denn der Wüstensohn hatte sich weder unmenschlich noch sonst wie falsch verhalten. Es wäre niemandem geholfen gewesen, wenn auch er so kurz vor dem nächsten, wichtigen Ziel die Nerven verloren hätte. Sie aber, Robin, hatte die Nerven verloren, hätte alles stehen und liegen lassen, um erst einmal die Toten zu begraben und sie ausgiebig zu betrauern. Sheik Sinans Verhalten hingegen setzte Robin immer noch zu, und wenn sie ihn zuvor schon nicht sonderlich gemocht hatte, so ließ sich das, was sie nun für ihren Schwiegervater empfand, nur noch als Verachtung bezeichnen.

»Das Lager ist gleich errichtet. Willst du nicht zu uns zurückkehren?«, erkundigte sich Salim sanft. »Außerdem solltest du deine Kleider wechseln und dich waschen. Ich weiß nicht, ob sich das Griechische Feuer unbedingt förderlich auf die Entwicklung unseres Kindes auswirkt.«

Robin zuckte die Achseln. »Ein Leben mehr oder weniger«, erwiderte sie bitter. »Was macht das schon aus?«

Sie bereute ihre Worte bereits in dem Moment, in dem sie ihre Lippen verließen, aber ihr Groll auf den Alten vom Berge, der nichts als Beschimpfungen für jene übrig hatte, die ohne mit der Wimper zu zucken ihr Leben für ihn opferten, war einfach übermächtig.

Salim zuckte zusammen, schüttelte dann aber seufzend den Kopf. »Was vorhin geschehen ist, hätte niemals passieren dürfen. Es war schrecklich anzusehen, und es hätte auch dich das Leben kosten können. Und ob du es glaubst oder nicht: Auch meinem Vater hat es sehr zugesetzt. Aber er hat eine Auswahl seiner besten Männer mit auf diese Reise genommen, um etwas Derartiges zu verhindern. Du musst auch seinen Zorn verstehen.«

»Muss ich das?« Robin rümpfte verächtlich die Nase. »Was hat er mit den gefallenen Kämpfern getan? Hat er sie mit einem Tritt in den Nil befördert?«

»Nein, Robin. Er hat sie begraben lassen. Und er hat viele Gebete für sie gesprochen.«

»Vor einem Heidengott«, ergänzte Robin bitter.

»Robin! Es reicht!«, fuhr Salim auf. »Alles, was mein Vater bislang getan hat, hat er nicht zuletzt getan, um dich zu unterstützen! Um uns zu helfen! Ohne ihn wären wir niemals so weit gekommen, und das weißt du ganz genau. Ich erwarte nicht, dass du vor Dankbarkeit auf Knien vor ihm kriechst, aber du könntest wirklich langsam aufhören, ihm unfaire Vorhaltungen zu machen. Wäre er nicht, wie er ist, und wären seine Männer nicht, wie sie sind, hättest du den heutigen Tag nicht überlebt. Also nimm dich gefälligst ein wenig zusammen!«

»Weiß er, dass wir eine Tochter erwarten?«

Salim starrte sie, völlig aus dem Konzept geworfen, an. »Wie bitte?«

»Ob er weiß, dass es ein Mädchen wird. Ob er weiß, dass das verkommene Christenweib nicht dafür herhält, ihm einen Stammhalter zu gebären«, stieß Robin nach und fragte sich, ob es möglich war, dass in Theben ein paar Dämonen Besitz von ihr ergriffen hatten, ohne dass es ihr bislang aufgefallen war. Was war bloß mit ihr los?!

»Was ist bloß mit dir los?«, sprach Salim kopfschüttelnd aus, was sie dachte. Er tat eine hilflose Geste, schüttelte den Kopf gleich noch einmal und legte dann seufzend einen Arm um ihre Schultern. »Was für eine Frage … Du bist schwanger, das ist mit dir los. Weißt du, meine Mutter hat mir ein paar Geschichten aus der Zeit erzählt, in der sie mich noch in sich trug. Ich hätte wahrlich nicht in der Haut meines Vaters stecken wollen. Und das will ich ehrlich gesagt auch immer noch nicht. Ich meine: mit einer *solchen* Schwiegertochter!« Er lächelte schief.

»Wie praktisch«, fauchte Robin, verzichtete aber darauf, sich aus seiner Umarmung zu winden, denn sie tat ungemein gut. Vielleicht, weil es eine so menschliche Geste war. »Sobald dir die Argumente ausgehen, bin ich eben einfach schwanger«, schimpfte sie, aber ihr Groll klang längst nicht mehr so aufrecht, wie sie es sich gewünscht hätte. »Nicht ernst zu nehmen. Unzurechnungsfähig und entmündigt …«

»Na ja.« Salim zwinkerte. »Was deine Zurechnungsfähigkeit anbelangt, hatte ich schon immer meine Zweifel.«

Robin rammte ihm einen Ellbogen in die Rippen, aber Salim zuckte nicht einmal zusammen. »Was ist jetzt? Bist du denn überhaupt nicht neugierig auf das, was wir gefunden haben?«, hakte er nach.

Robin zog eine Grimasse. »Doch«, gestand sie kleinlaut. »Ihr habt gefunden, was ich hätte finden sollen, als ich heulend weggelaufen bin wie ein kleines Mädchen, dem das liebste Huhn gestorben ist.«

»Nun mach dich nicht schlechter, als du bist«, schalt Salim sie und half ihr auf die Füße. »Komm einfach mit und zieh dich um. Und danach gehen wir in das Zelt meines Vaters und sehen nach, was in diesem lächerlichen Röhrchen steckt, das wir aus dem Hut der Statue gezogen haben. Wir wollten damit auf dich warten, damit du dich nicht gleich wieder enteignet fühlst.«

# 22. KAPITEL

*Ich, Ptolemaios, Pharao und Gott, Waffenbruder Alexanders und Wächter seines Grabes, wanderte durch das Land der Toten, um das Wasser des Lebens zu finden …*

Robin blickte hilflos auf das kleine Pergamentröllchen hinab, das in der Phiole in der weißen Krone des Südens verborgen gewesen war. Der Text auf dem hauchdünnen Papier war einmal in einer Bilderschrift verfasst, deren sie nicht mächtig war, und einmal in griechischer Sprache, die Robin ebenso wenig verstanden hätte, hätte Salim ihr den Text nicht inzwischen mehrfach vorgelesen; sowohl auf Arabisch als auch auf Deutsch.

*Ich besiegte die Wächter, und ich machte meinen Frieden mit ihnen, als sie erkannten, wer ich bin. Nur Könige und Götter sind bestimmt, vom Wasser des Lebens zu kosten, und bist du ein Geringerer, dann fürchte ihren Zorn,* so hieß es weiter. Und schließlich: *Reise der Quelle des Nils entgegen, und folge dem Weg, den dir der Schakalmann zeigt. Dreizehn Tage musst du durch das Land der Toten gehen, dann weist er dir erneut den Weg. Doch nimm dich in Acht, denn er bewacht das Tor zur Unterwelt.*

»Nur Könige und Götter!« Sinan nahm einen tiefen Zug aus einer großen gläsernen Wasserpfeife, die die Reise erstaunlicherweise ohne die Andeutung eines Kratzers überstanden hatte. Er grinste selbstzufrieden, während er das Kunststück vollbrachte, gleichzeitig zu reden und Kringel aus gräulich blauem Rauch zu formen, die durch die heiße Luft davonschwebten und sich dabei auflösten. »Abergläubisches Geschwätz. Und anderenfalls ... Nun, dann wird sich zeigen, wer der wahre König von Jerusalem ist.«

»Wer ist Ptolemaios?«, erkundigte sich Salim.

»Er war ein Feldherr des Eroberers Alexander«, dozierte Sinan geduldig und genoss es sichtlich, sein Wissen über den seltsamen Text in kleinen Häppchen und jeweils in aller Ausführlichkeit preiszugeben. Robin war beeindruckt von dem Wissen des Alten und genervt über die Art, in der er es vermittelte, hielt sich aber zurück. Für heute hatte sie sich wirklich zur Genüge blamiert. »Ein großer Feldherr und später ein großer König, der angeblich sehr alt geworden ist. Weit über hundert Jahre, wie man sich erzählt.«

»Das ist außergewöhnlich, soll aber gelegentlich vorkommen«, grinste Salim. »Wenn ich nur an Bruder Damianos denke ...«

»Der Abt lebt aber nicht an einem Hof, an dem zahllose Männer einem mysteriösen Gifttod erlegen sind.« Sinan sog genüsslich einen weiteren Schwall schweren Qualms durch den farbenfrohen Schlauch. »Auch viele Nachfahren des Ptolemaios sind an diesem Gift gestorben. Ich finde, es spricht einiges dafür, dass dieser Feldherr vom Wasser des Lebens getrunken hat. Wenigstens ein Schlückchen.«

»Wir können trotzdem nicht weiter«, entschied Salim düster. »Dieser Weg, den dieser Ptolemaios beschreibt, führt in das Land jenseits der Klippe, die im Westen das Niltal begrenzt. *Der Quelle des Nils entgegen* ... Wir können diesen Weg nicht gehen.«

»Was soll das heißen?«, begehrte Robin auf.

»Es soll heißen, dass ...«, begann Salim ernst, wurde aber von seinem Vater unterbrochen.

»Dass mein tapferer Sohn die bösen Geister im Reich der Toten fürchtet wie die Ungläubigen, die einst all diese prächtigen Paläste und Tempel entlang des Nils errichteten«, spottete er.

»Ich weiß nicht, welche Geister diese Ungläubigen gefürchtet haben«, erwiderte Salim verärgert. »Aber die Geister, vor denen ich mich fürchte, haben wir am heutigen Tage persönlich kennengelernt. Zumindest einen von ihnen.«

»Das war ein Mensch«, widersprach Robin.

»War es das?« Salim rümpfte die Nase. »Kein Mensch aus Fleisch und Blut könnte ein knappes halbes Dutzend Assassinen töten, ehe sie ihn auch nur bemerken. Und keinem lebendigen Wesen würde es gelingen, einer ganzen Truppe davon zu entwischen – frag nur meinen Vater. Aber vielleicht«, schränkte er ein, als er sich einen strafenden Blick Sinans einfing, »war es wirklich ein Mensch. Ein wahrlich grausamer, Furcht einflößender und außerordentlich gut ausgebildeter Krieger, der nur auf irgendeine Weise mit den roten Geistern in Verbindung steht … mit ihnen verbrüdert ist, ich weiß es nicht, aber …«

»Mit den roten Geistern?«, unterbrach Robin ihn. Es war das erste Mal, dass Salim die mögliche Existenz jener Geister einräumte, die er in Theben als Aberglauben der Einheimischen abgetan hatte. Also hatte sie sich seine Nervosität wirklich nicht eingebildet!

»Sie hausen in der Wüste und dem Bergland, das Ptolemaios beschreibt«, bestätigte Salim mit fester Stimme. »Niemand geht dorthin, denn sie töten jeden, der ihr Reich betritt.«

»Du enttäuschst mich, mein Sohn«, bemerkte der Alte vom Berge, und in diesem Fall stimmte der Klang seiner Stimme mit dem Inhalt seiner Worte überein. »Ich hätte nie gedacht, dass du diesen abergläubischen Unsinn ernst nimmst.«

»Der Mann auf dem Tempel wusste, wie das Versteck der Phiole gesichert war«, beharrte Salim ernst. »Auch wenn er kein Geist war. Aber er war fast wie ein Geist. Er hatte die Fähigkeiten eines solchen. Und denk nur an die Zähne des Verschlingers, die …«

»Salim!«, fuhr Sinan gereizt dazwischen. »Es reicht! Einen solchen Schwachsinn muss ich mir auf meine alten Tage nun wirklich nicht mehr anhören – zumal von meinem eigenen Sohn! Haben dir das schlechte Wetter und das skandalöse Essen in Europa so sehr zugesetzt, dass du deinen Verstand eingebüßt hast?«

»Es sind meine eigenen Erfahrungen, die meinen Verstand geschärft haben«, erwiderte Salim trotzig. »Du hast keine Ahnung, was ich alles gesehen habe, während du dir die Füße in deinem verfluchten Harem hast massieren lassen! Ich war schon einmal hier. Und ich war auch schon einmal im Land der roten Geister. Ich weiß, wovon ich rede!«

»Und wovon genau redest du?«, erkundigte Robin sich besorgt. Es kam nicht häufig vor, dass Salim sich offen mit seinem Vater anlegte, und wenn, dann hatte er einen guten Grund dazu. Einen Grund, der nicht lediglich auf dem Aberglauben einer Handvoll Fischer beruhte.

Salims Blick verfinsterte sich noch mehr und schweifte an ihr und seinem Vater vorbei ins Leere. »Ich war schon einmal dort«, wiederholte er. »Damals, als ich noch genauso dachte … Es geschah zu einer Zeit an der Seite meiner Mutter … Wir wurden bestohlen – um mehr als ein halbes Dutzend Kamele und einen Teil unserer Ausrüstung. Also haben wir die Diebe verfolgt, einige der Tuareg und ich. Zwanzig Tage lang ritten wir durch Wüsten und Gebirge, bis wir das Land der roten Geister erreichten.«

»Das die Krieger nicht betreten wollten«, riet Robin.

Salim nickte. »Sie weigerten sich, weiterzureiten, aber ich verlachte sie für ihren Aberglauben und beharrte darauf, die Verfolgung fortzusetzen«, fuhr er leise fort. »Ich wollte nicht aufgeben. Und letztlich gelang es mir, zwei der Tuareg dazu zu bringen, mich weiterhin zu begleiten. Und wir fanden die Diebe tatsächlich: Sie lagen am Fuß einer Steilklippe. In ihrem eigenen Blut, das aus ihren aufgeschnittenen Kehlen quoll.« Er schüttelte sich, als versuchte er, die Erinnerung an den Anblick loszuwerden, und Robin nahm auch den letzten Rest von dem zurück, was sie je über seine angebliche Gefühlskälte gedacht hatte. Der Sarazene blickte sie nun wieder direkt an: »Es gab keinerlei Spuren, die zu den Toten führten. Es müssen Geister gewesen sein, die sie ermordet haben … Wir nahmen die gestohlenen Tiere zurück, und auch die Kamele der Toten, und flohen, so schnell wir nur konnten.«

Sinan seufzte und verdrehte die Augen. »Hast du je darüber nachgedacht, dass es keine Spuren gegeben hat, weil sich die Mörder vielleicht von den Klippen abgeseilt haben?«, erkundigte er sich spöttisch. Salim stutzte und sah irritiert zu seinem Vater hin. Darüber hatte er augenscheinlich tatsächlich noch nie nachgedacht, und er wirkte nicht wenig beschämt über diese Nachlässigkeit.

Der Alte vom Berge lachte und klopfte ihm väterlich auf die Schulter. »Lass es gut sein, mein Junge«, sagte er. »Übrigens: Auch von den Assassinen erzählt man sich zuweilen, sie wären Geister. Dann wollen wir doch einmal sehen, welche Gespenstertruppe die bessere von beiden ist. Die Reise geht weiter. Und zwar gleich morgen früh.«

Salim lächelte schwach. Seine Furcht floss fürs Erste in seiner Scham dahin.

Robin hingegen hatte den letzten Sätzen des Alten mit zunehmendem Schrecken gelauscht. Sie mochte sich nicht vorstellen, wie es wohl wäre, in ein offenes Gefecht zwischen zwei größeren Truppen von Schattenkriegern zu geraten. Aber auch jetzt hielt sie sich wieder zurück, denn an einen Rückzug war ohnehin nicht zu denken. So wie Murat sein Leben für das seines Herrn geopfert hatte, musste sie das ihrige im Notfall für den König von Jerusalem geben. Sie hatte einen Eid auf die Krone geschworen, ermahnte sie sich im Stillen. Einen Eid vor Gott.

Vor den vier sitzenden Königen hinterließen sie unter einem Stein, den sie mit einem blauen Tuch markierten, eine Nachricht für Salims Mutter, obgleich Sheik Sinan offen bezweifelte, dass Tahenkat und die Tuareg ihnen weiter folgen würden – falls sie überhaupt bis nach Abu Simbel kamen. »Sie ist mir noch nie nachgelaufen«, sagte er, und sein Tonfall weckte in Robin fast ein wenig Mitleid mit dem alten Mann. Dennoch blieb die Atmosphäre zwischen ihnen angespannt bis unerträglich. Sinans nervraubendes Wesen, seine mangelnde Feinfühligkeit, die Art, wie er ihre Mission an sich gerissen hatte, und nicht zuletzt sein abscheuliches Verhalten am Vortag machten es Robin zunehmend schwer, Sinan auch nur in Sichtweite zu ertragen. Sie konnte sich lebhaft vorstellen, was die Tuareg-Prinzessin Tahenkat einst dazu bewogen hatte, bei Nacht und Nebel ihre Bündel zu schnüren und aus dem goldenen Käfig, in den der Alte vom Berge sie zweifellos zu sperren versucht hatte, zurück in die Wüste zu fliehen. Sicher, hier war sie vielfältigen Gefahren ausgesetzt und musste auf den Luxus verzichten, mit dem der Sheik sich gern umgab und auch brüstete. Aber sie musste seine dreimal verfluchte Fistelstimme und den Anblick seiner weibischen Lidstriche sowie der albernen Schleifchen in seinem Bart nicht mehr ertragen. Robin verstand nicht, was eine Frau überhaupt an einem Mann wie Sinan reizen konnte. Dafür fiel es ihr umso leichter, nachzuvollziehen, warum eine Frau ihn verließ. Doch es nutzte ja nichts: Vorerst kam Robin um die Gegenwart des Alten vom Berge nicht herum.

Sie setzten ihre Reise in südlicher Richtung fort. Immer seltener trafen sie auf Quellen und kleine Wasserläufe. Dafür ragten zunehmend rotbraune Felsklippen bis dicht ans Ufer des Nils, und die Schilfstreifen zu den Seiten des Flusses wurden immer schmaler, sodass es immer schwieriger wurde, die Wasservorräte notfalls mit Nilwasser aufzustocken. Außerdem wurde es wieder wärmer. Schon bald waren Robins ungeschützte Handflächen und auch ihr Nasenrücken wieder stark gerötet und glühten so sehr, dass der brennende Schmerz sie mehr als einmal um einen Teil ihres wohlverdienten Schlafes brachte. Daran, dass sich ihr Kind immer seltener unter ihrem Herzen regte, glaubte sie zu erkennen, dass die Hitze auch ihrem Ungeborenen arg zusetzte. Sie sorgte sich sehr darum und hielt sich entgegen ihrem Temperament bei körperlichen Arbeiten immer häufiger freiwillig zurück. Sie würde an ihren Zielen festhalten, solange sie noch auf beiden Füßen stehen konnte, und wenn sie kämpfen musste, um sie zu erreichen, dann würde sie kämpfen – und sei es gegen die unheimlichen Fremden, die Salim die roten Geister nannte. Aber solange sie das Gefühl hatte, dass es ihrem Kind nicht gut ging, würde sie so viel Rücksicht wie möglich darauf nehmen und sich darum bemühen, ihm die Ruhepause zuteilwerden zu lassen, die es anscheinend dringend benötigte. Salim erzählte sie nichts von ihrem Kummer, und so deutete der Sarazene ihre kleine Wandlung als spätes Zeichen der Einsicht und lobte sie sogar ausdrücklich für das neue Verantwortungsbewusstsein. In seinen Augen machte sie dies letztlich von einem jungen Mädchen zur Frau.

Sie erreichten die gigantische glatte Felswand, die das Niltal begrenzte, und zogen an ihrem Fuß entlang, bis sie gegen Mittag des vierten Tages eine knapp drei Schritt große Ritzzeichnung in dem steil aufragenden glatten Stein entdeckten. Hier hielt der Sheik die Karawane an. Die Zeichnung erinnerte Robin an viele andere abscheuliche Kreaturen aus den Tempeln und verfallenen Palästen, die sie bislang zu Gesicht bekommen hatte: Sie stellte ein überwiegend menschliches Wesen dar; einen Mann, um genau zu sein. Doch anstelle eines menschlichen Kopfes verfügte die Kreatur über das Haupt eines hundeartigen Wesens – nur dass seine Schnauze viel zu lang war und seine spitz zulaufenden Ohren zu groß: der von Ptolemaios erwähnte Schakalmann! In der einen Hand hielt er eine Art Hirtenstab, mit der anderen deutete er in westliche Richtung. Folgte man seinem Fingerzeig, schaute man direkt auf einen breiten Einschnitt in der Felsklippe, durch welchen sich die steinerne Hürde auch mit Pferden und Kamelen voraussichtlich mühelos überwinden ließ.

Robin atmete auf. Wie es schien, hatten sie einen weiteren Abschnitt ihrer Reise bewältigt. Doch ihre Erleichterung währte nur kurz, denn wenn der Pharao und Waffenbruder Alexanders die Wahrheit beschrieben hatte, dann stand ihnen an dieser Stelle ein weiterer, gefährlicher wie mühseliger Ritt bevor: die Reise durch das Land der Toten, die dreizehn Tage dauern sollte.

Der Sheik gab Befehl, zu rasten und alle Wasserschläuche aufzufüllen; dann warteten sie den Höchststand der Sonne ab, und sobald die Schatten wieder länger wurden, passierten sie die Felswand durch den breiten Spalt.

Es dauerte nicht lange, bis Robin eine lebhafte Vorstellung davon bekam, warum man die Wüste jenseits des Niltals auch als das Reich der Toten bezeichnete – vielleicht, so dachte sie später, wäre es passender gewesen, es das Land der qualvoll Sterbenden zu nennen, denn dies war mit Abstand die härteste Wüstenreise ihres Lebens. Bereits nach den ersten beiden Tagen war es so heiß, dass die Luft schon in den Morgenstunden flimmerte. Der überaus feine weiße Sand bildete zum Teil sehr hohe, nur schwer zu überwindende Dünen und warf das Licht der Sonne derart energisch zurück, dass Robins Augen vom frühen Morgen bis zum Einbruch der Dämmerung in einem fort tränten. Das Wasser aus den ledernen Schläuchen schmeckte bald so fade, dass sie es unter normalen Umständen glattweg als ungenießbar bezeichnet und nicht einmal einem Trampeltier oder gar einem Pferd angeboten, geschweige denn selbst konsumiert hätte. Wenn überhaupt Wind aufkam, dann streichelte er die vollkommen trostlose Landschaft lediglich und brachte keinerlei Erfrischung. Vielmehr trieb er ihnen den Sand unter alle Kleidungsstücke sowie in Mund, Nase und die ohnehin stark geschundenen Augen. Am dritten Tag schließlich wurde es so heiß, dass Robin unter ihrem schweren Kettenhemd und dem langen Baumwollgewand nicht einmal mehr schwitzte, weil die Sonne selbst den *Gedanken* an Feuchtigkeit mit sengenden Strahlen verdunsten ließ. Und jetzt gestattete Robin Salim etwas, was sie sich bislang in ihren weibischsten Träumen nicht vorzustellen erniedrigt hätte: Während der Rastzeiten in der Mittagshitze ließ sie ihn fortan das kleine, rosa-violett gestreifte Sattelzelt über sich aufschlagen, das sie noch vor wenigen Tagen eigenhändig verbrannt hätte, hätte sie gewusst, dass sein Vater und er es noch immer mit sich führten. Sie schämte sich für die Schwäche, die sie sich damit nicht nur ihren Reisegefährten, sondern vor allem sich selbst gegenüber eingestand. Aber noch schlimmer als diese Schmach hätte es sie getroffen, das Leben ihres ungeborenen Kindes an ihren Stolz zu opfern.

Daran, dass es dem kleinen Wesen in ihrem Inneren nach wie vor nicht allzu gut ging, zweifelte Robin nicht im Geringsten, obgleich sie ihre Sorgen auch Salim gegenüber noch immer verschwieg. Die Abstände, in denen sich das Kind in ihrem Leib regte, wurden immer größer. Manchmal spürte sie es stundenlang überhaupt nicht mehr, und einmal blieb es sogar einen ganzen Tag und eine halbe Nacht vollkommen still. Mit tränenfeuchten Augen lag sie wach und fürchtete, dass es gestorben war – dass sie, Robin, es getötet hatte durch all die Entbehrungen und Anstrengungen, die sie sich selbst und damit auch ihrem Kind zumutete. Als es das Innere ihrer Bauchdecke irgendwann doch wieder sanft anstupste, kannte ihre Erleichterung kaum Grenzen. Sie schloss die Augen, schlief beruhigt ein und träumte von ihrer Mutter, die ihr beistand, während sie ein hübsches, gesundes Mädchen zur Welt brachte. Die Kuhgöttin war bei ihr und nahm ihr auf magische Weise alle Schmerzen.

Die höchsten der Dünen waren nach drei Tagen überwunden, und nach dem vierten deutete nichts mehr auf eine nennenswerte Erhöhung oder gar einen Berg hin. Flach und lediglich mit einem sachten Wellenmuster versehen, erstreckte sich die trostlose, grellweiße Sandlandschaft vor ihnen bis schier in die Unendlichkeit. Oft bot über Stunden und Tage hinweg kein Stein, keine abgestorbene Wurzel und kein vertrockneter Busch auch nur den geringsten Orientierungspunkt. Robins Zeitgefühl beschränkte sich darauf, am Stand der Sonne auszumachen, ob es wohl früh am Morgen, spät am Nachmittag oder auch Abend war. Dazwischen war alles nur jetzt und heute, und jetzt und heute dehnte sich in unerträgliche Längen, die auch Dorans immer seltener vorgetragene Geschichten ihr kaum zu verkürzen vermochten. Selbst Sinans Wüstenkriegern, von denen die meisten heftigen Regenfall oder gar Schnee und Hagel nicht einmal kannten, setzten Hitze, Trockenheit und Trostlosigkeit sichtlich zu. Nach dem fünften Tag beschränkte sogar Doran sich angesichts seiner trockenen Zunge und seinen längst spröden Lippen darauf, nur noch dann zu reden, wenn es absolut unumgänglich oder schon sehr spät und etwas weniger heiß war. Auch Robins eigene Lippen waren längst wieder rissig und bluteten zeitweilig, und sie hatte das unangenehme Gefühl, unentwegt an einem schwelenden Büschel von vertrocknetem Moos zu lutschen.

Wenn das Auge doch einmal irgendetwas anderes erblickte als die unendlichen Wellen von Sand und der warme Wind dabei gerade darauf verzichtete, Letzteren in eine Art trägen Aufruhr zu versetzen und ihn ihnen in alle erdenklichen Körperöffnungen zu treiben, neigte man dazu, sich von seinen Sinnen in die Irre treiben zu lassen: So hielt man einen vereinzelten, kaum mannsgroßen Felsen am Horizont schnell für einen ganzen Berg, denn die praktisch vollkommene Leere der umliegenden Landschaft entbehrte jeglichen Größenvergleichs. Ein anderes Mal passierten sie sogar einen richtigen Berg, dessen kurzen Schatten sie für eine Rast nutzten. Kurz zuvor hatte Robin ihn für einen kleinen Stein ganz in der Nähe gehalten, der gleichsam weiter wegzurücken und in die Höhe zu wachsen schien, während die Karawane sich in seine Richtung bewegte. Und nicht einmal an dieser Felsformation gab es auch nur andeutungsweise etwas Lebendiges – selbst dann nicht, als Robin einige der losen Steinbrocken an seinem Fuß herumdrehte in der Hoffnung, doch wenigstens einen Käfer oder ihrethalben sogar einen Skorpion zu entdecken. Aber da war nichts – nur Sand und noch mehr Sand.

Nicht einmal die roten Geister, die Salim so sehr fürchtete, ließen sich irgendwo blicken, obwohl Robin es beinahe begrüßt hätte, sie irgendwo in der Ferne zu erspähen, denn bislang deutete schließlich alles darauf hin, dass die Rotgewandeten – wer oder was auch immer sie waren – das Wasser des Lebens bewachten. Doch diesen Teil der Welt bewachte niemand, nicht einmal der Teufel selbst. Vielleicht weil es sowieso unmöglich war, das Reich der Toten zu durchqueren und lebendigen Leibes wieder zu verlassen. Die roten Geister konnten sich getrost zurücklehnen, abwarten, bis jene, die ihre Warnungen nicht hören wollten, sich selbst umbrachten, und ihre ausgebleichten Gebeine dann einsammeln, um sie an die hundeköpfigen Heidengötter der alten Völker zu verfüttern.

Einmal fanden sie die Knochen eines Storchenvogels, an dem noch einzelne, angesengt wirkende Federn hafteten, aber kein Deut von ledriger, vertrockneter Haut. Salim erklärte ihr, dass es hier gelegentlich vorkam, dass Vögel im Flug verdursteten, was Robin, allem Elend zum Trotz, nicht gleich glauben mochte. Doch als sie bald darauf den Kadaver eines weiteren Federviehs erblickten, das bäuchlings mit ausgebreiteten Schwingen am Ende einer Art kurzen Pfades lag, den es mit seinen Flügeln in den Sand gedrückt hatte – wohl in den verzweifelten Bemühungen, sich im Todeskampf in der Luft zu halten –, nickte sie. Ihr Kind regte sich inzwischen kaum noch. *Es schläft nur,* betete Robin sich unermüdlich vor, *bestimmt*.

In der achten Nacht, die sie im Reich der Toten zubrachte, erwachte sie von einem starken Ziehen im Oberbauch. Robin setzte sich erschrocken auf, und ihr Rücken dankte es ihr mit einem Schmerz, der ihr in seiner Art vollkommen neu war: Es fühlte sich an, als versuchte eine unsichtbare Hand, ihr langsam das Mark aus der Wirbelsäule zu ziehen. Die Schmerzen waren nicht unerträglich – es war bloß ein sehr unangenehmes Gefühl. Aber dass sie es nicht kannte, machte ihr Angst, und dass sich ihr Bauch zudem ungewöhnlich hart anfühlte, setzte ihr umso mehr zu. Sie drehte die Flamme der kleinen Öllaterne etwas höher, weckte Salim und forderte ihn auf, seine Hände auf ihren Bauch zu legen.

»Ein großer, gesunder Junge.« Der Sarazene drückte ihr müde einen Kuss auf den Nabel und kuschelte sich in ihren Schoß, um einfach wieder einzuschlafen, aber Robin rüttelte ihn energisch an der Schulter und klärte ihn bekümmert und ängstlich über die Krämpfe in ihrem Bauch und das seltsame Gefühl in ihrem Rücken auf. »Hmmh …«, antwortete Salim mit geschlossenen Augen. »Das kommt vor. Sei unbesorgt. Frauen bekommen diese Krämpfe oft, schon lange bevor sie ihre Kinder gebären. Weck mich, falls sie stärker werden und in immer kürzeren Abständen auftreten.«

»Und mich auch«, säuselte Sinans Stimme vor dem Eingang ihres Zeltes.

Robin schaute überrascht, aber auch sehr verärgert dorthin, wo sich der massige Schatten des Alten vom Berge hinter dem dünnen Tuch gegen die Glut des Lagerfeuers abzeichnete. Er stand so nahe, dass einer seiner Halbmondschuhe unter dem Tuch hindurch in das Zelt ragte.

»Warum belauscht dein Vater uns?!«, fuhr Robin auf und rüttelte zornig an Salim, der noch immer in ihren Schoß gekuschelt lag und sich schlafend stellte oder wirklich beim Reden wieder eingeschlafen war. Er wälzte sich schulterzuckend auf die andere Seite.

»Ich war zufällig in der Nähe und habe Licht gesehen, also dachte ich, ich komme mal auf einen Tee vorbei«, scherzte Sinan von draußen gerade so laut, dass Robin, nicht aber die Männer in den umliegenden Zelten ihn verstehen konnten. Aber Robin war überhaupt nicht zum Scherzen aufgelegt – besonders nicht mit ihrem Schwiegervater.

»Geht es dir gut? Ist alles in Ordnung mit meinem Enkelkind?«, fügte er nun hörbar besorgt hinzu.

Robin spießte seine Silhouette mit Blicken auf. »Danke. Alles bestens«, gab sie verärgert zurück und log damit nicht einmal, denn mit dem unvermittelten Erscheinen ihres Schwiegervaters waren alle Spannungen und leichten Krämpfe von ihr gewichen. Als wollte ihr Kind ihr demonstrieren, dass es ganz sicher nicht die Zöpfchen im Bart seines Großvaters waren, die es als Allererstes von der großen, spannenden Welt zu sehen bekommen wollte.

Sinan fuhr unbekümmert fort: »Falls du doch noch Hilfe brauchst, ruf nach mir. Ich habe schon fast mehr Kindern in die Welt hineingeholfen als Erwachsenen hinaus. Bei mir bist du in den besten Händen.«

Als Robin ihm eine Antwort schuldig blieb, verabschiedete er sich mit besten Wünschen für die restliche Nacht und verschwand so lautlos, wie er erschienen war. Robin schnaubte verächtlich. So weit würde es ganz bestimmt nicht kommen, dass sie sich bei der Geburt ihres Kindes vom berüchtigtsten Mörder des gesamten Orients helfen ließ! Eher noch würde sie Erek von Nettestal erlauben, die Nabelschnur mit einem Armbrustbolzen zu durchtrennen. Und zwar aus einer halben Meile Entfernung.

Nach etwa zwei weiteren Tagen begann sich ihre Umgebung zu verändern. Immer häufiger ragten einzelne, schwarze Felsen aus dem Sand, die spitz zulaufenden, großen Zähnen ähnelten und Robin unangenehm an ihre Begegnung mit dem Nildrachen und jenen mysteriösen Zwischenfall mit den Zähnen des Verschlingers vor ihrem Zelt erinnerten. Obwohl sie selbstverständlich wusste, dass die unheimlichen Steingebilde wohl schon seit Hunderten von Jahren, wenn nicht seit Menschengedenken an ihren jeweiligen Plätzen verweilten und auch in Tausenden von Jahren noch dort stehen würden, erachtete sie ihre Existenz beinahe als persönliche Drohung – als eine Warnung, die irgendeine sehr hohe Macht ihr an dieser Stelle hinterlassen hatte, damit sie sich endlich besann und kehrtmachte, ehe es zu spät für sie alle war. Aber die Karawane zog weiter, und anstelle von einzelnen pfeilerähnlichen Felsen ragten bald darauf ganze Ketten der vermeintlichen Riesenzähne gen Himmel – gigantische Gebisse, wenn man bei dem hässlichen Vergleich bleiben wollte. Und irgendwann waren es gar richtige, hohe Felsklippen, zum Teil wie von gigantischen Wurmlöchern zersetzt. Sie ragten vor oder neben ihnen auf, warfen in den Abendstunden lange Schatten und stellten Salims Nerven auf eine harte Zerreißprobe. Obgleich der Sarazene kein Wort darüber verlor, um Robin nicht zusätzlich zu beunruhigen, entging ihr nicht, wie sein aufmerksamer Blick immer wieder zu den Felsen und besonders den zahlreichen größeren und kleineren Höhleneingängen huschte. Vermutlich, weil er irgendetwas gesehen zu haben glaubte oder aber nichts gesehen hatte und trotzdem nicht glauben konnte, dass die Rotgewandeten sich eine solch vorzügliche Versteckgelegenheit zum Zweck eines hinterhältigen Angriffs entgehen ließen.

Doch nichts dergleichen geschah, und drei Tage nach Eintritt in die bizarre Felslandschaft erreichten sie eine besonders auffällige Formation: Zwischen zwei gewiss mehrere Meilen in der Breite messenden und zu einer Höhe von gut zweihundert Schritt in die Höhe ragenden Steilklippen führte ein schmales Tal hindurch. In einer Höhe, die Vögel sicherlich eher unter- als überfliegen würden, berührten sich die beiden Felsformationen und bildeten so ein gewaltiges Tor. Auf Robin wirkten sie wie ein Triumphbogen einer längst verfallenen, von Riesen erbauten Stadt. Als sie die Augen mit den Händen beschattete und den Kopf in den Nacken legte, glaubte sie tatsächlich, hier und da Spuren echten handwerklichen Schaffens zu erkennen – Verzierungen etwa – und einen beinahe rechteckigen Eingang in das vermeintliche Felsmassiv auf einer Höhe von mindestens fünfzig Schritt. Doch das war natürlich unmöglich. Es gab keine Riesen, und selbst die begnadeten Architekten des alten Volkes, dessen Spuren sich durch das ganze Niltal zogen, wären nicht in der Lage gewesen, etwas so Gigantisches zu errichten.

An der Innenseite dessen, was Robin nicht als von Menschenhand geschaffenes Tor zu akzeptieren bereit war, entdeckten sie in einer windgeschützten Felsnische die Zeichnung eines weiteren gigantischen Schakalmanns. Sie glich jenem aus dem Niltal beinahe bis aufs Haar und deutete mit einem hässlichen Grinsen, wie es Robin schien, auf eine Kette von Felsklippen, die sich irgendwo am Horizont über mehrere Meilen hinweg erstreckten. Ein mäßiger Wind wirbelte den zunehmend rötlichen Wüstensand auf, der wie farbiger, rauer Nebel an ihrer verbrannten Haut kratzte und ihr die Sicht erschwerte. Ob sie gute fünf Meilen oder fünf Tagesreisen von dem riesigen Tor entfernt waren, hätte Robin nicht sagen können, ermutigte sich jedoch mit dem Gedanken, dass Ptolemaios von einer dreizehntägigen Reise gesprochen hatte. Ihr Zeitgefühl war ihr inzwischen nahezu abhandengekommen. Und obschon sie Salim oder Doran hätte fragen müssen, wie lange genau sie sich bereits durch diese Hölle quälten, war Robin sich ziemlich sicher, dass sie den allergrößten Teil der Stecke inzwischen bewältigt haben mussten. Zumindest hoffte sie das.

Letztlich dauerte der Ritt zu der Bergkette kaum mehr als einen halben Tag. Sie hielten sich strikt an die Richtungsanweisung des Schakalmannes und erreichten schließlich eine enge Schlucht, die geradewegs in die Felslandschaft hineinführte. Der Sheik hielt die Karawane an, ließ ein Lager errichten und sandte einen Späher aus, die Schlucht zu erkunden. Zwei weitere Männer erklommen die Steilwand, um von oben nach möglichen Feinden Ausschau zu halten. Nach einem kargen Mahl legten sie sich zur Ruhe, um Kraft zu schöpfen für den nächsten Tag.

Auch Robin zog sich in Salims und ihr Zelt zurück und sank in einen tiefen Schlaf der Erschöpfung, ohne dem Sarazenen auch nur eine gute Nacht gewünscht zu haben. Selbst für Gedanken an ihr Kind oder ein Gebet ließ die Erschöpfung keinen Raum mehr. Ihre Augen fielen zu, als hingen Kugeln aus Stahl an ihren Wimpern, und sie hatte das Gefühl, in ein tiefes schwarzes Loch gesogen zu werden. Selbst zum Träumen war sie in dieser Nacht zu müde.

Aber es sollte eine kurze Nacht werden.

Es war noch weit vor Morgengrauen, als sie bemerkte, dass Salims ruhiger Atem, das gelegentliche Rascheln seiner Decke und die Wärme seiner Haut nicht mehr da waren. Dafür vernahm sie flüsternde Stimmen von außerhalb ihres Zeltes und identifizierte sie sogleich als die des Sarazenen und seines exzentrischen Vaters. Robin verstand nicht, was gesprochen wurde, begriff aber, dass die beiden in Sorge um irgendetwas waren. Als ihre Schritte sich entfernten, huschte Robin aus dem Zelt und folgte ihnen auf leisen Sohlen durch das Lager und auf die Schlucht zu, in welcher der Späher verschwunden war. Dann erst verstand sie Teile des gemurmelten Gesprächs: »Vielleicht ist sein Kamel ausgerutscht«, spekulierte Salim, doch er klang nicht überzeugt. »Es hat sich verletzt und kommt nur noch schleppend voran …«

»Dann hätte er es zurückgelassen«, erwiderte Sinan kopfschüttelnd. »Was nutzt uns ein Maultier, das nicht mehr laufen kann. Unsere Kamele sind so ausgedörrt, dass wir sie nicht einmal mehr essen könnten, ohne uns die Zähne an ihrem Fleisch auszubeißen.«

Der Späher, begriff Robin. Die beiden sorgten sich um den Mann, den Raschid in die Schlucht geschickt hatte. Offenbar war er noch immer nicht zurückgekehrt.

»Wir sollten zurückkehren und uns ebenfalls ein Pferd holen«, schlug Salim vor. »Wer weiß, wie weit Mustafa geritten ist …«

Sinan nickte. »Das könnte Robin für uns erledigen«, schlug er vor, wandte sich auf dem Absatz um und sah Robin, die sich so leise wie nur möglich durch die Nachtschatten der Klippen bewegt hatte, direkt an. »Sie scheint ohnehin nichts Besseres zu tun zu haben.«

Robin errötete und war dankbar für die Dunkelheit, welche die Scham, die ihr nur zu deutlich ins Gesicht geschrieben stehen musste, vor den Blicken der Männer verbarg.

»Robin!«, fluchte Salim leise. »Was tust du hier? Warum folgst du uns?«

Robin zuckte die Achseln. »Um euch die Pferde zu holen?«, schlug sie kleinlaut vor.

»Du kehrst sofort in das Zelt zurück«, bestimmte Salim. »Ich bringe dich hin, während ich ein paar der Pferde hole, an denen sich die Geier noch nicht gütlich tun.«

Robin zog die Nase hoch. Obschon sie sich um des Kindes willen zurücknahm, zurücknehmen wollte, hasste sie es, wenn Salim in diesem bestimmenden Ton mit ihr sprach. »Ich komme mit«, entschied sie deshalb – und zwar wirklich *nur* darum. »Du *kannst* überhaupt nicht ohne mich gehen.«

»Warum nicht?«, fragte Salim gereizt.

»Weil du versprochen hast, mich nicht mehr aus den Augen zu lassen. Keine Sekunde.« Robin verschränkte die Arme vor der Brust. »Außerdem fürchte ich mich allein im Zelt. Ich meine … die Einsamkeit der Wüste, all die Geister … und Erek von Nettestal«, setzte sie betont unheilvoll hinzu.

Sheik Sinan grinste. »Ein Teufelsweib«, stellte er fest.

»In der Tat.« Salim bedachte Robin mit einem bösen Blick, gab sich aber schließlich geschlagen. »Also gut«, seufzte er. »Holen wir die Pferde gemeinsam. Aber du wirst keinen Schritt von meiner Seite weichen. Nicht einen einzigen, hörst du?«

Robin nickte. »Einverstanden.«

Sie kehrten in das Lager zurück, sattelten drei Pferde und ritten gemeinsam durch die noch finstere Schlucht. Als sie weniger als eine halbe Meile zurückgelegt hatten, fanden sie den Späher. Er saß, sorgsam zwischen die schlaffen Höcker geschnürt, auf dem Rücken seines Kamels. Das Tier war an einem Pflock zwischen seinen Vorderläufen angebunden, sodass es sich keinen Schritt weit bewegen konnte. Mustafas dunkle Muselmanenhaut wirkte grau im fahlen Mondschein, seine Augen waren geschlossen, und aus einem tiefen Einschnitt in seiner Kehle sickerte noch immer dickflüssiges Blut, das einen Großteil seines Gewandes inzwischen getränkt und teilweise schon verkrustet hatte. Ein hölzerner Stecken hielt ihn aufrecht im Sattel, doch Arme und Beine und Kopf hingen leblos herunter.

Robin schlug die Hände vor den Mund, um nicht vor Schreck aufzuschreien, und Salim und Sinan zogen ihre Schwerter und suchten die steil aufragenden Felsen mit aufmerksamen Blicken ab. Robin hingegen schlug die Augen nieder und entdeckte dabei etwas kaum minder Entsetzliches: Überall auf dem Boden lagen ausgebleichte Knochen verstreut. Menschliche Knochen, wie sich an den unzähligen blassen Schädeln zweifellos feststellen ließ. Sie mussten schon lange hier liegen – sehr lange, denn nicht der geringste Fetzen Stoff haftete noch daran, kein Haar schmückte die blassen Schädel, und dort, wo einst Augenpaare einem fürchterlichen Tod entgegengeblickt hatten, sammelte sich nun in leeren Augenhöhlen der Sand. Diese Männer, das stand außer Zweifel, waren einem grausamen Massaker zum Opfer gefallen. Viele der Schädel waren zertrümmert. Zähne waren aus den Gebissen gebrochen, und Robin erspähte einen fast vollständig erhaltenen Brustkorb, dessen Rippenbogen oberhalb des Brustbeins mit einem einzigen, fließenden Schnitt entzweit worden waren. Wenn die Männer zu Ross oder auf Kamelen hierhergekommen waren, so hatte man sie ihrer Tiere beraubt, denn Robin entdeckte keine Gebeine, die zu groß gewesen wären, um von einem Menschen zu stammen. Auch Waffen entdeckte sie nicht.

Ihr Pferd scharrte unruhig mit den Hufen und stieß dabei gegen irgendetwas, was einen metallischen Laut von sich gab. Robin saß ab und bückte sich. Etwas Grünes ragte im Mondlicht hervor, und Robin zog daran. Es war ein bronzener Brustpanzer, von der Zeit verfärbt, und er war in Form einer Männerbrust geschmiedet – so detailliert, als hätte man einem muskulösen Krieger flüssiges Metall über die Brust gegossen und es dort erstarren lassen. So etwas hatte Robin noch nie gesehen, und sie schauderte.

»Kommt.« Sinan bedeutete Robin, den seltsamen Brustpanzer zurückzulegen und wieder aufzusitzen. »Lasst uns ins Lager zurückkehren. Das ist wahrlich kein schöner Ort für einen nächtlichen Familienausflug.«

Sie befreiten das Kamel von dem Pflock und kehrten schweigend zu den anderen Männern zurück. Den toten Späher nahmen sie mit, um ihn außerhalb der Schlucht zu begraben.

## 23. KAPITEL

Es war ein eiliges, unwürdiges Begräbnis. Sinan sprach ein fast schon hektisches Gebet und ließ das Lager unmittelbar darauf abbrechen. Dann lenkte er die Karawane an eine Stelle unterhalb eines weiten Felsüberhangs, die von oben nicht einsehbar war. Es war noch immer dunkel, und die Männer waren noch müde und erschöpft, aber Sinan gönnte ihnen keine Ruhe. Er gab Anweisung, einen großen Satz von Kleidern mit Kamelfutter auszustopfen und diese mit Pfeilen zu versteifen, sodass sie menschengroßen Puppen ähnelten. Robin begriff nicht, was ihr Schwiegervater plante, doch in der allgemeinen Hektik und Anspannung drang sie nicht weiter in ihn, sondern ging den Assassinen bei ihrem Tun zur Hand. Schließlich hatten sie fünfzehn der seltsamen Riesenpuppen auf die Rücken von Kamelen geschnürt, und Raschid wählte seine fünfzehn besten Männer aus, die mit ihm zum Zugang der Schlucht zurückkehren sollten. Die anderen zehn wies er an, bei Einbruch der Dämmerung zu dem Tor zu reiten, das sie am Vortag passiert hatten. Im Zwielicht, so erfuhr Robin nun endlich, hoffte er, dass man die Puppen auf den Kamelen für Krieger und die Karawane damit für nach wie vor vollzählig hielt. Er wollte die roten Geister in dem Glauben wiegen, dass sie Hals über Kopf geflohen waren.

Denjenigen, die bei ihm blieben, zu denen auch Robin,

Salim und – auf Robins persönlichen Wunsch – Erek von Nettestal zählten, trug er auf, sich seitlich des Schluchtzugangs entlang der steil abfallenden Felswände, zugedeckt mit dünnen Decken, in den weichen Sand einzugraben. So, erklärte er knapp, wolle man abwarten, bis die roten Geister der falschen Karawane folgten, um sie dann unvermittelt von hinten anzugreifen. Er wies ausdrücklich darauf hin, dass niemand sich in seinem Versteck zu regen hatte, ehe er einen entsprechenden Befehl gab. Robin aber sollte selbst dann noch liegen bleiben und sich nicht von der Stelle rühren.

Nachdem Sinan sich davon überzeugt hatte, dass jeder andere bis auf ein winziges Loch, durch das er sehen und atmen konnte, zur Gänze unter einer dünnen Schicht von Sand verborgen lag, grub er sich selbst ein.

Und das lange Warten begann.

Robin lag auf dem Bauch wie alle anderen. Nur hatten alle anderen – Sinan ausgenommen – einen deutlich geringeren Bauchumfang. Doch während Sinan seine Gedärme auf diese Weise schlimmstenfalls bei ihrer mühseligen Aufgabe der Nahrungszersetzung unterstützte, hatte Robin das ungute Gefühl, ihr Kind zu einem äußerst ungesunden Format zusammenzuquetschen. Zudem war der Sand von der glühenden Sonne des Vortages noch derart aufgeheizt, dass sie erbärmlich darunter schwitzte. Mit jedem Atemzug schienen feinste Sandkörnchen den Weg in ihre Lunge zu finden, ihr Rücken schmerzte, und ihre Glieder wurden langsam steif – und doch wagte sie es nicht, sich zu regen. Nur zu lebendig stand ihr das Bild des ermordeten Spähers vor Augen, und als sie nach einer gefühlten Ewigkeit wirklich eine Gestalt durch die Schlucht schleichen zu sehen glaubte, schlug ihr das Herz bis zum Hals, und ihre Atmung setzte für einige Züge aus.

Robin spitzte die Ohren und spannte jeden Muskel im Leib, um auf Sinans Kommando hin sofort aus ihrem undankbaren Versteck zu brechen und ihr Schwert zu ziehen.

Sie hatte keineswegs vor, sich seinem Befehl zu beugen und reglos unter der Decke aus Sand zu verharren. Wenn die Rotgewandeten die Assassinen schlugen, war sie dem Tod schließlich ebenso geweiht; ob der Feind sie nun nach Sonnenaufgang aufspürte oder ob sie in dieser grausamen Wüste verdurstete. Doch Sinans Signal ließ auf sich warten. Vielleicht, überlegte Robin, hatte sie sich ja geirrt. Möglicherweise hatte das Zwielicht, das inzwischen herrschte, ihren Augen einen Streich gespielt, und da war überhaupt niemand gewesen …

Doch kaum hatte sie diesen Gedanken zu Ende geführt, erblickte sie zwei weitere schattenhafte Gestalten, die sich aus der Schlucht herausbewegten und sie vollkommen lautlos passierten. Und dieses Mal gab es keinen Grund, ihren Sinnen zu misstrauen. Wieder hielt sie die Luft an und harrte eines Kommandos, doch auch dieses Mal reagierte der Alte vom Berge nicht. Robin presste die Lippen aufeinander. Ob Sinan die Männer nicht gesehen hatte? Oder ob ihm irgendetwas passiert war? Sie unterdrückte den Impuls, den Kopf zu drehen, um zu ihm hinzusehen und sich dabei womöglich zu verraten und ihren ganzen wahnwitzigen Plan zunichte zu machen, aber es fiel ihr sehr, sehr schwer. Vielleicht waren sie längst entdeckt worden, und neben ihr ruhten nur noch lauwarme Leichen unter den sandbestreuten Decken. Vielleicht schlichen die roten Geister gerade in diesem Moment zwischen den Sarazenen in ihren erbärmlichen Verstecken umher und erdolchten sie, lautlos, einen nach dem anderen, bis sie auch Robins Versteck erreichten und …

Vier, fünf, sechs Schatten huschten aus der Schlucht, dicht gefolgt von sechs weiteren, und noch einmal vieren … Ein schriller Pfiff ertönte, und die Assassinen brachen aus ihren Verstecken und stürzten sich mit gezückten Klingen auf die vollkommen überraschten Gestalten.

Vergleichsweise spät und träge sprang auch Robin auf die

Füße, schloss beide Hände um den Griff des nachtschwarzen Schwertes, das König Balduin ihr vermacht hatte, und warf sich dem erstbesten Rotgewandeten entgegen. Dass er kein Geist war, sondern ein Mensch aus Fleisch und Blut, wusste sie, als er ihrem Angriff mit mehr Glück als Geschick entging, erschrocken zurückstolperte und seinerseits eine fast armlange, gebogene Klinge ans dämmrige Zwielicht beförderte. Robin parierte den Hieb ohne große Mühe und wunderte sich kurz darüber. Sie hatte ... *mehr* erwartet. Immerhin kämpfte sie gegen eine Art Legende, einen vermeintlichen Geist, einen Krieger, dem ein Ruf von Unbesiegbarkeit vorauseilte ...

Sie wich einem weiteren Hieb des Rotgewandeten aus und zielte dann mit ihrer Klinge auf den Oberarm ihres Gegners. In der nächsten Sekunde revidierte sie ihre vorschnelle Meinung über die Kampfkünste des roten Geistes, denn er war auf einmal verschwunden, als wäre er nie da gewesen, und nur das leise Surren, mit dem seine Klinge durch die lauwarme Luft schnitt, verriet seinen hinterhältigen Angriff und bewahrte sie davor, von hinten enthauptet zu werden. Es gelang ihr, sich unter der Klinge hinwegzuducken und mit einem Satz nach vorn in Sicherheit zu bringen. Dann wirbelte sie zu dem Fremden herum, ließ sich im Zuge einer harten Attacke auf den Rücken fallen, und stieß sich dann mit beiden Armen vom Boden ab, um ihm ihre Füße mit voller Wucht in den Unterleib zu rammen. Eine bewährte Strategie, die auch dieses Mal von Erfolg gekrönt wurde: Sie traf, und der Rotgewandte geriet ins Straucheln. Einer der Assassinen setzte von der Seite auf ihren Angreifer zu und schlug ihm die Waffe und einen Teil der Finger von der Hand. Der Mann schrie auf, stolperte rückwärts, presste sich die blutigen Fingerstümpfe gegen die Brust und brach, mit einer in maßlosem Entsetzen erstarrten Grimasse, zusammen, als ein anderer Krieger Sinans ihm von hinten den Todesstoß versetzte.

Robin stürzte sich auf den nächsten Gegner, doch in diesem Augenblick ertönte ein Ruf durch die Nacht. Statt sich ihrem Angriff zu stellen, fuhr der Fremde auf dem Absatz herum und stürzte in die Schatten der Schlucht zurück – zusammen mit jenen seiner Gefährten, die den Hinterhalt der Assassinen nicht bereits in der ersten Minute mit dem Leben bezahlt hatten. Sinan brüllte triumphierend auf und befahl seinen Männern, die Verfolgung der Flüchtigen aufzunehmen. Robin zählte fünf von ihnen, aber vielleicht waren es auch zehn. Sie waren gewöhnliche Menschen, und die Toten zu ihren Füßen bewiesen, dass sie sterblich waren. Und doch bewegten sie sich wie Geister und schienen gelegentlich regelrecht mit dem rötlichen Felsgestein zu verschmelzen, sodass es nicht einfach war, sie im Auge zu behalten.

Erstaunt bemerkte Robin, dass die Fremden sich nicht mithilfe ihres Tarngeschicks in Sicherheit brachten, sondern größtenteils Hals über Kopf in die Schlucht flüchteten. Erek von Nettestal spannte seine Armbrust im Lauf und tötete mindestens zwei weitere Männer, während sie ihnen zwischen den steil aufragenden Felsen hindurch folgten. Ein Sarazene gab zunächst vor, den roten Geist, der sich da in eine Felsnische quetschte, nicht zu sehen, um ihm dann im Vorbeilaufen einen Schlag vors Nasenbein zu versetzen, der seinem Leben auf grausame Weise ein Ende bereitete, als die Trümmer seines Nasenbeins in sein Hirn eindrangen. Doch keiner dieser Fremden hätte sie auch nur eine einzige Sekunde länger als nötig am Leben gelassen, und so wies Robin ihr Mitgefühl in die Schranken und rannte weiter, so schnell sie ihre Füße trugen.

Die vermeintlichen Geister flohen einige hundert Meter weit durch die Schlucht, ehe das Felsmassiv zu ihrer Linken sie auf einmal zu schlucken schien. Drei der Assassinen verschmolzen ebenfalls mit den Schatten. Robin, die sich darauf verließ, dass sich zwischen zwei vorstehenden Felsen eine schmale Passage auftun würde, wäre fast mit dem Kopf voran gegen den glatten Stein gerannt, hätte Sheik Sinan sie nicht im buchstäblich letzten Augenblick von hinten um die Hüften gepackt. Mit einem Ruck hob er sie in die Höhe, sodass sie – ebenfalls mit dem Kopf voran und außerdem mit recht viel Schwung – durch ein ovales Loch purzelte, das eine knappe Mannslänge über dem Boden in der Felswand klaffte. Sie rollte sich ab und prellte sich dabei die Schulter, weil sie nicht etwa wieder in weichem Sand, sondern auf hartem Boden landete. Im letzten Rest des Mondlichts erkannte sie eine tunnelartige Höhle, sprang auf die Füße und rannte weiter in die Dunkelheit hinein. Lediglich ein blassgrauer Streifen wies ihr den Weg zu einem Spalt, der auf der gegenüberliegenden Seite zurück ins Freie führte, und schließlich erreichte sie eine weitere, deutlich schmalere Schlucht, die eine scharfe Kurve zwischen den Steilklippen beschrieb.

Als sie sie zur Hälfte bewältigt hatte, änderte sich das Bild der tristen Felslandschaft so rapide, dass sie vor Überraschung einen kurzen Moment innehielt: Vor ihr verlief ein Fluss durch den Engpass, gesäumt von einem Band aus saftig grünen Dumpalmen und weiß blühenden Akazien, deren Arme bis weit über das Gewässer reichten. Mindestens zehn kleine Boote ruhten im dichten Schilf, aus dem es überall raschelte und plätscherte. Sogar Vögel zwitscherten und begrüßten hier, wo das Reich der Toten endete, den neuen Tag.

Die roten Geister flüchteten sich in die Boote und paddelten eilig durch das Schilf, aber ihre Verluste waren immens, und viele der Boote blieben leer. Sinan versetzte ihr einen unsanften Stoß zwischen die Schulterblätter und schob sie auf eines der übrig gebliebenen Boote. Sie gehorchte, überließ Erek von Nettestal, der gerade zu ihr aufschloss, das erste Paddelpaar und teilte sich das zweite mit Salim. Ein schneller Blick bestätigte ihr, dass jeder ihrer Gefährten einen Platz in den zurückgelassenen Booten gefunden hatte, und sie legten ab.

Der Schmerz in ihrem Rücken, die Sorge um ihr Kind, die Prellung ihrer Schulter – all das war für diesen Augenblick, in dem sie sich dem Wasser des Lebens so greifbar nah wähnte, vollkommen vergessen. Ein Jagdfieber hatte sie ergriffen, wie sie es nie zuvor verspürt hatte. Der Schakalmann hatte ihnen den Weg gewiesen, sie waren den Weg des Ptolemaios gegangen und hatten das Reich der Toten durchquert – die wohlgenährten Wasservögel, die aufgeschreckt durch das Schilf flatterten, erlaubten überhaupt keinen Zweifel daran. Nun mussten sie den roten Geistern nur noch an den Ort folgen, an dem sie das Wasser des Lebens aufbewahrten, dessen Bewachung sie sich verschrieben hatten. Vielleicht – nein, ganz bestimmt sogar – mussten sie noch einmal kämpfen. Ein allerletztes Mal. Aber sie würden siegen, denn sie kämpften für König Balduin, für das Königreich Jerusalem, für das Heilige Land, für Gott – zumindest sie, Robin. Wenn sie es bis hierher geschafft hatte, dann würde sie diese eine, letzte Hürde auch noch überwinden; mithilfe der Assassinen, die die besseren Geister waren.

Unweit voraus ertönte ein Hornsignal im dichten Schilf. Ein zweites antwortete.

Nach mehreren Hundert Schritten mündete der Flusslauf in ein offenes Gewässer, dessen Enden Robin zu den Seiten hin nicht einsehen konnte, das nach vorn hin aber vor einem Tempel uferte, wie Robin ihn nie zuvor gesehen hatte. Die Säulen, die an seiner Front emporragten und ein mächtiges Spitzdach trugen, waren etwas kleiner als jene in der Thebener Säulenhalle und wirkten in ihrer dennoch beeindruckenden Größe ungemein schlank, fast schon zerbrechlich. Ihre Kapitelle waren mehrstufig und mit zahllosen feinen Ornamenten versehen. Eine der sechs Säulen war zerstört, doch der Rest des Baus glänzte in zartem Rosé im Licht der aufgehenden Sonne. Der Tempel thronte in einer riesigen, dunklen Felsnische und war so gut erhalten, als wäre er erst kürzlich fertiggestellt worden – und zwar durch eine Hand, deren Macht an die des Allmächtigen selbst grenzte. Zwei riesige Königsbilder in sitzender Position flankierten den Eingang. Robin, die niemals geglaubt hätte, dass die bisher gesehene Kunstfertigkeit des alten Volkes am Nil noch hätte überboten werden können, musste diese Meinung nun revidieren: Sowohl die beiden Könige als auch die zahlreichen anderen Statuen, die sie an der Fassade des seltsamen Tempels erspähte, waren mit solchem Können aus dem Stein geschlagen, als könnten sie jeden Augenblick zu echtem Leben erwachen. Robin sah Männer, Frauen, Vögel, Pflanzen und Raubkatzen aus glatt poliertem Stein und sogar zwei Engel, die hoch droben, rechts und links des Spitzdaches, über diese fruchtbare Oase inmitten der Felswüste zu wachen schienen. Kurz lächelte sie: Dies war der Beweis, dass dieser Tempel nicht von denselben Menschen erschaffen sein konnte, die schreckliche Kreaturen wie den Schakalmann oder die Widdermenschen verehrten. Doch Christen konnten sie auch nicht gewesen sein, denn die in Stein gemeißelten, grazilen Frauenkörper waren halb nackt. Auch gab es kein Kreuz, und der Tempel wirkte nicht im Geringsten gottesfürchtig, sondern protzig und überaus eitel – und unsagbar schön.

Plötzlich aber stiegen flammende Geschosse von oberhalb des Tempels in den morgendlich dämmernden Himmel. Sie beschrieben steile Kurven, sausten in das dichte Schilf hinab und riefen Robin mit ihrem Zischen aus dem Staunen zurück in die Gegenwart. Sie begriff, was das Hornsignal bedeutet hatte, während einer der Brandpfeile unmittelbar vor ihr in das kleine Boot segelte und das Holz zu ihren Füßen augenblicklich Feuer fing. Sie roch Schwefel und verkohltes Holz und ließ sich zurückfallen, als die Flammen gierig nach dem Saum ihres Gewandes züngelten. Hektisch versuchte sie, das Boot rückwärts durch das Schilf zu bewegen. Salim riss sich seinen Tagelmust vom Kopf, tauchte ihn ins Wasser und löschte die Flammen, doch damit waren sie noch lange nicht gerettet. Immer mehr der brennenden Geschosse segelten vom Himmel, und mindestens zwei weitere trafen. Sheik Sinan rief zum Rückzug.

Männer schrien und heulten auf, die roten Geister von oberhalb des Tempels riefen Worte in einer Sprache, die Robin nicht verstand. Die Wasservögel suchten entsetzt das Weite, und die Assassinen zogen sich beinahe noch schneller zurück, als sie sich während der Verfolgung der Fremden in das offene Gewässer vor dem Tempel begeben hatten. Sie verloren ein Boot an eine Salve gezielter Brandpfeile, aber die vier Männer, die es besetzten, retteten sich mit einem Satz über Bord und klammerten sich an die Boote ihrer Gefährten.

Robin blickte gehetzt über die Schulter zurück, als sie die verhältnismäßige Sicherheit des engen Wasserlaufs wieder erreichten. Sie war darauf gefasst, dass die roten Geister ihnen folgen würden – in neuen Booten mit einer vielfachen Anzahl von Kriegern und bis an die Zähne bewaffnet. Doch auch als sie das andere Ufer endlich vollkommen erschöpft erreichten, blieb eine Verfolgung seitens der Rotgewandeten aus.

Vielleicht hatten sie die Verluste durch den Hinterhalt der Sarazenen härter getroffen, als Robin zu hoffen gewagt hätte. Die Gefährten leckten ihre Wunden und bereiteten sich in Ruhe auf einen Angriff vor, der den der Eindringlinge in Hinterhältigkeit um ein Vielfaches überbieten würde. Auf jeden Fall konnten sie wohl kaum darauf hoffen, dass sie sie nun, da sie ihr Allerheiligstes, ihren Hort und wahrscheinlich sogar das Versteck des legendären Wassers des Lebens, entdeckt hatten, einfach wieder ziehen ließen.

Aber Robin dachte allem Schrecken zum Trotz nicht im Traum daran, aufzugeben. Hinter ihr lag das Reich der Toten und vor ihr, wenn ihre Mission scheiterte, eine ungewisse Zukunft, in der es für sie vermutlich weder Sicherheit noch Heimat geben würde. Falls sie es überhaupt bis zurück in das Niltal schafften, denn selbst Sinans großzügige Vorräte neigten sich langsam dem Ende zu.

Auch Sinan plante statt eines Rückzugs einen neuen Angriff. Nicht gleich – nicht einmal heute. Dass alle seine Männer dem Hagel von brennenden Pfeilen so gut wie unverletzt entronnen waren, grenzte an ein Wunder, und Robins Schwiegervater war nicht geneigt, auf ein weiteres Wunder zu hoffen. Stattdessen befahl er, kaum dass sie ein provisorisches Lager am Ufer des Flusses aufgeschlagen hatten, reichlich Schilfrohr zu schneiden und es zu Bündeln zusammenzubinden. Mit diesen würden sie sich bei einem zweiten Vorstoß hin zum Nest der roten Geister vor Brandpfeilen schützen. Zwei der Assassinen schickte er zurück in die Wüste, um jene zehn Männer zu holen, die er zur Täuschung in Richtung des am Himmel kratzenden Torbogens ausgesandt hatte. Für den zweiten Versuch, so grollte der Alte vom Berge, würde er jeden einzelnen Mann brauchen – sogar den jungen Doran, der vielleicht den einen oder anderen roten Geist in den Freitod schwafeln konnte.

Robin half bei den Vorbereitungen, erwischte sich aber dem Ernst der Lage zum Trotz immer wieder dabei, wie sie den Blick staunend und ungläubig durch die Bucht schweifen ließ. Es war, als wäre ein Stück vom Paradies abgebrochen und hätte sich in die Wüste verirrt. Farbenfrohe Schmetterlinge und Libellen tanzten im Schilf, und in den Akazien lärmten am späten Nachmittag sogar grellbunte Papageienvögel. Unterschiedlichste Fische tummelten sich in Schwärmen in dem klaren Gewässer, und neben den blütenreichen Akazien wuchsen zahlreiche Sorten von Ficus und anderen Pflanzen, die sie nicht benennen konnte. Einmal glaubte sie gar, etwas weiter entfernt einen Affen an einer der Dumpalmen emporflitzen zu sehen – aber das bildete sie sich bestimmt nur ein, denn nach allem, was sie wusste, gab es keine Affen mit unbehaarten, leuchtend roten Hinterteilen. Andererseits hatte sie auf ihrer Reise eine ganze Menge Dinge dazugelernt und nie Vermutetes gesehen – wieso also nicht auch Affen mit roten Hinterteilen …

Als der Abend dämmerte, kehrten die beiden Krieger mit den übrigen Assassinen zurück. Aber sie kamen nicht allein.

Robin ließ ihre Arbeit fallen, sprang auf die Füße und zog augenblicklich ihr Schwert, als sich nach den zwölf Männern des Sheiks erst zwei, dann wieder zwei und schließlich immer mehr vermummte Männer durch den Höhlenspalt schoben, der die beiden Talabschnitte miteinander verband. Auch die Assassinen zogen alarmiert ihre Waffen, schoben sie aber – im Gegensatz zu Robin – fast ebenso schnell wieder unter ihre Kleider zurück. Ein allgemeines Aufatmen zog sich durch die Reihen der Wüstenkrieger, doch Robin behielt ein mehr als mulmiges Gefühl zurück beim Anblick all der fremden Männer, die da nach ihren eigenen Gefährten aus der Höhle schlüpften wie Ameisen aus einem Bau.

Die Fremden schienen ausnahmslos hochgewachsen, schlank und dennoch von kraftvoller Statur zu sein. Anders als die Sarazenen verbargen sie ihre unzähligen Waffen nicht unter ihren dunkelblauen, schwarzen und türkisfarbenen Gewändern, sondern trugen sie offen in der Hand oder an ihren Gürteln: Es waren gerade Schwerter, wie christliche Ritter sie führten, und sie trugen stabile, fast mannshohe Lederschilde. Ihre Gesichter hingegen verbargen sie unter dünnen Schleiern, und ihre Köpfe zierten Turbane, die dem des Alten vom Berge ähnelten. Es mussten mindesten fünfzig Fremde sein, die da zusammen mit dem Rest ihrer Karawane gelassenen Schrittes in ihr Lager am Ufer des Flusses Einzug hielten, als wäre es ihr eigenes. Robin hielt beunruhigt nach Salim Ausschau, als sich eine einzelne, unverschleierte Gestalt aus der Truppe der fremden Krieger löste und zielsicher auf Sinan zutrat, der an der Seite seines Sohnes stand.

Es war eine schlanke, beinahe zierliche Frau, die ihnen entgegenschritt, kaum so groß wie Robin selbst. Ihre Haut schillerte in demselben Bronzeton wie Salims, und unter ihrem nachlässig um das Haupt gewickelten Kopftuch blitzten schwarze Augen und lugte schwarz glänzendes Haar hervor. Auch die Hosen, die sie trug, und ihr knöchellanges Kleid, das vorn bis weit über die Knie aufgeschnitten war und wie ein wehender Mantel wirkte, war schwarz bis auf die roten und weißen Ornamente, mit denen es bestickt war. Am rechten Arm klimperten unzählige Armreifen, deren einige aus einem einzelnen Stein gefertigt zu sein schienen, und über ihrer Brust hing reichlich Silberschmuck.

»Tahenkat!«, rief der Alte vom Berge überrascht und erfreut zugleich. »Ich hätte nicht gedacht, dass du noch kommen würdest.«

»Ich auch nicht!«, fauchte die Wüstenprinzessin auf Arabisch und baute sich so dicht vor dem großen, dicken Sheik auf, dass ihre Brust fast gegen seinen gewaltigen Bauch stieß. »Durch die Wüste am Sinai, den halben verfluchten Nil hinab und dann durch dieses fürchterliche Totenreich, um ausgerechnet dich in diesen abscheulichen Bergen hier zu treffen! Ich hoffe nur, dass du eine wirklich gute Erklärung parat hast. Und wage es nicht, etwas von Familiensinn, guter Sitte oder gar Moral zu erzählen, denn von alledem hast du ohnehin keinen Begriff. Also?«

Sie verschränkte die Arme vor der Brust, legte den Kopf schräg und betrachtete ihr gut vier Köpfe größeres Gegenüber herausfordernd. Robin registrierte erstaunt, dass Sinan, der Inbegriff allen Selbstbewusstseins, mit jedem Wort Tahenkats sichtlich in sich zusammengesackt war – ganz so, als hätte sie ihm mit jeder Silbe einen Bund Schwarzwurzeln über den Schädel gezogen. »Ich warte!«, fauchte die Beduinenprinzessin, als Sinan zögerte.

»Tahenkat«, sagte der Sheik schließlich und lächelte schief.

»Du siehst hervorragend aus – meine schönste aller Wüstenrosen. Es scheint, als wärst du mit den Jahren immer jünger und hübscher geworden, während sie aus mir einen bedauernswerten Tattergreis gemacht haben.«

»Das warst du auch damals schon«, erwiderte Salims Mutter. »Und glaub nicht, deine albernen Schmeicheleien ließen meinen Zorn verrauchen, denn die Enttäuschung über die ernüchternde Wirklichkeit würde dich wahrlich hart treffen.«

Tatsächlich aber wirkte sie doch etwas ruhiger als noch vor wenigen Augenblicken und sah auch davon ab, weiterhin auf einer sofortigen und vor allem sehr guten Erklärung für sein Verlangen nach einem Treffen mit ihr zu bestehen. Stattdessen wandte sie sich Salim zu, um ihn, plötzlich überhaupt nicht mehr energisch oder gar grob, zu begrüßen und mütterlich zu herzen. Dann fiel ihr Blick auf Robin, die sich alles andere als wohl in ihrer Haut fühlte, während die Tuareg-Prinzessin sie eindringlich musterte.

»Das ist also dein Mannweib«, stellte sie fest und schüttelte seufzend den Kopf.

Erst jetzt fiel Robin auf, dass sie noch immer ihr Schwert in der Hand hielt. Sie schob es beschämt unter ihr Gewand zurück. Das war sie also, Tahenkat, die ruhelose Wüstenprinzessin, von der Salim gerade in jüngster Zeit so viel erzählt hatte und die ihr kaum in die Augen blicken konnte, ohne den Kopf in den Nacken zu legen: Bis an die Zähne bewaffnet, mit Hosen bekleidet und von einem geradezu sichtbaren inneren Feuer erfüllt, stand sie ihr gegenüber und nannte sie, Robin, ein Mannweib. Tahenkat lächelte nicht, aber dieser Spott *konnte* einfach nicht ernst gemeint sein.

»Ich bin Robin von Tronthoff«, stellte Robin sich unsicher vor. »Ich habe viel von Euch gehört und bin froh, Euch endlich kennenzulernen.«

»Vergiss alles, was dieser dicke Mann dir über mich erzählt hat«, erwiderte die Tuareg mit einem angedeuteten Nicken in

Sheik Sinans Richtung. Robin begann sie zu mögen. »Und ich bin meinerseits sehr erfreut, meine Schwiegertochter endlich einmal zu Gesicht zu bekommen. Komm mit, damit ich es mir in Ruhe ansehen und gut einprägen kann. Nach dem, was in dem Brief stand, den dieser unpraktische Tattergreis mir jüngst hat zukommen lassen, könnte es mit ein wenig Pech das letzte Mal sein, dass ich diese Gelegenheit bekomme.«

Tahenkat ließ ein kleines Lagerfeuer etwas abseits der restlichen Gruppe ausrichten und bat Robin, sich zu ihr zu setzen und ihr von sich zu erzählen. Robin wusste zunächst nicht, wie viel die Wüstenprinzessin schon über sie erfahren hatte, stellte aber bald fest, dass es entweder eine ganze Menge war oder dass Tahenkat einfach durch nichts zu erschüttern war. Was auch immer Robin ihr mit anfangs unsicheren Worten von sich erzählte, wie damals, ehe Bruder Iudicus ihr die Absolution erteilt hatte, kommentierte Salims Mutter zumeist mit einem amüsierten Grinsen, schlimmstenfalls jedoch mit einer spitzen Bemerkung. Salim gesellte sich bald zu ihnen, sein Vater folgte erst am späten Abend und hatte seine Männer – unter Androhung von Folter und Tod, wie Robin vermutete – ein vergleichsweise reichhaltiges Menü aus dem Nichts zaubern lassen. Sie speisten aus Akazienblättern, dekoriert mit aus dünnen Zweigen geflochtenen Schmetterlingen, unter freiem Himmel.

Schließlich lächelte Tahenkat: »Ich bin glücklich, dass mein Sohn eine Frau gewählt hat, die ihm die Stirn bieten kann.« Zu Salims und Sinans Entsetzen bestärkte sie Robin in ihrem Entschluss, sich an dem bevorstehenden Angriff auf den Tempel der roten Geister zu beteiligen. Schließlich, so erinnerte sie Sinan mit breitem Grinsen, hatte auch er dereinst kein Problem damit gehabt, sie als Hochschwangere in seine besonderen Geschäfte zu verwickeln. Es folgte ein aufgebrachter Wortwechsel zwischen Salim und seinem Vater, dem dieser Teil seiner Vergangenheit offenkundig sehr unangenehm war, und Tahenkat und Robin hatten noch etwas Zeit für sich.

Sie legten sich früh zur Ruhe, um Kraft für die morgige Schlacht zu schöpfen. Robin schlief aufgeregt, aber mit dem guten Gefühl ein, in der Tuareg-Prinzessin eine Verbündete, ja fast eine Seelenverwandte gefunden zu haben. Zumindest in den nächsten Tagen würde ihre Schwiegermutter für sie da sein, ganz gleich, wie eigenwillig und seltsam Robin sich auch verhalten mochte. Salims Mutter verkörperte all das, was Robin in der letzten Zeit am dringendsten gebraucht, was ihr am meisten gefehlt hatte: eine erfahrene, starke Frau, der sie fast vorbehaltlos vertrauen konnte.

# 24. KAPITEL

✠

Ein Teil der Sarazenen und der Tuareg arbeitete die ganze Nacht hindurch. Am kommenden Morgen standen nicht nur ausreichend Schilde bereit, sondern auch eine große Zahl improvisierter Boote, die ebenfalls aus dicken Schilfbündeln bestanden. Jeweils zwei Krieger fanden auf diesen neuen Booten Platz, die sich vom Hintermann mittels eines der geraden, breiten Schwerter der Tuareg durch den Fluss bewegen ließen, während der Vordermann sie beide durch eines der kleineren Schilfbündel oder einen der ledernen Schilde der neuen Männer vor neuerlich vom Himmel regnenden Brandgeschossen schützen sollte. Die Zelte wurden abgebaut und zusammen mit den restlichen Vorräten und dem sonstigen Gepäck im Sand vergraben. Am späten Vormittag brach die Truppe auf.

Robin teilte sich eines der erbeuteten Boote mit zwei Tuareg-Kriegern – zwei ihrer besten Krieger, wie Tahenkat beteuerte – und mit Doran.

Weder Salim noch der Sheik waren sonderlich angetan von dieser Entscheidung, Robin aber war sich ihrer Sache sicher. Auch wenn tatsächlich nicht Doran, sondern seine Geschwister all die Abenteuer erlebt hatten, von denen er ohne Unterlass erzählte, und selbst wenn einige der Heldentaten vielleicht auch schlichtweg erfunden waren: Robin mochte den jungen Assassinen und hatte das Bedürfnis, auf ihn aufzupassen, falls er wirklich so schlecht kämpfte, wie Raschid ihm vorwarf. Er hatte zu jenen Männern gehört, die am Vortag zu dem Steintor zurückgesandt worden waren, um die roten Geister zu täuschen. Dort hatten er und die anderen weitere Befehle abwarten oder alternativ nach spätestens zwei Tagen die Rückkehr ins Niltal wagen sollen, um wenigstens ihr eigenes Leben zu retten – und zwar ganz ohne dass Salim in seiner albernen Eifersucht darauf gedrängt hatte, Doran in die Gruppe fernab von Robin einzuteilen.

Das Boot war für höchstens drei Krieger ausgerichtet und sank unter ihrem Gewicht beängstigend tief in das klare Wasser. Auch die übrigen Wassergefährte waren mit jeweils vier Männern belegt, damit alle von Tahenkats Kriegern darin Platz fanden. In der Kürze der Zeit wäre es nicht möglich gewesen, ausreichend kleine Boote für alle Neuankömmlinge zu bauen, und so mussten sie eben etwas enger zusammenrücken.

Jetzt, bei Tageslicht, erkannte Robin auch auf der Fahrt den Fluss hinab weitaus mehr von ihrer beeindruckenden Umgebung. Die Felsen ragten in den unterschiedlichsten Farbtönen zwischen Rosé und einem dunklen Braunrot zu zwei Seiten in die Höhe und beschrieben eine leichte Kurve. Nicht nur an den schmalen Uferstreifen wucherten duftende Pflanzen, sondern auch in den Felsspalten und auf den Vorsprüngen weit über ihnen; manchmal waren es sogar stattliche Bäume. Das Tal, zu dem sich der überflutete Spalt schließlich ausweitete und in dem sich das Wasser zu einem See voller Leben ausbreitete, war mindestens zweihundert Schritt breit, und der Tempel, an den es grenzte, ruhte noch immer scheinbar harmlos in der großen braunroten Felsnische. Bei hellem Sonnenschein wirkte er weitaus imposanter als im Morgengrauen des vergangenen Tages. Nun erspähte Robin auch einen schmalen Holzsteg, der hinter dem dichten Schilf am

Ufer vor dem Tempel hervorlugte. Von den roten Geistern entdeckte sie keine Spur.

Sicherlich versteckten sie sich hinter den Felsen und warteten ab, bis die Eindringlinge die Mitte des Sees erreichten, vermutete Robin nervös, während sie ihr Paddel in nahezu akribischer Regelmäßigkeit durch das Wasser schob. Die Anspannung setzte ihr dabei weit mehr zu als die mäßige Anstrengung. Auf der einen Seite rechnete sie jeden Augenblick mit einem Angriff, auf der anderen Seite wuchs mit jedem ereignislos verstrichenen Moment ihre Angst. Was, wenn die Wächter verschwunden waren? Wenn sie das Wasser des Lebens eingepackt hatten und damit weitergezogen waren? In einen anderen, noch besser versteckten Bau in dieser fremden Welt, einen unterirdischen vielleicht sogar, oder auf einem anderen Weg zurück in die todbringende Wüste auf der anderen Seite der Hügelkette? Im Gegensatz zu Sinan und sogar Tahenkat kannten diese gefährlichen Fremden sich in dieser Gegend schließlich besser aus als Bruder Jeremias in seiner dreimal verfluchten Bibliothek …

Ein eigenwilliger Geruch mischte sich unter den Duft von Schilf, zarten Blüten und fischreichem Süßwasser, während sie sich langsam dem Tempel näherten. Robin registrierte, dass das Wasser zunehmend dunkler und schlammiger wirkte. Wabernde Teppiche einer braunschwarzen, schmierigen Substanz trieben umso häufiger wie schwimmende Flecken auf dem Wasser, je näher sie dem hölzernen Steg kamen, klebten an den Schilfrohren, den Außenwänden der Boote und den Paddeln und verdreckten die Kleider der Krieger, die die Schilfbündelboote wie Böcke über den See ritten. Anfangs sorgte weder Robin noch einer der anderen sich darum, denn es war nur eine Kleinigkeit, die nahezu unterging in der Masse fremder Eindrücke, denen sie ausgesetzt waren. Aber der Geruch wurde stärker – so stark und intensiv, dass er alle anderen bald beinahe vollständig überlagerte. Er war würzig und schwer und erinnerte Robin an irgendetwas, was sie schon einmal gerochen hatte und das kein gutes Gefühl in ihr weckte. Tatsächlich wurde ihr sogar ein wenig übel davon, aber sie vermochte sich nicht zu entsinnen, woher sie ihn kannte … Und als sie endlich begriff, dass es Griechisches Feuer war, hagelten bereits die ersten Pfeile in den See vor dem Tempel hinab.

Robin konnte die Schützen auf dem Felsen oberhalb des Tempels nicht ausmachen, und die meisten der vermutlich blind abgefeuerten Geschosse trafen nicht etwa die Boote, sondern klatschten dazwischen ins Wasser. Aber sie mussten sie auch gar nicht treffen, um sie zu töten, denn auch dieses Mal schossen die roten Geister mit Brandpfeilen.

Robin schrie auf, als sich eine vor ihrem Boot treibende Lache von Griechischem Feuer mit einem hässlichen Geräusch entzündete. Flammen schlugen vor dem Bug in die Höhe, blendeten sie, versengten ihre Brauen und setzten das Schilf in Brand. Von allen Seiten her echoten Schreie und Rufe durch die geflutete Schlucht, und der Tuareg-Krieger zu ihrer Linken brüllte eine Richtungsanweisung. Gemeinsam lenkten sie das Boot nach links, um den tödlichen Flammen auszuweichen, die wie mit brennenden Zungen nach dem Bug und den schlammbeschmierten Paddeln leckten. Sie krachten gegen eines der Schilfboote, versenkten es und beförderten damit zwei ihrer eigenen Gefährten in die brennende Hölle. Eine zweite Salve von Brandpfeilen segelte in den kleinen See hinab und vervollständigte das Grauen. Das abgebrochene Stück vom Paradies verwandelte sich von einem Moment zum anderen in ein Auge der Hölle.

Hektisch versuchten die noch auf ihren Booten verbliebenen Assassinen und Tuareg, das Ufer vor dem Tempel zu erreichen. Robin registrierte voller Entsetzen, dass nicht wenige überhaupt nicht versuchten, den Brandherden auszuweichen, sondern ihre Gefährte geradewegs mitten hindurchlenkten, obwohl die Flammen stellenweise sogleich zu Mannshöhe aufschlugen. Sie roch Griechisches Feuer, schmorende Pflanzen, verkohltes Holz und brennenden Stoff und paddelte zwischen den schwimmenden Männern und den Booten hindurch, so schnell es ihr in dem schrecklichen Chaos nur irgendwie möglich war. Ein Pfeil zischte unmittelbar an ihrem Kopf vorbei und bohrte sich fauchend in den Hals des neben ihr rudernden Tuareg. Der Mann röchelte, spie Blut und, wie sie entsetzt registrierte, schwarzen Qualm und griff mit beiden Händen nach dem todbringenden Geschoss in seinem Hals. Dann kippte er seitlich aus dem Boot und sank wie ein Stein auf den Grund des Sees.

Robin presste die Lippen aufeinander, griff mit schmerzhaft rasendem Herzen nach dem Paddel des Tuareg und ruderte mit aller Kraft weiter; ohne Ziel, nur weg von den tödlichen Flammen und dem widerwärtigen Gestank von verbranntem Menschenfleisch, vorbei an einem brennenden Schilfboot und zwei auf dem Wasser treibenden Leichen und hinein in eine weitere Lache von Griechischem Feuer, die sich just in dem Moment entzündete, als sie sie gerade mit dem Bug ihres Gefährtes spalteten. Sie entrann den aufschlagenden Flammen nur, weil sie ihren Kopf so tief senkte, dass er fast auf ihren Knien ruhte. Wie durch ein Wunder erreichten sie das Ufer links des Tempels – weit entfernt von ihrem eigentlichen Ziel, aber lebendig und nahezu unversehrt. Der Turban des zweiten Wüstenkriegers hatte Feuer gefangen, und obgleich er ihn sofort von sich geschleudert hatte, glühten seine Hände und mehr als die Hälfte seines Gesichts nun dunkelrot. Er ließ sich seinen Schmerz nicht anmerken, sondern sprang aus dem Boot, als der feste Boden noch mehr als drei Schritte weit entfernt war. Ohne zu zögern, stürmte er auf dem Landweg auf den steinernen Tempel zu, und Doran folgte ihm. Auch andere Männer, die die Feuerwand durchbrochen hatten, stürmten mit teils noch schwelenden Kleidern und gezückten Waffen den Tempel. Robin ließ ihre Paddel fallen, um sich ihren Gefährten anzuschließen, als sich das Schilf vor ihr unvermittelt teilte und eine breitschultrige, schlammverkrustete Gestalt vor ihr aus dem Wasser stieg. Erek! Er hatte seinen Schwur eingehalten und war nicht von ihrer Seite gewichen, um auf sie aufzupassen, ganz gleich, was auch immer geschah!

Das war zumindest die überaus romantische Erklärung, die Robin als Allererstes in den Sinn kam.

»Unser Boot ist gekentert«, keuchte der Hüne, während er sich aus dem schlammigen Wasser kämpfte, ans Ufer kletterte und Robin dabei beinahe beiläufig mit sich zog. »Ich glaube, meine Begleiter haben es nicht geschafft ...«

Obwohl er weit getaucht sein musste, hielt er seine Armbrust noch immer fest in der linken Hand. Robin glitt auf dem rutschigen Fels aus, wäre gestürzt, wenn er sie nicht mit eisernem Griff gehalten hätte, und wehrte sich nicht, als er sie geduckt und im Schnellschritt mit sich in Richtung Tempel zerrte, in dem die Schlacht der letzten Stunde zu toben schien. Gellende Schreie, Rufe und das Klirren und Scheppern von Waffen drangen aus dem Inneren des Baus und vermischten sich mit dem fürchterlichen Knistern, Prasseln und Zischen des schwimmenden Feuers, das längst auch auf den hölzernen Steg übergegriffen hatte. Von hier aus erkannte Robin das knappe Dutzend Bogenschützen, das noch immer von oberhalb des Felsens auf mögliche Überlebende in der brennenden Hölle abzielte.

Aber nun bemerkten die Männer auch Erek und sie, und gleich drei von ihnen wandten sich in ihre Richtung und schossen. Einer der brennenden Pfeile verfehlte Robin nur knapp und versengte ihr Ohr, zwei weitere schlugen unweit hinter ihnen qualmend in den Sand.

Erek beschleunigte seine Schritte und zog Robin mit sich unter einen Felsüberhang links des Tempels, unter dem sie vorerst in Sicherheit waren vor den Brandpfeilen der roten

Geister. Aber es konnte nur Augenblicke dauern, ehe die Rufe ihrer Jäger von oberhalb des Felsens auf Gehör stießen und einer in Robins und Ereks provisorische Zuflucht stürmte. Der Söldner wandte sich nach rechts, um den Tempel über den zum Teil brennenden Steg an der Front zu erreichen und den Kriegern des Sheiks und der Tuareg-Prinzessin beizustehen. Doch dieses Mal ließ Robin sich nicht einfach mitziehen, denn in der entgegengesetzten Richtung hatte sie hinter einem buschigen Strauch vor der Felswand etwas entdeckt: zwei, drei steinerne Stufen, die den unteren Absatz einer von hier aus schwer einsehbaren Treppe bildeten. Ein weiterer Zugang!

»Dort entlang!«, bestimmte sie und stürzte entschlossen auf die Treppe zu. Sie hatte nicht die geringste Ahnung, wohin dieser Aufgang führte, aber was hinter dem Portal an der Frontseite lag, wusste schließlich auch niemand, und es war ohnehin viel zu gefährlich, den brennenden Steg jetzt noch zu betreten.

Erek folgte Robin mit gespannter Armbrust. Als sie das obere Ende des Aufgangs atemlos erreichten, fanden sie sich vor einem schmalen natürlichen Durchgang im Fels wieder, über dem ein großer Vogel mit einem gebogenen Schnabel in den Stein geschlagen war. Er wirkte so lebendig, dass Robin sich im ersten Moment überhaupt nicht sicher war, ob es sich um eine Steinfigur oder nicht doch um einen außergewöhnlichen, lebendigen und lediglich in der Bewegung erstarrten Greifvogel mit rötlich glänzendem Gefieder handelte.

Robin schlüpfte durch den Spalt, und auch Erek quetschte sich in die Höhle. Ein muffiger Geruch wie von abgestandenem Wasser schlug ihnen entgegen. Es war nicht vollkommen dunkel, aber es dauerte einen kleinen Moment, bis sich ihre Augen an das matte und unstete Licht der wenigen Öllämpchen gewöhnten, die in einigen Wandnischen flackerten. Es war außergewöhnlich kühl. Robin hielt den Atem an und lauschte in die Höhle hinein. Sie erwartete, jeden Augenblick das Trampeln von Schritten, Schreie oder zumindest die Atemgeräusche von roten Geistern zu vernehmen, die sich irgendwo in den zahlreichen schattigen Nischen verborgen hielten. Aber sie hörte nichts dergleichen. Lediglich das Rauschen von Wasser drang von irgendwoher durch die natürlichen Felswände in das Innere der Höhle.

Sie nahm eine der kleinen Laternen an sich, schritt langsam durch die Höhle und blickte sich vorsichtig um. Bunte Gesteinsadern durchzogen den tunnelartigen Raum, der sich nach einer gefühlten Ewigkeit zu einer weitläufigen und besser beleuchteten Höhle erweiterte. Das Wasserrauschen schwoll an, obwohl Robin seine Quelle nicht ausmachen konnte. Dafür erblickte sie etwas anderes, ungleich Wichtigeres:

Im Zentrum der Höhle thronte, auf einer hüfthohen Säule aus poliertem, rosafarben glänzendem Stein, eine goldene Flasche unter einem steinernen Dorn. Robin sah, wie ein einzelner Wassertropfen an dem Dorn hinabkroch, zwei, drei Sekunden an seiner Spitze verweilte und schließlich in den Flaschenhals tropfte. Ehrfurcht übermannte sie und ließ ihre Hände zittern. Ihre Knie fühlten sich plötzlich unendlich weich an, und ihr schwindelte.

»Das Wasser des Lebens«, flüsterte sie. Tränen brannten in ihre Augen. »Wir … wir haben es gefunden Erek. Wir haben das Wasser des Lebens gefunden!«

Sie schob ihr Schwert in die Scheide zurück, trat an die steinerne Säule heran und streckte die zitternde Rechte nach der goldenen Flasche aus, als plötzlich ein Ruf durch den Tunnel hinter ihr schallte und durch die Höhle echote, gefolgt von Schritten, einem lauten metallischen Klirren, einem Schrei und noch mehr Schritten, die sich dem Eingang der Höhle näherten. Robin wirbelte herum, zog ihr Schwert und sah sich cinem rot gewandeten Oasenwächter gegenüber, der mit torkelnden Schritten in die Höhle stürzte. Er blutete aus einer hässlichen Schnittwunde über einem Auge, und eines seiner Beine schien ebenfalls verletzt zu sein, doch in seinem Blick loderten Entschlossenheit und Zorn.

»Verflucht seid ihr, die ihr eure schmutzigen Finger nach dem ausstreckt, was allein den Göttern gehört!«, hallte seine dunkle Stimme durch den Raum. Er hob sein blutverschmiertes Schwert und torkelte damit auf Robin zu. »Niemals werdet ihr es erlangen! Niemals werdet ihr besitzen, was kein lebender Mensch jemals berühren darf!«

Robin ließ die Laterne fallen, umklammerte ihr Schwert mit beiden Händen und warf sich dem Fremden damit entgegen. Doch noch bevor sie ihn erreichte, schnellte ein stählerner Bolzen an ihrer Schulter vorbei, durchbohrte den Brustkorb des roten Geistes, trat auf der anderen Seite wieder heraus und landete blutverschmiert und scheppernd auf dem steinernen Boden.

Der Fremde riss die Augen auf; zahllose Äderchen platzten darin, während er begriff, dass er sterben würde. Robin war kaum weniger entsetzt, denn das Geschoss, das der Söldner schräg über sie hinweg abgefeuert hatte, hätte ebenso gut sie selbst treffen können, hätte sie auch nur einen halben Schritt weiter in die Richtung des Feindes getan.

Der Rotgewandete brach jedoch nicht gleich zusammen. Er ließ seine Waffe fallen, röchelte und spie dickflüssiges Blut, aber er stürzte nicht, sondern warf sich, während er starb, mit einem letzten, entschlossenen Satz in eine schmale Nische links des Eingangs. Seine Hände verkrampften sich um eine unscheinbare Statue, die Robin erst jetzt in den Schatten ausmachte, und rissen sie von ihrem Sockel. Polternd stürzte sie zu Boden. Von irgendwoher, tief in der meterdicken Felswand, ertönte ein Unheil verkündendes, rumpelndes Geräusch.

Dann prasselte ein Hagel riesiger Felsen von der Decke,

begrub den Rotgewandeten – und um ein Haar auch Robin – unter ohrenbetäubendem Getöse und einer dichten Staubwolke unter sich und verschloss den einzigen Ausgang der Höhle lückenlos mit einem Berg wuchtiger Trümmer.

Robin stolperte zurück, verlor ihre Waffe, schlug schützend beide Arme vor das Gesicht und wälzte sich auf den Bauch, um sich und ihr Kind vor dem dichten, feinen Staub und einem Regen kleinerer Gesteinsbrocken zu schützen, die durch die heftige Erschütterung aus der Decke brachen. So verharrte sie, bis sich nur noch einzelne, ungefährliche Steinchen lösten und der Staub sich langsam zu legen begann. Hustend rappelte sie sich auf, befreite ihre verklebten Augen vom gröbsten Dreck und blickte sich in dem feinen Nebel um, der noch immer in der Luft hing.

Erek von Nettestal lag ein Stück weit neben ihr auf dem Boden und bemühte sich darum, sich von einem Trümmerstück von der Größe einer jungen Ziege zu befreien, das seinen Unterleib auf den harten Grund drückte. Sie ließ sich auf die Knie fallen, stemmte sich gegen den Stein und wälzte ihn mit seiner Hilfe von seinem Becken.

»Alles in Ordnung?«, erkundigte sie sich besorgt, während er sich mühsam aufrichtete und mit schmerzverzerrter Miene nach seinen angeschlagenen Knochen tastete. Jede Silbe fühlte sich in ihrer Kehle an, als schabte ein Schleifstein an einer weichen Frucht. Es brannte fürchterlich, und ihre Augen tränten.

»Könnte nicht besser sein«, ächzte der Hüne und suchte unter der dicken Staubschicht nach seiner Armbrust. Er fand sie nahe der Säule und nahm sie an sich, während Robin nach der goldenen Flasche griff, die, von der heftigen Erschütterung unbeeindruckt, nach wie vor auf der steinernen Säule thronte. Sie glänzte nicht mehr, doch sonst schien sie völlig unbeschädigt zu sein, und als Robin sie an sich nahm, bemerkte sie, dass sie nicht, wie zunächst angenommen, aus massivem Gold gefertigt war, sondern aus dünnem, blattgoldverziertem Glas. Sie war nahezu randvoll mit der kostbaren Flüssigkeit, die von dem verkalkten Zapfen an der Decke herabtropfte.

»Stell das weg und hilf mir«, forderte Erek sie ungeduldig auf, während er sich daranmachte, das Geröll beiseitezuschaffen, das den Eingang versperrte. »Wir müssen hier raus.«

»Das hat keinen Sinn.« Robin maß den Geröllberg mit leidiger Miene. Einige der Steine waren fast so groß wie sie, und es drang nicht mehr der geringste Lichtschein aus dem Tunnel in die Höhle. Vielleicht war er sogar bis zum oberen Absatz der steinernen Treppe vollständig verschüttet. »Es muss einen anderen Ausgang geben«, murmelte sie und schaute sich in der weitläufigen Höhle um. Vielleicht fand sich irgendwo in den zahlreichen schattigen Nischen ein Geheimgang oder wenigstens ein schmaler Spalt, der zu einem anderen schmalen Spalt führte und schließlich …

Aber ihre Hoffnungen und ihr Suchen waren vergebens. Stattdessen stürzte Robin um ein Haar in eine finstere Felsspalte, als sie die Wand gegenüber dem verschütteten Zugang absuchen wollte.

Robin nahm eine der Öllaternen von einer Halterung an der Wand, ließ sich auf die Knie sinken und leuchtete tief in den breiten Spalt im Boden hinein, entdeckte aber nichts als Schwärze, die sich rund um die kleine Laterne grau verfärbte, wohin auch immer sie sie schwenkte. Das Geräusch rauschenden Wassers, das sie während der ganzen Zeit begleitet hatte, musste seinen Ursprung irgendwo dort unten haben. Sehr, sehr tief dort unten …

Sie stellte die Laterne ab, nahm einen kleinen Stein und ließ ihn über den Rand der Schlucht fallen. Er prallte klackernd von einem Felsvorsprung ab. Aber Robin ließ sich nicht entmutigen, denn aufzugeben hätte vermutlich ihren Tod bedeutet. Selbst wenn die Assassinen und Tuareg die roten Geister bezwangen, würden Erek und sie vielleicht elendig verdursten, bis man sie fand. Wenn man sie fand. Verdursten am Quell des legendären Wassers des Lebens, der seinen unsagbar wertvollen Schatz bloß in Rationen von winzigen Tröpfchen preisgab. Sie wiederholte das Experiment – drei, vier, fünf Mal und in zunehmender Panik, bis sie endlich eine Stelle fand, von welcher aus der Stein nicht von einem Felsvorsprung in unbestimmter Tiefe in der Dunkelheit unter ihr abprallte, sondern deutlich hörbar in ein Gewässer platschte. Allerdings dauerte sein Fall beunruhigend lange.

»Hier.« Robin deutete auf die Stelle, an der sie den letzten Stein hatte fallen lassen. »Dort gibt es kein Hindernis. Wir können springen.«

»Du musst den Verstand verloren haben.« Erek schüttelte energisch den Kopf und verschränkte die Arme vor der Brust – angesichts ihrer Situation eine recht alberne Geste von Trotz.

»Noch nicht«, erwiderte Robin fest. »Aber ich *werde* ihn verlieren, sobald ich mich damit abfinde, an diesem schrecklichen Ort zugrunde zu gehen. Vermutlich haben wir bald nicht einmal mehr Licht. Die Lampen können nicht ewig brennen.«

»Wir können nicht sterben«, erwiderte Erek. »Wir besitzen das Wasser des Lebens.«

»Das nicht für uns bestimmt ist«, ergänzte Robin. »Und das einen kranken Menschen zur schnelleren Genesung führen mag, ihm nicht aber zu ewigem Leben verhilft.«

»Woher willst du das wissen?« Erek schüttelte den Kopf. »Es heißt doch, dass …«

»Es ist mir egal, was es heißt«, fuhr Robin gereizt auf. »Selbst jene, die davon getrunken haben, sind irgendwann gestorben. Im hohen Alter vielleicht, und ihre Körper sind nicht verwest, sondern erhalten geblieben wie die von Heiligen. Aber tot waren sie irgendwann trotzdem. Und sie wären noch viel schneller tot gewesen, hätte man sie ohne Nahrung und Wasser in eine staubige, finstere Höhle gesperrt. Außerdem ist es nicht für uns bestimmt. Wir sind weder Götter noch Könige und haben kein Recht …«

»Diesen Unsinn willst du doch nicht etwa glauben!«, fiel der Söldner ihr ins Wort und brachte ihren Geduldsfaden damit endgültig zum Zerreißen.

»Es spielt überhaupt keine Rolle, was ich glaube, du Dummkopf!«, schrie sie ihn ungehalten an. »Interessant ist, dass ich weiß, dass wir beide sterben, wenn wir so lange hier herumstehen, bis die roten Geister uns den Eingang zeigen, den wir übersehen haben – oder vielleicht sogar aus diesem finsteren Spalt sprudeln wie Wasser aus einem überkochenden Kessel! Ich werde nun springen, und es ist deine Entscheidung, mir zu folgen oder zurückzubleiben.« Sie wandte sich zornig von ihm ab und setzte tatsächlich dazu an, im nächsten Augenblick in den finsteren Schacht hinabzuspringen, aber Erek packte sie an der Schulter und riss sie zurück. »Lass das!«, entfuhr es Robin wütend, aber der Söldner hob beschwichtigend eine Hand.

»Schon gut – ich komme mit dir. Es ist nur … Das Wasser.« Er deutete auf die Flasche, die Robin noch immer in der Hand hielt. »Sie wird auslaufen oder sogar zerbrechen. Hier.« Er löste seinen Wasserschlauch vom Gürtel und hielt ihn ihr hin. »Füll das Wasser um. Sonst war alles umsonst.«

Robin biss sich auf die Lippen vor Scham und nickte langsam. Darüber, was geschehen wäre, hätte Erek sie nicht zurückgehalten, wollte sie lieber nicht weiter nachdenken. Dann teilten sie sich das Wasser aus Ereks Schlauch, Robin gab die kostbare Flüssigkeit aus der goldenen Flasche hinein, verschloss den Schlauch und schob ihn sich unter ihr eigenes Gewand. »Danke«, sagte sie ehrlich und trat wieder an den Spalt heran. »Was ist jetzt? Kommst du mit?«

Der Söldner trat unbehaglich von einem Fuß auf den anderen. »Du weißt doch gar nicht, wie tief das Wasser dort unten ist«, gab er zu bedenken. »Vielleicht ist es nur eine flache Pfütze.«

Robin hob die Schultern. »Das Risiko müssen wir wohl eingehen«, antwortete sie bitter. »Wir haben keine andere Wahl.«

Erek nickte bestürzt. Robin wandte sich von ihm ab, sprach im Stillen ein Gebet für ihr Kind, raffte all ihren Mut zusammen und sprang mit einem entschlossenen Satz in die Finsternis hinab.

# 25. KAPITEL

Ihr Sturz dauerte beklemmend lange – länger als der des kleinen Steins, wie es ihr schien, auf jeden Fall aber lange genug, um sie ihren Entschluss vielfach bereuen zu lassen. Schließlich aber schlug sie hart auf der Oberfläche des eisigen Wassers auf und sank, als hätte sie sich selbst in einen Stein verwandelt. Die Kälte betäubte ihre Glieder und machte es ihr im ersten Moment unmöglich, sich gegen die Wucht des Aufschlags zu stemmen, die sie immer tiefer unter die Oberfläche drückte. Als der Druck nachließ, sie zeitgleich auch ihre Muskeln wieder halbwegs unter Kontrolle bekam und noch immer keinen Boden unter den Füßen verspürte, erinnerte sich Robin daran, dass sie überhaupt nicht schwimmen konnte.

Panik keimte in ihr auf. Verzweifelt tat sie ein paar ungeschickte Ruderbewegungen mit den Armen, hatte aber nicht das Gefühl, dass sie sich der Wasseroberfläche dadurch auch nur einen Fingerbreit näherte. Aber wissen konnte sie es nicht, denn sie konnte nichts sehen – absolut nichts, nur Schwärze und noch mehr Schwärze, nicht einmal das Wasser, das sie wie mit eisiger Faust umklammerte und ihr die Luft aus der Lunge trieb. Robin wand sich von hier nach dort und wieder zurück, unfähig zu bestimmen, ob sie nun mit dem Kopf nach oben oder unten schwamm, und mit zunehmend schmerzendem Brustkorb. Dann eckte sie mit dem Hinterkopf irgendwo an, griff nach dem Felsvorsprung und zog sich daran in die Höhe, wie sie hoffte.

Tatsächlich sah sie nun feine, weiße Körnchen, die in der eisigen Dunkelheit um sie herumschwebten: Staub, der das vage Licht reflektierte, das von oben in die Schlucht einfiel. Robin ertastete einen weiteren Vorsprung, setzte einen Fuß auf den ersten und stieß sich daran ab, um sich neuerlich, nun aber mit gewissem Ziel, in unbeholfenen Paddel- und Ruderbewegungen zu üben. Sie verliefen erfolgreicher als erhofft: Mit wenigen kräftigen Zügen war sie an der Oberfläche, rang japsend nach Luft, tauchte noch einmal kurz unter und brachte das Chaos aus seltsamen Bewegungen dann endlich in eine Reihenfolge, die es ihr ermöglichte, den Kopf über Wasser zu halten und sich sogar ein wenig hin und her zu bewegen. Sie konnte schwimmen! Mehr schlecht als recht, in jedem Fall, aber es reichte, um nicht auf der Stelle zu ertrinken. Aber es war ungemein anstrengend. Sie versuchte, nach Erek zu rufen, schluckte dabei aber so viel Wasser, dass sie es schnell wieder aufgab. Stattdessen investierte sie ihre knapp bemessenen Kräfte in ihre Bemühungen, über Wasser zu bleiben.

Robins Augen gewöhnten sich langsam an die Finsternis, und sie erkannte, dass sie in einer Art unterirdischem Fluss trieb. Die Strömung zog sie langsam nach rechts hin von der Felsspalte fort, und sie stemmte sich nicht dagegen, sondern ließ sich von ihr treiben. Nach einigen Metern stieß ihr Fuß gegen etwas Hartes. Hier war der schmale Wasserlauf nur noch so tief, dass er ihr gerade bis zur Brust reichte. Robin verzichtete auf die mühsamen Schwimmbewegungen und watete zügig durch das eisige Nass. Sie konnte nicht erkennen, wie weit der Fluss zwischen den steil abfallenden Felsen entlangführte, aber irgendwann *musste* er einfach sprudelnd ins Freie brechen. Die Strömung nahm zu, als das Gewässer sachte abfiel, und ihre Wehen setzten ein.

Robin bedurfte keiner Aufklärung durch Salim oder irgendeine erfahrene Frau, um zu begreifen, was mit ihr geschah. Der Schmerz ähnelte jenem, der sie vor Tagen in ihrem Zelt heimgesucht hatte, nur dass er ungleich stärker war – schlimmer als jeder, dem sie je zuvor ausgesetzt gewesen war. Ein fürchterlicher Krampf zog sich durch ihren plötzlich steinharten Bauch. Unsichtbare Finger zogen ihr das Mark aus den Wirbeln und ließen eine empfindsame, leere Knochenhülle zurück, die in der Mitte entzweizubrechen drohte, als sie sich in Krämpfen nach vorn krümmte und ein Stück weit in die Knie ging. Das Kind drückte auf ihr Becken, als wollte es ihren Körper sprengen. Robin stöhnte auf und tastete nach der glatten, kalten Wand, um sich daran abzustützen.

»Robin?«, echote Erek von Nettestals Stimme durch die Kluft. »Robin! Hörst du mich?«

Robin richtete sich langsam wieder auf, als der Krampf so plötzlich nachließ, wie er sie überfallen hatte, und blickte über die Schulter zurück, konnte den Söldner aber nirgendwo erkennen. Natürlich nicht. Schließlich hatte sie auch nicht gehört, dass er ihr gefolgt und auf dem Wasser aufgeschlagen war. Er war in der Höhle zurückgeblieben und hatte abgewartet, ob sie den Sturz überlebte. Für einen Moment war sie so verärgert über seine Feigheit, dass sie mit dem Gedanken spielte, einfach nicht zu antworten und ihn in dieser verdammten Höhle zurückzulassen. Doch ihn aus verletztem Stolz einem schrecklichen Schicksal zu überlassen, hätte sie sich niemals verziehen.

»Ich bin hier«, presste sie darum hervor. »Ich bin in Ordnung. Du kannst springen.«

Und Erek sprang.

Das Wasser spritzte meterhoch auf, als sein enormes Gewicht durch die Oberfläche brach, und auch er benötigte einen beängstigend langen Moment, um sich aus der eisigen Tiefe emporzukämpfen. Aber schließlich schaffte er es und schloss, keuchend und Wasser spuckend, zu Robin auf, die ihren Weg durch den Wasserlauf zügig fortsetzte, ohne auf ihn zu warten. Sie musste hier heraus, ehe die nächste Wehe kam. Wenn sie ihr Kind hier in diesem eisigen Flusslauf gebar, war es sofort tot – und sie vermutlich auch.

Aber sie hatte die Rechnung ohne Erek von Nettestal gemacht. Denn als er nun näher kam und sie erreichte, geschah etwas, mit dem sie nie gerechnet hätte: Er stülpte ihr von hinten seine Armbrust über den Kopf, um sie mit der Sehne zu würgen.

Robin hielt inne und griff keuchend nach der Sehne, die ihr völlig unvermittelt die Luft abwürgte. »Was …?«, krächzte sie entsetzt, während sie versuchte, die Finger zwischen das stabile Gespann und ihren Hals zu schieben. Für weitere Worte reichte ihr Atem nicht. Ereks Griff war hart und unerbittlich. Robin wand sich dagegen und begann verzweifelt um sich zu treten.

Eine weitere Wehe zwang sie gegen die unglaubliche Kraft der Sehne um ihren Hals in die Knie, zog sie unter Wasser, drohte sie zu ertränken, ehe Erek sie ersticken konnte, und ließ wieder von ihr ab. Trotzdem drang Wasser in ihre Nase und ihren Hals. Robin kam röchelnd wieder an die Oberfläche, rammte dem Hünen einen Ellbogen zwischen die Rippen und fügte sich damit lediglich selbst Schmerzen zu. Erek stand wie ein Felsen im Bachlauf und würgte sie weiter, ließ aber ein klein wenig locker – vielleicht, damit sie nicht auf der Stelle das Bewusstsein verlor. Er wollte sie quälen. Er wollte sie qualvoll töten.

Salim hatte recht gehabt: Erek von Nettestal war ein Feind, ein Judas, ein schlechter Mensch, der grausamste vielleicht, der ihre Wege je gekreuzt hatte, und nun würde er sie töten, langsam und genüsslich, und sie hatte nicht die geringste Ahnung, warum!

»Agnes von Courtenay lässt herzlich grüßen«, höhnte der Riese, als hätte er ihre Gedanken gelesen. »Die Gräfin von Jaffa hat ein bemerkenswertes Kopfgeld auf dich ausgesetzt – mit eines der höchsten, das sie überhaupt je auf irgendjemanden ausgesetzt hat. Ich gestehe, ich empfinde einen gewissen Respekt vor dem erstaunlichen Ruf, der dir vorauseilt ... Auch wenn ich bis heute nicht begriffen habe, warum.«

»Die Gräfin?!«, würgte Robin unter dem Druck gegen ihren Hals hervor. Sie hatte sich nicht getäuscht – das Würgen hatte tatsächlich ein wenig nachgelassen. Aber nur einen winzigen Deut. Die Sehne schnitt noch immer tief in ihr Fleisch; wahrscheinlich blutete es schon.

Sie vermochte kaum zu atmen, und selbst wenn er den Griff nicht wieder verstärkte, würde sie so ersticken. Nur langsamer.

Hinter Robins Kopf überschlugen sich die Gedanken. Sie war allein mit Erek in der fast absoluten Finsternis. Er war um ein Vielfaches stärker als sie, und selbst wenn sie es riskierte, die Finger unter der Sehne hervorzuziehen und nach ihrem Schwert zu greifen, hatte sie keine Chance, damit nach ihm zu schlagen. Er stand dicht hinter ihr – im eiskalten Wasser zumal, das ihrem Hieb den Schwung und damit die Kraft nehmen würde.

Aber er wollte sie quälen, sonst wäre sie längst tot. Er wollte sich an ihrem Leid ergötzen. Sie musste ihn in ein Gespräch verwickeln, um Zeit zu schinden.

Zeit, um *langsamer* zu sterben ...

»Dein Heidenfreund hatte recht, als er mich des Mordes an deinem kleinen Liebling verdächtigte.« Erek kicherte. »Es war nicht leicht, das Gift zu besorgen ... Ich musste einen Schuldschein unterzeichnen, um an das Geld zu gelangen. Aber Geldsorgen zählen zu jenen, die mir fortan fremd sein werden.«

»Du hast Michael getötet«, presste Robin hervor. Ihr schwindelte. Warmes Wasser entströmte ihrem Unterleib in einem Schwall und vermengte sich mit dem eisigen Nass des Flusses. Blut oder Fruchtwasser. Sie würde ihr Kind gebären – jetzt und hier, während sie starb. »Du ... du hättest mich über Bord stoßen können. Tausende von Gelegenheiten ...« Ihre Kräfte schwanden immer schneller. Eine weitere Wehe durchfuhr sie, und Robin winselte.

Erek lachte nur. »Ha! Ich wäre ein Dummkopf gewesen, hätte ich mich mit dem Kopfgeld der Gräfin abspeisen lassen! Nachdem wir die Fische mit dem kleinen Taugenichts gefüttert haben, hat der Venezianer mir eintausend Silbergroschen dafür geboten, dass ich herausfinde, was wirklich hinter eurer Mission steckt. Eintausend Silbergroschen! Mehr, als der König dir für dein kleines Abenteuer zur Verfügung gestellt hat, Robin von Tronthoff, der mit einem anderen Mann herumhurt – mit einem Heiden noch dazu!« Er schnaubte verächtlich. »Der Streit zwischen Dandolo und mir, dem du heimlich zu lauschen glaubtest, die Wut des Kapitäns auf meine Wenigkeit, mein Drang, das Schiff zu verlassen, meine schreckliche Vergangenheit ... Hab Dank für dein offenes Ohr und dein grenzenloses Mitgefühl. Aber es gehörte alles zu unserem Plan. Nur mein Versprechen, auf dich aufzupassen, bis du das Ende deiner Expedition erreicht hast, war echt. Aber jetzt *hast* du es erreicht.«

Er griff mit der freien Hand nach dem Gürtel, an dem Robin die Feldflasche befestigt hatte, und riss ihn ihr mit einem harten Ruck vom Leib. Robin krümmte sich vor Schmerzen, tauchte erneut kurz unter und hustend wieder auf. Für einen Moment wurde ihr schwarz vor Augen.

Von Nettestal drückte sie gegen die Felswand, lehnte sich mit seinem ganzen Körpergewicht gegen sie und ließ die Armbrust los, um sich den Gürtel selbst umzubinden. »Dein Abenteuer ist hier zu Ende«, erklärte er fast feierlich. »Ich werde dich töten und mich deinen Gefährten wieder anschließen, sobald ich hier herauskomme. Ich werde behaupten, während des Schilfbrandes die Orientierung verloren zu haben. Und weil niemand gesehen hat, wie wir beide die Treppe hinaufgestiegen sind, wird mich auch niemand mit deinem Verschwinden in Verbindung bringen. Sie werden mich wieder mitnehmen, und irgendwann werde ich mich von ihnen trennen, um mich von Alexandria aus nach Venedig einzuschiffen. Dandolo wird mir ein Vermögen für dieses kostbare Wässerchen bezahlen ... Schließlich ist er ein alter Mann, nicht wahr? Ich bedauere, dass ich dein Schwert nicht mitnehmen kann, um es der Gräfin von Jaffa als Beweis für deinen Tod vorzulegen, aber ...«

Er brach ab, als Robin ihm unter Wasser seinen eigenen Dolch aus dem Waffengurt entriss und ihn ihm mit aller Kraft, die sie aufbringen konnte, in den Bauch rammte. Jedenfalls dachte sie im ersten Moment, ihn ernsthaft verletzt zu haben, aber dann rutschte die Waffe zur Seite hin ab, und sie verstand, dass sie ihm bestenfalls eine tiefe Fleischwunde an der Taille zugefügt hatte. Der Söldner brüllte auf wie ein verwundeter Stier, umklammerte ihr Handgelenk und drückte so fest zu, dass sie zu spüren glaubte, wie ihre Unterarmknochen brachen.

Der Dolch entglitt ihren Fingern und trieb davon. Robin bäumte sich auf, wand sich in seinem Griff und trieb ihm die linke Faust mit voller Wucht ins Gesicht. Erek taumelte zurück und ließ sie los. Robin wirbelte herum und warf sich bäuchlings in die Fluten, um ihm in der Finsternis unter der Wasseroberfläche zu entwischen. Vielleicht reichten ihre jüngst entdeckten Schwimmkünste und vor allem die Kraft der Verzweiflung aus, um ihn in der Dunkelheit abzuhängen und sich in irgendeiner noch finstereren Nische zu verstecken. Sie brauchte nur einen winzigen Moment, nur eine oder zwei Armeslängen Abstand, einen winzig kleinen Vorsprung, der ihr vielleicht das Leben rettete ... Sie war nicht allein. Gott war bei ihr, und er musste ihr helfen!

Aber er half ihr nicht.

Erek erwischte sie am Fußgelenk, versuchte, sie zu sich zurückzureißen, glitt auf dem Grund des unterirdischen Flusses aus und hielt sie trotzdem weiter fest. Robin schlug und trat in der Dunkelheit. Sie erwischte Erek sogar mit der Ferse, aber er ließ nicht los, sondern packte sie nun auch noch mit der anderen Hand.

Aber die Strömung hatte sie ein gutes Stück weiter den Fluss hinabgetrieben, und nun war das Wasser wieder so tief, dass weder Robin noch er zu stehen vermochten. Robin ließ sich mit der zunehmenden Strömung treiben, während sie weiterhin verzweifelt versuchte, sich dem Griff des Hünen zu entwinden, schaffte es, mit dem Kopf an die Oberfläche zu gelangen, rang keuchend nach Luft und erblickte einen schwachen Schimmer von Licht weiter flussabwärts. Unendlich weit vorn ...

Sie verspürte einen heftigen Ruck um ihren Knöchel, als Erek unter Wasser gegen irgendeinen Widerstand prallte. Dann lösten sich seine Finger von ihrem Bein. Robin war frei!

Die Strömung nahm nun rapide zu, und der schwache Schimmer wuchs zu einem hellen, breiten Streifen an. Mit hektischen Schwimmbewegungen hielt Robin sich über Wasser, während das Rauschen lauter wurde, sich mit einem Plätschern vermischte und noch weiter anstieg, bis es in ihren Ohren dröhnte. Ein Wasserfall! Es konnte sich nur um Augenblicke handeln, bis sie am Ende des Flusslaufes ins Freie schoss und von Tausenden und Abertausenden Litern von eisigem Wasser in einen See am Fuß dieses Berges gedrückt wurde. Aber sie konnte es überleben. Sie wollte, sie *musste* es überleben! Für den König und vor allen Dingen für ihr Kind!

Aber sie würde sterben, ehe sie über die Kante des Wasserfalls gelangte, denn die roten Geister hatten vorgesorgt: Einige Meter weit vor dem schmalen Höhlenspalt, durch den das Wasser ins Freie flutete, war eine Barriere aus Speeren errichtet, deren tödliche Spitzen im einfallenden Sonnenlicht glänzten und genau auf Robin gerichtet waren. Entsetzt versuchte sie, sich der Strömung zu widersetzen, als sie die grausame Gefahr erkannte. Aber sie hatte keine Chance – die Kraft des vor ihr in die Tiefe stürzenden Wassers war einfach zu stark. Es gelang ihr, ihr Tempo um einen Deut verringern, aber bremsen oder gar flussaufwärts zurückschwimmen konnte sie nicht.

Sie war verloren! Sie hatte den Giftanschlag und die Reise durch die Wüsten überlebt, war durch das Reich der Toten geritten, dem Fegefeuer vor dem Tempel der roten Geister entronnen und dem abscheulichen Verräter Erek von Nettestal entkommen, und nun würde sie trotzdem sterben – aufgespießt wie ein Mastschwein würde ihre Leiche in den eisigen Fluten aufquellen und verwesen, sobald …

Robin erblickte eine Lücke in der Barrikade. Zwei nebeneinander in den Fels eingelassene Speere waren abgeknickt, durch Steinschlag oder ein Erdbeben vielleicht, sodass nur noch zwei rostige Stümpfe aus dem Wasser ragten. Hektisch versuchte sie, die Bahn, in der sie trieb, nach rechts hin zu korrigieren, um nicht den tödlichen Speerspitzen, sondern nur den beiden Stümpfen ausgeliefert zu sein. Vielleicht töteten sie sie trotzdem, denn der Strom riss sie unerbittlich immer schneller voran. Vielleicht durchbohrten die stumpfen Enden sie trotzdem, durchbohrten gar ihren Bauch und das Kind darin – aber es war eine Chance, eine winzig kleine Chance zu überleben!

Plötzlich verspürte sie einen harten Griff um ihren Oberarm. Erek! Er hatte zu ihr aufgeholt – und er besaß einen zweiten Dolch, den er ihr in der nächsten Sekunde mit aller

Kraft in den Oberschenkel rammte, als sie nach ihm zu treten versuchte. Robin schrie auf, schlug kreischend und hustend um sich, schlug nach dem Söldner, der nach ihrem Hals griff, um sie erneut zu würgen, tauchte unter und wieder auf und grub die Fingernägel tief in die Unterarme des Hünen, der sie mit fürchterlicher Kraft würgte, während die Strömung sie weiter auf die tödliche Barrikade zuriss. Bunte Punkte tanzten vor ihren Augen, und eine neuerliche Wehe trieb ihr den letzten Rest von Atem aus der längst schmerzenden Lunge. Erek raste rückwärts auf die stählernen Speerspitzen zu …

… und riss entsetzt die Augen auf, als gleich zwei von ihnen seinen mächtigen Brustkorb zur Gänze durchbohrten und ihre rasante Fahrt abrupt stoppten.

Robin prallte gegen den Oberkörper des Hünen, als Tausende Liter von kaltem Wasser sie gegen das Hindernis drückten. Eine der Speerspitzen, die auf Höhe seines Herzens aus seinem Brustkorb ragten, bohrte sich zwischen ihre eigenen Rippen. Sie schrie auf und stemmte sich mit den Füßen gegen den Leichnam des Hünen. Das Wasser zwischen ihnen verfärbte sich in ein schmieriges Rot, und Robin hätte nicht sagen können, wer von ihnen beiden in diesen Sekunden mehr Blut verlor. Sie riss den Dolch aus ihrem Oberschenkel, trennte den Wasserschlauch vom Gürtel des Toten und warf sich nach rechts. Die Strömung ergriff sie und schleuderte sie gegen die rostigen Stümpfe der beschädigten Speere. Robin schluckte Wasser, spürte, wie ihr Leib kribbelnd ertaubte, und registrierte, fast teilnahmslos und plötzlich frei jeglicher Ängste und Schmerzen, wie sie über die Kante des Wasserfalls schnellte, sich mehrfach in der Luft überschlug und mit einer Kraft wie von einem Giganten tief unter die Oberfläche des Sees am Fuß der Steilklippe gedrückt wurde.

Nahezu gemächlich, wie in Trance, versuchte sie, sich dem Licht weit über sich zu nähern, das ihre Rettung verhieß. Aber ihre Glieder waren beinahe vollkommen taub, und dieses Mal, so begriff sie, würde das Leben nicht so schnell in sie zurückkehren. Wolken von dunklem Blut hüllten sie ein, und sie wusste, dass es ihr eigenes war und dass sie nun sterben würde – endgültig und unzweifelhaft. Aber der Gedanke schreckte sie nicht mehr. Sie sah nicht ihr Leben vor ihrem inneren Auge ablaufen, und sie verspürte keine Angst vor dem bevorstehenden Ende, gegen das sie noch vor Sekunden mit aller Macht angekämpft hatte. Sie sah nur das Licht der Wüstensonne, das auf der Wasseroberfläche tanzte. Für sie war es das Licht, das ewigen Frieden und das Ende allen Leides bedeutete, das Licht des Herrn ...

Und sie sah den großen Verschlinger.

Der Anblick seiner starren, lidlosen Augen, seiner abscheulichen, schuppigen Haut und der rasiermesserscharfen, spitz zulaufenden Zähne in seinem weit aufgerissenen Maul riss Robin aus ihrer Resignation. Der Drache hatte kein Recht, sie zu holen! Wenn sie schon sterben musste, dann wollte sie, dass der Allmächtige sie in Empfang nahm – Gott selbst, oder wenigstens ein Engel sollte sie holen und niemand Geringeres! Das hatte sie sich *verdient!*

Eine Wehe drückte sie wieder tiefer unter das Wasser, und die Kiefer des Verschlingers schlossen sich um ihren verletzten Oberschenkel. Noch mehr Blut vermengte sich mit dem Wasser, und dieses Mal folgte dem Krampf in ihrem Bauch und den Schmerzen in ihrem Rücken keine Pause, sondern nur eine weitere, noch heftigere Wehe, die das Kind so gewaltsam in ihr Becken drückte, dass ihre Knochen unter dem Druck in winzige Splitter zu zerbersten schienen.

Robin schluckte Wasser und wand sich gegen den Krampf, gegen den Biss des Verschlingers und gegen ihr grausames Ende. Die rotbraunen Blutwolken begannen hinter einem schwarzen Schleier zu verschwinden, der sich über ihr Bewusstsein legte, während das Ungeheuer sie wieder weiter in die Tiefe zog. Mit einer verzweifelten letzten Kraftanstrengung beugte sie sich nach vorn und streckte die Hände nach dem riesigen Kopf des Monsters aus, um ihm ein Auge mit den Fingern einzudrücken, aber sie konnte es nicht erreichen. Ihr Sichtfeld beschränkte sich auf einen kleinen, rot verfärbten Flecken, der nicht mehr als das grässliche Antlitz des Verschlingers und einen kleinen Teil seines muskulösen, schuppigen Leibes fasste.

Dann brach Salim in ihr Sichtfeld ein, und in der nächsten Sekunde verlor Robin endgültig das Bewusstsein.

# 26. KAPITEL

Vielleicht gewann Salim den Kampf gegen die Bestie. *Wahrscheinlich* gewann er ihn, denn das Nächste, was Robin zu begreifen glaubte, war, dass er sich über sie beugte und sie unter den Achseln gepackt hielt, während sie selbst auf den Knien in einem Zelt der Tuareg kniete, ein Beißholz zwischen den Zähnen. Ihr gegenüber kniete Tahenkat und beschwor sie, nicht aufzugeben, während sie ihr die schweißnasse Stirn mit einem feuchten Tuch abtupfte, die Hand auf ihren harten, völlig verkrampften Bauch legte. »Pressen«, flüsterte sie, »hecheln.« Wie ein erschöpfter Hund.

Irgendetwas wollte Robins Unterleib zerreißen, aber es war nicht ihr eigener Schmerz, den sie verspürte, sondern der einer anderen Person, in deren Körper sich ihre Seele nur verirrt hatte auf ihrer Reise in ein anderes Sein, auf ihrem Weg in den Tod. Möglicherweise verlor Salim den Kampf gegen die Bestie ja doch, und zu sterben fühlte sich vollkommen anders an, als sie es sich vorgestellt hatte. Schlimmer. Viel, viel schlimmer ...

Wieder hüllte die Schwärze sie ein. In ihrem Traum war Robin die Gefangene von Bruder Dariusz, eingesperrt in eine winzige, rattenverpestete Kammer. Ein maskierter Mann mit gewundenen Widderhörnern beugte sich über sie und folterte sie mit glühenden Werkzeugen, während der Alte auf sie einbrüllte, etwas von ihr verlangte, von dem sie nichts wusste, nie zuvor etwas gehört hatte ... Manchmal verwandelte sich sein Antlitz urplötzlich in das grässliche Maul des Verschlingers oder des Schakalmanns, und seine Kutte verfärbte sich in dunkles Rot. Dann war er wieder er selbst, und seine Stimme dröhnte durch den Raum, die Korridore, die gesamte gigantische Burg, in der er sie gefangen hielt ...

Der Schrei eines Kindes ertönte – eines Säuglings, und Dariusz wirbelte herum und stürzte aus der Kammer, um auch ihre Tochter zu holen. Der Folterknecht folgte ihm, und nun erschien die Kuhgöttin im Türrahmen und bedeutete Robin, zu fliehen und ihr Kind zu retten. Robin sprang auf und schlug der Länge nach in das schimmelnde Stroh am Boden.

Sie hatte keine Beine mehr!

Jemand packte sie unter den Achseln und zerrte sie in die Höhe. Es war Sinan. »Du musst sie jetzt festhalten, Salim!«, forderte er aufgeregt. »Los! Halt sie fest, und lass sie nicht los, hörst du ...?«

Dann lösten sich die schrecklichen Bilder auf. Robin sank in einen traumlosen, langen Schlaf.

Als sie wieder erwachte, war es ausgerechnet das Gesicht Sheik Sinans, das sich abwechselnd ihr und irgendetwas Kleinem zuwandte, das Tahenkat in den Armen hielt.

»Sie hat viel Blut verloren«, hörte sie Salims Stimme. »Viel zu viel Blut ...«

Ein Kind schrie. Hell und klar und kräftig. Robin sank in neuerliche Ohnmacht, erwachte kurz und spürte, wie etwas Nasses, Klebriges gegen ihre nackte Brust drückte. Als das Gefühl in ihre Glieder zurückkehrte, begriff sie, dass es doch ihr eigener Körper war, in dem ihre Seele steckte. Mit aller Macht wünschte sie sich zurück in die Gefühllosigkeit, als nun ein brennender Schmerz wie flüssiges Feuer durch ihre Adern floss und sich in ihrem kraftlosen Leib ausbreitete. Sie hörte, wie das Blut in ihren Ohren rauschte, und hätte geschrien vor Schmerz, hätte sie doch wenigstens ihre Lippen bewegen können. Aber sie vermochte sich nicht zu regen, nicht ein winziges bisschen. Ein pulsierender Schmerz tobte in ihrem rechten Bein, und ihr Brustkorb glühte. Irgendjemand flüsterte etwas vom Biss des Ungeheuers und forderte, ihr das Bein abnehmen zu lassen. Eine andere Stimme erwiderte, eine Amputation werde sie erst recht nicht überleben.

Die Stimmen vermischten sich mit der des Anführers der Arbeiter bei Theben. Wiederholt betonte er, sie könne dem Verschlinger nicht entkommen. Sie, Robin, war das Opfer, das er sich auserwählt hatte, und er würde alle, die bei ihr waren, mit sich in die Tiefe reißen. Robin riss die Augen auf, um der neuerlichen Ohnmacht zu entkommen, aber falls es ihr gelang, waren Salim und Sinan nun nicht mehr an ihrer Seite. Sie blickte dem Drachen direkt in die starren gelben Augen und sah seine tödlichen Zähne durch Wolken aus ihrem eigenen Blut im schwach einfallenden Sonnenlicht blitzen. Sie glaubte Wasser zu atmen und zu fühlen, wie ihre Lunge zerplatzte, ehe sie eine gefühlte Ewigkeit später wieder in Gegenwart und Wirklichkeit zurückfand.

Erbärmlich frierend blickte sie sich in dem schwarzen Zelt um, ohne dabei den Kopf zu drehen. Sie war so schwach, und in ihrem Bein tobte noch immer dieser schreckliche Schmerz.

Neben ihr brannte ein kleines Feuer. Zwei lange Messer steckten in der Glut, und Robin erblickte mehrere Wasserschalen und eine kleine Säge. Salim kauerte neben ihr und kühlte ihre Stirn mit einem feuchten Tuch, obgleich sie sich anfühlte wie mit Eisblumen besetzt – so, wie der gesamte Rest ihres Körpers.

»Salim …«, presste Robin mühsam hervor. Ihre Stimme war kaum mehr als ein Flüstern, und sie hatte das Gefühl, als spannte sich die Sehne der Armbrust noch immer um ihren Hals; nicht stramm genug, um sie zu ersticken, aber stark genug, um ihr das Atmen und Sprechen zu einer zusätzlichen Qual zu gestalten. Sie erinnerte sich an die letzten Augenblicke des Kampfes mit dem Verräter und tastete nach der Stelle an ihrer Brust, an der sie sich verletzt zu haben zu erinnern glaubte. Sie war fest verbunden.

»Nur eine Schramme.« Salim griff nach ihrer Hand und schob sie sanft beiseite. »Du solltest es nicht anfassen. Ich habe die Wunde gereinigt und eine Salbe aufgetragen. Tut es sehr weh?«, erkundigte er sich besorgt.

»Überhaupt nicht.« Robin bemühte sich um ein dankbares Lächeln, glaubte aber, dass es ihr kläglich misslang. Ihre Lippen waren trocken und brannten, und sie spürte, wie ihre Mundwinkel ein wenig einrissen, doch die Wunde an ihrer Brust spürte sie nun nicht mehr. Ganz im Gegensatz zu jenen, die der Dolch und die Zähne des Ungeheuers in ihrem Oberschenkel hinterlassen hatten. Der Schmerz wurde von Sekunde zu Sekunde schwerer zu ertragen. »Was ... ist mit dem Wasser des Lebens?«, wisperte sie. Ihr schwindelte, obwohl sie auf dem Rücken lag. Gleich würden sie ihre Kräfte wieder verlassen.

»Oh ... Wir ... wir haben einen Kessel voller Zauberwasser in dem Tempel gefunden«, behauptete Salim. »Es ist alles in Ordnung. Mach dir nur darum keine Sorgen. Dein König wird das Wasser bekommen und ...«

»Ich habe es verloren«, fiel Robin ihm kraftlos ins Wort. »Ich ... Wir haben es gefunden, und ich ... hatte es bei mir, als ich in den See gestürzt bin. Ich muss ... Es befand sich ...«

»Du hast es gefunden?« Salims Augen weiteten sich ungläubig. »Du hast es bei dir gehabt? Worin?!«

»In Ereks Wasserschlauch«, flüsterte Robin. »Ich hielt ihn in der Hand, als ich stürzte.«

»Dann treibt es vielleicht noch auf dem See!«, stellte Salim fest und sprang aufgeregt auf die Füße. »Vielleicht hat sich der Schlauch im Schilf verfangen ... Ich werde ihn suchen. Warte hier auf mich!«

Als ob sie einfach weglaufen könnte! Robin stöhnte auf. »Salim! Warte!«

Der Sarazene hatte den Ausgang bereits erreicht, hielt aber noch einmal inne und wandte sich zu ihr um. »Ja?«

Robin drehte mühsam den Kopf in seine Richtung und suchte seinen Blick. »Versprich mir, dass du es nach Jerusalem bringst«, presste sie hervor. »Versprich mir, dass du das Leben des Königs rettest.«

Salim erwiderte ihren Blick stirnrunzelnd und rang sich dann ein verkniffenes Lächeln ab. »Ich werde mich darum kümmern«, versprach er, kehrte an ihr Lager zurück, hauchte ihr einen Kuss auf die Stirn und wollte davoneilen, aber Robin rief ihn noch einmal zurück.

»So nicht«, flüsterte sie ernst. »Ich will, dass du es schwörst. Schwöre auf den Namen des Propheten. Los ...«

Salim rollte die Augen und hob die Hand zum feierlichen Eid. »Ich schwöre auf den Namen des Propheten«, seufzte er.

Robin nickte schwach. »Danke ... Heide ...«, gab sie mit einem weiteren, gewiss mitleiderregenden Lächeln zurück. »Und, Salim ... Was ...« Sie tastete unsicher nach ihrem Bauch, ehe sie es wagte, die Frage ganz auszusprechen. Er fühlte sich leer an. Ihre Gedärme schienen haltlos in ihrem Leib zu treiben. »Was ist mit unserem Kind?«

»Oh, das ...« Salim straffte die Schultern und schien einen halben Meter in die Höhe zu wachsen. »Wir haben eine Tochter«, erklärte er stolz. »Ein kräftiges kleines Mädchen mit dichtem schwarzem Haar und deinen Augen. Sie ist bei meiner Mutter.«

»Ich will sie sehen«, verlangte Robin. »Jetzt ... Bring sie zu mir.«

Salim zögerte. »Vielleicht ist es besser, wenn ...«, begann er, aber wieder fiel Robin ihm ins Wort.

»Jetzt!«, wiederholte sie mit aller Kraft und Strenge, die sie aufzubringen vermochte. Es war nicht besonders viel.

Salim nickte langsam und zuckte kurz die Achseln, als er antwortete: »Wenn du darauf bestehst … Dein Wunsch ist mir Befehl, geliebtes Christenweib. Ich werde meine Mutter zu dir schicken. Zusammen mit unserer Tochter. Was vielleicht sogar eine sehr gute Idee ist, denn sie bringt dich bestimmt schnell wieder auf die Beine – bei dieser Stimmgewalt …«

Robin bemühte sich um ein neuerliches Lächeln. Doch noch bevor Salim das Zelt verlassen konnte, hüllte die Ohnmacht sie wieder ein.

Als sie wieder zu sich kam – ob Stunden oder Tage später, hätte sie nicht zu sagen vermocht –, lag sie flach auf dem Rücken, die Zeltplane war zurückgeschlagen, und an ihrer statt spannte sich nun ein prächtiger Nachthimmel über ihr, mit funkelnden Sternen, so greifbar nah wie in der Nacht, die sie mit Salim auf dem Felsen in der Wüste verbracht hatte, kurz bevor sie El Tor erreichten. Und auch jetzt lag Salim neben ihr und blickte in den sternenklaren Himmel hinauf. Er wiegte ein kleines Bündel in den Armen. Ihre Tochter …

Robin schaute ihm einen Moment lang zu in einer Mischung aus Stolz, Neid und etwas, das Liebe sein musste und sich wunderschön anfühlte. Dann streckte sie einen Arm nach dem kleinen Bündel aus, denn sie wollte es selbst halten, ihr Mädchen betrachten, es in ihren Armen spüren. Aber ihre Kraft reichte nicht aus, um das Kind in Salims Armen auch nur zu berühren, und so ließ sie die Hand erschöpft auf Salims Unterarm sinken. Der Sarazene sah sie an. »Robin …«, flüsterte er. »Du bist wach!«

»Mmmh …« Robin schluckte etwas Bitteres herunter, das ihre Zunge an ihren Gaumen klebte. »Fast«, krächzte sie.

Salim richtete sich vorsichtig in eine sitzende Position auf und strich ihr sanft mit dem Handrücken über die Wange. »Du bist noch sehr erschöpft«, stellte er leise fest. »Du hast

Unmengen von Blut verloren. Aber du kommst wieder in Ordnung, ganz sicher.«

Robin sah ihn an und suchte nach einer Andeutung von Zweifel oder Verkniffenheit in seinen Zügen, aber der Sarazene schien wirklich überzeugt zu sein von dem, was er sagte. Aber Robin glaubte auch aus sich selbst heraus daran. Sie fühlte sich noch immer schwach und elend, gewiss. Aber sie hatte weder das Gefühl noch das Bedürfnis zu sterben – ganz im Gegenteil. Ihr Blick suchte nach dem Gesicht des Kindes in Salims Arm, doch unter der Decke vermochte sie es nicht zu erkennen.

»Das Wasser des Lebens«, erkundigte sie sich leise. »Hast du es gefunden?«

Salim senkte den Blick. »Ich … Ich habe dich belogen«, entschuldigte er sich verlegen. »Es gab überhaupt keinen Kessel in dem Tempel. Und auch keine Quelle. Wir vermuten, dass sie dem Steinschlag zum Opfer gefallen ist. Der halbe Berg brach auf einmal in sich zusammen, als wir ihn erneut …«

Er brach ab und musterte sie besorgt, während sie, in Gedanken bereits wieder auf und davon, beklommen dorthin blickte, wo sie ihre Beine unter ihrer Decke vermutete. Sie konnte sie nicht spüren. Der schreckliche Traum fiel ihr wieder ein, und auch die hässliche Säge, die im Tuareg-Zelt bereitgelegen hatte. *Du musst sie jetzt festhalten …*

»Was ist mit dir?«, erkundigte er sich mitfühlend. »Hast du große Schmerzen?«

»Deine Hand«, forderte Robin ihn ängstlich auf. »Bitte … gib sie mir. Führe meine Finger zu meinen Beinen.«

Salim runzelte die Stirn, kam ihrer Bitte aber nach und führte ihre rechte Hand sanft unter ihre Decke. Ihre Beine waren noch da. Robin atmete erleichtert auf.

»Es ist alles in Ordnung.« Der Sarazene lächelte. »Das Fieber ist zurückgegangen, und du hast den Tod besiegt. Wir haben deine Beine betäubt, um dich vor den Schmerzen zu schützen, aber die Wunde heilt gut. So gut sogar, dass es beinahe unglaublich ist.«

»Beinahe unglaublich«, wiederholte Robin nachdenklich. Salim hatte ihre Frage nach dem Wasser des Lebens noch immer nicht beantwortet. Er hatte eine Lüge eingestanden, von der sie längst gewusst hatte, und sich damit um ihre wirkliche Frage gewunden. »Was ist mit Ereks Wasserschlauch?«, erkundigte sie sich, und ein kleiner Funke von Misstrauen stahl sich in ihr Herz. »Hast du ihn gefunden?«

»Ach, *dieses* Wasser meinst du …« Der Wüstenprinz zog einen Wasserschlauch unter einem weiteren Satz von Decken und Tüchern hervor und schüttelte sie, dass Robin das Wasser darin plätschern hörte. Es war Ereks Schlauch, ohne Zweifel. Er unterschied sich von denen der Assassinen und der Tuareg, denn er trug die Initialen der *San Michele*.

Robin war zu schwach, um Salim einem Verhör zu unterziehen, aber sie hatte den Eindruck, dass das Wasser *zu laut* plätscherte – als wäre ein Teil davon verloren gegangen, vielleicht sogar mehr als die Hälfte …

Sie ließ sich wieder auf den Rücken sinken. Salim schob den Schlauch unter die Tücher und Decken zurück und legte ihr Kind vorsichtig auf Robins Brust ab. Sie vergrub die Nase in der samtigen schwarzen Lockenpracht des Säuglings, atmete seinen süßen Duft und lehnte sich wieder zurück, um in den sternenklaren Himmel hinaufzublicken. Nie zuvor hatte sie etwas Schöneres gerochen als den Duft ihres Kindes, und nirgendwo auf der Welt gab es etwas Schöneres als den nächtlichen Himmel über der Wüste.

Robin spürte, wie neue, warme Kraft in ihren Leib und ihre Seele zurückkehrte. Sie lächelte.

»Hast du ihr schon einen Namen gegeben?«, fragte sie leise.

Salim verneinte, streckte sich neben ihr aus und streichelte den Rücken ihres Kindes sanft mit den Fingerspitzen. »Ich wollte damit warten, bis du aufgewacht bist«, erklärte er und kuschelte sich an ihre Schulter, sodass sie seinen warmen Atem auf ihrer Haut fühlte. »Schließlich ist es auch deine Tochter.«

»Schau ihn dir an«, flüsterte Robin dem Säugling auf ihrer Brust glücklich zu. »Er ist ein wunderbarer Vater … Was hältst du von Leila?«, fragte sie dann, während sie wieder in den Sternenhimmel hinaufblickte. »Ich glaube, das könnte mir gefallen. Es bedeutet *die Nacht*, nicht wahr?«

**Werkverzeichnis der im Heyne Verlag von Wolfgang und Heike Hohlbein erschienenen Titel**

© Tom Platzer

›Werkverzeichnis

HEYNE‹

# Die Autoren

› Werkverzeichnis

Wolfgang Hohlbein wurde 1953 in Weimar geboren. Schon als Jugendlicher begann er, fantastische Geschichten zu schreiben. Nach der Schulzeit in Nordrhein-Westfalen machte er eine Ausbildung zum Industriekaufmann und arbeitete daraufhin in diesem Beruf.
Bei einem Wettbewerb des Ueberreuter Verlags im Jahre 1982 belegte er zusammen mit seiner Frau Heike den ersten Platz: mit dem Jugendbuch ***Märchenmond***, das ursprünglich der Fantasie seiner Frau entsprang und mit über 700.000 verkauften Exemplaren zum Bestseller wurde. Im gleichen Jahr erschien Hohlbeins Roman ***Der wandernde Wald***, der ebenfalls großen Erfolg hatte. Wolfgang Hohlbein verlegte sich daraufhin ganz auf das Schreiben und hat inzwischen ein Millionenpublikum gewonnen.
Er ist einer der beliebtesten deutschen Autoren auf dem Gebiet der fantastischen Literatur und zählt mit seinen Romanen aus den verschiedensten Genres – Thriller, Horror, Science-Fiction und historischer Roman – zu den erfolgreichsten und produktivsten deutschen Autoren überhaupt. Zusammen mit seiner Frau Heike, der gemeinsamen Tochter Rebecca und etlichen anderen Co-Autoren hat er bislang mehr als 220 Bücher und Geschichten verfasst.
Heute leben Wolfgang und Heike Hohlbein mit ihren sechs Kindern in der Nähe von Düsseldorf.

# 1. Fantasy von Wolfgang Hohlbein

## Die Nacht des Drachen

Die 13jährige Yori begegnet auf der Jagd einer verwundeten Smaragdechse und rettet ihr das Leben. Doch damit beschwört sie die Rache eines brutalen Sklavenhändlers herauf, der sie und ihr Dorf vernichten will. In einem riesigen alten Drachen findet Yori einen mächtigen, aber auch gefährlichen Verbündeten.

## Saint Nick

Eigentlich ist Nikolaus der Schutzheilige der Kinder, doch jetzt ist er als Weihnachtsmann der Manager des großen Festes – und hat den Sinn von Weihnachten völlig vergessen! Da setzen die Elfen ein Ultimatum: Ein neuer Elf muss her, sonst wird Weihnachten ausfallen. Gelingt es Saint Nick, mit Hilfe der Waisen Virginia und Stan das Weihnachtsfest zu retten?

## Die Magier-Trilogie

### Erbe der Nacht (Band 1)

Der junge Robert Craven erfährt, dass er der Nachfahre eines großen Magiers ist. Nun ist in längst vergangener Zeit eine geheimnisvolle Kraft erwacht, die die Gegenwart bedroht. Als sein Großvater umkommt, erkennt Robert, dass er in großer Gefahr schwebt. Kann er dem nächtlichen Besucher trauen, der ihm seine Hilfe anbietet?

### Tor ins Nichts (Band 2)

Seit Robert Craven erfahren hat, dass er magische Kräfte besitzt, beschäftigt er sich mit dem Okkulten. Noch ist er ein Anfänger und erhofft sich Hilfe und Anleitung von dem Holländer DeVries. Dieser jedoch nutzt seine magischen Kenntnisse auf zerstörerische Weise. Um ihn aufzuhalten, begibt sich Robert in einen gefährlichen Kampf.

**Sand der Zeit (Band 3)**
Robert wird von Visionen aus den Wikingerzeiten gequält. Um diesen auf den Grund zu gehen, reist er mit seinem Freund Jake Becker nach Mexiko zu Professor Havilland, einem bedeutenden Wikingerforscher. Doch dort wartet das Grauen auf sie.

## 2. Fantasy von Wolfgang & Heike Hohlbein

### Märchenmond
Nach einer Blinddarmoperation liegt Kims kleine Schwester im Koma. Da erfährt Kim von dem Land Märchenmond, in dem der böse Boraas seine Schwester gefangenhält. Kim gelangt in das magische Land und macht sich mit seinen neuen Freunden auf die abenteuerliche Suche nach seiner Schwester.

### Märchenmonds Erben
Bei seiner Rückkehr nach Märchenmond stellt Kim erschrocken fest, dass sich vieles verändert hat: Niemand glaubt mehr an Träume und Magie, alte Bräuche und Riten werden missachtet. Kim versucht mit Hilfe des Zauberers Themistokles, Märchenmond zu retten. Denn ohne seine magischen Kräfte ist die Welt verloren.

### Der Greif
Als Mark in den schwarzen Turm eindringt, ahnt er nicht, welche Kräfte er entfesselt. Der Greif, magischer Herrscher über dieses alptraumhafte Reich, versucht den Jungen in seine Gewalt zu bringen. Doch inmitten von Feuer und Schatten liegt ein Paradies, und um dieses zu retten, nimmt Mark den aussichtslos scheinenden Kampf gegen den mächtigen Greif auf.

### Schattenjagd
»Schattenjagd« ist für David das beste Computerspiel aller Zeiten. Bald greift die virtuelle Welt jedoch nach der Wirklichkeit, und ihre Geschöpfe entwickeln ein unheimliches Eigenleben. David muss ein letztes Mal in das Spiel einsteigen, um die bedrohlichen Geschöpfe aufzuhalten.

**Krieg der Engel**

Der 15-jährige Eric hat stets denselben Traum. Ein weißer Engel steht mit brennendem Gefieder auf dem Dach einer gigantischen schwarzen Kathedrale, die sich über einer trostlosen Landschaft erhebt. Als Erics Eltern plötzlich in die Gewalt der schwarzen Engel geraten, entbrennt ein gnadenloser Kampf.



**Dreizehn**

Das Mädchen Thirteen entdeckt im alten Haus ihres Großvaters ein Labyrinth, in dem sechs Kinder gefangen gehalten werden – die letzten Kinder, die der Rattenfänger damals aus Hameln entführte. Beim Versuch, sie zu retten, geraten Thirteen und ihr Freund Frank in Lebensgefahr. Am Freitag den 13. wird sich ihr Schicksal entscheiden.

**Das Buch**

Leonie stammt aus einer altehrwürdigen Buchhändlerfamilie. Wie schon ihre Großmutter ist auch sie eine »Hüterin der Wirklichkeit«. Als zwei Unbefugte ein Buch aus dem Archiv entwenden, muss sich Leonie einem gefährlichen Kampf um die einzig gültige Wahrheit stellen, denn die beiden schreiben die Wirklichkeit um - mit katastrophalen Folgen!

## Die Legende von Camelot (Trilogie)

### Gralszauber (Band 1)

Der Küchenjunge Dulac träumt davon, ein heldenhafter Ritter zu werden. Als er eine alte Rüstung und ein Schwert findet, verwandelt er sich in den tapferen Helden seiner Träume. Als Silberner Ritter Lancelot zieht er an der Seite von König Artus in den Kampf gegen den finsteren Mordred. Das Schicksal Britanniens steht auf dem Spiel.

### Elbenschwert (Band 2)

Die Hochzeit von König Artus und Gwinneth soll gefeiert werden. Doch Morgaine, die Mutter des finsteren Mordred, entführt die junge Braut. Lancelot macht sich auf, um Gwinneth zu retten. Währenddessen sammelt Mordred seine Krieger zum Angriff auf Camelot.

### Runenschild (Band 3)

Nach Lancelots Flucht von Camelot geraten er und Gwinneth in die sagenhafte Welt von Avalon. Ohne sein Schwert glaubt Lancelot, chancenlos gegen die Dunkelelben zu sein. Doch sein Schild erweist sich als rettende, magische Waffe. Und noch etwas erfährt Lancelot: Das Schicksal aller liegt in den Händen der Dunkelelben.

### Die Bedrohung

Die friedliche Zeit im Tal ist vorbei, als Ungeheuer Elben und Menschen bedrohen. Ger Frey bietet den verzweifelten Menschen seine Hilfe an - zu spät durchschauen Anders und die Elbin Madras, dass sich sein Plan gegen das Volk der Elben richtet. Können sie den Angriff der Menschen auf die Elben noch verhindern?

**Spiegelzeit**
In einem Glaslabyrinth auf einem Rummelplatz gelangt Julian durch einen Spiegel in eine längst vergangene Zeit, in der sich eine schreckliche Katastrophe Tag für Tag aufs Neue ereignet. Nur er kann die unschuldigen Opfer erlösen.

**Unterland**
Bei einem Ausflug in die Katakomben trifft Michael auf den Schriftsteller Henry Wolf, mit dem er in ein Labyrinth finsterer Gänge gerät. Von bizarren Wesen verfolgt, stoßen sie unter einem See auf eine uralte Stadt. Michael wird in den Kampf zwischen zwei gewaltigen Mächten hineingerissen.

**Die Prophezeiung**
Vor mehr als dreitausend Jahren sprach der sterbende Pharao Echnaton einen Fluch aus, dessen Magie bis in die heutige Zeit reicht. Der junge Aton ist nun ausersehen, die Prophezeiung zu erfüllen. Doch dunkle Mächte haben sich verschworen, um dies zu verhindern.

**Drachenfeuer**
Hinter einem Wasserfall entdeckt Chris ein Bronzetor. Als er es durchschreitet, findet er sich im geheimnisvollen Land der Feen wieder, das von einem kriegerischen Volk bedroht wird. Chris ist erwählt, das Land zu retten: Er soll den mächtigen Drachen wecken, der hoch im Norden schläft. Doch der Drache selbst wird zur tödlichen Gefahr.

## 3. Mystery-Thriller

### Die Azrael-Bücher

**Azrael (Band 1)**
Mehrere Menschen bringen sich in Berlin auf außergewöhnliche Weise um, nachdem sie mit ihrem eigenen Blut den Namen des Todesengels Azrael an die Wand geschrieben haben. Hinweise auf Fremdverschulden scheint es nicht zu geben, bis man im Blut eines der Toten eine unbekannte Droge entdeckt.

**Azrael - Die Wiederkehr (Band 2)**
Eine rätselhafte Mordserie sucht Berlin heim, an jedem Tatort findet sich der Schriftzug »Azrael«. Kriminalinspektor Bremer wird an die Geschehnisse vor einigen Jahren erinnert, die er lange verdrängt hat. Dann entdeckt er einen Mann, der im Koma liegt und stets reagiert, wenn der geheimnisvolle Mörder zuschlägt. Hat das Ungeheuer überlebt?

**Wyrm**
In Maggoty gehen seltsame Dinge vor. Schon bei der Anfahrt des Landvermessers Joffrey Coppelstone wird sein Auto von einer unheimlichen Substanz regelrecht aufgefressen. Als er im Dorf Hilfe sucht, begegnet man ihm mit unverhohlener Feindseligkeit. Er gerät in einen Sumpf von Aberglauben und sklavischer Vergötterung einer dämonischen Macht.

**Katzenwinter**
Nach dem Tod von Justins Großmutter liegt etwas Bedrohliches über der kleinen Stadt. Justin entdeckt die Quelle der Gefahr: in den Ruinen eines alten Klosters, wo im Mittelalter finstere Magie herrschte. Justin muss die Kräfte zurückzudrängen, andernfalls droht der Untergang. Doch die Tore zu dieser dunklen Welt sind bereits geöffnet.

### Druidentor

Uhren laufen rückwärts und Menschen verschwinden, ein Tunnel in den Schweizer Bergen wird zur schwarzen Hölle. Schon bald ist klar, dass hier Dinge geschehen, die die Existenz des Lebens auf der Erde gefährden und vernichten werden, wenn nichts Entscheidendes passiert.

### Im Netz der Spinnen

Den Horrorstreifen auf seinem Videogerät findet der Kriminalbeamte Fred Issler eher lächerlich. Bis zum Abspann, als eine Horde Vogelspinnen aus der Bildröhre kriecht. Ein mörderischer Alptraum beginnt – und die Polizei ist machtlos.

### Teufelsloch

In der Mine Devil's Hole geschieht Entsetzliches. Als Bergbauingenieur Harrison in den Stollen hinabsteigt, stößt er auf einen entstellten Toten und ein Labyrinth von Gängen. An den Wänden findet er Bilder jener Kreaturen, die auch seine Träume vergiften. Dort unten lauert etwas Grauenhaftes.

## Die Dark-Skies-Bücher

### Dark Skies - Das Rätsel um Majestic 12 (Band 1)

Der jungen John Loengard ist entsetzt. Bei Recherchen über UFO-Sichtungen stößt er auf ein geheimes Projekt der US-Regierung: Majestic 12. Unfassbares soll vertuscht werden: Aliens haben sich unter die Menschheit gemischt. Bald wissen John und seine Verlobte zuviel. Ihnen bleibt nur noch die Flucht.

### Majestic – Die Saat des Todes (Band 2)

Nov. 1963, Kennedys Ermordung erschüttert die Welt. Keiner ahnt, dass zur gleichen Zeit eine außerirdische Macht die Weltherrschaft anstrebt. Sie hat sich schon der wichtigsten Entscheidungsträger Washingtons bemächtigt. Nur John Loengard kann das Schlimmste verhindern, doch es ist schon fast zu spät

# 4. Historische Romane von Wolfgang Hohlbein

## Die Nibelungensaga

### Der Ring der Nibelungen (Band 1)

Als der junge Drachentöter Siegfried an den Hof der Burgunder kommt, verliebt er sich in die schöne Kriemhild. Er bietet sich an, ihrem Bruder König Gunther bei dessen Brautwerbung zu Seite stehen. Die beiden schließen einen verräterischen Pakt, der beiden das Eheglück sichern soll, jedoch nur Tod und Verderben bringt.

### Die Rache der Nibelungen (Band 2)

Siebzehn dunkle Winter sind seit dem verräterischen Mord an Siegfried vergangen. Weitab vom Schatz der Nibelungen wächst sein Sohn Sigurd in Island auf. Als dort die Dunklen Horden von König Wulfgar von Xanten einfallen, greift er nach dem Schwert seines Vaters und eine Odyssee durch den ganzen Kontinent beginnt.

### Odysseus

Auf der Fahrt zu seiner Heimat Ithaka gerät Odysseus in einen schrecklichen Sturm. Während der darauf folgenden Irrfahrt muss er unglaubliche Hindernisse überwinden. Als Odysseus nach langen Jahren endlich nach Hause gelangt, stellt er fest, dass sein Königreich in großer Gefahr ist.

### Das Siegel

Am frühen Morgen landet ein Schiff im Hafen von Alexandria. Unter den Gefangenen ist Ulrich von Wolfenstein, der als Kreuzfahrer ins Heilige Land ziehen wollte und es nun als Sklave betritt. Er wird zum Mittelpunkt einer Intrige der Tempelritter und Sarazenen und das Schicksal Jerusalems liegt in seiner Hand.

**Hagen von Tronje**

Hagen von Tronje gilt als der einsame, finstere Verräter und Königsmörder, während Siegfried, der Drachentöter und Herrscher der Nibelungen, der strahlendste aller Helden ist. Im Spannungsfeld dieser beiden großen, schillernden Gestalten entwickelt sich das dramatische Geschehen des Nibelungenepos.

## Die Templer-Saga

**Die Templerin (Band 1)**

Friesland im 12. Jahrhundert: Robin ist noch ein junges Mädchen, als Fremde ihr Dorf überfallen und ihre Mutter töten. Man verdächtigt die Tempelritter, doch Robin kennt die Wahrheit. Sie sucht Zuflucht vor den wirklichen Mördern bei den Templern und beginnt ihr eigenes, geheimnisvolles Schicksal zu begreifen.

**Der Ring des Sarazenen (Band 2)**

Die junge Friesin Robin ist in der Rüstung eines Tempelritters unterwegs ins Gelobte Land. Sie gerät in die Fänge eines Sklavenhändlers und soll als Haremsdame verkauft werden. Als einziger Schutz bleibt ihr der geheimnisvolle Ring, den sie von ihrem treuen Freund und Begleiter Salim bekam.

**Die Rückkehr der Templerin (Band 3)**

Um ihr eigenes Leben zu retten, sieht sich Robin noch einmal gezwungen, im Heiligen Land für die Sache der Templer zu kämpfen. Während das Heer der Kreuzfahrer in Auflösung begriffen ist, rettet sie dem König von Jerusalem das Leben und wird Zeugin eines weiteren heimtückischen Mordanschlags. Bald steht sie im Mittelpunkt einer groß angelegten Intrige.

**Die Templerin - Das Wasser des Lebens (Band 4)**
Das Heilige Land im Jahr 1179: Balduin, der junge König von Jerusalem, leidet an Lepra. Seine inneren und äußeren Feinde wittern in dieser Schwäche ihre Chance. In geheimer Mission bricht die königstreue Templerin Robin nach Ägypten auf, um das rettende „Wasser des Lebens“ zu finden. Aber die Feinde sind allgegenwärtig ... Wolfgang und Rebecca Hohlbein haben die Fortsetzung der großen Saga um die legendäre Templerin Robin geschrieben.

## 5. Kurzgeschichten von Wolfgang Hohlbein



**Wolfgang Hohlbeins Fantasy Selection**
Von Wolfgang Hohlbein zusammengestellte Fantasy-Geschichten verschiedener Autoren mit Spannung vom Feinsten, die den Leser mit dunklem Grauen erfüllen.

**Wolfgang Hohlbeins New Fantasy Selection**
Geschichten, die dem Leser Schauder über den Rücken laufen lassen! Die in diesem Band versammelten Erzählungen erfolgreicher Autoren sind nichts für furchtsame Gemüter, denn in ihnen regiert der Schrecken. Hohlbein selbst leitet jede Erzählung ein.

**Nächtliche Begegnung. Wolfgang Hohlbeins Fantasy Selection**
Blutsaugende Zeitgenossen, verlogene Engel und ein gefühlskalter Arzt, der seinem todgeweihten Patienten um jeden Preis das Augenlicht zurückgeben will, sorgen in der von Wolfgang Hohlbein zusammengestellten Kurzgeschichtensammlung für hochgradigen Nervenkitzel.